Florian Frankhauser

VON TANGRINTANIEN BIS OLORIEN

Ein Natlara Roman – Elementarier 2

Von Florian Frankhauser sind bisher folgende Bücher erschienen:

Die Elementarier-Saga:

Elementarier 1 – Luft und Feuer

Elementarier 2 – Von Tangrintanien bis Olorien

Weitere Bände in Vorbereitung

Florian Frankhauser

VON TANGRINTANIEN BIS OLORIEN

ELEMENTARIER 2

Impressum

Deutsche Erstausgabe Mai 2025
1. Auflage
Copyright © Florian Frankhauser
Alle Rechte vorbehalten.

Grafiken der Elemente von Freepik (freepik.com)

Lektorat:
Sabine Hofbauer

Korrektorat:
Sabine Hofbauer

Umschlaggestaltung und Verlag: BoD · Books on Demand GmbH,
Überseering 33, 22297 Hamburg, bod@bod.de
Druck: Libri Plureos GmbH, Friedensallee 273, 22763 Hamburg

Bibliografische Information der Deutschen Nationalbibliothek: Die
Deutsche Nationalbibliothek verzeichnet diese Publikation in der
Deutschen Nationalbibliografie; detaillierte bibliografische Daten
sind im Internet über http://dnb.dnb.de abrufbar.

Weitere Informationen und Karten unter:

www.florian-frankhauser.de
Facebook: Autor – Florian Frankhauser
Instagram: florianfrankhauser

ISBN 978-3-8192-8562-2

Für meine Frau Monika, die ich über alles liebe.
Ohne ihre Ideen wäre dieses Buch nicht, was es ist.

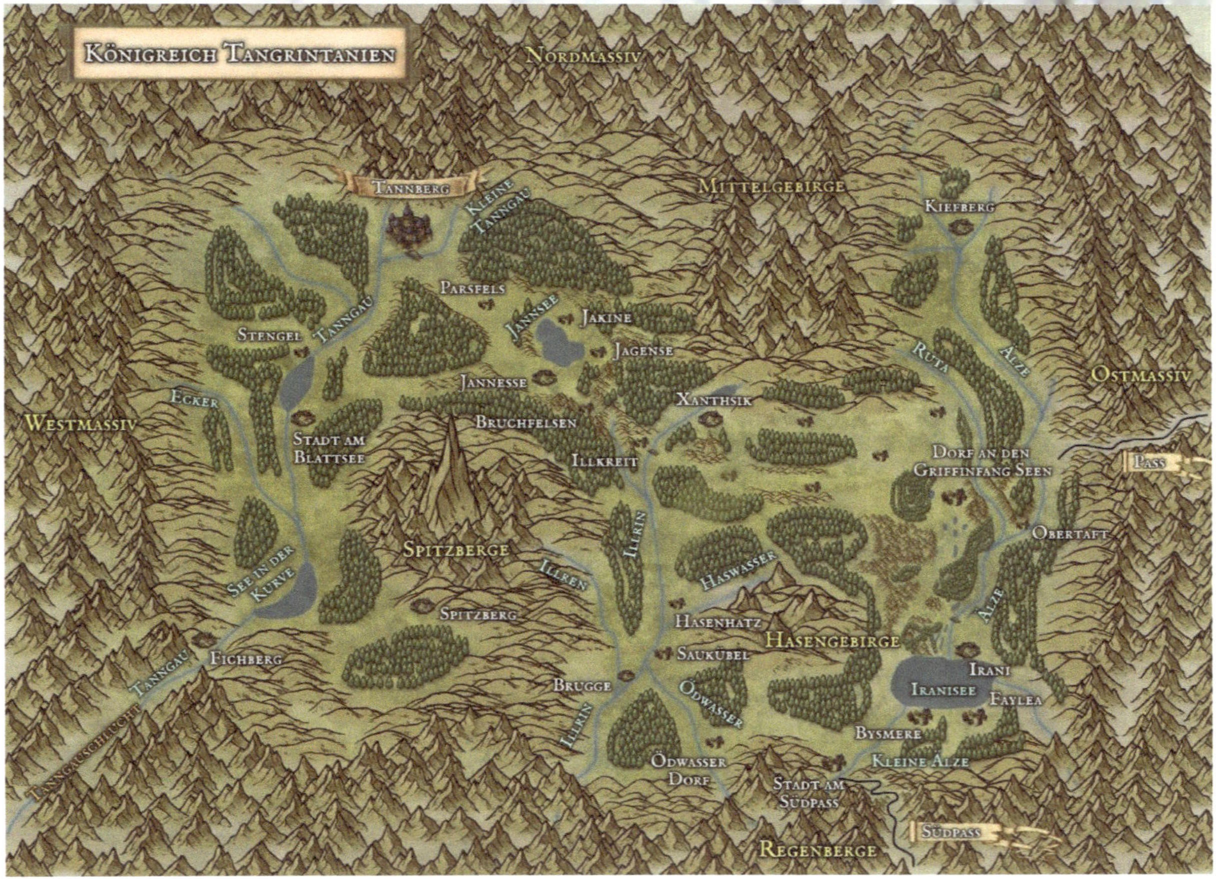
Königreich Tangrintanien
Nordmassiv
Tannberg
Kleine Tanngau
Mittelgebirge
Kiefberg
Parsfels
Jannsee
Jakine
Stengel
Tanngau
Jagense
Ruta
Alze
Ostmassiv
Jannesse
Xanthsik
Ecker
Westmassiv
Bruchfelsen
Stadt am Blattsee
Illkreit
Dorf an den Griffinfang Seen
Pass
Illrin
Obertaft
Spitzberge
See in der Kurve
Illren
Haswasser
Alze
Spitzberg
Hasenhatz
Hasengebirge
Tanngau
Eichberg
Saukübel
Irani
Brugge
Ödwasser
Iranisee
Faylea
Tanngauschlucht
Illrin
Bysmere
Ödwasser Dorf
Kleine Alze
Stadt am Südpass
Südpass
Regenberge

KÖNIGREICH
OLORIEN

SEEWÄCHTER

WILDSTEIN-
GEBIRGE

WASCH

BUCHTWÄCHTER

PEROV

BUCHT VON OLO

NÖRDLICHES
OLOMEER

TANNGAU

SÜDLICHES
OLOMEER

OLO-STADT

HERZBUCHT

WESTMEER

DIE REGENLANDE

REGENBERGE

PASS

REGENSEEN

STADT AM NORDPASS

MÜHSTAM

LANGSAM

SPAVERN

STÜRMISCH

SCHNELL

LANGELL

SCHLANGENFLUSS

ANGENEHM

REGENBURG

TRÄNENMEER

NILMEER

WODASCHWASSER

GELBFLUSS

ROTFLUSS

WODASCHS AUGE

ROSTIG

ROSTHAVEN

FEDERACH

EBENUT

GLITZER

HIMMELSBOGEN

MAJEFF BERGE

SANDDORF

WALDIG

KLEINE ZIPPE

KARNGASTSEE

GUKI

WALDSTEIN

BLAU

KASTRALL

KARNGAST

BLAUFURT

GROSSE ZIPPE

EICHENFURT

KLEINER MAJEFF GEBIRGSBOGEN

BURG WACH

BUCHTWÄCHTER

WÄLSCH

WACHTERFELSEN

KÖNIGREICH OSNIL

NORDZITADELLE

AUSSERE MAUER

LEDERER, GERBER, FÄRBER

SCHMIEDE, METALLVERARBEITER

KÜNSTLER

SCHÖNES TOR

NÖRDLICHE HAFENZITADELLE

OSNILTOR

KASERNE

HAFEN

WOHNBEREICHE

SCHREINER, GERÜSTBAUER, STEINMETZE UND GEWERKE

MARKT UND HÄNDLER

MARKTTOR

STEINERNES TOR

STADTTOR

BUCHT VON OLO

HERZOGSPALAST

NATUR

FEUER   WASSER

ERDE   LUFT

ADEL UND REICHE BÜRGER

HAFEN

KIRCHTOR

WOHNBEREICHE

ADELSTOR

ARMENVIERTEL

SÜDLICHE HAFENZITADELLE

HAFENTOR

SÜDLICHE ZITADELLE

BUCHTWÄCHTERWALD

Ein Monster im Glasscherbenviertel

Ikk

Ikk hatte die Krönungszeremonie beobachtet und befand sich auf dem Heimweg. Beschwingt schlenderte er zwischen den Gärten der Kirche der Erde und des Feuers hindurch, um den Platz der Elemente zu verlassen.

Das Bild der Prinzessin – Moment, inzwischen *Königin* – schwebte noch vor seinen inneren Augen. Volle Lippen; weiß-gelbes Haar, welches ihren Kopf wie feine Fäden umspielte; niedliche Sommersprossen, die ihre Wangen und die Nase zierten; eine schlanke, weibliche Figur, die durch ihr Gewand in Geltung gebracht worden war. Vor allem ihre strahlend blauen Augen, die sich mit der Farbe der Saphire in ihrem Schmuck maßen, verfolgten ihn.

›Sie ist eine außergewöhnlich schöne Frau‹, dachte er, während er behände durch die Masse der Schaulustigen tänzelte. ›Wenn ich älter wäre … Reiß dich zusammen und lass dich nicht von der Königin ablenken. Sie ist nur eine Frau!‹, murmelte er still. ›Aber eine besonders bezaubernde …‹

Plötzlich tauchte ein Mann vor ihm auf, und mit einem »Uff« prallte Ikk gegen ihn.

Sich für seine Unachtsamkeit verfluchend stolperte er zurück. Das passierte ihm sonst nie! Schließlich war er ohnehin

13

mit einer dürren Gestalt und geringer Größe gesegnet. Normalerweise schlängelte er sich wie ein Aal durch Menschenmengen.

»Pass doch auf, Bengel!«, knurrte der Gutbeleibte im gleichen Moment und versuchte unbeholfen das zerlumpte Hemd von Ikk zu fassen. »Sieh nur! Du hast meine Kleidung beschmutzt! Warte nur, bis ich dich in die Finger bekomme. Das wird mir dein Vater ersetzen.«

Mit gerunzelter Stirn entwand Ikk sich den grabschenden Händen, wurde der Börse am Gürtel des Mannes gewahr und grinste. »Es tut mir ausgesprochen leid, Herr. Lasst mich den Staub abklopfen«, bat er mit säuselnder Stimme. »Ich habe keine Eltern mehr.« Traurig verzog er das Gesicht, während er dem Mann mit einer Hand auf den schwabbeligen Bauch klopfte.

»Oh …, du … Nun gut. Weil heute die Königin gekrönt wurde, will ich es dir durchgehen lassen«, brummte der Dicke verlegen. »Hör auf, auf mir herumzuschlagen!«

»Verzeihung«, sagte Ikk, zog unbemerkt sein kleines Messer hervor, klopfte noch ein letztes Mal auf den nicht mehr zu sehenden Staubfleck und schnitt dabei die Geldbörse ab. Geschickt fing er sie in der gleichen Bewegung unbemerkt auf und steckte sie in seine zerlumpte Kleidung.

»Habt noch viel Spaß auf der Zeremonie!«, rief er dem Mann zu, als er davonflitzte.

Der schüttelte nur den Kopf und tauchte in die Menge ein.

Gut gelaunt durchquerte Ikk das Tor der Elemente, wobei ihm noch einige Fils in den Beutel fielen. Nun, solange man es fallen nennen konnte. Sein kleines Messer hatte bei zwei reich aussehenden Kaufmännern die Börsen aufgeschlitzt. Sie merkten nicht, was geschah, und rasch klaubte Ikk den Reichtum von der Straße.

›Was auf dem Boden liegt, gehörte schließlich der Allgemeinheit – also auch mir!‹ Schelmisch lächelnd wog er das Geld in der Hand und steckte es anschließend ein. ›Glücklicherweise bin ich immer der Erste, der den Reichtum findet. Müssen die Menschen eben besser auf ihre Habseligkeiten achtgeben.‹

Im Wohnviertel wandte er sich in Richtung Scherbentor und sinnierte weiter über die Königin. ›Es ist wirklich wunderbar, jetzt von einer so strahlenden Königin regiert zu werden. Ihr Vater hat nicht viel falsch, aber auch nicht viel richtig gemacht. Irgendwie war er einfach nur da … schon immer. Saarol meint, unser Leben wird jetzt um einiges besser werden, da wir geholfen haben, die weißen Priester und die Nordlinge zu vertreiben. Nur deshalb haben sie die Elementarierin und ihr Gefolge unterstützt und den Staatsstreich verhindert. Ich mochte Fin und Ansou und hätte ihnen auch so geholfen. Eliza ebenfalls … Wie schade, dass sie dabei gestorben ist …‹ Rasch zeichnete er das Symbol Odems – zwei gewellte Handbewegungen von unten nach oben zum Himmel – um ihrer zu gedenken.

›Und was die Menschen mittlerweile alles zu den Geschehnissen hinzugedichtet haben. Die Gauner waren strahlende Ritter, die Nordmänner von Balimea – der Herrin der drei Höllen – gesandt, und, und, und …‹ Den Kopf über die unsinnigen Ausschmückungen schüttelnd rannte er weiter.

Der Tag neigte sich langsam seinem Ende entgegen und Ikk erreichte die Tiefen des Glasscherbenviertels – dem Armenviertel von Tannberg. Von dessen Einwohnern liebevoll »die Scherben« genannt.

Zwei zwielichtige Händler lungerten in einer Gasse herum und sprachen über die nächste Holzlieferung.

Ikk hörte mit halbem Ohr zu, als er an ihnen vorbeischlenderte.

»Alliente Anvof hat uns einen großen Gefallen erwiesen, indem er anstatt die Mittellande jetzt vorrangig den nördlichen Staatenbund und Osnil mit Holz beliefert«, verkündete der eine Mann.

»Vergiss nicht Estren!«, antwortete der andere. »Meine Karren rollen dorthin. Solltest du auch versuchen. Einfacher, die Zölle zu umgehen …, du verstehst?«

»Endlich fällt vom Wohlstand auch was für uns ab. Alle Welt braucht unsere Baumstämme für Schiffe und Waffen. Manche vielleicht auch für Häuser und Handwerksmaterial.«

»Was interessiert es mich, wofür sie sie brauchen, solange ich mein Geld bekomme.« Der Händler wurde Ikk gewahr, der schon fast vorbei war, starrte ihn aus tränenden Augen an und raunzte: »Verzieh dich, Junge. Such dir dein Bettelgeld woanders!«

Schnaubend sagte Ikk: »Von euch bekomme ich sowieso nichts. Holzhandel … pfff … Langweiliger geht's wohl nicht.«

»Pass auf, du Ratte.« Die Hand erhoben, mit verärgertem Gesicht, wollte er auf ihn zugehen.

Ikk hielt inne, zog blitzschnell sein Messer und reckte es dem Mann entgegen. »Na, na, du willst doch keinen Ärger, oder? Habt ihr die Schutzgebühr schon bezahlt?«

»Welch–«

»Lass uns verschwinden.« Der andere Händler zerrte am Ärmel seines Freundes. »Der gehört zu den Gaunern.«

Zufrieden bemerkte Ikk, wie der Ärger widerwilligem Respekt wich und die beiden rasch das Weite suchten.

»Verpisst euch selbst! Mit eurem langweiligen Handelsschmarrn«, rief er ihnen hinterher und steckte das Messer geschwind ein. Zielstrebig setzte er seinen Weg mit einem Pfeifen auf den Lippen fort. Sein eigentlicher, wesentlich wichtigerer Plan sah vor, Annrich, den Wirt der »Scherbenschwalben« zu besuchen.

Das Gasthaus war einer seiner Lieblingsorte, denn das dreistöckige Gebäude bot alles, was ihn glücklich machte. Verruchtes Gesindel, saures Bier, ein düsterer Gastraum, in dem er seine kleinen Geschäfte abwickeln konnte und in dem er Informationen erhielt. Außerdem tummelten sich dort viele Huren, die er gut kannte. Seine Mutter hatte Ikk nie kennengelernt und bis auf seinen Vater besaß er sonst keine Familie. Und als »Familie« würde er *den* nicht betiteln. Er hatte ihn noch nie gesehen und kannte nur seine Stimme. Dafür plagte er ihn ständig mit den unterschiedlichsten Lektionen, die Lyrrol und Saarol ihm vermitteln mussten.

Von der Dirngasse bog Ikk in die Schneiderstraße – seinem Ziel – ab und sprang schimpfend zur Seite, als eine Meute räudiger Straßenhunde kläffend auf ihn zustürmte. Der vorderste

16

trug etwas Undefinierbares im Maul und die anderen hetzten hinter ihm her.

An die Wand gepresst, mit den Augen rollend, wartete Ikk, bis sie vorbei waren. Anschließend zuckte er mit den Schultern – so war es eben in den Scherben, und meist war es besser, den Hunden aus dem Weg zu gehen! – und rannte weiter.

Endlich tauchte die Taverne vor ihm auf. Außen wirkte das Gebäude nicht ganz so schäbig, wie der Rest im Viertel.

Ikk wusste von Annrich, dass er Wert darauf legte, dass seine Gäste sich einigermaßen wohlfühlten. Dazu gehörte seiner Meinung nach auch das Aussehen des Hauses und des Gastraums. Natürlich konnte seine Taverne nicht mit denen in anderen Stadtteilen mithalten. In den Scherben war sie allerdings eine Königsresidenz.

Wie üblich zahlte Annrich an die Gaunergilde Geld und das ganze Haus stand unter ihrem Schutz. Auch deshalb zog es Ikk in die Taverne, denn viele Männer und Frauen der Gilde verkehrten dort und er genoss die Gesellschaft.

Zwei Huren lehnten an der Gasthausmauer und warteten auf Freier. Die beiden Damen waren Ikk gut bekannt und er rief ihnen zu: »Wyni, Ris, ich wünsche euch heute gute Gesellschaft.«

Zahnloses Grinsen antwortete ihm und er hoffte, sie würden die Männer nicht so anlächeln. Die Dirnen bezeichnete er gern als seine Ersatzmütter und als große Schwestern. Einige verhielten sich auch so, andere jagten ihn dafür zu den drei Höllen.

Mit Schwung stieß er die Tür auf und trat ein.

Der übliche Qualm begrüßte ihn und ließ seine Augen in Sekundenschnelle tränen. Der Kamin des Hauses war baufällig und der Rauch konnte nicht richtig abziehen. Außerdem pafften viele der Gäste Pfeifen, was den Dunst zusätzlich vermehrte. Blinzelnd versuchte er etwas zu erkennen.

Einige Augenblicke später hatte er sich endlich daran gewöhnt und ging durch den Raum auf den ausgedehnten Tresen zu.

Die fünf Tische links von ihm waren vorrangig von Gaunern besetzt und Ikk winkte ihnen gutgelaunt zu. Vorm Kamin auf der rechten Seite standen dicht gedrängt weitere sieben Tische. Kein Platz war frei und ein ungestümer Lärm flutete den Raum – Klirren von Geschirr, Gegröle, schräger Gesang und grobe Flüche.

›Viel los heute‹, dachte Ikk, als er zu Annrich trat, der hinter dem Ausschank lümmelte und auf Bestellungen wartete. Dessen nachlässige Haltung schloss nicht seine Augen ein, die aufmerksam jeden Winkel seiner Taverne beobachteten.

»Hallo, Annrich«, begrüßte er den Wirt. »Bekomme ich ein Bier? Ich habe Geld bei der Zeremonie gefunden.«

Der stieß sich von der Wand ab, runzelte die Stirn und sagte mit knarrender Stimme: »Gefunden? Du meinst, du hast es gestohlen. Du sollst dich doch bessern!« Dabei griff er nach einem Krug und schenkte ein Drittel Bier ein. Den Rest füllte er mit Wasser auf.

Das war ein Kompromiss, den Ikk nach langem und zähem Verhandeln mit Annrich ausgehandelt hatte. Der Wirt wollte ihm zur Verdammnis kein reines Bier einschenken! Zu jung, nicht gut für die Gesundheit, … bla, bla, bla … Letztendlich hatte er aber eingesehen, dass er nicht umhinkam, ihm zumindest ein wenig zu geben, wenn er sich keine größeren Probleme mit den Gaunern einhandeln wollte. Ikk hatte viele Freunde, was er unverblümt in der damaligen Diskussion erwähnt hatte, und so hatten sie sich stillschweigend auf diese Lösung geeinigt.

»Es lag am Boden und ich habe es aufgesammelt.« Er grinste fröhlich. »Zumindest das meiste davon …«

»Ich will gar nicht wissen, wie es dorthin gelangt ist und woher der Rest stammt«, murmelte der Wirt und bedachte Ikk mit einem ironischen Blick. Lauter fügte er hinzu: »Wie war die Zeremonie? Hast du einen Blick auf die Königin erhaschen können?«

»Ja, sie hat mit der Sonne um die Wette gestrahlt«, erzählte Ikk feierlich. »Die Bischöfe der Kirchen haben ihre faden Rituale abgehalten und es gab einen festlichen Zug. Ich habe ja noch keine Krönung erlebt, aber meiner Meinung nach war diese schon etwas Besonderes.«

»Ich habe bisher auch noch keine erlebt«, antwortete der Wirt. »Obwohl ich schon seit Jahrzehnten in Tannberg wohne. Der König ist früh an die Macht gekommen und, tja, war wirklich nicht mehr der Jüngste. Von mir aus könnte es öfter eine solche Feier geben.« Mit dem Wischlappen in der Hand deutete er hinter Ikk. »Der Gastraum ist voll und die Menschen wollen auf ihre neue Königin anstoßen. Die Frauen und Mädchen haben auch gut zu tun. So viele Zimmer habe ich noch nie an einem Abend vermietet!«

»Ist Anphia gerade beschäftigt?«, fragte Ikk. Die schmächtige Siebzehnjährige war seine Lieblingsschwester und beste Freundin. Bisher hatte er sie noch nicht entdecken können.

»Sie hat, kurz bevor du hereingekommen bist, einen Freier mit in ihr Zimmer genommen. Du wirst dich gedulden müssen, bis sie herunterkommt.«

Ikk rümpfte die Nase. Er mochte es gerade bei ihr nicht, wenn sie ihren Körper verkaufte. Allerdings wusste er nicht, wie sie sonst Geld verdienen sollte. Und, er musste sich eingestehen: *Sie* hatte kein Problem damit, Männer um den Finger zu wickeln. Einmal hatte er sie darauf angesprochen. Das war nicht gut verlaufen. Nachdem ihre Schimpftirade verklungen war, hatte er das Thema nie mehr angeschnitten.

»Ich geselle mich zu den Glücksspielern«, teilte er Annrich mit, schnappte seinen Krug, trat zu ein paar Mitgliedern der Gilde und sah ihnen beim »Wirf die Drölf« zu – ein Spiel, das daraus bestand, wer als Erstes mit mehreren Würfeln eine vorher ausgemachte Zahl mit den jeweiligen Würfeln warf.

Das Spiel ödete ihn eigentlich an, denn er mochte nur solche, bei denen er schummeln und betrügen konnte. Also alle, wo Karten benutzt wurden.

Die Spieler blickten auf, als er an ihren Tisch trat, erkannten Ikk, grunzten eine Begrüßung und widmeten sich gleich wieder ihrer Beschäftigung.

Zunehmend gelangweilt verfolgte er ihre Würfe und nahm ab und zu einen Schluck Bier. Was fanden sie nur daran? Dabei hatte er mit seiner Sicht auf Glücksspiele schon oft geschickt verirrte Reisende ausgenommen. Das brachte wesentlich mehr Spaß, fand er. Eine Regel aber gab es für ihn. Er betrog nur Betrüger! Nichtsdestotrotz schaute er den fluchenden und schimpfenden Männern dabei zu, wie Geld von einem zum anderen wanderte, und wartete auf Anphia.

Gelegentlich warf er einen Blick auf die Stiege zum Obergeschoss.

Viel später bemerkte er einen dicken Mann mit schweißglänzendem Gesicht, der die Treppe herabstieg.

›Er sieht wie ein Schwein aus.‹

Anphia folgte kurz darauf. Ihre füllige, strohblonde Mähne hing zerzaust vom Kopf und sie versuchte sie einigermaßen zu richten.

Ikk rümpfte die Nase bei der Vorstellung, was die beiden oben getrieben hatten. Schnell verabschiedete er sich von den Spielenden und lief zu Anphia. Dabei rempelte er den Dicken an.

»Pass doch auf, Rotzlöffel!«, keifte der und erhob seine Hand, um Ikk zu schlagen. Als er merkte, dass ihn plötzlich alle anstarrten, hielt er intuitiv inne.

›Guter Plan. Das erspart dir, draußen verprügelt zu werden.‹ Da war Ikk sich sicher, wobei er das gern gesehen hätte.

»Scher dich zu den drei Höllen!«, schloss das Schweinsgesicht lahm und verließ rasch das Gasthaus.

Unterdessen spielte Ikk in der einen Hand mit seinem kleinen Messer und wog in der anderen zufrieden das Beutelchen mit dem Geld, das er dem Mann entwendet hatte. ›Könnten einige Fils sein‹, dachte er glücklich. ›Fühlt sich zumindest so an. Heute ist mir Odems Geschicklichkeit gewogen!‹

Als Anphia nah genug war, warf er ihr den Beutel zu und sagte: »Bestimmt hat er dir zu wenig gezahlt. Das sollte helfen, seine Visage zu vergessen.«

»Hallo, Ikk.« Braune Augen klimperten ihn an. »Es freut mich, dich zu sehen. Du sollst doch nicht stehlen!« Das Geld steckte sie trotzdem in ihre schmutzige Kleidung. »Was machst du überhaupt hier? Wolltest du nicht der Zeremonie beiwohnen? Oder ist sie schon vorüber und wir haben jetzt eine Königin?«

»Ich war dort und habe sogar einen Blick auf sie geworfen!«, erklärte er stolz. »Sie ist wunderschön …, allerdings nicht so hübsch wie du.«

Das entlockte seiner kleinen Schwester ein flüchtiges Lächeln.

»Ich bin froh, dass sie jetzt unsere Herrscherin ist«, fuhr Ikk fort. »Als sie sich mit ihrem Zug Richtung Schloss aufmachte, hat sich sowieso alles aufgelöst und ich bin hierher zurück.« ›Irgendwie ein großer Gegensatz‹, überlegte er. ›Sie geht in den reichsten und ich in den ärmsten Bereich der Stadt. Hoffentlich liebt sie die Stadt trotzdem so wie ich.‹

»Aber was machst du *wirklich* hier?«, fragte Anphia erneut. »Wahrscheinlich den Gästen das Geld mit deinen gezinkten Karten aus der Tasche ziehen, richtig?«

»Als ob ich schummeln würde!«, ereiferte er sich. »Ich lege nur die aufs Kreuz, die ebenfalls mit unlauteren Mitteln spielen. Ich hasse Betrüger! Das weißt du doch ganz genau.« Sanfter antwortete er auf ihre andere Frage: »Ich wollte *dich* besuchen und schauen, wie es dir geht. Außerdem … habe ich etwas Geld gefunden und will dich zum Essen einladen. Aber das brauche ich jetzt wohl nicht mehr.« Er grinste und deutete auf die Stelle, an der sie die Börse des Dicken verstaut hatte. »Du könntest jetzt auch mich einladen. Hast du Hunger? Ich inzwischen schon.«

»Gern. Ein anderer Geschmack im Mund wäre angenehm.« Anphia verzog angeekelt das Gesicht. »Ob Annrich etwas Gutes für uns hat?«

»Ich wollte ins Händlerviertel und dort wie die Königin speisen.« Mit vornehmen Gesten unterstrich er sein Vorhaben. »Kommst du mit? Das ist um einiges besser als alles, was wir hier bekommen.« Er wartete auf ihre Antwort, zappelte dabei aber ungeduldig von einem Fuß auf den anderen.

»Meinst du?«, überlegte sie ängstlich, wobei Ikk ihr ansah, wie sie zwischen dem Gedanken daran, etwas Gutes zu essen und ihr schützendes Heim verlassen zu müssen, hin- und her-schwankte. »Es ist gefährlich in den Gassen.«

»Ich habe mein Messer bei mir! Und außerdem: Iskal begleitet uns, dann traut sich niemand, uns etwas anzutun. Wir müssten ihm nur eine Kleinigkeit bezahlen. Aber das können wir uns heute leisten.« Gut gelaunt schüttelte er seinen Beutel, dass die Münzen darin klimperten.

»Wenn Iskal uns begleitet, komme ich mit«, stimmte sie verschwörerisch zu. »Wo ist er?«

»Er verliert die ganze Zeit bei ›Wirf die Drölf‹ und ist sicher froh, wenn er aussteigen kann.« Ikk lachte. »Ich hole ihn.«

Kurz darauf marschierte ein sehr ungleiches Trio ins Händlerviertel und schlemmte dort auf Kosten der Beraubten. Sie waren nicht die Einzigen, die noch auf den Straßen unterwegs waren. Viele Menschen in Tannberg nutzten die Krönung, um den Alltag durch die Festlichkeiten für einige Stunden zu vergessen.

Die nächsten Tage verliefen wieder in ihrem gewohnten Trott.

Ikk verbrachte seine Zeit damit, für die Gauner Informationen zusammenzutragen oder Geld für sie zu verdienen. Er war recht zufrieden, wie es lief. Deutlich nahm er bei seinen Geschäften dabei gerade eine Aufbruchstimmung wahr, die in ganz Tannberg durch die Luft schwirrte. Sie beflügelte seine Ausbeute.

Vier Tage, nachdem er mit Anphia und Iskal die Krönung, besser gesagt sein reichlich errungenes Diebesgut, im Händlerviertel gefeiert hatte, saß er wieder mit ihr bei den »Scherbenschwalben«, diesmal allerdings im Hof hinter der Taverne. Dort kauerte sie im Schatten und er reichte ihr ein leider ziemlich dreckiges Leinentuch, welches er einem der Gauner im Schankraum abgeluchst hatte.

»Nimm das erstmal und wisch dir das Blut ab.« Sanft drückte er mit der freien Hand ihren Arm.

Dankbar griff sie nach dem Lappen und drückte ihn an ihre übel aufgeplatzte Lippe. Ein stetiger Blutfluss rann ihr Kinn hinab und tränkte ihr Mieder.

»Wer war der Mann?«, fragte Ikk. »Odems Sturm soll ihn fortblasen und gegen einen Berg werfen, dass ihm alle Knochen brechen. Und sein winziger, hässlicher Schwanz soll ihm abfallen!« Er erkannte, wie blaue Flecken in Anphias Gesicht und an anderen sichtbaren Körperstellen anfingen zu erblühen. Ganz bestimmt hatte der Freier sie nicht nur dort geschlagen. Wut durchfuhr ihn und er presste eine Hand zur Faust und drückte sie in den Boden.

»Ist doch egal«, schluchzte Anphia. »Vielleicht hatte ich es verdient. Möglicherweise war ich nicht gut genug. Danke für das Tuch, Ikk.« Sie presste es weiter an ihren Mund, versuchte gleichzeitig, die Blutung zu stoppen und das Blut wegzuwischen.

»Du warst sicher nicht schuld! In letzter Zeit gibt es immer mehr von der Sorte. Gewalttätige, die wahrscheinlich zu Hause nichts zu sagen haben und ihre Wut an anderen auslassen.«

Anphia kauerte in der Ecke wie ein Häufchen Elend.

»Dein Zimmer liegt doch gleich ums Eck. Soll ich dich dorthin begleiten? Wenn du willst, bleibe ich bei dir.«

»Nein, das schaffe ich schon. Es ist ja nicht weit. Morgen wird es mir bestimmt besser gehen.« Sie zuckte mit den Schultern, reichte ihm das Tuch zurück und stand auf. »Muss ja auch. Aber ich gehe jetzt mal und lege mich hin. Wir sehen uns bald wieder.«

Er nickte und überlegte, ob er den Mann noch einholen und ihm sein ganzes Geld abnehmen konnte. Anphia könnte es für eine Salbe oder einen Heiler gebrauchen. Wenn es wenig war, zumindest für etwas Schminke.

Als sie um die Gassenecke gebogen war, versuchte er seinen Plan in die Tat umzusetzen.

Aber leider konnte er den verlausten Hurenbock nicht aufspüren, und ein paar Stunden später kehrte er enttäuscht zur Taverne zurück. Er wollte nur kurz dort stoppen und anschließend zu Bett gehen. Als er die Tür öffnete, bemerkte er allerdings sofort, dass etwas nicht stimmte. Es waren zu viele Huren im Raum und alle redeten durcheinander.

»Annrich, was ist hier los?«, fragte er besorgt den Wirt. Der stand am Tresen und blickte immer wieder im Wechsel die Frauen im Raum an.

»Ikk. Anphia ist tot. Sie wurde eine Straße von ihrem Zimmer entfernt aufgefunden. Es … es tut mir leid.«

Die Farbe glitt aus Ikks Gesicht. »Anphia …« Unglauben durchflutete ihn, gepaart mit Nicht-wahrhaben-Wollen. Er hatte sie doch gerade noch gesehen, vor ein paar Stunden! Hatte mit ihr gesprochen …, sie getröstet …, ihr angeboten, sie zu begleiten. Seine Knie gaben plötzlich nach und er stützte sich gerade noch auf einem Barhocker ab. War er schuld an ihrem Tod? Weil er sie allein gelassen hatte?

Annrich zuckte vor und packte ihn am Arm. »Ikk, ist all–«

»Welche Straße?«, schrie er den Wirt an und unterbrach ihn dadurch. »Wo genau?!«

Der ganze Raum verfiel augenblicklich in Stille – Grabesstille.

»An der Plörre, direkt dort, wo diese in die Gasse vor ihrem Zimm–«

So schnell, wie Ikk aus der Tür gerannt war, bekam er das aber nicht mit, hörte auch das Letzte nicht mehr. In seinem Kopf war nur: Das konnte … durfte nicht Anphia sein! ›Es *kann* nicht sie sein! Irgendjemand anderes liegt dort und sie schläft friedlich in ihrem Heim!‹

Ein paar Augenblicke später, die ihm wie eine Ewigkeit vorkamen, stand er an der genannten Stelle. Die beiden Monde spendeten unerträglich fahles Licht und niemand hatte sich bisher um die dort liegende Person gekümmert.

Vorsichtig, mit zitternden Beinen und Händen schlich er näher heran. War sie es? Er konnte ihr wunderschönes, strohblondes Haar nicht sehen und der Kopf hatte keine Kapuze auf, wie Anphia sie häufig trug. Der Körper lag dort, als würde er schlafen. Flüssigkeit glänzte unter der Glatze und deutlich nahm er den metallischen Geruch von Blut wahr.

Ikk atmete erleichtert auf. Sie war es nicht! Bei Odems Sturm, Anphia würde niemals eine Glatze tragen!

Schließlich war er so nah an der Frau, dass er das Gesicht erkennen konnte. Ein blauer Fleck zierte die zarte Wange und die Lippe wies einen tiefen Riss auf. Die braunen Augen blickten ihn leblos an, ihre Fröhlichkeit …, die immer treffsicher spöttelnden Worte ausgelöscht durch eine tiefe Stichwunde am Hals, die die Pflastersteine ringsum mit Blut besudelt hatte. Wie ein Fausthieb traf ihn die Erkenntnis und mit einem spitzen Schrei fiel er auf die Knie in das Blut. Kalt tränkte es seine Hose.

Die zitternden Hände ausgestreckt über ihrem Kopf haltend, ohne sie zu berühren, kauerte Ikk vor ihr und wusste nicht, was er unternehmen sollte. Seine Arme gehorchten ihm nicht mehr und sackten zu Boden. Fuhren durch die dunkel glänzende Flüssigkeit und blieben schlaff in ihr liegen.

Nun verstand er auch, warum er keine Haare erkennen konnte. Die Kopfhaut war mitsamt ihrer fülligen Mähne abgetrennt. Der Mörder hatte sie nicht nur getötet, sondern zusätzlich skalpiert.

Mühsam riss er seinen Blick von dem Grauen los und musterte die Umgebung. Bis auf die Leiche war nichts zu erkennen. Kein einziges Indiz, wer für die Tat verantwortlich war.

Ihm wurde übel und er musste sich von seiner kleinen Schwester abwenden.

Als er sich aufrichtete, taumelte Ikk zu einem Haufen Gerümpel an einem der Gebäude und erbrach sein Abendessen.

Schwach, mit einer Hand an der Mauer abgestützt, wischte er den Speichel vom Kinn und danach die Hand an seiner Hose ab. Tränen kamen ihm keine, seine Augen fühlten sich allerdings an, als hätte jemand eimerweise Sand in sie gekippt. Mit vernebelten Gedanken stolperte er davon.

Später lag er in seinem Bett im Gildenunterschlupf. Er hatte keine Ahnung wie er dorthingekommen war. Das Letzte, was er dachte, bevor er in einen alptraumgeschwängerten Schlaf fiel, war: ›Mörder, du hast deine letzten Tage gelebt. Ich werde dich finden und dir das Gleiche zufügen, was du Anphia zugefügt hast!‹

Die Bastion Buchtwächter

Evomee und Meson Dux

Der Sturm tobte heftig über der Bucht von Olo. Hohe, gischtgekrönte Wellen peitschten Richtung Land, und durch Odems kräftige Winde entstanden Böen, die schwallartig Wasser auf die Flotte im Meer prasseln ließen.

Trotz ihres Ölmantels bis auf die Knochen durchnässt, stand Evomee an der Reling im Bug des Flaggschiffes der olorischen Marine und blickten ihrem Ziel entgegen. Ihr Bruder Meson schwankte neben ihr im Wind und hielt seine Kapuze fest.

»Endlich sehe ich Buchtwächter wieder«, schrie er mit tiefer, volltönender Stimme. »Nur der Anlass behagt mir nicht. Ich –«

Einem der Matrosen entkam ein Tau und wie eine Peitsche sauste es auf die beiden Geschwister zu. Aus den Augenwinkeln registrierte Evomee die Gefahr und wich geschickt aus. Ihren Bruder verfehlte es knapp und streifte nur die Kapuze. Glücklicherweise war er eine Handspanne kleiner als sie, sonst hätte es ihn voll erwischt.

Flüche waren undeutlich durch den Sturm zu vernehmen, als die Seemänner dem Seil hinterherrannten, es zu fassen bekamen und es festzurrten. Einer der Matrosen entschuldigte sich danach bei ihnen, bevor er eilig wieder seinem Posten zustrebte.

Das Ziel der dreimastigen Galeone – Buchtwächter, die größte Bastion des olorischen Militärs im Norden – lag direkt an der Grenze zu Osnil. Viele hundert Jahre bewachte die einwohnerstärkste Stadt des Nordens inzwischen die Bucht. Wer ihre mächtigen, bis in den Himmel strebenden Mauern erbaut hatte, war nicht mehr bekannt, aber sie war ein meisterlich angelegtes Bollwerk. Jedem Heerführer trieb sie entweder Angstschweiß auf die Stirn oder ein glückliches Lächeln aufs Gesicht. War Olo Stadt das Herz von Olorien, war Buchtwächter sein Schild.

»Was, glaubst du, wird uns erwarten?«, fragte Evomee ihren Bruder, ihre Stimme ähnlich tief, jedoch rauchiger, und beobachtete dabei mit eingeschränkter Sicht die Matrosen. Die Wassergöttin goss gerade eimerweise Wasser über dem Schiff aus.

Unvermittelt schlug eine besonders starke Bö auf die Elementarierin ein und drückte sie gegen die Reling. Ihre Kapuze blähte sich und rutschte von ihrem Kopf. Noch bevor Meson ihr zu Hilfe kommen konnte, fühlte sie, wie ihr Diadem aus ihrem Haar rutschte.

›Nein, nein, *nein*!‹ Hastig griff sie nach dem Schmuckstück und hielt es fest. Bei Wodasch! Fast hätte der Sturm es zusammen mit ihren Elementarierperlen im Meer versenkt. Rasch löste sie die extra für diesen Zweck vorgesehenen Spangen aus ihrem Haar und steckte das Diadem unter den Umhang.

Anschließend versuchte Evomee ihrem langen, schwarzen Haar Herr zu werden. Strähnen flogen um ihren Kopf und peitschten gegen ihr Gesicht. Wasserströme rannen ihren schlanken Hals entlang und tränkten ihre Kleidung. Noch mehr! Falls das überhaupt möglich war …

Nachdem sie endlich die meisten Strähnen gebändigt hatte und dachte, alles unter Kontrolle zu haben, peitschte der Sturm ihr Haar erneut umher.

›Natürlich landet es genau dort, wo ich es zuvor weggeschoben hatte.‹

Seufzend zog sie ein paar Strähnen von den Augen und vom Mund, packte die Kapuze, stülpte sie über und beförderte dadurch einen Schwall Wasser in ihren Nacken. Die Nässe ließ sie erschaudern.

Als Evomee ihren Kopf zu Meson wandte und auf ihn hinabblickte, grinste der sie an. »Was?! Sag nichts! Beantworte bitte einfach nur meine Frage.«

»Sicher.« Der Wind zerrte auch an seiner Kapuze, bemächtigte sich ihrer jedoch nicht, denn er hielt sie krampfhaft mit einer Hand fest. Der andere Arm kämpfte mit Odem um seinen Mantelverschluss.

Wie sie selbst war ihr Bruder schmal und drahtig. Sein Gesicht bedeckte ein Bart. Und was für einer! Er reichte ihm bis zur Brust, war immer akkurat gestutzt und gut gepflegt. Manchmal glaubte Evomee, er lege jedes einzelne Haar extra zurecht, so perfekt wirkte er. Nun, nicht heute. Sie musste lächeln. Meson war stolz auf sein Aussehen – geradezu eitel! –, grummelte oft ohne Grund und … sie liebte ihn einfach.

Mit rollenden Augen hakte Evomee nach: »Und?«

»Ich kann mir nicht vorstellen, was uns erwartet«, antwortete ihr Meson endlich und zuckte mit den Schultern. »Der Rat der Götter hat uns ganz klar die Aufgabe erteilt, die Truppenbewegungen der Männer aus Osnil und dem nördlichen Staatenbund zu beobachten. Wer mir letztes Jahr erzählt hätte, sie stellen Heere auf und ziehen gegen Olorien in den Krieg, den hätte ich ausgelacht und einen Spinner genannt. Also was soll ich sagen?«

»Ich begreife immer noch nicht, was Seyaoa Katzenauge erreichen will. Alle Länder leben seit mehr als hundert Jahren in Frieden miteinander und treiben regen Handel.« Evomee schüttelte den Kopf. »Im letzten großen Krieg wurden die Grenzen der beiden Reiche endgültig festgelegt, Buchtwächter war unbezwingbar. Die osnilischen Heerführer bissen sich damals die Zähne an der Festung aus und meiner Meinung nach ist es auch heute noch unmöglich, sie auszuhungern. Man müsste die Bucht komplett unter Kontrolle gebracht haben. Was schwer fällt angesichts von Oloriens Marine. Die größte und die am besten ausgerüstete im nördlichen Natlara! Sogar Skuyle und die Tränenimseln haben ihr nichts entgegenzusetzen. Obwohl beide Reiche aus vielen Inseln bestehen und Olorien aus einer einzigen Landmasse.«

Meson überlegte und rief über den Sturm und den Regen hinweg: »Vielleicht will er einfach nur mit dem Säbel rasseln und dadurch bessere Konditionen für seine Händler herausschlagen. Die Informationen über Soldaten, die sich auf die Grenze zubewegen, waren nicht besonders aussagekräftig. Ich vermute, es ist einfach ein großer Irrtum. Zumindest hoffe ich es …«

»Dein Wort in Wodaschs Ohr! Das ist jetzt mehr als eine Woche her. Inzwischen sollten wir Genaueres erfahren, wenn wir in Buchtwächter anlegen.«

»Möglich … Und da ist bestimmt noch ein anderer Grund, aus dem der Rat der Götter uns hierher schickte –«

»Weil wir die einzigen waren, die gerade zur Verfügung standen?«, unterbrach ihn Evomee.

»Das wäre auch ein Motiv, aber mir schwebt eher ein anderes vor …«

»Jetzt spann mich doch nicht so auf die Folter. Welches? Wobei …, ich kann es mir vorstellen. Wir sollen dem wenig diplomatischen Wenmar helfen.«

»Richtig. Dein untrügliches Gespür dafür, die Gemüter zu beruhigen, wird nützlich sein. Du kennst den Herzog nicht so gut wie ich. Er ist oft … aufbrausend.«

»Eher jähzornig, wie ich gelesen habe.« Sie legte ihren Zeigefinger auf die Lippe, ehe sie weitersprach. »Ich soll also zwischen ihm und seinem Stab vermitteln. Wenn nötig die Wogen glätten und ihnen helfen, fundierte Entscheidungen zu treffen. Unabhängig von ihren Gefühlen. Hmm, und was ist deine Aufgabe?«

»Na was wohl? Dich begleiten, so wie immer!« Er zwinkerte ihr zu. »Der Rat wusste, wir reisen nur zu zweit. Außerdem könnte meine Gabe nützlich sein.«

»Die du nicht gerne einsetzt.«

»Weil sie gefährlich ist!«

»Dein diplomatisches Geschick ist genauso gut, deshalb denke *ich* ja, *du* sollst vermitteln und ich dich bremsen, wenn du dich daneben benimmst. Obrigkeitshörigkeit liegt dir nicht.«

Ein Grinsen erschien auf seinen Lippen. »Ich werde versuchen mich zusammenzureißen.« Ehe er weitersprach, legte er die Hand an die Stirn und starrte über das Wasser. »Mir scheint, wir legen bald an.«

»Ja. Zum Glück wartete die Oros und ihre Begleitschiffe in Olo Stadt auf uns. Sie sind wahnsinnig schnell. Und, der Göttin sei Dank, hat sie uns wohlbehütet ans Ziel befördert.« Sie zeigte mit ihren Fingern auf die Stadt, die sich als Schemen aus dem himmelverdunkelnden Sturm schälte. »Schau, dort sehe ich die Hafenbastion.«

»Endlich! Odems Atem ist heute wieder sehr stark«, grummelte Meson, während er seinen Ölmantel dichter um den Körper zog. »Als wären alle seine Elementarier gefallen und ihre Macht wirbelte unkontrolliert durch die Welt.«

Ein Prusten ertönte, als er Wassertropfen aus seinem schwarzen, reichlich mit Öl eingestrichenem Bart pustete. Mit einer Hand strich er darüber und versuchte das Wasser abzustreifen. Die Perle am Ringfinger leuchtete beruhigend in ihrem hellblau schimmernden Licht. Wirbel, wie aufgewühltes, gischtiges Wasser, bewegten sich in ihrem Glanz. Grummelnd gab Meson sich geschlagen und senkte die Hand. Kurz darauf drehte er an dem zweiten, ebenfalls am Ringfinger sitzenden Ring.

Ohne festen Gedanken starrte Evomee einen Moment auf die beiden Perlen, bevor sie traurig einwarf: »Vielleicht sind sie das ja auch. Wir haben nichts von Yeban oder Finvaras Suche nach ihm gehört. Aldmat, Nyelene Conrin und Molaon sind verschwunden, oder tot. Nur Delione ist in Estren und in Sicherheit. Hoffentlich!« Mitfühlend fügte sie hinzu: »Wenn es stimmt, was die Späher über die Truppenbewegungen berichteten, steht sie ganz allein vielen Feinden gegenüber. Ich würde ihr gerne helfen.«

»Zunächst kümmern wir uns um unsere Aufgabe. Wenn sich alles als Bluff herausstellt, dann hoffentlich auch für Estren.« Sanft legte er eine Hand auf ihren Arm und drückte sie durch den Ölmantel. Ein Blitz erleuchtete in dem Augenblick den Himmel und sie erkannte die Weichheit in seinen Zügen, die er nur ihr entgegenbrachte. »Du kannst nicht allen helfen.«

Plötzlich brach eine große, längliche Drachengestalt aus dem Wasser hervor, schoss an der Bordwand der Galeone nach oben und überschüttete die beiden Geschwister mit noch mehr Wasser.

Meson fluchte laut, während Evomee triefnass wie ein Fels in der Brandung stand, scheinbar ohne weitere Kraft aufbringen zu wollen für die zusätzliche Wassermenge.

Auf der stämmigen Kreatur saß rücklings eine weitere, viel kleinere, die verzweifelt ihre Krallen an den Schuppen des Wasserelementardrachens einhakte, um nicht herabzufallen.

»Yssyastha! Du sollst mich nicht immer mit Wasser übergießen. Der Himmel reicht heute völlig aus, uns zu durchnässen«, schimpfte Meson und schüttelte die Faust hinter seinem Begleiter her.

Der flog sichtlich unbeeindruckt höher und drehte über dem Schiff ein paar Kreise. Wenn sich Yssy – wie ihn Meson meistens nannte – zur vollen Länge streckte, war er so lang wie ein Obstbaum hoch war. Sein Schwanz lief in einem breiten, hochkanten Fächer aus, dessen dünne Schwimmhäute ein ausgezeichnetes Instrument waren, um im Wasser oder in der Luft zu navigieren.

Evomee konnte sehen, wie seine Ohren am drachenähnlichen Kopf anlagen, um dem Sturm zu trotzen. Sie zogen ihre Auswüchse weit nach hinten über den Schädel. Dünne Häute verbanden die einzelnen Partien.

Der Elementar öffnete sein Maul, zeigte scharfe Reißzähne und stieß ein Röhren aus. Als würde er Odems Winden trotzig einen Schlachtruf entgegenschmettern. Zusammen mit den scharfen, gebogenen Klauen war der Wasserelementar sehr wehrhaft, und die Wettergegebenheiten gerade liebte er, wie Evomee wusste. Es hielt seine Haut feucht und war eine gute Gelegenheit, sich in seiner beeindruckenden Gänze zu zeigen.

Erneut rollte ein Röhren durch die Luft, gefolgt von einem gleißenden Blitz und einige Augenblicke später dem dazugehörigen Donner. Lächelnd blickte Meson zu Yssy hinauf.

Da der Elementar Trockenheit nicht besonders gut ertrug – sie verursachte ihm starke Schmerzen –, freute Evomee sich, dass zumindest einer von dem Wetter profitierte.

Nachdem Yssy den Großmast umkreist hatte, flog der Elementardrache auf die Geschwister zu und landete mit einem schmatzenden Geräusch neben ihnen.

Evomees kleiner Wasserigel Neppo sprang flink vom Rücken zu Boden und watschelte auf zwei Pfoten zu ihr. Seine krallenbewehrten Finger gaben ihm auf den nassen Holzbohlen des Schiffes Halt.

Rasch griff sie nach unten, formte mit den Händen eine Schale und hob ihn vorsichtig hoch. Das war eine Kunst, denn die Rückseite der kleinen Kreatur bestand aus spitzen Stacheln, die er wie einen Schuppenpanzer anlegen konnte. Seine restliche Haut bedeckte Fell, das Wasser abwies und wunderbar weich war. Mit Wonne kuschelte er sich in die Hände und leckte einmal über seinen Biberschwanz.

Wie Yssyastha hatte er Kiemen, versteckt hinter seinem Backenbart, so dass er Yssy auch unter Wasser problemlos begleiten konnte. Aus dem Mund an der langgezogenen Schnauze ragten messerscharfe Zähne hervor, mit denen er Insekten, kleine Fische und andere Leckereien reißen konnte.

Als ihn Evomee zu ihrem Gesicht hochhob, stupste er sie mit seiner winzigen Nase an und leckte sanft über ihre. Schwarzen Knopfaugen blinzelten sie an.

»*Das Wasser ist wundervoll*«, sagte Neppo. »*Und es ist im Meer um einiges ruhiger als hier oben.*«

»Das freut mich«, antworte Evomee lächelnd. Sturm und Regen traten in den Hintergrund, als sie den innigen Moment mit ihrem Begleiter genoss.

Bei Meson sah der innige Moment so aus, dass er von Yssy einen Schubs mit dem Schwanz bekam, der ihn fast über die Reling beförderte. Liebevoll gemeint, aber um einiges kraftvoller, als er sein musste. Der Elementar benahm sich manchmal wie ein zartes Geschöpf, konnte aber seine Stärke nicht immer einschätzen.

»Yssy! Schon wieder. Du sollst doch deine Kraft zügeln«, ermahnte Meson ihn erbost und drosch mit der Faust auf den Drachenleib ein, was Yssyastha jedoch nicht als Eindreschen empfand.

»*Tut mir leid*«, antwortete der Elementar geknickt. »*Das Tauchen war so schön und die Temperatur ist herrlich. Ich konnte mich nicht beherrschen. Kratzt du mich bitte noch einmal?*«

Meson blickte seufzend zum Himmel, tat dann aber wie geheißen und kratzte seinen Freund an der Flanke.

Evomee lachte. »Neppo sagt, du sollst dich nicht so anstellen. Yssy liebt dich und will dir das zeigen.« Sie drückte den kleinen Igel erneut an ihre feuchte Wange und er streichelte sie mit den winzigen Pfötchen. Anschließend ließ sie ihn hinunter auf das Schiffsdeck.

»Das kann er auch sanft ausdrücken«, grummelte Meson und versuchte den Blick von Yssy einzufangen, streichelte dann aber über dessen Körper. Die schuppige Haut glitt angenehm unter seinen Fingern hindurch. Yssy drückte seinen Leib dagegen und sprang anschließend auf dem Deck hin und her. Unbehaglich beobachtete Meson wie einige Holzbohlen sich unter seinem Gewicht bogen.

»*Sollen wir hochfliegen und uns umsehen? Vielleicht erkennen wir, was die Menschen aus Osnil planen.*«

Meson nickte und Neppo kletterte erneut umständlich, aber flink auf den Rücken von Yssy – Schuppe für Schuppe als Haltegriff nutzend.

Der Elementar sprang mit einem Rauschen in die Luft.

»Meinst du wirklich, sie erkennen etwas?«

»Wir werden sehen, was sie aus der Luft erkunden, vielleicht hilft uns ihr Blick über Osnil, eine bessere Einschätzung zu bekommen«, schrie er Evomee zu.

Undeutlich erkannte er unter ihrer Kapuze wie sie eine sanft geschwungene Augenbraue hob. »Wobei … Yssy hat ja gute Augen. Von Neppo verspreche ich mir keinen großen Informationsgewinn«, rief sie zurück und lächelte. »Aber, es wird allemal besser sein als das, was wir von den Zinnen der Bastion aus sehen werden.«

Stumm standen sie einige Zeit nebeneinander, jeder in seine eigenen Gedanken versunken, die Gegenwart des anderen genießend, und sahen dem Land beim Näherkommen zu.

Bevor sie an einem der Piers im Hafen anlegten, kehrten die beiden Begleiter zurück und Yssy berichtete, was sie gesehen hatten.

»Eine große Streitmacht, die aus Männern aus Osnil sowie den nördlichen Königreichen besteht, lagert einen guten Tagesritt von der Grenze entfernt. Sie bauen großes Kriegsgerät auf und roden dafür den angrenzenden Wald. Außerdem rückt ein weiteres Heer aus Nordosten an. Diese Krieger sind in Gold und ein dunkles, blutfarbiges Rot gekleidet. Die Rüstungen und Schilde muteten nicht wie die von Osnil oder die der Nordlinge an. Ich kenne die der Nordmänner! Sie bevorzugen große Rundschilde aus Holz, die sie mit Stacheln spicken. Auch die osnilischen Schilde haben eine runde Form. Mir gefallen die unterschiedlichen Tierköpfe, mit denen sie sie bemalen. Die Schnauze prangte immer in der Mitt–«

»Yssy! Bitte nur die wichtigen Fakten«, grummelte Meson. »Wie sehen die Schilde und die Ausrüstung denn aus?«

»'tschuldigung!«, nuschelte Yssy. *»Die Männer des fremden Heeres haben ovale Schilde mit handgroßen Kerben an den Seiten. Die sehen seltsam aus … Genauso wie ihre grob geschmiedeten Rüstungen, die wie Felsen aussehen.«*

»Wie Felsen? Das klingt nach Tarnungsabsichten. Wie nah bist du ihnen denn gekommen?«, fragte Meson verwundert. »Du bist ziemlich weit ins Land hineingeflogen, oder?«

»Sonst hätten wir ja nichts erkannt. Ich denke aber nicht, dass irgendeiner uns entdecken konnte. Es bläst ein ziemlicher Sturm und herrlicher Regen peitscht durch die Luft.«

Meson gab seine Ausführung an Evomee weiter.

Das Schiff war inzwischen an den Piers angekommen und hatte Kurs auf einen der größten genommen. Nicht lang, nachdem der Steuermann seine Endposition anvisiert hatte, legten sie an und die Matrosen warfen Seile zum Vertäuen von Deck. Auf einen Lotsen hatte der Steuermann verzichtet.

Als das Schiff sich nicht mehr bewegte, kippten die Seeleute einen Steg zum Pier. Mit dumpfem Klatschen knallte er auf die großen Steine.

Meson ließ Evomee den Vortritt und folgte ihr rasch über die unter ihm wippende Rampe. Natürlich stampfte Yssy ihm hinterher und durch seinen ungestümen Sprung schwankte sie noch mehr.

»Schlammige Wasser! Irgendwann wirst du mich noch umbringen«, fluchte Meson, fand sein Gleichgewicht wieder und verließ schnell den Steg.

An Land wurden sie sofort von Wenmar und dem Kommandeur der stationierten Soldaten, Oberst Terewerd, empfangen.

Die beiden begrüßten ihn und Evomee überglücklich, und angenehmerweise führten sie sie gleich aus dem Sturm in den Palast.

Der Bericht, den Terewerd ihnen dort vorlegte, deckte sich mit dem, was Yssy ihm berichtet hatte. Auf Mesons Frage, woher dieses zweite Heer stammte und welchem Reich es angehörte, musste der Soldat passen. Bisher war nur bekannt, dass es gleichzeitig mit dem aus Osnil eingetroffen war und um einiges weniger an Kämpfern zählte. Aus den Späherberichten schlossen sie, dass mehrere zehntausend Soldaten jenseits der Grenze aufmarschierten. Bisher waren keine Forderungen gestellt worden. Auch ein Unterhändler erschien nicht, um etwaige Forderungen vorzutragen. Die eigenen kehrten ohne Informationen zurück. Sie wurden zu keinem hochrangigen Offizier vorgelassen und des Landes verwiesen.

»Ihr seht, wir tappen im Dunkel, was die Beweggründe der Feinde sind. Ich nenne sie inzwischen Feinde, da *das* kein gewöhnlicher Aufmarsch von Truppen ist. Sie rüsten sich für einen Angriff auf uns! Und ich habe mir die Freiheit genommen alles für eine Belagerung und einen Krieg vorzubereiten«, schloss der Oberst.

»Ich bin sehr froh, dass ihr zu uns gestoßen seid und die Marine einige Kriegsschiffe in die Bucht von Olo entsandt hat«, schaltete sich Wenmar ein. »Ohne eine Blockade des Hafens stehen sie jahrelang vor unseren Toren, wenn sie wollen, und kommen doch nicht herein. Die Bastion wird – wie früher! – ihre Männer und letztendlich ihren Willen brechen. Wie geprügelte Hunde werden sie zurück nach Hause zu ihrem katzenäugigen Sohn einer schmierigen Schluppe kriechen!« Rote Hitze überzog seine hängenden Wangen und er stemmte die geballten Fäuste in die Seiten. Dann bemerkte er seinen Ausbruch und fügte an Evomee gewandt hinzu: »Entschuldigt, Wassergeborene.«

»Ihr müsst euch nicht bei mir entschuldigen«, erwiderte sie schmunzelnd. »Mich könnt ihr dadurch nicht aus der Bahn werfen.«

Nachdem ihnen alles erzählt worden war, bekamen Meson und Evomee mit ihren Begleitern passende Gemächer zugewiesen.

Froh über die Möglichkeit einer Rast, verabschiedete Meson sich von allen und fiel müde in sein Bett.

Tage später, in denen Evomee zusammen mit den Kommandanten und ihrem Bruder die Verteidigung von Buchtwächter geplant hatte, wurde sie von gellenden Glocken- und Fanfarentöne aus ihrem Schlaf gerissen.

Nur Panrhea – der kleine bläuliche Mond – leuchtete durchs Fenster, und sofort wusste sie, dass es in den frühen Morgenstunden sein musste.

Rasch zog sie ihre Rüstung an, hastete zu Mesons Zimmer, und bevor sie klopfen konnte, wurde die Tür auch schon aufgerissen.

Vollständig gerüstet – lederne Rüstung, die über und über mit kleinen Dunkelstahlplatten besetzt war; lederne Handschuhe gleicher Machart; ein riesiger Zweihänder, der über seinen Rücken hinausragte – stand er im Durchgang und grinste sie an. Der Bart saß natürlich einwandfrei! Ebenso sein Haar, und Evomee wunderte sich kurz, wie er beides so schnell frisiert hatte. Ihre Verwunderung hielt nur einen winzigen Moment an, denn es war einfach … wie immer.

»Ich dachte schon, ich muss dich holen«, rief er als Begrüßung.

»*Du* bist der Langschläfer«, konterte sie und rannte den Gang entlang. »Los, ich befürchte Schlimmes!«

Dröhnend fiel seine Tür ins Schloss und sie bemerkte aus den Augenwinkeln, wie er ihr folgte.

Einige Zeit später, die Sonne legte gerade einen flammenden Kranz um die Berge des Wildsteingebirges, standen sie mit wachsamem Blick auf dem höchsten Turm von Buchtwächter. Der Grund der Aufregung war unverkennbar: Die beiden Heere walzten auf die Nordgrenze von Olorien und Buchtwächter zu.

»Sieht so aus, als wäre es kein Bluff gewesen und sie greifen tatsächlich an«, ließ Meson seine tiefe Stimme ertönen.

»Wodasch sei Dank hat der Herzog alles vorbereitet. Lass sie kommen!«, erwiderte Evomee.

Angespannt schauten sie zu, wie die Feinde unaufhaltsam näher kamen.

Über ihnen röhrte Yssy einen markerschütternden Kampfschrei in die Dämmerung hinaus.

Die schwarze Perle

Toki; Finvara

Toki und Fin ritten den geschlängelten Gebirgspass zwischen Tangrintanien und den Regenlanden entlang. Für den frisch erwachten Elementarier war alles neu und aufregend. Aufmerksam begutachtete er den Weg.

Nachdem sie die Pferde um eine enge Kurve geführt hatten, tauchte eine kleine Wachstation vor ihnen auf. Das Tor war verschlossen, aber ohne dass Finvara oder er den Wachmännern Anweisungen zum Öffnen geben konnten – oder mussten –, schwang es auf.

›Wahrscheinlich haben die beiden da oben Fins Zugehörigkeit zu den Elementariern erkannt‹, vermutete Toki. ›Mit ihrem roten Mantel, dem Dunkelstahlkettenhemd und der Armbrust auf dem Rücken sieht sie nach einer gefährlichen Kriegerin aus. Und die mandelförmigen Augen erst! Sie glühen so feurig wie eine wild herumtanzende Flamme im Wind. Ich hätte ihr auch geöffnet, ohne einen Befehl zu brauchen.‹

Verstohlen musterte er die kleine, aber nichtsdestotrotz imposante Frau. Ihre fingerlangen Haarsträhnen glänzten im Sonnenschein in einem wunderbaren Kupferton. Die ihm zugewandte rechte Schläfe war bis weit übers Ohr abrasiert und er konnte deutlich den ebenfalls feurig leuchtenden Ohrring bewundern. Ihre beiden magischen Elementarperlen trug sie so am Körper.

Rasch griff er an den kleinen Beutel an seinem Gürtel. Seine eigene Perle war noch da. ›Puh … Nun, wo soll sie auch sonst sein.‹ Sie lag bei seinem Geld, da er bisher niemanden gefunden hatte, der sie in die Fassung, die Yeban benutzt hatte, einsetzen konnte. Und er würde gern genau *diese* wieder verwenden.

Inzwischen hatten sie die kleine Bastion erreicht und die Pferde trabten auf das weit geöffnete Tor zu.

Sein Blick schweifte hinauf zu den beiden Wächtern und er bemerkte, wie sie gebannt auf sie herabstarrten. Einer pulte dabei mit dem Zeigefinger zwischen den Zähnen.

›Fin wird einfach immer beobachtet. Moment …, die sehen mich genauso an!‹

Hastig senkte er den Blick und war froh, als die Festung hinter ihnen verschwand.

»Jetzt bist du zum ersten Mal außerhalb Tangrintaniens«, vernahm er Fins Stimme. Irgendwie lag immer ein befehlender Ton in ihr, auch wenn sie lediglich eine Tatsache feststellte.

»Das stimmt. Wir Tangrintanier leben recht abgeschieden. Du hast es gesehen. Der Ort, an dem meine Eltern leben, ist … na ja, übersichtlich. Ich finde unsere Reise bisher sehr beeindruckend. Und dieser Pass ist der höchste Punkt, an dem ich bisher war. Die Berge sind unglaublich! Ist es richtig, dass es nur diesen Pass gibt, der in die Regenlande führt, und einen weiteren im Osten? Soweit ich weiß, endet er in der Lutbucht. Ich hätte nicht gedacht, jemals einen der beiden zu überqueren.«

Die Stille kehrte zurück und Toki grübelte, über seinen Redebedarf, Fins Schweigsamkeit, seine Reise. Er hatte zugestimmt, die Elementarierin nach Carane zu begleiten und im dortigen Tempel des Feuers nach der Prophezeiung der sechs Elemente zu suchen. Uthr hatte schließlich in seinem Brief davon gesprochen! Es war ein Wunder, dass ausgerechnet er ein Elementarier geworden war und seine Veränderung hatte eine Flut an Fragen in ihm ausgelöst. Deshalb begleitete er Fin. Um seine Neugier zu befriedigen und Antworten zu erhalten! Über die Elementarier und sein ungewöhnliches Erwachen, diesen neuen Gott und seine Schergen, die Prophezeiung … Delyma, der alte, wunderliche Archivar in Tannberg hatte nichts davon gewusst – Finvara ebenso wenig. Was ihr so gar nicht behagte. Das alles war ausgesprochen seltsam. Außerdem: Jetzt, da er ein Elementarier war, war es seine *Pflicht*, den Völkern Natlaras zu helfen. Was hatte Großmutter immer gesagt? »Wer viel weiß und viel kann, ist verpflichtet anderen zu helfen. Sonst geht Tangrintanien zugrunde!« Ganz bestimmt galt das jetzt umso mehr für ihn. Auch wenn er nicht viel konnte … und noch weniger wusste. Aber er war zuversichtlich, das zu ändern.

Während sie den langgezogenen Serpentinen durch die Regenberge folgten, musterte er Fin wieder. Sie wirkte so … souverän und heldenhaft!

›Ganz anders als ich selbst.‹ Er schürzte die Lippen. ›Meine Muskeln sind immer noch nicht besonders ausgeprägt, trotz all des Trainings mit Ansou. Immerhin wirken sie ein wenig drahtiger. Fin hat so einen einzigartigen Hautton. Er schimmert wie Bronze. Ganz anders als meine eigene helle Farbe. Aber immerhin bin ich nicht mehr grau.‹

»Wie lange geht das noch so die Serpentinen hinab?«, fragte Toki schließlich, um die Stille mit Leben zu füllen.

»Die längste Strecke haben wir hinter uns«, erwiderte Finvara einsilbig.

Toki fuhr mit der Hand durch den Dreitagebart und sagte: »Hoffentlich regnet es in den Regenlanden nicht so oft, wie der Name erahnen lässt. Wir hatten jetzt so viele schöne Tag voller Sonnenschein. Ich würde es vermissen.«

Fin drehte sich zu ihm um, sah ihn an und erklärte: »Auf dem Weg in deine Heimat hatte ich zeitweise mit Regenschauern zu kämpfen, die meinen Mund voll Wasser laufen ließen, wenn ich ihn nur aufmachte. Also ja, vielleicht regnet es.« Sie wandte sich erneut nach vorn und setzte die Reise ohne einen weiteren Kommentar fort.

›Wenn sie nur nicht so wortkarg und mürrisch wäre. Hoffentlich redet sie heute Abend mehr. Mit Ansou war es ganz anders … Was sie wohl gerade macht?‹ Ein tiefes Seufzen entfuhr ihm. ›Es wäre so schön gewesen, wenn sie uns begleitet hätte, anstatt in Irani zu bleiben. Na ja, jetzt als Majorin wird sie hoffentlich die Nordmänner und weißen Priester aufspüren und verhaften. Abgesehen davon hat sie mir sowieso gleich gesagt, Soldatin sein sei ihr Leben und ich solle mich nicht in sie verlieben! Bei Lutums feuriger Glut! Zu spät …‹ Ihr wunderschönes Gesicht tauchte vor seinem inneren Auge auf und er betrachtete wieder Fin, die stoisch neben ihm her ritt. ›Nach Carane und zurück … Wie lang kann das schon dauern? Und dann sehe ich sie zumindest wieder.‹ Während er grübelte, schweifte er ab und landete unweigerlich doch wieder bei Ansou. Ihren braunen, gelockten Haaren; den gleichfarbigen, strahlenden Augen und den herzförmigen Lippen; der geschwungene Hals, der überging in ihre muskulösen Schultern und wohlgeformten, fülligen Brüste …‹ Blut schoss ihm in den Schoß und schnell verdrängte er den Gedanken an Ansous Körper und den Sex mit ihr. Um sich abzulenken, überlegte er, ob er erneut versuchen sollte, der Elementarierin eine Frage zu stellen, als ein kleiner Vogel heransauste und auf seiner Schulter landete. Ein Feuerfischdrache folgte ihm nur eine Handspanne entfernt.

Fogo – Fins Begleiter – rauschte knapp an Tokis Kopf vorbei und schnaubte ein paar Rauchwölkchen aus, so dass Toki husten musste. Anschließend drehte er eine Rolle in der Luft, landete auf ihrer Schulter und schmiegte sich an ihren Hals.

Sie hob die Hand und kraulte ihn geistesabwesend.

Ein ekelhafter Geruch nach Aas und anderem, dem Toki keinen weiteren Gedanken widmen wollte, hüllte ihn zeitgleich ein, und mit wedelnder Hand versuchte er dem Gestank zu entgehen.

»*Fogo findet die besten Mückenschwärme!*« Ayme, die Goldammer, hüpfte begeistert auf seiner Schulter herum. Anschließend plusterte er sein Gefieder auf und verkündete stolz: »*Schau, wie wohlgenährt ich bin und wie prachtvoll mein Gefieder glänzt. Ich sehe schon die ganzen Weibchen einen Ast abbrechen, weil sie alle darauf sitzen und warten, dass sie sich mit mir paaren dürfen.*« Er plusterte sich noch ein wenig mehr auf und wartete auf einen Kommentar von Toki. »*Es ist gerade Balzzeit*«, fügte er beharrlich hinzu, als ihm zu lange keine Antwort zuteilwurde.

»Hoffentlich hast du Spaß dabei«, grummelte Toki.

Verlegen wegen seiner grantigen Antwort streichelte er den Vogel am Bauch durchs Gefieder und beeilte sich zu sagen: »Du strahlst in einem wunderschönen Goldgelb, Ayme. Ich glaube, die Weibchen werden dir nicht widerstehen können.«

Bei den Worten wurde der kleine Flauschball noch größer und zwitscherte ein fröhliches: »*Wie-wie-wie-wie-Ihhh.*«

›Was ärgere ich mich überhaupt? Immerhin geht es Ayme gut, die Sonne scheint und es ist angenehm warm.‹

Toki drängte seine Gedanken beiseite und konzentrierte sich auf seine Atmung. Seit Uthr ihn in verschiedenen Techniken unterwiesen hatte, wendete er sie oft an. Zur Beruhigung, zur Konzentration oder um sich von seinen Ängsten zu befreien.

Nach einigen Momenten verschwand der Missmut und wich einer angenehmen Ruhe. Sein Zeigefinger fuhr erneut über Aymes Gefieder.

›Vor ein paar Monaten hätte ich mir nie träumen lassen, mit einer der legendären Elementarierinnen auf Reisen zu gehen. Davon, selbst einer zu sein, ganz zu schweigen! Also, eigentlich geht es mir gut!‹ Ein Lächeln erschien auf seinen Lippen, als er an seine Freunde im Dorf an den Griffinfangseen dachte und daran, wie sie ihn empfangen hatten.

Ida hatte ihn mit Fragen gelöchert, Farrar ihn aufgezogen und Habat … nun, der hatte die ganze Zeit nur Fin angestarrt.

›Ohne sie wäre ich jetzt vielleicht gar nicht mehr hier‹, fiel ihm ein. ›Sie haben zu mir gehalten, als meine Haut grau wurde, der weiße Priester die Dorfbewohner gegen mich aufwiegelte und ich fliehen musste. Damals dachte ich, ich müsse sterben. Diese Panik will ich nicht noch einmal durchmachen müssen! Die Enge in der Brust; keine Luft mehr zu bekommen; das Gedankenkarussell über einen schmerzhaften Tod …‹ Ein eisiger Schauer lief ihm über den Rücken, als er sich erinnerte und sein Hals wurde eng. ›Lutum sei –, nein, Uthr sei Dank, habe ich das und die Angst davor hinter mir gelassen!‹

Ein Picken an seinem Hals forderte ihn auf, die Goldammer weiter zu kraulen.

›Letztendlich hat sich alles zum Guten gewendet. Ohne meine Flucht hätte ich Fin nicht kennengelernt. Oder Ansou, die perfekte, wunderschöne Frau, und wir hätten nicht …‹ Ihre Küsse drängten mit Macht in seine Gedanken. Wie sie seinen Mund küsste, den Hals entlang weiter nach unten wanderte … ›Denk an was anderes!‹, schalt er sich und rutschte in eine angenehmere Position auf dem Pferderücken. ›Tangrintanien kann sich glücklich schätzen, dass ich davonlaufen musste. Vielleicht hätte ansonsten niemand den Staatsstreich verhindert? Na gut …, Fin wäre auch ohne mich dahintergekommen und Eliza hätte ihr geholfen.‹ Die Luft blieb ihm weg. ›Würde meine Cousine noch leben? Sie wurde schließlich nur wegen *mir* von Bolzen getroffen! Auch wegen ihres selbstlosen Opfers *muss* ich Fin nach Carane begleiten!‹

Ayme merkte anscheinend, wie Toki schwermütig wurde, schmiegte seinen Kopf an dessen Ohr und pickte sacht dagegen.

»Alles in Ordnung. Ich habe nur an Eliza gedacht«, teilte Toki ihm mit.

Da er nicht genau wusste, wie er sich ablenken sollte, griff er in seine Satteltasche, zog einen runzligen Apfel daraus hervor und aß ihn. Das Gehäuse warf er an den Wegesrand. ›Die Tiere sollen auch etwas Frischeres in der kargen Umgebung genießen.‹

Danach versuchte er, Fin erneut in ein Gespräch zu verwickeln. »Erreichen wir heute ein Gasthaus, oder suchen wir uns einen Rastplatz am Weg?«

Ohne ihren Kopf, geschweige denn den Körper zu drehen, antwortete sie: »Wir erreichen das Passende vor Einbruch der Dunkelheit und werden dort rasten. Zu einer Stadt gelangen wir erst morgen. Ich weiß, wo wir anhalten können, denn ich habe dort schon einmal eine Nacht verbracht. In ein paar Stunden sind wir da.«

Die Stille kehrte zurück. Unterbrochen wurde sie nur vom klappernden Hufschlag und Aymes Zwitschern.

Fogo schlief inzwischen tief und fest auf Fins Schulter. Der Drachenkörper blähte sich gleichmäßig auf, fiel wieder zusammen und gelegentlich stieß er eine kleine Rauchwolke aus seinem Hinterteil aus.

Die Nase rümpfend dachte Toki an den ekligen Geruch, als der Drache vorbeigeflogen war und lenkte sein Pferd in einem kleinen Bogen ein Stück weiter des Weges.

Ohne weitere Worte zu wechseln, erreichten sie schließlich das Passende, und er konnte den ersten Blick auf die Regenlande erhaschen. Die Abendsonne versank gerade hinter den Bergen im Westen und schickte ein paar letzte, leuchtende Strahlen auf das Land.

›Als ob sie auf uns gewartet hätte‹, dachte Toki und staunte über den Anblick.

Die Landschaft bekam ein neues Gesicht. Die Berge gingen in Hügel und dann in eine weite Ebene über. Viele größere und kleinere Seen schimmerten hinter einer großen Stadt in tausend Nuancen. Um nicht geblendet zu werden, schirmte er seine Augen ab.

›Ist das dort in der Ferne eine weitere Siedlung? Hinter den stehenden Gewässern? Gerade noch zu erkennen … Sie muss riesig sein!‹

Ein Fluss entsprang in den Regenbergen und floss wie ein silbernes Band an den Seen und der Stadt vorbei. Er entdeckte noch andere in der Ferne, und für Toki erschien es, als würde das ganze Land aus Wasser bestehen. Flüsse und Seen in allen möglichen Größen und Formen. Unterbrochen von großflächigen Wäldern. Von hier oben sah es aus, als wären es grüne Gewässer, inmitten von blauen Pfützen. Er ließ das Bild auf sich wirken und versuchte im Osten einen Blick auf das Meer zu erhaschen. Das hatte er noch nie gesehen und war gespannt darauf. Leider erkannte er am Horizont nur Land und das undeutlich, da die Dämmerung alles verschwimmen ließ.

›Wie salziges Wasser wohl schmeckt? Ob das Meer wirklich so groß ist, wie ich von Reisenden gehört habe, die wochen- und monatelang mit einem Schiff unterwegs waren? Sie haben sicher übertrieben, um sich ein Bier für ihre Geschichten zu erschleichen!‹

»Weißt du, wie der Fluss und die Stadt unter uns heißen?«, fragte er.

Fin ließ ihr Pferd zu ihm traben und blickte ebenfalls in die Regenlande hinein.

»Der Fluss direkt unter uns wird Langsam genannt. Er hat eine – sagen wir wohlwollend – träge Fließgeschwindigkeit. Du wärst schneller, wenn du zu Fuß gehst, als mit einem Schiff darauf zu fahren. Die werden von Ochsen gezogen, um überhaupt voranzukommen. Deswegen ist die Straße gut ausgebaut. Glück für uns, denn genau die werden wir bereisen. Die Ortschaft heißt einfach ›Stadt am Nordpass‹, so wie ihr Pendant in Tangrintanien ›Stadt am Südpass‹ als Namen bekommen hat. Auf dieser Seite leben allerdings fünfundzwanzig Mal mehr Menschen in der Stadt. Die Seen werden Regenseen genannt, da sie sich aus den Regenmengen der Berge speisen. Der Fluss, den du gerade noch dahinter erkennen kannst, ist die Schnell. Sie und die Langsam fließen später zusammen. Auch dort werden wir entlangkommen, um letztendlich das Meer zu erreichen. Ich gehe davon aus, du warst noch nie am Meer?«

Bevor er antwortete, blinzelte er sie erstaunt an. Er hatte sich schon damit abgefunden, keine oder nur eine kurz angebundene Antwort zu bekommen. So viel auf einmal hatte sie den ganzen Tag nicht gesprochen!

»Nein, und ich bin schon ausgesprochen gespannt, wie es aussehen wird. Das größte Wasser, das ich bisher zu Gesicht bekommen habe, war der Iranisee, und den fand ich sehr groß. Du weißt ja, in Tangrintanien ist alles etwas kleiner.«

»Bis auf die Herzen der Menschen«, antworte Fin, ungewohnt freundlich, was Toki ebenso erstaunt zur Kenntnis nahm. »Ich habe mir ursprünglich gedacht, deine Heimat besteht vorwiegend aus Bauern. Du, deine Familie, Reben, Ansou und andere haben mich eines Besseren belehrt. Du siehst, auch Elementarier irren sich.«

»Dafür habe ich das Gefühl, als würde ich in eine Welt voller Wunder, Legenden und weiser Menschen eintreten.«

»Was bedeutet weise, Toki? Vielleicht diskutieren wir ein anderes Mal darüber. Aber vergiss nicht: Es gibt nicht nur

Menschen auf der Welt! Wir werden auch durch Tadrium reisen – das Land der Zwerge, zweigeteilt, die Zwerge leben vorrangig im nördlichen Teil und die Menschen im Süden. In der Mitte ist es bunt durchmischt. Der Erdtempel liegt weit in den Bergen und die Stadt um ihn herum wurde oberirdisch *und* unterirdisch erbaut. Das ist wahrlich ein magischer Ort.« Fin geriet geradezu ins Schwärmen, als sie ihm davon erzählte.

Begeistert sog Toki alles auf und war wieder etwas beruhigter, während die Sonne langsam, aber unaufhaltsam, hinter den Bergen versank und lange Schatten ins Land warf.

»Und ich sollte die Elben in Belindin nicht vergessen zu erwähnen. Aber auf sie werden wir vorerst nicht treffen.« Sie schloss ihre Ausführung ab, sprang von ihrem Pferd, band es an und bereitete ihren Lagerplatz vor.

Rasch stieg er ebenfalls ab und half ihr dabei, darauf hoffend, weitere Auskünfte über ihre Reiseroute zu erhalten.

Leider schwieg sie wie zuvor.

Auch nachdem das Feuer entzündet und sie ein Abendmahl zubereitet hatten, blieb Fin wortkarg.

Deshalb schnappte Toki sich einen kleinen Ast aus dem Holzhaufen, den irgendjemand am Wegrand für Lagerfeuer aufgehäuft hatte, zog eines der Dunkelstahlmesser, die er am Gürtel trug, und fing an zu schnitzen. Dafür hatte er lange keine Zeit gehabt und er freute sich darauf.

Im Feuerschein entlockte er dem Holz einen kleinen Vogel, der Ayme zum Verwechseln ähnlich sah. Der schlief schon, als er fertig war. Genauso wie Fin und Fogo.

Toki betrachtete sein Werk noch einmal, beschloss, dass er zufrieden mit seiner Arbeit war, und steckte den Holz-Ayme in die Satteltasche. Anschließend rollte er sich in seine Decke.

Mit dem Gedanken an Uthr und der Frage, ob er den Schicksalsweber wiedersehen würde, schlief er ein.

Toki wurde von einem ausgiebigen Regenschauer geweckt. So schön, wie das Wetter gestern war, so trist, grau und nass war es jetzt.

Die Bemühung von Fin, ein Feuer anzuzünden, blieb ohne Erfolg. Nicht einmal eine kräftige Stichflamme aus Fogos Maul brachte ein zufriedenstellendes Ergebnis.

Nach ihrer Morgenroutine – die wirklich nicht lange dauerte, was Toki schade fand, denn er hätte gern länger meditiert – und einem kargen Frühstück brachen sie auf.

Fest in ihre Umhänge gewickelt, die Kapuze weit über die Stirn gezogen und tropfend trabten sie langsam über die schlüpfrigen Steine des Weges.

Ayme versteckte sich in den Falten seiner Kleidung, um dem schlimmsten Regen zu entgehen. Das hatte er sich von Fogo abgeschaut. Der lugte unter Fins karmesinrotem Umhang hervor und schien sich mit Ayme zu unterhalten.

»Regen finde ich nicht besonders toll«, quengelte Ayme. »Bis auf die Regenwürmer, die durch ihn geweckt aus dem Boden kriechen … Lecker wären sie jetzt schon! Aber das viele Wasser verklebt meine Federn und das Fliegen wird so schwer. Der kleine Feuerteufel will auch nicht aus seinem warmen Nest raus.«

Wie Toki mitbekommen hatte, bezeichnete die Goldammer den Drachen gelegentlich so, da er Feuer spie und Ayme es liebte, wenn Fogo ihm sein Futter anröstete. Angeblich war dadurch all das, was ein Vogel als Leckerbissen erachtete, besonders knusprig und schmackhaft.

Toki hatte einmal zugesehen, als die beiden mit einer besonders fetten Made zugange waren. Der Flammenstoß von Fogo brachte sie dazu, sich am Boden zu winden. Dann platzte sie auf, verteilte spritzend ihre Körpersäfte, und angewidert hatte er verfolgt, wie Ayme mit seinem Schnabel Teile herauspickte und verschlang. ›Lieber er als ich.‹

»Mir wäre es auch lieber, wenn –«

Eine Bö schleuderte Toki Wasser ins Gesicht. Hatte Fin nicht gesagt, dass bei manchen Regengüssen ihr Mund voll Wasser lief, wenn sie ihn nur aufmachte? Er hatte es sich nicht vorstellen können und es als Übertreibung abgetan. So viel Wasser in der Luft, dass es unmöglich war zu sprechen? ›Lachhaft!‹ Jetzt erlebte er es selbst. Also wartete er ab und hoffte, dass der schlimmste Regen bald vorübergezogen war.

Einige Zeit später kam ihm eine Idee. ›Ich soll mit meiner Kraft üben! Warum nicht einfach einen Schirm über uns aufspannen und dadurch den Regen abhalten?‹

Genau das versuchte er dann. Zunächst konzentrierte er sich darauf, die Luft über ihnen zu härten und tatsächlich … der Regen prasselte auf eine unsichtbare Platte. Zufrieden blickte er hinauf, um gleich darauf seitlich von einem Wasserguss getroffen zu werden.

Fluchend spuckte er einen Mundvoll aus. Die verdichtete Fläche blieb hinter ihnen zurück. Regentropfen trafen mitten in der Luft darauf und eine Pfütze schwappte schimmernd auf ihr hin und her. Seufzend löste er die gehärtete Luft auf. Natürlich hatte er nicht bedacht, dass sie ritten und die Pferde schnell unter dem Schutz hindurch waren.

Als Nächstes versuchte er die Fläche einfach auszudehnen, aber auch das funktionierte nicht besonders gut. Gleiche Technik, anderes Ergebnis? Was hatte er erwartet? Außerdem reichte seine Kraft nicht so weit. Es war unglaublich anstrengend, einen so großen Bereich unter Kontrolle zu halten, und ein dumpfer Druck breitete sich hinter seiner Stirn aus.

Irgendwann hatte er eine Lösung gefunden. Er verhärtete die Luft immer so weit im Voraus, wie es nötig war, und hinter ihnen entließ er sie sofort wieder. Stolz saß er auf seinem Pferd und wrang den Umhang aus.

Fin hatte mitbekommen, was er tat, und lächelte ihm zu. »Keine schlechte Idee, Toki. Du übst und gleichzeitig wird unsere Reise dadurch angenehmer. Wie ist es, die Kraft einzusetzen?«

»Anstrengend. Nicht körperlich, aber mit der Zeit fühlt es sich an, als hätte ich Watte im Kopf. Dabei habe ich es nicht einmal besonders lang versucht«, erklärte er ihr.

»Bei mir kommt es zu einer körperlichen Erschöpfung, wenn ich meine Schnelligkeit einsetze«, erwiderte sie. »Als würde ich meine Energie viel schneller aufzehren. Nur in sehr seltenen Fällen kann ich über eine bestimmte Grenze an Belastung hinausgehen. Danach brauche ich dringend eine längere Erholungspause und mehr Schlaf. Ich denke, bei dir ist es ähnlich. Nur, dass du nicht körperlich, sondern geistig über die normale Leistungsfähigkeit hinaus gehst. Du wirst sehen, je mehr du übst, umso besser wirst du werden. Anfangs konnte ich meine Gabe nur für eine kurze Zeit einsetzen, danach war ich zu erschöpft. Jetzt ist es mir möglich – wenn nötig – eine ganze Schlacht hindurch zu kämpfen. Ich weiß inzwischen viel besser, wie ich meine Kraft einteilen muss.«

»Wahrscheinlich hast du recht. Ich fühle mich, als hätte ich lang etwas furchtbar Kompliziertes überdacht. Schade … Ich hätte uns gern den Regen erspart.«

Toki war enttäuscht, dass sein Plan nicht aufgegangen war. Aber dafür wusste er jetzt: Er musste mehr üben! Nicht nur den Schwertkampf und mit seinen Messern, sondern auch mit seiner Gabe. Besonders mit seiner Gabe!

Fin blickte zu den regengeschwängerten Wolken hinauf und sagte: »Das macht nichts. Schau, der Himmel reißt auf und es wird heller. Wir erreichen bald die Abzweigung zur Stadt am Nordpass. Daran reiten wir allerdings vorbei, da es ein Umweg für uns wäre. Ich will so schnell wie möglich nach Carane.«

Sie hatte recht. Wodasch hörte auf, Kübel über ihnen auszuschütten, und Odem zügelte seinen Wind, der ihrem Spaß noch die richtige Würze verlieh. Wie Fin ihm zuvor erklärt hatte, ritten sie nun an der Mautstelle vorbei, die über die Langsam führte, und gleich darauf eröffnete sich ihnen der Blick auf die Stadt am Nordpass.

Staunend betrachtete Toki deren Ausmaße. Sie war riesig …, sicherlich fast so groß wie Tannberg, aber nicht annähernd die größte, die es in den Regenlanden gab. Unglaublich …, unbegreiflich. So viele Menschen auf einem Haufen.

Fin bemerkte seine Fassungslosigkeit. »Beeindruckt? Warte, bis du die Hauptstadt der Regenlande – Himmelsbogen – zu Gesicht bekommst. Sie nimmt etwa vier Mal so viel Fläche ein wie die Stadt am Nordpass. Der Hafen ist einer der größten am Tränenmeer.«

»Beeindruckt ist gar kein Ausdruck dafür. Vier Mal so groß, sagst du? Wie können denn so viele Bewohner auf einem Haufen leben?«

»Glaub mir, das ist gar nichts. Warte, bis wir an unserem Ziel ankommen – Carnis, der Hauptstadt von Carane.«

»Ist sie die größte in Natlara?«, wollte Toki wissen.

Einen Moment überlegte Fin und kleine Falten schmückten ihre Stirn. »Soweit ich mich erinnere, gebührt die Ehre ›Olo Stadt‹, dem Zentrum von Olorien. Aber nagel mich nicht darauf fest. Die Städte wachsen so schnell …«

Die Sonne brach durch die Wolken und ein wunderschöner Regenbogen überspannte den Himmel.

»Die Götter wünschen uns Glück«, rief Toki erfreut aus und suchte ihn angestrengt ab. Manchmal war es möglich, Regenbogendrachen zu sehen, die sich, angezogen von der Wärme der Sonnenstrahlen und dem noch andauernden Regen, an diesen Stellen sammelten. Aber schnell machte sich Enttäuschung in ihm breit, denn er konnte nichts entdecken. Regenbogendrachen waren nicht besonders groß, traten aber in unglaublichen Mengen auf, und wenn sie dort wären, hätte er sie gesehen. Wahrscheinlich … Ein einziges Mal, war es ihm bisher möglich gewesen, dieses Schauspiel zu beobachten, und er wünschte wirklich, es erneut zu erleben. Abertausende und Abertausende winziger Drachen, die den Himmel bedeckten und deren Surren alle anderen Geräusche übertönte.

Seufzend wandte er sich ab. Schade. Er liebte es, neue Kreaturen zu entdecken. Zumindest die ungefährlichen …

Der Regen hatte ihn genervt, aber der wunderschöne Bogen am Firmament entschädigte ihn dafür. Glücklicher als zuvor ritt er rasch hinter Fin her, die ihn aufgefordert hatte, ihr zu folgen.

Sie folgten noch einige Zeit der Straße, bis Fin entschied, dass es Zeit für ihre Mittagsrast war.

Gerade wollte er eine trockene Stelle suchen, auf der sie gemütlich ihr Essen verspeisen konnten, als sie suchend ihren Blick wandern ließ.

»Hol die beiden Stecken dort«, beauftragte sie ihn und zeigte auf zwei etwa schwertlange Äste.

»Wieso? Brauchen wir sie für ein Feuer?«

Mit einem Schmunzeln schüttelte Fin den Kopf. »Bevor du dir den Bauch vollschlägst, werden wir dich zuerst im Umgang mit dem Schwert und den Messern unterrichten. Und jetzt: Die Stecken, bitte!«

Tokis Magen knurrte und mit einem letzten, sehnsüchtigen Blick auf die Satteltasche mit den Lebensmitteln tat er, was sie angewiesen hatte ... und musste anschließend über sich ergehen lassen, dass sie auf ihn einschlug, während er sich nur mit dem Schild verteidigte. Wofür hatte er die Äste geholt! Lutums erloschene Feuer! Bei seinen Übungen mit Ansou hatte er sich nicht schlecht angestellt und konnte recht gut mithalten. Dachte er damals zumindest ... Als er jetzt mit Finvara trainierte, war er nicht sicher, ob Ansou ihn nicht einfach nur geschont hatte. Er lernte viel von der Elementarierin, war nach der Übungsstunde aber fix und fertig, und einige neue Blutergüsse würden seine Haut zieren.

Erst nachdem sie mit dem Fortschritt zufrieden war, erlaubte Fin, dass sie sich setzten, um etwas zu essen.

»Du hältst dich nicht schlecht«, lobte sie ihn wenigstens. »Wir trainieren erst seit ein paar Tagen, aber ich sehe eine große Verbesserung deiner Fähigkeiten. Viel besser, als alles, was du mir in Tannberg präsentiert hast.«

»Danke«, nuschelte er mit vollem Mund. Das Brot und der Käse schmeckten herrlich, und auf das Lob war er stolz.

»Ich denke, in ein paar Jahren muss ich nicht mehr besorgt sein, wenn du allein einen Kampf bestreiten musst«, fügte sie hinzu.

Mit entgeistertem Blick starrte er sie an. Sein gutes Gefühl lag zu Scherben zerschmetterte neben ihm. Es kam aber schnell zurück, als er bemerkte, wie sie schmunzelte. Sie hatte sich einen ihrer raren und trockenen Scherze erlaubt. Auf seine Kosten ...

»Ich hoffe, dass ich *nicht* so lang brauchen werde. Dann musst du nicht mehr meine Glucke sein«, sagte er und zwinkerte ihr zu.

»Ich bin zuversichtlich. Wir werden fleißig üben, zusammen den Kampf und du für dich mit deiner Gabe. Dadurch solltest du in der Lage sein, dich gut gegen die meisten Gegner zu behaupten. Solange es nicht zu viele werden! Du wirst sehen: Dagegen gibt es keinen Schutz. Außer Freunde, die dir helfen.« Nach einem Blick auf die Reste seines Mahls fragte sie: »Bist du fertig? Wir reiten weiter.«

Toki nickte und kurz darauf setzten sie ihren Ritt auf der gut ausgebauten Straße neben der Langsam fort. Sie überholten einige Ochsenkarren, die große Schiffe mit allerlei Ladung den Fluss stromaufwärts und stromabwärts beförderten. Das Wasser bewegte sich wirklich nur langsam. Aber selbst das drückte immer noch eine Schnelligkeit aus, die nicht vorhanden war.

›Es sieht aus, als würde es stehen‹, fand er. ›Was für ein seltsames Gewässer.‹

Den Nachmittag ritten sie ohne Pause durch, und Toki war froh, als die Elementarierin endlich eine geeignete Stelle für das Nachtlager fand. Seiner Meinung nach hatten sie viele bessere Plätze einfach links liegen gelassen. Aber Fin wollte ja so schnell wie möglich nach Carnis.

»Kümmer dich bitte um das Lagerfeuer, ich jage uns Wild. Etwas Warmes im Bauch wird uns beide stärken.« Mit der Armbrust in der Hand verschwand sie im Wald.

Toki entzündete das Feuer und versuchte, seine Kleidung über ihm zu trocknen.

Während sein Umhang und das Hemd an einem Gestell aus Ästen Feuchtigkeit verlor und Rauchgeruch aufnahm – Odem pustete immer genau aus der verkehrten Richtung. Bei Lutum! –, wollte er seinen inzwischen kratzenden Bart rasieren. Es funktionierte genauso mäßig wie das Trocknen.

Ayme schaute ihm interessiert zu und fragte schließlich: »*Was machst du mit dem Messer und warum schneidest du dir damit die Federn ab? Ich weiß jetzt, warum ihr nicht fliegen könnt. Ihr habt viel zu wenige davon und sie sind viel zu schmal. Und jetzt schneidest du sie auch noch ab!*« Er fächerte einen seiner Flügel weit auf, zupfte dabei an ihm herum und präsentierte Toki eine besonders prächtig geformte Feder. »*Schau, so müssen Federn aussehen!*«

»Das sind keine Federn«, erklärte Toki lachend. »Das sind Haare und nicht dazu gemacht zu fliegen.«

»*Wofür hast du sie dann? Für was sind sie nützlich?*« Ayme blickte ihn fragend, mit schief gelegtem Kopf an.

»Ähm … keine Ahnung. Wir haben sie einfach. Ich habe noch nie darüber nachgedacht, warum wir Haare haben. Aber sie wachsen schnell und ich muss sie gelegentlich schneiden. So wie du deine Federn zurechtzupfst.«

Toki dachte noch einige Zeit über die Frage des Vogels nach. Musste aber letztendlich passen, für was Haare nützlich waren, da er zu keinem Ergebnis gelangte.

›Vielleicht als Sonnenschutz?‹ Zumindest am Kopf hatte er noch nie einen Sonnenbrand bekommen. ›Hmm …, damit sie uns wärmen? Wie bei Tieren? Unser Schutz vor Kälte ist aber mehr als unzureichend …‹

Er beendete seine Rasur, beäugte sein Spiegelbild in einem Topf voll Wasser … und war nicht überzeugt. Seufzend zuckte er mit den Schultern, dabei brachte er Ayme, der auf einer saß, zum Hüpfen, und packte das Rasierwerkzeug weg.

Nachdem er zum wiederholten Mal die Position seines Trocknungsgestells – ach was, eher des Räuchergestells! – verändert hatte und der verfluchte Gott der Luft immer noch seinen Spaß damit trieb, gab er auf, beließ die Konstruktion, wie sie ihm am besten erschien und setzte sich auf einen Stein.

Bis Fin zurückkehrte, wollte er seine Zeit lieber damit vertreiben zu schnitzen.

Überlegend begutachtete er die Äste, kratzte seinen ungleichmäßig gestutzten Bart und griff schließlich ein faustgroßes Stück Holz.

›Eiche. Wunderbar zu bearbeiten … zumindest mit den Dunkelstahlmessern.‹ Er hielt das Stück genauer vors Gesicht und musterte es. ›Aus den Jahresringen zu schließen, muss es ein besonders schöner und kräftiger Baum gewesen sein.‹

Da er kein besonderes Bild im Kopf hatte, das er aus dem Holz befreien wollte, packte er eines der Messer und schnitzte einfach drauflos. Es tat gut, seine Hände zu beschäftigen und die Gedanken dabei schweifen zu lassen.

»*Was machst du diesmal?*«, unterbrach Ayme die Stille. Neugierig verfolgte der Vogel, wie Toki das Scheit bearbeitete. »*Ist das Fogo?*«

Toki blickte auf seine Arbeit hinab und betrachtete, was er bisher geschaffen hatte.

»Du könntest Recht haben. Sieht aus wie der kleine Feuerfischdrache. Hier ist der Kopf, und die Flügel – oder wie auch immer man die knochigen Dinger bei ihm nennt – sehe ich auch schon.«

Aufmerksamer schnitzte er weiter und befreite Span für Span einen Miniaturfogo aus dem Holz.

»*Du bist nicht nur ein Elementarier, du bist ein Gott.*« Eifrig hüpfte Ayme auf seiner Schulter herum. »*Du kannst Kreaturen erschaffen!*«

Toki lachte laut auf und erwiderte: »Nein, ich bin ganz sicher *kein* Gott. Ich kann nur ein Abbild ihrer Schöpfung darstellen und nichts Neues erschaffen. Aber ich danke dir, und die Schnitzerei gefällt mir auch sehr gut. Noch ein kleines bisschen und sie ist fertig.«

Daraus wurde erst Mal nichts, da Fin mit einem Hasen zurückkehrte. »Hier.« Die Beute landete neben ihm. »Ich sehe, du hast ein annehmbares Feuer entzündet. Gut gemacht. Hilf mir, das Tier auszunehmen.«

Rasch packte Toki die Miniatur in seine Satteltasche, um sie später zu vervollständigen, und half ihr, die Beute zum Braten vorzubereiten. Die Teile, die sie nicht verwenden konnten, warfen sie einfach in den Wald.

Mit einem aufgebrachten Knurren sauste Fogo von seinem Platz neben ihnen hinterher und Fin grinste.

Als sie seinen Blick auffing, erklärte sie: »Er jammert, weil wir das gute Fressen einfach wegschmeißen. Knorpel, Sehnen, Innereien. Das Beste am Tier, meint er, und wir nähmen die Gabe der Fressensgeber nicht an.« Auf seinen fragenden Blick eingehend fügte sie hinzu: »So bezeichnet er seine Gottheit, oder Gottheiten. So genau habe ich es selbst nach all der Zeit nicht herausfinden können. Und frag mich bloß nicht, was sie sind, oder wie sie aussehen. Er weiß es selbst nicht.«

»Jetzt schimpft er darüber, dass wir nicht länger hierbleiben und die Leckereien so nicht vergammeln lassen können. Erst dann würden sie das gewisse Etwas bekommen«, warf Ayme ein.

Der kleine Drache saß inmitten der Überreste und wühlte mit der Schnauze und den Pfoten darin herum. Einzelteile flogen umher und einige besonders unappetitliche Fetzen verschwanden mit lautem Schmatzen in seinem Maul.

Ayme sah ihm genau zu und murrte schließlich: »Wieso bekomme ich mein Fressen nicht so schön angerichtet wie Fogo?«

»Das findest du schön?«, wunderte sich Toki. Aber um der Goldammer eine Freude zu bereiten, krümelte er ein wenig Brot neben die Stelle, an der Fogo glücklich in den Innereien saß.

Mit einem Zwitschern stürzte Ayme darauf zu und dann fraßen beide nebeneinander an ihren Leckereien.

Als der Hase über dem Feuer hing, das Fett ins Feuer tropfte und in der Glut kleine Explosionen verursachte, fühlte Toki die Anstrengung des langen Tages in seinen Gelenken und Muskeln.

»Wie war Yeban?«, fragte er Fin nachdenklich und beobachtete, wie eine kleine hellblaue Kugel, verfolgt von der großen violetten, über das Firmament kletterte. Er hoffte, mehr von der Person zu erfahren, von der er seine Gabe erhalten hatte.

Fin überlegte und setzte an: »Er war neugierig und wollte immer Neues erleben. Seine Freiheit und seine Werte – vor allem Ehrlichkeit und Gerechtigkeit – waren ihm äußerst wichtig. Dafür hat er gekämpft und sich aufgeopfert. Mutig war er auch. Es sah ihm ähnlich, dass er in Tangrintanien beschloss, alles selbst anzugehen. Ich mochte ihn. Was ich vor allem an ihm schätzte: Er war nicht launisch und aufbrausend wie andere Luftelementarier. Sie sind oft wie ein Sturm, der plötzlich heranfegt, stürmt und so schnell verschwindet, wie er kam. Yeban kannst du dir eher wie eine starke, dauerhafte Brise vorstellen. Er war auch ein ausgezeichneter Kämpfer. Mit seinen Äxten konnte er jeden Feind bezwingen. Was er nicht war: ein guter Schütze.« Fin schmunzelte und fügte hinzu: »Er traf nichts!

Weder mit der Armbrust noch mit dem Bogen. Wie jemand so schlecht zielen kann, erschließt sich mir immer noch nicht.«

»Ob ich jemals so werde wie er?« Toki zweifelte daran. »Das hört sich für mich so an, als beherrschte er seine Kraft ausgezeichnet.«

Zunächst kümmerte Fin sich um den Hasen, danach fixierte sie ihn. »Du musst nicht so werden wie er. Du bist du und er war er. Ich glaube aber, du bist wie er weder aufbrausend noch launisch. Bewahr dir das, bitte! Außerdem bist du vernünftig und triffst klare Entscheidungen. Wie dein Entschluss, mit mir nach Carnis zu reisen. Für diese Qualität steht Odem auch. Ich glaube, du bist bereit, etwas Neues zu entdecken und zu erkunden. Zu deiner Kraft: Du bist schon jetzt stärker als er. Wobei stärker nicht unbedingt das richtige Wort ist … Du bist fähig, eine viel größere Fläche zu härten. Er konnte einen Schild in seiner Größe erzeugen. Du hingegen konntest eine riesige Platte über uns und den Pferden erzeugen. Und was du vor dem Thronsaal in Tannberg zustande gebracht hast, hätte er unmöglich geschafft.«

Zögerlich antwortete Toki: »Ich weiß nicht, wie ich die Feinde getötet habe. Als ich wütend wurde, tauchte der Nebel vor meinen Augen auf und … es ist einfach geschehen. Ich habe nicht darüber nachgedacht …«

»Wahrscheinlich, weil du noch nicht ganz erwacht warst und das intuitiv abgelaufen ist. Ganz sicher hat es etwas damit zu tun, dass du anders als wir zum Elementarier geworden bist.« Sie nahm den Hasen vom Feuer, zerlegte ihn und reichte ihm sein Stück. »Und jetzt lass uns essen und schlafen. Der Tag war lang und wir brechen morgen früh auf.«

Der Braten schmeckte hervorragend. Tokis Großmutter hatte ihnen eine große Auswahl an Kräutern mitgegeben – fürs Kochen, für Tränke und für anderes – und Fin wusste sie einzusetzen.

Nach dem Essen setzte Toki sich etwas abseits und meditierte. Er hoffte, dadurch in Trance zu fallen und mit Uthr zu sprechen. Der Bärtige hatte ihm anfänglich erklärt, dass es möglich sei, durch Meditation in eine Trance zu gelangen. Leider tauchte Uthr nicht auf. Trotzdem fühlte Toki, wie seine Muskeln ihre Anspannung verloren, er ruhiger wurde und anschließend eine angenehme Nacht verbrachte.

Der nächste Morgen begann mit einer Unterrichtsstunde im Schwertkampf, die Toki erneut frustrierte. Dass Fin ihn besiegte, daran hatte er sich gewöhnt. Aber die Art und Weise, wie sie es diesmal tat, ließ ihn verzweifeln. In der letzten Runde sprang sie unvermittelt hinter ihn, packte seine Haare, die er zu einem Pferdeschwanz gebunden hatte, und zog ihn daran unsanft zu Boden. Mit einem dumpfen Schlag traf er auf den weichen Untergrund auf und die Luft wurde ihm pfeifend aus den Lungen gepresst. Eher er seine Sinne wieder sammeln konnte, ruhte ihr Astschwert auf seiner Brust. Blinzelnd starrte er zu ihr hinauf. Wie eine göttliche Erscheinung stand sie dort und funkelte ihn aus feurigen Augen an.

»Du musst in einem Kampf alles nutzen, was dir einen Vorteil schafft.«

Endlich senkte Fin ihre Waffe und Toki stemmte sich hoch.

»Sieh dir deinen Kontrahenten genau an und erkenne, wo er eine Schwachstelle hat. Bei dir waren es gerade die langen Haare, die ich mir greifen konnte. Dadurch brachte ich dich aus dem Gleichgewicht und schlussendlich zu Boden. Achte auf steife Glieder, Bewegungen, die bei deinen Gegnern nicht flüssig wirken und alles, was dir sonst in den Sinn kommt. Aber sei vorsichtig, es könnte auch eine Finte sein! Gewiefte Kämpfer setzen genau darauf.«

Sie schloss die Lektion, stellte den Ast beiseite und trat zu dem kleinen Bach neben ihrem Rastplatz. Dort schob sie ihr Kettenhemd über den Kopf und legte es ordentlich neben einen Stein.

Sofort hob Fogo den Kopf, sauste los und rollte seinen Körper darauf ein wie auf dem weichsten Kissen.

Lächelnd beobachtete Toki den kleinen Drachen und wurde gewahr, wie Fin auch ihr Unterkleid auszog. Perplex musterte er ihre schlanke Gestalt, die plötzlich in voller Pracht zu bewundern war. Eine längliche Narbe führte von ihrem linken Schulterblatt zur Flanke und endete knapp über dem Bund ihrer Hose.

Sie drehte ihren Oberkörper zu Fogo und sagte etwas. Was, verstand Toki nicht, zu abgelenkt war er von dem Anblick ihres geschwungenen Halses, des flachen Bauches, der zierlichen Brüste und den dunklen Brustwarzen. Als sie anfing, ihre Hose aufzuschnüren, wandte er sich schnell ab und stammelte: »FIN! … Du … du kannst dich doch nicht einfach ausziehen.«

Ein helles Lachen ertönte. »Warum nicht? Es ist außer uns keiner in der Nähe. Ich bin verschwitzt und du hast schon mal eine nackte Frau gesehen. Bei Ansou hast du sicher mehr Weiblichkeit gesehen als bei mir. Wenn du dich genierst, schau weg!«

Mit glühendem Kopf starrte er in den Wald, hinter dem die Straße vorbeiführte. Sein Körper ignorierte den Anblick nicht so einfach und Blut schoss ihm zwischen die Beine.

Hinter ihm erklang Plätschern von Wasser und er hatte immer noch das Bild von Fins nacktem Körper vor Augen. Schnell dachte er an Ansou. Was es nicht besser machte, denn jetzt tauchte *sie* nackt vor ihm auf. Stöhnend stapfte er nach rechts zu den Bäumen, verließ die Lichtung und entfernte sich vom Lager.

Dort realisierte er, wie Schweiß sein Gesicht hinabbrann, also beschloss er, es Fin gleichzutun. Allerdings wartete er, bis ihm sein Körper wieder gehorchte, bevor er sich wusch. Als er fertig war, hatte Fin schon gefrühstückt und wartete ungeduldig, dass sie ihre Reise fortsetzen konnten.

Der Tag zog langsam dahin und Toki vertrieb seine Zeit damit zu lernen, seine Gabe zu meistern.

Sonnenschein wechselte sich mit Regen ab, und als sie abends ihr Ziel erreichten, waren er und Fin komplett durchnässt. Glücklicherweise war es nicht kalt. Der Sommer streckte seine Hände wohlwollend aus und hinterließ in Toki eine Vorahnung, was er bieten würde. Zu Hause würden seine Freunde bald jeden Abend am Weiher sitzen, Geschichten erzählen und Bier trinken. Heimweh überschattete seine Gedanken und er ertappte sich dabei, wie er wünschte, in seinem Dorf zu sein. Rasch konzentrierte er sich auf seine Übung.

Fin hatte entschieden, in Mühstam, einer der größeren Städte am Weg, eine Taverne aufzusuchen und dort zu nächtigen.

Toki war begeistert von der Aussicht auf eine warme Mahlzeit, die nicht selbstgejagter Hase hieß. Aber vor allem: dabei auf einem richtigen Stuhl und an einem stabilen Tisch sitzen! Das zusammengekauerte Verschlingen des Essens auf dem Weg nervte ihn gewaltig. Erfreulicherweise hatte er zwanzig Goldstücke dabei und konnte sich alles leisten. Also auch ein richtiges Bett mit Stroh – oder noch besser: mit einer Matratze! Vorzugsweise ohne harte Stellen, Steine und anderes unbequemes Zeug im Rücken wie am Wegesrand.

Seine Eltern hatten ihm die ganze Summe geben wollen, die sie für das Zauberpulver erhalten hatten, aber er hatte abgelehnt. Die zwanzig Goldstücke hatte er jedoch mitnehmen »müssen«. Jetzt war er heilfroh darüber und dankte ihnen still dafür, nicht locker gelassen zu haben.

Der Gastraum war mäßig gefüllt, Fin und er aber sofort die größte Attraktion. Der Lärm erstarb, sobald sie in der Tür standen. Zunächst langsam, als die Menschen ihre Sitznachbarn auf die beiden Elementarier aufmerksam machten, dann immer schneller. Toki fühlte sich sofort unwohl.

Er bemerkte, wie Fin beim Eintreten den Raum eindringlich, mit zusammengekniffenen Augen musterte. So, als schätzte sie die Gäste ein. Anscheinend war alles zu ihrer Zufriedenheit, denn kurz darauf saßen sie an einem gemütlichen Tisch. Immer noch unbehaglich zumute über die Aufmerksamkeit kauerte Toki neben ihr. Die Elementarierin schien das Ganze überhaupt nicht zu stören. Ihn hingegen schon. Sein Essen schmeckte ihm nicht so gut, wie er gehofft hatte – gleichfalls das Bier. Aber ob es wirklich nicht gut oder er nur so unruhig wegen des Angestarrt werdens war, wusste er nicht zu sagen.

Froh darüber, dass Fin nach ihrem Abendmahl recht schnell verkündete, ihr Zimmer aufzusuchen, folgte er ihr.

Immerhin schlief er besser als die letzten Tage.

Früh morgens ritten sie weiter und Toki übte erneut mit seiner Gabe. Wie am Tag zuvor unterrichtete ihn Fin mittags in Kampftechniken, und gelegentlich lehrte sie ihn beim Reiten etwas über die Länder in Natlara, ihre Landschaften und ihre Kultur.

»Wieso erzählst du mir das alles?«, wollte er wissen.

Kurz angebunden sagte sie: »Das gehört zu deiner Ausbildung. Als Elementarier wirst du vom Rat der Götter mit Aufgaben betraut werden. Ohne grundlegende Kenntnisse wird es dir unmöglich sein, diese erfolgreich auszuführen. Deshalb bringe ich sie dir bei. Und jetzt pass auf, während ich dir die Kultur der Regenlande erkläre.«

Der nächste Reiseabschnitt war ein Abbild der Langsam – träge zogen die Tage vorbei.

In Spavern rasteten sie in einer schäbigen Taverne. Es war schon spät und eine bessere hatten sie so schnell nicht finden können.

Am nächsten Morgen schlang Toki nach seinem Training in der Dämmerung einen mäßig schmeckenden und nur noch lauwarmen Haferbrei hinunter, und schon befahl Fin aufzubrechen.

Unzufrieden bestieg er sein Pferd und ritt hinter ihr her. Seine Muskeln brannten und schmerzten bei jeder Bewegung. Die Übungen mit Fin hatten ihm einen ausgewachsenen Muskelkater beschert, auch wenn er den Nutzen des intensiven Trainings verstand und ihr dankbar für die Möglichkeit war.

Langell erreichten sie spät nachts und brachen erneut früh auf.

»Irre ich mich, oder fängt die Langsam an zu fließen?«, fragte Toki einige Zeit später überrascht.

»Gut erkannt«, merkte Fin an. »Wir erreichen gleich eine Brücke und danach vereinigt sich die Langsam mit der Schnell und wird zur Angenehm. Das hat sich die Natur gut ausgedacht, finde ich. Wir werden ihrem Lauf bis zum Meer folgen.«

»Was sind das für Bezeichnungen? Hat der Namensgeber nichts Besseres gewusst, als sich die Fließgeschwindigkeit anzusehen und dann zu entscheiden: Ja, ja, genau *so* werde ich sie nennen! Ein träger Fluss, den bezeichne ich als Langsam. Der hier fließt reißend, also heißt er Schnell. Ups, was mache ich jetzt, *der* ist weder träge noch schnell … Ach, was solls, Angenehm passt schon.« Dabei fuchtelte er in der Luft herum und beschrieb ein nicht vorhandenes Blatt Papier.

Er bemerkte, wie Fin schmunzelte.

»Das hast du sehr anschaulich beschrieben. Möglicherweise war es so. Ich kann dir nicht beantworten, wie die Namen entstanden sind, aber ich kann dir einiges andere über die Regenlande lehren. Pass auf …«

›Hätte ich doch nichts gesagt‹, dachte Toki und hörte ihrem Unterricht zu.

»Diese Straße ist so eintönig«, sagte er irgendwann im Laufe des Tages zu Ayme. »So eine Reise hatte ich mir ganz anders vorgestellt. Mehr … Abenteuer und weniger … Langeweile. Hier sieht alles gleich aus.«

»*Also von oben habe ich einen ausgezeichneten Blick, und mir gefällt es. Nur die Regenschauer hasse ich! Wieso muss es ständig wie aus Kübeln gießen?*«

»So schlimm ist es doch jetzt gar nicht mehr«, entgegnete Toki. »Der Regen wechselt sich mit Sonnenschein ab. Und immerhin ist es gerade einigermaßen trocken. Nur die Nacht war anscheinend stürmisch.«

»*Du hast es einfach. Mit deinem Dings da, in das du dich einwickelst. Ich bin dem Wetter hilflos ausgeliefert!*« Überlegend blinzelte die Goldammer ihn von seinem Platz auf der Pferdemähne aus an. »*Du könntest mir so eine Haube aus gehärteter Luft verpassen. So wie du euch bei Regen schützt …*«

»Das strengt mich wirklich zu sehr an. Es reicht schon, wenn ich fü–«

»*Pfff. Die dummen Tiere hältst du trocken, und* mich, *deinen Begleiter, lässt du im Regen stehen. Ein schöner Freund bist du.*« Empört zwitscherte Ayme ein paar Mal und sauste anschließend davon.

Verwundert und ein wenig schuldbewusst schloss Toki zu Fin auf. »Wie sieht unser weiterer Reiseplan aus? Schlafen wir heute wieder in einer Taverne?«

Ein kurzer, undeutbarer Blick streifte ihn, bevor sie sagte: »Vielleicht. Regenberg liegt zu weit entfernt und wir werden die Stadt heute nicht erreichen. Wenn wir ein passendes Gasthaus finden, werden wir rasten. Wenn nicht, lagern wir am Waldrand.«

Ein Seufzen entfuhr Toki, als er an den unebenen Untergrund dachte.

»Gewöhn dich lieber daran, unter freiem Himmel zu nächtigen. Nach Carnis ist es noch weit.«

»Reiten wir den ganzen Weg?«

»Nein. Wenn wir Nilmeer – die Stadt liegt am Tränenmeer – erreichen, suchen wir uns ein Schiff, das uns mitnimmt. Dadurch sparen wir uns einiges an Zeit. … da du gerade neben mir reitest, werden wir mit deiner Ausbildung fortfahren.«

Den Seufzer konnte Toki gerade noch zurückhalten, und ergeben fügte er sich ihrer Anweisung.

Natürlich fanden sie keine Taverne und grummelnd bereitete Toki das Lager vor, während Fin erneut jagen ging.

Als sie zurückkehrte, hing eine Art Murmeltier über ihrer Schulter.

Rasch zerlegten sie es und bald brutzelte es über dem Feuer und verströmte einen wunderbaren Geruch.

Toki vertrieb seine Zeit auch an diesem Abend mit Schnitzen. Inzwischen hatte er ein fast perfektes Abbild von Ayme und eines von Fogo in seiner Satteltasche sowie einen kleinen Griffin und einen Greif. Im Moment versuchte er, aus einem Holzscheit ein Pferd zu zaubern. Es sollte wie sein eigenes aussehen – ein wenig mollig und mit einem zerzausten Schweif.

Auf der anderen Seite des Lagerfeuers hielt Fin die schwarze Perle in der Hand und versuchte, etwas über sie herauszufinden, indem sie dieser einer genauen Musterung unterzog. Sie hielt sie vors Gesicht, drehte sie herum und wollte sie aus der Fassung lösen. Es gelang ihr nicht. Als Toki bei den

Hinterläufen ankam, sagte sie: »Die Perle sieht aus wie die der Elementarier. Nur dass sie eine unheilvolle Farbe ausstrahlt, oder möglicherweise einfängt. Das Schwarz kommt mir vor, als würde es das Licht aufsaugen, und wie bei unseren wirbeln Schatten darin umher. Aber sie wirken verzerrt und irgendwie grotesk.« Sie blickte auf und sagte zu Toki: »Du bewahrst deine Perle immer noch in deinem Beutel auf, oder? Wenn wir in Carane sind, solltest du einen Goldschmied aufsuchen, der sie dir fasst.«

»Ich trage sie am Gürtel, zusammen mit der Fassung von Yeban«, bestätigte er, tastete aber rasch danach, um sicher zu gehen. »Vielleicht ist es dem Goldschmied möglich, sie in diese einzusetzen. Das würde mir gefallen. Sie begleitet mich, seit dem Tag am Weiher. Hast du etwas über das seltsame Schmuckstück herausgefunden?«

Sie schüttelte den Kopf. »Nein. Die Perle ist in Glas oder irgendetwas anderes eingefasst. Als wäre eine Hülle um sie herum geschaffen worden.«

Jetzt war Toki neugierig. Er legte das Messer und das halbfertige Pferd beiseite und rutschte näher an Fin heran. Dann streckte er die Hand aus und fragte: »Darf ich?«

Achselzuckend reichte sie ihm das Kleinod.

Als es in seiner Hand lag, musterte er das Schmuckstück genau. Die Perle steckte wie die von Yeban früher in einer goldenen Fassung. Sie war auch in etwa so schwer wie seine eigene.

›Fin hat recht‹, dachte Toki und hielt sie näher vor ein Auge, um sie besser begutachten zu können. ›Die Perle selbst sieht aus, als wäre ein Belag um sie herum.‹ Anschließend versuchte er, die Patina mit dem Daumen wegzurubbeln, erreichte aber nichts dadurch und gab schulterzuckend auf.

Ayme flog heran und landete auf seiner Hand, in der er das Schmuckstück hielt.

»Was ist das?«, fragte der kleine Vogel interessiert.

»Etwas, das Fin in Tannberg einem weißen Priester abgenommen hat. Wir rätseln, was sie damit gemacht haben. Es sieht nicht wie ein gewöhnliches Schmuckstück aus.« Toki fuhr durch seinen Bart. »Du kennst doch meine graue Perle und Fins rot gleißende Ohrringe. Das hier ist zwar ähnlich zu unseren, aber doch … anders.«

Fogo landete neben Toki und hörte gleichfalls zu.

Die Goldammer legte den Kopf schief und betrachtete die Kugel in Tokis Handfläche. Plötzlich pickte sie mit dem Schnabel gegen die Patina. *Pling, Pling, Pling.* Fast wäre die Perle aus Tokis Fingern gesprungen, gerade noch klemmte er sie mit dem Zeigefinger ein.

Der Belag wirkte nicht, als würde er in irgendeiner Weise reagieren.

»*Ziemlich harte Schale. Aber das haben Nüsse auch. Irgendwann geht es schon durch.*« Ayme ließ seinen Worten Taten folgen und pickte kräftiger. *Pling, Pling, Pling, Ptsch …*

»Autsch«, rief Toki aus, als der spitze Schnabel seinen Finger traf. Sein Griff löste sich und der nächste Hieb von Aymes Schnabel beförderte die Perle aus seiner Hand. Reflexartig wollte er sie auffangen und katapultierte das Schmuckstück dadurch davon – sowie Ayme schimpfend in die Luft. Klirrend landete es auf einem der Steine, die das Kochfeuer begrenzten und rollte hinein. Ein Geräusch, als ob Glas zerbrechen würde, erklang.

Weiter zwitschernd landete die Goldammer auf Tokis Schulter. Alle starrten die Perle mit angehaltenem Atem an.

›Gleich springt etwas Unheimliches daraus hervor und greift uns an!‹, dachte Toki und sprang hektisch auf.

Durch seine Reaktion aufgeschreckt, fuhr Fin ebenfalls hoch und nahm eine Abwehrhaltung ein. Ihr Blick wechselte zwischen ihm und der Perle hin und her, die im Feuerschein glänzte.

Es passierte nichts weiter.

Fin entspannte sich, angelte die Fassung aus dem Feuer und untersuchte sie.

»Das Glas, oder was auch immer das schwarze Wirbelnde umschließt, hat einen Riss bekommen«, klärte sie die anderen auf. »Ist das nun gut? Oder nicht …? Und hier fehlt ein kleines Stück der Umhüllung.« Ihre Versuche, ein weiteres Bruchstück herauszulösen, scheiterten und enttäuscht legte sie das Schmuckstück vor Fogo auf den Boden.

»Versuch, ob *du* das Glas zum Bersten bringen kannst«, forderte sie den kleinen Drachen auf.

Fogo sah kurz zu ihr – ihm war seine Freude über die Bitte richtig anzusehen – und hopste auf und ab. Ein Blick von Fin brachte ihn zur Ruhe und er spie einen Feuerstrahl auf die angebrochene Hülle. Sofort ertönte ein reißendes Geräusch und die schwarze Perle rollte aus der schmelzenden Fassung. Als hätte sie ein Eigenleben.

»Zumindest können wir sie jetzt besser begutachten.« Fin nahm einen Ast und berührte mit ihm vorsichtig die Perle. Ihre Züge wirkten äußerst angespannt. Als hätte sie Respekt, vielleicht sogar Angst, vor dem, was geschehen würde.

Mit einem mulmigen Gefühl verfolgte Toki ihre Bewegungen.

Da nichts geschah, streckte sie den Finger aus, zögerte, und stupste die Perle an. Anscheinend war sie nicht heiß. Fin griff danach, hielt sie nah vor ihr Gesicht und blickte hinein. »Sieht nicht viel anders aus als vorher. Ich hatte schon Sorge, ohne ihre Umhüllung … Das war wohl unbegründet.« An Toki gewandt fragte sie: »Willst du sie dir auch noch einmal ansehen?«

Erleichterung durchflutete ihn, da sich nichts ereignet hatte. »Warum nicht. Auch wenn ich nicht glaube, dass ich mehr erkennen werde als du.« Er trat neben sie und nahm ihr die Perle aus der Hand. Als er sie berührte, spürte er ein ihm wohlbekanntes Gefühl. Ein Kribbeln und Brennen lief von seinen Fingern den Arm entlang, erreichte seinen Brustkorb und … verschwand.

Augenblicklich erschien eine schlierige, morastige Schlammschicht vor seine Augen. Sie leuchtete schwach und war ihm vertraut. Bisher hatte er aber immer alles durch einen milchig-schlierigen Schein wahrgenommen.

Der Moment verstrich und er stand wieder neben Fin. Die war einen Schritt zurückgetreten und musterte ihn angespannt. Von seinen Fingern, die die Perle entgegengenommen hatten, stieben ein paar bräunliche Funken davon.

»Oh, was ist passiert?« Verwundert blickte er seine leere Hand an.

»Geht es dir gut?!«, rief sie aus und fixierte ihn mit einem durchdringenden Blick.

Ehe er antwortete, ballte Toki seine Hand zu einer Faust und öffnete sie anschließend. »Es … Mir geht es gut«, stammelte er.

Ihre Anspannung löste sich geringfügig. »Lutum sei Dank. Du hast die Perle genommen, warst einen Augenblick reglos und dann löste sich das Kleinod in Funken auf.« Fin fluchte: »Verbrannte Asche! Ich hätte achtsamer sein müssen und dich nicht in Gefahr bringen dürfen!«

»Es ist wirklich alles gut«, beruhigte Toki sie. »Einen Moment dachte ich, der Schleier und die Trance sind zurück! Aber es war … anders als letztes Mal. Ich werde mich geirrt haben. *Muss* mich geirrt haben …«

Zweifelnd starrte sie ihn an. Da er nur mit den Schultern zuckte, ließ sie es auf sich beruhen und sagte stattdessen: »Jetzt ist die Perle weg und wir haben nichts für die Gelehrten in Carnis. Die weißen Priester sind uns immer einen Schritt voraus. Sie haben ganz sicher dafür gesorgt, dass sie zerstört wird, wenn jemand *Unwürdiges* sie berührt.« Mit einem missbilligenden Ton fuhr sie fort: »Sieht so aus, als hätten sie uns erneut genarrt.«

»Es tut mir leid, dass ich die Perle verloren habe.« Erneut betrachtete Toki seine Hand.

»Du hast dir nichts vorzuwerfen«, beruhigte Fin ihn. »*Du* kannst nichts dafür. Das waren die Schergen des fremden Wesens. Oder es selbst! Sie sollen sich vorsehen, ich werde herausfinden, wie das geschehen konnte.«

Ihr Blick wanderte zur Feuerstelle und sie fluchte noch einmal, diesmal lauter. Sie hatten das Essen ganz vergessen und von einem Teil davon kräuselte sich stinkender Rauch in die Luft hinauf. Rasch hob Fin es vom Feuer, schnitt das verbrannte Fleisch ab und warf es zur Seite. Den Rest verteilte sie mit hektischen Fingern auf zwei Teller. Unvermittelt ließ sie ein lautes Lachen ertönen.

Auch in Toki löste sich die restliche Anspannung auf. Er seufzte tief und sah sie fragend an.

Eine Träne aus dem Augenwinkel wischend erklärte Fin: »Fogo hat sich sehr über das verbrannte Stück gefreut. Endlich hätten wir das Fleisch nicht gänzlich verdorben, sondern es genau richtig zubereitet. Ich bin immer wieder erstaunt, was er als gut empfindet. Aber was will man von einem Drachen erwarten, der Lavabrocken aus seinem After presst, wenn er aufgeregt ist … und gelegentlich auch ohne eindeutigen Grund, nicht wahr, mein Freund?« Sie kraulte den Feuerfischdrachen, der beherzt an dem verkohlten Stück herumnagte und gelegentlich aufstieß.

»Lass uns essen und ruhen. Morgen geht es wieder früh für uns los. Abends erreichen wir endlich Nilmeer.«

Das kleine Tier schmeckte Toki ausgezeichnet. Die Knochen warf er zu den verbrannten Überresten, in denen Fogo es sich gemütlich gemacht hatte.

Satt und müde vom Tag, rutschte er nach seiner Meditation in einen tiefen, traumlosen Schlaf.

Fin war zufrieden mit Tokis Leistung beim Training. Er folgte aufmerksam ihren Anweisungen, ließ sich nicht ablenken – zumindest nicht zu sehr – und als Wichtigstes: Er verbesserte seine Fähigkeiten recht schnell. Nur die Übungswaffen gefielen ihr nicht. Mit Stecken vom Wegesrand sei das alles nicht effektiv! Bei nächster Gelegenheit würde sie stumpfe Schwerter kaufen. Ihre und Tokis Dunkelstahlwaffen waren absolut ungeeignet, um bei einer Lektion verwendet zu werden. So scharf, wie sie waren, bestand die Gefahr einer unbeabsichtigten Verletzung – die schlimme Folgen haben konnte.

Gerade brachte sie ihm Mathematik bei. Zumindest versuchte sie es. Es schien, als hätte er in seinem Dorf nicht besonders viel darüber gelernt … oder es schon wieder vergessen. Was aufs Gleiche herauskam.

»Gönnst du mir eine Pause?«, bat er sie gerade. »Mir schwirrt der Kopf vor lauter Zahlen, Zeichen und komischer Begriffe, von denen ich noch nie gehört habe.«

Widerstrebend stimmte Fin zu und nickte. Seine Ausbildung als Elementarier begann viel zu spät und er musste noch so viel lernen …

Bis Mittag überließ sie Toki seinen eigenen Gedanken. Erst als sie Regenberg durchquert hatten – wo er alles staunend musterte –, wies sie ihn an, mit seiner Gabe zu üben.

Es wirkte, als wäre er inzwischen imstande, die Luft länger zu verdichten und würde nicht mehr so schnell einen brummenden Schädel davon bekommen. Zufrieden beobachtete sie seine Anstrengung.

Nachdem sie eine schmale Passage zwischen niedrigen Hügeln hinter sich gelassen hatten, sahen sie zum ersten Mal das Tränenmeer.

Voller Ehrfurcht starrte Toki die unendliche Weite des Ozeans an und rief aus: »So viel Wasser! Es reicht über den ganzen Horizont!«

Fin erkannte schwarze Gewitterwolken über dem Meer und runzelte die Stirn. Rasend schnell näherten sie sich dem Land.

Mit »Odem, verdammt!«, unterbrach sie Tokis Bewunderung und gab ihrem Pferd die Sporen. »Wir müssen weiter. Dem Unwetter möchte ich nicht auf offener Fläche begegnen. Erloschene Glut! Ich wollte Nilmeer *heute* erreichen!«

Je näher sie der Landgrenze kamen, desto stärker roch Fin den salzigen Geruch in der Luft …, den der Sturm zu ihnen brachte.

Toki hingegen wurde immer aufgeregter. Hinter jeder Biegung, die sie dem Meer näherbrachte, wirkte er erstaunter – und wenig sorgenvoll, was das sich nähernde Gewitter anging.

›Ich kann ihn ja verstehen. Der Ozean …‹, dachte Fin. ›Die Gischt, die als schaumige Verzierung auf den Wellen reitet. Blitze, die sich über dem Wasser entladen. Die Wolkenfront, die den Himmel und das Wasser verschwimmen lässt und es unmöglich macht zu sagen, wo eines davon anfängt und das andere aufhört. Es ist wahrlich ein unglaublicher Anblick. Und jedes Mal aufs Neue einzigartig.‹

Der Sturm erreichte sie vor der Stadt und zwang sie in einer Taverne am Wegrand Unterschlupf zu suchen, was Fin überhaupt nicht behagte, und Fogo musste ihre schlechte Laune ertragen. Der kleine Drache nahm es gelassen hin und sagte … kein Wort – was Fins Laune nicht unbedingt verbesserte.

Erst als sie im Gastraum saßen, ihre Kleidung trockneten und aßen, besserte sich ihr Gemütszustand.

Als sie im Bett lag und dem Sturm lauschte, der das Gebäude zittern ließ, hoffte Fin, er möge bis morgen abklingen. Schon wieder wurde ihre Reise behindert und das bereitete ihr ein ungutes Gefühl. Zum Tempel des Feuers war es noch weit und jeder Tag zählte!

Es war noch früh und die beiden Monde noch nicht ganz untergegangen, aber Toki fühlte sich trotzdem ausgeruht und wach. Mit Schwung sprang er aus dem Bett und wusch sein Gesicht mit kaltem Wasser aus einer Schüssel.

›Das tägliche Training macht sich langsam, aber sicher bemerkbar‹, überlegte er. ›Nicht, dass ich an Muskelmasse zulege, aber ich finde, alles sieht definierter aus als früher.‹ Von links und rechts begutachtete er sein Spiegelbild und spannte ein paar Muskeln an.

›Nicht schlecht, was Ansou wohl sagen würde?‹ Beim Gedanken an die Soldatin registrierte er sein wirres Haar, und mit Missbilligung erinnerte er sich an die unangenehme Niederlage, die Fin ihm beigebracht hatte. Natürlich machte er sich nichts vor. Sie hätte ihn auch anders niedergerungen, aber … am Haar zu Boden gezogen zu werden, war schon besonders schmerzhaft.

Schlagartig packte er sein Rasierset aus und fing an, seine schulterlangen Haare auf einen Fingerbreit über der Kopfhaut zu kürzen.

Als er zufrieden war, sah sein Spiegelbild nicht mehr wie er aus. Von allen Seiten betrachtete er es und erkannte den jungen Mann darin nicht wieder.

›Gut sieht es schon aus‹, stellte Toki zufrieden fest, ›nur ungewohnt. Ich bin gespannt, was Fin sagen wird.‹

Schnell packte er zusammen und lief zum Schankraum.

Fin saß bereits an einem der Tische und frühstückte. Natürlich! Sie wäre sicher am liebsten schon auf dem Weg nach Nilmeer …

»Hallo, Toki«, grüßte sie ihn, blinzelte nur kurz und fügte hinzu: »Schön, dass du meinem Rat gefolgt bist und dich weniger angreifbar gemacht hast.« Anschließend widmete sie sich wieder ihrem Frühstück.

›Einen Rat hat sie mir gar nicht gegeben‹, stellte Toki fest. ›Nicht direkt zumindest. In gewisser Weise aber doch, als sie mich an den Haaren zu Boden gezogen hat.‹

Nachdem sie ihre Mahlzeit beendet hatten, drängte Fin wie erwartet darauf weiterzureiten. Die Übungsstunde würden sie – wenn möglich – später nachholen.

In Nilmeer angekommen steuerten sie direkt den Hafen an, und während Fin sich um eine Fahrt Richtung Süden kümmerte, betrachtete Toki das Meer. Der wolkenlose Himmel schenkte ihm eine pastellblaue Farbe. Das Meer roch wunderbar, und er genoss es, tief einzuatmen.

Vorsichtig näherte er sich der Kaimauer und blickte hinab. Kleine Wellen rollten über die Oberfläche des Wassers und darunter tummelten sich etliche Fische. Der Salzgeruch war überwältigend.

›Die ganzen Schiffe an den Stegen sind so bunt und jedes auf seine Art einzigartig‹, stellte er fest, als er sich umblickte. ›Und sie sind so groß! Puh. Das hätte ich niemals gedacht. Ab sofort werde ich die Schiffe auf dem Iranisee nur noch als Kähne bezeichnen. Unglaublich. Das dort muss fünfzig Meter lang und zwanzig breit sein. Und so viele Waren, wie hier verladen werden! Wer braucht das alles? Wie wird es sein, auf dem Meer zu reisen? Ah, da ist Fin schon wieder.‹

Sie trat aus einer Taverne, in der sie auf Geheiß der Stadtwachen die besten Kapitäne fänden, und wirkte zufrieden.

Fogo und Ayme hatten mit Toki gewartet und flogen irgendwo zwischen den Masten umher.

»Morgen bei Sonnenaufgang brechen wir auf«, teilte sie ihm mit. »Ein Handelsschiff fährt direkt nach Eichenfurt und wir bekommen eine kleine Kajüte. Der Kapitän wollte kein Geld von mir. Er sagte, er wäre erfreut, uns zu helfen. Wahrscheinlich wird er jetzt ein paar Wachen einsparen, da Elementarier mit auf seinem Schiff reisen. Ganz unrecht hat er damit nicht. Hauptsache, wir kommen schnell zur Grenze. Er hat mir außerdem versichert, dass wir Eichenfurt in drei Tagen erreichen.«

Toki ließ das Ganze auf sich wirken, noch abgelenkt von den vielen Schiffen. Dann dämmerte es ihm. »Eine Kajüte? Wir schlafen in einem Raum?«

»Ja. Immerhin bekommen wir eine eigene und schlafen nicht bei der Mannschaft. Ich denke, es wird die Kajüte des ersten Maats sein. Sonst gibt es nicht viele Räume auf den Handelsschiffen. Viel Platz werden wir nicht haben, aber Ayme und Fogo brauchen zum Glück wenig davon.« Sie bemerkte seinen Gesichtsausdruck und lachte. »Keine Sorge, Toki. Du schaffst das. Ich schnarche nicht und es gibt zwei Betten. Die längere Zeit der Reise, werden wir auf Deck sein. Außer ein weiterer Sturm zieht auf …«

»Wird schon passen«, murmelte Toki, dem bei den beengten Verhältnissen nicht ganz wohl war.

Auf dem Rückweg in die Stadt – Fin wollte nicht direkt eine der Spelunken am Hafen für die Nacht nehmen – kamen sie an einer lärmenden Kinderschar vorbei.

Toki erinnerte sich an seine Schnitzereien, hielt an und winkte die Kleinen herbei. Bis auf zwei Jungen traute sich keiner der Gruppe vor ihn zu treten. Seine Augen schreckten sie ab, vermutete er. Oder Fin, die neben ihm wartete und zugegebenermaßen gefährlich aussah.

Er gab den Jungen jeweils eines seiner Werke – das Pferd und den Feuerfischdrachen –, und als die anderen Kinder erkannten, dass er Geschenke verteilte, kamen sie doch angelaufen. Wenn auch vorsichtig. Er verschenkte alles, was er erschaffen hatte, freute sich über die überraschten Gesichter der

Kinder, und die Gruppe starrte ihm ehrfürchtig hinterher, bis er außer Sichtweite war.

Mit einem guten Gefühl ritt er weiter und schloss zu Fin auf.

»Das war sehr freundlich von dir«, sagte sie.

Toki zuckte mit den Schultern. »Was soll ich sonst damit anstellen? Sie haben Freude daran. Ich habe meine Begeisterung daraus geschöpft, sie zu schnitzen, und die Kinder werden Gefallen daran haben, mit ihnen zu spielen. So sind die Holztiere zu mehr nutze, als ich ursprünglich dachte.«

Er merkte, wie Fin ihn nachdenklich betrachtete. Sie sagte allerdings nichts mehr.

Früh morgens brachen sie beide zum Hafen auf. Das Schiff, das sie ansteuerten, fand Toki riesig, und es lag tief im Wasser. Ein großer Mast ragte vom Deck in die Höhe. Der Kapitän begrüßte die Elementarier freundlich und zeigte ihnen ihre Kabine, wobei er redselig über sein Schiff palaverte.

Er stutzte nur kurz, als er den kleinen Drachen erblickte, verkniff sich aber jeden Kommentar.

Die beiden Betten in dem kleinen Raum wirkten sauber und Toki nahm das, von dem aus er durch das Bullauge nach draußen sehen konnte. Fins Schlafstatt war nur eine Armlänge entfernt.

Es dauerte nicht lange und Toki bemerkte, dass sie ablegten und Fahrt aufnahmen. Unbedingt wollte er den Hafen vom Schiff aus sehen und rannte an Deck, um zuzusehen, wie Nilmeer sich weiter und weiter entfernte und der Ozean immer präsenter wurde.

Den ganzen Tag blieb er unter freiem Himmel und betrachtete das ruhige Meer. Es war berauschend, einzigartig und eine Augenweide. Sich von dem Anblick zu lösen, fiel ihm wirklich schwer.

Währenddessen flogen Ayme und Fogo durch die Takelage und jagten einander, oder Insekten.

Fin stand im Bug, lehnte die Arme auf die Reling und betrachtete irgendetwas am Horizont.

Toki wusste sofort, dass es ein Fehler war, neben sie zu treten. Er würde um eine Trainingseinheit mit ihr nicht herumkommen, und da sie nichts anderes zu tun hatten, nahm sich Fin besonders viel Zeit für ihn.

Das Schlingern, Heben und Senken des Schiffes machten das Ganze nicht einfacher. Toki fand aber, dass es gut für seinen Gleichgewichtssinn war.

Nach einem einfachen Abendessen aus Pökelfleisch und noch einigermaßen frischem Brot gingen sie in ihre Kajüte und schliefen recht bald ein, ohne dass er sich noch einmal Gedanken darüber machen konnte, dass er sich mit Fin diese Kajüte teilte.

Laute Alarmrufe von Deck rissen ihn mitten in der Nacht aus dem Schlaf.

Veränderungen

Joska

Joska erwachte, als eine Magd einen der Vorhänge der großen, weitläufigen Fenster mit einem Ruck aufzog. Sonnenstrahlen fielen durch die bunten, bleiumrandeten Gläser in den Raum.

Wusch!

Erneut wurde eine Scheibe von der samtenen Fülle befreit. Licht durchflutete das Zimmer und streifte das Bett.

Wusch!

»Was, bei den drei Höllen?«, murmelte Joska, fuhr mit der Hand über ihre Augen und blinzelte in die plötzliche Helligkeit.

Wusch!

Die Tür öffnete sich ganz und ihre Zofen sowie weitere Mägde betraten das Zimmer – schnatternd und einen Heidenlärm veranstaltend.

Zwei junge Frauen traten an Joskas Himmelbett, zogen die samtenen Vorhänge an den Längsseiten auf und fingen an, die Decken abzuziehen. Gefaltet landeten sie anschließend in einem Korb, der schrecklich über den Marmorboden kratzte.

Ihre Zofen trugen eine Waschschüssel heran – Metall schlug auf Stein – und warteten am Kopfende, dass die Königin aus dem Bett kletterte.

Die noch geschlossene Seite des Baldachins ermöglichte nur den Blick auf ihre Silhouetten, aber die Bewegungen waren eindeutig ungeduldig. Da war Joska sich sicher, unterdrückte aber die aufkeimende Wut. Sie brauchte ihre Zofen.

Langsam schwang sie die Beine von der Matratze und sofort wurden alle restlichen Decken entfernt. Ebenso die Kissen. Der Boden fühlte sich eiskalt unter ihren Sohlen an und ein Schauder lief ihr den Rücken hinab. Ihre Blase drückte und –

Wusch! Diesmal säuselte das Geräusch eher, da es vom letzten Bettvorhang stammte, aber nichtsdestotrotz war es … zu laut!

Als hätten die beiden Zofen nur darauf gewartet, bis einer ihrer Zehen den Marmor berührte, huschten sie heran und zogen dabei die Schüssel mit einem ekelhaften Geräusch über den Boden.

Krrchchchchch.

Ergeben zog Joska ihr Nachtgewand über den Kopf und kurz darauf klatschte ein nasser Lappen auf ihre bettwarme Haut – ein zweiter folgte einen Moment später. Wieder rauschte ein Schauer ihren Rücken hinab.

Wohlriechende Öle wurden auf ihrer Haut verteilt und mit kreisenden Bewegungen einmassiert. Überall!

Ein paar Minuten ertrug Joska die Tortur, und als die Zofen sie zweifelnd anstarrten – wahrscheinlich überlegten sie, ob sie sauber war oder nicht –, entwand sie sich ihren Händen und lief zum Abort.

Nachdem ihre Blase nicht mehr wie ein Stein in ihren Unterbauch drückte, atmete Joska erleichtert auf.

Zurück im Zimmer wurde sie zunächst angekleidet und dann zu ihrer Kommode vor den großen Spiegel gebeten. Als sie im Sessel saß, fingen die Frauen an, ihre Haare zu frisieren und das Gesicht zu schminken.

›Es war schon schlimm, als ich Prinzessin war, aber als Königin ist die ganze Tortour unerträglich‹, dachte Joska ungehalten. ›Natürlich ist es wundervoll, schön auszusehen. Dafür sind die Kammerzofen schließlich da! Sie sollten mich umsorgen und alles für mich erledigen. Aber sie sind so schrecklich ungeschickt und tollpatschig.‹ Unsanft wurde ihr Haar gekämmt. Unzählige Male musste sie mit ihrem Kopf gegen den Druck des Kamms pressen. Atmen war eine Qual, denn das Mieder war viel zu fest geschnürt.

›Und dieser Heidenlärm! Wie schaffen sie es, so viele Geräusche zu erzeugen? Muss ich mir das noch bieten lassen? Ich bin die Königin!‹

»Schluss jetzt!«, schrie sie. »Alle hinaus, bis auf du«, sie zeigte auf eine kleine dickliche Zofe, »und du.« Eine schlanke Frau mit Pockennarben auf Wange und Stirn. »Der Rest kommt erst wieder, wenn ich rufe!«

Wie aufgeschreckte Hühner rannten sie nach draußen, vor ihr und ihren Launen flüchtend.

»Ihr richtet meine Haare neu. Und zwar *sanft!* Ich will Locken, und danach sind wir fertig für heute. Beeilt euch! Ich habe Hunger und viel zu erledigen«, fuhr sie die beiden an.

Joska ignorierte die ängstlichen Blicke, die sich die Zofen zuwarfen, als sie mit ihrer Arbeit fortfuhren.

Ihre Gedanken schweiften zu ihren Beratern und ihren Befehlen an sie ab. Erst als die Zofen fertig waren und sie darauf aufmerksam machten, blickte sie in den Spiegel. Natürlich hatte sie nicht annähernd eine lockige Frisur auf dem Kopf. Aus einem Impuls heraus griff sie einen der Holzkämme, drehte sich um und schlug Eleni damit ins Gesicht.

Deren Kopf flog nach hinten, und mit Schmerztränen in den Augen hob sie eine Hand an die Wange. Ihr Mund formte ein stummes »O«.

»Ihr seid unfähig!«, erklärte Joska den beiden und explizit Eleni: »Sei froh, dass ich nichts Scharfes zur Hand habe, sonst würde dein Gesicht schlimmer aussehen als das von Zita.« Die Angesprochene blickte beschämt zur Seite. »Du wirst heute nichts zu essen bekommen dafür, dass meine Wünsche nicht befolgt wurden. Du bist sowieso zu dick!«

Sie stand auf und wandte sich an Zita, die zitternd auf der anderen Seite des Stuhls stand. »Du sorgst dafür, dass sie nichts isst. Wenn doch, werde ich es herausfinden, und glaube mir, dann bestrafe ich euch beide. Und jetzt: Raus!«

Schnell, bevor Joska es sich anders überlegen konnte, rannten sie nach draußen und schlossen leise die Tür hinter sich.

Die zwei Zofen, die Joska in der Vergangenheit hatte, bevor ihr Vater und ihr Bruder starben, hatten vollkommen ausgereicht. Der aufgeschreckte Hühnerhaufen, der jetzt jeden ihrer Morgen bestimmte, nervte sie unerträglich. Leider waren die beiden Frauen bei der Revolte im Schloss gestorben.

›Ich werde das ändern‹, beschloss sie.

Sie hatte es schon einmal beim obersten Kammerherrn angesprochen, aber der hatte es bisher nicht für nötig befunden, etwas davon umzusetzen. ›Ich denke, ich muss deutlicher werden, was ich von ihm erwarte.‹ Bevor Joska den Gedanken weiterspinnen konnte, wurde sie von einem Geräusch aus dem Bett unterbrochen.

»War das nötig? Sie haben nur ihre Arbeit erledigt. Du siehst bezaubernd aus. Wenn es mehr als zwei sind, geht es schneller und du kannst dich deinen Aufgaben widmen. Du wolltest anfangen, ein Imperium zu erschaffen.«

»Sie sind unfähig und sie verärgern mich! Ja, es war nötig! Sie können froh sein, dass ich gut gelaunt bin. Aber du hast recht, ein großer Tag steht uns bevor. Gesetze müssen geändert und Befehle erteilt werden. Bleibst du in meinen Gemächern?«, fragte sie mit einem zweideutigen Blick.

»Erst einmal.« Er zwinkerte ihr zu. »Wir sehen uns später. Dann erzählst du mir von deinem Tag.«

Sie nickte, öffnete die Tür und sah die Hühnerschar im Speisezimmer auf sie warten, die nun verschämt den direkten Blick zu ihr mied. Das Frühstück stand auf einem Tisch für sie bereit.

Mit den Augen rollend nahm Joska geziert Platz und ließ ihr Essen anrichten. Immerhin *das* hatten sie zu ihrer Zufriedenheit erledigt. Es gab Wachteleier. Sie liebte Wachteleier am Morgen. Außerdem aß sie von den süßen Gebäckstücken und etwas kalten Braten. Ein Frühstück für eine Königin. Genau so sollte es sein!

Fertig, gab Joska mit einem sachten Schwenk ihrer zarten Hand den Befehl, abzuräumen. Sie erhob sich und schritt zur Tür ihres Gemachs.

Die Königswachen – jetzt Königinnenwachen – öffneten die breiten Doppelflügel und mit wallenden Gewändern rauschte Joska zu ihren Amtsräumen. Ihre Berater warteten schon auf sie.

Zwei hochgewachsene Wachen folgten ihr auf Schritt und Tritt bis neben ihren Sessel. Vormalig hatte der Prinz, ihr Bruder, in den Räumen gewohnt, sie hatte jedoch alles von ihm entfernen lassen. Er war tot und sie brauchte Platz für ihre Amtsgeschäfte.

Als sie eintrat, saßen der Haushofmeister, der oberste Kammerherr, Haltoe Kamtharg, Alliente Anvof sowie drei Soldaten an dem großen Tisch. Einer der Soldaten war der grauhaarige General-Major der tangrintanischen Armee. Die beiden anderen gehörten der Königinnengarde an.

Joska nickte allen Anwesenden zu und setzte sich an das Kopfende der Tafel.

»Meine Herren«, begrüßte sie die vor ihr Sitzenden. ›Gibt es keine fähige Frau in meinem Reich?‹, fuhr es ihr durch den Kopf. Doch das war etwas für später …

»Ich hoffe, ihr habt meine Befehle ausgeführt. Ich hätte gern euren Bericht. Anschließend teile ich euch mit, was ich als Nächstes erwarte. Haltoe, wollt Ihr bitte anfangen?«

»Sehr gern, Majestät.« Der Priester erhob sich aus seinem Stuhl, musterte alle der Reihe nach und begann mit seiner Ausführung. »Wie die Anwesenden wissen, hat unsere erlauchte Herrscherin mir die Erlaubnis erteilt, meine Religion – das weiße Licht – ab sofort in Tangrintanien zu verbreiten. In den meisten größeren Städten gibt es jetzt eine Anlaufstelle für unsere Gläubigen. Die Priester des reinen Gottes beten gottgewollt mit ihren neuen Schäfchen und bringen ihnen unseren Glauben näher. Ich habe mir erlaubt, ihnen nahezulegen, aktiv auf die Einwohn–«

»Die Menschen brauchen keine Missionierung. In unserem Reich können sie selbst und frei auswählen, welchen Gott sie anbeten. Ob es einer der Fünf ist, die Götter der Flora und Fauna, oder eure neue Arschleuchte«, rief der General-Major dazwischen. »Die Elementarierin hat mir bis ins kleinste Detail beschrieben, an was für Machenschaften einige Eurer Priester – und Ihr selbst! – beteiligt waren. Wenn es nach mir ginge, wärt Ihr inzwischen am höchsten Turm des Schlosses aufgehängt worden. Als Mahnung. Und den Rest Eurer weiß gekleideten Freunde hätte ich außer Landes gejagt.« Sein Gesicht glühte rotfleckig.

»Aber es geht nicht nach Euch, Paul«, warf Joska leise ein. Ihre Tonlage bewog den alten Mann, seine Tirade zu unterbrechen.

»Aber, Majestät … Euer Vater, der König, hätte –«

Leise, aber mit deutlich veränderter Tonlage unterbrach ihn Joska: »Er ist kein König mehr, er lebt nicht einmal mehr. Was mitunter an Euch liegt. Ihr habt bei seinem Schutz versagt!«

Mit mahlenden Kiefern starrte er sie an. »Aber, Majestät, Ihr wisst, die Armee und die Königswache wurde unterwandert. Wir wurden verraten –«

»Dafür habt Ihr keine Beweise gefunden. Wie Ihr selbst zugegeben habt. Alle angeblichen Verräter sind gestorben. Getötet von dem Lumpenpack aus dem Glasscherbenviertel, Euren Soldaten, oder der Elementarierin. Und Haltoe hat mir versichert, dass er die Priester, die an diesem Gefecht beteiligt waren, höchstpersönlich zur Rechenschaft gezogen hätte …, wenn sie noch leben würden. Wie ich es sehe, hatten wir Glück, dass aus dem Chaos nicht noch Schlimmeres erwachsen ist. Was wirklich passiert ist, werden wir wohl nie ganz aufklären.«

»Verzeiht, ich habe mich hinreiß–«

Sie schnitt ihm mit einer Handbewegung das Wort ab. »Und jetzt möchte ich nicht mehr darüber reden! Haltoe, bitte fahrt fort.«

»Sehr wohl, Majestät. Wo war ich? Ach ja, die Missionierung, wie der General sie nennt. Ich würde sie Angebot an Eure Einwohner nennen. Es steht ihnen immer noch frei, welcher Religion sie folgen wollen. Unsere ist nur präsenter und leistet mehr für sie.« Ein spöttisches Lächeln spielte in seinen Mundwinkeln, als er den General ansah, dessen Miene immer steinerner wurde. »Wenn Ihr erlaubt, Majestät, würde ich gerne an meine – jetzt unsere – Priester ausgeben, dass sie täglich eine Messe für die Gläubigen veranstalten sollen.« Haltoe spähte zu ihr.

Joska nickte ihm wohlwollend zu und antwortete: »Bitte veranlasst das. Je mehr die Menschen erfahren, desto eher werden sie erkennen, dass das weiße Licht uns allen Reichtum, Sicherheit und Macht bringen wird. Ich erwarte freudig Eure nächsten Berichte.«

Haltoe beugte seinen Kopf, warf dem General-Major ein süffisantes Grinsen zu und setzte sich.

»Danath, wollt Ihr als Nächstes?« Joska blickte den Haushofmeister fragend an.

Er stand mit steifen Bewegungen auf und sagte: »Ja, Eure königliche Majestät. Die Reinigungsarbeiten sind so gut wie abgeschlossen und die Spuren des schändlichen Kampfes in unseren Hallen beseitigt. Im Thronsaal habe ich – wie von Euch gewünscht – die alten Throne entfernen lassen und es erwartet Euch ein einzelner, neuer. Das Haupttor der Zitadelle wird gerade repariert, ebenso die Treppe im Eingangsbereich. Ihr habt Eure neuen Gemächer bezogen, die Zimmer des Prinzen sind ausgeräumt und Haltoe hat eigene Amtsräume erhalten. Alles wie Ihr befohlen habt.« Er zögerte kurz und fügte dann an: »Die öffentlichen Gerichte werde ich auf Eure Anweisung hin schließen lassen und alle Rechtsprechung wird nun hier am Hofe vollzogen. Ich selbst werde – auf Euren Befehl hin – den Vorsitz übernehmen, wenn Ihr unpässlich seid.« Er verbeugte sich so tief, dass seine Nase fast auf der Tischplatte aufschlug und sagte: »Danke für Euer Vertrauen, Majestät.«

»Ich weiß, Ihr werdet mich nicht enttäuschen, Danath.« Damit ließ sie dem Haushofmeister ein Lob und eine Drohung zukommen. »Den wichtigen Verfahren werde ich selbst vorsitzen. Alles weitere könnt Ihr regeln.« Sie nickte auch ihm wohlwollend zu, danach verzog sie ihre Lippen zu einem freudlosen Lächeln. »Wenn nicht, überlege ich mir einen anderen Posten für Euch.«

Danath schluckte, bedankte sich noch einmal und sank ebenso steif zurück in den Stuhl.

»Wenn Ihr erlaubt, Majestät, würde ich gern fortfahren«, ergriff Larord energisch das Wort.

Joska wusste: Als oberster Kammerherr war er für ihr leibliches Wohl zuständig. Was er bisher nicht zu ihrer Zufriedenheit erledigte … in keinster Weise!

»Ich habe dafür gesorgt, dass die Köche und Köchinnen wissen, was Ihr am liebsten speist. Außerdem bin ich dabei, neue Zofen für Euch auszuwählen, die mehr Euren … Ansprüchen entsprechen. Gleiches gilt für die Diener und die Mägde. Wenn Ihr irgendetwas ändern wollt oder Euch meine Vorschläge nicht gefallen, lasst es mich bitte wissen.«

»Da habe ich tatsächlich etwas, Larord. So lange die bisherigen Zofen und Mägde mich noch mit ihrer Anwesenheit beleidigen, wünsche ich nicht mehr morgens von dieser kreischenden Hühnerschar geweckt zu werden. Gebt Anweisung, dass mir Lärm missfällt. Ihr werdet ihnen sicherlich klarmachen, was es heißt, wenn mir etwas nicht behagt.« Sie starrte ihn an.

Der oberste Kammerherr fasste sich instinktiv an seine rechte Seite. Nach einer Verbeugung stammelte er: »Natürlich, Majestät. Alles, wie Ihr wünscht.« Ein einzelner Schweißtropfen erschien auf seiner Stirn und lief langsam die Schläfe hinab. »Das wäre alles, was ich Euch zu berichten habe.«

Joska nickte und er fiel mit einem Plumps zurück in den Stuhl.

»Alliente?« Sie blickte zu dem kleinen dicklichen Mann. Was sie sah, beeindruckte sie nicht: Er hatte zu seiner Fettleibigkeit eine Knollennase, Blumenkohlohren und kleine, eng zusammenstehende Augen. Außerdem trug er eine Kappe auf seinem Kopf. In ihren Räumlichkeiten!

›Wie hat der Mann es geschafft, so viel Geld in die Staatskasse zu spülen? Ich weiß es wirklich nicht, aber solange er Geld verdient, darf er weiterhin den Handel regeln.‹ »Wie wäre es, wenn Ihr Eure Kappe abnehmt?« Ihr neutraler Ton spiegelte nicht den Ausdruck ihrer Augen wider. »Ihr habt doch nichts zu verbergen, oder?« Ein wissendes Lächeln huschte ihr übers Gesicht.

Alliente zögerte ganz kurz, bevor er seine Kappe absetzte und die darunter liegende Glatze glänzen ließ. Es war ihm sichtlich unangenehm. Die Kopfbedeckung hielt er in der Hand und drehte sie mit seinen ringbesetzen Fingern langsam im Kreis.

»Ich verberge nichts vor Euch, Majestät.« Die Stimme klang piepsig und ängstlich. Er musste sich räuspern und versuchte es noch einmal. Diesmal zitterte sie nur noch. »Ich fühle mich immer noch geehrt, dass Ihr mir weiterhin erlaubt, Euch in Handelsangelegenheiten zu beraten. Nach dem tragischen Ableben Eures Bruders –«

Mit einem unwirschen Wink ihrer Hand zeigte sie ihm, dass er sich auf dünnem Eis befand, als er den Königssohn erwähnte.

Alliente schluckte und fuhr fort: »Wie ich mit Eurem … dem Verstorbenen besprochen hatte, habe ich an die Holzfällerlager Männer ausgesandt, die ihnen nahelegen, dass wir uns einen höheren Ertrag erwarten. Und ich darf Euch berichten: Es hat sich gelohnt! Wir liefern nun mehr Holz und nehmen dadurch einiges Geld zusätzlich ein. Goldstück um Goldstück … Wenn Ihr mir erlauben würdet, Soldaten für das Begleiten der Ladungen abzustellen, könnten wir für deren Sicherheit sorgen. Sie werden zu oft ausgeraubt! Leider jedoch stehen täglich Repräsentanten der Holzfällergilde mit ihren Beschwerden in meinem Amtsraum. Das behindert mich!« Er versuchte sichtlich, irgendetwas an Emotionen von Joskas Gesicht abzulesen. »Nun, ähm, ja. Die Schmieden und Schreiner haben Anweisungen bekommen, die Produktion für Waffen und Rüstungen zu steigern. Ich bin zuversichtlich, dass wir die Lücken im Lager bald aufgefüllt haben, die das Ausrüsten der Armee in sie reißt, meine Königin.« Er verstummte und wartete.

»Schickt mehr Männer an die Lager. Ernja unterstützt Euch dabei. Wir werden auf die Armee zurückgreifen. Auch für den Schutz der Transporte. Ich brauche mehr Geld in der Kasse«, sagte Joska.

Der General-Major stutzte, wollte etwas sagen, überlegte es sich aber anders. Er starrte den Mann in der Königinnenrüstung gegenüber nur finster an und trommelte mit den dicken Fingern auf der Tischplatte herum.

Ernja schmunzelte und wirkte entspannt.

»Wenn die Gildenoberhäupter der Holzfällergilde Eure täglichen Geschäfte stören, weist sie an, bei mir um eine Audienz nachzusuchen. Dann erkläre *ich* ihnen, was getan werden muss. Gut gemacht, dass Ihr unsere Lager auffüllt. Ich hoffe, Ihr zahlt nicht zu viel dafür?«

Alliente schüttelte den Kopf. »Es ist ausgesprochen fair bepreist.«

»Gut. Überlegt Euch, wie wir unsere Gewinne noch weiter steigern können. Möglicherweise auch in anderen Bereichen des Handels.«

»Wenn wir Zugang zu einem Hafen hätten, könnte ich Euren Reichtum verdrei–, ach, was sage ich – verfünffachen!« Allientes Stimme war nun kräftig und voll. Er fühlte sich anscheinend in seinem Element.

»Das ist nicht Eure Sorge«, unterbrach Joska ihn. »Aber plant, als hätten wir einen Zugang zum Tränenmeer zur Verfügung. Ich denke, das war alles, was ich von Euch hören wollte.«

Sie musterte ihre Berater eindringlich und sagte: »Ihr seid sicher alle gespannt zu erfahren, warum Ernja und Orajon an unserer Zusammenkunft teilnehmen. Ich will euch nicht länger auf die Folter spannen. Ernja wird anstelle unseres geschätzten Paul die tangrintanische Armee anführen. Ab sofort. Er ist der neue General-Major.«

Sie wandte sich an den grauhaarigen Mann, der verdutzt aussah und dessen Gesicht langsam rot anlief. »Würdet Ihr bitte Euer Abzeichen an Ernja übergeben? Damit wir es hinter uns haben. Ihr erhaltet eine großzügige Goldabfindung und ein wunderschönes Anwesen in Irani. Von dort stammt Ihr doch?«

Der ehemalige General-Major sprang auf. Sein Stuhl knallte mit einem lauten Rumpeln auf den Boden.

Alliente zuckte erschrocken zusammen und wirkte äußerst nervös.

Paul packte sein Abzeichen, riss es von der Schulter, warf es Ernja an den Kopf und schrie Joska an: »Dreißig Jahre habe ich Eurem Vater gedient und das ist der Dank? Von einem dahergelaufenen Bürschchen um meine Stellung gebracht? Das Ihr Euch nicht schämt. Euer Vater würde sich im Grab umdrehen!«

Joska beobachtete das Ganze ausdruckslos. Als Paul Luft holte, stand sie auf und sagt mit leiser, aber gefährlicher Stimme: »Beherrscht Euch, alter Mann! Sonst überlege ich mir das mit dem Gold und dem Anwesen noch einmal. Ihr könnt beispielsweise als einfacher Soldat dienen. Unter Orajon ... Er wird zum Oberst befördert. Für besondere Dienste, die er Uns beim Staatsstreich erwiesen hat.« Zu dem Mann gewandt sagte sie: »Meinen Glückwunsch, Orajon. Euch untersteht ab sofort eine Division der Tannberger Soldaten.«

Die Farbe des ehemaligen General-Majors wechselte von rot zu weiß und er stammelte: »Ihr belohnt einen Verräter und Mörder mit einem hohen Rang in Eurer Armee? Er hat Euren Bruder getötet! Seid Ihr blind oder wollt Ihr nicht wahrhaben, was um Euch herum geschieht?«

Die beiden anderen Soldaten am Tisch waren bei diesen Worten aufgestanden und lockerten jetzt ihre Waffen im Gehänge.

»Ich würde empfehlen, Ihr entfernt Eure alten Knochen aus meinem Amtsraum«, sagte Joska betont gleichgültig. »Ihr habt es zu weit getrieben. Vielleicht gefällt Euch der Kerker besser als Ruhestandsresidenz?«

Paul merkte, dass er nichts weiter ausrichten konnte, ging steif um den Tisch zur Tür und verließ den Raum ohne weitere Worte, aber mit einem lauten Knall, als die Tür ins Schloss geworfen wurde.

»Gut, nachdem das geklärt wäre: Setzt euch«, wies sie die beiden Soldaten an. »Ich möchte noch zwei Ankündigungen äußern. Erstens: Haltoe ist ab sofort mein Berater in allen religiösen Angelegenheiten. Und zweitens: Bis in drei Wochen will ich ein versammeltes Heer mit fünftausend Soldaten in Obertaft. Ernja, bitte kümmert Euch darum.« Sie lächelte Alliente an. »Wir wollen Euch einen Zugang zum Meer besorgen.«

Die morgendliche Unterredung dauerte bis Mittag und kurz darauf erhielt Joska ein ihren Gelüsten zuträgliches Essen.

›Endlich.‹ Sie seufzte tief. ›Hätte Haltoe mich noch weiter mit seinen aberwitzigen Ideen gelangweilt, würde er jetzt im Kerker sitzen. Aber ich brauche den weißen Priester und seinen Gott …‹

Nachdem Joska ihr Mahl beendet hatte, begab sie sich in den Thronsaal.

Danath stockte mitten im Satz, als sie durch die kleine Seitentür eintrat, setzte die Gerichtsverhandlung aber gleich fort, als sie ihm den Wink dazu gab.

Am Thron angekommen traten ihre beiden Wachen zu den anderen und standen mit einem letzten Rasseln der Rüstungen still. Gleich danach nahm Joska elegant Platz und verfolgte das Geschehen.

Den ganzen Nachmittag verbrachte sie damit, ihren Untertanen zuzuhören. Die Bitten, welche sie an die Krone richteten, langweilten sie zu Tode, und irgendwann hörte sie nur noch mit halbem Ohr zu. Glücklicherweise übernahm Danath diese Aufgabe und sie konnte sich um Wichtigeres kümmern.

Endlich hatte der letzte Bauer den Thronsaal verlassen und Joska zog sich in ihre Gemächer zurück. Dort warteten die Zofen auf sie, um ihr beim Entkleiden zu helfen. Mit mürrischer Miene ließ sie es über sich ergehen und verlangte anschließend nach einer Mahlzeit für zwei.

Die Diener hatte Joska alle nach draußen geschickt, um ihre Ruhe zu haben und damit niemand ihre Unterhaltung mit Argane störte. Seiner Stimme zuzuhören, war einer der wenigen Lichtblicke des Tages.

»Wie war dein Tag?«, fragte er, als sie sich hungrig über das Essen hermachte.

»Ganz gut, würde ich meinen. Ich habe den alten General-Major durch einen loyaleren ersetzt. Paul konnte ich nicht vertrauen. Er ist zu sehr meinem … dem alten König verbunden. Er hat mich verärgert. Ich wollte ihm eine üppiges

Ruhestandgeld geben, aber er begehrte auf. Also bekommt er jetzt nur das Nötigste. Kannst du das glauben? Haltoe kümmert sich ab sofort um alle religiösen Angelegenheiten und zusammen mit Ernjas Armee werden wir uns einen Zugang zum Tränenmeer verschaffen. Wie war *dein* Tag?«

Argane überlegte, bevor er antwortete: »Es war ausgesprochen langweilig. Allein im Bett zu liegen oder aus den Fenstern zu starren … Als du noch nicht Königin warst, hatte ich wenigstens den ganzen Tag Gesellschaft.« Wiederum zwinkerte er ihr zu.

Joska griff über den Tisch und legte ihre Hand auf seinen Arm. Als sie ihn streichelte, hellte sich seine Miene auf.

»Gib mir noch ein paar Tage«, bat sie. »Wenn alles einen geregelten Gang nimmt, kannst du mich zu den Besprechungen, den Bittgesuchen und der Rechtsprechung begleiten. Würde dir das gefallen?«

»Alles ist besser, als den ganzen Tag auf dich zu warten, Prinzessin. Hier ist es mir unmöglich, dich zu beschützen!«

»Du musst mich nicht mehr beschützen. Nie mehr! Ich bin jetzt Königin. Aber ich stimme dir zu: Es ist langweilig, nur im Zimmer zu sitzen, und ich werde mir etwas überlegen. Versprochen! Habe ich dir schon erzählt, dass ich mir einen weiteren Raum herrichten lasse? Es wird ein spezieller … Und siehst du meine Haare? Sie sehen grausig aus.« Sie fuchtelte mit der Gabel herum und zeigte darauf. »Ich habe mir überlegt, mir Perücken mit wunderbar goldgelben Locken anfertigen zu lassen. Was denkst du darüber?«

»Wenn du denkst, mit ihnen glücklicher zu sein, solltest du das veranlassen. Ich persönlich finde deine Haare ausgesprochen wunderbar. Fein wie Spinnweben und mit ihrem Weißblond funkeln sie mit den Sonnenstrahlen um die Wette«, schmeichelte er ihr.

»Ach, Argane, was wäre ich nur ohne dich?« Joska lächelte ihn liebevoll an. »Mein Leben wäre schon lange vorbei, wenn es dich nicht geben würde.«

Schweigend beendete sie ihr Mahl und ließ es anschließend abräumen. Gleichzeitig schickte sie nach jemandem, der ihr

Perücken anfertigen konnte. Sie hatte sich entschlossen, dass es genau das war, was noch zu ihrem Glück fehlte.

Einige Zeit später riss ein Klopfen sie aus ihren Gedanken. Die Tür schwang auf und eine Wache erschien.

»Der Perückenmacher ist eingetroffen, Majestät«, teilte die Frau ihr mit dröhnender Stimme mit.

Mit einem Wink befahl Joska, den Mann einzulassen.

Ein steifer Herr mittleren Alters trat ein. Sein Anzug stand ihm tadellos und kein einziger Fleck, kein loser Faden oder ein anderer Grund zur Beanstandung trübte das Bild.

Erstaunt beobachtete Joska, wie er einen Moment den Raum musterte, ehe er sie erblickte und bedacht auf sie zuging. Jeder Schritt – ja, jede Bewegung – wurde mit einer unheimlichen Präzision ausgeführt. Sein lichter werdendes Haar wurde von einem Scheitel genau in der Mitte des Kopfes geteilt und wirkte perfekt frisiert.

›Daran sollten Zita und Eleni sich ein Beispiel nehmen! Vielleicht sollte ich *ihn* einstellen‹, dachte Joska.

Ein sauber gestutzter, gezwirbelter Schnurrbart prangte über seinem Mund. Auf dem restlichen Gesicht war kein einziges weiteres Haar zu entdecken. Er blieb vor ihr stehen, verbeugte sich elegant und richtete anschließend mit einem kurzen, gezielten Handgriff seine Krawatte.

»Majestät. Ihr schicktet nach mir?«

»Ich brauche eine Perücke«, erklärte sie kurz angebunden. Je schneller er zurück in seinem Laden war, desto eher erhielt sie, nach was sie verlangte. »Füllig muss sie sein. Außerdem schwebt mir goldgelbes Haar vor.«

»Glatt oder lockig?«

»Unbedingt mit Locken! Sie sollen so aussehen ...« Mit ein paar Bewegungen ihrer Finger zeigte sie ihm an ihren feinen Fäden, wie ihr Haar sich zu ringeln hatte.

Der Perückenmacher nickte und stellte noch ein paar Fragen, die sie ihm selbstverständlich mit Wonne beantwortete.

»Sehr wohl, Majestät. Glücklicherweise besitze ich, was Ihr wünscht. Wenn Ihr erlaubt, ziehe ich mich zurück, um sogleich Euren Wunsch zu erfüllen.«

»Bitte. Benachrichtigt mich umgehend, wenn Ihr Eure Arbeit vollendet habt.« Sie entließ den Perückenmacher und staunte erneut über seine gewählten Schritte und den eleganten Gang. ›Und was für feine Halbschuhe er trägt! Welch erlesenes Leder!‹

Danach erklärte sie Argane, wie sie sich ihren neuen Raum in den Gemächern vorstellte und für was sie ihn benutzen wollte.

Argane hörte zu und warf gelegentlich einen sinnvollen Kommentar ein.

Müde von dem langen Tag und ausgesprochen glücklich ging sie ins Bett und schlief nach einiger Zeit entspannt in seinen Armen ein.

Bis die gackernde Hühnerschar sie morgens weckte.

Alles, was Joskas Imperiumspläne betraf, saugte Stunden ihrer Zeit ein und spuckte Minuten aus. Als würde das Schicksal, das die Zukunft webte, Fäden aus ihrer persönlichen Zeitlinie herausziehen und sie in einem Lidschlag vergehen lassen.

Und dann gab es die unendlich langen Amtsgeschäfte. Bittsteller, die sie langweilten. Gerechtigkeitssuchende, die sie mit ihren kleinlichen Zankereien anödeten. Schriftstücke, Urkunden, Gesetze, Bescheinigungen, Dokumente, Unterlagen, die sie unterzeichnen und mit ihrem Siegel versehen musste. Die Sekunden zogen sich zu Stunden, und sie musste das alles über sich ergehen lassen.

Manchmal mischte sie sich in Danaths Gerichtsverhandlungen ein, und sie nahm durchaus wahr, dass etliche Rechtsuchende den Thronsaal mit einem verwirrten Ausdruck im Gesicht, todtraurig oder wütend verließen. Gelegentlich auch freudig überrascht.

Immerhin: Die krakeelende Hühnerschar verrichtete ihre Arbeit früh morgens jetzt leiser. Das war wundervoll.

Joska lag wach und lauschte. Wenn irgendeine ihrer Anweisungen von irgendwem nicht umgesetzt würde, würde der Scharfrichter auf … alle Diener warten!

Ihre Bediensteten betraten das Zimmer, als ob sie über rohe Eier liefen. Die Vorhänge wurden zurückgezogen, als wären sie aus Seidentuch, das bei der geringsten Berührung riss. Kein unnötiger Laut drang an ihr Ohr.

Geweckt wurde Joska inzwischen von den Sonnenstrahlen, die ihr Gesicht umschmeichelten oder einem sanften Streicheln über ihre Hand, falls es zu früh war und die Monde noch nicht ihren Kampf verloren hatten – oder die Sonne nicht durch die Wolken drang. Und endlich – endlich! – konnte sie ungehindert zuerst auf den Abort gehen und erst danach wurde sie gewaschen.

›Wer auch immer die andere Reihenfolge festgelegt hat, soll in den drei Höllen schmoren!‹ Es hatte sie einiges an Überredungskunst und letztendlich eines scharfen Befehls gekostet, um Larord das klarzumachen.

Heute kümmerten sich Eleni und Zita wieder um ihre Frisur und das Schminken. Joska grübelte genervt, warum sie immer noch dafür zuständig waren und wann Larord ihr endlich die versprochenen neuen Zofen schickte.

Als die beiden ihr Haar richteten und mit patschenden Händen darin herumwerkelten – nicht einmal ein »Aufgemerkt!«-Blick durch den Spiegel änderte etwas daran –, schoss ihr ein Gedanke durch den Kopf: Sollte sie zukünftig Milch statt Wasser für die Wäsche verlangen? Sie hatte gehört, dass die Haut so schöner und reiner würde. Mit ihrer Hand fuhr sie den Unterarm entlang. Blaue Adern leuchteten durch die blasse Haut und ihre Mundwinkel verzogen sich ärgerlich, als sie auch dort einige Sommersprossen entdeckte.

Seufzend murmelte sie: »Möglicherweise ist es den Versuch wert.«

»Eure Hoheit?«

Sie blickte hoch und direkt in Elenis fettes Gesicht. Übel aussehende Schnittwunden zierten es inzwischen und ihre Augen wirkten verängstigt.

›Selbst schuld‹, dachte Joska und ignorierte die Nachfrage der Zofe. ›Ich habe sie gewarnt! Wenn die Haare nicht meinen Wünschen entsprechen, sieht ihre Visage wie die von Zita aus.

Ganz prinzipiell, wenn sie meine Befehle nicht aufs Genaueste ausführen.‹

Zita hatte sie gestern beim Maßnehmen für eine neue Robe mit einer Nadel gepiekt. Als sie mit der Anprobe fertig gewesen waren, hatte sie alle bis auf Zita nach draußen geschickt, einen Lederriemen geholt und ihr gezeigt, was folgte, wenn ihr Schmerz zugefügt wurde.

Wie Joska bemerkt hatte, ging die junge Frau heute, als litte sie unter starken Schmerzen am Rücken. Zwei rote Striemen lugten am Nacken aus deren Kleidung heraus und zeigten ihr, dass sie gute Arbeit geleistet hatte. Fröhlich lächelte sie bei dem Anblick vor sich hin. Erst als Zita nicht mehr bei jedem Schlag geschrien hatte, hatte sie auf weitere verzichtet. Und das, obwohl sie ihr das vorher erklärt hatte! Wie uneinsichtig sie doch war! Stille bedeutete Verständnis bezüglich ihrer Verfehlung. Zehn Schläge waren nötig gewesen, bis die pockennarbige Frau es eingesehen hatte.

Joska ignorierte die zitternden Hände der beiden. Heute war sie gut aufgelegt. Argane und sie hatten eine wunderbare, entspannte Nacht gehabt und sie fühlte sich erholt und ausgeruht.

Sie warf ihm einen verstohlenen Blick zu. Vornehm stand er am Fenster, die Hand am Rahmen abgestützt, und starrte abwesend hinaus. Die Hose und das Hemd betonten seine schlanke Figur. Ihr Beschützer war allein für sie da und er hatte noch nie einen ihrer Wünsche abgeschlagen, oder falsch ausgeführt. Glücklich seufzte sie, und als hätte er ihre Gedanken gespürt, drehte er sich zu ihr um und lächelte. Es war, als würde die Sonne durch ewige Finsternis dringen, und voll Freude erwiderte sie das Lächeln.

Die Zofen beendeten ihre Arbeit und Joska begutachtete das Ergebnis im Spiegel. Immerhin saß die Frisur *einigermaßen* so, wie sie gewünscht hatte.

Beim Frühstück unterhielt sie sich angeregt mit Argane. Die Diener verließen alle, ohne Bedarf eines erneuten Befehls, wenn sie speiste, den Raum.

»Du hättest die Zofe nicht entstellen müssen, Joska. Ich glaube, sie hätte es auch verstanden, wenn du ihr ein paar Schläge verpasst hättest.«

»Sie hat es verdient. Ich habe gesagt, sie wird wie Zita aussehen, wenn sie meine Wünsche nicht erfüllt«, erklärte Joska. »Sie wird schon jemanden finden, der damit leben kann. Und wenn nicht, bleibt sie eben im Schloss und arbeitet hier. Aber ganz sicher nicht als Zofe! Ich hoffe, dass Danath endlich richtig ausgebildete Frauen findet.«

»Deine Mutter hätte das nicht gutgeheißen. Das weißt du …«

Mit hochgezogener Augenbraue musterte sie ihn. Wie schon mehrmals versuchte er eine Prise Empathie für die Zofen zu erzeugen.

»Mama ist weg. Sie hat mich verlassen. Sie würde *gar nichts* dazu sagen. Vielleicht würde sie mich verstehen. *Sie* hatte schöne Locken.«

»Deine Mutter war dir wie aus dem Gesicht geschnitten. Sie hatte die gleiche helle Haut, Sommersprossen, volle rote Lippen und feine weißgelbe Haare, die im Wind um ihren Kopf wehten. Sogar ihre Augen hast du vererbt bekommen.« Argane strich ihr zärtlich über die Wangen. »Ich weiß, du vermisst sie.«

»Ich will nicht darüber sprechen!« Sie schlug seine Hand weg, sprang auf und schleuderte mit einem Aufschrei das Geschirr vor ihr auf den Boden. »Ich sehe nicht aus wie sie, ich will nicht … ich *darf* nicht so aussehen wie sie!«, schrie Joska ihn an.

»Es tut mir leid. Ich hätte nicht darüber sprechen sollen. Verzeihst du mir?«

Joska beruhigte sich, blickte ihn an und sagte: »Natürlich, Argane, du bist der Einzige, der mich wirklich versteht. Ich verzeihe dir alles, das weißt du. … ich muss jetzt los, ein langweiliger und langer Tag erwartet mich. Ich verspreche dir, dass du mich bald begleiten darfst. Pass auf die Diener auf.« Sie zeigte auf das Chaos, das sie veranstaltet hatte. »Sie sollen *das hier* reinigen.«

Joska schritt zur Tür, öffnete sie und erklärte den Bediensteten, was sie erwartete. Dann ging sie in den Thronsaal.

Als sie abends zurückkehrte, war das Zimmer so sauber wie vor ihrem Ausbruch am Morgen. Joska war kurzzeitig erfreut, aber ihre Erregung übernahm gleich die Oberhand. Sie hatte von ihrem Perückenmacher eine Nachricht bekommen. Er hatte eine ihren Wünschen entsprechende Perücke anfertigen können und er würde sie bald persönlich abliefern.

Ungeduldig wartete sie auf ihn und lief dabei im Raum herum.

Argane beobachtete sie mit undeutbarem Blick.

Endlich klopfte es und sie bat Ignatz, den Perückenmacher, herein. Wieder saß sein Anzug perfekt und kein einziges Haar lag an einer nicht gewollten Stelle.

Nachdem er die Perücke aus einer Kiste genommen hatte, wusste Joska sofort: Er hatte nicht zu viel versprochen.

Stolz streckte er ihr eine wunderbar füllige, lockige, goldgelbe Mähne entgegen.

»Ein Meisterwerk«, entfuhr es ihr wenig königlich und ihr ausgestreckter Arm verharrte kurz vor dem Handwerksstück.

»Nehmt sie ruhig in die Hand, Majestät«, forderte Ignatz sie auf. »Sie wird Euch wunderbar stehen.«

Mit zitternden Fingern griff sie danach, fühlte das feste Haar und die dichten Locken. »Sie ist außergewöhnlich. Bitte helft mir, sie aufzuziehen.«

»Sehr gern, Majestät.«

Raschen Schrittes, hastete sie in ihr Schlafzimmer. Ignatz folgte langsamer und bedächtiger.

Als sie vor ihrem Spiegel saß, nahm er die Perücke entgegen und drapierte sie ohne ein Wort sanft und perfekt auf ihrem Kopf. Welch Unterschied zu Zita und Eleni!

›Er muss gehen‹, schoss es Joska durch den Kopf.

»Danke, Perückenmacher«, stieß sie aus. »Was schulde ich Euch?«

Verdutzt über ihre abrupte Frage, sagte er: »Zehn Goldstücke, Majestät. Soll ich –«

»Nein«, unterbrach sie ihn, sprang auf und rannte zurück in ihren Wohnraum. Schnell suchte sie die gewünschten Goldstücke heraus und drückte sie dem verwirrten Mann in die

Hand. »Bitte geht jetzt, aber haltet Euch für eine weitere Bestellung bereit. Das wird nicht die letzte Perücke gewesen sein, die Ihr mir anfertigt.«

»Sehr gern, Majestät. Mein Geschäft ist voll. Gerne lade –«

»Jaja. Lasst mich nun allein.« Mit einer Handbewegung scheuchte sie ihn hinaus, und als endlich die Tür ins Schloss fiel, hastete sie in ihren neu eingerichteten Raum. Dort warf sie sich auf den Stuhl vor einem großen Spiegel.

Den steinernen Tisch in der Mitte des Raumes würdigte sie keines Blickes, ebenso wenig die Regale an den Wänden. Sie hatte nur Augen für ihre neue Haarpracht.

Argane war ihr gefolgt. »War die Perücke nicht zu teuer?«

Mit einem anfänglichen Schnauben drehte Joska sich zu ihm um und strahlte ihn an. »War sie es wert?«, gab sie die Frage an ihn zurück und zwinkerte ihn aus ihren hellblauen Augen an.

Argane musterte sie eindringlich, bevor er sagte: »Du siehst wunderschön aus. Deine Haare sind gänzlich anders als vorher. Aber, ob es den Preis rechtfertigt … Ich weiß es nicht. Ich liebe dein natürliches Aussehen, das weißt du. Aber wenn dies dein Wunsch war, dann erfreuen wir uns an deinem neuen.« Er trat zu ihr und legte ihr die Hand auf die Schulter.

Joska schmiegte ihren Kopf an sie und war überglücklich, dass sie ihre dünnen Haare nicht mehr sehen musste. Erst morgen früh wieder, wenn die leise Spinnenschar ihre Ruhe stören würde.

»Lass uns zu Bett gehen, Argane, ich habe etwas ganz Besonderes bekommen. Vielleicht ergibt sich noch mehr.« Sie nahm die Perücke ab und zog sie über eine Büste, die im Regal stand.

›Es ist noch so viel Platz‹, sinnierte Joska. ›Schon morgen lasse ich den Mann eine weitere anfertigen.‹

Aufgeregt zog sie Argane zum Himmelbett, umarmte ihn und drückte ihn darauf. Ihm entfleuchte ein überraschter Aufschrei, als sie hineinfielen und Joska ihn mit ihrem Gewicht niederdrückte. Sie kuschelte sich an ihn und war bald darauf zufrieden eingeschlafen.

Sterben in den Scherben

Ikk

Ikk war frustriert. Fünf Tage war es jetzt her, seit Anphia diesem Monster zum Opfer gefallen war, und weder er noch irgendjemand aus seinem Umfeld hatte etwas herausfinden können. Ein Monster, denn etwas anderes konnte es nicht gewesen sein, das eine Prostituierte auf so bestialische Weise getötet hatte.

Es war, als ob sich ein Portal geöffnet, den Mörder ausgespuckt und ihn danach wieder verschluckt hätte. Dazwischen hatte er Zeit gehabt, Ikks Freundin zu meucheln und ihre Kopfhaut zu entfernen.

›Was sollte das? Warum hat jemand das getan? Es ist zum Verzweifeln‹, dachte Ikk. ›Kein einziger Hinweis und nichts, was ich unternehmen kann.‹ Er vermisste Anphia sehr, sie war eine der wenigen Personen gewesen, der Ikk wirklich vertraut hatte. Umso mehr schmerzte es ihn, und er war nicht gewillt, ihren grausamen Tod einfach hinzunehmen.

Um *irgend*etwas zu unternehmen, beschloss er, erneut in die »Scherbenschwalben« zu gehen und mit Annrich und seinen Gästen zu reden. Ikk hatte zwar nicht viel Hoffnung, dass er heute Antworten oder zumindest ein Schnipsel einer Antwort bekommen würde, aber einen Versuch war es auf jeden Fall wert.

Vor dem Gebäude standen zwei Frauen und warteten auf Gesellschaft. Es hatte sich nichts geändert im Viertel. Immer wieder verschwand jemand und tauchte nicht mehr auf, oder doch wieder. Aus der kleinen Tanngau beispielsweise. Und das Leben ging für alle anderen weiter. Oft hatte die Gaunergilde damit zu tun. Sie wussten normalerweise immer, was in den Scherben vorging, warum etwas passierte und wer dafür bezahlte. Nur der Mord an Anphia war ein Rätsel.

Lyrrol und Saarol hatten versucht, Ikk zu helfen und die Bettler angewiesen, die Ohren offen zu halten. Sie hätten genauso gut die Fische im Wassergraben beauftragen können. Das wäre ähnlich ergiebig gewesen. Und das, obwohl Lyrrol und Saarol die beiden Stellvertreter des Anführers der Gaunergilde waren – »Das Ganze« wie er auch genannt wurde. Sie waren die zwei Hälften eines Gefüges, das die Geschicke der Gaunergilde leitete. Wer sich die Bezeichnungen ausgedacht hatte, wusste niemand mehr. Es war schon immer so und würde weiterhin so sein.

»Hallo, Ikk«, grüßte Annrich ihn, als der sich auf einen Hocker am Tresen setzte. Ikk mochte Annrich, er behandelte ihn nicht wie ein Kind und hatte oft ein nettes Wort für ihn übrig. Das konnte nicht von vielen in diesem Viertel gesagt werden. Respektvoll ihm gegenüber, gewiss, aber freundlich? Nicht in den Scherben!

Der Qualm im Raum war heute nicht so schlimm, da das Feuer gut brannte.

»Willst du ein Bier?«

»Antworten wären mir lieber. Hast du etwas gehört?«, grummelte Ikk. »Wenn du keine hast, nehme ich zumindest etwas zu trinken.«

»Leider nichts Neues. Tut mir leid.« Er schenkte Wasser ins Bier und stellte es vor seinem Gast ab.

Ikk ballte wütend die Fäuste und knirschte mit den Zähnen. »Danke für deine Hilfe. Tu mir den Gefallen und behalt weiter die Ohren offen, ja?« Er nahm einen Schluck vom Bier und verzog dann das Gesicht. »Da ist aber viel mehr Wasser drin als sonst, oder?«

»So wie immer. Ich würde mich gar nichts anderes trauen«, versicherte Annrich und zog eine Augenbraue hoch.

Ikk hatte keine Lust, das Thema weiter zu verfolgen. Außerdem musste er selten dafür bezahlen, also verhielt er sich ruhig. »Wieso ist es heute Abend so voll hier?«, fragte er stattdessen.

»Ein Barde hat ein Zimmer gebucht und spielt ein paar Lieder, um ein wenig Geld zu verdienen. Er ist gar nicht schlecht«, erklärte Annrich und grinste. »Er hat schon ein anrüchiges Lied über einen fetten König und seine Mätressen zum Besten gegeben. Jetzt soll gleich eines über den Staatsstreich folgen, den wir verhindert haben. Die Leute sind gespannt.«

»Muss das sein?« Ikk rollte mit den Augen und stöhnte. »Das tausendste Lied davon … Er ist gut, sagst du?«

»Hör ihn dir doch einfach an.« Annrich zeigte auf einen Tisch, der als Bühne diente, und wischte über die Theke.

Ein Mann erhob sich und kletterte hinauf, die Laute in der Hand. Kurz blickte er zu Annrich, dann zu den Gästen, wobei er schmunzelte. Er stimmte sein Instrument, klopfte ein paar Mal mit dem Fuß auf die Eichenplatte, um auch den Letzten auf die Darbietung aufmerksam zu machen, und fing an zu spielen.

Es war eine einfache Melodie, die einige Zeit durch den Schankraum schwebte, bevor der Barde anfing zu singen:

Weit, weit im fernen Westen
Sammeln sich die Allerbesten.
Eine ritt geschwind durch die Lande
Nach Tangrintanien, unser kleines Reich.
Vorbei an Wald, Berg und Teich
Und versammelt eine große Bande.

Sie erreichten unsere Hauptstadt,
Sie entkommt dort ganz knapp
Einem Anschlag auf Leib und Leben.
Gift, raunen die Heiler, gab man ihr,
Ein Gegengift heilte sie, oder war es Bier?
Eines davon sollten wir jetzt alle heben.

Diesem Teil folgte ein Refrain, der eingängig war, und ein paar der Gäste klatschten bereits mit. Der Barde grinste ihnen zu und zog sie mit einer Taktaufforderung mit zur nächsten Strophe.

> **Hoch auf die Feuerelementarierin,**
> **Die unser Königreich vor den Barbaren rettete!**
> **Humpen hoch!**
> **Auf unsere beste Freundin,**
> **Durch den Tunnel ihr Trupp kletterte.**
>
> **Das Burgtor war der Zauberin nicht geheuer.**
> **Sie dachte, es wäre gar nicht teuer**
> **Und sprengte es mit einem Wumms,**
> **Dass Trümmer in die Scherben flogen**
> **In einem großen, großen Bogen.**
> **Das Tor war fort und frei der Weg für unsre Jungs.**

»Natürlich singt er von *unserem* Sturm auf die Zitadelle …, ohne *uns* zu erwähnen«, fluchte Ikk. »Ich hatte gehofft, er würde zumindest eine Andeutung auf die Gauner einfügen. Wenn er schon in den Scherben spielt. Gibt es *wirklich* nichts anderes, über das die Barden Lieder schreiben können?«

»Den meisten Menschen im Land ist nicht bekannt, was wirklich passiert ist, und deswegen häufen sich die Gerüchte und Geschichten. Sie nutzen das aus, was erwartest du? Geheimnisvolle Lieder verkaufen sich gut und die Menschen füllen ihre Börsen.«

›Annrich hat recht‹, vermutete Ikk. ›Die Sänger spielen das, was gut bei ihrem Publikum ankommt.‹

Bald wurde der Refrain von allen mitgegrölt.

Naturgemäß landete von dem Bier in den Humpen einiges nicht nur in den Mündern, sondern auf den Tischen, den Nachbarn und dem Boden. Die Stimmung in der Taverne war fröhlich und ausgelassen.

Ikk war das alles egal, er trank langsam sein Bier aus und beschloss, den Heimweg anzutreten. Nachdem er sich von

Annrich verabschiedet hatte, trat er nach draußen und unterhielt sich mit den Frauen auf der Straße über Belangloses.

Eine der älteren bat ihn: »Würdest du nach Marlen schauen? Sie wollte schon längst wieder hier sein. Nachdem …, na ja, du weißt schon, das mit Anphia passiert ist, mache ich mir immer Sorgen, wenn sich eine von uns verspätet. Die meisten von uns sind vorsichtig, aber eben nicht alle. Sie wollte heute am Pulverweg nach Freiern Ausschau halten, dort, wo er das Badergaßl kreuzt. Wahrscheinlich hatte sie einfach Glück und verdient sich gerade eine goldene Nase. Aber mir wäre trotzdem wohler, wenn du nachsehen könntest.« Die Frau versuchte mit einer Handbewegung den Anschein einer unnötigen Sorge zu verscheuchen, drückte dann aber bestärkend Ikks Arm.

»Klar doch. Liegt sowieso auf meinem Weg. Wie du sagst, wird schon alles gut sein«, beruhigte er sie.

Er verabschiedete sich und huschte durch die engen Gassen zu der Adresse, die sie ihm genannt hatte. Die Dunkelheit hatte mittlerweile komplett eingesetzt, aber Ikk kannte diese Gassen gut. Das wenige Licht, das von einzelnen Straßenlaternen seinen Weg beschien, reichte ihm.

›Etwas besser als die Gegend um die »Scherbenschwalben«‹, dachte Ikk, als er in das Badergaßl einbog. Wobei »besser« immer noch heruntergekommen, dreckig und stinkend war.

Eine Hure stand allein an der Kreuzung. Aber es war nicht Marlen.

»Hast du Marlen gesehen?«, fragte er die Frau. »Ich soll fragen, warum sie noch nicht zu den ›Scherbenschwalben‹ zurückgekehrt ist.«

»Ist noch gar nicht lang her, da ist sie mit so einem Geldsack in ein dunkles Eck verschwunden. Na, du weißt schon.« Sie machte eine anzügliche Geste. »Irgendwo in diese Richtung.« Sie zeigte den Pulverweg entlang.

Er dankte ihr und wollte schon den Rückweg ins Versteck antreten, als ihm der Gedanke kam, dass der Mann auch *sein* »Kunde« werden könnte, wenn er mit Marlen fertig war. Er würde sicher nicht alles hergeben und nach dem Spaß unvorsichtig sein …

›Und sie wird erfreut sein, wenn ich das Geld mit ihr teile.‹

Mit diesen zuversichtlichen Gedanken eilte er den Weg entlang und versuchte zu erspähen, wo sie sich aufhielten. Er blickte in alle Gassen, Hinterhöfe und dunkle Ecken im Umkreis. Nichts. Auch keine eindeutigen Geräusche oder aufreizendes Gelächter war zu hören. Nirgends konnte er Marlen oder ihren Freier entdecken.

Achselzuckend trat er den Rückweg an. Der Mann würde leider ungeschoren davonkommen.

Fast schon bei der Ecke angekommen, wo Ikk losgelaufen war, glänzte etwas dunkel schimmernd am Eingang einer schmalen Gasse.

›Vielleicht hat sich der Mann dort erleichtert, dann erwische ich ihn doch noch!‹

Er bog ab und folgte der nassen Spur. Doch nach wenigen Schritten kam ihm die Flüssigkeit komisch vor. Und hätte der Mann sich über eine Strecke von mehreren Metern erleichtert? Ikk stutzte – das war kein Urin, es hatte eine andere Konsistenz und es roch auch nicht danach. Er ging in die Knie und nahm etwas davon zwischen zwei Finger. Das hier war zähflüssiger. Ihm stellten sich die Nackenhaare auf, als er den Geruch wahrnahm. Metallisch und süß und es lief hinter einem Haufen aus Holzbrettern hervor.

Schaudernd und mit trockenem Mund zog Ikk behutsam sein Messer.

›Erzeuge ja keinen Laut‹, murmelte er lautlos und schlich geduckt weiter. ›Lauert das Monster hinter dem Gerümpel?‹

Vorsichtig und bereit, sofort nach hinten zu springen, spähte er um den Haufen herum. Vor Schreck ließ er fast seine Waffe fallen. Marlen lag blicklos vor ihm am Boden, so viel erkannte er sogar bei dem schwachen Mondschein. Als er näher trat, sah er, dass das Blut aus einem Loch an ihrem Hals stammte, wie er es auch bei Anphia gesehen hatte. Das Schlimmste aber war: Wieder, wie bei seiner kleinen Schwester, war die Kopfhaut mit den Haaren daran entfernt worden.

Ikk hatte schon viel gesehen, sicher mehr, als es für einen Jungen seines Alters normal sein sollte, aber zum zweiten Mal innerhalb weniger Tage eine so brutale Hinrichtung einer jungen Frau zu sehen, setzte ihm zu. Was, bei den drei Höllen, ging hier vor?

Schnell richtete er sich auf, erkannte aber, dass sich niemand in der Nähe aufhielt und steckte sein Messer wieder ein. Dabei spürte er, wie seine Hände zitterten. Zögernd und schweren Herzens, beugte er sich schließlich zu Marlen hinab, verharrte einen Augenblick und untersuchte anschließend die Leiche.

›Ach, Marlen, verzeih mir, ich möchte das eigentlich nicht tun müssen, aber dieses … Monster muss unbedingt gestoppt werden!‹

Bis auf den Einstich im Hals und der entfernten Haut entdeckte er keine weiteren Wunden. Ebenso hatte sie ihre Kleidung, soweit er es beurteilen konnte, noch vollständig an.

›Entweder der Mann hat sie nach dem Verkehr getötet, oder vorher und wollte gar keinen mit ihr‹, überlegte Ikk. ›Warum hat er sie ermordet? Viel Geld hätte er nicht bezahlen müssen und wenn er sie um das bisschen hätte prellen wollen, hätte er auch einfach gehen können. Was hätte Marlen ihm schon entgegenzusetzen? Und was will er, bei Odems Winden!, mit der Kopfhaut?‹

Bevor er den Boden untersuchte, rannte er schnell zur anderen Hure zurück und wies sie außer Atem an, die Stadtwache zu holen.

Ein Quietschen entfleuchte ihr und mit Angst im Blick rannte sie mit gerafftem Rock los.

Ikk hoffte, sie möge seinen Auftrag erledigen. Danach lief er zurück, um zu untersuchen, wo die Haare abgeblieben waren.

Er fand sie nicht.

Nicht in der Gasse und auch nicht in der Nähe.

Er war sich sicher, dass kein Straßenköter damit davongelaufen war. Marlen lag in einer Sackgasse und den Hund hätte er gesehen.

Unglücklich und grübelnd wartete er auf die Wache. Schon wieder war eine Prostituierte von einem Unbekannten mit einem Stich in den Hals gemeuchelt worden.

Einige Zeit später kehrte die andere Frau zurück und erklärte, sie habe die Wache benachrichtigt.

Während sie warteten, versuchte er ihr Informationen über das Aussehen des Geldsackes zu entlocken. Brauchbares konnte sie ihm nicht erzählen. Einerseits ihrer Aufregung und Furcht geschuldet, andererseits, weil der Mann sein Barett tief in die Stirn gezogen hatte und sie nicht nah genug bei Marlen gestanden hatte. Aber eine Feder war auf der Kappe befestigt gewesen, daran konnte sie sich genau erinnern! Ansonsten beschrieb sie die Figur des Mannes als durchschnittlich. Es wäre auch zu schön gewesen, wenn endlich jemand dem Monster ein Gesicht verpasst hätte.

Nach längerer Wartezeit, in der Ikk die Straße auf und ab lief und immer unruhiger wurde, tauchten zwei Soldaten der Stadtwache auf.

Gelangweilt hörten sie seinen Ausführungen zu und begutachteten dabei mit angewidertem Blick die Umgebung und die Prostituierte.

Anschließend betrachteten sie kurz die Leiche, stießen sie mit dem Fuß an, um zu prüfen, ob sie wirklich tot war – was ein Blinder mit Augenbinde gesehen hätte –, drückten Ikk ihr Beileid aus und versprachen, dass der Totengräber sie abholen würde. Mit erleichtertem Gesichtsausdruck drehten sie sich um und wollten gehen.

»Sie wurde ermordet!«, ereiferte Ikk sich lautstark.

Einer der Soldaten blieb stehen und sagte: »Im Glasscherbenviertel wird andauernd jemand getötet, Junge. Dagegen kann ich so wenig ausrichten wie gegen die Flöhe in meinem Bett.« Er blickte Ikk an und fügte sanfter hinzu: »War sie deine Mutter?«

»Nein, eine Freundin! Es ist schon die zweite Frau, die genau gleich gemeuchelt wurde. Ein Stich in den Hals und die Kopfhaut abgezogen!«

»Die zweite Hure, meinst du? Wie gesagt: Machen können wir nichts. Ich verspreche dir aber, wir schreiben einen Bericht und wenn eine Anweisung kommt, wird der Fall untersucht.«

Der Soldat drehte sich erneut herum und ging zu dem zweiten, der ungeduldig am Eingang der Gasse wartete.

Ikk sah ihm an, dass er so schnell wie möglich von hier, und wahrscheinlich aus den Scherben, wegwollte.

›Nicht einmal die Augen haben sie ihr geschlossen!‹ Er fluchte, sank neben der Prostituierten auf die Knie und erledigte das sanft.

Die zweite Frau stand an der Hausecke und blickte ängstlich von ihm zu Marlen.

›Es ist ein Mörder in den Scherben, der Huren tötet‹, durchfuhr es Ikk. ›Ich muss endlich etwas unternehmen! Saarol und Lyrrol ebenfalls. Sie *müssen* mir mehr helfen als bisher! Alle Mitglieder der Gaunergilde …‹

Er verließ die Gasse und rannte, so schnell ihn seine dürren Beine trugen, zum Unterschlupf der Gauner.

Aber dort stieß er auf taube Ohren. Saarol hatte nicht einmal Zeit für ihn und Lyrrol war kurz angebunden.

»Ich werde die Bettler und Informanten beauftragen, nach Hinweisen Ausschau zu halten«, teilte er ihm mit. »Außerdem setzen wir eine Belohnung auf die Ergreifung des Mörders aus. Das ist alles, was ich für dich tun kann.« Eher er weitersprach, zuckte er mit den Achseln. »Die beiden Frauen waren keine Gildenangehörigen, und nur weil du dich für sie einsetzt, beschäftigen wir uns überhaupt mit der Sache. Vielleicht treibt uns die ganze Angelegenheit mehr Schutzsuchende in die Arme. Geld brauchen wir schließlich immer.«

»Das ist –«

»Unbarmherzig?«, wurde er unterbrochen. »Möglicherweise, aber so funktioniert unser Geschäft. Jetzt entschuldige mich, ich habe zu arbeiten.«

Nach dem zweiten Mord an einer der Ihren waren die anderen Huren in heller Aufregung. Sie verließen ihre gemeinsamen

Plätze nicht weit und trauten sich nicht mehr mit ihren Freiern in dunkle Gassen.

»Meine Zimmer sind fast alle ausgebucht«, vertraute Annrich dem jungen Gauner an. »Ich weiß, dass es ein schlimmer Grund ist, weswegen die Frauen sie anmieten, aber für die Schänke ist es ein Segen. Bald kann ich es mir leisten, den Kamin zu reparieren.«

»Solange sie hier in Sicherheit sind …«, murmelte Ikk. Fünf Tage hatte er versucht, etwas über den Mord an Marlen herauszufinden. Aber egal wem er Fragen stellte, oder wie viele er stellte, niemand brachte Licht ins Dunkel. Die Bettler und Informanten fanden ebenfalls nichts heraus und scheuchten ihn genervt fort. Verzweiflung beherrschte Ikks Gedanken.

»Am allerschlimmsten finde ich, dass die Wache sich überhaupt nicht um die Scherben schert und was mit den Bewohnern hier passiert.« Ikk hatte seine Begegnung mit den beiden Soldaten noch nicht überwunden. »Wenn es die Gaunergilde nicht geben würde, könnten sich die Menschen hier die Köpfe einschlagen und keinen würde es interessieren. Ohne uns würde das Recht des Stärkeren herrschen.«

»Aber tut es das nicht auch so?«, fragte Annrich ihn. »Ihr seid die Stärkeren und setzt euer Recht durch. Ich muss wöchentlich meine Schutzgebühr zahlen, sonst würden ein paar Schläger kommen und meine Einrichtung zertrümmern … oder Schlimmeres.«

Ikk wusste nicht, was er darauf erwidern sollte, und starrte verlegen in sein Bier. Gerade als er ansetzte, die Vorgehensweise der Gilde zu verteidigen, wurde die Tür aufgerissen und ein kleines Mädchen stürmte schluchzend in den Raum.

»Hilfe, bitte … ich brauche Hilfe. Meine Schwester, sie blutet und rührt sich nicht!«

Annrich und Ikk tauschten einen kurzen Blick. Rasch rutschte Ikk von seinem Schemel und ging zu dem Neuankömmling.

Der Wirt folgte ihm und versuchte, die Kleine zu beruhigen, bevor er fragte: »Was ist denn passiert? Können wir dir helfen?«

»Meine Schwester … Sie liegt reglos auf dem Boden.« Ein Schluchzen schüttelte das Mädchen. »Sie kam nicht von der Arbeit nach Hause und da bin ich sie suchen gegangen.«

»Wo hast du sie gefunden?«

Tränen liefen ihr über das dreckige Gesicht und zeichneten eine Spur über die Wangen. Sie war aufgebracht und heulte ohne Unterbrechung. Es dauerte einige Zeit, bis sie wieder etwas aus ihr herausbrachten.

»Im Glaserweg … dort …« Schniefend zog sie Rotz hoch und brach erneut in Schluchzen aus.

»Kannst du dich um sie kümmern?«, fragte Ikk den Wirt. »Dann geh ich und schau mir an, was mit ihrer Schwester ist.«

»Mach das. Sie ist bei mir gut aufgehoben«, bestätigte Annrich und setzte die Kleine auf einen Stuhl.

Einige Augenblicke später war Ikk aus der Tür hinaus und rannte zum Glaserweg. Die Sonne war gerade dabei unterzugehen und graues Dämmerlicht lag über den Scherben.

Als er die Gasse erreichte, erkannte Ikk sofort eine große Gruppe von Männern und Frauen. Zwischen ihren Füßen lag jemand. Niemand beugte sich hinab oder kniete neben ihr. Sie wurde nur angestarrt.

Fluchend rannte er auf die Menge zu und schubste unsanft zwei Männer auf die Seite. Schimpfend taumelten sie.

Nun stand Ikk direkt vor der am Boden Liegenden. Es war eine Frau und eine große Lache hatte sich auf den Steinen unter ihr ausgebreitet. Schwarz und ölig glänzte die Flüssigkeit in dem fahlen Licht und sofort, bevor er den metallischen Geruch wahrnahm, wusste er: Blut. Es war aus einer Stichwunde in ihrem Hals auf die Steine gelaufen. Blicklos starrten die Augen der Leiche in den Himmel und der kahle Schädel verunstaltete ihr ansonsten recht ansehnliches Gesicht. Die Schwester des Mädchens war tot, gemeuchelt von dem Monster, das in den Scherben sein Unwesen trieb.

›Sie ist genauso zu Tode gekommen wie Anphia und Marlen‹, erkannte Ikk entsetzt. ›Schon wieder …‹

»Hat jemand gesehen was passiert ist?«, rief er in die Menge.

Die meisten schüttelten beunruhigt den Kopf, zuckten die Achseln oder verneinten einfach. Nur ein Mann zeigte auf einen Müllhaufen.

»Ich war als Erstes hier und habe nichts gesehen. Aber dort liegt eine Mütze, die jemand verloren hat.«

Ikk lief auf den Gegenstand zu, hob ihn auf und hielt ein Barett in der Hand, in dem eine Feder steckte. Es war schwarz und aus einem Stoff, der sich angenehm anfasste.

›Die Prostituierte hatte von einer Kappe mit Feder gesprochen. Ist sie das?‹ Er drehte das Barett unschlüssig hin und her und ging zurück zur wartenden Menge.

»Hat sonst noch jemand etwas gesehen?« Er zeigte auf die tote Frau. »Wer ist sie?«

Die Menschen starrten ihn mit großen Augen an und er erkannte Ablehnung in ihren Mienen. Keiner antwortete auf seine Frage.

»Jemand wird doch wissen, wer sie ist!« Ärgerlich musterte er ihre Gesichter und die meisten sahen weg.

»Eine der Wäscherinnen«, murmelte eine Frau schließlich unbehaglich. »Sie wohnt nicht weit von hier entfernt. Ihre Schwester hat sie wohl gefunden, ist aber gleich weggelaufen. Keine Ahnung, wohin …«

›Sie hat mehr gesehen, als sie sagt‹, dachte Ikk. ›Wenn sie weiß, dass die Schwester weggelaufen ist. Der Mann war nicht als Erstes hier. Das war sicher das Mädchen in den »Scherbenschwalben«!‹

Alle weiteren Fragen brachten ihm nur ärgerliche oder furchtsame Blicke ein. Langsam zerstreute sich die Menschenmenge. Es war jemand gestorben, aber sie kannten die Frau nicht und es interessierte sie auch nicht besonders, also gingen sie achselzuckend weiter.

Ikk fluchte und packte einen Mann am Arm.

»Schnell, hol die Stadtwache! Jemand muss den Mord aufklären.«

Grunzend antworte der: »Hol sie doch selbst, Bengel. Als ob die scheiß Soldaten sich um das hier kümmern würden. Wir …«

»Los, sonst hetze ich dir die Gauner auf den Hals«, knurrte Ikk. Anscheinend war er sehr überzeugend, denn der Mann wurde fahl und stimmte sofort zu.

Mit großen Schritten rannte er davon.

›Hoffentlich läuft er nicht einfach nach Hause‹, grummelte Ikk und hastete zum Gasthaus zurück.

Dort angekommen, bemerkte er, dass das kleine Mädchen inzwischen auf einem Tresenschemel saß. Sie weinte nicht mehr, aber wirkte, als würde sie jeden Augenblick erneut Tränen vergießen.

Annrich stand neben ihr und hatte eine Hand auf ihre Schulter gelegt.

Behutsam näherte Ikk sich ihr, um sie nicht zu erschrecken und fragte sanft: »Kannst du mir erzählen, was geschehen ist? Oder hast du das Annrich schon mitgeteilt?« Fragend blickte er den Wirt an.

Der schüttelte den Kopf und antwortete: »Sie hat gar nichts gesagt. Die längste Zeit hat sie einfach nur geweint.«

Erneut fragte Ikk: »Was ist mit deiner Schwester geschehen?«

»Ich … ich weiß nicht. Sie kam nicht nach Hause und ich bin sie suchen gegangen. Dann hab ich gesehen, wie sie am Boden lag. Ein Mann ist weggerannt und ich bin zu ihr gelaufen.« Sie schluchzte erneut und es dauerte einige Zeit, bis sie weiterreden konnte. »Sie sah so grausig aus und ich hab sie nicht wecken können … Ich hab mich daran erinnert, was unser Vater immer sagt: Wenn etwas Schlimmes passiert und ich nicht da bin, geht in die ›Scherbenschwalben‹. Dort ist jemand, der euch helfen wird. Und deswegen bin ich hierhergelaufen. Was ist mit Anissa? Warum sind ihre wunderschönen Locken nicht mehr auf ihrem Kopf?«

»Ist das deine Schwester?« Ikk vermutete es, aber er wollte sicher gehen.

Die Kleine nickte und er teilte ihr mit: »Sie ist …, also, es ist … sie ist … tot. Weißt du, wie der Mann aussah, der weglief?«

»Nein, ich habe ihn nur von hinten gesehen. Er war riesig groß und ganz schwarz.«

»Meinst du seine Kleidung?«

»Nein. Nein, nicht seine Kleidung. Er selbst.«

»Wo ist dein Vater?«, fragte Annrich.

»Der muss lange arbeiten.« Ihre Augen wurden groß. »Er wird traurig sein, wenn Nissi nicht mehr da ist.« Sie fing wieder an zu schluchzen.

Ikk stutzte, denn ihm fiel etwas auf. »Du sagst, ihre Haare hatten Locken?«

Das Mädchen konnte nichts antworten, da sie von Schluchzern geschüttelt wurde, nickte aber.

Er blickte Annrich an und sagte: »Auch Marlen hatte lockiges Haar. Das Ganze ist sehr seltsam.« Dann fragte er: »Kannst du jemanden aus der Gilde auftreiben, der sie nach Hause bringt und dort wartet, bis ihr Vater auftaucht? Und er soll ihm erklären, was geschehen ist. Sagt ihm, er soll sich an mich wenden, wenn er etwas braucht.«

»Mache ich. Betrachte es als erledigt«, versprach der Wirt. »Du siehst aus, als würdest du auf glühenden Kohlen sitzen.«

»Ich habe endlich einen Hinweis gefunden und will ihm nachgehen. Diese Kappe hat der Mörder – vermeintliche Mörder – verloren. Ich will herausfinden, wem sie gehört. Zunächst will ich mich in den Scherben bei den Schneidern umhören, und wenn ich dort nichts finde, anschließend in den anderen Stadtvierteln. Schau, das Barett fühlt sich sehr weich an.« Er reichte es dem Wirt.

Der betrachtete die Kappe und betastete den feinen Stoff. »Ich glaube nicht, dass du in den Scherben etwas darüber herausfindest, aber bei den Schneidern in den anderen Vierteln möglicherweise. Ich wünsche dir Glück dabei.«

»Danke. Die Morde machen mich so wütend! Vor allem, weil keiner bei der Stadtwache etwas dagegen unternimmt! Ich gehe auf die Suche. Wir müssen uns selbst helfen.«

Vor Sonnenaufgang am nächsten Tag kroch Ikk aus seinem schmalen Bett und brach auf, um etwas über die schwarze

Kappe herauszufinden. Sein Ziel waren die vielen Schneidereien im Händlerviertel, da er in den Scherben nichts erfahren hatte.

Im ersten Geschäft wurde er von einer Verkäuferin, die sich die Nase zuhalten musste, um seinen Geruch zu ertragen, vor die Türe gesetzt. Verblüfft stand er vor der Ladentür und schimpfte über die rüde Behandlung. ›Dann eben bei der nächsten.‹

Dort erging es ihm nicht besser. Er schaffte es bis an die Verkaufstheke. Bevor er jedoch etwas sagen konnte, schnappte sich der Ladenbesitzer seinen Kragen und zog ihn daran unsanft zur Tür. Alles Winden und Fragen half nichts. Am Eingang angekommen, zog der Inhaber die Tür mit einem Ruck auf, stieß Ikk hinaus und rief: »Verschwinde, Bettler. Halunken wie dich brauche ich hier nicht. Du vertreibst meine Kundschaft. Such dir deine Almosen im Glasscherbenviertel. *Niemand* will dich hier!«

Mit einem lauten Knall schlug er ihm die Tür vor der Nase zu.

Am schlimmsten war der dritte Versuch. Ikk hatte aus den beiden ersten gelernt, rannte direkt zur Verkäuferin und rief: »Bitte werft mich nicht gleich hinaus. Ich brauche Informationen und bezahle dafür!«

Mit schreckgeweiteten Augen blickte sie ihn an und rannte dann kreischend in ein Hinterzimmer. Gleich darauf kam der Schneider persönlich daraus hervor.

»Verlauste Gossenschabe. Scher dich in die drei Höllen zurück, aus denen du gekrochen bist und lass meine Tochter in Ruhe!« Mit wedelnden Händen, in denen er Scheren hielt, ging er auf Ikk los. »Wehe du fasst etwas an! Du wirst deine Finger verlieren.« Sein Gesicht lief immer röter an. »Bei Lutum, Junge, wie kannst du es mit diesem Geruch aushalten?! Wann warst du das letzte Mal baden? Oder zumindest draußen im Regen, damit der den ekligen Gestank abwaschen kann. Lebst du überhaupt oder verwest du schon? Raus … aus … meinem … Laden!« Bei jedem Wort klapperte er mit seinen Werkzeugen vor Ikks Gesicht herum.

Ikk wich entsetzt zurück und verließ rasch das Geschäft. Die Scheren in des Mannes Händen erzielten ihre Wirkung. Er mochte seine Gliedmaßen, vor allem die Finger. Wer weiß, ob der Schneider seine Drohung wahr gemacht hätte. Er versuchte es bei keinem weiteren Laden, sondern suchte Saarol auf.

»Sie sagten, ich soll aus ihren Läden verschwinden, weil ich stinke und die Kundschaft vergraule. Außerdem mutmaßten sie, ich würde etwas stehlen, oder betteln. Meine zerlumpte Kleidung sei ihnen ein Dorn im Auge. Und genau deswegen bin ich hier. Kannst du mir helfen, dass ich nicht mehr sofort rausgeworfen werde? Damit ich zumindest *eine* Frage stellen kann!«

Saarol hatte still im Sessel sitzend zugehört, als er sein Anliegen vorbrachte. Nachdem Ikk fertig war und atemlos auf eine Antwort wartete, musste Saarol lachen. Er musste so lange lachen, bis Tränen in seinen Augen standen.

Wut kochte in Ikk hoch, als er nicht wusste, was das bedeutete oder was er sagen sollte. Er beherrschte sich aber und wartete ab, bis Saarol sich beruhigt hatte. Schließlich brauchte er seine Hilfe.

»Seit Jahren versuche ich, dich deinem Stand entsprechend zu kleiden und auszubilden. Und jetzt kommst du freiwillig zu mir, damit du Schneidergeschäfte betreten und Fragen stellen kannst? Das wird mir dein Vater niemals glauben. Natürlich werde ich dir helfen.« Saarol musste erneut lachen.

Nachdem er sich wieder gefangen hatte, stand er auf und sagte: »Als allererstes wirst du gewaschen, frisiert, maniürt und pediürt! In der Zwischenzeit kümmere ich mich um annehmbare Kleidung für dich. Vielleicht gebe ich dir Geld mit, so kannst du bei den Schneidern zwei Regenbogendrachen mit einer Klappe schlagen: deine Fragen stellen und dir neue Klamotten beschaffen.«

›Was, bei Odem, ist maniürt und pediürt‹, dachte Ikk, verkniff sich aber die Frage.

Saarol ging zur Tür, rief eine Gaunerin herein und trug ihr auf, eine Badewanne vorzubereiten. Außerdem sollte sie neue

Kleidung für Ikk besorgen und Saarols eigene Dienerin zu ihnen schicken.

Währenddessen hob Ikk den Arm und schnüffelte an seiner Achsel. Ein beißender Geruch drang ihm in die Nase. ›Puh … vielleicht sollte ich wirklich öfter baden. Wann haben die Wäscherinnen meine Kleidung das letzte Mal gewaschen?‹ Verlegen verzog er den Mund, als er Saarols Blick gewahr wurde. Der gut gekleidete Mann sagte jedoch nichts, sondern grinste nur breit.

Die Gaunerin und eine weitere erschienen nicht lange danach, schleppten Eimer mit dampfendem Wasser heran und kippten es in die Wanne im angrenzenden Raum. Sie mussten einige Male laufen und als die Badewanne gefüllt war, zog Ikk seine Kleidung aus und stieg hinein.

Saarol sah ihm zu, wandte sich der einen Gaunerin zu und sagte: »Bitte besorgt eine zweite Füllung und ein wenig Seife.«

Die Frau nickte und beide liefen los, um seine Anweisungen auszuführen.

Das Wasser war schnell grau-braun geworden. Ikk versuchte, die Dreckkrusten aus dem Haar zu entfernen und tauchte immer wieder unter.

»Lass es einfach, Junge. Warte auf den Barbier, er soll sie dir schneiden. Anschließend kann er den restlichen Dreck herauswaschen«, riet ihm Saarol, der belustigt zusah, wie Ikk sich quälte.

Als der Barbier ins Zimmer kam und Ikk sah, seufzte er tief. Er forderte ihn auf, aus der Wanne zu steigen, und fing sogleich mit seinem Werk an. Die Haare wurden sehr kurz und der Mann wusch sie anschließend, nachdem die Badewanne erneut gefüllt war. Diesmal blieb das Wasser einigermaßen klar. Die Seife erzeugte Schaum, und als Ikk alles abgewaschen hatte, reichte Saarol ihm ein Leinentuch, mit dem er sich abtrocknete. Dann wies er ihn an, die bereitgelegte Kleidung anzuziehen. Frische Unterwäsche, Wollhosen und ein Leinenhemd.

Mit den Fingerkuppen strich Ikk über das Hemd und fühlte den feinen Stoff. So hatte sich seine Kleidung noch nie angefühlt. Erneut schnupperte er unter den Achseln.

›So gut habe ich … lange nicht mehr gerochen. Und die Haare. Ich kann mit den Fingern hindurchfahren und bleibe nicht hängen.‹ Mit der Hand wuschelte er in den kurzen Stoppeln herum.

Saarol stand in der Tür und lachte ihm wiederum zu. Seine Dienerin war inzwischen eingetroffen und wartete neben ihm.

»Sissy, bitte richte Ikk die Fingernägel und die Fußnägel. Wir werden einen feinen Herrn aus ihm machen,« bat Saarol die unscheinbare Frau.

Sie hieß Ikk sich auf einen Stuhl setzen. Blinzelnd starrte sie zunächst auf seine Krallen, sagte: »Oje, das wird eine anstrengende Maniküre«, und begann mit ihrem Werk.

›Ah, das ist also eine Maniküre‹, dachte Ikk und folgte gespannt ihrer Arbeit.

Einige Schmerzenslaute und Flüche später war aus dem dreckigen Gossenjungen ein vorzeigbarer Jüngling geworden, der auch am Königinnenhof einer eingehenden Untersuchung Stand gehalten hätte.

»So kannst du deine Fragen stellen«, sagte Saarol, nachdem er Ikk gemustert hatte. Er zog eine Börse aus seiner Robe und warf sie ihm zu.

Ikk fing sie geschickt auf und ließ sie sofort in seiner Kleidung verschwinden. Das funktionierte noch … Gut!

»Kauf dir in den Geschäften bessere Kleidung. Wenn du Geld ausgibst, werden deine Fragen schneller beantwortet. Am besten kaufst du in jedem Laden ein einzelnes Stück und gehst danach weiter. So erfährst du am meisten und auch am schnellsten. Vertrau mir.« Er wirkte wie ein stolzer Vater, als er hinzufügte: »Du siehst richtig ansehnlich aus. Das haben wir gut hinbekommen.« Er lachte. »So viel Spaß hatte ich lange nicht. Danke, Ikk, und viel Erfolg bei deiner Suche. Bitte halte mich auf dem Laufenden.«

Er verließ leise vor sich hin lachend das Zimmer. Alle anderen waren gegangen, nachdem sie ihre Arbeit getan hatten, und Ikk blieb allein im Raum zurück.

›Etwas ungewöhnlich und so … anders‹, dachte er. ›Aber es riecht nicht schlecht. Vielleicht komme ich so an reichere

Leute heran. Das bringt mir mehr ein. Ich hätte eher darauf kommen sollen!‹

Gut gelaunt schnappte er das Barett und machte sich auf zu den Schneidern. Saarols Rat erschien ihm klug und deshalb wollte er ihn genau so befolgen.

Buchtwächters Verteidigung

Evomee; Meson

Nachdem Evomee und Meson einige Zeit in die Dämmerung und in Richtung der anrückenden Heere gestarrt hatten, fragte Evomee ihren Bruder: »Sollen wir zum Herzogspalast zurückreiten?«

Meson strich mit der Hand über seinen Bart und antwortete: »Ja, gute Idee. Wenmar hat wahrscheinlich schnellstmöglich den Kriegsrat einberufen. Wir sollten ebenfalls daran teilnehmen.«

»Unbedingt! Deshalb wurden wir nach Buchtwächter gesandt.«

Nach einem letzten Blick über die Ebene stapfte Meson auf das Gebäude der Turmplattform zu, in welchem die Treppe hinab in den Hof führte. An der Tür drehte er sich zu ihr um, bemerkte, dass sie noch immer an der Mauer stand und rief: »Also ...?«

Evomee schüttelte ihre Gedanken ab und antwortete: »Ich komme.« Rasch schloss sie zu ihm auf und gemeinsam betraten sie das Häuschen. Die Stufen der Treppe führten unendlich weit in die Tiefe und nur ein wackliges Geländer schützte vorm Hinabfallen. Evomee hielt sich nah an der Wand, um nicht nach unten sehen zu müssen.

Einige Zeit später erreichten sie den großen Hof und liefen zum Stall.

»Es wird mindestens einen Tag, wenn nicht länger, dauern, bis die Feinde vor den Toren stehen. Sie bringen Belagerungswaffen mit und das Gerät zu bewegen ist mühsam«, stellte Evomee fest, während sie auf ihre Pferde warteten. ›Was würde ich planen, wenn ich anstelle der feindlichen Kommandanten vor Buchtwächter stünde und die Stadt einnehmen müsste?‹, überlegte sie, ehe sie sagte: »Denkst du, die Feldherren errichten zunächst ein neues Lager außer Schussweite und sammeln sich, bevor sie angreifen?«

»So würde ich es zumindest angehen.« Meson griff nach dem Zügel, den ihm ein Soldat reichte und kam auf ihre Feststellung zurück. »In der Zwischenzeit können wir mit dem Herzog und den Befehlshabern über die einzelnen Verteidigungseinheiten beraten und ihnen den letzten Schliff geben.«

»Wir haben die letzten Tage doch bereits alles Wichtige besprochen.« Mit einer eleganten Bewegung schwang sie sich ebenfalls auf den Pferderücken und tätschelte dem Tier einmal sanft den Hals. »Wir sind vorbereitet. Das Heer von Seyaoa Katzenauge *kann* nur aus Norden angreifen. Die Schwachstelle ist das Osniltor, und das ist so gut wie möglich verstärkt worden.«

»Wollen wir zuerst auf der Mauer entlang und anschließend durch den Hafenbereich zum Palast oder sollen wir durch die Straßen der Handwerker?«, fragte Meson, trieb jedoch sein Pferd schon auf die Rampe zu.

»Habe ich eine Wahl?«, murmelte sie und folgte ihm augenrollend. »Aber gut, lass uns über die äußere Mauer reiten und beim Osniltor durch den Hafen zum Palast. Dann können wir dort auch prüfen, wie gut sich die Menschen auf dieser Seite vorbereitet haben.«

Ein breites Grinsen erschien auf Mesons Gesicht. »Schön, dass du mir beipflichtest.«

Sein Tier fiel in Galopp und preschte die ausladende Rampe zur Mauerkrone hinauf.

»Wie breit der Wall ist! Ich bin jedes Mal aufs Neue erstaunt darüber.« Evomee hatte ihn eingeholt und gemeinsam bogen sie auf den Wehrgang ein. »Allein, dass er mit dem Pferd beritten werden kann …«

Hoch über den Dächern der Handwerkerviertel – Lederer, Gerber und Färber sowie Metallverarbeiter – ritten sie den Wall entlang und passierten zwei Karren, von denen Soldaten gerade mannslange Speere für die Arbalesten abluden. Als sie erkannten, wer an ihnen vorbeiritt, salutierten sie den Elementariern hastig und starrten ihnen hinterher.

»Drei Wagen können locker nebeneinander fahren.« Mit einem Wink seiner Hand deutete Meson auf ein großes Katapult, das in einer Ausbuchtung der Mauer stand. »Sieht so aus, als wurden die Triböcke ausreichend mit Steinen versorgt.«

»Die Angreifer werden unzählige Männer an die Speerwerfer und Triböcke verlieren, wenn sie sich für den Sturm entscheiden.« Evomee verspürte Trauer angesichts des Verlustes von Menschenleben – auf beiden Seiten.

»Wahrscheinlich scheitern sie schon am Burggraben«, knurrte Meson. »Diese Festung ist uneinnehmbar.«

Auf der ganzen Mauer herrschte reges Treiben. Soldaten bereiteten mit lauten Rufen von allen Seiten die Verteidigung der einzelnen Teilabschnitte vor. Schmale Treppen führten von ihnen aus in die darunterliegende Stadt und auch über diese wurde Ausrüstung herbeigeschafft, nicht nur über die breiten Rampen, die in den vier riesigen Befestigungsanlagen zur Mauer hinaufführten.

›Ob sie versuchen werden, die Zitadelle an der Nordspitze einzunehmen?‹, grübelte Evomee. ›Oder die im Nordwesten? Immerhin müssen wir die beiden im Süden nicht mit vielen Truppen besetzen und können uns mit allen Truppen auf die anderen konzentrieren.‹

Etwa eine Stunde später erreichten sie das Osniltor, preschten darüber hinweg – ein paar Soldaten sprangen hastig aus dem Weg – und erreichten die Zitadelle.

»Wenn ich mir die Verteidigungsanlagen so ansehe, bin ich mir sicher, sie werden sich die Zähne an Buchtwächter ausbeißen.«

Ihr Bruder hatte Evomee aus ihren Gedankenspielen bezüglich der Angriffsmöglichkeiten der Feinde gerissen. »Weder diese noch die innere Mauer werden sie überqueren. Das hat noch nie jemand geschafft, und so gut vorbereitet, wie wir sind, wird es auch diesen Soldaten nicht gelingen. Wenn es nur nicht so ewig dauern würde, die Stadt zu durchqueren.«

»Sie ist schlichtweg gewaltig«, antworte Meson. »Aushungern ist praktisch unmöglich, da die Marine uns versorgen würde. Außerdem müssten sie durch die ganze Stadt hindurch, um nach Süden zu gelangen und den Landweg zu versperren. Das Gebirge im Osten ist ebenfalls schwierig zu überqueren. Es gibt nur die eine Straße, die nach Seewächter führt. Von dieser Seite aus können sie Buchtwächter gar nicht richtig angreifen. Höchstens beim Stadttor, aber da sitzen sie wie auf dem Präsentierteller für die Fernkämpfer. Und wenn sie das Tor überwinden *sollten*, stehen sie gleich vor dem nächsten innerhalb der Stadt.«

Evomee fand, dass Meson nicht so klang, als würde er sich Sorgen wegen der beiden Heere machen.

»Immerhin reiten wir jetzt endlich von der Mauer hinab«, fuhr er fort. »Schau, da ist schon die Rampe.«

Der Wall führte noch weiter und endete erst weit draußen im Meer. Halbmondförmig ragte er in die Bucht von Olo und schützte die Piers.

Sie jedoch ritten links hinunter, und am Boden angekommen, verließen sie die nördliche Zitadelle und folgten der Straße an der inneren Mauer entlang. Salzige Luft wehte vom Meer heran. Etliche Masten ragten über den Dächern der Häuser im Hafenbezirk auf und vermittelten ein ungefähres Bild der mächtigen Schiffe.

Auch hier waren etliche Soldatengruppen unterwegs, die Ausrüstung mitschleppten. Dazwischen sah man auch immer wieder Bewohner, die ihren Aufgaben und Besorgungen nachgingen. Auf Evomee wirkten sie nicht übermäßig besorgt. Einmal kamen sie an einer großen Gruppe Frauen vorbei, die zusammenstand und lauthals lachte und kicherte. Ein normaler Tag in Buchtwächter …, wenn die Feinde vor den Toren nicht wären.

Am Markttor mussten sie warten. Ein Karren blockierte den Durchgang und staute den Verkehr.

»Lass uns nachsehen, was los ist«, sagte Meson und trieb sein Pferd an. Zusammen ritten sie an der langen Schlange von Wagen vorbei. Händler saßen auf den Kutschböcken und brüllten laut die Straße entlang, beschimpften ihre Vordermänner oder wetterten zu niemand Bestimmtem über den Verzug.

Am Tor angekommen sprang ihr Bruder behände vom Pferd und sprach mit einem der Soldaten. Der zeigte auf den schief hängenden Karren und fuchtelte mit den Händen in der Luft herum. Zuerst deutete er auf die Wartenden, anschließend auf den Durchgang und zog die Schultern hoch.

Evomee wusste genau, was geschehen würde. Sie kannte ihren Bruder.

Meson beorderte einige Soldaten herbei, die gelangweilt im Durchgang gestanden hatten, und gemeinsam gingen sie zu dem Karren. Ladung konnte Evomee keine entdecken. Möglicherweise war er schon abgeladen worden oder hatte keine dabei. Es wirkte, als wäre die Achse oder ein Rad gebrochen.

Lächelnd beobachtete sie, wie Meson die Männer anwies den Wagen hochzuhieven. Kurzerhand packte er mit an und gemeinsam schafften sie ihn beiseite. Nachdem das erledigt war, schlug er einem Soldaten kräftig auf die Schultern, grinste, sagte irgendetwas und kehrte zu ihr zurück.

»Wenn du nicht gewesen wärst, hätten wir bis heute Abend hier stehen müssen«, zog sie ihn auf.

»Denkst du?« Seine Fröhlichkeit steckte sie an. »Ich bin froh, helfen zu können. Und jetzt setzen wir unseren Weg fort.«

Die Wachmannschaft salutierte zackig, als sie vorbeiritten, und Meson erwiderte den Salut.

»Ah, endlich der Palast«, seufzte Evomee einige Zeit später. »Wo ist eigentlich Yssy abgeblieben?« Sie wusste, Neppo schlief in ihrem Zimmer, wo sie ihn zurückgelassen hatte, als sie mit Meson zur Zitadelle aufgebrochen war. Höchstwahrscheinlich zumindest. Wasserigel brauchten viel Schlaf.

»Der wollte im Meer etwas zu Fressen fangen. Er ist bestimmt schon von seiner Jagd zurück und schlummert jetzt zufrieden in meinem Bett.« Ungehalten verzog er die Mundwinkel.

Anscheinend erkannten die Wachen ihr Herannahen, denn ehe sie das Tor erreichten, wurde es geöffnet. Drinnen übergaben sie die Pferde an die beflissen herbeieilenden Stallknechte und betraten die eigentliche Burg.

Hier residierte Herzog Wenmar mit seiner Familie – Wyna, seiner Frau, zwei Töchtern und zwei Söhnen. Die beiden Söhne – Cynath und Syna – sowie die ältere Tochter Synea dienten in der Armee.

Als Evomee und Meson den großen Raum betraten, der für den Kriegsrat hergerichtet worden war, hielten sich bereits einige Personen darin auf.

Wenmar stand am Kamin und unterhielt sich mit Oberst Terewerd. Die Hauptmänner der Reiterei – die ihnen zuvor als Luka und Luis vorgestellt worden waren – konnte Evomee noch nicht entdecken, aber am Tisch saß die ergraute Fähnrichin Hilde und war nachdenklich über die dort liegenden Karten geneigt. Sie war die Kommandeurin der in Buchtwächter stationierten Marineeinheiten.

»Guten Morgen zusammen«, machte Meson die Anwesenden auf sie beide aufmerksam. Ausnahmslos alle drehten ihnen den Kopf zu und Evomee erkannte in fast jedem Gesicht Anspannung. Terewerd verzog die Lippen mit der unverkennbaren Hasenscharte, Wenmar wirkte verkniffen und die Stirn von Hilde zierten tiefe Furchen.

›Ich glaube nicht, dass ein Großteil dieses Kriegsrates schon einmal an einer Schlacht teilgenommen hat‹, dachte sie. ›Wahrscheinlich nicht einmal an einem Scharmützel.‹ Hilde und Terewerd waren die, auf deren Erfahrung sie besonders zählte. Sie schätzte – und hoffte –, dass die beiden sich bereits im Chaos eines Kampfes bewiesen hatten.

»Kommt heran, kommt heran. Wir warten noch auf Luka und Luis, dann beginnen wir die Beratung.« Der Herzog winkte sie herbei und zeigte auf den Tisch. »Ich habe genauere Karten anfertigen lassen, um die Verteidigung noch besser planen zu können.«

Meson trat an den Tisch und schenkte Wasser aus einem Krug in zwei Kelche.

Einen davon nahm Evomee dankbar entgegen und trank durstig.

Kurz darauf flog die Tür auf und zwei exakt gleich aussehende junge Männer betraten das Zimmer.

Evomee konnte immer noch nicht sagen, wer wer war. Sie bewegten sich sogar gleich.

»Tut uns leid …«, fing einer der beiden an. »…, dass wir so lang gebraucht haben«, beendete der andere den Satz.

Evomee bemerkte, wie Meson Luis und Luka mit gerunzelter Stirn anblickte.

»Keine Sorge. Unsere Feinde brauchen noch, bis sie unsere Mauern erreichen«, versuchte sich der Herzog an einem Witz. »Wie steht es um die Reiterei? Sind Eure zweitausend Männer und Frauen bereit, wenn wir sie brauchen?«

Luka – oder Luis – nickte und der andere Bruder sagte: »Wir können jederzeit einen Ausfall durchführen, wenn es uns nützt. Die Soldaten sind in ständiger Bereitschaft und die Waffen geschärft.«

»Gut! Da jetzt alle hier sind, würde ich gern noch ein paar Fragen zu unserer Verteidigung stellen.« Der Herzog blickte jeden der Reihe nach an. Als keiner eine Regung zeigte oder etwas einwarf, fuhr er fort: »Terewerd, sind die großen Speerschleudern und die Triböcke auf den Mauern bereit? Gibt es genügend Munition?«

»Jawohl, Durchlaucht. Die Waffen sind einsatzfähig und Geschosse sind in ausreichender Menge vorhanden«, bestätigte der Oberst. »Ich habe die Steinmetze angewiesen, aus den Steinbrüchen vor der Stadt Felsen für die Triböcke zu schlagen und sie in die Stadt auf die Mauer zu schaffen. Wir empfangen die Angreifer mit einem Hagel aus Geschossen! Bevor Ihr danach fragt: Öl und Wasser sowie die dazugehörigen Feuerstellen sind vorbereitet. Ausreichend Pfeile und Armbrustbolzen gleichfalls.«

»Gut, sehr gut. Wie sieht es mit den Sappeuren aus, konnten sie in den Wächterfelsen Fallen errichten?«

»Die ganze Straße durch das Gebirge ist von ihnen präpariert worden. Wir bereiten den Feinden einen blutigen Empfang, wenn sie diese Route nehmen«, erklärte Terewerd und schlug mit der Faust in die andere Hand. »Vielleicht können wir die Straße dadurch ganz abriegeln. Ihre einzige Möglichkeit, die Stadt anzugreifen, wäre dadurch von Norden aus. Meine besten Einheiten stehen auf der Mauer bereit. Cynath kommandiert sie und Synea ist mit ihrem Bataillon in der Nordzitadelle stationiert.«

Stolz glühte in den Augen des Herzogs. »Sie werden Buchtwächter und seine Einwohner mit ihrem Blut beschützen. Wo habt Ihr meinen anderen Sohn positioniert?«

»Der hält sich mit seinen Männern und Frauen als Reserve bereit, um zu unterstützen, wenn es nötig werden sollte.«

Wenmar grunzte: »Da kann er nicht viel falsch machen.«

Schweigen.

Einen Moment später fügte er, als wäre er ertappt worden, hinzu: »Ich denke, auch er wird sein Bataillon ausgezeichnet führen.«

›Sieh an, der Herzog hält mehr von seinem ältesten Sohn und der Tochter als von Syna‹, bemerkte Evomee. Sie hatte noch nicht oft mit Wenmar zu tun gehabt. Ehrlich gesagt, war dieser Besuch ihr erstes Zusammentreffen. Meson hingegen war regelmäßiger in Buchtwächter und vielleicht überraschte ihn diese Anmerkung nicht.

›Hier sieht alles so sehr nach Kampf und Krieg aus‹, dachte Evomee, der es widerstrebte, sich Angreifern gegenüber zu sehen, deren Beweggründe sie nicht kannte. ›Wir müssen wirklich dankbar sein, dass unser Zuhause so friedfertig ist. Ich vermisse den Wassertempel und die wunderschönen Gärten mit ihren Wasserspielen, Teichen und kleinen Bächen. Aber kein Wunder, fühlt Meson sich auch hier wohl. Er ist eher … körperlich. Das macht ihn zu einem guten, zielgerichteten Soldaten. Es hat mich nicht gewundert, dass er den Soldaten mit dem Karren geholfen hat. Dafür hat er nicht viel für Kunst, Handwerk und schöpferische Tätigkeiten übrig.‹ Sie musterte ihren Bruder und dachte daran, wie viel Freude er an Tätigkeiten wie

Holzhacken hatte. ›Seine drahtige Figur täuscht über seine Kraft hinweg.‹ Der große Zweihänder aus Dunkelstahl ragte über seinen Rücken hinaus und warf einen langen Schatten auf die Karte, über die er sich gerade beugte.

Sie selbst kämpfte lieber mit einem langen Eichenstab, an dessen Enden jeweils vier handlange Metallklingen aus dem Holz ragten. Durch ihre Größe und den Stab war es schwer, an sie heranzukommen. Das mochte sie. Andere auf Distanz halten.

»Wie gedenkt ihr nun, uns in die Verteidigung einzubinden?«, fragte ihr Bruder. »Nachdem wir euch tatkräftig bei der Planung unterstützt haben, haben wir das noch nicht abschließend geklärt.«

»Ich denke, es wäre das Beste, wenn ihr vom Herzogspalast aus weiterhin eure Erfahrung in Bezug auf Taktik und Strategie einbringen könnt«, antwortete Terewerd, bemerkte, wie Meson seine Stirn runzelte und fügte hinzu: »Oder ist es Euch lieber, wenn Ihr auf der Mauer kämpft?«

»Ihr habt vollkommen recht mit eurer Annahme, Terewerd. Wir werden Euch von hier aus mit Rat zur Seite stehen …, nicht wahr, Bruder?« Evomee blickte Meson an, der sich über seinen im Feuerschein glänzenden Bart strich.

»Ich habe so ein Gefühl, als müsste ich auf der Mauer stehen. Eine Intuition, wenn ich es so ausdrücken darf«, sagte er, während er weiter unterbewusst seinen Bart bearbeitete.

»Ihr seid auf der nördlichen Mauer herzlich willkommen, wenn Ihr die Soldaten und Soldatinnen unterstützen wollt«, erklärte ihm der Oberst. Er wirkte erfreut. »Ich werde Cynath anweisen, sich mit Euch abzusprechen.«

»Danke. Ich denke, dort beschütze ich Buchtwächter besser als hier im Palast. Meine Schwester wird innerhalb des Palastes bleiben, vermute ich?«

Evomee überlegte und beschloss, Wenmar und Terewerd von hier aus zu unterstützen. Wie ihr Bruder hatte sie ein intuitives Verlangen danach, und beide hatte ihre Intuition noch nie im Stich gelassen. Irgendetwas würde geschehen, was es nötig machte, dass sie im Palast und Meson auf der Mauer war.

»Ja, so machen wir es. Ich unterstütze den Herzog und den Oberst sowie alle anderen Befehlshaber von hier aus«, stimmte sie zu.

Wenmar wirkte zufrieden.

»Hilde, Ihr übernehmt den Schutz der beiden Hafenbezirke?«

»Da könnt Ihr Gift drauf nehmen, Wenmar. Meinen Hafen wird – solange ich lebe – niemand einnehmen. Glücklicherweise habt Ihr«, sie zeigte auf die Elementarier, »ein paar Schiffe der Flotte mitgebracht. Die Mannschaften helfen uns von See aus. Schade, dass die Oros schon wieder aufgebrochen ist. Aber die Verteidigung ist organisiert und vom Meer aus droht keine Gefahr.«

Evomee fand die Art der Fähnrichin angenehm. Sie sprach ruhig, aber bestimmt und sagte nur etwas, wenn es wichtig war.

»Danke, Hilde.« Der Herzog nickte. »Ich denke, wir sind bereit. Terewerd, bitte sendet noch ein letztes Mal Unterhändler aus. Vielleicht beantworten sie uns diesmal die Frage nach ihren Forderungen. Ich lasse Euch rufen, wenn es Neuigkeiten gibt. Danke für Eure Zeit.«

Der Morgen war weit fortgeschritten, als die Versammlung sich auflöste. Die Sonne strahlte hell über dem Wildsteingebirge und beglückte Buchtwächter und die Bucht von Olo mit ihren warmen Strahlen.

»Ich reite nachher zur Nordzitadelle zurück und sehe mir die Bewegungen der feindlichen Heere an. Willst du mich begleiten?«, fragte Meson.

Evomee schüttelte den Kopf und sagte: »Ich bleibe hier, warte ab, meditiere und sehe mir die Berichte der Späher an. Neppo hilft uns auf der Mauer nicht besonders viel und ich will ihn nicht so lange allein lassen. Bevor du aufbrichst, essen wir aber etwas, oder? Mich wundert, dass du noch nicht hungrig bist.«

Meson lachte. »Doch, sogar sehr! Lass uns in die Küche gehen. Dort bekommen wir bestimmt ein Frühstück. Danach breche ich auf. Yssy begleitet mich. Sein Blick von oben wird eine große Hilfe sein bei der Erkundung.«

Kurze Zeit später bogen sie in den Gang ein, an dessen Ende der Eingang zur Burgküche lag. Essensgerüche schwebten in der Luft.

Schnuppernd hob Meson die Nase und sein Magen knurrte laut.

Evomee lachte auf. »Ich höre, du versteckst ein wildes Tier unter deiner Rüstung. Wie hast du Yssy dort hineinbekommen?«

»Oh, der würde ganz anders klingen. Wenn er hungrig –«

»Kann er deinen Lauten trotzdem nicht das Wasser reichen«, unterbrach sie ihn fröhlich.

Erneut grummelte sein Magen.

»Als ob du mir zustimmen würdest …«

»Gut, du hast recht. Es wird höchste Zeit. Ich musste mich schon zusammenreißen, um den Herzog nicht zu unterbrechen. Gelegentlich kommt er nicht zum Ende.«

»Wie du?«

»Manchmal. Aber die Fraue–«

»*Das* will ich gar nicht wissen.« Eine sanft geschwungene Augenbraue schoss in die Höhe. »Wodasch sei Dank, bringt das Essen dich jetzt auf andere Gedanken.«

Von Evomees Fröhlichkeit angesteckt öffnete Meson die Tür und ließ seine Schwester zuerst eintreten. Einen Moment später folgte er ihr und betrat eine andere Welt. Töpfe und Pfannen klapperten, Messer hackten auf Lebensmittel ein, Wasser blubberte in Töpfen und ein lautes Durcheinander füllte den Raum. Köche befahlen Dienern, was sie zu erledigen hatten, Köchinnen schrien nach Zutaten, einfache Helfer brüllten sich gegenseitig an und über allem lag der unwiderstehliche Duft nach … einer verlockenden Mahlzeit.

Das Wasser lief ihm im Mund zusammen und er versuchte irgendwie, irgendjemanden auf sie aufmerksam zu machen.

Eine junge Magd stolperte vorbei, bemerkte Evomee und wollte gerade ansetzen sie anzufahren, als sie mitten in der

Bewegung innehielt. Höchstwahrscheinlich hatte sie ihre Augen gesehen – oder das funkelnde Diadem auf ihrem Kopf.

Vergnügt beobachtete Meson, was weiter geschah.

Die Frau verbeugte sich ungeschickt, rempelte dabei einen der Köche an, der hinter ihr in einem großen Topf rührte und landete auf dem Steinboden.

Fluchend fuhr der herum, den Löffel erhoben, um dem Störenfried eine zu verpassen, entdeckte ihn und Evomee und hielt verdutzt in seiner Bewegung inne. Die Flüssigkeit hinter ihm köchelte fröhlich weiter und warf dicke Blasen, die nach oben aufspritzten. Ein leiser Schmerzensschrei entfuhr ihm, als Heißes vom Löffel auch noch auf seine Hand tropfte. Schnell steckte er ihn zurück in den Kochtopf und saugte an der Brandstelle.

Langsam erstarb der Lärm in der Küche und wich einer nervösen Stille. Ein Scheit knackte im Feuer und Öl knallte in einer Pfanne.

Eine sehr schmächtige Köchin hastete heran und verbeugte sich vor ihnen. »Elementarier!«, stammelte sie. »Bitte, was bringt Euch in meine Küche?« Ehe Meson oder Evomee etwas erwidern konnten, fuhr sie herum und rief in den Raum: »Ihr bekommt euer Geld nicht fürs Starren und das Mittagessen kocht sich nicht von allein. Husch, zurück an eure Aufgaben.«

Sie packte die Magd am Arm, zog sie hoch und schickte sie weiter.

Die junge Frau warf mit großen Augen einen Blick auf Meson. Er grinste sie frech an und sofort wurde sie knallrot und huschte davon.

Evomee ließ ein tiefes Seufzen ertönen. An die Köchin gewandt sagte sie: »Verzeiht unser Eindringen. Aber mein Bruder«, sie deutete mit dem Zeigefinger auf ihn, »braucht unbedingt ein Frühstück. Und ich selbst wäre ebenfalls sehr dankbar für eine Mahlzeit.«

»Natürlich, Heilige. Was wünscht Ihr? Ich lasse es in Eure Gemächer bringen.«

»Keine Umstände«, warf Meson ein. »Von mir aus essen wir gleich hier.«

»Sicher«, murmelte die dünne Frau. »Setzte Euch einfach hier an den Tisch.« Sie deutete auf einen wunderschön verarbeiteten Eichentisch.

Der Raum war immer noch viel ruhiger als bei ihrem Eintreten und Meson bemerkte die verstohlenen Blicke der Bediensteten. Vergnügt lächelte er alle an, wenn er ihre Blicke auffing. Vor allem die Dienerinnen linsten oft in seine Richtung.

Ein Knuffen in seine Seite lenkte ihn ab.

»Mach den Frauen später schöne Augen«, forderte Evomee. »Schau, hier kommt unser Frühstück. Ich kenne dich, das ist dir *jetzt* wichtiger.«

Er schnallte den Zweihänder ab und lehnte ihn an die Wand. Danach nahm er auf einem Stuhl Platz und nur wenige Augenblicke später tauchten zwei Mägde mit hochrotem Kopf auf und luden Platten mit Wurst, Käse und Brot vor ihm und Evomee ab. Außerdem zwei Schüsseln mit dampfender Gemüsesuppe. Natürlich warfen sie ihm verstohlene Blicke zu, die er zwinkernd erwiderte.

Evomees Augenrollen ignorierte er geflissentlich. Er fühlte sich sehr wohl hier und es gab so viel Leckeres …

Einige Zeit später hatten sie sich gestärkt und waren auf dem Rückweg zu ihren Zimmern. Evomee wollte Neppo holen und er Yssy. Wahrscheinlich würde der Elementar in seinen Gemächern auf ihn warten – im Bett.

Vor seinen Räumlichkeiten verabschiedete sich Meson von seiner Schwester und trat ein.

Als Erstes nahm er die offenstehende Flügeltür zum Balkon wahr. Der erstreckte sich über die komplette Seite des Zimmers, und Yssy hatte sich über die Möglichkeit gefreut, einfach nach draußen zu hüpfen und … ab in die Luft. Mesons Blick fiel auf den Spiegel. Besser gesagt, den Rahmen eines Spiegels …

»Yssy! Wie hast du es geschafft, den Spiegel zu zerbrechen?«, fluchte Meson. Überall lagen Glassplitter herum.

»'tschuldigung«, nuschelte der Elementar. Sein Kopf tauchte aus einem der anderen Zimmer auf. »*Ist einfach so passiert, als ich reingeflogen bin. Ich dachte er wäre stabiler.*«

Seufzend zog Meson seine Rüstung aus dunkelstahlplattenbesetztem Leder aus, lehnte seinen mächtigen Zweihänder an den Tisch und fragte Yssy: »Begleitest du mich zur Mauer? Ich will mir die Bewegung der Heere anschauen. Vielleicht kannst du einen Erkundungsflug unternehmen?«

»Sicher begleite ich dich und fliege zu den Feinden. Der Tag verspricht, nicht schön zu werden, aber eine kleine Runde werde ich drehen. Immerhin sehe ich viel, wenn die Sonne scheint und kein Regen fällt.«

»Andere würden von einem schönen Tag sprechen. Aber ja: Ich brauche deine Einschätzung von oben.« Meson lachte und klopfte dem Elementar kräftig auf den breiten Rücken.

»Du weißt doch: Nur wenn ich im Wasser bin, fühle ich mich wohl«, erwiderte der Elementar. »Regen ist, weißt du, also, Regen ist … Wir sollten öfter in die Regenlande reisen.«

Meson ersparte sich eine Antwort, wusch den Schweiß vom Gesicht und legte seine Rüstung wieder an. Anschließend fragte er: »Sollen wir aufbrechen? Es dauert eine gute Stunde, die nördliche Zitadelle mit dem Pferd zu erreichen.«

Yssy sprang um Meson herum, gab ihm mit seinem gefächerten Schwanz einen Rempler, dass er sich schimpfend an der Wand abstützen musste, um nicht zu stürzen, und knarrte: »Ich bin bereit, ich bin bereit! Und schneller dort als du, mit deinen vier Beinen. Mach die Tür auf, dann geht's los!«

»Pass auf mit den Scherben! Und rempel mich nicht an, wenn ich die Tür aufmache. Lass dir Zeit, hörst du?«

Er ging zur Tür und öffnete sie.

Und schon stürmte Yssy an ihm vorbei, wobei der lange Elementarkörper ihm einen Schubs verpasste, der ihn nach draußen stolpern ließ.

»Ups! 'tschuldige, Meson, du bist zu breit!«

Nach etwas mehr als einer Stunde erreichte er zum zweiten Mal an diesem Tag die Zitadelle. Er erspähte Yssy im Schatten der großen Türme auf der Mauer sitzend und in die Ebene hinabblickend. Das Pferd brachte er in den Stall und rannte anschließend die Rampe zu seinem Begleiter hinauf.

Ein Blick zu den Heeren eröffnete ihm, dass die Männer aus Osnil weniger als die Hälfte des Weges zurückgelegt hatten. Sie würden frühestens in der Nacht bei ihnen ankommen. Das zweite Aufgebot – die Männer in Rot und Gold – würde etwas früher bei ihnen sein. Möglicherweise, bevor die Sonne unterging. Je länger sie brauchten, desto besser.

»Bitte sieh dich um und erzähl mir danach, was du entdeckt hast«, bat Meson.

»Ich brauche erst ein wenig Wasser. Meine Haut ist trocken und fängt an zu jucken. Wenn ich jetzt sofort losfliege, wird sie bald schmerzen.«

Ein paar Soldaten standen in der Nähe und Meson bat sie unter der Versicherung, dass ihnen keine Gefahr drohte, einige Eimer Wasser für Yssy aus dem Brunnen zu schöpfen, ihn zu begießen und ihm zu trinken zu geben.

Sein Begleiter flog zum Boden, die Männer stapften hinterher, und Yssy ließ sich von ihnen umsorgen.

Als seine schuppige Haut feucht glänzte und er genügend Wasser getrunken hatte, stieg er mit einem röhrenden Schrei in den Himmel hinauf.

Die Soldaten blickten ihm staunend, den Blick gegen die Sonne abschirmend und mit den Fingern deutend, hinterher.

Meson sah ihm ebenfalls nach und bedauerte, dass Yssy bereits ausgewachsen war. Mit mehr Größe hätte er vielleicht auf dem Wasserelementar reiten können, so wie Neppo es konnte. Sie hatten es versucht, aber Yssy war sehr schnell ermüdet und konnte sich nicht lang in der Luft halten, ganz zu schweigen von irgendwelchen Flugmanövern. Möglicherweise würde er Meson ein kleines Stück tragen können, aber der Gefahr hatten sie sich bisher nicht aussetzen wollen – oder müssen!

›Flieg, mein Freund, und bring Antworten für uns mit‹, dachte er, als der Elementar immer kleiner wurde.

Meson fuhr mit der Hand durch seinen pechschwarzen Bart. Sonnenstrahlen fielen auf sein Haupt und einige seiner Haarsträhnen schimmerten blau. Bei Evomee wirkte das viel beeindruckender. Wie Meereswellen wogte bei Licht blaue Farbe durch ihr langes Haar.

Die Zeit verging und die Sonne kletterte Stufe um Stufe das Himmelszelt entlang, auf der Suche nach dem Zenit. Für einen kurzen Moment würde sie ihn finden, um ihn gleich darauf zu verlieren.

›Ist so das Leben?‹, grübelte Meson. ›Ist es ein ewiger Kreislauf? Wird es so sein, wenn ich sterbe? Wird die Göttin Wodasch meine Seele erneut auf die Reise schicken, um ihr zu dienen? Stufe um Stufe die Leiter des Lebens erklimmen, den Zenit erreichen, um gleich darauf den Abstieg zu beginnen. Immer und immer wieder? Entscheide ich mich, die Strapazen erneut auf mich zu nehmen?‹ Die Kirchen predigten, dass die Götter all ihre Kinder in ihr Reich aufnehmen würden, wenn sie wollten. Unabhängig davon, wie sie gelebt hatten. Ob gut, ob schlecht, ob gottesfürchtig oder gotteslästernd. Jeder hatte jederzeit die Möglichkeit, seine Seele reinzuwaschen und wenn es auf dem Sterbebett war.

›Will ich überhaupt erneut in die Welt entlassen werden?‹, überlegte Meson weiter. ›Wenn ich sterben sollte und meine Schwester noch lebt, dann ja!‹ Er wollte und konnte nicht ohne sie sein. Er vermisste sie, wenn sie lang getrennt waren.

Einige Zeit stand er in Gedanken versunken in der Vorsommersonne und sinnierte über seine Schwester nach.

Bis Yssy mit einem dumpfen Schlag neben dem Brunnen aufsetzte und um Wasser bat. Mit lautem Röhren und einigen Kopfbewegungen zeigte er ein paar Soldaten, was er wollte.

Meson grinste in sich hinein, als er das Schauspiel beobachtete, und schlenderte die Rampe hinab auf den Elementar zu. Der wurde inzwischen erneut eimerweise mit Wasser aus dem Brunnen übergossen und bekam zu trinken.

»Schön, dass du zurück bist. Hast du den Flug gut überstanden?« Meson griff ebenfalls nach einem der Eimer und schüttete den Inhalt über Yssys Kopf. Der freute sich darüber, schmetterte ein Röhren in den Himmel und warf das Haupt hin und her. Seine Lefzen verteilten wässrigen Speichel.

»Nicht so stürmisch, Yssy«, beruhigte Meson ihn, um die Soldaten nicht zu gefährden. »Kannst du mir erzählen, was du gesehen hast?«

»*Der Flug war annehmbar. Viel länger hätte ich es aber nicht ohne Schmerzen ausgehalten. Die Feuchtigkeit ist eine Wohltat … Zuerst bin ich nach Norden, zu dem Heer aus Osnil, geflogen. Die ziehen ihre Belagerungsgeräte die Straße am Meer entlang. Belagerungstürme, Rammböcke, Ballisten und Katapulte werden von Ochsen bewegt. Wenn ich die Bilder jetzt mit unseren Soldaten vergleiche, würde ich sagen, es sind etwa dreißigtausend Männer. Außerdem folgen ihnen einige Wagen, die mit großen Käfigen beladen sind. Was sich darin befindet, weiß ich nicht. Sie haben sie abgedeckt. Ein paar leere konnte ich ebenfalls erkennen. Anschließend habe ich einen Abstecher zum Meer gemacht, mich abgekühlt und bin zu dem zweiten Heer geflogen. Es besteht nicht nur aus Männern in Rot und Gold wie die vorher, sondern auch aus Kriegern aus dem Norden. Das weiß ich, denn sie haben nicht so schöne Bärte wie du, eher zerzaust und strubbelig.*«*

Unbewusst strich Meson über seinen Bart und freute sich über das Kompliment.

»*Das wären weniger, vielleicht zwanzigtausend Krieger. Die Hälfte davon uns bekannte Nordlinge, der Rest … woher auch immer sie stammen. Sie wirken … anders. Riesig und unheimlich … Gut ein Drittel davon nimmt die Straße an der Wälsch entlang und wird durch die Wächterfelsen auf die Stadt vorrücken. Auf meinem Rückweg bemerkte ich ein paar Reiter, die nach Buchtwächter unterwegs sind. Sie waren schnell und sahen wie eine Delegation aus. Vielleicht wollen sie mit euch sprechen? Mehr kann ich dir leider nicht mitteilen.*«*

»Das ist doch einiges. Danke, Yssy, für deinen Spähflug!« Er hämmerte dem Elementar auf den Hals und rubbelte kräftig mit seinen Handschuhen über die Schuppen. Das Wasserwesen wölbte seinen Kopf der Zärtlichkeit entgegen und rollte genüsslich mit den Augen.

»Ich denke, ich reite wieder zum Osniltor. Dort werden die Unterhändler höchstwahrscheinlich ankommen. Bestimmt hat man den Herzog über die nahenden Reiter informiert und er wird ebenfalls jemanden schicken … Oder selbst dorthin reiten. Begleitest du mich? Dann bekommen wir gleich mit, was Seyaoa Katzenauge hier will.«

»*Klar, ich lasse dich doch nicht allein. Reite vor, ich hol dich bald ein. Ich genehmige mir noch ein paar Kübel Wasser.*« Er zeigte den Soldaten mit der Schnauze und einem Knurren, dass er noch mehr wollte.

Als Meson sein Pferd holte, aufstieg und losritt, röhrte Yssy immer noch fröhlich inmitten der Soldaten, die ihn mit Flüssigkeit übergossen. Unwillkürlich musste Meson bei dem Anblick lachen.

›Immerhin etwas Schönes‹, dachte er.

Yssy holte ihn auf halbem Weg ein und zusammen erreichten sie schließlich ihr Ziel. Der Herzog und der Oberst standen schon zwischen den Türmen des Osniltors auf der Mauer und beobachteten durch ein Fernrohr die Ebene vor der Stadt.

In der Nördlichen Hafenzitadelle angekommen, ritt Meson die Rampe hinab und übergab sein Pferd einem Stallknecht. Anschließend rannte er zu Wenmar und Terewerd hinauf.

»Wodasch zum Gruße«, rief Meson außer Atem, als er den Wehrgang über dem Tor betrat. Die beiden Männer drehten sich zu ihm um, grüßten ebenfalls und starrten gleich wieder über die Zinnen nach Norden.

»Yssyastha hat mir von Reitern berichtet, die sich nähern. Wann werden sie eintreffen?«

»Ich würde schätzen, noch etwa eine Stunde«, antwortete ihm der Oberst. »Sie scheinen es nicht besonders eilig zu haben. Ich hoffe, Seyaoa will sich nur wichtigmachen und wir können uns mit ihm einigen.«

»Katzenauge soll mich mal am Arsch lecken«, knurrte der Herzog erzürnt und trommelte unruhig mit den Fingern auf der Zinne herum. »Wir werden ihm keine Zugeständnisse gewähren! Egal, was er haben will. Zunächst muss er seine Soldaten zurückziehen.«

›Oje, das werden keine einfachen Verhandlungen‹, seufzte Meson und beobachtete Wenmar. Die Hängebacken des Herzogs bewegten sich im Gleichklang mit seinen mahlenden Zähnen.

»*Wenn es sowieso noch dauert, werde ich meinen Bauch füllen*«, hörte er Yssy. »*Und meine Haut kühlen.*«

›Essen wäre tatsächlich nicht schlecht‹, überlegte Meson und blickte auf den Sonnenstand, während er der kleiner werdenden Gestalt des Elementars nachschaute, bis sie hinter dem Torturm verschwand. Die Reiter würden schließlich nicht so bald hier eintreffen.

Er verließ die Mauer und suchte die Truppenküche der Zitadelle auf. Dort bekam er eine Schüssel Eintopf sowie ein Stück Brot. Hungrig aß er beides auf. Der Eintopf war recht salzig und stärker gewürzt, als er es mochte.

Um seinen Durst zu stillen, trank er aus dem Brunnen frisches Wasser. Danach entleerte er seine Blase in den Latrinen und überlegte, ob noch Zeit für ein Nickerchen war oder er zurück zu den beiden Männern gehen sollte. Er entschied sich für letzteres, da er die Ankunft der Reiter nicht verpassen durfte. ›Wer weiß, was Wenmar in seiner Wut einfällt …‹

Zurück auf der Mauer spähte er über die Zinnen und erkannte, dass er sich nicht lange hätte erholen können. Die Berittenen waren nur noch eine kurze Strecke von der Stadt entfernt. Sie trugen Flaggen in dem matschigen Orange- und dunklen Braunton von Osnil, die sie als Unterhändler auswiesen. Auf dem farbigen Hintergrund prangte ein Basilisk – das Wappentier von Osnil. Beschienen von einer orangen Sonne und inmitten einer weiten Ebene. Peitschend flatterten die Fahnen im Wind umher.

»Reitet Ihr mit uns, um mit ihnen draußen zu sprechen?«, fragte der Herzog. »Kein Mann aus Osnil wird meine Stadt betreten, solange die Heere ihres Königs davor lagern!«

»Unbedingt«, stimmte Meson zu. »Ich bin gespannt, worüber sie verhandeln wollen.«

»Wie schnell sie ihre Heere zurückziehen, darüber werden wir reden, über nichts anderes!« Der Herzog war immer noch aufgebracht und Meson spürte seine Anspannung. Sogar sehen konnte er sie, denn Wenmar knetete unentwegt seine Hände. Eine Ader an seiner Schläfe pochte hektisch.

Beunruhigt zog Meson die Luft ein und verzog sacht die Mundwinkel. ›Das wird wahrlich eine Herausforderung …‹

In der Zitadelle erhielten sie Pferde und eine Eskorte, die sie zu den Unterhändlern begleitete.

Zusammen ritten sie durch den Hafen, durchquerten den Marktplatz im Schmiededistrikt und erreichten das Osniltor. Ohne langsamer zu werden, preschten sie über die herabgelassene Zugbrücke und den feindlichen Männern entgegen.

Meson spürte, dass sein Pferd darauf brannte, weiter und länger über die Ebene zu galoppieren. Kraftvoll bewegten sich die Muskeln unter dem Fell. ›Das wird leider nichts‹, dachte er wehmütig und klopfte ihm beruhigend auf die Flanke. ›Einfach ausreiten würde mir auch mehr behagen als diese Verhandlung.‹

Die Männer aus Osnil in ihren unverkennbaren Farben befanden sich direkt vor ihnen und jagten ebenso auf sie zu.

»Anhalten, Männer!«, befahl Wenmar seiner Truppe und zwang sein Pferd ein paar Schritte weiter. Terewerd und Meson folgten ihm.

Den Entgegenkommenden rief der Herzog zu: »Zügelt eure Pferde, das ist nah genug! Was wollt ihr in Olorien und warum bringt ihr eure Armee aus Bastarden mit?«

›Diplomatisch, ausgesprochen diplomatisch!‹ Meson hätte gern die Ansprache übernommen, Wenmar hatte jedoch klar gemacht, dass er zuerst das Wort an die Unterhändler richten würde.

»Seid Ihr der Herzog?«, erkundigte sich der vorderste Reiter, nachdem diese ihre Pferde gezügelt hatten. »Nur mit ihm soll ich sprechen.«

»Das seht Ihr doch, Mann! Für was schleppen wir die Fahne mit uns herum.« Unwirsch deutete der Herzog auf sein Banner. »Beantwortet meine Frage!«

Meson hatte Wenmar nicht *sooo* jähzornig in Erinnerung. ›Vielleicht ist er einfach zu sehr in Sorge um seine Stadt und das Land. Möglicherweise will er seine Unsicherheit damit überspielen‹, überlegte er. Kurz entschlossen hörte er auf seine Intuition, ritt neben ihn und sprach die Männer an.

»Den Göttern zum Gruß. Darf ich vorschlagen, Ihr stellt Euch zunächst vor, bevor Ihr die Fragen des Herzogs beantwortet? Ich wüsste gern, mit wem ich spreche. Ich bin Meson Dux, Elementarier unserer wunderschönen Göttin des Wassers, Wodasch. Welche der fünf Religionen betet Ihr an?«

Wenmar wirkte nicht erfreut, als Meson sich einmischte, und er meinte, dessen Zähne knirschen zu hören. Die diplomatischen Worte, die Meson auf der Zunge lagen und die dem Herzog möglicherweise die Luft aus den Segeln nehmen würden, konnte er sich jedoch sparen, denn Wenmar starrte nur weiterhin die Osnilianer an.

›Hoffentlich sieht er ein, dass Freundlichkeit hier hilfreicher sein wird.‹

Aus den Augenwinkeln bemerkte Meson, wie Terewerd das Geschehen aufmerksam verfolgte.

»Die Götter mögen Euch segnen«, erwiderte der Unterhändler. »Ich bin Kamiten. Abgesandter unseres gnädigsten Herrschers, Seyaoa Katzenauge. Tarre ist derjenige, dem ich früher mein Leben anvertraut habe. Seit Neuestem diene ich dem reinen Licht.«

»Das reine Licht?« Meson konnte mit dem Begriff nicht besonders viel anfangen, hatte aber schon von dem Gott gehört, der seit einiger Zeit im Nördlichen Staatenbund angebetet wurde. Bisher hatte er gedacht, sie würden das *weiße* Licht anbeten. Nun, vielleicht gab es mehrere Begriffe dafür.

»Eine neue Religion, deren Priester das weiße, reinigende und einzig wahre Licht anbeten. Sind die Prediger noch nicht bis nach Olorien gekommen, um ihren Frieden zu verkünden?« Kamiten sah erstaunt aus. »In den Ländern des nördlichen Staatenbundes gibt es nur noch diese Religion. Alle anderen wurden verboten. Meines Wissens beten auch die Menschen aus Skuyle, Tangrintanien, Ebras und einige andere das reine Licht an.«

»Wir brauchen keine weiteren Götter«, grunzte der Herzog abfällig. »In Olorien herrschen die Fünf und sonst niemand. Die weißen Priester haben *versucht*, sich bei uns einzunisten. Wir haben sie zu Balimea gejagt.«

»Ich kenne die neue Religion nur unter dem Namen ›das weiße Licht‹«, sagte Meson beruhigend. »Wie der Herzog sagt, ist es in Olorien nicht erwünscht, andere Götter als die Fünf anzubeten. Allerdings habe ich großen Respekt vor Eurem neuen Gott.«

»Wie dem auch sei.« Kamiten zuckte mit den Achseln und wandte sich seiner Aufgabe zu. »Wir sind gekommen, um Euch aufzufordern, das Land von Osnil, welches ihr euch unrechtmäßig dreitausendzweihundertzweiundzwanzig angeeignet habt, zurückzugeben. Bitte zieht Eure Soldaten hinter die damalige Demarkationslinie zurück und übergebt die Städte an seine königliche Hoheit, Seyaoa Katzenauge.«

Dem Herzog fiel die Kinnlade herab, als er die Forderung vernahm, und auch Meson blinzelte verwirrt.

»Wir sollen euch das ganze Land zwischen der Bucht von Olo und dem Nördlichen Olomeer überlassen?«, knurrte Wenmar gefährlich und ballte die Fäuste. »Unser eigenes Land, das seit eintausendvierhundertneunundneuzig Jahren in *unserem* Besitz ist?«

»Osnil hat zu der Zeit noch gar nicht existiert«, warf Terewerd nun ein.

Meson nickte ihm anerkennend zu. »In der Tat. Euer Königreich wurde erst vor eintausendzweihundertsiebenundfünfzig Jahren gegründet. Die Landgrenzen wurden damals durch einen Vertrag festgelegt. Ganz sicher werdet Ihr diesen kennen. Er beschreibt die Landgrenzen unserer Königreiche, wie sie heutzutage aussehen!«

»Die Vorgängernationen, aus denen sich unser großartiges Reich erhob, existierten schon länger und diesen habt ihr das Land gestohlen. Wir verzichten auch großzügig auf Reparationsforderungen, die aus eurem ungerechten Krieg von damals resultieren«, klärte Kamiten sie auf. Er wirkte völlig überzeugt von dem, was er sagte.

»Die Vorgängernationen, wie Ihr sie nennt, waren Barbarenstämme. Zusammengeschlossen zu losen Gemeinschaften«, warf Meson ein. »Wenn Ihr Euch die Geschichte in Erinnerung ruft, waren es die Osken, die Olorien von Norden überfielen. In dem damaligen Grenzkrieg wurde das Land, welches Ihr jetzt beansprucht, eingenommen und der Barbarenstamm vertrieben.« Überrascht von den geschichtlichen Verdrehungen, die ihnen der Unterhändler vorhielt, kniff Meson die Brauen zusammen.

»Die von Olorien aufgestachelt wurden und denen angehängt wurde, dass sie angeblich zuerst kriegerisch tätig wurden«, erklärte Kamiten mit vorgestrecktem Kinn. »Es sind neue Dokumente in unseren Archiven gefunden worden, die das belegen.«

Meson bemerkte, wie die Wut des Herzogs langsam, aber sicher zu brodeln begann und fragte schnell: »Können wir die Belege sehen? Sie gründlich studieren und uns erneut mit Euch treffen, wenn die Untersuchung abgeschlossen ist?«

»Es ist mir leider nicht möglich, Euch diesen Wunsch zu erfüllen, Meson Dux«, verneinte der Unterhändler. »Alles, was ich Euch anbieten kann, ist: Zieht euch hinter die damalige Grenzlinie zurück und übergebt uns das Land. Wenn das geschieht, werden wir euch nicht länger behelligen oder eurem Volk schaden. Alle, die mit euch kommen wollen, dürfen das. Wer bleiben will, ist herzlich willkommen im Königreich Osnil.«

Dem Herzog platzte nun doch der Kragen und er brüllte Kamiten an: »Ihr Sohn einer räudigen Hündin. Richtet Eurem schlitzäugigen Geschichtsverdreher aus, er soll sich seine Dokumente in den Arsch stecken! Und am besten schiebt er sich ein Schwert hinterher, dann sind wir seine Dummheit endlich los.« Speicheltropfen flogen aus Wenmars Mund. »Vielleicht gefällt ihm das! Oder er kommt hierher, dann schiebe ich es ihm selbst hinein! Natürlich werden wir uns *nicht* zurückziehen. Nur über meine und die Leichen meiner Soldaten werdet ihr einen Fuß auf unser Land setzen! Buchtwächter hat allen Belagerungen standgehalten. Ich empfehle euch, zu euren Müttern zurückzukriechen und uns in Ruhe zu lassen! Sonst schicken wir ihnen eure Einzelteile.« Funkensprühend versuchte der Herzog, den Unterhändler in den Boden zu starren. Die Zähne gefletscht und die Hand am Schwertgriff ruhend.

Meson begriff sofort, dass die Unterredung zu Ende war und alles Weitere nur zu mehr Wut und Hass führen würde.

»Wenmar, lasst uns zurückreiten«, bat er. »Wie mir scheint, liegen den Männern aus Osnil falsche Angaben vor.« An Kamiten gewandt sagte er: »Bitte prüft die Dokumente erneut, und wenn Ihr wünscht, kann der Rat der Götter hinzugezogen werden. Die letzten hundert Jahre konnten Streitigkeiten oft im Einvernehmen aller geregelt werden. Könnt Ihr das Eurem Herrscher ausrichten?«

»Sehr wohl, Elementarier.« Er blickte Wenmar und Terewerd an. »Sind das die Worte, die ich überbringen soll?«

Bevor der Herzog etwas sagen konnte, meldete sich der Oberst zu Wort. »Ja. Bitte übermittelt sie Seyaoa Katzenauge.«

Kamiten nickte, starrte die Waffenhand des Herzogs mit abfälligem Blick an und wendete sein Pferd. Seinen Männern deutete er mit einer nachlässigen Geste an, ihm zu folgen.

Die Truppe von Wenmar befahl ihre Pferde ebenfalls herum und ritt zurück zur Stadt.

Am inneren, nördlichen Hafentor entließen sie ihre Eskorte. Auf schnellstem Weg begaben sich der Herzog, Meson und Terewerd in den Palast und beriefen den Kriegsrat ein.

Es war Abend, als endlich alle in dem großen Raum zusammensaßen. Meson hatte gerade wiedergegeben, was sich auf der Ebene vor der Stadt zugetragen hatte.

»Ich glaube nicht, dass Kamiten dem König unsere Anfrage überbringen lässt. Er klang so, als hätte er seine Anweisungen, und sollten wir nicht darauf eingehen, werden sie versuchen, mit Gewalt in Olorien einzudringen. Wahrscheinlich bis zu der Grenze, die sie ungerechtfertigt als ihre ansehen. Möglicherweise. Vielleicht würden sie auch weitergehen.«

Evomee nahm die Unruhe ihres Bruders wahr. »Ich stimme dir zu, Meson. Es klingt für mich nicht, als würden sie verhandeln wollen. Wenn wir nicht genau das erfüllen, was sie wollen, werden sie angreifen.«

Die restlichen Anwesenden sagten nichts, Evomee vermutete aber, dass ihre Gedanken in die gleiche Richtung gingen.

Wenmar strahlte heiße Wut ab. Die Hauptmänner wirkten ratlos. Terewerds Gesicht wirkte wie aus Stein gemeißelt. Aus dem von Hilde konnte sie nichts herauslesen.

›Der Oberst wird wissen, dass ein Kampf unvermeidbar ist‹, überlegte sie.

»Wir können nur abwarten, was passieren wird.« Meson strich über seinen Bart. »Wir haben versucht, vernünftig – mehr oder weniger – mit ihnen zu verhandeln.« Bei »mehr oder weniger« sah er kurz zum Herzog hinüber. »Die Pläne sind ausgearbeitet und alles Weitere liegt in der Hand der Osnilianer. Bitte entschuldigt mich jetzt, es war ein langer Tag und ich will mich um Yssyastha kümmern. Begleitest du mich, Schwester?«

»Danke für eure Hilfe, Elementarier«, ließ sich Wenmar vernehmen und nickte ihnen zu.

Meson stand auf, packte seine Waffe und ging zur Tür. Rasch folgte Evomee ihm.

Auf dem Weg zu ihren Räumlichkeiten fragte sie: »Du gehst davon aus, dass Buchtwächter angegriffen wird?«

»Hundertprozentig. Das war keine Verhandlung, das war ein Ultimatum. Vorgetragen von einem nicht relevanten Abgesandten und mit schönen Worten umhüllt. Aber nichtsdestotrotz ein Ultimatum! Wir werden kämpfen müssen. Ich unterstütze die Soldaten auf der Nordmauer. Du bleibst hier im Palast?«

»Ja, ich werde mich zunächst nicht an den Kampfhandlungen beteiligen. Yssy und du, ihr seid dafür geschaffen.« Sie lächelte ihn an. Dann kam ihr in den Sinn, dass ihr Bruder alles geben würde, um die Männer und Frauen zu beschützen. Notfalls würde er sein Leben in die Bresche werfen. Ihr Lächeln erstarb und besorgt musterte sie ihn. »Versuch aber, dich nicht in die chaotischsten Kämpfe zu stürzen. Bitte versprich mir, auf dich achtzugeben.« Sie trat an ihn heran, legte die Hand auf sein Handgelenk und drückte es sanft.

»Dort, wo ich am nützlichsten bin. Ich werde aber aufpassen«, versprach er und lächelte zurück. Dann drehte er seine Hand um und erwiderte ihre Geste. »Und jetzt schlafe ich bis morgen früh durch, der Tag war wirklich lang.«

»Ruh dich aus. Ich hoffe, sie greifen nicht schon heute Nacht an. Sonst bekommst du deinen Schönheitsschlaf nicht. Das wäre schade um deinen großartigen Bart und die feine Haut.« Verschmitzt grinste sie ihn an.

Er lachte. »Wo du recht hast, hast du recht.« Er strich über den sauber gestutzten Bart.

An der Tür vor seinem Zimmer angelangt sagte er bestimmt: »Sie werden übermorgen angreifen. Ganz sicher. Zunächst werden sie sich einrichten. Bis morgen, Evomee.«

Nachdem Meson seine Räumlichkeiten betreten hatte, fand er Yssy in seinem Bett vor.

Blinzelnd starrte er auf das Chaos.

›Was, verschlammte Wasser!‹

Durch das Gewicht des Elementars waren die Beine des Bettes abgebrochen und der Korpus lag am Boden verteilt. Im Schlaf musste er die Einzelteile mit seinem Schwanz im Zimmer verteilt haben.

Seufzend umrundete Meson das zerbrochene Holz, trat neben Yssy und schlug dem Elementarier kräftig in die Seite, was dem nur einen schmatzenden Atemzug entlockte. Sein Begleiter drehte sich einmal um, zermalmte dabei ein weiteres Holzteil unter seinem Leib und zerstörte mit dem breiten Schädel das Nachtkästchen, welches ihm bisher entgangen war. Anschließend schnaubte er ein wenig Wasser aus.

›Es bringt sowieso nichts, wenn ich versuche ihn aufzuwecken‹, grummelte Meson verärgert. ›Wodasch sei Dank, stehen noch der Sessel und das Sofa.‹

Müde entledigte er sich seiner Rüstung und der Kleidung, meditierte und legte sich danach auf dem Sofa ab. Kurz darauf schlief er ein.

Den ganzen nächsten Tag über passierte nichts, und Meson verbrachte seine Zeit mit Evomee, Neppo und Yssy. Der Elementar unternahm noch einmal einen Erkundungsflug über die heranrückenden Soldaten, hatte jedoch keine maßgeblichen Veränderungen mitzuteilen.

Am Tag darauf wurde er von lautem Glockengetöse aus dem Schlaf gerissen und mit gespitzten Ohren lauschte er auf die Schläge.

»Bonnng, Bonnng, Bong«, dröhnte es durch Buchtwächter. Immer und immer wieder.

›Zwei lange, ein kurzer Schlag. Das Signal warnt die Stadt vor den anrückenden Feinden!‹

Hastig sprang er auf, legte seine Rüstung an und befestigte den Dunkelstahlzweihänder am Rücken.

»Yssy, wir brechen auf!«

Kurz darauf preschte er in vollem Galopp zur nördlichen Mauer, der Wasserelementardrache über ihm unter den Wolken.

Majorin Ansou Sekah

Ansou

Während Ansou Toki und Finvara hinterherblickte und deren Umrisse im Tor der Kommandantur verschwanden, durchzuckte sie ein kurzer Moment der Sehnsucht.

›Hätte ich lieber mit ihr – und ihm – auf die Reise nach Carane zum Feuertempel gehen sollen? Was hält mich hier in Irani?‹

Der Augenblick strich vorüber und sie wandte sich von dem leeren Durchgang ab. ›Nun ja, inzwischen bin ich Majorin der tangrintanischen Armee!‹ Sie atmete tief ein und drückte ihren Scheitel gegen den Himmel. Der Tag kam ihr trotz des Abschieds strahlend vor. ›Davon habe ich geträumt. Aber so schnell? Nie hätte ich das vermutet …‹ Entschlossen rückte sie das Kinn nach vorn. »Jetzt habe ich anderes zu erledigen, als Fin – und Toki – hinterherzutrauern. Außerdem: Sie werden sicherlich auch ohne mich unbeschadet zum Feuertempel gelangen. Dafür wird Fin schon sorgen.‹

Das Klappern von Rüstungen und das Stampfen vieler beschlagener Stiefel auf Steinboden riss sie aus ihren Gedanken. Ein letzter Fetzen, ›Bestimmt werde ich die beiden wiedersehen‹, sauste vorüber, dann holte sie die Wirklichkeit ein.

Reben hatte den Soldaten und Soldatinnen befohlen abzutreten und trat nun zu ihr.

»Begleitest du mich in mein Amtszimmer?«

»Sicher, Kommandant. Danke für die außerordentliche Ehre, zur Majorin befördert worden zu sein«, antwortete sie und salutierte zackig – die linke Faust am Herz, die rechte Hand an der Stirn.

»Bitte sag Reben und du zu mir. Schließlich bist du ab sofort meine ranghöchste Offizierin. Nur ich bekleide einen höheren Rang in Irani. Da ergibt das Du mehr Sinn. Wir werden eng zusammenarbeiten.« Ein Wink forderte sie auf, bequem zu stehen. »Salutieren kannst du dir auch schenken. Außer ich erteile dir vor den Soldaten einen Befehl. Für die Disziplin. Du verstehst sicher.«

Überrascht senkte Ansou ihre Hände und fühlte eine behagliche Wärme in ihrer Brust. Dankbar sagte sie: »Sehr gern, Reben.«

Der blickte sich suchend um und rief den Hauptmännern und Hauptmänninnen mit kräftiger Stimme zu: »Orkus, Emil, … und der Rest. Gesellt euch zu uns.«

Eine steile Falte entstand auf seiner Stirn, während er seine Kommandanten musterte.

Ansou stand neben ihm und beobachtete, wie er gleich darauf ein paar wieder entließ und vier Männer und eine Frau bat, sie zu begleiten.

In seinem Arbeitszimmer angekommen runzelte er die Stirn und ordnete an: »Riggit, besorgt Stühle. Fusch, räumt die beiden Sessel von den Büchern frei. Legt sie einfach auf den Stapel an der Wand.«

Ehe Ansou ihr Hilfe anbieten konnte, verschwand die muskulöse Hauptmännin durch die Tür und kehrte kurz darauf mit zwei Stühlen zurück; um anschließend erneut hinauszulaufen und zwei weitere anzuschleppen.

Der nicht minder muskulöse und nur ein wenig größere Hauptmann schleppte die Bücher an die Wand und legte sie dort auf den schon vorhandenen, etwas windschiefen Stapel. Einen Moment wirkte es, als würde der Buchturm umfallen, und Fusch richtete ihn schnell gerade aus. Nach einem letzten prüfenden Blick und einem zufriedenen Nicken ging er zu einem der Sessel und plumpste hinein.

Die anderen nahmen ebenfalls Platz.

Ansou wartete, bis Reben hinter seinem Tisch saß, bevor sie sich ebenfalls setzte; ganz links, neben einem starr aufrecht sitzenden Hauptmann. Sie staunte über das perfekte Aussehen seiner Uniform. Kein Fussel beschmutzte sie und die Knöpfe blitzten.

»Ihr habt inzwischen mitbekommen, dass Ansou Sekah zur Majorin befördert wurde«, nahm Reben das Gespräch auf. »Sie wird eine iraniische Brigade befehlen und meine Stellvertreterin sein.«

Ansou zuckte erstaunt zusammen. Das war neu. ›Ich dachte, mir untersteht ab sofort eine Brigade, nicht, dass Reben mich zu seiner rechten Hand ernennt.‹

Er musste ihr ihre Überraschung angesehen haben, denn ein Schmunzeln zog über seinen Mund. »Richtig gehört, Ansou. Du wirst gleichzeitig meine Stellvertreterin. Ich werde nicht ewig im Dienst bleiben und brauche einen tüchtigen Nachfolger oder eine Nachfolgerin.«

Überwältigt von der Neuigkeit nahm Ansou die Glückwünsche der Hauptmänner entgegen. Sie alle wirkten freundlich und die Gratulationen kam von Herzen. Bis auf … Riggit. Die einzige Hauptmännin schien die Zähne aufeinanderzubeißen und der Händedruck war um einiges fester als der ihrer männlichen Kollegen. Einige Augenblicke später – sehr lange Augenblicke – löste sie ihre Hand aus der von Ansou und knurrte: »Die Ehre habt Ihr Euch verdient. Die erste Majorin …« Das anschließende Lächeln erreichte ihre Augen nicht.

Nachdem alle wieder Platz genommen hatten, erklärte Reben: »Ich habe Euch zu mir gebeten, da Ihr ab sofort unter Ansou dienen werdet. Ihr seid die Offiziere ihrer Bataillone.« Während er sie einzeln vorstellte, deutete er mit dem Finger auf die genannte Person. »Das ist Orkus«, ein kleiner, kräftiger älterer Mann, »er kommandiert die Bogenschützen. Emil«, ebenfalls klein; außerdem schmächtig mit pockennarbigem Gesicht, »wird deine Schwertkämpfer anführen. Fusch«, ein großer stämmiger Kerl; der mit der perfekt sitzenden Uniform, »die Morgensternkämpfer. Felit«, mittelgroß und drahtig, »deine

Reiterei und Riggit«, griesgrämige Miene, »befehligt ein Bataillon Armbrustschützen. Bitte macht Euch miteinander vertraut.«

Erneut gratulierten ihr die anwesenden Offiziere und redeten lautstark, freudig und enthusiastisch auf sie ein. Bis auf Riggit, die erneut nur kurz angebunden rückmeldete und der Ansou ansah, dass sie nicht glücklich war.

›Ich muss mich mit ihr unterhalten, und herausfinden, was ihr auf dem Herzen liegt‹, beschloss Ansou, nahm aber erst einmal alle Glückwünsche und netten Worte entgegen.

Nachdem das erledigt war, meldete sich Reben erneut zu Wort: »Ich schlage vor, Ihr lasst morgen eine Heerschau Eurer Bataillone stattfinden, wobei Ihr Ansou offiziell vorstellt. Ihr seid entlassen.«

Alle salutierten und verließen den Raum. Emil mit einem besonders zackigen Salut.

»Vielen Dank noch einmal, Reben. Für dein Vertrauen und auch die Chance, die du mir gibst. Ich werde dich nicht enttäuschen«, versprach Ansou.

»Da bin ich mir sicher. Ich bin beeindruckt, was du zusammen mit Finvara geleistet hast. Vor allem von dem klaren Kopf, den du bei dem ganzen Chaos im Schloss behalten hast. Die Geschichte ist für mich immer noch schwer zu glauben. Ein neuer Elementarier, der nicht durch das übliche Ritual erweckt wurde? Was sagt man dazu …«

Ansou lachte. »Ich habe bis vor ein paar Wochen nichts mit Elementariern zu tun gehabt und dann gleich mit zweien, und dieser eine ist wirklich etwas Besonderes.« ›Etwas ganz Besonderes‹, fügte sie in Gedanken hinzu und wunderte sich gleich darauf, was sie da dachte.

»Wie mir scheint, leben wir in interessanten Zeiten. Jetzt könnte natürlich gesagt werden: In interessanten Zeiten will man nicht leben. So wie es war, war und ist es gut. Aber ich hoffe, wir können die Zukunft in einer hervorragenden Weise gestalten und der Königin so gut wie möglich dienen. Außerdem hoffe ich, dass sie frischen Wind in unser – doch etwas verstaubtes – Reich bringt.« Er schmunzelte wieder. »Bitte lass mich jetzt allein, ich muss mich noch um einige Angelegenheiten kümmern. Du solltest deine neuen Räumlichkeiten beziehen. Bis morgen hast du frei. Vielleicht willst du deine neue Stellung feiern?« Er lächelte sie freundlich an.

Ansou bedankte sich erneut und sagte: »Bis morgen, Reben. Ich wünsche dir eine angenehme Zeit. Möge Tarra mit dir sein.«

»Lieber Wodasch. Tarre ist mir immer so starr und steif vorgekommen.«

Unwillkürlich musste Ansou grinsen. Der Oberst hatte eine gewisse charismatische Art, die ihn sympathisch machte. Damit drehte sie sich um und verließ den Raum.

Vor der Tür überlegte sie, was sie zuerst in Angriff nehmen sollte und beschloss, ihre neuen Räumlichkeiten in der Zitadelle zu beziehen.

In der Gemeinschaftsunterkunft angekommen stellte sie fest, dass sie nicht besonders viel besaß. Alles passte in eine einzige Truhe.

Ihre bisherigen Kameraden beglückwünschten sie freudig, bestürmten sie mit Fragen und verlangten, alles zu erfahren. Außerdem wollten sie mit ihr einige Krüge – oder eher Eimer – Bier kippen.

Lächelnd antwortete sie kurz angebunden auf einige, ignorierte die restlichen Kommentare und beorderte zwei Soldaten ab, ihr die Truhe zu tragen. Die mussten ein paar Spötteleien ertragen und verzogen griesgrämig das Gesicht. Sie würden es den anderen vermutlich zurückgeben, so war das immer.

Bei der Versorgungstruppe zog sie Erkundigung ein, wo ihr neues Zimmer lag, und wies die Männer an, sie mit der Truhe zu begleiten. Auf dem Weg bemerkte sie, wie die beiden sie verstohlen musterten.

›Ist es wegen meines Ranges und der Tatsache, dass ich die erste weibliche Majorin bin, oder wegen meines Aussehens? Bei Dun wahrscheinlich Letzteres. Die Nacht mit ihm war nicht schlecht … aber er keucht zu viel. Nicht so wie Toki.‹

Während sie zu der ihr zugewiesenen Unterkunft gingen, ignorierte Ansou die Blicke und berührte mit der Hand ihr zerfetztes Ohr. Es war ein Makel in ihrem ansonsten sehr ansehnlichen Gesicht – hohen Wangenknochen; herzförmigen Lippen; eine wohlgeformte Nase; geschwungene Brauen, die ihre braunen Augen betonten.

›Nun ja. Ein Gutes hat es‹, überlegte sie. ›Es lenkt von meinen auseinanderstehenden Augen ab.‹ Ansou zuckte mit den Schultern, griff in ihr Haar und zog den Pferdeschwanz straff. Dabei wurde sie erneut auf die Blicke der Männer aufmerksam und mit einem Grinsen wippte sie ein wenig mehr mit den Hüften, drückte den Rücken durch und die Brust raus.

Dun kam aus dem Tritt, stieß die Truhe an und drückte den anderen Soldaten zur Seite. Fluchend stolperte der ein paar Schritte und ihre Last knallte auf den Boden.

Unbedarft, zumindest hoffte Ansou so zu wirken, drehte sie sich um, musterte die schimpfenden Männer und fragte: »Ist sie zu schwer für euch? Muss ich mit anpacken?«

Hastig schüttelten die Soldaten den Kopf, packten die Griffe und hievten die Truhe hoch. Mit einem Murmeln stapften sie an Ansou vorbei. Diesmal folgte sie ihnen und freute sich still darüber, sie nur durch ihre Bewegungen aus dem Tritt gebracht zu haben. Etwas anderes hatte sie schlicht nicht erwartet …

Schließlich erreichten sie die Unterkünfte der Offiziere. Dun und sein Kamerad setzten mit einem Seufzen ihre Last ab und warteten. Ansou ging zur Tür, öffnete und betrat ihr neues Zuhause.

In Gedanken platzierte sie ihre Habseligkeiten bereits in ein kleines Regal. Beim Aufsehen stutzte sie. Das konnte nicht stimmen. Hatte sie sich in der Tür geirrt? Nein, das war das Zimmer – die Zimmerflucht! – das ihr genannt worden war.

Ihre Begleitung schleppte die Truhe herein, stellte sie vor ihr ab und blickte die Majorin fragend an. »Wohin sollen wir sie bringen?«

»Erstaunt über die Räume?« Dun grinste übers ganze Gesicht. »Ganz anders als der Gemeinschaftsraum, was? Bestimmt auch ruhiger. Wir zwei könnten sp–«

Ansou zog die Brauen hoch und hob den Zeigefinger.

»– auf Eure Beförderung anstoßen.«

Natürlich hatte er zunächst nicht *darauf* anspielen wollen. Sie kannte Dun. Nun, vielleicht ergab sich … Tokis Gesicht tauchte auf und der Gedanke war wie weggeblasen.

»Bringt die Truhe zu meinem Bett und stellt sie davor ab«, wies sie an. »Der Raum … oder der …« Zuerst zeigte sie auf den einen Durchgang, anschließend auf den anderen. »Ihr werdet das Schlafzimmer schon finden.«

Kurz darauf kehrten die beiden zurück und mit dem Versprechen, ihnen später ein Bier auszugeben, entließ sie ihre Helfer. Glücklich plaudernd verließen die das Zimmer und schlossen die Tür.

Verloren stand Ansou inmitten des Eingangszimmers und begutachtete es. Ein großer Tisch, der dem von Reben ähnelte, stand vor einem Fenster und etliche Regale hingen an den Wänden. Für was waren die anderen Räume? In dem rechts würde ihr Bett stehen, denn die Soldaten hatten die Truhe dort abgestellt. Neugierig betrat sie das Zimmer auf der Linken.

›Sieht wie ein Ankleidezimmer aus. Und was ist das für eine kleine Tür?‹ Ein glückliches Seufzen entfuhr ihr, als sie öffnete. ›Ein eigenes Klo! Nie mehr die Latrinen der einfachen Soldaten benutzen … Tarra schenkt mir ihre Gunst.‹

Fröhlich verstaute sie alles, was in der Truhe lag, und entschied, den Vorschlag von Reben in die Tat umzusetzen. Sie würde ein paar Kameraden zu einem kleinen Umtrunk in den Tavernen einladen. Ihren beiden Helfern hatte sie sowieso ein Bier versprochen und die anderen würden sich nicht mehrmals bitten lassen. Sie kannte die anderen Männer und Frauen gut genug. Niemand würde eine Feier mit der neu gekührten Majorin ablehnen. Vor allem nicht, wenn sie bezahlte. Und darum würde sie nicht herumkommen. Gut gelaunt ging sie los.

Wie üblich erwachte Ansou vor Sonnenaufgang.

Einen Arm ausstreckend ertastete sie den Krug mit Wasser, der neben dem Bett stand, und nahm einen langen, tiefen Schluck. Das herrliche Nass spülte den pappigen, sauren

Geschmack des Bieres weg. Mit der Zunge befeuchtete sie die rissigen Lippen. Blinzelnd überlegte sie einen Augenblick, wo sie sich befand, bis ihr bewusst wurde, dass sie in ihren neuen Gemächern lag.

Wacher – noch nicht wach, aber immerhin wacher – schwang Ansou ihre Beine aus dem Bett, stellte den Krug ab und streckte sich. Die Kälte des Steinbodens drang durch die Sohle und kletterte die Muskeln entlang. Gänsehaut erschien am ganzen Körper und ihre Haut kribbelte. Mit einem Schütteln stand sie auf und trottete ins Ankleidezimmer.

Als sie eiskaltes Wasser aus einer Schüssel im Gesicht und am Hals spürte, wurde sie richtig wach. Rasch wusch sie den Schweiß von der Feier ab und trocknete ihre Haut. Ein Blick aus dem Fenster brachte ihr die Gewissheit: Lange hatte sie nicht geschlafen.

›Wie viel Bier habe ich getrunken? In der ersten Taverne ein paar und in der zweiten auch.‹

Ihre Blase drückte und plätschernd entledigte sie sich dem Druck. Plätschern? Das war eher ein Sturzbach!

›Wohl mehr als ein *paar* Bier …‹, seufzte Ansou. ›Lieder sind auch gesungen worden. In der vierten …, nein, der dritten! Taverne gab ein Barde frivole und anrüchige Lieder zum Besten. Meine Güte, war er schrecklich. Die Drehleier klang wie ein Krächzen! Aber: Für den ganzen Alkohol, den ich intus habe, fühle ich mich recht wohl.‹ Hinter ihren Schläfen dröhnte nur ein kleines Hämmern.

›Was ist sonst noch geschehen? Ach ja, Dun … Er hätte gern an frühere Zeiten angeknüpft. Wieso hat sich nichts ergeben? Ich war doch gar nicht abgeneigt?‹ Grübelnd verließ sie den Abort, suchte ihre Kleidung zusammen und zog sie an.

›Toki!‹, schoss es ihr in den Kopf. ›Ich konnte dauernd nur an ihn denken. Und an die Zeit mit ihm in dem Gasthaus in Tannberg. Wie war der Name gleich wieder? Ach ja, »Blumenpracht und Essensmacht«.‹ Ein Lächeln huschte über ihr Gesicht, als sie daran dachte. ›Hatte er mich wirklich dazu gebracht, allein in die Kommandantur zurückzukehren? Bei Tarras finsteren Gruben!‹

Sie sank aufs Bett und zog die Stiefel an. Dabei sinnierte sie weiter: ›Was ist nur los mit mir? Es ist nur Sex! Vor ein paar Wochen wäre ich ganz bestimmt mit Dun mitgegangen. Vielleicht hätte er mich zum Stöhnen und Schreien gebracht. Wie schon öfter. Und anschließend hätte ich mich aus dem Staub gemacht … wie immer.‹

Um ihre Grübelei zu unterbrechen, beschloss sie den Trainingsbereich aufzusuchen. Sie brauchte dringend körperliche Betätigung. Wenn sie sich schon nicht durch Sex verausgaben konnte, musste sie zumindest anderweitig ihre Energie aufbrauchen.

Im Übungsbereich trainierten ein paar Männer von Rebens Spezialeinheiten, der sie sich anschloss. Sie – und ihre Kontrahenten – merkten schnell, dass ihre Stimmung nicht die allerbeste war. Wie auch, wenn sie nicht einmal verstand, warum sie ihrer Lieblingsbeschäftigung beraubt worden war!

Ihren Gegnern ließ sie keine Chance. Jeder einzelne Kampf wurde von ihr dominiert und alle würden ein paar blaue Flecke aus den Trainingseinheiten mit in den Tag nehmen. Aber nicht nur die Männer – selbst hatte sie auch ein paar Schläge abbekommen. Als sie an Toki dachte. Zerbröselte Felsen!

Nachdem sie ihren Übungspartnern gedankt hatte, verstaute sie die Trainingswaffen im dazugehörigen Ständer – natürlich waren es zwei Äxte – und ging zurück in ihre Gemächer, um sich auf die Heerschau vorzubereiten.

Während sie durch die Flure stapfte, dachte sie an die morgendlichen Übungen mit Toki. Sie fehlten ihr irgendwie. ›Die waren ganz anders als das, was ich gerade absolviert habe. Er war besessen davon, sich zu verbessern, um seine Freunde beschützen zu können. Wie oft habe ich seine Beinarbeit korrigiert …? Aber er gab nicht auf!‹ Unwillkürlich musste sie lächeln, ertappte sich dabei und fluchte. ›Seit wann bin ich so gefühlsduselig!‹

Vor ihrer Tür wartete bereits ein Knecht mit ihrer neuen Rüstung. Bisher hatte sie immer ein Kettenhemd getragen. Als Majorin war ihr eine Plattenrüstung zur Verfügung gestellt worden, mit dazugehörigen Arm-, Hand- und Beinschützern. Außerdem ein prunkvoller Helm.

Sie half dem Mann, die Rüstung hineinzutragen und bewunderte dabei den Helm, den er ihr in die Hand gedrückt hatte. Je ein Baumstamm war hineinziseliert und schmückte die Seiten. In den Stämmen steckte eine Axt. Fast sah es wie ein Flügelhelm aus, nur die tangrintanische Version davon.

Rasch wusch sie den Dreck der Kämpfe ab und dann half ihr der Knecht, die Rüstung anzulegen.

›Die ganzen Laschen und Riemen sind unmöglich allein zu schließen. Immerhin habe ich mich bei der Waffenwahl durchgesetzt.‹ Glücklich tätschelte sie die beiden Äxte von Yeban Lufthärter, die nun jederzeit griffbereit an ihrem Gürtel befestigt waren. Ein wahrhaft königliches Geschenk von Finvara. Die Bewegungen handelten ihr einen tadelnden Blick ein. ›Wie der alte Leutnant bei der Versorgungstruppe mich angesehen hat. Richtig entsetzt. Und wie er mir unbedingt das Schwert aufhalsen wollte! Er gab erst Ruhe, als ich es zumindest mitgenommen habe und ihm befahl, es gut sein zu lassen.‹ Bei dem Gedanken an die entgeisterte Miene des Mannes musste sie erneut grinsen. ›Seine Arbeit hat er ausgezeichnet gemacht. Und ich glaube, es war Glück, dass er eine Rüstung hatte, die wie angegossen passt.« Sie seufzte. »Immerhin sind die Verzierungen am Helm und die Abzeichen auf den Schultern die einzigen Insignien meines Ranges.‹

Der Knappe befestigte gerade die Spangen, die den Umhang hielten, und Ansou beobachtete sie aus den Augenwinkeln. Auch sie zierten zwei schräge Baumstämme und eine silberne Axt. Das Abzeichen eines Majors. Natürlich.

›Jetzt weiß ich, was mir als einfache Soldatin immer gefehlt hat – die Verzierung. Was hatte ich als Leutnantin? Ach ja, einen geraden Baumstamm, der Hauptmann hat zwei … Reben darf zwei schräge Baumstämme und zwei silberne Äxte tragen. Das Erkennungszeichen eines General-Leutnants? Zwei schräge Baumstämme und eine goldene Axt. Paul, der General-Major von Tangrintanien ist der Einzige, der zwei goldene Äxte zu den schrägen Baumstämmen trägt. Jetzt kann ja nichts mehr schiefgehen, Ansou. Die wirklich wichtigen Dinge weißt du noch …‹

Ihre Gedanken kreisten weiter um die Rangabzeichen, während der Knappe die letzten Schnallen schloss und sie zufrieden ansah. ›Entstanden sie vor vierhundertdreiunddreißig Jahren, als das Königreich gegründet wurde? Hmm … Vielleicht weiß Reben mehr darüber. Er hat ein umfangreiches Wissen über Tangrintanien, und wenn nicht, weiß er möglicherweise, in welchem seiner Bücher etwas darüber zu finden ist.‹

Ansou beschloss, Reben später über die Insignien zu fragen. Jetzt musste sie sich sputen, um den Aufmarsch im Hof nicht zu verpassen. Sie dankte dem Mann, ergriff den Helm und ging mit metallisch klirrenden Geräuschen durch das Gebäude in den Kasernenhof.

Reben wartete bereits mit den ihr nicht unterstellten Hauptmännern und Hauptmänninen.

Ihre Offiziere entdeckte sie nicht, genauso wenig die Soldaten.

»Ansou«, grüßte Reben und nickte ihr zu. »Ich habe gehört, du hast heute Morgen den Trainingsplatz besucht? Die Soldaten haben äußerst respektvoll davon gesprochen. Deine Kameraden von gestern waren offenbar nicht so munter und mussten aus den Betten geworfen werden.«

»Die Feier hat mir ein wenig Kopfschmerzen bereitet, aber die Anstrengung hat ihn letztendlich vertrieben.« Sie setzte den Helm auf, den sie in der Hand hin und her gedreht hatte. »Uff. Der Helm verursacht ein schlimmeres Drücken auf die Stirn, als es zu viel Bier jemals könnte.«

»Sag es nicht weiter«, raunte Reben. »Ich bin auch jedes Mal froh, wenn ich meinen ablegen kann.« Er grinste. »Aber wir müssen in allen Belangen ein Vorbild für unsere Männer und Frauen sein.«

»Dann bin ich zumindest nicht die Einzige mit Kopfschmerzen.« Sie grinste zurück.

Trommeln erklangen und die ersten Soldaten ihrer Brigade marschierten in den Hof.

Ansou erkannte Emil, der in perfektem militärischem Schritt neben seinem Bataillon herlief. Wie es schien, hatte er seine Soldaten sehr gut trainiert. Sie wirkten wie ein Abbild ihres Hauptmanns. Nachdem das Bataillon stand, drehten die Soldaten sich absolut synchron zu Reben und Ansou um und salutierten. Die Rüstungen glänzten im Sonnenlicht und die Schwerter funkelten.

Die Majorin und der Oberst erwiderten den Salut.

Als Nächstes marschierten Fuschs Morgensternträger ein, gefolgt von Orkus' Bogenschützen und Riggits Armbrustschützen. Auch sie waren hervorragend ausgebildet und boten einen grandiosen Anblick. Allerdings waren sie eben nicht ganz so perfekt wie die Schwertkämpfer.

›Trotzdem annehmbar‹, fand Ansou. ›Aber wer ist das nicht, der unter Reben dient.‹

Zum Abschluss ritten Felits Soldaten auf den Hof, reihten ihre Pferde aneinander und ließen sie einmal steigen. Auch sie salutierten mit der Faust auf der Brust und der Hand an der Stirn.

Nachdem Ansou den Gruß erwidert hatte, erinnerte sie sich an den Ritt mit Finvara von Irani zu Tokis Dorf. Die Elementarierin hatte ihr damals erklärt, dass sie keinen Wert auf die ganzen Ehrerbietungen legte. Zu dem Zeitpunkt hatte Ansou das nicht verstanden, aber jetzt kannte sie Fin besser und es dämmerte ihr, dass diese das alles nicht brauchte. Durch ihre Art und ihr Auftreten taten die Leute einfach, was sie verlangte.

›Das ist mein Ziel‹, beschloss Ansou. ›Durch das, was ich bin und kann, die Leute motivieren und mir ihren Respekt verdienen.‹ Das ganze Salutieren ging ihr inzwischen auch auf die Nerven.

Letztendlich hatten alle den zugewiesenen Platz gefunden und standen stumm vor ihr. Eine gewisse Anspannung lag in der Luft, als würden die Truppen auf etwas warten.

»Das wäre jetzt dein Einsatz«, raunte Reben. »Eine kleine Ansprache oder etwas in der Art.«

Verdutzt blickte sie zu ihm und bemerkte sein verschmitztes Lächeln. Wie …? Was …? Rasch riss sie sich zusammen und trat einen Schritt nach vorn. Reben, der alte … Sie würde improvisieren müssen. Wieso hatte sie nicht damit gerechnet, dass sie etwas sagen sollte?

»Rühren, Soldaten!«, rief sie über den Platz. »Ich bin stolz, wie ihr euch präsentiert. Außerdem bin ich stolz darauf, die Brigade, der ihr angehört – *meine* Brigade – als Majorin anzuführen. Ihr könnt sicher sein: Jedes einzelne eurer Leben ist mir so viel wert wie mein eigenes. Alles, was ich von euch verlangen werde, würde ich auch selbst ausführen. Mir ist besonders wichtig, dass sich jeder hundertprozentig auf seinen Kameraden verlassen kann. Nur *gemeinsam* werden wir jedes Hindernis überwinden und dem Reich sowie der Königin dienen, wie sie es verdienen. Außerdem verspreche ich, immer ein offenes Ohr für jeden von euch zu haben.«

Irgendwo links von ihr kicherte jemand und raunte: »Ihr Ohr …«

Geflissentlich ignorierte sie den Kommentar und setzte ihre Rede fort: »Alle eure Sorgen und Nöte werden angehört werden. Neuen Ideen stehe ich aufgeschlossen gegenüber. Ich freue mich darauf, zusammen mit euch, alle Aufgaben, die wir gestellt bekommen, zu erfüllen.« Ansou blickte zu Reben und fragte leise: »Willst du auch etwas sagen?«

Als der Oberst leicht den Kopf schüttelte, rief sie den wartenden Soldaten zu: »Und jetzt *wegtreten!*«

Rasselnd, wie ein einziger Soldat, fuhr die Brigade herum und marschierte los. Es wirkte wie ein silberner Bach, der langsam durch den steinernen Torbogen plätscherte.

»Gut gemacht, Majorin«, beglückwünschte Reben sie. »Meine erste Ansprache war nicht so pathetisch und offen. Anscheinend war es gut, dir vorher nichts von der Rede zu erzählen.«

»Es wäre auf jeden Fall einfacher gewesen, von ihr zu wissen. Ich hätte mich vorbereiten können!« Ansou war dennoch stolz, sie so gut gemeistert zu haben. Ansprachen zu halten lag ihr nicht besonders.

»Wäre es.« Reben lachte verschmitzt. »Aber dann hätte ich nicht so viel Spaß gehabt. Vor allem jedoch hätte ich nicht gesehen, wie du dich in einer solchen Situation verhältst. Genau so habe ich es mir vorgestellt.«

Er wirkte wie ein stolzer Vater, der sein Kind eine wichtige Lektion gelehrt hatte.

Ansou musste bei dem Anblick unwillkürlich lächeln. »Wie geht es jetzt weiter?«

»Leg die Rüstung ab«, riet er ihr. »Du wirst sie jetzt nicht brauchen. Danach komm in mein Arbeitszimmer. Dort besprechen wir alles Weitere und ich erkläre dir, was ich von dir erwarte – außer einer guten Ansprache.«

Ansou nickte und marschierte scheppernd zu ihren Gemächern.

Dort angekommen, half ihr der Knappe aus der Rüstung und verstaute sie an dem dafür vorgesehenen Platz – einem großen Ständer an der Wand ihres Arbeitszimmers. Für den Besuch bei Reben wählte sie einfache Leinenklamotten.

Nachdem sie ihren Helfer entlassen hatte, brach sie zu Reben auf.

Sofort als sie klopfte, drang seine kräftige Stimme durch die Tür. »Komm herein.«

Im Zimmer warf sie einen Blick auf die Sitzmöglichkeiten und sagte: »Jetzt bin ich gespannt, was ich für Aufgaben zugeteilt bekommen werde. Zunächst einen Stuhl freiräumen?«

Tatsächlich hatte er die beiden Sessel vor seinem Tisch schon wieder mit Büchern gefüllt. Verwirrt blinzelte er, bemerkte ihren Blick und sagte: »Oh …, dort habe ich sie also hingelegt. Bitte räum sie einfach auf die Seite und nimm dann Platz.«

Die Bücher landeten auf einem anderen Stapel neben dem Schreibtisch, und anschließend beugten sie die Köpfe zusammen. Reben beschrieb ihr seine Vision, ihre Aufgaben und einiges Grundsätzliches bezüglich der Armee von Tangrintanien. Auf ihre Nachfrage erklärte er ihr zwischendurch auch die Entstehung der Rangabzeichen. Tatsächlich waren diese bei der Gründung des Königreichs entworfen worden, so sei es überliefert.

Überglücklich über den Exkurs funkelte er sie an. »Es freut mich ungemein, dass du dir auch über solche Dinge Gedanken machst. Meine Hochachtung.«

»Wie wir es gelernt haben«, antwortete Ansou. Verlegen wegen seines Lobes. »Hinterfrage alles, und wenn du etwas wissen willst, erkundige dich danach.«

Lächelnd lehnte Reben sich in seinem Sessel zurück und sagte: »Muss von einer weisen Person stammen.«

»Du weißt genau: Das stammt von dir.« Ansou nahm den verschmitzten Ausdruck in seinem Gesicht wahr und grinste. »Wenn du nichts dagegen hast, würde ich mich für heute gern zurückziehen. Es ist spät und mir schwirrt der Kopf von den ganzen Informationen.«

Er blickte aus dem Fenster und rief erstaunt aus: »Oh, die Sonne geht ja schon unter. Ich habe gar nicht gemerkt, wie schnell die Zeit vergangen ist. Bitte unterbrich mich nächstes Mal, wenn es zu lang wird. Ich übersehe manchmal den Punkt, wann es für andere anstrengend wird.«

»Der ist für mich genau jetzt. Keine Sorge, ich rühre mich, wenn es sein muss. Der Tag war unglaublich lehrreich für mich und ich hoffe, wir wiederholen das?«

»Gern. Ich freue mich, wenn ich mein Wissen weitergeben kann und es geschätzt wird.« Er erhob sich und wünschte ihr eine gute Nacht.

Ansou ging erschöpft in ihr Gemach.

Dort angekommen, ließ sie eine herzhafte Mahlzeit bringen und aß hungrig alles auf. Anschließend bereitete sie sich für die Nacht vor und sank müde ins Bett. Die Feier und der Tag forderten ihren Tribut.

Zwei Tage nach der Parade wurde Ansou aus einem intensiven Training mit ihren Soldaten gerissen. Einer von Rebens persönlichen Dienern stand ungeduldig wartend am Rand und versuchte, ihre Aufmerksamkeit zu erlangen. Hastig stapfte sie in ihrer vollen Kriegsmontur auf ihn zu.

»Oberst Reben wünscht Euch unverzüglich zu sprechen, Majorin«, brüllte der Mann, während er salutierte.

Ansou überlegte einen Moment, ob sie sich waschen und umziehen sollte. Das Training hatte ihre einiges abverlangt – das warme Wetter trug seines dazu bei.

Da der Bote aber ungeduldig von einem Fuß auf den anderen trat und augenscheinlich auf ihre Antwort wartete, verzichtete sie darauf und folgte dem Mann. Reben würde es hinnehmen müssen, dass sie verdreckt in seinem Zimmer erschien. Sie war ohnehin sicher, er würde es ignorieren.

Am Amtszimmer klopfte der Diener und öffnete ihr die Tür, als Reben aufforderte einzutreten.

»Du wolltest mich unverzüglich sprechen?«, fragte Ansou.

Ein weiterer grauhaariger Mann saß in einem der Sessel. Als er sich umdrehte, erkannte sie Paul, den General-Major der tangrintanischen Armee. Sie hatte ihn in Tannberg kennengelernt. Seine breite, sorgenfaltengefurchte Stirn, auf der der Haaransatz schon weit zurückgewandert war, würde sie nie vergessen. Ebenso wenig die buschigen Brauen über seinen grauen Augen. Zwei tiefe Furchen säumten auch die unscheinbare Nase. Ansou bemerkte zudem, dass er trotz seines Alters immer noch kräftig und muskelbepackt aussah. Der Stiernacken und der kurze Hals bestärkten das Bild.

Er blickte sie forschend an und Ansou salutierte zackig. »Das könnt Ihr Euch sparen«, grollte er. »Ich bin kein Mitglied der tangrintanischen Armee mehr. Aber trotzdem, danke. Ihr habt eine gute Art zu salutieren.«

»Bitte setz dich zu uns, Ansou, dann erkläre ich dir, was Paul meint.« Reben deutete mit der Hand auf den zweiten Sessel.

»Ich bin verdreckt und kann auch stehen bleiben, um die Polster nicht zu verschmutzen«, bot sie an.

Der Oberst winkte ab und sie nahm neben dem General-Major – ehemaligen General-Major? –, Platz und sah erwartungsvoll zwischen Reben und Paul hin und her.

»Unser geschätzter Paul wurde von der Königin in den *sofortigen* Ruhestand versetzt! Ernja ist ab sofort der neue General-Major der tangrintanischen Armee. Paul hat ein … kleines Haus in unserer Stadt bekommen, in dem er nun wohnt.

Außerdem eine Pension. So wie ich ihn verstanden habe, ist die aber gering.«

»Ungenügend, das ist sie!«, rief Paul zornig dazwischen. »Und das Haus ist die reinste Bruchbude! Ich war froh, als es nicht über mir eingestürzt ist, nachdem ich es das erste Mal betreten habe. Es ist eine Unverschämtheit, wie Joska den treuesten Soldaten Tangrintaniens behandelt! Und nur, weil ich mich erdreistet habe, sie darauf hinzuweisen, dass sie einen Verräter und einen Unfähigen in hohe Ränge gehoben hat.« Seine Wangenknochen bewegten sich im Einklang mit den mahlenden Zähnen. »Aber ich würde wieder genauso handeln. Auch wenn sie mir deswegen das Wenige auch noch nehmen würde!«

Erstaunt und betrübt hörte Ansou den beiden zu. ›Wie konnte die Königin diesen tadellosen und treuen Soldaten absetzen? Und wer ist dieser Ernja, der jetzt die Stelle als General-Major besetzt?‹

»Bitte beruhigt Euch, Paul«, beschwichtigte Reben. »Wir werden Euch sicher nicht in einem Haus wohnen lassen, das Euch nicht behagt. Ihr könnt, bis wir etwas Adäquates gefunden haben, bei uns in der Kaserne wohnen. Meine Soldaten werden über Eure Anwesenheit erfreut sein. Auch wenn Ihr nun der *ehemalige* General-Major seid. Diesen Schritt kann ich nicht nachvollziehen …, das hatte ich schon erklärt.«

»Vielen Dank. Das Angebot nehme ich gerne an. Immerhin Ihr seid noch nicht von diesen Verrücktheiten angesteckt worden. Ich glaube, das liegt alles nur an den weißen Priestern, die sich wie eine Seuche in der Hauptstadt und im Land ausbreiten. Sogar den Königshof haben sie infiltriert!«

Ansou horchte auf und fragte fassungslos: »Weiße Priester? Die, die für den Staatsstreich in Tannberg verantwortlich waren? Zusammen mit gekauften Soldaten aus der Armee?«

»Genau die«, antwortete Paul. »Haltoe hat alles hingebogen, wie es ihm passt. Er hat die Königin um den Finger gewickelt. Als ob nur die drei Arschgeigen, die Ihr glücklicherweise getötet habt, darin verwickelt waren … Pah! Ich bin mir sicher: Haltoe Kamtharg höchstpersönlich ist dafür verantwortlich! Aber Joska ist auf all meine Versuche, sie von etwas anderem zu überzeugen, nicht eingegangen. Sie hat Haltoe sogar als ihren Berater eingesetzt! Für was, frage ich mich?! Für Verrat und …« Er unterbrach sich. »Tut mir leid. Ich habe mich hinreißen lassen.«

Ansou sagte nichts. Sie war zu verwirrt und konnte nicht fassen, was Paul ihnen erzählte.

»Sie hat den Berichten von Finvara und Ansou keinen Glauben geschenkt, was die Priester und ihre Religion betreffen?«, fragte Reben nach.

»Mit Füßen hat sie sie getreten! Als wären die Elementarier und der Rat der Götter billige Scharlatane, die dem Reich Böses wollen. Ab sofort dürfen die weißen Priester von ihrem *reinen Licht* predigen. Dass ich nicht lache! Der neue Gott ist ein finsteres Wesen, das alles, was es *erhellt,* in den Abgrund zieht! Er ist nicht ›rein‹. Und keiner erkennt das!« Paul musste sich erneut bremsen. Mit geröteten Wangen und geballten Fäusten ragte er im Sessel auf.

»Nicht alle. Wir wissen genau, was sie sind!« Reben überlegte kurz. »Ich fürchte, die heiligen Scharlatane werden in Kürze auch bei uns auftauchen und anfangen, ihre hasserfüllten Botschaften zu verbreiten.« Eine Sorgenfalte erschien auf seiner Stirn. »Und das geschieht mit Erlaubnis der Königin, sagt Ihr?«

Der ehemalige General-Major nickte. »Sie sollen sogar aktiv auf die Menschen zugehen. Nicht wie die Kirchen der Elemente, die zurückhaltend warten und die Gläubigen selbst entscheiden lassen. Joska glaubt, der neue Gott – möge er in den drei Höllen schmoren! – bringe Reichtum, Sicherheit und Macht für alle.«

»Aber sie haben ihren Vater, den König, und ihren Bruder den Prinzen, getötet«, warf Ansou ein. »So wie viele gute und treue Soldaten des Königreichs.«

»Das interessiert unsere Königin nicht. Mir kam es vor, als wäre sie überglücklich, dass ihr Vater und ihr Bruder gestorben sind«, erklärte Paul.

»Paul! Sie ist unsere Königin!«, rief Reben erbost. »Treue ist immer noch unser oberstes Gebot. Vielleicht trauert sie still um die beiden und ist vorrangig besorgt um unser Reich. Wir müssen versuchen, sie von den finsteren Machenschaften der Priester zu überzeugen! Möglicherweise hilft es, wenn ich an den Hof reise und mit ihr spreche?«

»Ich glaube, das ist keine gute Idee, Reben. Ihr würdet Euch nur in Gefahr begeben. Der Königshof ist nicht sicher für alle, die gegen die weißen Hurenböcke sind. Ihr könnt aber versuchen, Eure Stadt und das Umland so gut wie möglich vor ihnen zu bewahren. Darum möchte ich Euch bitten.«

»Ihr braucht mich nicht darum zu bitten, das werde ich aus tiefstem Herzen und mit Freude tun. So gut es mir durch die Befehle der Königin möglich ist. Ich hoffe, sie kommt wieder zur Vernunft.«

Reben war der Krone treu ergeben und Ansou sah ihm den Zwiespalt deutlich an. »Wir könnten bei jeder Änderung, welche die Priester einführen wollen, zunächst bei der Königin anfragen und sie bestätigen lassen«, überlegte Ansou. »Dadurch werden sie auf jeden Fall ausgebremst. Als Stadthalter kannst du ihnen auch verbieten, in der Stadt eine Kirche zu errichten. Oder ihnen zumindest ein Grundstück weit weg zuweisen.«

»Das ist eine gute Idee, Ansou. Vor allem Ersteres. So werden wir es machen.«

Die zwei älteren Männer unterhielten sich noch länger über die Politik der Königin. Ansou war mit ihren Gedanken nicht mehr bei der Sache, sondern bei den weißen Priestern.

Wie Paul prophezeit hatte, erschienen nicht lange nach seiner Ankunft weiße Priester in der Stadt. Die königlichen Befehle, die sie mitbrachten, ließen Reben nicht besonders viel Spielraum und zähneknirschend wies er den Männern ein kleines Grundstück im östlichen Wohnbereich zu, in dem sie ihre Kirche und einen Altar errichten durften. Schimpfend und fluchend besprach er mit Ansou, wie er gegen sie vorzugehen gedachte und gemeinsam entwickelten sie einen – hoffentlich – erfolgreichen Plan.

Am nächsten Tag folgte schon die nächste unschöne Entwicklung. Reben erzählte ihr, wie ein erboster Gildemeister der

Holzfällergilde bei ihm erschienen war und sich beschwert hatte, dass seine Leute von Soldaten der Königin drangsaliert worden seien. Auf Befehl von Ernja und Alliente. Sie sollten dafür sorgen, dass die monatlich geschlagene Holzmenge sich verdoppelte.

Wirklich unternehmen konnte Reben nichts, da die Befehle direkt vom Hof kamen. Und das beschäftigte ihn. Ansou merkte es ihm an.

Ein paar Tage später saßen sie in seinem Zimmer beim Mittagessen. Ansou betrachtete erfreut ihr halbes Hähnchen, das gebratene Gemüse und das Brot auf ihrem Teller. Da sie früh aufgestanden war und trainiert hatte, war sie ausgesprochen hungrig, und die Düfte ließen ihr das Wasser im Mund zusammenlaufen. Sie langte kräftig zu, während Reben lustlos in seinem Essen herumstocherte.

»Als wäre das Königreich seit dem Staatsstreich verrückt geworden«, grummelte der Oberst. »Dabei habt ihr ihn doch verhindert und es gerettet.«

»Vielleicht muss sich die Königin erst an ihre neue Stellung gewöhnen. Das hoffe ich zumindest«, sagte Ansou. »Wie sie oder irgendjemand den weißen Priestern verfallen kann, weiß ich wirklich nicht.«

»Sie sind hinterhältig und gehen vorsichtig vor.« Reben schnaubte. »Ich habe mir eine ihrer Predigten angehört. Sie erzählen, was die Menschen hören wollen. Dass ihr Gott die gläubigen, gesunden, starken, jungen und talentierten Männer gern aufnimmt und ihnen alles gibt, was sie wollen. Reichtum, Macht und Gesundheit. Ich habe allerdings nichts darüber vernommen, was er mit den Kranken, Beeinträchtigten, Armen und Frauen macht. Das bereitet mir Kopfschmerzen. Ich –« Er unterbrach seine Erzählung, da es an der Tür klopfte.

Ein Diener erschien nach der Erlaubnis zum Eintreten und meldete einen Kurier aus Tannberg an. Er wünschte Reben so schnell wie möglich zu sprechen, denn er kam direkt vom General-Major.

»Bittet ihn herein«, ordnete Reben an.

Sie hatten ihr Mahl beendet und Ansou räumte es auf die Seite.

Kurz darauf erschien ein bärtiger Mann in Uniform und den Insignien von Tannberg. Er salutierte und wartete auf Rebens Wink, sodass er seine Nachricht vortragen konnte.

Reben hob auffordernd die Hand und der Kurier fing an. »Der General-Major der tangrintanischen Armee weist Euch, auf Befehl der Königin, an, fünfhundert kampfbereite Soldaten nach Obertaft zu entsenden. Sie sollen bis in …« Er blickte kurz auf seinen Befehl. »… elf Tagen, dort abmarschbereit zur Verfügung stehen. Die genaue Zusammensetzung obliegt Euch. Als einziges Kriterium wird genannt, dass keine Reiterei gebraucht wird. Weitere Befehle werden direkt in Obertaft von einem General-Leutnant gegeben.«

Reben wirkte verblüfft, als der Mann geendet hatte.

›Wie so oft – zu oft – in den letzten Tagen‹, dachte Ansou gereizt.

Der Oberst nahm die Depesche, von der der Mann abgelesen hatte, entgegen, und legte sie auf den Tisch. »Bitte überbringt dem General-Major meine Bestätigung. Wir werden alles so ausführen, wie er und die Königin es wünschen.«

Der Bote salutierte und verschwand mit zügigen Schritten aus dem Raum.

Reben sank in seinem Sessel zurück. Er wirkte verloren darin.

»Wofür sollen fünfhundert Kämpfer in Obertaft gesammelt werden?«, brachte Ansou hervor. »An unserer Ostgrenze gibt es nichts, bis auf den Pass zum Stadtstaat Tränenwacht, der in der Lutbucht liegt. Vielleicht sind Krieger von Skuyle oder den Träneninseln gesichtet worden?«

»Ich weiß nicht, was sie vorhaben. Aber wir müssen ihren Anweisungen Folge leisten. Du wirst die Männer und Frauen anführen«, beschloss Reben. »Wir werden Felit gegen einen anderen Hauptmann ersetzen. Willst du lieber Bogenschützen oder Schwertkämpfer?«

Ansou betrachtete ihn und überlegte. Ein ungutes Gefühl entstand in ihrer Magengegend. »Schwertkämpfer. Schwertkämpfer sind besser. Mit Orkus und Riggit habe ich schon zwei Bataillone Fernkämpfer.«

»So hätte ich auch entschieden«, lobte Reben. »Bereite alle vor. Elf Tage … das ist wahrlich nicht viel Zeit. Ihr müsst rasch aufbrechen.«

Ansou nickte, stand auf, verabschiedete sich und informierte ihre Offiziere über die Entwicklung. Das ungute Gefühl begleitete sie.

Das Tränenmeer

Finvara; Toki

Fin schreckte hoch, als sie Rufe und Lärm von Deck vernahm. Genauso wie Toki, der sich gerade neben ihr aufsetzte. Sofort war sie hellwach, griff nach ihrem Kettenhemd, streifte es über und gurtete ihre Schwerter um.

Toki saß noch verdattert auf seinem Bett und es wirkte, als wäre er aus tiefem Schlaf gerissen worden. »Was … was … ist los? Es ist mitten in der Nacht. Warum schreien die Männer an Deck so?«

Sie warf ihm sein Kettenhemd zu, was er mit einem dumpfen Stöhnen zur Kenntnis nahm, und stellte nach einem Blick aus dem Bullauge fest: »Die Sonne geht bald auf. Werd wach. Ich weiß nicht, was los ist, aber es klingt unerfreulich! Wir werden entweder angegriffen oder das Schiff ist aufgelaufen und leckt. Für eine Havarie fehlt mir aber das dazugehörige Geräusch und der plötzliche Halt.«

»Soll ich ihm einen Feuerstoß verpassen?«, fragte Fogo. *»Dann ist er sicher gleich wach. Was für eine Schlafmütze!«*

»Kein Feuer auf der Kogge! Du weißt, was geschehen kann«, beeilte sich Fin den Drachen zu bremsen. »Toki ist inzwischen wach.«

Der sah zwar nicht so aus, hatte aber inzwischen seine Rüstung übergestreift. »Was hat Fogo gesagt?«, ließ er sich vernehmen. »Werden wir angegriffen?«

»Wir werden es gleich wissen, bisher nicht. Schnall dir deine Messer um!« Fin schwang ungelenk ihre Armbrust auf den Rücken und knallte mit ihr zunächst gegen die Wand. Kräftig fluchend ruckte sie sie zurecht.

»He, fast hättest du mich damit erwischt!«, keifte Fogo.

»Na, haben Eure königliche Hoheit noch nicht ausgeschlafen? Sind wir ein wenig grantig? Los, raus mit dir und versuch zu spähen!« Sie öffnete die Tür und der Drache flitzte an ihr vorbei.

»Ich bin ausgeruht! Das Gekreische hat mich aus einem wunderbaren Traum voller Feuerfischdrachenweibchen gerissen. Ich erzähl dir gern, was —«

»Erzähl mir das nachher«, unterbrach Fin, als Toki gerade Luft holte.

»Seit wann bin ich eine königliche Hoheit?«, fragte Toki. »Ich bin fertig.«

»Das war für Fogo bestimmt«, klärte sie ihn auf. »Los, an Deck!«

»Gut. Ayme, du bleibst hier. Ich glaube, du kannst uns in der Dunkelheit nicht viel helfen«, rief er der Goldammer von draußen zu. »Das Bullauge ist offen.«

Eine Treppe führte vor der Kajütentür nach oben und beide standen kurz darauf an Deck. Fin schwenkte den Kopf suchend herum. ›Bisher keine Schlagseite und auch keine berstenden Geräusche … Gut. Also keine Havarie.‹

Aber was war hier los?

Einige Matrosen hasteten über das Deck, das von ein paar Seelampen und den beiden Monden erhellt wurde. Sie entdeckte den Kapitän auf dem Achterkastell und eilte zu ihm, Toki direkt hinter ihr.

»Kapitän, was ist los? Warum gibt es Alarm?«

»Elementarier, den Göttern sei gedankt. Der Ausguck hat Seelampen von einem oder zwei Schiffen entdeckt. Es sind keine Handelsschiffe. Vermutet er. Ich befürchte, es …« Furcht flackerte in seinen Augen. »Ich hoffe, es sind keine Kriegsschiffe von den Inseln. Genau werden wir es erst wissen, wenn die Sonne aufgeht. Wollen wir hoffen, dass uns so lange keine unmittelbare Gefahr droht. Aus Sicherheitsgründen habe ich die Mannschaft wecken lassen und wir bewegen uns Richtung Küste. In letzter Zeit hat sich unsere Marine gelegentlich mit Skuyle in die Wolle bekommen ...« Seine Hände fuhren ruhelos durch die Luft. »Betet zu allen fünf Göttern, dass es keine Kriegsschiffe sind und wenn, dann nur Koggen. Denen entkommen wir möglicherweise. Einer Galeone oder Fregatte werden wir nicht davonsegeln ...« Sein Adamsapfel hüpfte nervös auf und ab.

›Er redet zu viel‹, dachte Fin. ›Verglühte Kohlen, bis wir genauere Auskunft erhalten, dauert es noch ewig. Zumindest sind wir noch seetüchtig und gehen nicht unter.‹

Sie trat an das Dollbord und versuchte, die Seelampen in der Dunkelheit zu erkennen. Das Meer war ruhig, trotzdem war es ihr nicht möglich, die Lichter zu sehen. Also warteten sie ungeduldig. Toki stand unbehaglich neben ihr und umklammerte die Reling.

Nicht lange, nachdem er zu seinem Erkundungsflug aufgebrochen war, kehrte Fogo zurück und kreiste über ihnen.

»Die Schiffe sind zu weit weg«, erklärte er. *»Auf die Entfernung erkenne ich nichts. Das Mondlicht ist nicht ausreichend.«*

Als die Sonne nach einer gefühlten Unendlichkeit aufging, trat Fin erneut auf den Kapitän zu. »Was meldet der Mann im Krähennest?«

»Hecka, was kannst du erkennen?«, rief der Kapitän hinauf. »Sag mir, dass es nur ein Hirngespinst von dir war!«

»Leider nein, Kapitän. Es sind zwei Kriegskoggen aus Skuyle. Sie sind schneller als wir und holen uns im Laufe des Vormittags ein. In den letzten Stunden sind sie deutlich nähergekommen«, schallte es von oben zurück.

Der Kapitän blickte seinen ersten Maat an und fing lauthals zu fluchen an. Manche Ausdrücke brachten Fin dazu, die Brauen zu heben. Anschließend rief er nach oben: »Hecka, siehst du eines unserer Kriegsschiffe, auf das wir zuhalten können? Eines, das uns beistehen kann? Irgendjemanden der uns zu Hilfe eilen kann ...?«

»Nein, Kapitän. Das Meer ist ansonsten so leer wie meine Geldbörse!«

»Wo sind wir?«, fragte Fin. »Ist es möglich, uns in einem Hafen in Sicherheit zu bringen?«

Der erste Maat schüttelte den Kopf und antwortete: »Wir sind genau zwischen Rosthaven und Federach. Zurück nach Rosthaven zu gelangen, ist unmöglich wegen dem Wind und den feindlichen Schiffen, und Kurs auf Federach habe ich schon gesetzt. Jetzt können wir nur beten, dass wir es erreichen, bevor die skuylischen Bastarde uns einholen.«

Fin wandte sich an den Kapitän: »Wie viele Wachen habt Ihr in Nilmeer an Bord genommen?«

Der stammelte: »Nur zehn. Ich dachte nicht, dass wir kämpfen müssen, und da Ihr an Bord seid, erschien mir diese Zahl als ausreichend.«

Jetzt fluchte Fin, was den Kapitän noch mehr verunsicherte. »Wie viele Matrosen habt Ihr? Ich habe neun gezählt. Wie sieht es mit ihrer Kampffähigkeit aus?«

»Die Besatzung besteht aus dreizehn Personen. Zehn Matrosen, der Bootsmann, der erste Maat und ich. Wir alle können kämpfen, haben aber nur Messer und Stangen als Waffen«, klärte sie der Kapitän auf.

»Wie sind die Wachen ausgerüstet? Hoffentlich habt Ihr nicht auch noch an deren Ausrüstung gespart.« Fin war aufgebracht und starrte den Mann aus glühenden Augen an.

Der Kapitän schluckte und sagte: »Fünf von ihnen haben Bögen, ansonsten Schwerter. Die Rüstung besteht aus Leder. Für den Schutz eines Schiffes —«

»Immerhin!«, unterbrach ihn Fin und zählte, was ihr zur Verteidigung zur Verfügung stand. »Also dreiundzwanzig Männer, die zu kämpfen wissen, sowie Toki und mich. Wie sind die Angreifer aufgestellt?« Das Letzte rief sie zu Hecka im Krähennest hinauf. Das Hin und Her mit dem Kapitän dauerte ihr zu lang.

»Die Schiffe sind kleiner als unseres. Ich nehme an, auf jedem haben etwa fünfzehn Personen Platz«, schallte es von oben zurück.

»Also fünfundzwanzig gegen dreißig. Wir können den Kampf gewinnen, wenn wir nicht entkommen.« Eine gewisse Erleichterung breitete sich in ihr aus. »Benachrichtigt mich, wenn sie zu erkennen sind«, wies sie an. ›Dann schicke ich Fogo, um zu spähen.‹ Ob der Kapitän oder der erste Maat ihre Befehle ausführte, war ihr einerlei. Einer der beiden würde ihr Bericht erstatten. »Ich spreche inzwischen mit den Wächtern.« Ohne weitere Worte verließ sie das Achterkastell. Die verdattert dreinblickenden Männer blieben zurück.

»Wir werden kämpfen müssen, oder?«, fragte Toki, während sie den Anführer der Wächter suchte.

»Es sieht so aus. Lutum möge den Kapitän und seinen Geiz verbrennen! Ein Kampf auf der Kogge wird nicht schön werden. Auf festem Grund ist ein Handgemenge schon chaotisch, auf See ist es die Hölle. Ah, da ist der Anführer.«

Sie blieb vor einem bärtigen, kurzhaarigen Mann in Lederrüstung stehen. »Ihr wisst, dass wir von Koggen aus Skuyle verfolgt werden, die uns demnächst einholen?«

»Ich habe den Mann aus dem Krähennest gehört«, bestätigte dieser. »Dann können wir uns unseren Bonus verdienen. Viel bezahlt uns der Kapitän nicht für die Fahrt. Wie sollen wir uns aufstellen?«

»Ihr hört darauf, was ich befehle?« Fin hatte eine längere Diskussion erwartet.

Der Mann lachte. »Ihr wisst ganz sicher besser, wie wir überleben werden als unser Kapitän. Ich vertraue Euch, Elementarierin. Meine Männer werden Eure Befehle befolgen.«

»Erfrischend und angenehm. Wie heißt Ihr?«

»Micha. Ich habe fünf Männer mit Bögen und genügend Pfeile. Wir alle wissen ganz passabel mit dem Schwert umzugehen.«

»Ob die Pfeile ausreichen werden, werden wir bald sehen … Die Wächter mit den Bögen sollen sich Achtern sammeln. Die Reling ist dort am höchsten und bietet guten Schutz. Schickt zwei von ihnen nach oben ins Krähennest. Der Ausguck soll herunterkommen und die beiden sollen spähen. Den Rest versammelt auf Deck. Ich gehe davon aus, dass die Schiffe aus

Skuyle uns von beiden Seiten in die Zange nehmen werden. Verstanden?«

»Ich kümmere mich um Eure Anweisungen, Elementarierin«, bestätigte Micha.

»Um es einfacher zu gestalten: Nennt mich Fin.«

Der Wächter nickte und lief zu seinen Kameraden, um ihnen Anweisungen zu geben.

»Fogo, wie sieht's aus? Kannst du inzwischen etwas erkennen?«, rief Fin nach oben.

»Sie sind zu weit weg, holen aber recht schnell auf. Wir werden bald wissen, wie viele es sind«, hörte sie. Fogo hatte anscheinend das Gespräch mit dem Kapitän mitgehört. *»Ich könnte hinfliegen, wenn sie nah genug sind und ihre Segel in Brand setzen.«*

Fin überlegte und entschied sich zunächst dagegen. »Später vielleicht. Bitte versuch im Moment nur auszuspähen.«

»Gut. Sag einfach, wenn ich zündeln darf. Das wäre nach meinem Geschmack. Ein wenig Kacke auf Deck würde auch helfen. Ich verdrück es mir noch kurz.«

Fin ignorierte ihn, ging wieder nach Achtern und versuchte, etwas auf dem Meer zu erkennen. Sie sah nur die Koggen und keine Einzelheiten. Sie mussten warten, was geschehen würde.

Hecka behielt Recht mit seiner Annahme. Als die Schiffe aus Skuyle nah genug heran waren, zählten die beiden Wächter im Krähennest dreißig Mann. Fünfzehn auf jedem Schiff. Außerdem bestätigte sich auch die Vermutung, dass sie am Vormittag eingeholt werden würden.

Mit steinerner Miene lehnte Fin an der Reling und blickte über den Ozean Richtung Land. Das war zwar in Sicht, aber Federach noch viel zu weit entfernt. Es blieb ihnen nichts anders übrig, als zu kämpfen, damit musste sie sich abfinden.

Zuvor hatte Fin gemeinsam mit Toki allen auf dem Schiff ihren Plan erklärt und hoffte nun, dass der trotz nicht optimaler Voraussetzung am Ende so aufging. Ihre Befürchtung – eher schon Gewissheit – war: Es würde anders kommen.

Plötzlich waren die beiden Koggen in Schussweite und die ersten Pfeile flogen. Die Matrosen und Wächter huschten geduckt umher oder kauerten hinter der sicheren Reling auf Achtern.

Fin stand zusammen mit Toki im Achterkastell bei Micha, dem ersten Maat, und dem Kapitän.

Der erste Maat bediente die Ruderpinne und ließ sich auch von den zischenden Pfeilen nicht aus der Ruhe bringen. Wie ein Fels in der Brandung hielt er das Holz in der Hand und behielt ihren Kurs bei. Nur einmal, als ein Pfeil mit einem dumpfen Schlag in die Ruderstange einschlug und eine Handspanne von seinem Arm entfernt wippend stecken blieb, erkannte Fin seine Angst. Sofort jedoch hatte er sein Gesicht wieder unter Kontrolle, fluchte einmal, presste danach die Lippen aufeinander und die Füße in die Holzbohlen.

»Sie teilen sich auf und keilen uns zwischen ihnen ein!«, rief einer der Wächter aus dem Krähennest herunter.

»Fogo, Feuer!«, ließ Fin den Drachen wissen.

»*Juhu, endlich ein Schiff abfackeln!*«, hörte sie und schon flitzte der Feuerfischdrache los. Die Streben an den Flügeln und am Schwanz flatterten wild umher. Sein kleiner Körper pumpte sich auf und fiel wieder zusammen. Fogo heizte sein Verdauungssystem an.

Lärm brandete inzwischen über sie hinweg. Fin vernahm Flüche und Schreie. Nicht nur von ihrem Schiff, sondern auch von den feindlichen – von dort raue, abgehackte Wortfetzen in skuylischen Sprache.

Unerbittlich kamen die Koggen von beiden Seiten näher. Die Wächter schossen Pfeil um Pfeil aus dem Krähennest und dem Achterkastell ab. Ein Angreifer stürzte brüllend aus der Takelage ins Wasser. Ein Pfeilschaft ragte aus seiner Seite.

»Wud är döt där? Släcku öldön!«, hörte Fin von dem Schiff auf der rechten Seite. »Dedu drukön. Blet söglön!« Ein schriller Schmerzensschrei folgte dem aufgebrachten Rufen.

»*Die Segel sind zu feucht. Sie brennen nicht. Und das Deck lässt sich auch nicht entzünden*«, vernahm sie Fogo. »*Aber einem hab ich auf den Kopf gekackt. Ich glaube nicht, dass der noch viel unternimmt. Sieht aus, wie geschmolzener Käse.*«

»Danke für den Versuch! Stifte nachher weitere Unruhe unter den Feinden«, schrie Fin dem Drachen zu.

Ayme saß inzwischen auf Tokis Schultern und hopste unruhig hin und her.

Während die Koggen längsseits immer näher kamen, starben noch drei Feinde durch Pfeile. Allerdings auch eine der Wachen im Krähennest und ein Matrose, der aus unerfindlichen Gründen hinter der Reling aufgesprungen war und kurz darauf mit einem Pfeil im Auge aufs Deck stürzte.

Toki hatte die Aufgabe bekommen, die Pfeile der Feinde mit seinen Luftschilden abzuwehren. Er meisterte es hervorragend und Fin war froh über seine Unterstützung. Vielleicht würden sie relativ unbeschadet aus dem Kampf herausgehen und ihre Reise fortsetzen können?

Fin schätzte die Entfernung zur feindlichen Kogge ab, die Steuerbord herannahte. Mit zusammengekniffenen Augen nahm sie Maß, zog ihre Armbrust vom Rücken und spannte sie. Die gewachste Sehne hatte sie vor dem Kampf eingelegt, aber noch nicht straffgezogen. In schneller Abfolge schoss sie ein paar Bolzen auf die feindlichen Bogenschützen und traf drei. Immerhin zwei würden sich nicht mehr erheben.

Kurz darauf flogen Enterhaken an Deck – einige wurden von Toki abgewehrt –, schafften es, sich beim Zurückziehen an der Reling zu verkeilen und zogen ihr Schiff unweigerlich zu den Koggen.

Alle drei Decks der Koggen lagen etwa auf gleicher Höhe und Fin sah die Angreifer mit gezogenen Waffen auf den feindlichen Schiffen stehen. Mit gefletschten Zähnen warteten sie auf den Augenblick, um das Handelsschiff zu entern. So sehr die Verteidiger sich bemühten, die Seile durchzuschneiden und die Haken zu lösen, sie schafften es nicht bei allen. Mit einem Krachen prallten die Schiffe aneinander. Alle wurden durchgeschüttelt und unter lautem, unverständlichem Geschrei und Gefluche sprangen die Angreifer auf das Deck ihrer Kogge.

Zuvor hatte Fin die Wächter nach Backbord und die Matrosen nach Steuerbord beordert, um dort möglichst viele Angreifer abzuwehren.

»Ich helfe den Matrosen. Versuch du die Wächter zu unterstützen«, befahl sie Toki, warf die Armbrust weg und beschleunigte, ohne auf eine Antwort zu warten.

Während sie die Treppe vom Kastell hinabrannte, zog sie ihre Schwerter und warf sich unter die Feinde, die inzwischen das Deck fluteten. Pfeile flogen zischend durch die Luft. Einer pfiff gefährlich nahe an ihrem Gesicht vorbei und traf die Kajütentür des Kapitäns, in der er zitternd stecken blieb. Ein Matrose sank kreischend vor ihr zu Boden, aufgeschlitzt von zwei zackigen Entermessern, die ein Mann aus Skuyle aus seinen Seiten zog, wodurch sich Blut und ein Teil seiner Eingeweide um ihn verteilte.

Mit einem Schwert schlug Fin dem Angreifer eine Hand ab, die auf die sich windenden Innereien fiel und dort liegen blieb, mit dem anderen zog sie eine rote Linie über seine Brust. Ein Röcheln entfuhr dem Mann, als er auf Deck stürzte, und sein Blut den Leichenteilen hinzufügte. Von ihrem Schwung weitergetragen fällte sie noch zwei Feinde, die gerade mit Matrosen kämpften und die ihr einen dankbaren Blick zuwarfen. Einer wurde enthauptet, wobei sein Kopf mit heraushängender Zunge über Bord segelte, und der zweite verlor seine Männlichkeit. Seine Hände pressten sich in den Schritt, er klappte zusammen und blieb regungslos liegen.

Am Bug angekommen bremste sie ab und blickte sich auf Deck um. Auf beiden Seiten tobte die Schlacht. Ein unglaublicher Lärm schallte über das Deck hinweg. Geräusche des Meeres, des Schiffes und des Kampfes vermischten sich miteinander zu einer Kakophonie aus Rauschen, Knarren, Geschrei und Waffengeklirr.

Fogo hielt sich aus dem Getümmel heraus und beobachtete aus der Takelage das Geschehen. Er versuchte erneut, Feuer an den feindlichen Segeln zu setzen, aber aus welchen Gründen auch immer gelang es ihm nicht.

Toki stand hinter den Wachen und verteidigte sie mit seinen Luftschilden.

›Gut gemacht, bleib im Hintergrund und unterstütz sie‹, dachte Fin und schätzte seine Lage ein.

Zwei Wächter lagen tot auf den Planken. Soweit Fin es beurteilen konnte, hatten sie fünf Feinde getötet. Wenn das Verhältnis gewahrt blieb, würden sie gewinnen …

Die Bogenschützen im Achterkastell entledigten sich gerade ihrer Bögen, schnappten ihre Schwerter und halfen den Kameraden. Mit lautem Krachen trafen sie auf die skuylischen Männer. Kreischen, Grunzen und Brüllen vermengten sich auch hier zu einem undeutlichen Tosen.

Auf Fins Seite wehrten die Matrosen so gut wie möglich die Feinde ab. Es sah jedoch nicht besonders erfolgreich aus und Fin fluchte lautlos. Zu dem ersten Gefallenen hatten sich noch fünf weitere gesellt. Bis auf die von ihr getöteten war nur ein weiterer Angreifer tot zu Boden gegangen. Keine gute Ausgangslage für den weiteren Kampf.

Fin beobachtete, wie der Kapitän und der Bootsmann gerade auf fremde Soldaten zuliefen. Nicht lange zögernd rannte sie an der Bordwand zurück zum Heck.

Das Deck war ein rutschiger Alptraum! Meerwasser, Blut, andere Körperflüssigkeiten und Leichenteile sorgten dafür, dass sie vorsichtig auftreten musste und trotzdem herumschlitterte.

›Bei Lutums brennenden Feuern! Ich hasse Schiffe.‹

Ein Mann aus Skuyle hatte kein Glück. Er rutschte auf etwas Undefinierbarem aus und taumelte in ihr Schwert. Sie drückte ihn weg und zog die Waffe heraus, wobei ein großer Schwall Blut mit herausspritzte, vor dem sie sich schnell in Sicherheit brachte. Einen weiteren hieb sie von hinten nieder, der gerade mit einem Matrosen kämpfte. Der arme Kerl hatte nur noch einen Arm und wehrte sich dennoch verzweifelt gegen den Feind.

Nach wenigen Augenblicken stand sie zusammen mit dem Kapitän und dem Bootsmann allein gegen sieben Feinde. Drei Skuylianer drangen schreiend auf sie ein und sie ließ ihre Waffen kreisen. Ein Messer teilte sie in der Mitte und die Klinge pfiff über Deck. Einer der Wächter wurde von ihr unvermittelt im Genick getroffen. Fin wusste nicht, ob sie ihn stark verletzt hatte, zu sehr wurde sie von den Feinden bedrängt.

Wenn der Kampf in Tannberg chaotisch war, wusste Toki nicht, wie er das Treiben auf dem Schiff beschreiben sollte. Immerhin surrten keine Pfeile mehr durch die Luft. Lutum sei Dank … Noch vier Wächter kämpften auf seiner Seite und verteidigten sich tapfer gegen sechs Feinde. Immer wieder half er ihnen, indem er die bärtigen Seemänner aus Skuyle mit seiner gehärteten Luft irritierte, ihnen Stolperfallen legte und sie gegen Mauern prallen ließ.

Auf einmal trudelte eine Messerklinge heran. Er bemerkte sie nur aus dem Augenwinkel und gerade noch konnte er ihr entkommen.

Nicht jedoch der Anführer der Wächter … Sie traf Micha im Nacken und fügte ihm einen tiefen Schnitt zu. Abgelenkt wirbelte er herum, um dem vermeintlichen Angreifer entgegenzutreten. Diese Chance nutzte leider ein Skuylianer. Sein Entermesser traf den Wächter im Gesicht und schlitzte es der Länge nach auf.

Entsetzt und angeekelt beobachtete Toki, wie der Augapfel aus seiner Höhle floss, und dann stürzte der Mann glücklicherweise zu Boden und er konnte es nicht mehr sehen. Bevor er seinen Magen unter Kontrolle bekam, musste er einmal würgen und schmeckte sauren Speichel im Mund. Hastig spuckte er aus und konzentrierte seine Aufmerksamkeit auf das Gefecht. Der Anblick des Auges würde ihn aber bestimmt noch einige Zeit verfolgen, da war er ganz sicher.

Gerade wurde ein weiterer Wächter von zwei skuylianischen Matrosen bedrängt. Deren Klingen schnitten, ritzten und durchbohrten den Mann unzählige Male, ehe er stöhnend und blutüberströmt zu Boden stürzte. Mit seinem letzten Atemzug hieb er einem seiner Mörder durch den Knöchel, sodass dieser schreiend stürzte und von einem anderen Wächter durchbohrt wurde.

Erneut kroch saurer Speichel Tokis Speiseröhre entlang und wieder musste er würgen.

Ayme saß auf einem Seil in der Takelage und hüpfte von links nach rechts, wie ein Boxer, der hin und her tänzelte. Er plusterte sich auf, und wenn ein Wächter mit dem Schwert ausholte, hieb er mit dem Schnabel in die Luft. »*Noch fünf Feinde und zwei Freunde, Toki*«, meldete er. »*Pass auf, einer läuft auf dich zu!*«

Toki bekämpfte seinen rebellierenden Magen und sah den Skuylianer auf sich zurennen. Das Messer erhoben und mit gefletschten Zähnen. Der Mann prallte gegen eine hastig errichtete Luftwand und stolperte zurück. Taumelnd geriet er in die Reichweite eines Wächters, der ihm die Klinge in die Seite rammte.

»*Uh, ein schöner Streich! Der steht nicht mehr auf*«, hörte er Ayme jubeln. »*Erzeug einen Balken in der Luft, gegen den sie stoßen!*«

Toki ignorierte ihn und versuchte die Waffen der Feinde aufzuhalten, während er die der Wächter nicht ablenken durfte. Es war nicht einfach. Schweißströme rannen seinen Rücken hinab und ein unangenehmer Druck marterte seinen Kopf. Endlich konnte er kurz nach Atem schnappen. Das nutzte er und blickte zu Fin hinüber.

Sie kämpfte wie ein Feuersturm gegen drei Feinde gleichzeitig. Ihre Waffen wirbelten unaufhaltsam durch die Luft und keiner der Skuylianer traute sich nah an sie heran. Der Bootsmann und der Kapitän wehrten sich tapfer gegen drei weitere. Einem der angreifenden Männer gelang es, nach einer Seelaterne zu greifen und sie gegen den Mast zu werfen. Ehe Toki eine schützende Hülle herbeirufen konnte, zerbrach die Lampe und verteilte Öl auf dem Stamm und der Takelage. Mit einem *Wusch* fing alles an zu brennen.

»*Toki! Hilf den Wächtern!*«, hörte er Ayme aufgeregt zwitschern. »*Sie sind nur noch zu zweit!*«

Hastig wandte er den Blick von dem Feuer ab und keuchte. Gerade stürzte ein Wächter zusammen mit einem der Feinde über Bord. Aneinandergeklammert gerieten sie zwischen die Schiffe und … fielen hoffentlich ins Wasser.

»Hilf ihnen, Junge!«, schrie der Mann aus dem Krähennest, während er die schwankende Strickleiter hinabkletterte, um nicht zu verbrennen. Ein Tau riss, und verzweifelt sprang der Soldat in die Tiefe. Mit einem Ächzen traf er auf das Deck, taumelte auf seinen Kumpanen zu und half ihm gegen die drei übrigen Feinde.

Hektisch blickte Toki zu Fin. Die hatte sich inzwischen ihrer Kontrahenten entledigt. Blutüberströmt und mit abgehackten Gliedern lagen die auf dem Deck.

Der Kapitän presste eine Hand gegen die Seite und verteidigte sich tapfer gegen zwei Männer, die auf ihn einschlugen.

Ohne lange zu überlegen, warf Toki ihnen einen Luftbalken zwischen die Beine.

Die Seemänner stolperten und der Kapitän erwischte einen von ihnen im Nacken. Zusammengesackt blieb der am Boden liegen. Der Bootsmann hatte einen weiteren getötet und rang nun wie in einem Wettkampf mit dem anderen. Der Kapitän wurde immer langsamer in seiner Abwehr und torkelte verzweifelt umher.

›Fin wird ihm helfen‹, hoffte Toki und wandte sich seiner Seite zu.

Die beiden Wächter wurden immer stärker bedrängt und er wusste keine andere Möglichkeit mehr, als seine beiden Dunkelstahlklingen zu ziehen und ihnen zu helfen. Fast wäre ihm eines aus der Hand gerutscht, da seine Handflächen schmierig waren vor Schweiß. Schlagartig wurde ihm flau und etwas presste seinen Brustkorb zusammen. Er stockte kurz, packte die Messer fester und rannte mit trockenem Mund auf den Kampf zu. Einen Mann aus Skuyle erwischte er in der Seite und hätte fast das Gleichgewicht verloren, als sein Messer wie Butter durch die Rüstung glitt.

Der Getroffene schrie auf, presste seinen Hand gegen die Wunde und versuchte, Toki mit seinem Messer zu treffen. Unbeholfen stieß er immer wieder zu, während sein Blut das Deck benetzte. Fast hätte ein unplatzierter Schwinger Toki an der Hand getroffen.

Ein Wächter bemerkte den holperigen Kampf, holte mit dem Schwert aus und erwischte den Verletzten am Hinterkopf.

Knochensplitter, Fetzen mit Haaren und roter Saft flogen Toki ins Gesicht und der tote Matrose taumelte ihm entgegen. Durch dessen Gewicht ging er jetzt doch zu Boden. Eine Hand landete in einer wässrigen Blutlache und die zweite auf einem Armteil, das von irgendjemandem herangestoßen worden war. Reflexartig umklammerte er seine Messer. ›Bloß nicht loslassen!‹ Ihm wurde erneut übel.

Von den Planken aus erkannte er würgend, wie Fin dem Kapitän half, sich seines Gegners zu entledigen, und der Bootsmann seine Klinge in die Seite des Mannes stach, gegen den er rang. Der hatte die Hand im Gesicht des Bootsmannes und einen Daumen in sein Auge gedrückt.

Die beiden Wächter erschlugen gemeinsam die restlichen Angreifer und anschließend kehrte abrupt Ruhe auf Deck ein.

Toki rappelte sich unbeholfen hoch.

»Schneid die Enterhaken los, Toki! Schnell!«, befahl Fin. Sie war auf ihrer Seite schon dabei, die Seile zu kappen und flitzte die Reling entlang.

Er folgte ihrem Befehl und trennte Haken für Haken ab. Bei seiner Hast, sie zu lösen, schnitt er bei einem durch den Stahl.

›Bei Lutum, sie sind wirklich scharf …, das war Stahl!‹

»Ich glaube, ihr müsst doch fliegen lernen«, vernahm er Ayme.

Er blickte panisch hoch. ›Was ist los? Die Enterhaken sind doch alle gelöst und das Schiff treibt ab.‹

»Mit dem Segel kommen wir nirgendwo mehr hin.«

Der Steuermann der feindlichen Kogge war über der Pinne zusammengesackt. Pfeile ragten aus seinem Körper heraus. Das Feuer auf ihrer Kogge hatte sich einen Teil der Takelage einverleibt, flackerte jetzt aber nur noch qualmend und ging glücklicherweise aus. Aber Ayme hatte recht, sie würden nicht mehr weit fahren.

Beunruhigt überquerte Toki das von allem Möglichen besudelte Deck und trat zu Fin, die neben dem Kapitän stand, der an der Reling zusammengesunken war.

»Der Messerstoß hat die Leber erwischt«, sagte sie gerade zum Kapitän. Dunkles Blut pumpte schwallweise aus der Wunde.

Mit brechendem Blick starrte er sie an.

Toki glaubte nicht, dass er Fin überhaupt gehört hatte, so wie seine Augen unruhig umherwanderten.

»Assil, Erla, wie kommt ihr auf das Schiff«, murmelte der Kapitän und versuchte seine verkrampften Hände nach zwei unsichtbaren Gestalten auszustrecken. Dabei kippte er nach vorn und blieb regungslos liegen.

Den Kopf schüttelnd sah Fin sich um.

Auch Toki verschaffte sich einen Überblick und musste zunächst heftig gegen den Kloß in seinem Hals kämpfen.

Das andere feindliche Schiff trieb von ihrem ab. Der Steuermann lebte anscheinend noch, wie er an der Ruderpinne erkannte, suchte aber schnell das Weite.

»Das war knapp«, stellte Fin fest. »Wie es aussieht, leben nur noch zwei Wächter, der erste Maat und wir beide. Und dieses Schiff segelt nirgends mehr hin. Erloschene Glut! So viel zu unserer Überfahrt.«

Die beiden Wächter saßen entkräftet zwischen den Leichen auf dem Boden und starrten blicklos vor sich hin. Einem liefen Tränen die Wangen hinab.

Fin rannte die Treppe zum Maat hinauf und Toki folgte ihr schnell. Dort erkannte er, dass sie immer noch auf die Küste zuhielten. Das Land war deutlich nähergekommen und sie würden es bald erreichen.

»Schaffen wir es ans Ufer?«, fragte Finvara den Steuermann.

Der nickte, sichtlich mitgenommen und antwortete: »Ja, die Geschwindigkeit, die wir im Moment noch haben, reicht aus. Ich steuere uns zu dem Strand, den Ihr vor uns seht. Wir werden dort anlegen. Wobei anlegen … nun, wir fahren einfach auf ihn hinauf! Allein bringe ich das Schiff nirgends hin und bis auf Euch scheinen alle tot zu sein.«

»Zwei Wächter leben noch«, klärte Toki ihn auf.

»Trotzdem. Das Schiff und die Ware müssen geborgen werden. Das geht am besten, wenn es auf dem Strand liegt. Es könnte ein holpriges Ende unserer Fahrt werden. Haltet Euch gut fest, wenn es so weit ist. Ich gebe Euch Bescheid.«

»Ruh dich aus, Toki«, sagte Fin. »Du siehst schrecklich aus. Das war ein harter Kampf. Verbrannte Skuylianer!«

Das ließ er sich nicht zweimal sagen und sank gegen die Reling im Achterkastell. Er war körperlich und geistig erschöpft. Das Einsetzen seiner Gabe ermüdete ihn sehr.

Als er aufs Meer hinausblickte, erkannte er in den schaumgekrönten Wellen Pferdeumrisse. Er musste zwei Mal hinsehen und blinzeln, bevor er glaubte, was er sah.

»Fin, da reiten Pferde auf den Wellen!«, rief er ungläubig.

Fin trat zu ihm, beschattete die Augen und blickte in die Richtung, in die er zeigte.

»Das sind Wasserpferde, Elementarwesen.« Überraschung überschattete ihre sonst so unbewegliche Miene. »Ich habe noch nie welche gesehen. Sie sind normalerweise weit draußen auf dem Meer zu Hause und nicht so nah an der Küste zu finden. Du hast unwahrscheinliches Glück, welche zu sehen.«

Immer noch gebannt starrte Toki den durchsichtigen Pferdekörpern hinterher, die über die Wellen sprangen. Sie waren so große wie Ponys und mehr, als er zählen konnte. Die Mähnen und die Schweife sahen aus wie die Gischt auf den Wellen. Sie waren wunderschön und ein ziemlicher Gegensatz zu dem grässlichen Kampf vorher.

Gerade als sie außer Sicht galoppierten, hörte er den ersten Maat rufen: »Festhalten! Wir landen an!«

Ayme flog zu ihm und landete auf seiner Schulter. Toki klammerte seine Hände an die Reling, und dann bäumte sich das Schiff einmal auf, erzeugte ein schlagendes Geräusch und kam mit einem Ruck zum Stehen. Fin und er wurden dabei hin und her geworfen, konnten sich aber auf den Beinen halten.

Den Wächtern erging es nicht so gut. Sie lagen zwischen den Leichen auf dem Deck und trieften vor allen möglichen Flüssigkeiten, als sie sich – fluchend und schimpfend – aufrappelten.

Unter dem Schiffsrumpf breitete sich ein schöner, weißer Sandstrand nach links und rechts aus. An seinem Ende im Westen erkannte Toki einen Wald, der unendlich weit nach beiden Seiten reichte.

»Besonders weit sind wir mit dem Schiff nicht gekommen«, stellte Ayme fest. »Da hätten wir die Vierbeiner behalten und auf der Straße weiterreiten können. Da hätte ich besseres Futter gefunden als auf dem Meer. Das war richtig grässlich!«

»Schön, dass du die wesentlichen Punkte so anschaulich zusammenfasst.« Er piekste seinen kleinen Begleiter mit einem Finger belustigt in den Bauch. »Aber du hast recht, jetzt haben wir keine Pferde mehr und sind irgendwo zwischen zwei Städten gestrandet. Immerhin haben wir genügend zu Essen an Bord«, stimmte Toki ihm zu.

»Bist du verletzt?«, fragte er Fin.

Die schüttelte den Kopf und Tropfen flogen aus ihren verklebten Strähnen umher. Toki fand, dass sie wie eine Schreckensherrin aus den drei Höllen aussah. Blutüberströmt, rote Haare, feurige Augen und in Metall gehüllt. Fehlte nur noch die Peitsche, mit der sie Sünder bestrafen würde.

»Hast *du* eine Verletzung davongetragen?«, fragte sie.

Bisher hatte er noch keine Zeit gehabt, sich gründlich zu untersuchen. Das holte er nun mit kurzen Blicken und einem Abtasten nach. Wie sie war er dreckig und blutverschmiert. Es sah aber so aus, als hätte er keine schlimme Verletzung erlitten. Hier ein kleiner Riss, da eine Quetschung und insgesamt fühlte er sich wie erschlagen. »Nein, ich sehe nur schrecklich aus.«

»Gut. Wie steht es um Euch, Fabian? Und ihr beiden?«

Nach einer kurzen Untersuchung stellte sich heraus, dass sie alle wie durch ein Wunder keine Blessuren davongetragen hatten.

»Ein paar Pfeile sind in die Finne eingeschlagen, ich habe zu Wodasch gebetet, sie möge uns hier heil herausbringen. Und zu Lutum, er möge Euch Kraft geben, die Feinde zu besiegen. Wie es aussieht, haben die Götter meine Gebete erhört«, sagte der erste Maat und seufzte erschöpft.

Ayme flog inzwischen mit Fogo über den Strand und ging auf Erkundungsreise.

Nachdem sich alle einigermaßen berappelt hatten, beratschlagten sie eine Straße zu suchen, die sie zum nächsten Ort bringen könnte.

»Holt alles, was ihr mitnehmen könnt und dann verlassen wir das Schiff. Wir suchen einen Weg und sind hoffentlich nicht weit von der nächsten Stadt entfernt. Federach war es, oder?«, fragte Fin den Maat.

»Ja, genau. Wir sollten nicht weit laufen müssen. Möglicherweise erreichen wir sie noch heute. Wenn wir schnell sind!« Anschließend machte er sich auf, seine Habseligkeiten zu packen.

Toki ging mit Fin in ihre Kajüte und sammelte alles ein. Es war sowieso nicht viel, lag aber überall verstreut am Boden.

Nachdem die Beutel geschnürt waren, trafen sie sich an Deck. Fin holte ihre Armbrust, die auf dem Achterkastell im Eck lag, entspannte sie und verstaute die Sehne in einem Säckchen. Essen aus der Kombüse hatten sie in separate Rucksäcke gepackt. Einen trug ein Wächter und Toki schulterte den zweiten.

»Alles eingepackt, was ihr mitnehmen wollt?«, fragte Fin in die Runde.

Sie klang ungeduldig. So, als ob die Havarie lediglich ein großes Unglück für ihre Reisepläne war.

›Das war sie auch‹, dachte Toki. ›Aber wegen der Menschen, die gestorben sind und nicht, weil wir ein paar Stunden oder Tage verloren haben. Ich verstehe nicht, wie sie so kalt sein kann! Machen ihr die ganzen Toten wirklich nichts aus, oder zeigt sie es nur nicht?‹ Das zerschnittene Auge von Micha kam ihm in den Sinn und er musste würgen. Schnell schloss er zu den Männern auf, die sich daran machten, das Schiff über eine Strickleiter zu verlassen.

»Haben wir Zeit, dass ich mich im Meer reinige?«, fragte er vorsichtig. »Ich fühle mich nicht wohl mit dem ganzen Blut und was weiß ich noch alles an mir.«

»Ja, das wollte ich auch vorschlagen«, stimmte Fin zu, während sie sogleich ihre Habseligkeiten in den Sand fallen ließ und anfing ihre Kleidung auszuziehen. Anscheinend war ihr wie immer egal, was andere von ihr dachten. Bis auf die Leinenhose zog sie alles aus, watete ins Meer und wusch den Dreck vom Körper, aus dem Gesicht und dem Haar.

Die Männer sahen der zierlichen, fast nackten Elementarierin perplex hinterher. Die Wächter drehten sich rasch zum Wald und warteten.

Toki wartete auch, Blut war ihm erneut in die Lenden geschossen, als er sie nackt sah. ›Was ist nur los? Mein Körper macht, was er will!‹, dachte er ärgerlich. ›Das ist nur Fin, Toki, nicht Ansou!‹

Der erste Maat hatte keine Probleme mit der Nacktheit der Elementarierin und watete ins Wasser, um sein Gesicht zu waschen. Mehr musste er nicht reinigen, er war schließlich nicht wirklich in den Kampf verwickelt gewesen.

»Ihr habt einen ansehnlichen Körper«, rief er Fin zu und lachte. »Jetzt kann ich glücklich sterben, da ich eine Elementarierin nackt gesehen habe.« Man merkte ihm an, dass er überglücklich war, mit dem Leben davongekommen zu sein.

Fin ignorierte ihn einfach, watete zum Strand zurück und streifte ihre Kleidung und das Kettenhemd über. Dann musste sie warten, bis die restlichen Männer sich gewaschen hatten.

»Endlich fertig?«, fragte sie entsprechend gereizt. »Nächstes Mal, und, bei Lutum, ich hoffe es gibt keines, ignoriert mich einfach und wartet nicht, bis ich fertig bin! Und jetzt lasst uns aufbrechen.«

Ayme und Fogo kehrten zurück und die Goldammer landete auf Tokis Rucksack. »*Ein Stück vor uns verläuft eine Straße, der können wir südlich folgen. Auf ihr sollten wir zur Stadt kommen, von der alle sprechen. Wir müssen nur dieses Sandfeld vor uns überqueren.*«

»Gut ausgespäht! Du siehst heute übrigens wunderbar goldgelb aus.« Er kraulte den kleinen Vogel am Bauch. Bei einem Kompliment plusterte der sich immer besonders groß auf.

»*Gut, dass es dir aufgefallen ist. Der Sonnenschein steht mir und das Meerwasser verleiht meinen Federn das gewisse Etwas.*«

Die beiden Wächter gingen voran, der erste Maat folgte ihnen. Fin und Toki bildeten die Nachhut.

Sie hatten den Strand etwa zur Hälfte überquert, als Fin plötzlich stehen blieb und Toki am Arm packte.

»Irgendetwas stimmt hier nicht. Ich spüre Vibrationen wie von einem Erdbeben. Tarre wird uns doch nicht auch noch mit einer Plage beglücken …« Sie stöhnte.

Unvermittelt explodierte der Sand unter den beiden Wächtern, die vorweg liefen. Sie schrien laut auf. Einer aus Überraschung und der andere vor Schmerzen.

Toki verfolgte fassungslos und wie erstarrt, was sich abspielte.

Ein längliches Etwas brach unter dem rechten Mann hervor und verschluckte sein Bein. Kurz darauf verschwand das Ding wieder. Der Mann kippte laut schreiend zur Seite. Das Bein war knapp unter der Hüfte einfach verschwunden. Unter dem anderen Wächter brachen mehrere kleinere Kopien der Kreatur hervor und er veranstaltete einen grotesken Tanz auf dem Sand. Es wäre lustig gewesen, würde er nun nicht um sein Leben kämpfen. Und anscheinend hatte er sich für die falsche Richtung der Flucht entschieden: Er kam ein paar Schritte weit, da brodelte es unter ihm. Innerhalb von wenigen Sekunden erschien zuerst ein großer Kreis und dann packte ihn der bisher größte der wurmähnlichen Körper und zerrte ihn in ein Loch im Sand.

Ehe sich Fin oder Toki auch nur ansatzweise eine Strategie zu seiner Rettung überlegen konnten, hatten sich bereits mehrere kleinere Löcher um den verletzten Wächter geöffnet, aus denen Kreaturen nach ihm schnappten und Fleisch aus seinem Arm, der Hand, dem anderen Fuß und dem Gesicht bissen. Glücklicherweise war sein Leiden schnell beendet und die grässlichen Schreie endeten.

»O Lutum. Das sind Löwenwürmer!«, hörte er Fin fluchen. Sie packte ihn fester am Arm und schrie: »Wir müssen vom Strand runter! Du musst unter uns die Luft verfestigen, damit sie nicht zu uns durchdringen! Los! Wir wissen nicht, wo sie überall lauern!«

Der erste Maat stand starr vor dem tobenden Sand und traute sich nicht vor und nicht zurück. Hilflos blickte er zu ihnen. Er überlegte, etwas zu sagen, brachte aber aus Angst keinen Ton heraus.

»Das ist zu weit! Ich fühle mich zu erschöpft. Können wir nicht zurück zum Wasser und außen herumlaufen?« Er war nicht sicher, ob er das, was sie verlangte, schaffen würde.

Sie bewegte in Sekundenschnelle einen Finger vor ihren Mund, um ihn zur Stille anzuhalten. Dann wisperte sie: »Da sie wissen, dass wir hier sind, werden sie die kleinste Erschütterung spüren und uns bald einholen, verstehst du? Sie graben sich blitzschnell durch alles Sandige hindurch. Der erste Maat hat Glück. Er bewegt sich nicht. Sonst wäre er schon tot.«

»*Du schaffst das, Toki!*«, versuchte Ayme ihm gut zuzureden. »*Ich will nicht, dass du stirbst. Ich unterhalte mich gern mit dir. Ich bringe dir die besten Körner, die ich finde, wenn wir in Sicherheit sind.*«

»Gut. Möge Odem mir Kraft geben!«, flüsterte er. Dem zitternden Mann vor ihm rief er trotz der Gefahr zu: »Fabian, wir kommen zu dir! Ich zähle bis drei, dann laufen wir los. Eins … Zwei … Drei!«

Knapp über dem Sand erzeugte er eine verdichtete Platte aus Luft und breitete sie vor ihnen aus. Hinter ihnen ließ er sie verschwinden. Lutum sei Dank, hatte er das in den Regenbergen geübt. Sein Kopf fing an zu dröhnen und sein Sichtfeld schrumpfte zusammen.

»Spring hoch!«, rief er dem ersten Maat zu, was der reflexartig befolgte und er landete auf der Platte. »Und jetzt lauf!«, quetschte Toki erschöpft gerade so zwischen seinen zusammengepressten Lippen heraus, als sie an ihm vorbeistürmten.

Fin zog ihn in ihrer maximalen Beschleunigung mit und er folgte stolpernd.

Um sie herum brach die Hölle los. Die Löwenwürmer schossen neben ihnen aus dem Boden, bissen um sich, wurden aggressiv, aber sanken unverrichteter Dinge wieder zurück.

Toki verbreiterte die Spur in der Luft, damit nicht einer zu ihnen schnappen konnte. Jeder Atemzug brannte in seiner Lunge und bunte Flecke tauchten vor seinen Augen auf.

Ein besonders großer Wurm tauchte genau unter ihnen auf, knallte gegen die Luftplatte und stürzte zurück.

Toki schluckte. Der Wurm hätte ihn genau erwischt. Die unzähligen scharfen Zähne sahen grausig aus. Die chitinartigen Plättchen am Kopf erzeugten das Bild einer Löwenmähne um das runde Maul und die kleinen boshaften Augen.

›Du schaffst das!‹ Beschwor er sich. Er benutzte seine Kraft einfach intuitiv und hoffte, sie dadurch außer Gefahr zu bringen. Er merkte in seiner Qual nicht, dass sie schon über Gras rannten, bis Fin ihn unsanft am Arm packte und stoppte.

»Du kannst aufhören!«, rief sie. »Wir sind in Sicherheit. Gut gemacht! Du hast uns gerettet.« Schweiß lief ihr übers Gesicht und ihr Atem ging stoßweise.

Der erste Maat bekam kaum noch Luft, sank auf die Knie ins Gras und kippte einfach nach vorn.

Blinzelnd sah Toki auf und bemerkte, dass sie eine gute Strecke vom Strand entfernt auf einer Wiese standen. Plötzlich wurde alles schwarz und er kippte um.

Buchtwächters Belagerung

Meson; Evomee

Nachdem Meson die Rampe zur nördlichen Mauer hinaufgelaufen war und sich mit schnellem Schritt dem Osniltor näherte, erblickte er Wenmar, Terewerd und einen weiteren Mann. Sie standen an der gleichen Stelle, an der sie auf die Unterhändler der Osnilianer gewartet hatten. Die Sonne lugte inzwischen hinter dem Wildsteingebirge hervor. Ein Blick über die Ebene vor der Stadt nahm ihm das letzte bisschen Hoffnung, die Glocken hätten etwas anderes als das Herannahen der Feinde bedeutet.

Er trat an die Mauer heran und lief an ihr entlang auf die Gruppe zu. So weit sein Auge reichte, standen feindliche Brigaden, Bataillone, Kompanien und anders gruppierte Soldaten in geordneten Schlachtreihen vor Buchtwächter. Bis auf den Heerteil im Osten. Verwirrt kniff er die Augen zusammen. Was war das? Dieser ungeordnete Haufen, der schwach rot und golden glänzte … Keine geraden Linien in den Reihen. ›Sieht eher aus, als wogen und wimmeln Insekten über den Untergrund.‹ Achselzuckend wandte er sich den nahen Truppen zu.

Überall ragten Belagerungstürme, Ballisten und Katapulte zwischen den Formationen der Soldaten empor. Sie muteten wie Spielzeuge einer fremden Macht an.

Ein klapperndes Geräusch ertönte über ihm. Meson fuhr zusammen und blickte hinauf.

›Kommen die ersten Steinbrocken schon angeflogen? Sie stehen doch noch viel zu weit weg … Yssy!‹

Der Wasserelementar war auf der Spitze eines Torturms gelandet, hatte seine Krallen in die Dachschindel gegraben und beobachtete die Ebene.

»Wo warst du?«, rief Meson zu ihm hinauf.

»Ich habe mir die Feinde angesehen und anschließend ein Bad im Meer genommen«, hörte er Yssy. *»Die Soldaten in Rot und Gold sehen anders aus als die restlichen. Sie sind riesig, durchschnittlich zwei Köpfe größer als du und fast doppelt so breit. In ihren Rüstungen wirken sie wie richtige Muskelpakete. Das ist mir bisher gar nicht aufgefallen.«*

»Was ist mit den übrigen?«

»Nichts Besonderes. Sie werden mit ihren Belagerungswaffen angreifen und versuchen die Mauer zu stürmen. Etwas anderes bleibt ihnen auch nicht übrig. Unsere Nordmauer ist stark befestigt. Acht Triböcke und unzählige Speerschleudern wechseln sich in den Ausbuchtungen der Mauer ab. Auf der ganzen Länge wuseln Menschen hin und her.«

›Gut‹, dachte Meson erleichtert. ›Wir sind vorbereitet.‹

Rasch durchquerte er den Torturm und erreichte das Dreigespann. »Wenmar«, grüßte er. »Und Euer Sohn nehme ich an? Ihr seht Eurem Vater sehr ähnlich. Hallo, Terewerd.«

»Da habt Ihr verdammt recht, Elementarier«, stimmte ihm der Herzog zu. »Das ist Cynath, mein Ältester.« Er verpasste seinem Sohn einen kräftigen Schlag auf die gepanzerte Schulter. »Er verteidigt mit seiner Brigade die Nordmauer.«

»Sind alle aufgestellt, wie wir es geplant haben?«, fragte Meson in die Runde.

Terewerd nickte. »Drei Bataillone mit jeweils eintausend Soldaten am östlichen Stadttor, die Brigade hier, eine Brigade im Hafenbereich, jeweils ein Bataillon Reiterei am großen Markt im Schmiedeviertel und eines am Ostmarkt. Der Rest hält sich in Reserve. Ich habe mich selbst davon überzeugt, dass sie alle wachsam und bereit sind. Und das sind sie.«

»Meine Männer und Frauen haben die gesamte Mauer besetzt. Synea ist mit ihren Soldaten in der nördlichen Zitadelle«, fügte Cynath hinzu. Er sprach beherrscht und mit fester Stimme, was Meson gefiel. ›Hoffentlich behält er beim ersten Aufeinandertreffen diese Stärke.‹

Der Herzog warf stolz ein: »Synea ist meine ältere Tochter.«

Meson sah Evomee aus dem großen Turm des Tors treten. In einer Schlinge, die um ihre Schultern hing und auf Hüfthöhe endete, saß Neppo. Sie trat zu ihnen und begrüßte alle mit ihrer rauchigen Stimme. Wie eine Wellenbewegung aus Wasser ließ die Sonne ihr schwarzes Haar leuchten.

Cynath starrte sie mit großen Augen an.

»Keine weiteren Nachrichten von dem Unterhändler?«, fragte sie. »Sie sind nicht auf unser Angebot eingegangen?«

Neppo lugte aus der Schlinge hervor und gab schnarrende Laute von sich. Evomee griff nach ihm und setzte ihn auf einer Zinne ab. Von dort tippelte der Wasserigel an die Außenkante, blickte über die Landschaft und fauchte die aufmarschierten Truppen an.

Der staunende Blick von Cynath wanderte von Evomee zu Neppo und zurück, was Meson ein Schmunzeln entlockte.

»Leider nicht«, antwortete Terewerd. »Sie haben sich offenbar dazu entschieden, ihre unbegründeten Ansprüche mit Gewalt durchzusetzen. Sollen sie kommen. Buchtwächter wird sie gebührend empfangen.«

Evomee blickte den Oberst an und trat neben ihn.

Zum ersten Mal realisierte Meson wirklich, wie groß Terewerd war. Fast so groß wie Evomee, und seine Schwester war eine Erscheinung. Er wusste, dass Terewerd regelmäßig mit seinen Soldaten trainierte.

»Krieg und Gewalt sind immer die schlechteste Lösung. Meson, und ich wurden vom Rat geschickt, um genau so etwas zu verhindern.«

»Daran sind die schlammverdreckten, sandsabbernden Osnilianer Schuld!«, knurrte der Herzog und schlug mit der Faust auf die Zinne. »Wir werden auf keinen Fall olorischen Boden an das schlitzäugige Arschgesicht des Möchtegernkönigs von Osnil abtreten. Eher reite ich persönlich in seine Festung und ramme ihm ein Schwert in seine Visage.«

›Ein weniger jähzorniger Führer der Armee wäre von Vorteil‹, dachte Meson. ›Gut, dass Terewerd umsichtig und angemessen handelt … und Cynath, wie ich vermute.‹ Er spürte die Wut und den Ärger des Herzogs in Wellen aus ihm herauspulsieren. Seine Gabe benutzte Meson nicht gern, denn er hielt sie für ausgesprochen gefährlich, aber in diesem Moment war ein tobender Heerführer ungünstig. Er tastete nach den Gefühlen von Wenmar und dämmte sie ein, wobei er sein Vertrauen und die Zuversicht mehr hervorhob. Auch die konnte er stark spüren.

Anscheinend fühlte Evomee wieder einmal instinktiv, was er gerade tat. Aufmerksam musterte sie ihn, wissend, dass er den Herzog nicht gern beruhigte. Sie nickte ihm aufmunternd zu und Meson fühlte sich besser.

»Mmh … Entschuldigt meinen Ausbruch.« Der Herzog strich über seine von Haaren eingerahmte Glatze. »Sollen sie sich eine blutige Nase holen. Wenn sie das getan haben, können wir wieder verhandeln. Mir wäre es am liebsten, wenn diese Heere abziehen würden.«

»Wie jeder von uns«, stimmte Meson zu. Abschätzend beobachtete er die feindlichen Linien. »So wie es aussieht, werden sie noch ein wenig warten.«

Kaum hatte er es ausgesprochen, erklangen Fanfaren in den Reihen der Osnilianer und Trommeln zwangen die Soldaten der vorderen Reihen in einen gleichförmigen Marsch. Ochsen wurden angetrieben, damit sie die Belagerungstürme vor die Mauer brachten.

»Oder auch nicht …«

›Einige der Türme sehen ungewöhnlich aus‹, fand er und überlegte: ›Wie auch immer sie den Wassergraben überqueren wollen. Ich sehe keine Brücken oder Ähnliches. Was haben sie nur vor?‹

»Dann werden sie jetzt sterben.« Terewerd blickte Cynath an und nickte ihm zu. Sofort befahl der Major, die Triböcke einzusetzen. Sie waren die Waffen mit der größten Reichweite. Fahnen wurden geschwenkt und rasch verbreitete sich der Befehl auf der ganzen Mauer.

Meson erkannte, dass auch die Katapulte der Feinde be-
stückt wurden, und beeilte sich, die Gruppe darauf aufmerksam zu machen.

»Ich weiß, du bist besorgt um mich und Neppo, aber ich
kämpfe besser als du.«

Evomee grinste ihn an.

»Einem Felsbrocken, der dich trifft, kannst du nichts entgegensetzen.«

Er strich durch den sauber gestutzten Bart und deutete anschließend in Richtung Herzogspalast. »Ich würde mich wohler
fühlen, wenn du dich nicht auf der Mauer aufhältst.«

»Gleiches gilt für dich, Bruder. Du musst mehr Vertrauen
haben. Aber ich wollte mich sowieso um die Kampfberichte
kümmern und dem Kriegsrat zur Seite stehen. Komm, Neppo,
wir reiten zurück zum Herzogspalast.«

Der Wasserigel huschte zu ihr, sie nahm ihn hoch und
setzte ihn zurück in die Schlaufe. Die kleine Kreatur kuschelte
sich an Evomees Hüfte und schien zufrieden zu sein.

»Wir sehen uns später. Pass auf dich auf.«

»Das werde ich. Es dauert noch, bis wirklich jemand auf die
Mauer klettert. Wenn sie es überhaupt schaffen. Bis nachher«,
verabschiedete Meson sie.

»Achte auch auf die Felsen!«, hörte er es noch dumpf, als
sie zurück in das Turmhaus trat.

Beunruhigt sah Meson über die Zinnen und verfolgte die Flug-
bahnen der Geschosse.

›Zielen sie auf das Tor? Muss ich mich gerade in Acht nehmen?‹

Allerdings wirkte es nicht, als hätten sie etwas zu befürch-
ten. Einige Felsbrocken der Katapulte schlugen weit vor dem
Wall ein und nur ein einziger kam ihm auch nur nahe. Meson
wusste, die Mannschaften mussten ihre Maschinen erst justie-
ren, die Feinde, aber auch ihre eigenen Trupps, die an den Triböcken standen.

Soldaten hasteten vorbei, Befehle wurden gebrüllt und die
ganze Mauer summte vor Betriebsamkeit und … Erwartung.

Darauf, endlich die quälende Ungewissheit abzulegen und zu wissen, was geschehen würde.

Auch bei Meson hatten die letzten Tage an seinem Nervenkostüm gezehrt und Evomee hatte ihn des Öfteren auf seine schlechte Laune hingewiesen. Wenn sie nur nicht immer Recht hätte … Er schüttelte seine Gedanken ab. Jetzt war nicht die Zeit dafür. Jetzt wollte er wissen, was in der Ebene vor sich ging und was die Feinde planten.

»Spähst du für uns, Yssy?«, schrie Meson zu dem Elementar hinauf.

»*Klar. Wenn die Krieger näher heran sind. Bisher passiert nicht viel. Ich werde nachher die Mauer abfliegen und dir danach Bericht erstatten.*«

›Nun gut, muss ich mich eben ged–‹

Ein Donner erschütterte den Himmel.

Meson starrte überrascht nach Osten. Der Himmel strahlte dort in einem satten Blau. Keine Gewitterwolke war zu sehen. Er zog die Stirn in Falten und strich angespannt durch den Bart.

Erneut knallte ein Donnerschlag.

Wenmar, Terewerd und Cynath schauten in die gleiche Richtung. Auch sie mit gerunzelter Stirn. Der Oberst wirkte besorgt. Wenmar beugte seinen Körper sogar über die Zinnen.

Ein dritter Donnerschlag. Diesmal lauter als die ersten beiden.

»Kannst du nachsehen, was im Osten geschieht?«, brüllte Meson zu Yssy hinauf.

Der stierte genauso gespannt wie die Menschen zu den Wächterfelsen und zum Wildsteingebirge.

»*Gut.*«

Mehr hörte Meson nicht. Yssy stieß sich ab. Ein Dachschindel rutschte über das Turmdach und zerschellte auf dem Wehrgang. Fast hätte er einen vorbeieilenden Schwertkämpfer getroffen. Wie ein hellblauer Blitz sauste der Elementar davon.

Unter den Soldaten auf der Mauer breitete sich Unruhe aus. Sie entstand irgendwo bei der nördlichen Zitadelle. Wie eine Welle schwappte sie zum Osniltor. Immer höher bäumte sich das Raunen auf. Ein paar Soldaten rannten zu den Zinnen, lehnten ihre Oberkörper darüber und deuteten aufgeregt vor die Mauer.

›Was, bei Balimea!‹ Meson trat ebenfalls an die Zinne und blickte hinüber. Die Belagerungstürme rollten näher, die Soldaten stapften nebenher. Viele schleppten große Leitern mit. Nichts Besonderes, alles ganz normal. Ein paar Felsbrocken der Katapulte hatten die Mauer getroffen, aber er erkannte nicht, dass irgendwo die Zinne getroffen worden wäre oder gar eine Lücke klaffte. Doch die Unruhe wurde immer präsenter. Wie Wellen schlug sie auf seine erweiterten Sinne ein.

Und dann … bemerkte er ebenfalls, was die Männer und Frauen auf dem Wehrgang beunruhigte, ja regelrecht ängstigte.

Ungläubig starrte er die Wälsch an. Sie reichte zwar bei ihnen noch bis an das Ufer herauf, weiter oben an der Mauer sank der Pegel jedoch. Da das Land zum Meer hin abfiel, sahen sie das ganze Ausmaß noch gar nicht. Vielleicht würden sie es nie bemerken, da der Ozean zurück in den Fluss drängen würde.

Meson versuchte, die Strömung des Wassers zu erkennen. Tatsächlich! Die Wälsch floss nicht mehr, sie stand oder bewegte sich sogar entgegengesetzt. Wie war das möglich? Bei Wodaschs eisigen Tiefen!

»Seht Ihr das, Terewerd?«, rief er dem Oberst zu. »Irgendetwas hat den Fluss blockiert!«

»Ich sehe es und glaube es nicht«, erwiderte der fassungslos. »Wie war es ihnen möglich, die Wälsch zu blockieren? Osnil hat keine solchen Fähigkeiten! Zumindest, soweit wir wissen.«

»Was ist mit diesen in Rot und Gold gerüsteten Männern?«, rief der Herzogssohn dazwischen. »Können sie das bewerkstelligt haben? Sagtet Ihr nicht, dass sie ihr Heer geteilt haben und über die Straße durch die Wächterfelsen vorrücken?«

»Yssy hat es so gesehen. Ich werde mir ein Bild von der Wälsch machen und zur nördlichen Zitadelle reiten«, entschied Meson.

Er wartete nicht ab, ob die drei Männer etwas hinzufügen wollten, sondern rannte zurück zur Rampe, hinunter und verlangte nach seinem Pferd. Es dauerte gefühlt ewig, bis es endlich gebracht wurde. Ungeduldig und nervös lief er im Kreis über den Hof. Nachdem er endlich auf dessen Rücken saß, trieb er das Tier an und folgte der Mauer entlang zur Zitadelle.

Die Feinde rückten langsam näher und auch die Soldaten, die für die Speerschleudern eingeteilt waren, feuerten nun hinunter in die Ebene. Etwa in der Mitte der Strecke hatte ein Felsbrocken eine der Schleudern getroffen und sie sowie die eingeteilten Männer zerquetscht.

Meson musste dem Felsen ausweichen, der mitten auf dem Wehrgang lag und ritt weiter. Heiler würden sich um die Verwundeten kümmern. Er konnte nichts tun und es war nicht seine Aufgabe.

Später erreichte er den nördlichsten Zipfel von Buchtwächter. Er hielt sein Pferd an, drückte die Zügel einfach einem verdutzten Soldaten in die Hand und rannte auf den Turm hinauf.

Oben angekommen, erkannte er Yssy, der durch die Luft flog und in die Berge starrte.

»Meson, das zweite Heer hat sich erneut aufgeteilt. Die Hälfte ist zurückgeblieben und sie haben die Bergflanke an der Wälsch in die Luft gesprengt. Das Geröll hat den Abfluss nach Buchtwächter gestaut und der Fluss fließt nur noch über den zweiten Arm nach Süden.«

»Verdammte Gischt!«, fluchte Meson.

Yssy landete neben ihm auf dem Turm und zusammen blickten sie hinunter. Es gab kein Wasser mehr im Fluss und der Schutz, der dadurch gewährt wurde, war dahin. Pulverisiert durch eine rotgoldene Armee, von der niemand sagen konnte, woher sie kam.

»Wodasch soll sie alle ertränken!«, fluchte Meson erneut. »Wer weiß, was sie noch in der Hinterhand haben, von dem wir nicht wissen. Sieht so aus, als hätten wir die Osnilianer unterschätzt.«

»Hoffen wir, dass das alles war.« Yssy klang jedoch nicht überzeugt. »Wir können nur abwarten.«

»Ich weiß«, erwiderte Meson. »Und genau das macht mir Angst. Glücklicherweise kümmert sich Evomee um die Strategie.«

»Mitteilung von Synea«, schrie ein Bote, als er ins Zimmer stürmte. Eine Hand wedelte mit einem verdreckten Zettel herum.

»Heilige! Signalmeldung aus Osten. Es gab Explosionen im Gebirge. Unsere Sappeure melden: nicht unsere Arbeit. Sie fragen, ob sie Erkundigungen einholen sollen …«

Die Tür, die gerade erst ins Schloss gefallen war, wurde erneut aufgestoßen. Ein weiterer Kurier stürmte herein und blickte sich suchend um.

Irgendwie versuchte Evomee, in dem Chaos den Überblick zu behalten. Alle Berichte liefen hier zusammen. Und es waren unzählige. Papierfetzen, Kurzmeldungen über Signalflaggen, mündlich überbrachte Fragen, sogar eine Steintafel landete auf dem großen Tisch. Eine Steintafel! Irgendein Hauptmann mit Namen Teela hatte dort etwas eingeritzt. Leider konnte sie nur seinen Namen entziffern. Was auch immer er mitteilen wollte …

Glücklicherweise waren Wenmar und Terewerd vor Kurzem aufgetaucht und halfen ihr. Es war auch bitter nötig.

Etliche Soldaten ordneten die Nachrichten nach Wichtigkeit und sie stapelten sich inzwischen auf den Tischen. Sie konnte zwar Vorschläge unterbreiten, aber die Befehlsgewalt lag immer noch beim Herzog und beim Oberst.

Karten der Umgebung lagen ausgebreitet vor ihr auf dem Tisch – die Ebene vor der Stadt, die Wächterfelsen und natürlich ein detaillierter Plan der Stadt.

Neppo tippelte unentwegt auf dem Tisch umher und half ihr, die Truppenaufstellungen mithilfe unzähliger Holzfiguren anzupassen. Unermüdlich schob er kleine Kreise, Quadrate und andere Formen umher und übertrug die wahrgenommene Realität auf die zu planende.

Gerade wühlte Terewerd in den Berichten der nördlichen Zitadelle, zog einen Fetzen Papier heraus und las ihn. Fluchend rief er einem Kurier am Eingang zu: »Übermittelt Synea ›Verstanden‹.«

Sofort rannte der Soldat nach draußen, um den Befehl an die Kompanie an den Signalflaggen zu überbringen.

›Das war eine gute Idee von Neppo.‹ Sie hielt kurz inne und strich dem Wasserigel über den Bauch. ›Ich habe nicht mehr daran gedacht, auf diese Taktik zurückzugreifen. Glücklicherweise hat er ein ausgezeichnetes Gedächtnis. Wir übermitteln so zwar nur einfache Befehle, aber es kann Leben retten.‹

Das Erste, das sie von Wenmar und Terewerd als Information erhielt, war, dass die Wälsch umgeleitet worden war. Meson hatte es aus der Zitadelle im Norden bestätigt. Natürlich musste er dorthin reiten und sich selbst überzeugen. Dorthin, wo es am gefährlichsten war … Der Mauerabschnitt würde sicher als Erstes bedrängt werden. Er lag den feindlichen Heeren am nächsten.

»*Sie rücken bedächtig, aber beständig vor*«, hörte sie Neppo. Er zeigte mit seinen kleinen Pfoten auf die Mitte der nördlichen Mauer. »*Wie es scheint, rollen die Belagerungstürme alle auf diesen Abschnitt zu. Die Katapulte und Ballisten beschießen den kompletten Wall, und die feindlichen Soldaten werden bald mit ihren Sturmleitern anrennen. Werden sie sich für die Nacht zurückziehen? Was meinst du?*«

»Das glaube ich nicht«, antwortete Evomee. »Sie müssten die Türme aufgeben. So langsam, wie sie an die Mauer heranschleichen. Außerdem treffen wir sie nachts nicht mehr so gut und das wissen sie bestimmt auch. Zwei haben wir inzwischen mit den Triböcken zu Kleinholz geschossen. Aber der Rest … Die Speerschleudern konzentrieren ihr Feuer auf die Ochsen. Bisher ohne großen Erfolg.« Das Schlimmste für sie war das unsägliche Leid, das die Tiere ertragen mussten. Die konnten schließlich nichts dafür und sich nicht wehren. Pferde und Ochsen abgeschlachtet. Von Felsen zerquetscht, von mannslangen Speeren gepfählt. Knirschend biss sie die Zähne zusammen und hasste diesen – alle! – Kriege.

Neppo musste ihre Traurigkeit gespürt haben, denn er legte seine Stacheln an und schmiegte sich an ihre Hand, die sie auf die Tischplatte gestützt hatte. Die Knöchel stachen weiß hervor, so fest presste sie sie gegen das Holz. Da ihren Worten nichts hinzuzufügen war, fragte er stattdessen: »Was ist im Osten los?«

»Eine Kompanie Sappeure ist ausgerückt, um den Vormarsch der rotgoldenen Soldaten aufzuhalten. Die Feinde – etwa drei Bataillone – sind auf halbem Weg zur Stadt.«

In dem ganzen Trubel war ihr entfallen, dass sie noch auf eine Antwort von den beiden Kommandanten wartete. Die Evakuierungspläne! »Wie steht es um die Evakuierungspläne für Buchtwächter? Sind sie vorbereitet?«

»Buchtwächter wird nicht fallen!«, tat Wenmar ihre Frage mit einer lässigen Handbewegung ab.

Terewerd verzog grübelnd die Stirn. »Bisher nicht, Elementarierin. Es gibt Pläne, die veraltet sind. Ich habe sie gesichtet und dem Herzog vorgelegt …«

»Ich sagte doch: Buchtwächter wird nicht fallen!« Wut schwang in Wenmars Stimme mit.

›Uh‹, dachte Evomee. ›Anscheinend ein schwieriges Thema.‹

Der Oberst verzog die Stirn, zögerte einen Augenblick und fragte dann: »Wir könnten uns die alten Pläne ansehen und neu ausarbeiten. Sollen wir?« Sein Blick ruhte inzwischen auf ihr.

›Wieso bittet er mich um Antwort und nicht den Herzog? Nun, wahrscheinlich dringt er nicht zu ihm durch. Wenmar versteift sich zu sehr. Ein guter Kommandant würde alles in Betracht ziehen …‹

Dessen Gesicht verzog sich, als hätte er in eine Zitrone gebissen. Anscheinend hatte er nicht wahrgenommen, wie der Oberst sie beschwörend anstarrte.

»Wir werden nicht weichen! Egal, was passiert.« Wieder sah es aus, als wäre das Thema für ihn erledigt.

»Wenmar, die Feinde haben es geschafft, die Wälsch trockenzulegen«, versuchte Evomee es mit Vernunft. »Sie müssen Alchemie beherrschen, die wir nicht kennen, oder sich der Hilfe von Zauberern bedienen. Beides beunruhigt mich gleichermaßen. Meint Ihr nicht, dass es von Vorteil wäre, wenn es Pläne für einen geordneten Rückzug gäbe? Denkt an das Leid, das die Bevölkerung schon jetzt ertragen muss.«

»Sie hat recht. Es schadet nichts.« Terewerd sprang in die gleiche Lücke. »Lasst mich ein paar Strategen daransetzen.«

Der Herzog schnaubte, wollte ärgerlich etwas antworten, besann sich aber eines Besseren und grummelte: »Tut das. Wie Ihr sagt, wird es nichts schaden … Aber wir werden sie nicht brauchen.«

Evomee nickte dem Oberst dankbar zu.

Der gab Befehle an einen Kurier, der daraufhin herumwirbelte und mit schnellen Schritten durch die Tür davoneilte.

»Wenmar ist wirklich sehr jähzornig und, wie mir scheint, stur wie ein Ochse. Terewerd wirkt besonnener. Wenn etwas Unvorhergesehenes geschieht, sollten wir uns an den Oberst halten.« Neppo war zu ihr getippelt, stand am Tischrand und blickte zu ihr auf. Evomee strich ihm abwesend über das samtweiche Fell. ›Wie kann ich Wenmar leichter überzeugen? Er sollte doch wissen, weswegen wir nach Buchtwächter geschickt wurden. Um ihn zu unterstützen … Als wolle er die Unterstützung nicht wirklich.‹

Neppo legte sich über ihre Hand und leckte mit der rauen Zunge liebevoll den Handrücken.

Die Gedanken abschüttelnd sagte Evomee lächelnd: »Du hast recht. Vielleicht sind wir genau aus diesem Grund hier.« Flüsternd fügte sie hinzu: »Um die richtigen Personen mit den passenden Aufgaben zu versehen. Und zwar so, dass sie nicht lange diskutieren.« Erneut widmete sie sich den eintreffenden Boten.

Der Herzog tigerte unterdessen ungeduldig vor dem Kamin auf und ab.

Irgendwann später beschloss Evomee, eine Pause einzulegen. Der stetige Strom an Nachrichten war gerade weniger geworden und die beiden Kommandanten schienen alles unter Kontrolle zu haben. Die Lage insgesamt war unverändert und würde es bestimmt für einige Minuten bleiben. Sie holte einen Kelch mit Wasser und ging in ein Nebenzimmer, wo sie erschöpft in einen Sessel fiel und die Augen schloss.

Eine Erinnerung an ihre Ausbildung tauchte in ihren Gedanken auf …

Wie alle Elementarieranwärter hatte auch sie jahrelange Studien durchlaufen. Dabei wurde sie die bekannte Geschichte von Natlara gelehrt. Bekannt war alles, was ab der Gründung des Rates der Götter geschehen war. Zum Großteil zumindest, vor etwa zweitausend Jahren war manches noch nicht so gut dokumentiert worden wie jetzt. Alles *davor* bestand aus einzelnen – mehr oder weniger –, gut erhaltenen, losen Schriften. Außerdem waren ihr die höfischen Gepflogenheiten der einzelnen Reiche beigebracht worden sowie die kulturellen, sozialen und religiösen Aspekte – Traditionen, Gesetze, lokale Gottheiten, Mythen und vieles mehr. Das hatte sie ein wenig fad empfunden, war aber trotzdem richtig gut darin gewesen und der Liebling der Lehrer. Sie konnte die Feinheiten gut im Gedächtnis behalten. Geliebt hatte sie jedoch eigentlich nur den Unterricht über Flora und Fauna. Sie mochte Naturkunde und Krebientarologie – die Lehre der Tiere, Kreaturen und Elementarwesen. Dabei hatte sie sich immer ausgemalt, welches Tier, welche Kreatur oder welchen Elementar sie nach ihrer Erweckung als Begleiter bekommen würde. Seit sie als Anwärterin ausgewählt worden war, hatte sie *das* nie in Frage gestellt. Sie würde erweckt werden … Ende.

Nicht so Meson. Bis zu dem Tag, an dem er geweiht wurde, hatte er gehadert und gezweifelt. Was wäre, wenn? Wie würde er es schaffen, die Ehre zu erlangen? Alles Quatsch. Auch für ihn hatte es keinen anderen Weg gegeben als die Ehre der Erweckung. Intuitiv hatte sie es gewusst, und so war es auch gekommen.

In ihren Gedanken hatte sie jeden denkbaren Elementar des Wassers sowie unzählige Tiere im Meer, in den Flüssen und Weihern an ihre Seite projiziert und durchgespielt, wie es sein würde, sie als Begleiter zu haben. Oft lag sie dabei in den Gärten des Wassertempels an den dortigen wunderschönen Gewässern. Delfine, Wale, Amphibien, Wasserpferde, Quackse, Wasserschlangen und unzählige mehr füllten die freie Zeit, die sie nicht mit ihrem Bruder verbrachte. Sie waren schon immer unzertrennlich und grundsätzlich zu zweit anzutreffen. Die schlimmste Zeit ihres Lebens waren die wenigen Jahre gewesen, die sie durch die Ausbildung von ihm getrennt hatte verbringen müssen. Sie war älter als er und wurde deshalb schon länger ausgebildet. Überglücklich hatte sie ihn in die Arme geschlossen, als er endlich im Wassertempel auftauchte.

Die freie Zeit zwischen den Unterrichtsstunden nutzte sie, um zu meditieren und zu träumen. Auch in ihren Meditationen, in denen sie tief in ihr Innerstes abtauchte, erschienen ihr verschiedene Begleiter, die sie führten und ihr Hilfe gaben.

An einen Wasserigel als Begleiter hatte sie jedoch nie gedacht. Sie wusste natürlich, dass sie existierten, aber mehr war ihr einfach nicht im Gedächtnis geblieben. Verdutzt hatte sie ihn angestarrt, als er irgendwann auftauchte und sie ansprach. Äußerst schnell war er ihr ans Herz gewachsen und sie genoss jede Minute mit ihm.

Ihr zweites Lieblingsfach war Taktik und Strategie. Sie beeindruckte dabei regelmäßig ihre Ausbilder mit ihrem Feingefühl und dem geschickten Händchen für Nuancen. Keine Herausforderung war ihr zu komplex und sie meisterte sie alle. Manche durch Verständigung, einige durch hartes Durchgreifen und andere durch sensibles Hinterfragen des »Warum«.

Nach ihrer Erweckung hatte sie das bei vielen Gelegenheiten unter Beweis gestellt und schon so manche Katastrophe abgewendet. Genau aus diesem Grund war sie nach Buchtwächter gesandt worden. Glücklicherweise. Einige Unklarheiten in der Verteidigungstaktik waren ihr aufgefallen und sie hatte sie benannt. Rasch waren sie behoben worden. Und außerdem war inzwischen – endlich – die Evakuierung angesprochen. Sie hatte ein ungutes Gefühl bei diesem ganzen Krieg und wollte auf alle Eventualitäten vorbereitet sein.

… Meson und Yssy tauchten lärmend auf und rissen sie aus der Erinnerung. Seufzend, aber insgeheim froh über seine sichere Rückkehr, stand sie auf und ging zurück in den Kartenraum.

Meson war unglaublich verdreckt und klopfte gerade an seiner Kleidung herum. Holzsplitter, Steinchen und Staub flogen durch die Luft. Mit griesgrämiger Miene verlangte er bei einem Diener nach einer Wasserschüssel sowie einem Kamm, um sein Haar und den Bart zu richten.

»Bist du über den Boden gekrochen?«

»Ein Katapult hat einen der Triböcke getroffen und ich habe geholfen, die Männer aus den Trümmern zu bergen«, erklärte er, nachdem er durstig einen Krug Wasser gelehrt hatte. Yssy musterte ihn dabei mit schief gelegtem Kopf. Sofort erfasste Evomee, dass er ebenfalls durstig war. Auf einem Tisch an der Seite standen weitere Krüge und sie griff sich einen und lief zu dem Elementar.

»Maul auf, Yssy«, befahl sie lächelnd und kippte den Inhalt des Kruges hinein, als er es weit öffnete. Gurgelnd verschwand es und er wirkte überglücklich.

»Er dankt dir.« Ein Grinsen erschien auf Mesons Lippen.

Der Diener kehrte mit den gewünschten Utensilien zurück und ihr Bruder fing an, seine Frisur zu richten.

Evomee schüttelte den Kopf. ›Eines Tages wird ihm seine Eitelkeit noch zum Verhängnis.‹

Während er sein Haar richtete, berichtete er von der Front: »Die feindlichen Soldaten bleiben großteils außer Reichweite und kümmern sich nur um die Belagerungstürme. Wir konnten zwei weitere von ihnen ausschalten. Sie sind jedoch nicht so einfach kleinzukriegen, wie ich dachte. Euer Sohn führt sein Kommando sehr gut, Wenmar«, lobte er den Sohn des Herzogs, und gleich darauf fragte er Evomee: »Gibt es etwas Neues?«

»Wir lassen Evakuierungspläne erstellen«, klärte sie ihn auf. »Ansonsten hast du nichts verpasst. Es sieht aus, als hätten wir alles unter Kontrolle.«

»Das ist eine hervorragende Idee.« Er nahm die Stimmung im Raum auf, sah seine Schwester an, nickte und fügte hinzu: »Bestimmt hattet Ihr die Idee, Wenmar. Es ist immer gut, auf alles vorbereitet zu sein.«

»Wir hatten sie alle«, beeilte der sich zu erwidern. »Terewerd hat Anweisung gegeben, alles auszuarbeiten.«

Yssy huschte in ein Eck und rollte sich dort mit mehrmaligem Im-Kreis-Drehen und ausgiebigem Zurechtrücken zusammen. Neppo war vom Tisch auf einen Stuhl geklettert und zu ihm getippelt. Kurz darauf schliefen beide. Der kleine Wasserigel lag zusammengerollt auf den großen Pranken des Elementars.

Meson blickte Evomee an und sagte: »Ich bin so müde wie Yssy. Ich lasse ihn hier bei euch und lege mich hin. Dann kann ich zumindest in einem Bett schlafen und muss nicht mit dem Sofa vorliebnehmen. Ist das in Ordnung? Und was machst du?«

»Geh ruhig. Ich bleibe und unterstütze den Herzog und den Oberst. Ruh dich aus, du hattest den anstrengenderen Tag. Ich lasse dich wecken, wenn es Neuigkeiten gibt.«

Meson verschwand und sie widmete sich wieder den Berichten. In dieser Nacht geschah nichts weiter.

Mit Anbruch der Dämmerung stand Meson auf und suchte seinen Begleiter. In seiner Unterkunft war er nicht zu finden.

›Gut, wahrscheinlich liegt er immer noch im Zimmer des Kriegsrates. Wenn er einmal schläft, dann schläft er.‹ Hungrig trug er einem Diener auf, ihm eine Mahlzeit zu bringen.

Während er wartete, trat er auf den Balkon und blickte über die Stadt. Von hier aus wirkte der Krieg weit weg. Kein Geschrei, kein Poltern der Geschosse und auch sonst hörte er nichts. Fröstelnd verschränkte Meson die Arme und lehnte sich auf die Brüstung. Bis der Bedienstete anklopfte und sein Frühstück brachte, stand er draußen und meditierte.

Gleich nachdem er damit fertig war, beschloss er, nach Yssy zu schauen, und lief durch die Gänge zum Kriegsrat.

Wie gedacht lag der Elementar noch schlafend in der gleichen Ecke wie gestern. Evomee stand schon wieder – oder immer noch? – am Tisch und suchte in den Berichten herum. Etliche, verschieden hohe Stapel reihten sich um sie herum auf. Sie war mit den Boten allein und als sie aufblickte, wirkte ihr Blick müde.

»Hallo, Schwester. Hast du geschlafen?«, wollte er wissen. »Überanstreng dich nicht. Du bist nicht allein für die Verteidigung verantwortlich …«

Ein mattes Lächeln hellte ihr Gesicht auf. »Nicht lange. Ein paar Stunden. Ich werde mich gleich noch einmal hinlegen, wenn Wenmar oder Terewerd auftaucht. Neppo ist schon bei mir.« Sie zeigte auf die Schlinge an ihrer Hüfte. »Er schläft einfach. So würde ich es mir auch wünschen.«

»Einmal Kreatur sein … Ich reite zur Mauer und begutachte, was passiert. Gibt es etwas Wichtiges zu wissen?«

Evomee überlegte und kramte in den Notizen herum. »Ein paar der Türme, die an die Mauer gezogen wurden, waren nicht für die Erstürmung gedacht. Sie hatten Steine geladen, die jetzt das ausgetrocknete Flussbett füllen. Als sie leer waren, haben die Feinde sie umgeworfen und jetzt dienen sie als Brücken oder ebenfalls als Füllung. Die Feinde haben das genau so geplant. Das bereitet mir ehrlicherweise Sorge.«

»Sie haben die Mauer noch nicht angegriffen, sondern nur die Wälsch gestaut, um sie zu überqueren?«

»Ja, genau. Jetzt rücken weitere Belagerungstürme an. Ich gehe davon aus, dass die für die Erstürmung sind.« Traurig fügte sie hinzu. »Wir haben so viele Ochsen getötet, aber sie bringen einfach neue herbei und tauschen sie aus. Als wäre ihnen alles Leben egal. So gehen sie auch mit ihren Soldaten um.«

»Wann werden die Türme die Mauer erreichen?«, fragte Meson.

»Irgendwann im Laufe des späten Nachmittags. Höchstwahrscheinlich wird dann auch der richtige Kampf um die Mauer entflammen …« Müde fuhr sie mit der Hand über die Augen und runzelte die Stirn. »Was noch? Ein weiterer Tribock auf der Nordmauer ist von ihren Katapulten zerstört worden. Ein anderer wurde beschädigt. Wir konnten ihn aber reparieren.«

Die Tür ging auf und der Oberst trat ein. »Ah, da kommt Terewerd. Ich gehe mich ausruhen. Wir sehen uns später.« Als sie an ihm vorbeiging, legte sie die Hand auf seinen Arm und drückte ihn sanft. »Sei vorsichtig, Bruder.«

»Natürlich. Mach dir keine Gedanken«, antwortete Meson, grüßte Terewerd und begab sich anschließend zu Yssy.

Lautes Röcheln drang aus dessen Maul und von den Lefzen tropfte zähflüssiger Schleim auf den Boden. Meson überlegte einen Moment, aber nur einen, und trat dem Wasserelementar kräftig in die Seite. Der schnaufte einmal, drehte sich um und ließ ein Schnarchen ertönen. Meson trat erneut zu.

»*Ich bin wach*«, teilte Yssy ihm endlich grunzend mit. »*Kannst du mich noch einmal an der gleichen Stelle kratzen?*«

Schmunzelnd trat Meson ihm noch ein paar Mal in die Seite und fuhr ihm anschließend mit der Hand über den breiten Schädel.

Yssy entrollte seinen Körper, hievte ihn hoch und streckte sich wie eine Katze. Die Soldaten im Raum starrten ihn – mehr oder weniger verstohlen – ehrfürchtig an.

Unvermittelt verpasste er Meson einen spielerischen Stups mit dem Schwanz, der ihn auf die Seite taumeln ließ.

»Yssyastha!«, grollte Meson und kämpfte um sein Gleichgewicht. Wodasch sei Dank konnte er eine Stuhllehne greifen und einen Sturz verhindern. Verschlammter Elementar!

»'tschuldige.« Der Elementar wirkte betroffen. »*Kommt nicht mehr vor. Versprochen!*«

»Wie immer«, grummelte Meson, verfolgte das Thema jedoch nicht weiter. Es brachte sowieso nichts. »Lass uns zur Mauer reiten. Ich will mir ein Bild vom Feind und der Wälsch machen.«

Er verabschiedete sich von Terewerd und erreichte einige Zeit später den Wehrgang in der Mitte der nördlichen Mauer.

Yssy war vorausgeflogen und wartete bereits auf ihn.

Als Meson über die Mauer spähte, erkannte er, was Evomee ihm schon erzählt hatte. Die Wälsch war fast ununterbrochen von Steinen und Holz aufgefüllt. Direkt unter ihm lag ein Belagerungsturm quer darüber und diente als Brücke. Feindlichen Soldaten verschanzten sich hinter großen Holzmauern und schossen Pfeile auf die Verteidiger ab. Die Männer und Frauen aus Buchtwächter erwiderten das Feuer. Auf dem ganzen Schlachtfeld lagen tote und sterbende Osnilianer verstreut. Zwischendurch ragten Überreste von Holztürmen wie

Zahnstumpen aus dem Boden. Die Anzahl der Feinde hatte sich nicht merklich verringert. Am Horizont sah Meson Karren um Karren heranrollen.

›Wahrscheinlich der Versorgungstross‹, überlegte er. ›Wenn es nur eine Möglichkeit geben würde, den zu unterbinden. Das würde uns ungemein helfen. Ob Terewerd oder Evomee eine Idee dazu haben?‹

Ein paar Katapulte des Feindes waren von ihren eigenen Triböcken getroffen und zerstört worden. Aber nicht viele. Viel zu wenige. Verdammt.

»Ihre Kommandanten sind gut. Innerhalb eines Tages die Wälsch trockenlegen und auffüllen. Das erfordert viel Planung im Vorfeld. Ich glaube, ihr hättet den Krieg gar nicht verhindern können. So durchdacht wie sie sich vorbereitet haben«, unterbrach Yssy seine Grübeleien.

Meson seufzte und nickte. »Lass uns zur nördlichen Zitadelle reiten und uns dort umsehen. Ich will wissen, was die Rotgoldenen vorhaben. Sie waren für die Sprengung verantwortlich. Vielleicht erkennst du, was sie treiben oder was sie als Nächstes planen. Sie gefallen mir überhaupt nicht.«

Yssy ließ seinen Kopf als Bestätigung auf und nieder wippen und schwang seinen Drachenkörper in die Luft.

Während Meson den Wehrgang entlangritt, beruhigte er die Soldaten, nahm ihnen einen Teil ihrer Angst und stärkte ihre Zuversicht. Vor ihm tauchten bekümmerte, angespannte Gesichter auf und zurück ließ er angespannte, zuversichtliche Mienen.

Es dauerte, bis er auf dem Turm der Zitadelle ankam. Der Elementar wartete schon auf ihn.

»Konntest du etwas erkennen?«

»Nein. Das Lager ist chaotisch. Chaotischer als alles, was ich jemals gesehen habe. Außerdem habe ich noch keinen Soldaten gesehen, der seinen Helm abgesetzt hätte. Als wären sie damit verwachsen. Auch die Rüstungen tragen sie ständig.«

Verwirrt schüttelte Meson den Kopf. »Was sind das nur für Kämpfer?«, murmelte er in seinen Bart und strich unbewusst darüber.

Zusammen mit seinem Begleiter lehnte er an der Mauer und beobachtete das Geschehen.

Männer und Frauen fielen auf Seiten der Verteidiger. Nur Männer starben auf der der Angreifer. Stück für Stück rückten die Belagerungstürme näher an die Mauer heran.

Prinzessin Joska

Joska

Joska erwachte, bevor ihre Nachtruhe von den Zofen und Dienern gestört wurde, und wälzte sich aufgeregt in ihrem großen Bett hin und her. Letztendlich beschloss sie doch aufzustehen und die Perücke aufzusetzen, die sie gestern so in Verzückung versetzt hatte.

Den Schauer, der über ihren Rücken rann, als ihre nackten Füße den kühlen Marmor betraten, ignorierte sie. Sie schnappte den Schlüssel vom Nachtkästchen und entsperrte die Tür zu ihrem neu eingerichteten Raum. Knarrend schwang diese auf und rasch streifte sie das Band, an dem der Schlüssel befestigt war, über ihren Kopf. Nur sie besaß einen, und somit konnte niemand anderes das Zimmer betreten.

›Ich und Argane!‹, berichtigte sie sich und blickte zum Bett zurück, in dem er noch schlief – eingerollt in die Decke, nur ein Fuß spitzte heraus. Ein fröhliches Lächeln umspielte ihre Mundwinkel.

In dem spärlich eingerichteten Raum fischte sie die Perücke von der Büste, nahm vor dem Spiegel Platz und zog sie auf. Den Kopf schief haltend musterte sie ihr Spiegelbild. War sie nun hübsch? Sie griff in die wunderbaren Locken und drückte die festen Haare. Zweifel steigen in ihr auf.

›Würde – Nein! Sie steht mir ausgezeichnet. Wundervoll! Es ist so viel kräftiger als die feinen, samtenen Fäden …‹

Ihre Mutter hätte ihr bestimmt erlaubt, sie genau *so* zu tragen, wie sie es jetzt durch die Perücke konnte.

›Mama hat mir alles erlaubt! Es war eine wundervolle Zeit …!‹ Bevor sie zwölf wurde. ›Einmal sind Mama und ich zusammen ins Händlerviertel im zweiten Ring der Stadt gefahren, als wir uns neue Kleidung von den Schneidern haben anfertigen lassen‹, erinnerte sich Joska …

Sie fühlte sich damals wie eine Prinzessin. Nun, schließlich war sie auch eine gewesen.

›Ich hatte mir blauen Samt für mein Kleid ausgesucht. Oder war er grün …? Egal. Das Maßnehmen war langweilig, aber ich habe es ertragen, denn Mama war bei mir und hat auf mich aufgepasst. Als Belohnung haben wir uns anschließend zu einer Bäckerei fahren lassen und aßen Erdbeerkuchen. Mit Sahne! Danach sind wir vor die Stadt gefahren und an der kleinen Tanngau entlang spaziert, bis der Abend dämmerte. Mama war so glücklich!‹

Die letzten Sonnenstrahlen hatten dem feinen Haar ihrer Mutter ein Leuchten verpasst, das Joska seitdem nirgends mehr gesehen hatte. Die Augen ihrer Mutter hatten mit dem Wasser der kleinen Tanngau um die Wette gestrahlt und ihre Sommersprossen auf den Wangen und der Stirn hatten wie Funken geleuchtet. Als sie zurück zum Palast mussten, war Joska auf sie zugelaufen und in ihre Arme gesprungen.

›Mama hat mich hochgehoben und herumgewirbelt. Sie hat nach Blumen und Gras gerochen.‹

… eine Hand berührte sanft ihre Schulter und holte sie aus ihren Gedanken.

Argane stand neben ihr und fragte: »Denkst du an deine Mutter? Immer wenn du diesen Gesichtsausdruck aufsetzt, grübelst du über die Zeit nach, bevor –«

»Ja.« Sie legte ihre Hand auf seine und strich über die langen Finger. »Ich habe mich an einen wundervollen Tag mit ihr erinnert. Ich glaube, ich war acht oder neun. Genau weiß ich es nicht mehr. Ist es so weit?«

Argane nickte – sie erkannte es im Spiegel – und strich ihr zärtlich über die Wange. »Du solltest dich zurechtmachen lassen und den Perückenmacher rufen. Versprich mir, dass du die Zofen heute nicht quälst.«

»Wenn sie ihre Arbeit zu meiner Zufriedenheit ausführen und mich nicht pieksen, dann ja. Ich bin heute in guter Stimmung. Möglicherweise verzeihe ich ihnen ihre Unzulänglichkeiten …, möglicherweise.«

Argane wirkte, als wollte er noch etwas hinzufügen, nickte aber nur. »Es ist wirklich Zeit. Komm, setz sie ab und lass uns zurück ins Schlafgemach gehen.«

Joska zögerte. Konnte sie nicht einfach hierbleiben? Den Tag mit Argane verbringen und einfach nur … jemand anderes sein? ›Mein Imperium! Es gibt so viel zu erledigen. Ich *kann* nicht hier blieben.‹

Abrupt stand sie auf, legte die Perücke zurück und begleitete Argane aus dem Zimmer. Sorgsam verschloss sie die Tür und rief nach ihren Zofen, um die unerträgliche Morgenroutine über sich ergehen zu lassen.

Eine Überraschung erwartete Joska – eine wundervolle! Larord hatte endlich – endlich! – seine Aufgabe erfüllt: Zwei neue Frauen kümmerten sich heute um ihre Bedürfnisse. Leise wie fallender Schnee tänzelten sie durchs Zimmer. Joska merkte fast nichts von ihren Berührungen. Ihr Haar fassten die Zofen an, als würde es aus feinsten Seidenfäden bestehen, die bei der kleinsten Berührung rissen, und beim Schminken merkte sie so gut wie nicht, dass Pinsel, Schwamm oder die anderen Utensilien ihr Gesicht berührten. Sie war ausgesprochen zufrieden.

»Das habt ihr hervorragend gemacht«, lobte sie die beiden. »Im Vergleich zu euch sind Eleni und Zita zwei Wollbären im Kristallglasladen.«

Elegant verbeugten die zwei Frauen sich und eine sagte: »Wir sind überglücklich, wenn wir Euch zufriedenstellen.«

Joska stand auf und betrat das Wohnzimmer, in dem ihr Frühstück schon auf dem Tisch angerichtet war. Erdbeerkuchen! Sie wollte Erdbeerkuchen mit Sahne. Jetzt sofort!

»Lasst Erdbeerkuchen mit Sahne anrichten!«, teilte sie den wartenden Dienern mit und nahm Platz.

Unruhe entstand bei den Bediensteten, aber keiner widersprach ihr. Einer huschte schnell nach draußen. Ganz bestimmt, um ihren Wunsch an die Küche weiterzugeben. Es dauerte sowieso schon zu lange …

»Was wirst du unternehmen, wenn du nicht das bekommst, was du willst?«, fragte Argane amüsiert. »Lass ihnen Zeit, den Kuchen zu backen.«

»Gut … Der Kuchen soll heute Mittag als Nachtisch serviert werden. Wenn nicht, werde ich mir etwas für die Köche und Köchinnen überlegen«, antwortete Joska ungehalten.

Die Diener schienen nun wieder irritiert, hatten aber verstanden, dass der Erdbeerkuchen zu Mittag fertig sein musste und nicht sofort. Da die Königin anfing zu speisen, verließen sie schnell den Raum.

Joska aß Wachteleier, feinen Schinken, frisch gebackenes Brot und, um ihr Frühstück abzurunden, Quark mit frischen Früchten.

Als sie fertig war, befahl sie ihre Diener herein.

»Räumt ab und unterrichtet den Königinnenrat; ich wünsche heute Nachmittag eine Unterredung. In der Zwischenzeit beordert den Perückenmacher zu mir.«

Während die Bediensteten herumwuselten, ging Joska zu der großen Fensterfront und blickte hinaus.

Argane trat direkt hinter sie und hielt zärtlich ihre Schultern.

Wohlig ließ sie ihren Oberkörper gegen ihn sinken. Eine andere Erinnerung an ihre Mutter überkam sie …

Es war Winter. Im Kamin brannte ein Feuer und sie saß in einem Sessel, um Sticken zu lernen. Sie hasste es! Mit einer winzigen Nadel in ein Tuch stechen, um mit verschiedenfarbigen Fäden blöde Tiere, Landschaften oder Wappen darauf zu hinterlassen. Die Nadel einstechen, durchziehen und erneut einstechen. Wieder und wieder und wieder. Irgendwann hatte sie genug davon, sprang wütend und frustriert auf und warf alles in den Kamin. Erschrocken fuhr ihr Bruder aus seinem Spiel mit den dummen Holzfiguren hoch, stieß einen Schreckenslaut aus und starrte sie finster an.

Rasch streckte sie ihm, vor ihrer Mutter verborgen, die Zunge heraus und sagte anschließend: »Ich hasse Nähen! Wozu muss ich das lernen?! Sollen es doch die Hofdamen und Zofen machen.« Mit ihrem kleinen Fuß stampfte sie ärgerlich auf. »Ich nicht mehr!« Danach linste sie zu ihrer Mutter, die in einem anderen Sessel saß und geschwind – wie Joska es nie können würde! – das Wappen von Tannberg in ein Tuch zauberte.

»Joska! Das war nicht nett von dir. Verhält sich so eine Prinzessin?«, fragte ihre Mutter und sah sie tadelnd an.

›Mama wird nie wütend‹, dachte sie. Egal was sie anstellte.

»Komm her zu mir«, bat sie die kleine Prinzessin und legte das Nähzeug auf die Seite. »Was würdest du stattdessen gerne machen?«

Joska kletterte auf die Sessellehne und blickte ihre Mutter an. »Ich weiß nicht. Alles andere, aber nicht mehr nähen! Kannst du mir eine Geschichte erzählen?«

Jaka, der wieder vor dem Kamin mit seinen kleinen Holztieren gespielt hatte, horchte auf und warf stürmisch ein: »Ja! Erzähl uns eine Geschichte. Von Kreaturen, Elementaren und Halunken!«

»Nein, Mama! Eine von einer Prinzessin, die gefangen gehalten wird, und von ihrem Helden, der sie rettet«, bat Joska und warf ihre Arme um den Hals ihrer Mutter. Lavendelduft umschmeichelte ihre Nase.

Ihre Mutter lachte und sagte: »Wie wäre es mit einer Prinzessin, die von Kreaturen gefangen gehalten wird und einem Helden, der gegen Halunken und gegen die Kreaturen kämpft, um sie zu befreien?«

»Ja!«

Die beiden Geschwister hatten ihre vorherigen Tätigkeiten vergessen und hingen an den Lippen ihrer Mutter, um der Geschichte zu lauschen.

»Einmal …«, fing diese an.

… die Erinnerung zerstob, als Ignatz angekündigt wurde.

›Wie lange stand ich hier?‹ Verwirrt schüttelte Joska den Kopf und löste sich von Argane. Der blickte sie traurig an und murmelte: »Fast wärst du entkommen.«

Blinzelnd begutachtete sie das Zimmer. Die Diener hatten inzwischen alles aufgeräumt und sie hatte es nicht mitbekommen.

»Lasst den Perückenmacher eintreten«, befahl sie ihrer Wache, die wartend an der Tür stand.

Ignatz betrat mit eleganten Schritten den Raum und verbeugte sich tief vor ihr. Wieder ruckelte er anschließend seine Krawatte zurecht. »Meine Herrin, Majestät, was wünscht Ihr von mir?«

»Ich bin ausgesprochen angetan von der Perücke, die du mir gebracht hast. Exzellente Arbeit! Kannst du dein Meisterstück wiederholen? Ich wünsche mir eine zweite. Erneut mit blonden, langen Locken.«

»Ihr ehrt mich, Majestät. Ich denke, es ist mir möglich, noch eine in einem ähnlichen Farbton anzufertigen. Gebt mir ein paar Tage Zeit dafür. Ich muss … Vorbereitungen treffen. Bezahlt Ihr, wie bei der ersten, erneut zehn Goldstücke dafür?«

»Natürlich. Deine hervorragende Handwerkskunst ist das Geld allemal wert. Bitte kümmer dich so schnell wie möglich darum«, wies sie ihn an.

Der Mann zog seinen Hut und beugte den Oberkörper. »Natürlich, Majestät. Ich lasse es Euch wissen, sobald sie fertig ist. Ihr entschuldigt mich?«

Sie gab ihm einen Wink und er verließ gemessenen Schrittes ihre Räumlichkeiten.

»Hast du das gehört, Argane? Wir bekommen eine weitere.«

»Durch sie wirst du noch hübscher aussehen«, antwortete er und lächelte sie an. »Du musst los.«

»Ja, du hast recht.« Überglücklich trat Joska zu ihm, drückte ihm einen sanften Kuss auf die Wange und rief nach ihren Wachen.

»Majestät?«

»Begleitet mich zum Thronsaal. Ich muss Recht sprechen, bevor ich mich mit meinen Beratern treffe.«

Kurz darauf stand sie vor der kleinen Tür, die zur Halle führte. Mit einem Lächeln auf den Lippen betrat sie den

Gerichtssaal und setzte sich auf den neuen Thron. Dann ließ sie den ersten Fall vortragen. Und die Langeweile begann.

Später betrat Joska den Amtsraum und registrierte mit Befriedigung, dass alle Berater schon am Tisch saßen und auf sie warteten.

Haltoe, Alliente, Ernja, Larord und Danath standen rasch auf und verbeugten sich tief vor ihr.

Ihre beiden Wachen traten an die Wand hinter ihrem Stuhl am Kopfende der Tafel und bezogen dort Position.

Joska nickte den Wartenden zu und setzte sich. »Danke für Euer Erscheinen. Ich möchte Eure Berichte zu den Aufgaben hören, die ich Euch gegeben habe. Aber zuerst: Danath, lasst die Köche und Köchinnen auspeitschen! Sie haben mir heute Mittag keinen Erdbeerkuchen als Nachtisch serviert. Nur ein schnödes Küchlein mit undefinierbarem Obst.«

Danath blinzelte überrascht. »Ja … ja, Majestät. Wie Ihr befehlt. Ich werde es veranlassen.«

»Gut. Haltoe, bitte beginnt. Erzählt mir alles!«

Der Priester stand auf und fing an: »Die Bauarbeiten für unsere Kirche hier in Tannberg gehen gut voran. Der Grundstein steht. Sie wird auf dem Platz der Elemente errichtet werden – gegenüber dem Naturgebäude. Der Altar vor dem zukünftigen Eingang ist fertig und meine Priester predigen zu –«

»Ihr meint *unsere* Priester, nehme ich an«, unterbrach ihn Joska.

»Ja, Majestät, *unsere* Priester predigen zu *Euren* Untertanen.« Haltoes Gesicht zeigte wenig Regung, nur seine Augen verengten sich zu Schlitzen. »Wenn Ihr mir gestattet, mehr Arbeiter zu rekrutieren, wird der Bau schneller voranschreiten. Aus dem Glasscherbenviertel möglicherweise? Bettler und Diebe würden endlich etwas Produktives zu Eurer Herrschaft beitragen. Und wenn einer oder zwei dabei umkommen … nun, wen würde es scheren.«

»Holt Euch, was und wen immer Ihr braucht, um den Bau schnellstmöglich abzuschließen. Wie ich unserem Gott versprochen habe. Wie sieht es in den anderen Städten aus?«

»Meine … unsere Priester« – beeilte er sich zu berichtigen – »sind inzwischen in allen Städten angekommen und übernehmen dort passende Gebäude und bauen sie zu Kirchen um, oder lassen neue errichten. Der Erlass, den Ihr unterschrieben habt, hat uns alle Türen geöffnet. Vielen Dank dafür.« Er führte eine segnende Geste aus. »Hier in Tannberg habe ich mir erlaubt, die Männer unseres Gottes in Kinderheime und, die von Euren Untertanen geführten, Schulen zu schicken, um auch den Jüngeren die Macht unseres Gottes näher zu bringen. Vielleicht sollten wir überlegen, die Schulbesuche für alle Kinder in der Hauptstadt verpflichtend einzuführen? Unsere Priester brennen darauf, eine neue Generation von gottesfürchtigen Männern und Frauen zu erziehen.«

»Wenn Ihr das für gut erachtet, dann kümmert Euch darum«, stimmte Joska zu. »Wenn Ihr Geld benötigt, sollt Ihr es bekommen.«

»Ich werde alles in die Wege leiten«, versprach Haltoe, beugte den Kopf und sank zurück in den Stuhl.

Danath erhob sich steif. »Alle Arbeiten an der Zitadelle sind abgeschlossen, Majestät. Bis auf das Haupttor, welches zu stark beschädigt wurde, und mehr Zeit in Anspruch nimmt.« So steif wie er aufgestanden war, setzte er sich wieder.

»Alliente, wie sieht es mit unseren Einnahmen aus?«, fragte Joska den kleinen Händler. Der hatte vorsorglich seinen Hut abgesetzt und präsentierte seine Glatze. Dennoch drehte er ihn unruhig in den ringbesetzten Wurstfingern.

»Durch den Einsatz von Ernjas Soldaten werden wir bald mehr Holz liefern und die Schatzkammer mit Geld fluten. Nachdem ich den Gildemeistern erklärt habe, dass sie direkt zu Euch gehen sollen, ließen sie mich mit ihren störenden Beschwerden in Ruhe.«

»Ich habe sie angehört und ihnen klar gemacht, was ich von ihnen erwarte. Und mit was sie rechnen sollten, wenn sie nicht gehorchen. Das hat ausgereicht. Sie waren nur einmal bei mir. So müsst Ihr das regeln, Alliente.«

»Danke, Majestät. Wie sieht es mit dem Zugang zu einem Hafen am Tränenmeer aus? Ich denke, es wird Tränenwacht sein? Von dort aus habe ich eine Route über das Nordmeer für die Holzlieferungen an den nördlichen Staatenbund geplant. Es wird viel schneller gehen und uns viel weniger kosten.«

»Ernja, das geht an Euch und an Haltoe«, gab Joska die Frage weiter.

»Wir sind dabei, die Truppen nach Obertaft zu entsenden. Drei Divisionen aus Tannberg sind gestern aufgebrochen und werden in etwa einer Woche dort ankommen. Die restlichen Soldaten kommen aus Xanthsik, Irani, Jannesse und Kiefberg. Ich bin mir sicher, wir sind in zwei Wochen abmarschbereit. Die Befehle wurden gegeben und der General-Leutnant ist einer meiner engsten Vertrauten, der sich der Sache annimmt. Haltoe hat mir zugesichert, dass auch von seiner Seite aus alles rechtzeitig vorbereitet ist. Der Plan steht und fällt mit ihm. In drei Wochen habt Ihr Euren Zugang zum Tränenmeer, Alliente. Wenn Haltoe hält, was er verspricht.«

»Ihr seid auch dafür verantwortlich, nicht nur ich«, warf der Priester ärgerlich ein. »Die Priester, die ich Euch gegeben habe, werden nicht kämpfen. Dafür sind Eure Soldaten zuständig!«

»Und das werden sie! Wenn Ihr es ihnen ermöglicht«, schnauzte Ernja zurück.

»Bedenkt: Ihr dient meinem Wohl!«, merkte Joska scharf an, denn Haltoes Gehabe ging ihr heute außerordentlich auf die Nerven. Für ihren Geschmack übernahm er zu sehr die Kontrolle. »Lasst Eure kleinlichen Zankereien und tragt sie draußen aus.«

›Ein paar seiner Priester sollten in kompromittierenden Situationen gefunden werden. Dadurch hätte ich etwas in der Hinterhand und er erhielte einen Dämpfer‹, beschloss sie. Darauf würde sie Ernja ansetzen. Der würde bestimmt begeistert sein und sie noch mehr verehren. Der Gedanke gefiel Joska und sie verzog ihre Lippen zu einem vergnügten Lächeln.

Ernja und Haltoe starrten sich noch einmal mit einem Blick an, der die Luft in Brand setzte, dann nickten sie.

»Wie Ihr seht, Alliente, könnt Ihr in drei Wochen mit dem Verschiffen beginnen. Wie wunderbar!«

Sie wandte sich an den obersten Kammerherrn und lobte: »Larord, ich bin begeistert von den neuen Zofen. Sie erledigen ihre Arbeit, wie ich es mir wünsche. Ich hoffe, Eurer Seite geht es besser? Sind die Schnitte verheilt?«

Larord sprang auf, verbeugte sich tief und sagte: »Meine Königin, ich lebe, um Euch zu dienen. Es geht mir gut. Jetzt noch besser, nachdem Ihr mit meiner Auswahl zufrieden seid. Dürfte ich vorschlagen, dass Danath den Köchen und Köchinnen jeweils fünf Schläge mit der Peitsche verpasst? Ihr habt nicht angewiesen, wie viele Schläge sie bekommen sollen für die Missachtung Eurer Wünsche.«

Joska verzog anerkennend die Mundwinkel und antwortete: »Das ist eine ausgezeichnete Idee. Wenn ich Euch nicht hätte. Nehmt Euch alle ein Beispiel an ihm. Gibt es noch etwas, das wir besprechen müssen?«

Haltoe stand auf. »Wie sieht es mit dem Wunsch unseres Gottes aus, Ebras zu unterstützen? Wir sollten uns darum kümmern …«

Joska winkte ab. »Schritt für Schritt, Haltoe. Zunächst der Zugang zum Tränenmeer, anschließend sehen wir weiter. Oder wollt Ihr die Befehlsgewalt übernehmen und Anweisungen geben?« Letzteres sagte sie mit einem gefährlichen Unterton in der Stimme.

»Nein, Majestät. Wie Ihr wünscht.« Der Priester sank zurück und seine Unzufriedenheit war ihm anzumerken.

Joska ignorierte sie. »Wunderbar. Ihr seid für heute entlassen. Ich werde mich nun zurückziehen.«

Sie stand auf und winkte ihren Wachen zu, sie zu begleiten. Rasselnd, die Hände an den Schwertern folgten die beiden Männer ihr.

Nach dem Abendessen ließ Joska sich abschminken, entkleiden, und wies die Diener danach an, sie allein zu lassen. Da der Tag anstrengend und sie vor dem Morgengrauen aufgestanden war, ging sie müde zu Bett und legte sich neben Argane.

»Hattest du einen schönen Tag?«, fragte er, während sie die Kissen richtete und seufzend hineinsank.

Den Kopf in die Kissen kuschelnd und die Decke über den Körper ausbreitend, antwortete sie: »Der Morgen mit dir war wunderbar. Die Gerichtsverhandlungen danach unglaublich langweilig und meine Berater kochen ihr eigenes Süppchen. Ich musste sie darauf hinweisen, wer das Sagen hat. Ich denke, sie haben es verstanden. Allen voran Haltoe.«

»Du benutzt sie und sie benutzen dich«, vermutete Argane. »Ich hoffe, dass du intelligenter bist als sie. Warum waren die Verhandlungen langweilig?«

»Es ging um alles Mögliche und um einen Diebstahl. Ein Junge hat auf dem Markt Essen für seine Familie gestohlen, damit sie nicht verhungern. Er lebt mit ihnen im Glasscherbenviertel. Die Mutter ist Schankmaid in einer Taverne und der Vater arbeitet als Fuhrmann. Ich habe nicht verstanden, warum der Junge das getan hat. Die Familie hat Geld verdient. Hätten sie doch einfach Brot gekauft. Ich habe befohlen, ihm die Hände abzuhacken. So kann er niemanden mehr bestehlen.«

»Vielleicht reichte ihnen das Geld nicht aus? War das nicht übertrieben? Du hast dadurch wahrscheinlich sein Leben und das Leben der Familie zerstört«, versuchte Argane ihre Sicht zu erweitern.

»Ach was … Er soll froh sein, dass er noch lebt. Ich hätte ihn auch einfach über die Mauer werfen lassen können. Jetzt kümmert sich seine Familie um ihn.«

Argane schwieg, legte den Kopf auf sein Kissen und starrte sie an.

Joska fielen langsam die Augen zu. Bevor sie in einen tiefen, traumlosen Schlaf glitt, erinnerte sie sich an einen früheren Besuch beim Schneider …

Sie war siebzehn und ihrer Mutter zum Verwechseln ähnlich. Die Kutsche brachte sie in das Händlerviertel, wo sie ein Kleid anprobieren sollte. Ihr Vater hatte den Termin mit dem Schneider vereinbart. Als Vorlage diente ein Porträt seiner ehemaligen Frau, Joskas Mutter, die fünf Jahre zuvor verschwunden war.

Joska hatte keine Lust, ein Kleid anzuziehen, in dem sie aussah wie *sie*. Aber ihr Vater hatte mit Nachdruck darauf bestanden, und Joska wusste, was geschehen würde, wenn sie sich ihm widersetzte. Also hatte sie sich in ihr Schicksal gefügt.

Im Laden des Schneiders ließ sie alles über sich ergehen. Es dauerte Stunden, bis jede Rüsche, Falte und Kordel am richtigen Platz war.

Schließlich durfte sie ihre Kleidung wieder anziehen und war entlassen. Das Kleid würde an den Hof geliefert werden.

Erschöpft ging Joska nach draußen und wollte in die Kutsche steigen. Da wehte ein sanfter Lavendelduft heran und kitzelte ihre Nase.

›So hat Mama immer gerochen!‹, schoss es ihr durch den Kopf. ›Woher kommt dieser Duft?‹ Sie schaute sich um. Ein paar Geschäfte die Straße hinauf hatte ein Gewürzhändler seinen Laden. Von dort musste der Geruch durch die Straße ziehen. Kurzentschlossen ging Joska darauf zu.

Bei ihm angekommen, entdeckte sie frischen Lavendel in den Auslagen. Tief sog sie den betörenden Duft, den er verströmte, ein. ›Mama …‹

Sofort beschloss sie, ihn zu kaufen und an ihre Gemächer liefern zu lassen. Ehe sie eintreten und ihren Wunsch äußern konnte, trat ein hübscher junger Mann aus dem Haus, erblickte sie und blieb wie angewurzelt stehen. Für ein paar Momente kreuzten sich ihre Blicke. Joska war wie gefangen von seinen Augen. Ein warmes Gefühl fing an, sich in ihrem Bauch auszubreiten. Was war das?

Halblaut fragte er: »Seid Ihr die Prinzessin? Was wünscht Ihr? Wie kann ich Euch helfen?« Anschließend sank er vor ihr auf ein Knie.

Bei dem Anblick musste Joska lachen und er errötete. »Ja, die bin ich. Ich möchte den Lavendel kaufen. Er erinnert mich an … andere Zeiten. Steh auf, du machst deine Hose schmutzig.«

»Aber Ihr seid die Prinzessin! Die schönste Frau im ganzen Land.« Erschrocken fiel ihm auf, was er gerade gesagt hatte, und stammelte eine unverständliche Entschuldigung.

Joska fand ihn süß, wie er vor ihr auf dem Boden kniete und nicht wusste, was er sagen sollte. Sie trat zu ihm, zog ihn hoch und lachte erneut. »Danke, du bist auch sehr ansehnlich. Aber jetzt möchte ich diesen Lavendel kaufen.«

Ein älterer Mann war inzwischen aus dem Laden gekommen, um zu sehen, was vor sich ging. Er erkannte die Prinzessin ebenfalls und auch ihr Gefolge, das sie inzwischen eingeholt hatte. Sofort verstand er, dass sie an etwas in seinen Auslagen interessiert war und verbeugte sich tief.

»Prinzessin, Ihr ehrt uns, indem Ihr bei uns einkaufen wollt«, stammelte er, schüttelte kurz den Kopf und mit gefasster Stimme sprach er weiter: »Mein Sohn hat Euch doch nicht verärgert?«

»Keine Sorge, werter Herr, er hat mich zum Lachen gebracht. Das geschieht in letzter Zeit nicht oft.« Mit dem Zeigefinger deutete sie auf die Kräuter. »Ich möchte den Lavendel kaufen. Er soll an den Hof gebracht werden. Direkt zu mir. Könnt Ihr das arrangieren?«

»Natürlich. Mein Sohn wird alles vorbereiten und ihn Euch persönlich in die Zitadelle bringen. Wo soll er den Lavendel abgeben?«

»Hmmm. Direkt bei mir. Er soll ihn in meine Räumlichkeiten bringen.« Ihrem Gefolge befahl sie: »Kümmert euch darum, dass er ein Schreiben erhält, welches ihm Zugang zur Zitadelle gewährt.« Dann lächelte sie den Sohn des Händlers an. »Ich möchte alles, was hier liegt. Ich erwarte es spätestens morgen.«

»Natürlich, Prinzessin.«

Sie sah ihm sein Erstaunen an. Mit großen Augen fing er ihren Blick auf. Ein wohliges Schaudern lief ihr über den Rücken.

»Wie komme ich zu der Ehre, Euch beliefern zu dürfen?«

»Du hast mich zum Lachen gebracht und der Lavendel hat mich an etwas Schönes erinnert.« Sie drehte sich mit einem letzten Lächeln um und ging zur Kutsche.

Der junge Mann brachte ihr wie verabredet am nächsten Tag die Lavendelbüschel.

… die Schwärze des Schlafes umfing sie und die Erinnerung verblasste.

Die nächsten drei Tage vergingen im gewöhnlichen Trott und sie wartete ungeduldig auf Nachricht von Ignatz.

Endlich war es so weit. Der Handwerker brachte ihr die bestellte Perücke. Sie sah genauso bezaubernd aus wie die erste – fülliges, goldgelbes Haar mit feinen Locken. Bei dieser fielen die gelockten Strähnen sanfter herab. Wie Wasser, dass durch einen leicht geschwungenen Bach drängt. Im Vergleich zur ersten war das Haar am Ansatz glatt, erst auf Höhe der Ohren fingen die Locken an. Joska gefiel, was Ignatz ihr übergab.

»Ihr habt wieder ein Meisterstück vollbracht, Perückenmacher«, lobte sie ihn.

Glücklich drehte sie das Stück in ihren Händen hin und her, begutachtete es genau – die Verarbeitung, die Haare – und ließ das Gefühl beim Berühren der Locken auf sich wirken. Wie gesponnenes Gold floss es durch ihre Hände und lag locker darin.

Sie wollte die Perücke nicht mehr aus der Hand legen und sie am liebsten sofort anprobieren, aber … allein mit Argane. Mit einem Seufzen legte Joska das Meisterwerk auf den Tisch und lief zum Schrank. Dem entnahm sie eine Börse und zählte zehn Goldstücke ab. Zurück bei Ignatz drückte sie ihm das Geld in die ausgestreckte Hand.

Aufgeregt stieß sie aus: »Könnt Ihr mir noch eine anfertigen? Mit Locken, die etwas weiter oberhalb der Ohren anfangen? Also eine Variante zwischen der ersten und der zweiten Perücke?«

Argane wollte etwas sagen, überlegte es sich aber anders, als er ihren Blick auffing.

Der Perückenmacher überlegte kurz und antwortete: »Dafür brauche ich mehr Zeit. Es war dieses Mal schon nicht ganz einfach. Aber ich werde Euch eine herstellen, die Euren Wünschen entspricht.«

»Hervorragend!« Joska strahlte. »Bitte lasst mich wissen, wenn Ihr sie angefertigt habt. Ihr habt Eurer Königin einen großen Gefallen erwiesen. Jetzt geht bitte, ich habe mich um ein Imperium zu kümmern …«

Als er endlich durch die Tür verschwunden war, zog sie das Band mit dem Schlüssel über den Kopf, hastete ins

Schlafzimmer und schloss den Raum auf. Geschwind setzte sie sich vor den Spiegel und zog die Haarpracht über ihre eigene, dünne, scheußliche.

»Sieh nur, Argane, wie wundervoll die Locken meine Schultern umschmeicheln. Sie reichen fast bis zu den Ellbogen!« Joska war ganz aus dem Häuschen. Sie schüttelte ihren Kopf von links nach rechts und ließ die Mähne fliegen. »Was meinst du? Soll ich heute so zu den Audienzen gehen?«

»Ich weiß nicht«, murmelte er zögerlich und fasste sich mit der Hand ans Kinn. Seine Mundwinkel verzogen sich überlegend und er fuhr nervös über die glatte Haut. »Es ist zu früh dafür, meinst du nicht? Was würden deine Berater davon halten? Lass dir noch ein wenig Zeit. Es ist doch ausreichend, wenn wir beide uns daran erfreuen. Unser Geheimnis! Wenn der richtige Augenblick kommt, trägst du sie, wann immer du willst.«

Joska schürzte die Lippen und dachte nach. »Wahrscheinlich hast du recht. Wie immer. Im Moment sind sie nur für uns … Aber sehr viel Zeit werde ich nicht mehr verstreichen lassen. Ich hasse meine –!«

Argane legte beruhigend seine Hand auf ihre Schulter und stimmte zu: »Nicht mehr lange, aber noch ein wenig. Und jetzt musst du los, sonst kommst du zu spät zu den Bittgesuchen deiner Untertanen.«

Joska stöhnte. »Schon wieder? War das nicht erst? Was wollen sie eigentlich andauernd?« Mit einem lauten Seufzer nahm sie die Perücke ab, ging zum Regal, in dem inzwischen mehrere Büsten standen, und zog auf eine die neue Haarpracht. »Die beiden sehen wunderschön aus. Bald wird es schwer für mich zu entscheiden, welche ich tragen will. Was hältst du davon, wenn ich heute Abend eine im Bett anziehe? Würde dir das gefallen?« Sie lächelte ihn wissend an.

»Natürlich wäre ich glücklich darüber, das weißt du doch«, bestätigte Argane und seine Gesichtszüge wurden sanft.

»Möglicherweise werde ich das …« Sie grinste. »Ich wünsche dir einen schönen Tag. Wir treffen uns heute Abend wieder hier.«

Mit einem letzten, sehnsüchtigen Blick auf die Perücken verschloss sie den Raum und widmete sich ihren Pflichten.

Langsam und zäh schleppten sich die nächsten Tage dahin, als müsste die Zeit durch Honig waten. Wahrscheinlich lag es daran, dass Joska ungeduldig auf ihre dritte Perücke wartete.

Heute hatte Danath sie gebeten, an einer Zusammenkunft ihrer Berater teilzunehmen.

Als Joska den Raum betrat, saßen schon alle um den Tisch. Ihre Mienen wirkten ernst und besonders Alliente war äußerst nervös. Schweiß lief von seiner Glatze, tropfte auf den Tisch und unentwegt wischte er mit einem Tuch über seine Stirn.

Joska stockte einen winzigen Moment, mehr Verblüffung ließ sie sich nicht anmerken – natürlich nicht! Sie winkte ihre Wachen zur Wand und nahm elegant auf ihrem Stuhl Platz. »Was gibt es so Dringendes? Ist etwas mit unserem Plan bezüglich Tränenwacht?«

Ernja schüttelte den Kopf. Alle wirkten ausgesprochen zurückhaltend und keiner wollte das Wort ergreifen.

Danath erhob sich steif als Erstes und murmelte: »Wir wollten ein Thema ansprechen, welches Euch möglicherweise nicht gefallen wird … Tangrintanien braucht einen Thronfolger. Eure Vermählung …« Er suchte kurz Blickkontakt zu einem der anderen. »Wir haben … die besten Partien im nördlichen Natlara ausführlich besprochen und wollten diese an Euch herantragen.« Schnell fiel er in seinen Stuhl zurück.

Joska war zu perplex, um zu antworten. Aufregung erfasste sie. ›Ich will nicht heiraten! Und jemanden, den ich nicht ausgewählt habe, schon gar nicht.‹ Was sollte sie unternehmen? Wo war Argane? Er musste ihr helfen! Die Aufregung schlug in Panik um.

»Wir wissen, dieses Thema behagt Euch nicht.« Auch er suchte unruhig Blickkontakt zu den anderen. »Aber … es muss sein«, bestätigte Haltoe und nickte mehr Joskas Beratern als ihr zu.

Der verdammte Priester! Er war dafür verantwortlich. Wer sonst …

»Wenn Ihr Euer Imperium erschaffen wollt und auf die Unterstützung des reinen Lichts baut, müssen wir sicher sein, dass es einen Thronfolger gibt, Majestät. Ich habe vorgeschlagen, dass Ihr den König von Hubrug oder des Landes am Nordmeer ehelicht. Mein Herr würde Euch großzügig belohnen. Mit einer Armee und neu erobertem Land. Ich denke –«

»Wie könnt Ihr es wagen! Alle! Ich werde niemanden heiraten!« Joska war aufgesprungen, gestikulierte wild mit den Händen und stürmte mit wehenden Kleidern aus dem Amtsraum.

Draußen schwankte sie, stützte eine Hand an der Wand ab, fing sich und taumelte weiter. Ihre Gedanken wirbelten wild durcheinander, ihre Knie zitterten und kalter Schweiß lief ihr den Rücken hinab. Ohne auf ihre Umgebung zu achten, rannte sie in ihre Gemächer.

»Argane, Argane! Wo bist du?«, schrie sie, als sie im Wohnraum stand. Ihr Herz trommelte und Wellen von Übelkeit, Ärger und … Hass fluteten über sie hinweg. Hass auf Haltoe, der sie an einen Nordmann verschachern wollte!

»Hier, Joska. Was ist los? Geht es dir gut?« Er zog sie in seine Arme.

»Nein! Es ist *nicht* gut! Meine Berater haben sich gegen mich verschworen! Sie wollen mich verheiraten. Ich werde sie alle hinrichten lassen!«, wütete sie. Hitze brannte auf ihren Wangen und sie ballte ihre Hände zu Fäusten. ›Der weiße Priester wird als Erstes sterben …, qualvoll …‹

»Du brauchst sie noch«, versuchte Argane es mit Vernunft und drückte sie zärtlich an seine Brust. »Du kannst sie nicht töten lassen. Noch nicht. Oder vielleicht auch gar nicht. Du wusstest: Eines Tages wirst du heiraten müssen. Wir werden nicht ewig leben, meine Liebste, und Tangrintanien braucht einen Thronfolger«, erklärte Argane. »Ich verstehe deine Bedenken, aber … hast du ihre Ratschläge angehört?«

Die Angst schwand langsam, ebenso wie die Übelkeit. Der Hass blieb. »Natürlich nicht! Haltoe wollte mir einen König aus Hubrug oder dem Land am Nordmeer zuweisen. Was erdreistet er sich!«

»Aber er hat dir etwas im Tausch dafür angeboten. Soldaten seines – unseren? – Gottes und neue Ländereien. Ist das nicht unser Ziel? Ein Imperium zu errichten, an das sich jeder in Natlara erinnern wird. Ein Imperium, dem niemand etwas entgegensetzen kann. Das alle in ihm beschützt und das alle fürchten? Regiert durch eine wunderschöne, mächtige Königin, der sich niemand widersetzen wird. Eine Allianz würde uns unserem Ziel näherbringen. Aber ich denke, du solltest selbst auswählen und deine Berater sollen sich darum kümmern, dass alles dafür in die Wege geleitet wird. Was hältst du denn davon?«

»Du hast recht, wie immer. *Ich* muss kontrollieren, wer mein Ehemann wird! Lass uns herausfinden, welches Land am besten dafür eignet ist, unser Imperium zu erweitern. Wir suchen in den Stammbäumen der angrenzenden Länder. Dann treffe ich mich erneut mit meinen Beratern … und Haltoe wird für seine Anmaßung büßen!«

»Du brauchst ihn noch«, erinnerte Argane sie sanft.

»Es wird nur ein kleines Missgeschick.« Joska kicherte böse. »Ein Finger weniger oder ein Auge, mit dem Rest kann er immer noch für mich arbeiten.«

»Lass uns zunächst nach einem geeigneten Gemahl ausfindig machen«, schlug Argane vor.

Und das taten sie. Ausgiebig, präzise, gewissenhaft und nur auf das Wohl des Imperiums bedacht suchten sie und wurden fündig.

Ein paar Tage später – diesmal hatte Joska selbst eine Beratung hinsichtlich ihrer Vermählung einberufen – saß sie schon im Amtsraum, als ihre Berater eintrafen. Mit strengem Blick musterte sie jeden einzelnen, der ins Zimmer trat.

Unbehaglich bewegten diese sich zu ihren Stühlen und nahmen Platz. Bis auf Haltoe, der sich mit erhobenem Kinn und unerträglicher Selbstgefälligkeit setzte.

Als alle saßen, begann Joska: »Ich habe über euren Vorschlag nachgedacht.«

Erstaunte Blicke wurden ausgetauscht.

»Auf keinen Fall werde ich einen König, Prinzen, Bürger oder gar ein Schwein aus den nördlichen Königreichen heiraten. Vielleicht hätte ich einfach nur Schweine sagen sollen, denn das sind die Männer dort.« Sie spießte Haltoe mit ihrem Blick regelrecht auf.

Der erwiderte ihn jedoch gelassen, was Joska wütend machte.

›Vielleicht mehr als ein Finger‹, dachte sie. ›Eine Hand oder ein Fuß!‹ Laut fuhr sie fort: »Nach langem Überlegen bin ich zu dem Entschluss gekommen, dass es das Beste für das Imperium wäre, wenn ich Brythas, den Prinzen von Pasmotar, eheliche. Bitte leitet alles dafür in die Wege.«

»Aber, Majestät. Ein König oder Prinz aus dem nördlichen Staatenbund wäre eine größere Bereicherung für Euer Imperium und würde dem reinen Licht mehr zusagen«, versuchte Haltoe es erneut. »Denkt daran: Ihr bekommt weitere Soldaten. Aus der persönlichen Armee unseres Gottes!«

»Und einen Mann, der mich unterdrückt und Tangrintanien in einen Abklatsch seiner selbst verwandelt. Ich habe mich entschieden, wir werden nicht weiter darüber diskutieren!« Abneigung peitschte mit ihren Worten durch den Raum.

Haltoe merkte hoffentlich, dass er keine Chance hatte sie umzustimmen.

Ernja lächelte Haltoe süffisant an und erhob sich. »Darf ich der Erste sein, der Euch zu Eurem Feingefühl gratuliert? Eine hervorragende Wahl, auch wenn ich Euch lieber unverheiratet gesehen hätte. Doch … alles für das Imperium. Pasmotar grenzt an unser Reich. Auch wenn das Westmassiv einen direkten Zugang verhindert. Wir können über das Nordmeer leicht dorthin reisen. Die Handelsbeziehungen und die Armee, auf die wir später zurückgreifen können, werden uns stärken.« Er verbeugte sich und setzte sich elegant wieder auf seinen Stuhl.

»Danke, Ernja. Ich wusste, auf *Eure* volle Unterstützung kann ich zählen. Wie ich inzwischen gelernt habe, ist Loyalität rar gesät.«

Auch die anderen Berater beglückwünschten sie und Larord erklärte, er würde sich sofort daran setzen, den König

von Pasmotar im Hinblick auf die erstrebenswerten Heiratspläne zu kontaktieren.

»Danke, meine Herren. Nachdem die Vermählung beschlossen ist, widme ich mich wieder angenehmen Angelegenheiten. Ihr seid entlassen … bis auf Ernja.«

»Ich benötige Eure Hilfe.« Joska kam gleich zum Punkt. »Haltoe
hat mich verärgert. Aber … ich brauche ihn und kann ihn nicht
beseitigen lassen. Seine weißen Priester jedoch genießen diesen
Schutz nicht. Bitte kümmert Euch darum, dass einem von ihnen
ein … Unfall geschieht, oder ein anderes, nicht zu erklärendes
Missgeschick.«

Der General-Major, der schon von seinem Stuhl aufgestanden und auf dem Weg zur Tür war, als sie ihn gebeten hatte zu
bleiben, verbeugte sich tief und sagte: »Selbstverständlich, Majestät. Ich werde mir etwas ausdenken. Euer Vertrauen ehrt
mich über alle Maßen.«

»Ihr seid derjenige meiner Berater, auf dessen Loyalität ich
baue. Deswegen seid Ihr auch General-Major geworden«, vertraute sie ihm an. »Aber enttäuscht mich nicht.«

Ernja salutierte und sagte: »Niemals, Majestät! Für Euch
und Tangrintanien würde ich in den Tod gehen.«

»Es reicht, wenn Ihr es für mich tut.« Joska lächelte und entließ den General-Major mit einem Wink.

Da es Abend geworden war, verlangte Joska nach einem reich-
haltigen Essen in ihren Gemächern.

Anschließend kümmerte sie sich um ihre Perücken. Mit einem feinen Goldkamm fuhr sie durch die Lockenpracht, zupfte
hier etwas zurecht und legte dort ein paar Strähnen anders.

Argane beobachtete sie, sagte aber nichts.

Joska war in Gedanken versunken …

Sonnenstrahlen fielen auf den Platz der Elemente in Tannberg. Joska und ihre Mutter waren in der Kirche der Natur, um
Elgaria Gaben darzubringen und Gebete für eine reichhaltige
Ernte zu sprechen. Beten war für Joska langweilig, aber die ganzen Blumen, die sie dargebracht hatten, fand sie wunderbar.

Außerdem duftete, brummte, strahlte und blühte der Garten der Naturkirche und sie hielt sich gern dort auf. Zusammen mit Mama durch die verschieden angelegten Bereiche über unterschiedliche Wege schlendern, war das Schönste.

›Mama ist heute so schweigsam‹, dachte Joska und musterte sie verstohlen. ›Sie muss wieder hingefallen sein. Die Blutergüsse im Gesicht leuchten rot und violett und die Striemen auf dem Handrücken … Wieso bewegt sie sich so langsam und vorsichtig? Hat sie Schmerzen?‹

Die Königin versuchte, sich nichts anmerken zu lassen, aber Joska war aufmerksam. Ähnliche Auffälligkeiten waren im letzten Jahr oft vorgekommen. Vielleicht auch schon länger? Inzwischen war sie zwölf und achtete mehr darauf. Wenn sie ihre Mutter darauf ansprach, wich diese aus, oder erzählte von ihrer Ungeschicklichkeit.

›Ob Mama krank ist?‹, überlegte die Prinzessin. ›Vielleicht kann sie ihre Beine nicht mehr richtig bewegen und stürzt deshalb öfter?‹ Bevor sie zu viel darüber nachdachte, konzentrierte sie sich auf die Beete um sie herum. Lavendel blühte darin. Sehr viel Lavendel. Er überzog den kleinen Garten mit einem unglaublich intensiven Geruch. Ihre Mutter liebte Lavendel und auch Joska fand ihn großartig.

»Mama, schau, die ganzen Bienen! Und die Farben! Violett, Blau, Weiß und sogar Rosarot!« Begeistert zeigte sie mit ihren Fingern auf die üppige Blütenpracht.

»Wunderschön. So wie du, meine kleine Göttin.« Ihre Mutter lachte. Das Lachen erreichte ihre Augen jedoch nicht. »Und wie es duftet. Der Kirchplatz vor der Naturkirche ist immer etwas Besonderes. Ich bin gern hier und es freut mich, dass du mich begleitest, Joska.«

»Immer, Mama. Jedes Mal gibt es wieder neue Blüten zu entdecken und es riecht wieder anders. Es ist so schön in dem Kirchgarten.«

Ihre Mutter sah sie traurig an, schenkte ihr erneut ein Lächeln und sagte: »Versprich mir, dass du dich immer an unsere schönen Spaziergänge hier erinnern wirst, ja? Besuch den Garten auch allein.«

Joska verstand nicht, was ihre Mutter ihr sagen wollte. ›Warum sollte ich allein in den Garten gehen? Ist sie doch krank?‹

Eine Gruppe Schmetterlinge lenkte sie ab und jauchzend sprang sie hinter ihnen her. Sie bemerkte die Träne nicht, die ihrer Mutter über die Wange ran und die sie schnell mit einem seidenen Tuch wegwischte.

Für Joska war es ein perfekter Tag. Der letzte.

Am nächsten Tag war ihre Mutter wie vom Erdboden verschwunden und niemand konnte ihr erklären, wo sie geblieben war. Joska weinte wochenlang um sie und suchte sie überall. Aber sie war einfach weg. Aus ihrem Leben gerissen.

… »Du weinst ja, Joska.« Dadurch holte Argane sie ins Hier und Jetzt zurück. »Eine Träne läuft dir über die Wange.«

Sie griff nach einem seidenen Tuch und wischte sie ab. »Ich habe an Mama gedacht. Ich war so glücklich mit ihr. Ohne sie ist alles leer und hohl.«

»Ich bin für dich da. Immer!«, versuchte Argane sie zu trösten.

»Ich weiß. Du bist das Beste, das ich habe. Lass uns ins Bett gehen. Ich bin müde.« Sie verstaute ihre Perücken, verschloss das Zimmer und legte sich hin.

In dieser Nacht schlief sie nicht besonders gut.

Die Diener und Zofen mussten es am nächsten Tag büßen.

Am übernächsten Tag ließ Ernja sich ankündigen, als Joska gerade in ihrem Arbeitszimmer Dokumente unterzeichnete. Rasch bat sie ihn herein.

Er salutierte und sagte: »Die Aufgabe, die Ihr mir übertragen habt, ist ausgeführt. Einer von Haltoes weißen Hurenböcken – verzeiht, Majestät –, ist in einen tragischen Unfall verwickelt worden und dabei gestorben. Aus irgendeinem Grund ist er im Schmiedeviertel unter einer großen Palette mit Eisenbarren entlanggelaufen, die gerade von einem Kran verladen wurde. Unglücklicherweise hat sich ein Traghaken gelöst und die Barren sind auf ihn gefallen.« Theatralisch begleitete er seine Ausführung mit Gesten. »Auch ein schnelles Eingreifen der Arbeiter konnte ihn nicht retten. Wie mir berichtet wurde, waren seine Beine, Arme und der Rumpf zerquetscht und er klammerte sich noch einige Zeit ans Leben, bevor er, nicht ganz friedlich, verschied.«

»Gut gemacht!«, lobte Joska und kicherte. »Nicht ganz friedlich, sagt Ihr. Wunderbar!« Sie klatschte einmal in die Hände. »Ich werde eine Nachricht an Haltoe aufsetzen, in der ich ihm tieftraurig kondoliere. Aber … Unfälle passieren nun einmal, nicht wahr? Der Gott des reinen, weißen Lichts wird sich etwas dabei gedacht haben, einen seiner Priester so unvermittelt zu sich zu rufen.« Sie musste bei dem Gedanken lachen.

Der General-Major stimmte ein. Dann verabschiedete er sich.

Joska setzte das Kondolenzschreiben auf und trug einem Diener auf, es zu ihrem Berater in religiösen Angelegenheiten zu bringen. Fröhlich fuhr sie fort, Dokumente zu lesen und abzuzeichnen.

Am nächsten Tag – spät abends – brachte ihr Ignatz die dritte Perücke.

Joska hatte noch nicht damit gerechnet und war überaus erfreut. »Sie sieht genauso aus, wie ich sie mir vorgestellt habe. Die Locken beginnen etwas später als bei der ersten und etwas früher als bei der zweiten. Ihr seid wahrlich ein Meister. Hier, Euer Geld.« Sie überreichte ihm einen Beutel. »Würdet Ihr mir eine weitere anfertigen? Diesmal wünsche ich mir eine andere Haarfarbe. Prächtige, geringelte, rotgoldene Haare.«

»Ihr verlangt viel von mir, Majestät.« Er überlegte und fuhr fort: »Ich werde mein Möglichstes unternehmen, um Euch zufriedenzustellen.«

»An was scheitert es?« Besorgt sah sie ihn an. »Braucht Ihr mehr Geld für Eure Ausgaben? Oder kann ich Euch anderweitig unterstützen? Ihr müsst nur sagen, was Euch fehlt und Ihr sollt es bekommen.«

»Ein paar Goldstücke mehr sind immer willkommen, Herrin. Aber es scheitert möglicherweise an geeigneten … und freigiebigen … Personen. Ich werde Euch auf dem Laufenden halten. Vielleicht geht es auch ganz schnell.«

»Ihr sollt fünfzehn Goldstücke für die nächste Perücke bekommen. Für Eure gute Arbeit«, teilte ihm Joska mit.

Ignatz bekam einen gierigen Blick, verbeugte sich und murmelte: »Erlaubt mir, Euch nun zu verlassen. Ich will mir geeignete Kandidatinnen suchen und sie bitten, ihr Haar zu spenden.«

»Natürlich. Bitte geht. Richtet den Kandidatinnen meine Hochachtung bezüglich ihrer wundervollen Haare aus.«

Als Ignatz den Raum verlassen hatte, rannte Joska in ihr Schlafzimmer und öffnete die Tür zum Raum mit den Perücken. Sie warf sich in den Stuhl vor dem Spiegel und zog die neue Haarpracht auf.

»Argane, wie sehe ich aus? Sie ist wieder wunderschön geworden! Und dadurch bin ich es auch.« Begeistert wand sie sich nach allen Seiten und betrachtete ihr Bild in der glänzenden Scheibe.

»Du siehst immer wundervoll aus, Joska. Du brauchst keine Veränderung.«

»DOCH! Du weißt, warum! Du hast es miterlebt.« Ein Schluchzer entfuhr ihr.

Argane trat hinter sie, drehte sie zu sich und kniete vor ihr nieder. »Ich weiß. Ich weiß alles.« Dann strich er ihr die Locken aus dem Gesicht und nahm ihren Kopf in seine Hände. »Und du wirst das *nie mehr* durchmachen müssen. Dafür haben wir gesorgt!«

In dieser Nacht schlief Joska beruhigt. Sie wusste: Argane wachte neben dem Bett über sie.

Buchtwächters Kampf

Evomee; Meson

Evomee stand im Zimmer des Kriegsrats. Vor ihr lagen wieder die Karten von Buchtwächter. Gemeinsam mit Terewerd besprach sie die Vorgehensweise für die – hoffentlich nicht nötige – Evakuierung.

Plötzlich flog die Tür auf und Meson stürmte geräuschvoll in den Raum.

»Dieses Warten bringt mich schneller ins Grab als ein guter Kampf«, schimpfte er lautstark, entdeckte seine Schwester neben dem Oberst und stapfte auf sie zu. Eine Gewitterwolke war *nichts* im Gegensatz zum Ausdruck seines Gesichts.

»Hattest du einen schlechten Tag?«, fragte Evomee mit hochgezogenen Augenbrauen. »Wie steht es um die Mauer?«

»Oh, entschuldige. Ihr auch, Terewerd«, murmelte ihr Bruder. »Die Feinde vor der Nordzitadelle beunruhigen mich. Sie rennen von links nach rechts und haben keine Ordnung. Könnt ihr das glauben?«

»Wir haben davon gehört, ob du es glaubst oder nicht«, erwiderte Evomee mit einem Zwinkern. »Beruhig dich erst mal, trink einen Schluck und berichte uns anschließend von deinem Tag.«

»Es ist in der Tat äußerst seltsam«, knurrte der Oberst und rieb sich die müde wirkenden Augen. »Sie widersprechen den Lehrbüchern und … einfach allem.«

»Ein Krug Bier wäre herrlich.« Meson seufzte und seine Miene hellte sich auf. Dann wurde er des Tisches mit den Getränken gewahr. Ein kurzer Fingerzeig dorthin und schon lief er los.

Kopfschüttelnd blickte Evomee ihm hinterher. »Manchmal ist er ...«

»Wie wir alle steht er unter großer Anspannung. Wir sind ungeheuer froh, Euch bei uns zu haben. Da Wenmar das nie zugeben würde, möchte ich mich an seiner Stelle bedanken«, sagte Terewerd. »Ohne Euch würde ich mich nicht so sicher fühlen. Danke, Wassergeborene.«

»Bedankt Euch nicht. Wir helfen Euch mit Freuden«, antwortete sie und blickte ihm fest in die Augen. »Nur gemeinsam werden wir aus diesem Schlamassel herauskommen. Teilweise haben wir versagt –«

»Nein! Dafür seid nicht *Ihr* verantwortlich. Nur Seyaoa Katzenauge ist es ... Und vielleicht dieser weiße Gott ... Ladet die Schuld nicht auf Eure Schultern.«

»Sehr freundlich von Euch. Nichtsdestotrotz wurden wir geschickt, diese Situation zu entschärfen und haben es nicht zuwege gebracht.« Achselzuckend beobachtete Evomee wie ihr Bruder ein großes Glas Wasser hinunterkippte und anschließend nach einem Krug Bier angelte. Mit diesem in der Hand schlenderte er auf sie zu. Die Gewitterwolke war verschwunden und hatte seinem üblichen, leicht schelmischen Ausdruck Platz gemacht.

Bei ihnen angekommen nahm er einen großen Schluck, wischte den Schaum von seinem Oberlippenbart und sagte: »Ich habe Cynath angewiesen, mich zu unterrichten, wenn der Sturm auf die Mauer beginnt. Noch mehr Katapultgeschosse, die Soldaten von den Zinnen schleudern, konnte ich nicht ertragen. Dagegen bin ich machtlos ...« Nach einem erneuten Schluck vom Bier murrte er: »Pfeile und Bolzen können die Soldaten ohne mich abschießen.« Er deutete mit dem Daumen auf den Zweihänder auf seinem Rücken. »Ich verlasse mich lieber auf mein Schwert, und das kann ich erst einsetzen, wenn der Feind auf der Mauer steht. Was hoffentlich nicht so schnell

Wirklichkeit wird. Bisher sieht es gut aus. Für jeden Meter, den sie zurücklegen, bezahlen sie mit Blut.«

»Mir ist es lieber, wenn du dich nicht auf der Mauer aufhältst«, sagte Evomee. »Ein verirrter Pfeil oder Bolzen –«

Meson winkte ab. »Ich kann auch hinausgehen, die Treppe hinunterfallen und mir dabei das Genick brechen. Oder vom Pferd stürzen.« Er sah ein bisschen auf Krawall gebürstet aus mit seinem intensiven Blick auf sein Bier. »Gibt es bei Euch Neuigkeiten?«

»Ein Evakuierungsplan ist ausgearbeitet und die Anweisungen dazu verteilt. Jetzt bin ich beruhigter. Ansonsten … nichts Inter–«

Die Tür flog gegen die Wand und ein blutverschmierter, dreckiger Mann betrat den Raum. Er trug braune Lederkleidung, die Brandflecken sowie Brandlöcher aufwies, er selbst war rußverschmiert und an seinem Gürtel hingen kleine Fläschchen. Trotz seines Zustands salutierte er zackig.

»Melde mich zum Rapport. Leutnant Kurra, Sappeurkompanie!«

Wenmar tigerte seit Längerem gedankenverloren vor dem Kamin auf und ab. Als der Sappeur durch das Zimmer schrie – anders konnte Evomee es nicht bezeichnen –, ruckte sein Kopf hoch und er gesellte sich zu ihnen an den Kartentisch.

»Hierher, Leutnant«, befahl Wenmar und winkte den Sappeur herbei.

Dessen irrer, unsteter Blick, der nie still zu stehen schien, sauste im Raum umher und fixierte irgendetwas hinter ihnen. Rasch marschierte er auf sie zu.

Als er bei ihnen ankam, drang Evomee eine Duftmischung aus Verbranntem, etwas Scharfem und Veilchen in die Nase. Verwundert blinzelte sie und starrte Kurra an.

Der schrie genauso laut wie an der Tür: »Über die Straße durch die Wächterfelsen rücken etwa sieben Bataillone heran. Die rotgoldenen Kerle kämpfen wie die Teufel. Wir sind uns sicher: Das sind keine Menschen. Die – was auch immer – sind fast alle größer als zwei Meter, so breit wie zwei Männer und haben Kraft wie Dämonen aus den drei Höllen. Sie kämpfen mit langen Stangenwaffen und riesigen ovalen Schilden. Außerdem führen sie zusätzlich Schwerter, Äxte und anderes mit sich.«

Alle im Raum hörten ihm gebannt zu. Das war der erste Bericht eines Augenzeugen.

»Warum seid Ihr Euch sicher, dass sie keine Menschen sind?« Meson klang beunruhigt.

»Ganz einfach, Elementarier«, brüllte Kurra. »Sie haben eine flache Nase, die eher aussieht, als hätten —«

»Sprecht leiser, Leutnant«, befahl Wenmar unwirsch.

»Entschuldigung, Durchlaucht. Hab noch den Knall von ′ner Falle im Ohr …«, erklärte Kurra und fuhr nicht weniger leise fort: »Wo war ich? Nase mit zwei Löchern! Die Augen haben keine Iris, sie sind einfach durchgehend Weiß. Am ehesten würde ich es jedoch auf die nadelspitzen Zähne in ihrem Mund zurückführen. Die Kerle sehen richtig gruselig aus. Aber ihr Blut ist rot und sie sterben wie jeder andere auch. Das wissen wir!« Er grinste wild.

»Wie habt Ihr sie so genau gesehen?«, fragte Terewerd. »Die Sappeure sollten doch die Straße mit Fallen spicken und diese aus sicherer Entfernung auslösen.«

»Das ist wahr und das haben wir auch genau so ausgeführt. Ein paar der rotgoldenen Fischgesichter sind uns dabei entgegengeflogen. In Einzelteilen! Ein Kopf traf eine meiner Soldatinnen. Die ist vielleicht erschrocken, als sie die Visage sah. Fast hätten wir vergessen, die nächste Falle auszulösen, so fasziniert waren wir von den Teilen, die auf uns niederregneten. Was schade gewesen wäre, wir haben uns richtig Mühe gegeben, die perfekte Mischung von Drachenfeuer und Eiswasser so zu platzieren, dass sie zusammenlaufen, wenn jemand die Falle auslöst. Es hat uns einige Zeit gekostet die Löcher dafür in den Boden zu bo—«

»Weniger Einzelheiten von den Fallen und mehr, was mit den Feinden geschehen ist, Mann!«, unterbrach der Herzog barsch den Redefluss des Leutnants.

Evomee fand bei allem Weiterem, dass es schwer war, ihm zu folgen. Er sprang von einem Thema zum Nächsten und kurz darauf zu etwas ganz anderem. ›Unruhig, genauso wie sein Blick‹, kam ihr in den Sinn.

»Jawohl, Durchlaucht!«, rief er, salutierte und kratzte sich zwischen den vereinzelten Haarbüscheln am Kopf. »Wir haben einfach so außergewöhnliche Fallen entwickelt und durften sie endlich einsetzen. Wenn ihr wollt, erkläre ich sie Euch anschließend –«

»Sagt einfach, was mit den Rotgoldenen geschehen ist!«, befahl Terewerd.

Evomee sah dem Leutnant die Enttäuschung an. »Um es ganz kurz zu machen …, wie Ihr anscheinend wünscht: Wir haben etliche Feinde getötet. Gesprengt, verätzt, zerquetscht, aufgespießt, verbrannt und zerstückelt. Wollt Ihr nicht doch Einzelheiten …? Ich sehe, nicht. Vor den Steinbrüchen haben wir sie mit einem großen Felsrutsch aufgehalten. Sie und alle Nachfolgenden müssen sich erst durch die verschüttete Straße hindurchbuddeln, ehe sie das Stadttor erreichen. Wie viele wir getötet haben, kann ich nicht sagen, aber es werden etliche sein. Wir sollten ein paar Tage Ruhe vor ihnen haben. Ihr wollt nicht doch noch genauer über die Fallen informiert werden?« Hoffnungsvoll starrte er die Wartenden an.

»Danke, Leutnant Kurra. Bitte kümmert Euch wieder um Eure Aufgaben«, sagte Terewerd.

Mit einem zackigen Salut verließ er die Gruppe am Tisch.

»Was haltet ihr davon, Elementarier?«, fragte der Herzog, als der Sappeur durch die Tür geschritten war.

Fasziniert hatte Evomee beobachtet, wie der Mann mit der Tür noch ein paar Worte gewechselt hatte. ›Befremdlich, äußerst befremdlich und wunderlich‹, dachte sie und konzentrierte sich wieder auf das Gespräch.

»Beunruhigend. Woher kommen diese Kämpfer?«, fragte Meson. »Ich habe noch nie von solchen Kreaturen gehört. Du, Evomee?«

Sie schüttelte den Kopf und blickte Neppo an. »Weißt du etwas darüber?«

Der kleine Igel verneinte und ließ sie wissen: *»Ich habe keine Ahnung, was sie sind.«*

»Neppo auch nicht. Ein Rätsel, das wir lösen werden. Aber nicht heute. Zunächst erwehren wir uns ihrer. Wenn wir Buchtwächter gerettet haben, kümmern wir uns darum. Sie sterben wie Menschen, und die Mauer werden sie auch erst einmal überwinden müssen. Der Leutnant hat genügend Möglichkeiten aufgezählt, sie zu ihrem Schöpfer zu schicken. Er war … wunderlich?«

Terewerd lachte. »Das sind alle Sappeure. Ich glaube, die Dämpfe aus den Destillen und deren Destillaten zersetzen langsam das Gehirn. Oder es wird nur Sappeur, wer von Haus aus verrückt ist.«

Evomee fiel mit ein und kurz darauf auch die beiden anderen. Das reduzierte die Anspannung, die nach dem Bericht greifbar im Raum hing.

Meson verabschiedete sich bald, um zu schlafen. Er wollte für den nächsten Tag bereit und frisch sein.

Evomee folgte ihm kurz darauf.

In ihrem Zimmer angekommen, orderte sie eine Mahlzeit. Sie hatte vor lauter Arbeit seit dem Morgen nichts mehr zu sich genommen. Nach dem Mahl fiel sie erschöpft ins Bett.

Neppo kroch zu ihr unter die Decke und kuschelte sich in ihre Armbeuge. Gemeinsam schliefen sie ein.

Die nächsten zwei Tage verliefen, bis auf die Kämpfe auf der Nordmauer, ereignislos.

Am fünften Tag des Kampfes erschienen die fremden Kämpfer am Stadttor.

Klopfen an seiner Tür weckte Meson. Er sprang aus dem Bett, öffnete und stand einem erschöpften Kurier gegenüber.

Der Mann salutierte und meldete: »Cynath lässt Euch ausrichten: Die Belagerungstürme erreichen die Mauer.«

Meson nickte, weckte schnell Yssy, schnappte sich einen Kanten Schwarzbrot, etwas Hartkäse und rannte durch den Palast zum Stall. Ungeduldig wartete er, bis sein Pferd gesattelt war und preschte los, kaum, dass ein Knecht es zu ihm gebracht hatte.

Am Ziel angekommen, ließ er sein Tier in der nördlichen Hafenzitadelle zurück und rannte den Wehrgang entlang zu dessen Mitte. Die Sonne war inzwischen aufgegangen und Yssy schwebte als glänzender Schemen in der Luft.

Nicht lange nachdem er losgelaufen war, schlug eine Leiter krachend an den Wall. Rasch stieß er sie unter Deckung von Bogenschützen mit einigen anderen Soldaten um. Die Osnilianer fielen schreiend in die Tiefe.

Meson spurtete weiter. Auf dem Weg zum nächsten Belagerungsturm passierte er etliche zerstörte Speerschleudern und einen kaputten Tribock. Andere Maschinen trugen ihre tödliche Last mitten unter die Feinde vor der Mauer. Die Mannschaften an den Waffen arbeiteten unermüdlich und wirkten ausgezehrt und müde.

Endlich ragte einer der Belagerungstürme vor ihm auf. Er sah, wie ein Stück voraus ein weiterer seinen Inhalt auf die Mauer entließ: Osnilianer mit runden, tierkopfbemalten Schilden sowie Hieb- und Stichwaffen.

Einer der Türme war in Flammen aufgegangen und leuchtete wie eine große Fackel inmitten des Irrsinns. Der Turm vor ihm erreichte die Mauer und eine große Holzklappe schlug polternd auf die Zinnen. Männer sprangen schreiend heraus und wurden von Piken und Armbrustbolzen empfangen. Die erste Reihe Angreifer wurde restlos niedergemäht und fiel tot auf die Mauer, oder daneben vorbei in die Tiefe. Aber es drangen so viele weitere nach, dass die olorischen Soldaten kurz darauf in einzelne Handgemenge verwickelt wurden.

Von hinten flogen Bolzen an Meson vorbei in das klaffende Maul des Turms. Kleine Luken öffneten sich in ihm und Pfeile sausten in großer Geschwindigkeit heraus und töteten Soldaten von Buchtwächter.

Geduckt hastete Meson weiter, zog seinen Zweihänder und warf sich ins Getümmel. Ein Pfeil traf seine Lederrüstung und trudelte über die Mauerzinne davon.

Sein erster Schwertstreich spaltete zwei bemalte Schilde und die Männer, die sie hielten. Trotz des Widerstands wurde er vom Schwung weitergetragen und enthauptete einen Feind.

Ein Armbrustbolzen streifte seine Brust und Schmerz flammte auf.

›Abgeprallt. Puh!‹

Ohne lang zu überlegen, sprang er auf die Zinne und hüpfte darüber auf den Schlund des Turmes zu. Mit diesem besseren Überblick erkannte er, dass die Soldaten von Bucht-wächter die Lage wieder unter Kontrolle gebracht hatten und die Feinde zurück in das Holzgerüst trieben.

Meson erreichte die hölzerne Rampe, tötete zwei Männer, und durchtrennte die Seile, die die provisorische Holzbrücke zusammenhielten. Zitternd bewegte sie sich unter seinen Füßen und rasch sprang er von ihr herunter.

Yssy flog auf ihn zu, vorbei und schlug dabei mit seinem Schwanz auf die Holzkonstruktion. Mit einem Knall wurde sie in die Luft geschleudert und zerbrach in tausend Einzelteile.

Die paar Feinde, die noch auf ihr standen, wurden über die Mauer ins Nichts geworfen. Schrille Schreie begleiteten ihren Fall.

»Kippt Öl auf den Turm und zündet ihn an«, befahl Meson ein paar Soldaten und rannte weiter.

Vor ihm kletterten Osnilianer über die Mauer. Ein kleiner Bereich des Walls zwischen zwei Türmen war in ihrer Hand. Sie warfen Seile hinab und langsam tauchten immer mehr Feinde auf.

Meson winkte ein paar Morgensternträger mit Plattenrüs-tung heran, zeigte ihnen an, ihm zu folgen und brüllte: »Aus dem Weg!«

Die Soldaten öffneten ihnen eine Schneise und wie eine Wand aus Stahl krachten er und sein Gefolge gegen die Osnili-aner. Sein Schwert schwingend schlug er einen blutigen Gang, durch den sie hindurchpflügten.

›Wie ein Pfeil, der eine Rüstung durchdringt. Er durch-schlägt alles … oder bleibt stecken. Verschlammte Wasser!‹

Nun aber steckten sie fest. Von hinten drängten weitere Sol-daten heran. Sein Schwert klemmte zwischen Gliedmaßen, und Meson fluchte herzhaft. Eingequetscht standen Freund und Feind einander gegenüber und knurrten sich an. Einem starrte

Meson genau in ein Paar blutunterlaufene, schlitzförmige Augen.

Plötzlich ertönte ein schriller, röhrender Schrei. Yssy krachte in die Männer aus Osnil und wütete mit seinen Klauen, Zähnen und dem langen Körper unter ihnen. Links und rechts flogen Leiber über die Zinne, getroffen von einem peitschenden Schwanz. Krallen zerfetzten Schilde und Rüstungen wie Papier. Blut regnete auf alles in der Nähe herab, außerdem Körperflüssigkeiten, abgetrennte Körperteile sowie Reste von Rüstungen und Waffen. Yssy röhrte erneut und stieß sich ab.

Endlich hatte Meson Platz. Er holte aus und nutzte den Tumult, den der Elementar erzeugt hatte, um sich der Feinde vor ihm zu entledigen.

Einige Zeit und viele Tote später erlangten sie die Kontrolle über den Mauerabschnitt zurück und entfernten die Leitern und Seile. Schwer atmend stand Meson an die inneren Zinnen gelehnt und wischte Blut und anderes aus seinem Gesicht.

›Mein schöner Bart und das Haar‹, fluchte er. ›Das Reinigen wird ewig dauern. Von der Pflege gar nicht zu sprechen …‹

Missmutig nahm er eine Kelle mit Wasser entgegen, die ihm ein halbwüchsiger, ängstlicher Junge entgegenstreckte, benetzte seinen Bart und entfernte den gröbsten Schmutz. Anschließend trank er durstig einige Kellen voll und blickte zum Himmel hinauf. Die Sonne hatte inzwischen den Zenit erreicht.

Yssy flog immer wieder zum Meer, um seine Haut zu benetzen. Jedes Mal spuckte er danach Wasser auf die Feinde und zerstörte dadurch Leitern oder pustete Männer von ihnen herunter.

Schmerz zuckte durch Mesons Oberschenkel, als er sich von der Mauer abstieß und ihn belastete. Zu erkennen war nichts und bis auf den Schmerz behinderte er ihn nicht. Also egal. Ein paar Schlucke später warf er die Kelle zurück in den Eimer und beteiligte sich erneut am Kampf.

Gegen Abend hatten sie etliche Belagerungstürme unbrauchbar gemacht und Meson erkannte, dass der Wille der Feinde für heute gebrochen war. Also beschloss er, zurück in den Palast zu reiten. Er war unglaublich erschöpft und Erschöpfung bedeutete in einer Schlacht oft den Tod.

Im Zimmer des Kriegsrats angekommen, bat er um eine Schüssel mit Wasser, um sich zu waschen. Das Blut und der Dreck waren inzwischen großteils angetrocknet und grummelnd schrubbte er daran herum.

»Du stinkst wie eine Kloake!« Evomee rümpfte die Nase, als er an den Tisch trat. »Und du siehst aus, als hättest du dich in menschlichen Einzelteilen gewälzt. Willst du dich nicht erst richtig reinigen?«

»Wenn ich mich jetzt wasche, lege ich mich danach hin und schlafe bis morgen durch. Bitte bring mich kurz auf den neuesten Stand, anschließend bist du mich und meinen Gestank los.« Er grinste sie an.

»Die nördliche Mauer wird beständig angegriffen, wie du sicherlich weißt. Wir halten sie, stehen aber an manchen Abschnitten unter starker Bedrängnis. Die dortige Reserve musste teilweise eingreifen. Luis hat einen Ausfall durch das Osniltor unternommen und einen großen Rammbock zerstört, der von den osnilischen Soldaten herangeschleppt wurde. Vom Meer her gibt es keine Anzeichen für einen Angriff. Hilde hatte keinen Feindkontakt bis auf kleine Scharmützel in der nördlichen Hafenzitadelle. Die Rotgoldenen im Osten haben sich wohl durch den Felsrutsch hindurchgearbeitet und stehen außer Schussweite vor dem Stadttor. Wir denken, dass sie morgen angreifen werden. Das war alles.« Sie blickte in streng an und fügte hinzu: »Ruh dich aus.«

»Danke. Genau das werde ich jetzt.«

Inzwischen hatte er sein Gesicht gereinigt, das Wasser in der Schüssel war mehr rot als klar und das Tuch, das er verwendet hatte, sah genauso aus. Angewidert drückte er beides in die Hände eines Dieners und stapfte hinaus.

In seinem Zimmer angekommen wusch er sich den restlichen stinkenden Dreck vom Leib. Danach reinigte er seine Rüstung und das Schwert, aß etwas und fiel kurz darauf in einen erschöpften Schlaf.

Mitten in der Nacht wurde er wieder einmal unsanft von einem Kurier geweckt …

Evomee wurde aus ihrem Schlaf gerissen. Von was? Verwirrt öffnete sie die Augen und wanderte mit ihrem Blick durch den Raum. Er verfing sich an der Fensterfront und beim Anblick der beiden Monde.

›Nur ein paar Stunden Schlaf.‹ Müde rieb sie mit der Hand übers Gesicht. ›Nicht lange genug …‹

Neppo lag noch zusammengeringelt neben ihr im Bett und stieß leise, schmatzende Laute aus. Sein Biberschwanz zuckte, genauso seine kleinen Pfoten, als würde er schwimmen.

›Wahrscheinlich träumt er von einer Jagd im Wasser‹, vermutete Evomee und musterte ihn liebevoll.

Ungeduldiges Klopfen an der Tür riss sie aus den Gedanken. Schnell stand sie auf, warf einen Mantel über die nackte Haut und öffnete.

Als der Kurier sie erblickte, stammelte er eine Entschuldigung und sagte: »Herrin, Terewerd bittet Euch zum östlichen Stadttor. Möglicherweise beginnen die rotgoldenen Feinde, die Stadt zu stürmen.«

Sie ließ den Mann stehen, schloss die Tür und kleidete sich in Windeseile an. Neppo ließ sie im Bett schlafen – er würde ihr nicht viel helfen. Sie strich ihm kurz über das seidige Fell, packte ihren langen Stab und setzte den Helm auf. Ein Blick in den Spiegel zeigte ihr eine stark gerüstete, hochgewachsene Kriegerin. Zufrieden nickte sie.

›Immerhin bin ich fast so groß wie die Kreaturen.‹

Schnell besorgte sie ein Pferd im Stall und ritt zur Ostmauer. Ein Gewusel von Mensch und Tier empfing sie.

Anscheinend hatten die Reiter von Hauptmann Luka einen Ausfall durchgeführt und kehrten gerade zurück.

Während sie zur Mauer trabte, erkannte sie unzählige leere Pferderücken, blutüberströmte Krieger und entsetzte Mienen.

Hastig schwang sie sich vom Pferderücken, drückte die Zügel einem Knecht in die Hand und rannte mit langen Schritten die schmale Treppe zum Wehrgang hinauf. Oben erblickte sie Yssy, silberblau im Mondlicht glänzen.

›Meson wird nicht weit von ihm entfernt sein‹, vermutete Evomee, und schon tauchte er auf.

Zusammen mit Terewerd lief er die Zinne entlang. Beide starrten in die mondbeschienene Dunkelheit vor der Mauer.

»Hallo, Meson, Terewerd«, machte sie sich bemerkbar. »Die Rotgoldenen greifen uns an?«

»Noch nicht«, sagte der Oberst, während er anhielt und ihr zunickte. »Sie standen kurz davor, da habe ich einen Ausfall unserer Reiterei befohlen. Das war jedoch keine gute Idee. Im Nachhinein betrachtet …« Er fluchte. »Wie es scheint, haben wir fast die Hälfte des Bataillons verloren. Keine Ahnung, wie viele Feinde sie töten konnten.«

»So viele?!« Evomee war bestürzt. »Kämpfen sie wirklich so gut, wie der Sappeur berichtete?«

»Es sieht so aus«, beantwortete Meson ihre Frage.

Ein grollendes Geräusch drang aus der Dunkelheit zu ihnen heran. Es klang wie ein Singsang oder ein seltsames Trommeln, fand Evomee. Und es steigerte langsam, aber stetig seine Intensität.

»Hauptmänner! Bereit machen!«, schrie der Oberst.

Meson zog sein Schwert und sie packte ihren Stab kräftiger.

›Was soll schon groß passieren?‹, dachte sie. ›Die Mauern sind dick und hoch. *Die* müssen sie erst einmal erstürmen.‹

Der Singsang wurde noch lauter und kurz darauf mischte sich ein neues Geräusch darunter. Trampelnde Füße!

»Feuern, Soldaten! Feuern!«, ertönte es von allen Seiten und die beiden Triböcke auf dem Stadttor sowie die Speerschleudern warfen ihre tödlichen Geschosse in die monderhellte Dunkelheit.

Evomee erkannte, dass die Wälsch zwar das Bachbett nicht mehr ausfüllte, aber ein breiter Graben um die Stadt verlief. Der war nicht aufgefüllt worden. Das würde die Angreifer bremsen!

Eine wilde, wogende Masse schälte sich aus den Schatten der Umgebung. Große Speere rissen Feinde um. Einige durchbohrten gleichzeitig mehrere von ihnen. Der Rest rannte einfach weiter und trampelte über ihre gefallenen Kameraden hinweg.

»Nachladen! Und dann feuern!«, erklangen wieder die Schreie von der Mauer.

Erneut rissen die Speere große Lücken in die Masse. Kurz darauf schlossen sich diese aber wieder.

»Feuern!« Die Befehle klangen verzweifelter.

Verblüfft beobachtete Evomee die schattenhaften Gegner, die unglaublich schnell waren und jetzt schon den Graben erreichten. Einige sprangen einfach hinein oder versuchten gar, darüber hinwegzusetzen.

Evomee blinzelte. ›Wie können sie so springen? In voller Montur! Das habe ich noch nie gesehen!‹ Und dann kam ihr der Gedanke: ›Finvara ist möglicherweise so schnell wie die Rotgoldenen. Aber sie besitzt Lutums Gabe …‹

»Armbrüste und Bogenschützen! Anlegen und schießen!«, schrien die Leutnants.

Erneut fielen vereinzelt Feinde, getroffen von Bolzen und Pfeilen. Aber viel zu wenige!

Die ersten gepanzerten Gestalten erklommen das Ufer zur Mauer. Davon wurden sie jedoch nicht merklich ausgebremst.

»Sie werden nicht langsamer«, rief Meson erstaunt aus. »Und sie haben keine Leitern oder Rammböcke dabei. Wollen sie die Mauer einfach einreißen?«

Evomee vernahm einen Anflug von Angst in seiner Stimme. Das hatte sie noch nie bei ihm gehört. Ihr Mund wurde trocken.

»Sie können die Mauer nicht einfach überwinden, dafür ist sie zu hoch«, sagte Terewerd zweifelnd. »Hoffentlich …«

Die ersten Feinde erreichten den Fuß des Walls und pressten ihre Rücken an ihn.

Alle starrten ungläubig über die Zinne, um ihr weiteres Vorgehen zu verfolgen, während die Verteidiger auf die Angreifer schossen. Viel richteten sie damit nicht aus.

Die nächsten Feinde kletterten auf die erste Reihe und stellten ihre Füße auf deren Schultern. So wie die nächste und die darauf. Rasend schnell wuchs an der ganzen Mauer eine weitere aus Kreaturen hinauf.

»Bogenschützen, Armbrustschützen! Tötet die Feinde!« Angst schwang jetzt in den Befehlen mit.

Evomee konnte es ihnen nicht verdenken. Sie konnte nicht glauben, was sie sah. Wollte es nicht glauben.

Die ersten Wesen erreichten die Mauerspitze, packten den Rand und schwangen sich darüber. Einige wurden von Piken und Stangen zurückgestoßen und stürzten zu Boden.

Ungläubig erkannte Evomee, wie sich einige von den Gestürzten wieder aufrappelten und die Mauer aus Kreaturen erneut hinaufkletterten.

Feuer flammte rechts des Tors auf. Soldaten hatten geistesgegenwärtig Öl über die Wesen gegossen und es angezündet.

Die Rotgoldenen standen einfach weiter da und verbrannten. Rauch wallte in dichten, schwarzen Wolken in den Himmel. Keine der Kreaturen bewegte sich – oder schrie! Über allem lag nur dieser grollende Gesang.

Entsetzt starrte Evomee auf die Kreaturen, die langsam verkohlten. Metall verglühte, und dann brach endlich ein Teil der lebendigen Mauer ein.

»Zündet sie an!«, rief sie Terewerd zu. »Ihr müsst befehlen, die Mauer in Brand zu setzen! Sonst überrennen sie uns.«

Der Oberst stand regungslos an der Zinne und rührte sich nicht. Als hätte ihn die unfassbare Leistung der Feinde in eine Schockstarre versetzt. Evomee trat zu ihm und rüttelte ihn.

»Was … Wie … Öl, ja. Wir müssen sie zurückdrängen.« Endlich schüttelte er seine Lethargie ab und gab die entsprechenden Befehle.

»Los, wir müssen ihnen helfen.« Evomee sah Meson und Yssy an. »Lass uns zusammen kämpfen«, bat sie. »Dann weiß ich, dass ich jemand im Rücken habe, der sich *davon* …« Eine Handbewegung schloss die Kreaturen ein »… nicht einschüchtern lässt.«

Meson nickte stumm und zog seinen Zweihänder.

»Ich bin hinter dir«, erklärte Evomee.

Beide rannten die Mauer entlang zu einem besonders stark umkämpften Bereich und warfen sich zwischen die Soldaten von Buchtwächter und die rotgoldenen Feinde.

Evomee ließ ihren Stab wirbeln, traf einen Feind mit der Spitze im Gesicht und zertrümmerte es. Die Kreatur sackte zusammen und wurde sofort von einer anderen ersetzt. Durch ihre Größe und den langen Kampfstab konnte sie es gut mit ihnen aufnehmen. Glücklicherweise! Die Verteidiger taten ihr leid. Niemand hatte ihren Vorteil, und die Wesen wüteten schrecklich unter ihnen.

»Sie sammeln sich!«, hörte sie Meson. »Die Kerben in ihren Schilden nutzen sie, um sie zu überlappen und mit den Stäben und Speeren dort durchzustechen. Sie bilden einen Wall mit ihren Schilden. Yssy, kannst du sie aufhalten?«

Sie konnte nicht sehen, ob es ihm gelang, sie musste sich erneut gegen zwei Rotgoldene verteidigen. Deren Stäbe mit gehärteten Spitzen zuckten auf sie zu und schlugen auf sie ein. Entschieden drängte sie die Feinde vor ihr zurück, Meson in ihrem Rücken. Immerhin wusste sie dadurch, dass sie ihre Aufmerksamkeit voll auf das Geschehen vor ihr konzentrieren konnte.

Der beiden Feinde entledigte Evomee sich, indem sie ihnen die Helme und die Köpfe einschlug. Einen weiteren stieß sie zurück über die Mauer, kaum, dass er darauf landete. Ein anderer stürzte, von ihrem Stab an der Brust getroffen. Evomee zögerte nicht lange, ließ ihn von oben herabsausen und zerquetschte seine Hüfte und sein Geschlechtsteil. Sofern es dort etwas zu zerquetschen gab ... Zumindest stand er nicht mehr auf. Kurz ebbte der Kampf um sie herum ab. Die Zeit nutzte sie und sah zu Meson.

Er trieb die Feinde mit weit ausladenden Schlägen vor sich her. Blut rann ihm über das Gesicht in den Bart. Ob es von ihm oder jemand anderem stammte, konnte sie nicht sagen.

Kurz darauf wurde sie erneut bedrängt.

Yssy flog gerade vorbei, schleuderte ein paar Feinde zu Boden und spießte sie mit seinen Krallen auf. Als er davonflog, zerrte er einen mit über die Mauer.

Evomee war gefangen in einem steten Angriffs- und Abwehrkampf. Zustoßen, abblocken, hinterhersetzen, zurückziehen. Die Zeit wurde zu einer blutigen Aneinanderreihung von Szenen. Sie wusste nicht, wie lang sie kämpfte. Irgendwann konnte sie besser sehen, da die Sonne aufging. Sie wünschte, es wäre dunkel geblieben, so grausam tobte die Schlacht. Und die Kämpfe wurde durch die Helligkeit noch brutaler geführt.

Unendlich lang später betete sie zu Wodasch, um Kraft. Ihre Muskeln brannten und schmerzten. Bisher hatte sie noch keine Wunde davongetragen, was sie verwunderte. Oder bemerkte sie einfach keine Verletzung? Sie fing an zu taumeln. Alle Bewegungen wurden schwer und ungeschickt.

Als sie dachte, der Stab würde ihr gleich aus den Fingern rutschen und das Kettenhemd sie zu Boden ziehen, kehrte plötzlich Stille ein. Der grollende Gesang war verstummt. Er hatte sie stundenlang begleitet und jetzt kam es ihr vor, als wäre sie taub geworden.

»Sie fliehen!«, hörte sie Worte dumpf durch ihre Erschöpfung. Um sie herum stapelten sich rotgoldene Körper.

Erschöpft sank Evomee zu Boden und landete in einer Pfütze aus Abscheulichkeiten. Es war ihr egal. Hätte sie sich nicht durch ihren Stab abgestützt, sie würde der Länge nach am Boden liegen. Durch den Schleier der Erschöpfung blickte sie zu Meson. Der lag, alle viere von sich gestreckt, in der gleichen Pfütze.

»Meson, lebst du noch?«, flüsterte sie heiser.

»Falls es so ist, kann ich mich nicht mehr bewegen. Ich habe mich noch nie so schwach gefühlt. Was ist geschehen?«

Fast hätte sie ihn nicht verstanden.

»Ich weiß es nicht. Es fühlt sich an, als hätte ich monatelang gekämpft.«

Ein Knecht brachte Wasser und sie trank durstig. Dann klärte sich ihr Blick langsam. Überall lagen Tote. Kreaturen, zerstückelt, verbrannt, aufgespießt. Dazwischen – in großer Zahl – Verteidiger. Einige wirkten regelrecht zerquetscht, mit ihren eingedellten Rüstungen und Helmen. Evomee war verwundert darüber, wie sie auf dem Wehrgang überhaupt Platz zum

Kämpfen gefunden hatten. Überlebende Soldaten saßen wie sie einfach auf dem Boden. Einige weinten, andere wippten vor und zurück. Wieder andere schrien vor Schmerz, die Hände auf grausige Wunden gepresst. Manche kümmerten sich um ihre Freunde und Kameraden. Wieso war um sie und Meson herum so viel freie Fläche?

Evomee versuchte aufzustehen. Ihre Beine versagten ihr den Dienst und sie stürzte zurück auf den harten Stein. Beim zweiten Versuch stützte sie ihr Gewicht auf ihren Stab und schaffte es.

Taumelnd ging sie zur Mauer und blickte nach draußen. Überall lagen tote Feinde. Viele weitere standen außer Schussweite und warteten. Geschwärzte, verkohlte Gestalten klebten überall an der Mauer. Es war ein gänsehauterzeugendes, groteskes Bild. Ein Blick in die Stadt zeigte ihr, dass auch dort gekämpft worden war. Der ganze Marktplatz war übersät von Leichen. Häuser brannten.

»Meson, kannst du aufstehen? Bist du verletzt?« Sie wankte zu ihrem Bruder.

»Ich glaube nicht. Beides nicht!« Er blieb einfach liegen. Sein Schwert ruhte neben ihm. »Ich bin so müde. Sind wir in der dritten Hölle?«

»Dafür ist es zu kühl«, antwortete sie ihm gepresst. Ein Lächeln brachte sie nicht zustande.

Yssy landete mit einem klatschenden Geräusch neben ihnen und bespritzte sie mit Körperflüssigkeiten.

Auch das war ihr egal. Auf dem Körper des Elementars waren unzählige kleine Kratzer. Ab und zu fehlte eine Schuppe. Ansonsten schien es ihm – Wodasch sei Dank! – gut zu gehen.

Plötzlich leerte er einen großen Schwall Wasser über Meson aus und wusch dadurch einen Teil der ekligen Flüssigkeiten von ihm.

Prustend rang Meson sich auf die Beine.

Evomee musste lachen. Trotz ihrer Erschöpfung musste sie so sehr lachen, dass ihr Tränen kamen und ihr erneut die Muskeln schmerzten. Ein trauriges Lachen über diesen ganzen Wahnsinn.

»Lass uns zum Palast zurückkreiten«, bat sie Meson.

Der nickte erschöpft.

Vorsichtig schlitterten sie die schmale Treppe hinunter, stapften an toten, sterbenden, verletzten und lebenden Soldaten vorbei und erreichten etwas später den Palast.

Evomee wusch den Dreck ab, fiel zu Neppo ins Bett, der sich liebevoll an sie kuschelte und weinte sich – traurig über die ganzen verlorenen und zerstörten Leben des Tages – in den Schlaf.

Als Meson geweckt wurde, hatte er viel zu wenig geschlafen und seine Muskeln waren harte Klumpen. Stöhnend wälzte er sich vom Sofa und blinzelte in die morgendliche Sonne.

›Yssy?‹ Entdecken konnte er den Elementar nicht. Also hatte er nichts mit dem Klopfen zu tun. Die Tür!

Schlaftrunken wankte er dorthin und öffnete.

Eine Kurierin stand davor, stammelte etwas und wurde rot.

Meson sah an sich herab und bemerkte seine Nacktheit. Er hatte sich gestern gewaschen, aufs Sofa gesetzt und war einfach eingeschlafen. Er beschloss, es zu ignorieren.

»Was gibt es?«, fragte er die junge Frau, die immer noch große Augen machte und offenbar nicht wusste, wo sie hinsehen sollte.

»Ich soll Euch errichten … ausrichten … berichten …« Ihr Blick ruhte auf seinem stattlichen Körper. »Die Nordmauer wird von geflügelten Kreaturen angegriffen«, brachte sie letztendlich heraus.

»Schlammige Wasser! Gut. Ich mache mich auf den Weg.« Meson erlöste die Frau von seinem Anblick, indem er die Tür schloss. Unwillkürlich musste er grinsen. Wer konnte schon von sich behaupten, einen nackten Elementarier gesehen zu haben. Und einen so stattlichen noch dazu! Dann drang das, was die Kurierin im erzählt hatte, mit Vehemenz in sein Gehirn. ›Geflügelte Kreaturen? Was haben die Osnilianer jetzt wieder ausgepackt, um Buchtwächter einzunehmen?‹

Rasch zog er sich seine Rüstung an, hastete die Gänge entlang zum Stall und ritt los.

Bevor er die nördliche Hafenzitadelle erreichte, erkannte er von Weitem große fliegende Kreaturen über der Stadtmauer kreisen und auf sie herabstürzen.

›Wyvern? Das müssen Wyvern sein! So sehen sie zumindest aus … Schlangenkörper, große ledrige Flügel und eine Stachelkeule am Schwanzende. Wieso greifen die fliegenden Schlangen Buchtwächter an? Und in so großer Zahl. Woher kommen sie?‹ Der ganze Himmel war von ihnen bedeckt.

Fluchend ließ er sein Pferd an der Zitadelle zurück und rannte den gleichen Weg wie letztes Mal an der Mauer entlang.

Die Verteidiger wehrten die fliegenden Ungeheuer verzweifelt ab. Einige zwangen sie zu Boden, aber zu oft blieben olorische Soldaten leblos neben ihnen liegen. Manche Wyvern wurden regelrecht von Pfeilen und Bolzen gespickt und stürzten ab.

»*Meson, bist du endlich aufgestanden!*«, hörte er Yssy, bevor er ihn sehen konnte.

Er entdeckte ihn, als der Wasserelementar einen pferdegroßen Wyvernkörper auf die Zinne neben ihm hämmerte und ihm durch einen Biss den Hals zerfetzte. Stolz ragte er über der Kreatur auf und röhrte laut in den Himmel, bevor er den leblosen Körper in die Ebene zu den Angreifern schleuderte.

Meson kam es vor, als würden die anderen Wyvern von der Stelle fliehen. Immerhin.

»Ich sehe, du brauchst mich nicht. Wo kommen die ganzen verschlammten Viecher her?« Er trat an die Zinne und schlug Yssy kräftig auf das Hinterteil.

»*Aus den Käfigen! Die Osnilianer haben sie mitgebracht. Sie waren auf den Wagen, die ich vor vielen Tagen gesehen habe. Erinnerst du dich?*«

»Ja. Es sieht so aus, als würden sie dich fürchten?« Um sie herum war die Luft relativ ruhig und die Soldaten hatten Zeit, mit ihren Bögen und Armbrüsten auf die Kreaturen zu schießen, die weiter entfernt auf ihre Kameraden herabstießen.

Yssy röhrte erneut einen lauten Kampfschrei in die Luft. »*Das sollten sie auch. Ich werde sie alle zerreißen und zerfetzen!*« Er stieß sich ab und flog auf eine große Wyvernwolke zu.

Meson trat an die Mauer, kniff die Augen zusammen, und blickte in die Ebene hinaus. Dort, inmitten der Feinde erkannte er eine weiß gekleidete Person. Sie streckte die Hand in die Luft und es wirkte, als würde sie die Wyvern lenken. War das ein Tierbesänftiger? Aber die konnten nur ein paar ausgewählte Kreaturen lenken. Und mussten ihnen fortwährend Befehle erteilen. Die Wyvern waren viel zu weit entfernt, verstreut und ihre Anzahl zu groß.

Mit gerunzelter Stirn bemerkte Meson, wie ein riesiger Karren zu der Person gezogen wurde. Ein ebenso großer Käfig stand darauf. Ihm wurde bang.

Unruhig blickte er sich um. In der Nähe stand ein Tribock. Darauf zueilend und auf die Ebene deutend rief er der Mannschaft zu: »Schießt auf den Käfig! Den Käfig! Ihr müsst ihn treffen, bevor sie ihn öffnen!«

Der Trupp starrte ihn an, als er auf sie zurannte.

Bei ihnen angekommen, zeigte er erneut auf den Weißgewandeten. »Sie kontrollieren die Wyvern. Bei Wodasch, ich will nicht wissen, was in diesem Käfig ist. Zerstört ihn!«

Endlich zeigten seine Worte Wirkung. Der Kommandant erbleichte und wies seinen Trupp an, den Befehl umgehend auszuführen.

Meson beobachtete unterdessen die Ebene. Langsam, aber stetig rollte der Wagen weiter.

Der erste Stein wurde vom Tribock in die Luft geschleudert. Die Soldaten hatten schon ein gutes Schussprofil der Landschaft erstellt. Fast hätte der Stein den Käfig getroffen. Knapp daneben schlug er ein und rollte durch ein paar Soldaten, die die Ochsen antrieben. Die weiß gekleidete Person hatte sich nicht bewegt. Meson hoffte, der nächste Felsbrocken würde treffen. Es dauerte ihm viel zu lange, den Tribock erneut zu laden.

Als es endlich so weit war, beobachtete er die Flugbahn des Steins. Er würde treffen! Bei Wodasch, sie würden, was auch immer in dem Käfig lauerte, treffen!

Der Fels schlug in Holz ein und zertrümmerte es. Ein splitterndes Geräusch ertönte.

»Gut gemacht, Soldaten! Ausgezeichnete Arbeit!«

Gerade als er sich umdrehen wollte, um sich in den Kampf mit den Wyvern zu stürzen, bemerkte er eine Bewegung aus den Augenwinkeln. Die Überreste … sie verschoben sich. Ein Echsenkopf erschien und schleuderte Holz nach allen Seiten. Kurz darauf tauchte ein zweiter auf. Und ein … dritter. Die restlichen Holztrümmer flogen nach allen Seiten davon und trafen osnilische Soldaten.

Der weiß Gewandete hatte sich zu den Köpfen gedreht und fuchtelte mit den Armen.

Ungläubig sah Meson dem Schauspiel zu. Ein riesiger Körper streckte Flügel in die Luft und spannte sie. Einer war etwa so lang wie Yssy. Ein Schwanz schlug auf den Wagen ein und zerquetschte die Ochsen. Ein Schwanz? Zwei!

›Eine Venerta!‹, staunte Meson. ›Ein legendäres Wesen, das irgendwo in den Himmelsbergen südlich von Iloyria leben soll. Wie kommt es zu den Osnilianer, und wie kontrollieren sie es?‹

Die Venerta stand nun ruhig vor dem Weißgewandeten, und es wirkte, als würde er mit ihr kommunizieren.

Meson erwachte aus seiner staunenden Starre und schrie den Tribocktrupp an: »Schnell, schießt noch einmal auf die gleiche Stelle! Ihr müsst die Kreatur treffen!«

Auch die Männer um ihn herum starrten ungläubig staunend die Szene auf der Ebene an, besannen sich aber und kurz darauf flog ein weiterer Felsbrocken durch die Luft. Erwartungsvoll starrte Meson ihm hinterher.

Er traf! Die Venerta zuckte allerdings nur kurz, stieß einen gellenden Schrei aus, der sogar bei ihnen hörbar war, und sprang in die Luft. Der Stein hatte keinerlei Schaden angerichtet und jetzt flog die Kreatur auf die Mauer zu. Schnell. Und sie steuerte auf die Mitte des Walls zu. Wodasch sei Dank, nicht zu ihnen!

Ein Tribock und etliche Speerwerfer feuerten. Ein oder zwei Speere trafen sie, der Felsblock verfehlte und schlug unten in der Ebene ein. Die Kreatur schnappte in der Luft mit ihren Köpfen nach zwei Wyvern, erwischte einen, schüttelte den Kopf und ließ ihn fallen. Vermutlich tot trudelte er zu Boden.

Kurz darauf krachte sie in die Plattform, auf der der Tribock stand und zermalmte alles unter ihr.

Entsetzt sah Meson, wie die scheunengroße Kreatur anfing, auf der Mauer zu toben. Ihre Köpfe zuckten vor, bissen um sich, schleuderten Soldaten von der Mauer und Steine der Zinnen flogen nach allen Seiten davon. Er wollte sich nicht vorstellen, was die Soldaten dort durchmachten.

›Was kann ich tun?‹, überlegte Meson fieberhaft. ›Ist es überhaupt möglich, die Kreatur zu töten? Der Weißgewandete! Wenn wir ihn …!‹

»Soldaten, aufgepasst!«, rief er den Männern um ihn herum zu. Sie sahen mit entsetzten Gesichtern zu dem Mauerabschnitt, der unter der Venerta wankte.

»Wir müssen den Weißgewandeten treffen! Schafft ihr das?« Er war auf die Zinne geklettert und zeigte auf die weit entfernt stehende Person. »*Er* lenkt die Ungeheuer! Wenn er fällt, fliehen sie möglicherweise.« ›Ich hätte schon eher daran denken sollen!‹, schalt Meson sich. ›Und nicht auf den Käfig, sondern auf den Mann zielen lassen sollen!‹

Der Trupp wandte sich von dem schrecklichen Bild der Zerstörung ab, das die Venerta anrichtete und machten sich daran, die Befehle des Elementariers auszuführen.

»Der erste Schuss muss sitzen! Sonst hat der Mann Zeit, sich in Sicherheit zu bringen. In Ordnung, Männer?«

»Wir versuchen es, Elementarier.« Das musste der Richtschütze sein. Er blickte durch ein Gerät und Meson merkte ihm an, dass er fieberhaft rechnete. Rasch benutzte er seine Gabe, beruhigte den Mann und flößte ihm Zuversicht und Geduld ein.

»Zwei Grad rechts«, wies er an. »Korb etwas absenken und zwei zusätzliche Gewichte auflegen. Ladet den Felsen dort in die Sch—«

Ein Wyvern landete auf der Zinne, schnappte nach dem Mann und verfehlte ihn knapp.

»Verseuchte Wasser!«, fluchte Meson, zog sein Schwert und hastete auf die Schlange zu. Als sie erneut nach dem Richtschützen schnappte, schlug er ihr sein Schwert in den

Schlangenleib. Es blieb etwa in der Mitte stecken und als er es herauszog, folgte ein großer Schwall schwarzen Blutes.

Der Wyvern kippte von der Mauer.

»Yssy! Yssy! Halte uns die Schlangen vom Leib!«, schrie Meson in die Luft. Er hoffte, der Elementar würde ihn hören.

»*Alles klar*«, tönte es zurück.

Meson fiel ein Stein vom Herzen. Er griff dem am Boden kauernden Mann unter die Achseln und zog ihn hoch. »Bitte! Reißt Euch zusammen! Für diesen einen präzisen Schuss!«

Der Mann war kreidebleich, fuhr aber mit seiner Arbeit fort.

Die Venerta wütete auf der Mauer entlang nach Norden. Glücklicherweise von ihnen weg.

»Seid Ihr bereit?« Erneut half Meson dem Richtschützen, indem er seine Gefühle beruhigte.

»Gleich. Ich rechne lieber noch einmal, wenn wir nur einen Schuss haben«, stieß der Soldat mit angespanntem Kiefer hervor. »Betet zu allen Göttern, die Ihr kennt, dass der Mann sich jetzt nicht bewegt! Feuert!« Das Letzte hatte er seinem Trupp zugeschrien.

Der Felsblock verließ den Tribock. Alle rannten an die Zinnen und blickten ihm gebannt hinterher. Alles um sie herum vergessend. Meson trat zu ihnen an die Zinne.

Der Stein beschrieb einen schönen Bogen und flog auf den Mann in Weiß zu. Unbeweglich stand der mit ausgestreckten Armen dort. Noch ein paar Sekunden. Meson presste beide Fäuste zusammen. Seine Knöchel knackten.

Der Mann musste etwas gespürt haben, oder er wurde auf den Felsen aufmerksam gemacht. Meson sah, dass er sich bewegte. Nein, bitte …

Der Stein schlug ein und der Weißgewandete verschwand in einer Staubwolke.

Wie eine Person schwenkten die Männer auf der Mauer zur Venerta herum. Die wütete einfach weiter.

Entsetzen erschien auf den Gesichtern um Meson.

Plötzlich schrie einer der Soldaten und zeigte in die Luft. »Die Wyvern, die Wyvern! Sie fliegen weg!«

Ein Gebirge fiel Meson vom Herzen. Sie mussten den Mann getroffen und getötet oder zumindest verwundet haben. Erneut blickte er nach Nordosten. Ein schriller, allesdurchdringender Schrei bewirkte, dass sich alle die Ohren zuhielten. Es klang wie ein tiefer, trauriger Ruf, der direkt ins Herz drang.

Die Venerta erhob sich von der Mauer, segelte zurück zum feindlichen Heer, stieß auf es herab, zog eine Schneise der Verwüstung durch es hindurch und erreichte das Meer. Dort flog sie über die Bucht von Olo und Richtung Süden davon.

Die Soldaten umringten den Richtschützen und jubelten.

Meson trat zu ihm, klatschte ihm die Hand auf die Schulter und sagte: »Ihr habt die Stadt gerettet. Egal, was Ihr in Eurem Leben noch leisten werdet: Ich bin mir sicher, das heute war mit das Wichtigste! Ich werde Terewerd bitte, Euch zu befördern und den Herzog, dass er Euch bis an Euer Lebensende großzügig entlohnt. Genauso wie Euren Trupp.« Er wandte sich an die anderen Männer. »Ausgezeichnete Arbeit, Soldaten! Wenn das hier vorbei ist, verspreche ich, mit euch durch die Tavernen der Stadt zu ziehen. Und alles, was ihr trinkt und esst, geht auf mich.«

»*Die feindlichen Truppen fliehen. Es sieht so aus, als würden sie zurückgerufen. Vielleicht haben wir etwas Zeit gewonnen.*« Yssy landete neben ihm.

»Danke, Yssy, gut gemacht. Lass uns zum Palast zurückreiten. Für heute habe ich genug. Ich brauche eine Pause.« Nachdem sein Herzschlag sich beruhigt hatte, merkte Meson, wie seine Knie zitterten. Er wollte sich nicht ausmalen, was passiert wäre, hätte der Felsblock nicht getroffen.

Wie sich herausstellte, sollten er und ganz Buchtwächter eine Verschnaufpause bekommen. Die Feinde sammelten sich an diesem und dem nächsten Tag.

Erst am darauf folgenden stürmten sie erneut die Mauer.

Mord im zweiten Ring

Ikk

Ikk beschloss, Saarols Rat zu befolgen, als er sich daran machte, etwas über das Barett herauszufinden. Der lautete: Am besten kaufst du in jedem Laden ein einzelnes Stück und gehst danach weiter. So erfährst du am meisten und am schnellsten. Darauf baute er.

Als erstes Ziel wählte er die Schneiderei, in der sich die Verkäuferin die Nase zugehalten hatte, während sie ihn vor die Tür gesetzt hatte.

Bevor er den Laden betrat, betrachtete er sein Spiegelbild in der Fensterscheibe – und die ausgestellte Kleidung dahinter. ›Saarol hat wirklich modisches Verständnis. Unglaublich. Ich trage anscheinend die derzeit übliche Mode … Feine, schwarze Lederstiefel und Pluderhosen, die gerade über den Schuhen enden. Die samtene Weste im Grau und Grün von Tangrintanien macht schon was her. Zusammen mit dem weißen Leinenhemd und dem braunen Gürtel … beeindruckend! Ich könnte selbst hinter diesem Fenster stehen. Nur meine Frisur ist viel ansehnlicher!‹

Er strich durch die kurzen Haare, drückte seinen Rücken durch und stolzierte anschließend durch die offene Tür in das Geschäft.

»Hallo? Hallo! Ich möchte ein Kleidungsstück kaufen!«, rief er in den Raum hinein.

Dieselbe Frau wie letztes Mal saß an einem Tisch und nähte.

›Vielleicht ist sie keine einfache Verkäuferin, sondern die Besitzerin des Ladens‹, überlegte Ikk.

»Mein … Herr?« Die Frau blickte auf und musterte ihn zweifelnd. »Womit darf ich Euch helfen?«

Die Nase erhoben antwortete Ikk: »Ich suche einen neuen Gürtel, der besser zu meinen Stiefeln passt. Schwarz und braun harmonieren nicht besonders gut.«

»Aber, mein Herr. Wir sind eine Schneiderei. Mit Lederwaren kann ich Euch nicht dienen. Ihr müsst einen Sattler aufsuchen.« Hoffnungsvoll blickte sie ihn an, als sie aufstand und ein Stück Stoff in die Hand nahm. »Vielleicht hättet Ihr anstelle des Gürtels lieber ein feines Tuch, um Eure Taille zu betonen?«

Ikk überlegte und kicherte lautlos, als er daran dachte, den Fetzen um seine Hüfte zu schlingen und mit ihm herumzutänzeln. Um seine Frage stellen zu können, riss er sich zusammen und sagte: »Bitte zeigt mir, was Ihr anzubieten habt.«

Natürlich würde er *kein* Tuch kaufen, der Gürtel saß gut und er wollte kein Geld verschwenden. Auch wenn es von Saarol kam …

Die Frau suchte in den ausgestellten Fetzen nach einem passenden für ihn und er ergriff die Gelegenheit. »Möglicherweise könnt Ihr mir unterdessen eine Frage beantworten? Ein Freund von mir hat sich dieses Barett hier schneidern lassen.« Er zeigte ihr die Mütze mit der Feder. »Ich hätte gern genau das gleiche und suche den Schneider, der es angefertigt hat. Es ist ausgezeichnete Handwerksarbeit. Mein Freund weiß leider nicht mehr, wo er es erstanden hat. Er war, nun, beim Kauf etwas betrunken.«

»Darf ich es nehmen und ansehen?«, bat die Frau und unterbrach ihr Suchen.

Ikk nickte und streckte es ihr entgegen.

Sie griff danach, drehte es zwischen den Fingern und betrachtete das Barett ganz genau. »Ich kann Euch leider nicht helfen.« Sie gab ihm die Kopfbedeckung zurück. »Es wurde nicht bei uns angefertigt.« Stolz fügte sie hinzu: »Bei uns wird immer das Symbol des Ladens eingestickt. Wollt Ihr Euch dieses Tuch ansehen?«

Ikk nahm es, schlang es unbeholfen um die Taille und verzog das Gesicht. Kurz darauf verabschiedete er sich, natürlich ohne eines zu kaufen.

Die nächste Schneiderei war die, in welcher ihn der Ladenbesitzer am Kragen zur Tür gezogen und hinausgeworfen hatte. Auch hier erhielt er keine zufriedenstellende Antwort. Die Mütze war nicht in dem Laden geschneidert worden. Wie die Frau im ersten wies ihn der Besitzer hochnäsig darauf hin, dass bei ihnen immer ein Emblem eingestickt würde.

»Solch Schund ohne Siegel verkaufe ich nicht«, äffte Ikk ihn draußen nach, während er die Mundwinkel verzog. »Pfff!«

Enttäuscht versuchte er es bei der dritten Schneiderei.

Der Schneider, der ihn beim letzten Mal mit den Scheren bedroht hatte, hieß ihn unterwürfig willkommen, was Ikk erheiterte. »Gnädiger Herr, ich freue mich, dass Ihr unseren Laden mit Eurer strahlenden Anwesenheit beehrt. Mit was darf ich Euch dienen? Sagt nichts, ich weiß es genau. Ihr sucht ein Halstuch, welches zu Eurer erhabenen Erscheinung passt. Glücklicherweise habe ich in meinem Angebot genau das Richtige für Euch.«

Bevor Ikk darauf etwas erwidern konnte, wurde er schon zu einem Sessel geführt und gebeten, sich zu setzen. Eigentlich eher hineingedrückt, ohne der Möglichkeit zu entkommen.

Der Schneider rief Richtung Hinterzimmer: »Anna, Anna! Bitte bring die Halstücher. Wir haben einen vornehmen jungen Herrn, der Interesse daran hat.«

»Aber ich wollte …« Ikk setzte an, dem Schneider seine Frage zu stellen.

»Ich weiß, Ihr wolltet Euch auch in den anderen Schneidereien umsehen, aber ich versichere Euch, das braucht Ihr nicht mehr. Ah, da kommt meine Anna mit den Tüchern.«

Eine junge Frau brachte eine Armladung voll Stoffe und legte sie auf der Sessellehne ab.

»Mein Herr«, grüßte sie Ikk. »Ich erkenne bereits Euren vorzüglichen Stil und ich habe einen Schal, der Eurer

Augenfarbe schmeicheln würde. Dieses azurblaue Halstuch passt hervorragend.«

»Darf ich ein–« Ikk versuchte erneut, seine Frage zu stellen. Diesmal unterbrach die Tochter.

»Natürlich dürft Ihr auch ein anderes anprobieren. Das Orange passt sehr gut im Zusammenspiel mit den tangrintanischen Farben Eurer Weste.«

Ikk sprang auf, stellte sich gerade hin, damit er etwas mehr Gewicht in seine Worte legen konnte, und setzte zum dritten Mal an: »Ich will zuerst eine Frage stellen! Anschließend können wir weiter über die blöden Halstücher sprechen. Wäre das machbar?«

Der Schneider blinzelte und beeilte sich, Ikk zuzustimmen. »Natürlich, junger Herr. Was liegt Euch auf dem Herzen?«

»Ich habe hier ein Barett und suche denjenigen, der es angefertigt hat. Wisst Ihr etwas darüber?« Er streckte die Hand aus und hielt den beiden die Mütze entgegen.

»Nun, lasst mich sehen.« Der Schneider griff die schwarze Kopfbedeckung und betrachtete sie genau. »Leider kann ich nichts dazu sagen. Außer: Zum Vernähen wurde ein besonderer Stich benutzt. Ihr könnt beim Hutmacher am Ende der Straße fragen, ob er Euch weiterhelfen kann. Wir verkaufen keine Kopfbedeckungen. Aber Halstücher! Wollt Ihr Euch wieder setzen?«

Ikk ließ das ganze Theater noch ein wenig über sich ergehen, bevor er beschloss, dass es genug war. »Ich glaube die Ware überzeugt mich nicht. Es ist eine minderwertige Qualität, die vielleicht für die drei Höllen gut genug ist, aber gewiss nicht für mich. Außerdem will ich Eure Tochter nicht länger behelligen.«

Er stand auf, stolperte auf die Frau zu, die im Gleichklang dazu einen Satz rückwärts machte, und wurde vom Schneider aufgefangen.

»Vorsichtig, junger Herr. Ich sehe, Ihr braucht eine Pause. Zudem versichere ich Euch: Meine Ware weist eine ausgezeichnete Qualität auf. Vielleicht wollt Ihr wiederkommen, wenn es Euch besser geht?«

Ikk war schon auf dem Weg zur Tür. Über die Schultern rief er: »Möglicherweise. Aber zunächst muss ich mich um das Barett kümmern.«

Verdutzt blickten der Ladenbesitzer und seine Tochter ihm hinterher, als er das Geschäft verließ.

Auf dem Weg zum Hutmacher zog er ein azurblaues und ein oranges Halstuch aus seinem Ärmel hervor.

›Der Mann hat recht, es *ist* eine ausgezeichnete Qualität.‹ Bewundernd hielt er die Tücher ins Licht und fühlte den Stoff. ›Sie sind wunderbar weich. Ich denke, das war den ganzen Aufwand wert.‹

Vor sich hin pfeifend durchquerte er das Händlerviertel und betrat den Laden des Hutmachers.

»Hallo?«, rief er durch das Zimmer. Es war über und über mit Hüten und Schneiderutensilien zugestellt.

»Ah. Hallo, mein Freund!« Ein knorriger alter Mann mit strubbeligen Haaren linste hinter einem Berg von Hüten hervor. Einige fertig, andere halbfertig und anderen sah man noch nicht an, dass es Hüte werden sollten. »Wie kann ich dir helfen? Du siehst nicht so aus, als würdest du einen Hut kaufen wollen.« Durchdringende Augen fesselten Ikk.

»Nein, tatsächlich nicht. Ich suche denjenigen, der dieses Barett gefertigt hat.« Er trat zu dem Mann und streckte es ihm entgegen. »Wisst Ihr etwas darüber?«

Der Hutmacher nahm die Kappe und begutachtete sie genau, dabei murmelte er: »Interessanter Stich, Fasanenfeder, schwarzer Samtstoff. Hmmmm. Ich kann dir nur so viel sagen: Das ist kein Barett eines ansässigen Schneiders oder Hutmachers. Wenn ich schätzen müsste, würde ich sagen, es stammt von jemandem, der nichts mit den Berufen am Hut hat.« Er kicherte. »Der Stich stimmt nicht. Eine Fasanenfeder bekommst du überall und den schwarzen Stoff auch. Widme dich dem sonderbaren Stich und du wirst denjenigen finden, der die Mütze geschneidert hat. Hilft dir das weiter?«

»Ja, danke. Und … wieso glaubt Ihr, dass ich keinen Hut kaufen will?«

»Weil du deine Kleidung erst seit kurzer Zeit trägst und du dich noch daran gewöhnen musst. Ein Hut würde dich nur noch mehr ablenken. Richte Saarol und Lyrrol Grüße von mir aus. Nächstes Mal sollen sie dich gleich zu mir schicken, wenn es um solche Fragen geht.« Er grinste Ikk an.

»Ihr arbeitet für die Gaunergilde?« Verwundert starrte Ikk den Alten an.

»Für sie arbeiten? … nein, aber ich habe den beiden schon oft geholfen, wenn es um … delikate Angelegenheiten ging.« Er grinste immer noch. »Vielleicht brauchst auch du meine Dienste eines Tages. Wer weiß. Bis dahin: Viel Glück bei deiner Suche.«

»Danke. Viel Erfolg mit Eurem Laden.«

Der Mann war schon wieder in seine Schneiderei versunken und beachtete ihn nicht länger.

›Ein komischer Geselle‹, dachte Ikk, während er den Laden verließ. ›Was er wohl mit den beiden Hälften der Gaunergilde zu schaffen hat? Immerhin konnte er mir helfen. Jetzt kann ich gezielt nach dem sonderbaren Stich fragen.‹

Beschwingt stolzierte er durch die Straßen und tatsächlich landete noch ein Beutelchen mit einigen Fils in seinen Händen. Natürlich redlich erworben … durch ehrliche Gaunerarbeit!

Auch die nächsten Tage versuchte Ikk, etwas über das Barett herauszufinden – genauer gesagt, über die Naht. Leider war ihm kein Erfolg beschieden.

Gerade belauschte er ein Gespräch zwischen Lyrrol und Saarol im Gaunerunterschlupf. Eigentlich wollte er mit Saarol reden, ob er die Späher der Gauner auf den sonderbaren Stich ansetzen konnte. Außerdem war ihm wieder eingefallen, dass er die beiden Hälften vom Hutmacher grüßen sollte, und das wollte er als Aufhänger für ein Gespräch nutzen. Das Barett war ihm zwar wichtig, aber jetzt überwog seine Neugier.

›Was die beiden wohl zu besprechen haben?‹ Bewegungslos kauerte er vor der nur angelehnten Tür.

»Es werden immer mehr, Lyrrol«, hörte er undeutlich. »Wir müssen ein Zeichen herausgeben, das unsere Leute vor den weißen Priestern und ihren Schergen warnt. Ein spezielles Pfeifen vielleicht? Hauptsache es verbreitet sich rasch.«

»Du hast recht. Wir haben eine Pflicht gegenüber den Mitgliedern unserer Gilde. Außerdem auch denen gegenüber, die Schutzgeld bezahlen. Eine Parole ist eine gute Idee, damit wir sofort wissen, wenn sie die Scherben betreten und auf Menschenfang gehen. Nimm die Laute von damals, als die Schatten uns fast ausgelöscht hatten. Das ist bestimmt immer noch im Gedächtnis der Leute. So wie in meinem …«

Die Stimme bewegte sich von der Tür weg und Ikk verstand das Gespräch schlechter. Leise schimpfend schlich er näher heran, steckte den Finger in den Spalt und drückte ihn ein wenig weiter auf.

»Ich werde es veranlassen. Odem soll alle Priester des scheinheiligen Lichts aus der Stadt treiben. So haben wir uns das nicht vorgestellt, als wir der Elementarierin halfen, sie zu Fall zu bringen«, hörte Ikk Lyrrol jetzt deutlicher.

»Da hast du recht. Tarra soll sie alle in die Erde hinabziehen. Am besten bis in die drei Höllen! Es ist viel schlimmer als vorher. Dass sie unsere Leute als Sklaven für den Bau ihrer Kirche heranziehen stößt dem Ganzen sauer auf.«

Lyrrol antwortete: »Vielleicht passieren den Priestern, die sich hierher wagen, ein paar kleine Unfälle …? Sie würden es sich gewiss noch einmal überlegen. Ein oder zwei Weiße, die in der kleinen Tanngau tauchen gehen. Zehn Minuten. Schaden würde es keinem … außer ihnen.«

»Das sollte zu bewerkstelligen sein. Eine gute Idee! Bereitest du alles vor? Ich kümmere mich inzwischen um Ikk, der vor der Tür steht und uns belauscht.« Die Stimme von Saarol wurde lauter. »Du kannst hereinkommen.«

Mit einem Stöhnen und sich räuspernd betrat Ikk den Raum. »Hallo, Saarol. Hallo, Lyrrol. Ich wollte euch nicht bei eurer Diskussion stören und deshalb habe ich gewartet, bis ihr fertig seid.«

»Ganz sicher! Du warst sehr leise. Ich hab dich nicht gehört«, lobte Lyrrol ihn. »Ich lasse euch allein und kümmere mich um alles.«

Saarol nickte und die »linke Hälfte« verließ den Raum.

Die »rechte Hälfte« fragte: »Was brauchst du?«

Ikk erklärte ihm, was er über das Barett herausgefunden hatte und wo Saarol ihn möglicherweise unterstützen konnte.

»Lass eine der Näherinnen ein Duplikat von dem Stich anfertigen. So können sie explizit danach fragen. Noch etwas?« Ungeduldig verschränkte Saarol die Arme und starrte Ikk an.

»Ich war im Händlerviertel bei einem Hutmacher. Ein wunderlicher, alter Kauz mit strubbeligen Haaren. Schöne Grüße soll ich dir und Lyrrol ausrichten. Er sagte, er arbeite nicht für uns, aber unterstütze bei delikaten Angelegenheiten. Was hat er damit gemeint?«

»Du warst bei Murmel?« Saarol wirkte überrascht, dann wandelte sich sein Gesichtsausdruck und wurde nachdenklich. »Wenn ich überlege, war das gar nicht schlecht. Ich hätte daran denken und dich gleich wegen des Baretts zu ihm schicken sollen. Tut mir leid, dass du deine Zeit mit den Schneidern verschwendet hast.«

»Ganz verschwendet war sie nicht. Schau, ich habe mir zwei Halstücher zugelegt. Eines passend zu meinen Augen und das zweite harmoniert hervorragend mit der Weste.« Ikk grinste.

»Und ich gehe davon aus, du hast nichts dafür gezahlt?« Saarol zog die Augenbraue nach oben.

»Du kennst mich zu gut. Aber was ist jetzt mit Murmel? Du versuchst abzulenken.«

»Mit Recht! Es geht dich nichts an. Möglicherweise in ein paar Jahren … Du bist doch sowieso voll mit deiner Suche nach dem Mörder beschäftigt. Ich nehme an, die Näherinnen haben noch kein Duplikat angefertigt?«

»Wie auch! Ich bin noch nicht aus dem Raum gegangen, seit wir darüber gesprochen haben. Oh, … du willst, dass ich verschwinde.«

Saarol lachte. »Schlaues Bürschchen. Dein Vater wird wieder einmal stolz auf dich sein. Ich habe wichtige Angelegenheiten zu regeln. Bitte entschuldige mich.«

Er ließ Ikk stehen und verließ den Raum.

Achselzuckend nahm Ikk das Angebot an und suchte eine der Näherinnen in den Scherben auf, die für die Gilde arbeitete, und erklärte ihr, was er suchte.

Sie fertigte eine genaue Kopie des Stichs an und versprach, zusammen mit den anderen Näherinnen, Nachforschungen anzustellen.

Zufrieden ging Ikk erneut ins Händlerviertel. Dort gab es noch ein paar Schneider, Tuch- und Hutmacher, die er nicht besucht und befragt hatte.

Beim Händlermarkt angekommen, sah er sich um.

›Wohin wende ich mich als Erstes?‹ Er beschloss, die Scherengasse aufzusuchen.

Bevor er sie erreichte, stach ihm ein anderer Laden ins Auge. Perücken standen in seinem Schaufenster und lockten vorbeigehende Passantinnen an. Auch einige Herren warfen verstohlene Blicke auf die Haarprachten, wie er belustigt bemerkte.

›Vielleicht weiß der Ladeninhaber etwas über die verschwundenen Haare. Hat sie ihm jemand verkauft? Gibt es noch weitere Perückenmacher in Tannberg? Fragen, die einer Klärung bedürfen‹, dachte er und betrat den Laden.

»Hallo, junger Herr«, begrüßte ihn eine mittelalte, gut gebaute Dame. »Sollt Ihr eine Perücke abholen? Ich glaube nicht, dass Ihr selbst eine braucht?«

Ikk kicherte bei dem Gedanken daran, andere Haare als seine eigenen zu tragen. Dann fiel ihm ein, dass so etwas womöglich eine ausgezeichnete Verkleidung wäre. Nun, vielleicht später! »Nein. Ich habe eine Frage bezüglich der Haare, die Ihr für die Perücken verwendet. Habt Ihr in letzter Zeit blonde Locken bekommen und daraus eine hergestellt?«

»Eine äußerst komische Frage, junger Herr. Ich möchte betonen, dass wir keine Haare von schäbigen Händlern annehmen. Alle, die wir hier verarbeiten, werden vom Meister persönlich von den Frauen, die sie ihm verkaufen, abrasiert. Das geschieht alles hier im Laden und ich kann es bezeugen! Wir haben dafür ein Zimmer mit einem Hinterausgang. Manche der Damen wollen danach so schnell wie möglich weg. Sie kommen wegen Geldsorgen zu uns, wenn Ihr versteht. Manche wollen aber auch einfach, dass ihre Haarpracht für immer erhalten bleibt.« Verärgert starrte sie ihn an. »Wieso stellt Ihr diese Frage überhaupt?«

Ikk erklärte ihr, was in den Scherben geschehen war.

Die Frau schlug die Hände vor den Mund und stammelte: »Die armen Frauen. Schrecklich! Damit haben wir ganz bestimmt nichts zu schaffen! Darauf gebe ich Euch mein Wort! Mein Mann ist viel zu vornehm, sich mit solch Gesindel abzugeben! Wir führen ein anständiges Geschäft und sind das einzige, welches in Tannberg Perücken herstellt. Ich hoffe, Ihr findet denjenigen, der das getan hat!«

Eine wohlhabende Dame betrat den Laden und musterte zuerst die beiden und dann die Perücken.

»Dürfte ich Euch jetzt bitten zu gehen? Wir haben Kundschaft.« Mit einer Handbewegung deutete sie zur Tür.

Ikk verließ den Laden. Das Perückengeschäft wirkte ordentlich geführt und die Frau hatte ihm ein gutes Gefühl vermittelt.

›Dann eben doch weiter in die Scherengasse‹, seufzte er.

Seine weiteren Nachforschungen brachten ihm vor allem eines ein: verlorene Zeit!

Ein paar Tage später saß Ikk abends mürrisch in den »Scherbenschwalben« und nippte an seinem wässrigen Bier.

»Wieso bist du heute so grantig?«, fragte Annrich und goss Rotwein in ein Glas.

»Weil gestern schon wieder eine Frau aufgefunden wurde«, antwortete Ikk. »Erneut getötet mit einem Stich in den Hals.«

»Ah ja, ich habe davon gehört. Soweit ich weiß, war sie nur halb skalpiert?«

»Richtig.« Seufzend musterte Ikk die paar Gäste in der Spelunke. Da Annrich den Rotwein servierte, wartete er auf seine Rückkehr, bevor er sagte: »Dunkelbraune, glatte Haare hingen auf der zweiten Hälfte der Kopfhaut. Ich habe es mir angesehen. Kein besonders schöner Anblick. Die Straßenköter hatten schon angefangen, an ihr zu fressen.« Ikk stieß ein angeekeltes Geräusch aus.

»So schlimm? Wann wurde sie denn gefunden?«

»Irgendwann früh morgens. Die Leiche muss schon ein paar Stunden in der Federgasse gelegen haben. Ganz an ihrem Ende …«

»Kein Wunder, dass sie nicht eher entdeckt wurde. Die führt ja direkt zur Felswand. Das Wunder besteht wohl eher darin, dass sie *überhaupt* jemand gefunden hat.«

»Auf jeden Fall hat das Monster erneut zugeschlagen. Und ich habe keine neuen Inform–«

Die Tür flog auf und ein dreckiges, kleines Mädchen stürmte herein. Sie entdeckte Annrich, rannte hinter die Theke und flüsterte ihm etwas ins Ohr, als er sich zu ihr hinabbückte.

Ikk lauschte aufmerksam, konnte aber nichts verstehen. Neugierig beugte er sich ein wenig weiter über den Tresen, um besser lauschen zu können. Auch das half nichts.

Annrich nickte, steckte dem Mädchen eine Münze zu und sie verließ auf flinken Füßen die Taverne.

»Was war das? Bist du unter die Nachrichtensammler gegangen?«, rief Ikk verwundert und hob die Augenbrauen.

»Nein.« Annrich grinste. »Das, mein Lieber, ist wegen dir. Es geht um die Mordserie und deine Nachforschungen. Die Informationen darüber sollen auch zu mir gebracht werden, damit du sie so schnell wie möglich erhältst. Anscheinend bist du oft hier – sehr oft.« Er wurde ernst. »Im nördlichen Wohnbezirk des zweiten Rings ist ein weiterer Mord geschehen, der eventuell Ähnlichkeiten mit denen in den Scherben aufweist.«

»Warum sagst du das nicht gleich! Ich muss dort hin!«, schimpfte Ikk, sprang auf und starrte den Wirt ungeduldig an.

»Ich sag es dir doch gerade! Weizenstraße Ecke Zitadellenweg ist der angebliche Mord passiert.«

Schon sauste Ikk los. An der Tür wich er geschickt einer Hure aus, die von der Straße eintrat. Schimpfend fuchtelte sie mit der Faust herum.

»Entschuldige, Kalli«, schrie Ikk und rannte wie der Wind durch das Glasscherbenviertel, passierte das Scherbentor und

erreichte schwer atmend den Ort, den Annrich ihm hinterher-
gerufen hatte.

Eine Menge hatte sich versammelt und gaffte in den Zitadellenweg hinein. Ikk zwängte seine schlanke Gestalt durch die
dicht stehenden Leiber und … erstarrte. Leblose Augen blickten in die Luft, eine Blutlache glänzte auf den Pflastersteinen.
Wie bei den vorherigen Morden war die Kopfhaut entfernt
worden und feucht glänzende Haut schimmerte in den letzten
Sonnenstrahlen. Der Körper selbst lag hinter einer Kiste verborgen.

Bevor er irgendetwas unternehmen konnte, hörte er von
hinten: »Was ist hier los? Lasst die Stadtwache durch!«

Ein ganzer Trupp gerüsteter Männer erschien und trieb die
Gaffenden auseinander. »Schert euch nach Hause, das ist jetzt
Sache der Wache!«

›Aha, hier taucht sofort ein ganzer Trupp der Stadtwache
auf und nimmt alles genau unter die Lupe. In den Scherben hat
es ewig gedauert. Es kamen nur zwei Männer und die haben
sich ein laues Lüftchen um die Toten geschert.‹ Ikk mischte sich
rasch in die Menge und nutzte sie als Versteck. Er musste unbedingt mehr über die Ermordete erfahren. Aber wie sollte er
das anstellen?

»Weitergehen, Bürger!«

Die Leute trieben langsam auseinander. Widerwillig und
murrend, und Ikk bemerkte, wie die Wächter zu der am Boden
liegende Frau traten und sie untersuchten.

Ohne lange zu überlegen, schnappte er sich einen der
Wächter und fragte: »Hat die Frau einen Stich im Hals? Bei uns
in den Scherben hatten wir schon drei – oder vier – solcher
Morde, bei denen die Haare mitsamt Kopfhaut entfernt wurden. Es waren immer Frauen!«

»Junge, verzieh d–« Dem Wächter fiel die kostbare Kleidung von Ikk auf und er hielt inne, bevor er fragte: »Wer seid
Ihr, junger Herr? Warum ›bei Euch in den Scherben‹? Ihr seht
nicht aus, als würdet Ihr im stinkenden Armenviertel hausen.«

Fieberhaft überlegte Ikk, was er sagen sollte, und entschied,
einfach eine Geschichte zu erfinden. »Nein, Ihr habt das falsch

verstanden. Ich wohne im Adelsviertel. Aber ich untersuche die Morde, die im Glasscherbenviertel geschehen sind. Wie ich gerade sagte: Dort wurden Frauen durch Stiche in den Hals getötet. Drei … möglicherweise auch vier … an der Zahl. Das ist nicht gänzlich geklärt. Aber bei jeder wurde die Kopfhaut entfernt – mehr oder weniger. Deswegen meine Fragen, die Ihr jetzt vielleicht beantworten könnt?«

Der Wächter sah ihn zweifelnd an und Ikk versuchte, den Blickkontakt zu halten, damit seine Ausführung ihn überzeugte. Ihm selbst hätte sie nicht genügt …

»Warum auch immer Ihr Euch mit Morden beschäftigt und nicht mit … Adelsangelegenheiten … Aber gut. Über Morde in den Scherben wissen wir nichts. Dort verschwindet öfter jemand.« Er zuckte die Achseln. »Was soll's. Aber Ihr irrt Euch. Das ist ein Mann, der hier liegt.''

Ikk stutzte. ›Ein Mann? Warum hat der Mörder sich ein männliches Opfer gesucht?‹

»Wurde er durch den Stich in den Hals getötet?«

»Ja. Es ist eine große Sauerei«, teilte ihm der Wächter mit. »Die Kopfhaut wurde auch entfernt. Aber … es ist *keine* Frau.«

›Ist das der gleiche Kerl, der in den Scherben gemordet hat? Oder ist das etwas anderes? Ich bin verwi–‹

»Kommandant! Das ist Taun, der Barde. Ich erkenne ihn«, hörte Ikk einen anderen Wächter rufen. »Erst vor ein paar Tagen war ich mit meiner Frau in einer Taverne, in der er aufgespielt hat. Ein lustiges, unvorteilhaftes Lied über die neue Religion und ihre weißen Priester.« Er kicherte und fügte schnell hinzu: »Ob sie etwas damit zu tun haben?«

»Fragt, wie der Barde aussah«, bat Ikk den Wächter, bevor der sich entfernen konnte.

Der Mann zögerte, ging dann aber nach hinten und redete mit dem, der gerufen hatte. Als er wieder vor Ikk stand, sagte er: »Normale Figur; mittelgroß; sehr hübsches Gesicht – sieht wie ein Geck aus! –; feingliedrig und er hat wohl prächtiges Haar, das sich bis über seine Schultern geringelt hat.«

»Hat irgendjemand sonst noch etwas gesehen? Ist jemand weggelaufen? Wurde etwas verloren?«, ließ Ikk nicht locker.

»Das reicht jetzt, junger Mann«, wies ihn der Wächter zurecht. »Wenn Ihr mehr wissen wollt, kommt morgen in die Wache. Am besten bringt Ihr Euren Vater mit.«

Ikk merkte, dass er das Wohlwollen des Mannes aufgebraucht hatte und entfernte sich vom Platz des Mordes.

›Sind weiße Priester für diesen Mord verantwortlich?‹, grübelte er auf dem Rückweg zu Annrich. ›Haben sie auch die Frauen in den Scherben ermordet? Saarol sprach doch von ihnen!‹ Ein tiefer Seufzer entfuhr ihm. Er kratzte seinen Kopf und fluchte: ›Das alles ist ein großer, dampfender Misthaufen. Da blickt doch keiner mehr durch. Wahrscheinlich ist meine beste Möglichkeit, das Monster zu finden, die Naht und das Barett.‹

Fast eine Woche verging und Ikk hatte keinen Fortschritt bei seiner Suche nach dem Mörder von Anphia, Marlen, Anissa, der namenlosen Frau, und – möglicherweise – Taun gemacht.

›Wenn wenigstens die Näherinnen Neues über die sonderbare Naht berichten würden!‹ Frustriert schlug Ikk mit dem Fuß gegen einen Eimer, der an der Mauer von Annrichs Taverne stand. Es schepperte und das Gefäß flog durch die Straße und landete vor den Füßen einer Hure.

»Ikk! Erschreck mich doch nich so. Ich dacht, die Priester komm'n mich hol'n …«

»Werden sie nicht mehr«, grummelte Ikk. Riss sich dann aber zusammen und sagte: »Entschuldige, Leni. Ich wollte dich nicht beunruhigen.«

»Scho gut, Jung«, antwortete die Hure, trat an ihn heran und tätschelte ihm die Wange. »Ohn' dich wäre ich schon lang nicht mehr hier. Du bist einer der wenig'n Gut'n.« Sie verzog ihre schlecht geschminkten Lippen und enthüllte gelbe Zähne. »Hast nich zufällig ein paar Fenning für 'ne alte Freundin dabei?«

»Zufällig hat ein Geldsack mir eine milde Spende hinterlassen.« Ikk fischte einen kleinen Lederbeutel aus seiner Kleidung, griff hinein und holte ein paar Geldstücke heraus. Die drückte er Leni in die Hand. »Kauf dir etwas zu essen.«

Ein gieriger Blick beäugte die Münzen und ihre Zunge fuhr über die Lippen.

»Keinen Alkohol!«, fügte Ikk bestimmt hinzu und rollte ihre Finger um die Fenninge.

»'türlich nich, lieber Jung«, säuselte die Hure und rannte auf Annrichs Taverne zu.

Ikk folgte ihr seufzend. ›Immerhin habe ich es versucht …‹

Der Qualm in der Spelunke traf ihn wie ein Hammer und mit tränenden Augen versuchte er, etwas zu erkennen. Was, bei Odems Sturm? Die Silhouette von Annrich stand am Kamin und stocherte in dem glimmenden Feuer herum. Oder war es jemand anderes? Kopfschüttelnd ging Ikk auf ihn zu.

»Verbrannte Glut!«, schimpfte Annrich. »Und verfluchter Kamin …«

»Kein Glück heute mit dem Feuer?«

Der Wirt drehte sich kurz zu Ikk um, nickte ihm zu und sagte: »Siehst du doch. Klemm bitte irgendwas in die Tür, damit sie nicht mehr zugeht. Und öffne die Fenster. Vielleicht hilft das.«

»Möglicherweise …« Grinsend führte Ikk aus, um was Annrich ihn gebeten hatte.

Kurz darauf saß er an der Theke und sah dem Qualm zu, wie er zu den Fenstern hinauszog.

Annrich gesellte sich zu ihm und fragte: »Hast du das von den weißen Priestern schon gehört?«

»Sie vermeiden es inzwischen, die Scherben zu betreten. Ihnen sind wohl ein paar Missgeschicke zugestoßen.«

»Nett, wie du es ausdrückst.« Annrich lachte laut auf. »Meinst du den, der vor ein paar Tagen ausgeraubt wurde und dabei fatalerweise sein Leben verlor? Oder den, der so verhängnisvoll stolperte und sich bei dem Sturz das Genick brach?«

»Wären er und seine Schergen nicht hinter den Bettlern, Huren und dem anderen Gesocks durch die Gassen hergejagt, wäre ihm nichts geschehen.«

»Dumm gelaufen, würde ich vermuten.« Annrich stellte einen Krug vor Ikk ab und rubbelte anschließend mit seinem

Lappen an einem Fleck herum. »Ich meinte aber den von gestern.«

»Irgendjemand hat blöderweise eine Wanne kochendes Waschwasser aus seiner Wohnung in die kleine Gasse darunter geschüttet. Kommt vor.« Ikk schnaubte Bier aus, als er an die Geschichte dachte.

»Ja, Pech, dass der Weiße genau in dem Augenblick darunter herging«, stimmte Annrich andächtig zu. »War nicht so toll, was er durchgemacht hat. Ist schreiend weggelaufen und hat versucht, sich das kochend heiße Gewand vom Leib zu reißen. Eine geöffnete Tür hat ihn niedergestreckt, den armen Kerl.«

»Woher plötzlich die Meute Hunde erschien, die ihn zu Tode biss, werden wir wohl nie erfahren … Aber … sein Gefolge ist sehr schnell getürmt und seitdem wurde kein weiterer Weißer gesichtet.« Ikk verhöhnte den Priester sichtlich zufrieden.

Der Wirt fuhr mit Zeigefinger und Daumen über sein dünnes Oberlippenbärtchen und lächelte. »Bei Lutums prasselndem Feuer! Hoffen wir, sie kehren nie mehr zurück.«

Ehe Ikk Zeit hatte, sein wässriges Bier auszutrinken, tauchte ein kleiner Junge auf.

»Ein Mord im westlichen Teil des zweiten Rings, Meister Ikk«, nuschelte er. »Schlechter-Geruch-Platz, Ecke Schornsteinruß.«

›Also direkt über den Schmieden und Gerberwerkstätten‹, überlegte Ikk, stürzte sein Bier hinunter und drückte dem Jungen einen Fenning in die Hand.

Der starrte das Geld mit großen Augen an und presste seine Hand mit dem Fenning sofort an die Brust.

»Bis bald, Ikk«, sagte Annrich. »Viel Erfolg bei deiner Suche.«

Ikk nickte einmal und sauste los.

Die beiden Monde erhellten die Scherben unzulänglich und dünne Nebelschwaden zogen hindurch.

Einige Zeit später erreichte er außer Atem die genannte Stelle. Die Wache war inzwischen ebenfalls eingetroffen.

Missmutig begutachtete Ikk, wie sie eine Person aus dem Wohnhaus trugen. Ein Mann und drei Kinder standen heulend und schniefend in der Tür.

›Laues Lüftchen!‹, fluchte Ikk. ›Zu spät … Aber, Moment … Das ist doch die Wache, mit der ich auch beim letzten Mord gesprochen habe.‹

Langsam schob er sich an den Wächter heran.

»Guten Abend, guter Mann«, begrüßte er ihn freundlich. »Ich sehe, Ihr seid erneut zu einem Mord gerufen worden?«

»Ah, junger Herr. Wieder auf der Suche nach Eurem Mörder? Habt *Ihr* schon etwas herausgefunden?«

Ikk schüttelte den Kopf. »Leider nicht. Gibt es denn Neuigkeiten bei der Wache?«

»Das darf und werde ich nicht preisgeben! Das geht Euch nichts an«, antwortete der Wächter und drückte ihn ein wenig beiseite.

›Das wollen wir doch sehen‹, murmelte Ikk lautlos. ›Ich bekomme die Information, die ich will!‹

»Ich habe hier einen Beutel, in dem ein paar Fils sind. Ich werde ihn zufällig hier fallen lassen und gehen. Ihr hebt ihn auf und plötzlich fällt mir auf, dass ich ihn verloren habe und frage Euch danach. Ihr gebt ihn mir und ein großer Finderlohn erwartet Euch. Vielleicht gibt es dafür ein paar Antworten auf meine Fragen?«

Ikk drehte sich um und ging los. Dabei ließ er das Säckchen hinter seinem Rücken aus der Hand zu Boden gleiten, wo es mit einem dumpfen *Ptsch* auf den Pflastersteinen landete. Ein paar Schritte weiter betastete er aufgeregt und mit gerunzelter Stirn seine Taschen. Mit gespieltem Entsetzen fuhr er herum, wobei sein Kopf suchend von links nach rechts schwenkte. Er entdeckte das verlorene Säckchen und stieß einen erleichterten Seufzer aus. Schnell lief er auf den verblüfften Wächter zu, der es gerade aufhob.

Als er den Beutel von dem Mann entgegennahm, zählte er zwanzig Fils ab, drückte sie ihm in die Hand und sagte: »Euer Finderlohn, weil Ihr mein Geld gefunden habt. Und macht Euren Mund zu.«

Ungläubig sah der Wächter in seine Hand, zu Ikk, verschloss seine Lippen und ließ das Geld verschwinden.

»Danke, junger Herr, für den Finderlohn. Stellt die Fragen schnell.« Sein Kopf ruckelte unruhig herum. »Ich will nicht auffallen.«

Augenrollend dachte Ikk: ›So wirst du das bestimmt …‹

»Wir haben nichts über den letzten Mord herausgefunden«, murmelte der Mann halblaut. »Als ob der Mörder unsichtbar gewesen wäre.«

Ikk nickte, das hatte er schon geahnt. »Was ist hier geschehen?«

»Eine Frau wurde in ihrem Haus erstochen. Der gleiche Stich in den Hals wie bei dem Barden. Sogar die gleiche Seite. Könnt Ihr Euch das vorstellen? Es sieht aus, als wäre der Mörder von hinten an sie herangetreten und hätte mit dem rechten Arm um die Verschiedene herumgefasst und sie mit einem Messer, oder einem anderen spitzen Gegenstand, in ihre linke Halsseite gestochen.«

›Wenn er um sie herumlangt, muss er Rechtshänder sein‹, überlegte Ikk fieberhaft. ›Oder hält er sie fest und sticht mit links zu? Verdammt! Aber das muss ich mir merken.‹ Auch bei den anderen Morden saß der Stich auf der linken Seite, meinte er sich zu erinnern.

Der Wächter fuhr fort: »Die Kopfhaut wurde abgezogen und ist verschwunden. Es muss dafür ein äußerst scharfes Messer verwendet worden sein. Die Schnitte sind glatt und präzise gesetzt. Laut Ehemann hatte sie wundervolle hellbraune, lockige Haare. Etwa Achsellänge.« Er deutete die Länge mit der Hand an. »Die Ehefrau war allein zu Hause. Als der Mann mit den Kindern zurückkam, fand er sie tot vor. Es gibt keine sichtbaren Einbruchsspuren. Ich denke, dass –«

»Hey, Benny. Hilf uns. Und schick den Jungen weg. Wir wollen hier keine Schaulustigen«, erklang es von der Haustüre.

»Tut mir leid, junger Herr. Ihr müsst nun gehen. Wenn Ihr mehr wissen wollt, besucht mich im Wachhaus. Danke für den großzügigen Finderlohn.« Er grinste Ikk an und lief zu seinen Kameraden.

›So einfach rekrutiert man also Informanten. Man braucht nur genügend Geld.‹ Er beschloss, durch den Wächter auf dem Laufenden zu bleiben und spürte, wie er dem Mörder langsam näherkam.

›Ich bekomme dich – bei Odem – und dann geschieht dir auch ein Missgeschick, wie den Priestern!‹

Tränen in der Lutbucht

Ansou

Die Woche vor ihrem Abmarsch aus Irani verging für Ansou wie im Flug. Zusammen mit ihren Offizieren organisierte sie Ausrüstung und Lebensmittel für ihre Brigade. Bisher hatte sie keine Ahnung gehabt, wie viel Arbeit hinter der Logistik für so viele Soldatinnen und Soldaten steckte. Manches Mal verzweifelte sie schier daran, riss sich aber zusammen und letztendlich war alles bereit – Tarra sei Dank!

Anstelle von Felit hatte Reben ihr einen anderen Hauptmann zugewiesen. Karl kommandierte eine Hundertschaft Schwertkämpfer und war ein launischer Mann, der leider nicht viel von Frauen als Kommandantinnen hielt. Ehe er sich mürrisch mit der Situation abfand, hatte Ansou ein ernstes Wort mit ihm reden und ihn im Zweikampf ein paar Mal in den Dreck befördern müssen.

Bei Riggits Loyalität war sie sich ebenfalls unsicher. Zwar hatte sie die Hauptmännin auf die Seite genommen und mit ihr gesprochen, allerdings waren bei dem Gespräch keine neuen Informationen zu ihrer Motivation herausgekommen. Riggit wirkte professionell, Ansou hatte jedoch das Gefühl, als ob sie etwas verärgerte. Was genau, hatte sie ihr nicht entlocken können.

›Solange sie meine Befehle befolgt und die Soldaten nicht in Gefahr bringt, ignoriere ich es‹, beschloss Ansou. ›Ich werde sie allerdings genau im Blick behalten, bis ich weiß, was sie verbirgt.‹

Am Tag, bevor sie Irani verließen, war alles zu ihrer Zufriedenheit vorbereitet – die Brigade war bereit und die Soldaten fieberten dem Aufbruch entgegen. Ein letztes Mal traf sie sich noch mit Reben und erhoffte einige Ratschläge von ihm.

»Morgen früh brechen wir auf«, sagte sie, als sie in einem der Sessel vor seinem Amtstisch saß, »und ich weiß immer noch nicht, was wir an unserer Ostgrenze sollen. Weißt *du* inzwischen mehr?«

»Nicht aus offizieller Quelle. Aber mir ist zu Ohren gekommen, dass außer uns noch weitere Soldaten nach Obertaft befohlen wurden. Insgesamt fünf Divisionen aus ganz Tangrintanien. Geführt werden sie von General-Leutnant Gawald, ein enger Freund von Ernja. Wenn es wirklich so ist, nimm dich vor ihm in Acht. Er geht über Leichen, um seine Ziele zu erreichen. Genau die Art von Mann, die die Königin jetzt bevorzugt.«

»Was wollen wir mit fünf Divisionen in Obertaft?« Ansou blinzelte bei der Zahl. »Das ist die Hälfte unserer Armee!«

»Nicht mehr … Durch die Einberufungen wurde sie etwa auf das Dreifache aufgestockt. Irgendetwas liegt in der Luft.« Er schüttelte den Kopf. »Ich kann mir jedoch keinen Reim darauf machen. Wir können nur unser Bestes geben und unsere Pflicht erfüllen.«

Ansou blinzelte erneut, ging aber nicht darauf ein, sondern fragte stattdessen: »Kennst du Gawald? Kannst du mir etwas über ihn erzählen?«

Reben zögerte. »Ich habe ihn nie getroffen und kenne nur einige Geschichten. Mit ihnen will ich dich nicht belasten. Vielleicht sind sie nicht wahr und dann hätte ich schlecht über einen Höhergestellten gesprochen. Sei bitte einfach achtsam und bilde dir deine eigene Meinung.«

Gern hätte sie gewusst, auf was sie sich einließ, aber inzwischen wusste sie, wann Reben keine Antwort zu entlocken war. »Gut. Sonst noch etwas, dass du mir mit auf den Weg geben willst?«

»Nichts, was du nicht schon weißt. Du bist hervorragend ausgebildet und ich bin mir sicher, du wirst jede Situation meistern. Ich bin sehr stolz, wie du den Abmarsch deiner Brigade so schnell und ordentlich organisiert hast! Die Männer und Frauen sind unser höchstes Gut.«

Ansou freute sich über sein Lob und antwortete. »Darauf kannst du dich verlassen. Ich werde mich jetzt zurückziehen. Vor dem Ausrücken pflege ich ein Ritual und das gedenke ich durchzuführen.«

Reben erhob sich und lächelte sie freundlich an. »Bitte bring die Soldaten, und natürlich *dich*, gesund zurück.«

Ansou stand ebenfalls auf, reichte ihm die Hand und nach einem kräftigen Händedruck – seine schwielige Hand war angenehm warm – verließ sie den Raum.

Rasch suchte sie ihre Gemächer auf und wechselte die Kleidung. Diesmal war sie mit ihren Gedanken nicht so bei ihrem Ritual wie sonst, was sie verwirrte. Schließlich hatte sie sich extra dafür mit einem Kameraden aus einer anderen Einheit in der Stadt verabredet.

Während sie durch die Stadt lief, fiel ihr die unheimliche Stimmung auf, die Irani ergriffen hatte. Als wären dunkle Mächte mit den weißen Priestern eingezogen, die Missgunst, Angst und Hass anstachelten. Ihr eigenes ungutes Gefühl war nicht schwächer, sondern eher stärker geworden. Es wirkte, als würde ein Gewitter aufziehen und sich bald über der Stadt entladen.

›Hoffentlich wird nichts geschehen. Tarra soll alle weißen Priester in Stein bannen! Seit sie in Tangrintanien ihr Unwesen treiben, ist das Land nicht mehr das gleiche. Als hätten sie es verfaulen lassen.‹ Angewidert verzog sie die Mundwinkel.

Ihre Stimmung war nicht die beste, als sie ihr Ziel erreichte. Die Taverne »Der letzte Humpen« lag im Wohngebiet in der Nähe der Kirchen. Ein hübsches kleines Häuschen duckte sich zwischen größeren.

Ansou trat ein und ohne viele Worte schnappte sie ihren Kameraden, der schon ungeduldig auf sie wartete. Sie zerrte ihn mit zu ihrem Zimmer, um ihre Sexualität auszuleben. Das hatte sie seit einer gefühlten Ewigkeit nicht mehr – genauer gesagt, seit Toki mit Fin aufgebrochen war.

Am nächsten Morgen erwachte sie vor Sonnenaufgang. Natürlich in ihrem eigenen Bett in der Kaserne. Nicht weniger angespannt als gestern stand sie auf und erledigte die Morgenroutine. Dabei sinnierte sie über die Nacht.

Nach dem Geschlechtsverkehr hatte sie sich gleich angezogen und war zurückgelaufen. Wie immer … Aber es hatte sich *nicht* wie immer angefühlt! Der Sex war nicht schlecht gewesen. Immerhin hatte sie zwei Orgasmen gehabt und jetzt war sie einigermaßen befriedigt. Aber nicht seelisch! Sie hatte Toki vermisst. Tarras endlose Gruben! Seine Hände auf ihrer Haut, ihren Brüsten, zwischen ihren Beinen. Und was sie alles mit ihm anstellen konnte. Er war so sinnlich …

Gestern hingegen hatte sie einfach nur Sex. Wie früher. Und plötzlich fehlte ihr dabei etwas! Wieso? Auf ihrem Partner zu reiten, hatte sich nicht so außergewöhnlich angefühlt, als wenn Toki unter ihr lag. Er stieß leichte Grunzlaute aus, wenn er zum Höhepunkt kam. Daran hatte sie sich gelegentlich orientiert und oft waren sie zusammen in einer rauschenden, feurigen Glückseligkeit explodiert.

Was war das gestern? Sie war gekommen und dann hatte es noch ewig gedauert, bis ihr Kamerad zum Ende kam. Gut, sie hatte währenddessen einen zweiten Orgasmus, aber mit den Gedanken war sie ganz woanders gewesen.

›Verdammte Tarra, wie konnte mir das passieren? Ich wollte mich nie verlieben! Und genau das ist anscheinend geschehen.‹ Gereizt wusch sie den Nachtschweiß ab … Und doch …, irgendwie war sie jetzt glücklich und weniger angespannt, nachdem sie sich eingestanden hatte, dass sie in Toki verliebt war. Den unscheinbaren Jungen aus dem Dorf an den Griffinfangseen. Der aber viel Mut bewiesen hatte und der die Welt in einer Weise wahrnahm, die ihr nie in den Sinn gekommen wäre. Neugierig, wissbegierig, freudig und … etwas naiv. Auf eine gute Art. Und nun ritt er mit Fin nach Carane, und es würde lange dauern, bis er wieder bei ihr war. Mit Fin …, der zierlichen, exotischen und wunderschönen Frau.

Ansou legte ihre Ausrüstung an und stapfte zum Trainingsplatz. Ertüchtigung, die brauchte sie jetzt. Dringend! Sie war nicht eifersüchtig! Toki konnte machen, was er wollte.

Ihr war es lediglich lieber, wenn er es hier und mit ihr tat!

Nach den Übungen war sie zufrieden und schaffte es endlich, die ganzen Gedanken beiseitezuschieben.

›Es wird kommen, wie es kommt‹, beschloss sie seufzend. ›Jetzt rücken wir nach Obertaft aus. Darauf muss ich mich konzentrieren.‹

Später saß sie gerüstet auf ihrem Pferd und beobachtete, wie ihr Tross abrückte.

Als etwa die Hälfte der Soldaten an ihr vorbeimarschiert war, schloss sie sich ihnen an und ritt hoch aufgerichtet neben ihnen her.

Am Abend des zweiten Tages erreichten sie Obertaft. Ein riesiges Feldlager lag dahinter auf der freien Fläche.

Ansou befahl den Spähern vorauszureiten, um sie anzumelden und sie anschließend auf den ihnen zugewiesenen Platz zu geleiten.

Nachdem Ansous Brigade das Lager aufgeschlagen hatte, stand sie vor ihrem Zelt und beobachtete, welche weiteren Heeresteile nach Obertaft beordert worden waren.

Drei Divisionen aus Tannberg hatten ihr Lager neben dem ihren aufgeschlagen. Die unverkennbaren Banner mit dem tannengrünen Hintergrund, der durch felsgraue und schneeweiße Streifen unterbrochen wurde, ragten in den Himmel und flatterten im Wind. Mitten in den Fahnen prangte die einsame Tanne auf dem Hügel. Ohne die goldene Krone. Kein Wunder. Nur, wenn die Königin bei der Armee war, trugen die Flaggen ihr persönliches Zeichen. Joska Parberg weilte jedoch in Tannberg und ganz bestimmt würde sie nicht hier auftauchen.

Ansous eigenes Banner zierte statt der Tanne zwei gespaltene Baumstämme – angeordnet in V-Form.

Eine Brigade aus Xanthsik war kurz vor Ansous eigener eingetroffen und richtete sich gerade ein. Auch sie lagerten neben ihnen. Xanthsiks Wahrzeichen – das Mittelgebirge – prangte auf ihren Bannern, die unscheinbar in einem sanften Wind wehten.

Später am Abend trafen noch zwei Brigaden ein. Eine aus Jannesse, deren Flaggen als Mittelpunkt den Jannsee hatten, und eine von Norden – aus Kiefberg; drei kräftige Kiefern zierte deren Wappen.

›Es sind tatsächlich fünf Divisionen‹, dachte Ansou. ›Ich bin gespannt, was wir zu hören bekommen.‹ Sie vermutete, der General-Leutnant würde die Oberste und Majore zu einer Besprechung laden. Während sie eine karge Soldatenration aß, grübelte sie über diesen Aufmarsch und ging kurz darauf zu Bett. Die Pritsche war nicht besonders bequem und mit ihren Gedanken wälzte sie sich unruhig umher.

Gelangweilt saß Ansou nachmittags am nächsten Tag in ihrem Zelt, als sie durch einen Boten aufgefordert wurde, bei Gawald zu erscheinen. Er hatte sich in Obertaft in ein Haus einquartiert.

Nachdem der Kurier sie verlassen hatte, schüttelte sie schnaubend den Kopf. ›Sieh an, der General-Leutnant braucht ein eigenes Haus. Ich würde mehr von ihm halten, wenn er wie seine Soldaten in einem Zelt schlafen würde.‹

Rasch durchquerte sie das Kriegslager, passierte die ersten Häuser von Obertaft und erreichte schließlich ein großes Gebäude. Als sie eintrat, erwarteten sie ein Oberst sowie drei Majore. Alle drehten sich zu ihr um und nickten ihr grüßend zu. Kurz nach ihr betraten noch zwei weitere Oberste das Haus. Die dreckigen Stiefel verschmierten Erde auf den feinen Dielen, was Ansou in diesem Moment aber vollkommen egal war.

›Anscheinend bin ich die einzige Frau in einer höheren Position‹, bemerkte sie. ›Ob das nun gut oder schlecht ist …?‹

Gawald trat aus einem Zimmer zu ihnen und sagte: »Gut, wie es scheint, sind wir so weit vollzählig. Bitte macht Euch später untereinander bekannt. Ich möchte kurz die Pläne skizzieren, die der General-Major und die Königin mir mit auf den

Weg gegeben haben. Zunächst, da ich einige Gerüchte gehört habe: Wir werden nicht angegriffen – weder von Skuyle noch von den Träneninseln oder sonst wem. Es ist umgekehrt. Die Königin wünscht einen Zugang zum Tränenmeer und wir werden ihr einen besorgen. Tränenwacht!«

Gemurmel flutete durch den Raum und erstaunte Blicke wurden gewechselt.

»Ruhe, bitte! Wir werden morgen dorthin aufbrechen. An der Wacht angekommen, werden wir sie stürmen und einnehmen. Es existiert ein Plan, der uns minimale Verluste bescheren wird. Sobald Risgar uns mit seiner Anwesenheit beehrt –«

Die Tür schwang knarrend auf und ein hünenhafter Schemen füllte sie aus.

Ansou blinzelte, und nachdem der Mann die Tür ins Schloss geworfen hatte, musterte sie ihn genau. Er hatte eine Glatze, einen langen Bart, der zu drei Zöpfen geflochten war, und, wenn sie es in ihren Worten ausdrücken wollte, Schweinsaugen, die die Anwesenden böse funkelnd anstarrten. Seine kräftigen Muskeln wirkten, als würden sie das Kettenhemd sprengen wollen. Ein weißer Umhang wallte locker über seinen Rücken.

»Ah. Willkommen, Risgar«, begrüßte ihn Gawald. »Ich hatte dich erst morgen erwartet. Schön, dass du uns heute schon mit deiner Anwesenheit beglückst. Ehre dem weißen Licht.«

Ansou stutzte. ›Beglückst? Weißes Licht?‹

»Ich wollte dir nicht den ganzen Spaß überlassen, Gawald.« Der Hüne grinste, trat zum General-Leutnant, packte ihn am Arm und schüttelte seine Hand. »Unser Gott …« Ansou fiel ein kurzes Zögern auf. »… und die Königin wünschen einen reibungslosen Ablauf.«

Gawald wandte sich wieder an die Männer und Ansou vor ihm. »Das ist Risgar, er wurde beauftragt, uns zu unterstützen, und er wird dafür sorgen, dass wir Tränenwacht schnell einnehmen. Sehr schnell.« Dabei tätschelte er dem Krieger die Schulter. »Er ist – so wie ich – für das Gelingen des Planes ausschlaggebend. Befolgt seine Befehle, als würden sie von mir persönlich kommen. Alles Weitere wird er Euch erklären.« Gawald trat einen Schritt zurück und überließ dem weißen Priester das Wort.

›Wie selbstgefällig‹, fand Ansou.

»Es gibt nicht viel zu sagen. Wenn wir vor der Stadt stehen, gibt es weitere Anweisungen. Ansonsten lautet der Befehl, nach Tränenwacht zu marschieren!« Sein Kopf drehte sich zu Gawald und er fragte: »Hast du Zeit? Wir sollten uns unterhalten. Oder musst du deinen Untergebenen noch Anweisungen erteilen?«

Kopfschüttelnd sagte Gawald: »Nein.« An alle anderen gerichtet fügte er hinzu: »Wir sind fertig. Bitte bereitet alles vor. Wir brechen bei Tagesanbruch auf.«

Ansou spürte den Blick des Priesters auf ihr ruhen. Beim Hinausgehen hörte sie ihn zu Gawald raunen: »Ihr müsst in Tangrintanien unbedingt etwas gegen diese Unart unternehmen, dass Frauen in der Armee dienen dürfen. Am besten benutzt ihr sie nur als …«

Dann war sie draußen und musste nicht mit anhören, als was sie »nur benutzt« werden sollte. Sie schätzte, der Mann kam aus dem nördlichen Staatenbund. Zumindest wirkten sein Gesicht und das Gehabe so. Dort waren die Frauen nicht mehr wert als Vieh und ihr grauste davor, dass einer der verfluchten Priester mit ihnen ritt. Nach Tränenwacht! Und sie würden Krieg gegen den kleinen Stadtstaat führen, der sich gegen ihre Übermacht an Soldaten nicht würde wehren können.

So hatte sie sich ihren ersten Auftrag als Majorin nicht vorgestellt. Das ungute Gefühl schlug mit aller Macht auf ihre Schultern und sie schwankte.

Draußen standen die Oberste und Majore und stellten sich einander vor. Einer der Männer aus Tannberg – Orajon – verfolgte sie mit seinem Blick. Wie zuvor Risgar. Dieser Blick war noch durchdringender, und unbehaglich hielt Ansou Abstand von dem Mann mit dem struppigen, rotblonden Dreitagebart. Das Haar am Kopf hatte er abrasiert. Einige vorstehende Muttermale auf der linken Wange verunstalteten sein Gesicht. Das eigentlich Schlimme aber war, dass er aussah, als würde er vor

Gewalt nicht zurückschrecken. Grob und rustikal, waren die Attribute, die Ansou zu ihm einfielen.

›Vor dem nehme ich mich ebenfalls in Acht‹, beschloss sie.

Die meisten der anderen Männer waren freundlich und bestürmten sie mit Fragen. Zwei beglückwünschten sie zu ihrer Stellung als Majorin und freuten sich, dass eine Frau mit ihrem Rang sie begleitete.

»Andere Sichtweisen führen zu besseren Ergebnissen«, teilte einer lachend mit. »Ich freue mich auf den Austausch mit Euch. Frauen sollen ein feineres Gespür für Nuancen haben.«

Ansou bemerkte, wie Orajon bei den Worten säuerlich die Mundwinkel verzog.

Bald verabschiedete sie sich mit einem Vorwand und marschierte zu ihrem Lager zurück. Dort unterrichtete sie die Soldaten und bereitete ihre Offiziere auf das Kommende vor.

Nach einer längeren Diskussion und nachdem alles zu ihrer Zufriedenheit geplant war, ging sie zu Bett.

Trompeten weckten sie vor Sonnenaufgang am nächsten Morgen.

Nicht lange danach war das Lager abgebaut und sie marschierten los. Ansou wusste, sie würden insgesamt sechs Tage durch die Berge ziehen. Immer den Pass durch das Ostmassiv entlang, bis sie am Ende die Lutbucht erreichen würden.

Die ersten Tage des Marsches zogen zähflüssig dahin, wie Baumharz, das langsam an einer Tanne herabrinnt. Der einzige Lichtblick, der die Langeweile erhellte, war die wunderschöne gebirgige Landschaft. Berge ragten links und rechts empor. Es war kalt hier, obwohl Sommer in Tangrintanien herrschte. Beidseitig bedeckte Schnee die Gipfel. Über allem ragte im Nordosten die Waxzinne inmitten der umliegenden Berge auf. Majestätisch thronte sie über ihnen. Ansou wusste, sie war der höchste Berg im Nordosten Natlaras und immer von Schnee und Eis bedeckt.

›Ob irgendwer schon einmal auf dem Gipfel stand? Wahrscheinlich kam niemand auch nur in die Nähe des unwirtlichen Berges.‹

Am zweiten Tag erreichten sie das Griffinbichl. Der Pass führte nun weiter nach Osten.

Im Laufe des Tages erkannte Ansou, warum es so genannt wurde. Unzählige kleinere Gruppen von Griffin hatten weit oben ihre Nester und sausten, schrille Schreie ausstoßend, kreuz und quer durch die Luft. Die Brutzeit war vorüber und die Eltern flogen aus, um ihren Nachwuchs mit Futter zu versorgen. Es war ein schöner Anblick, der Ansou mit Ehrfurcht vor der Natur erschaudern ließ.

Die Plätze, an denen sie für die Nacht rasteten, waren karg und kahl. Der Boden hart und die Nacht frostig. Wollbären und andere Tiere und Kreaturen, die hoch in den Bergen zu Hause waren, schrien ihre Revierlaute, Paarungsrufe oder anderes in den sternenklaren Nachthimmel.

Ansou lag zusammengerollt auf ihrer Pritsche, die dünne Decke um ihren Körper geschlungen und wünschte, dass sie die Strecke bald hinter sich hatten.

Am nächsten und übernächsten Tag durchquerten sie die Weißkopfklamm und Ansou erblickte auf ihrer rechten Seite die Zwillingsköpfe aufragen. Lustigerweise sah das Bergpaar aus, als würden sich zwei Gesichter in die Augen starren. Weit dahinter ragten die höheren Kampkatzen auf. Warum auch immer sie so genannt wurden.

Wyvern statt Griffin nisteten irgendwo im Weißkopfkamm. Gelegentlich flog eine weit über ihnen durch den Himmel und erschreckte die Soldaten rund um Ansou mit ihren durchdringenden Lauten.

Irgendwann in der Eintönigkeit fiel der Pass zur Bucht hin ab und dichte Wälder durchbrachen die karge Tristigkeit von Stein und Fels.

»Endlich etwas anderes als Felswände. Unser Ziel kann nicht mehr weit sein«, murmelte Ansou erfreut. Bis ihr ihre Aufgabe einfiel und ihre gute Laune im Keim erstickte.

Sie wusste, die Männer und Frauen ihrer Brigade sahen den anstehenden Überfall ähnlich, aber die Stimmung im Heer war ganz anders. Vor allem die Tannberger Soldaten brannten auf den Kampf und die Erweiterung des tangrintanischen Territoriums.

Tags darauf erreichte das Heer eine Taverne, die an einem Holzfäller- und Jägerlager lag. Die Menschen waren anscheinend alle vor den Anrückenden geflüchtet. Oder vor dem Bataillon rotgolden gerüsteter Krieger, die am Waldrand lagerten. Wobei lagern nicht der richtige Begriff war. Einige saßen oder standen einfach herum. Andere rannten umher und erledigten … irgendwas.

Ansou staunte über die riesigen, muskelbepackten Gestalten.

Eine Person befand sich in ihrer Nähe und wartete augenscheinlich auf das Heer. ›Noch einer von den Arschgesichtern‹, fluchte Ansou, als sie das unverkennbare weiße Gewand erkannte. ›Als ob Risgar nicht ausgereicht hätte. Was sind das für Soldaten? Bestimmt keine aus Tangrintanien. Vielleicht Männer aus dem nördlichen Staatenbund?‹

Die Rotgoldenen hielten sich von dem Heer fern. Das lagerte diese Nacht rund um die Hütten der Holzfäller.

Am nächsten Tag marschierten sie an der Lutbucht entlang und Ansou entdeckte etliche Fischerboote, die alsbald Richtung Stadt fuhren. Wahrscheinlich um die Nachricht zu überbringen, dass ein Heer auf sie zumarschierte.

Die Bucht selbst fand Ansou wunderschön. Ein langer Strand mit großen und kleinen Kieselsteinen fasste sie ein. Zwischendurch ragten allerlei geformte Felsen auf. Das Tränenmeer war rau und warf große Wellen gegen die großen Steine und den Strand.

Gegen Abend erreichten sie ihr Ziel und Gawald gab den Befehl, ein befestigtes Lager zu errichten.

Die Mauern der Wacht ragten in einiger Entfernung vor ihnen auf und Ansou zweifelte, dass sie die Stadt so einfach einnehmen würden. Ohne Belagerungswaffen, Sturmleitern oder andere Hilfsmittel. Würden sie solche zunächst herstellen? Aber sie hatten keinen einzigen Baumeister dabei. Auch Sappeure fehlten ihr für die Belagerung.

›Es ist der gleiche Wahnsinn, der das ganze Land ergriffen hat‹, überlegte sie. ›Sollen wir die Mauer mit unseren Händen erklettern, während wir von oben beschossen werden?‹

In dieser Nacht schlief sie schlecht und unruhig. Wirre Träume, in denen sie auf allen vieren auf einen Turm zurobbte, während Feuer auf sie niederregnete, peinigten sie. Zwischendurch tauchten die rotgoldenen Soldaten als schemenhafte Wesen rund um sie auf und schlugen auf sie ein.

Froh über den anbrechenden Morgen stand sie auf, legte ihre Rüstung an und gesellte sich zum Frühstück zu ihren Soldaten.

Nicht lange danach wurde sie zu Gawald gerufen.

Ansou erreichte das riesige Zelt des General-Leutnants und trat ein. Kohlepfannen verteilten angenehme Wärme. Gawald und Risgar unterhielten sich halblaut und Ansou blieb im Hintergrund stehen. Alle Kommandanten waren anwesend, nur der Major aus Xanthsik fehlte noch, und als er kurz darauf auftauchte, stellte Gawald als Erstes den zweiten Priester vor.

»Das ist Ruk.« Der Mann trat vor und senkte leicht den Kopf. »Er ist von Skuyle aus zu uns gestoßen. Sein Gott sendet ihn und seine Krieger als Unterstützung – die rotgoldenen Soldaten, die Ihr schon bemerkt habt.«

Der Mann hatte eine breite, kantige Stirn und ein ähnlich geformtes Kinn. Weit auseinanderstehende Augen lagen tief in den Höhlen unter wulstigen Brauen. Seine Mundform gab Ansou das Gefühl, als wäre er ständig traurig und die Nase saß plattgedrückt in der Mitte des Gesichtes. Eine breite Narbe zog sich vom linken Nasenloch bis zur Lippe.

»Ruk wird uns mit seiner Hundertschaft Kämpfer unterstützen, und sie werden das Haupttor von Buchtwächter für uns öffnen. Das wird das Zeichen für Euren Angriff sein«, teilte Gawald den Versammelten mit.

›Sollen sie das Tor mit ihren Händen aufbrechen?‹ Auch wenn sie so aussahen, als würden sie das schaffen, glaubte Ansou nicht daran. Sie wartete auf weitere Erklärungen, es kamen aber keine. Deshalb fragte sie: »Wie werden sie – und wir – die

Stadt stürmen? Wir haben keine Belagerungsgeräte, keine Sturmleitern und auch sonst nichts, was uns helfen wird. Ich schicke meine Soldaten ungern los, wenn ich nicht über alles im Bilde bin.«

»Ansou Sekah, nicht wahr? Das wird kein Problem sein.« Der General-Leutnant winkte ihre Frage lässig ab. »Ihr werdet nicht am Angriff teilnehmen. Eure Brigade bewacht das Lager und stößt zu uns, wenn die Stadt eingenommen ist. Risgar … zweifelt an Eurem Können. Er meint, Ihr wärt zu … *jung* für diese Aufgabe. Ich habe ihm zugestimmt.«

Der weiße Krieger grinste sie süffisant an.

Ansou wusste: Zu *jung* war ganz bestimmt nicht der Grund für die Lagerwache.

»Aber zu Eurer Frage: Es wird keine Belagerung geben. Lasst Euch überraschen und haltet Euch heute Abend bereit. Weitere Fragen?«

Unruhe entstand unter den Offizieren. Ansou bemerkte ratlose Gesichter und Blicke, die getauscht wurden. Bis auf Orajon, der wirkte zufrieden. Niemand traute sich, erneut eine Frage zu stellen. Feiglinge!

Nicht direkt am Angriff beteiligt zu sein, machte ihr wenig aus. Es war ihr sogar recht, denn sie hatte einfach zu wenig Informationen, um ihre Brigade guten Gewissens in die Schlacht zu schicken. Am schlimmsten für sie wäre es, sie wissenden Auges in den Tod laufen zu lassen.

Gawald nickte erfreut, da keine weiteren Fragen gestellt wurden und übergab das Wort an Risgar.

»Ich wünsche Euch gutes Gelingen. Macht das reine, weiße Licht heute Nacht stolz. *Er* freut sich auf die Opfer, die ihm dargebracht werden. Möge er Euch und Eure Soldaten segnen.« Er hatte seine Arme gehoben und blickte zur Zeltdecke hinauf, als würde er die Gunst seines Gottes auf sie herunterzwingen.

Einige der Offiziere wirkten verwundert, andere inzwischen enthusiastisch. Zwei Majore runzelten die Stirn.

›Als würden sie wissen, was er da brabbelt‹, bemerkte Ansou. Sie schwor sich, niemals, wirklich *niemals*, dieses scheinheilige Gehabe gutzuheißen. Immerhin wusste sie genau, was die weißen Priester waren. Eine feindliche Macht, die sich wie ein Parasit in Tangrintanien eingenistet hatte und es von innen heraus zersetzte.

Als die Besprechung endete und Gawald sie entließ, lief sie schnell zurück in ihr Lager und informierte ihre Offiziere über die Geschehnisse. Alle – bis auf Riggit – wirkten erleichtert, nicht an der Erstürmung teilnehmen zu müssen.

Als Ansou befahl wegzutreten, blieb die Hauptmännin stehen. »Euer erstes Kommando und wir werden wie grüne Rekruten dazu eingeteilt, das Lager zu bewachen. Hättet Ihr nicht darauf drängen können, dass wir uns beweisen wollen? Vor allem Ihr als *Majorin*!«, warf sie Ansou vor. Ihr Kiefer mahlte und ihre blauen Augen starrten sie herausfordernd an.

Ansou zog die Augenbrauen hoch und überlegte, was sie darauf erwidern sollte. »Riggit … Es gibt keinen genauen Plan und alles, was uns erklärt wurde, ist so schwammig, dass ich die Brigade nicht guten Gewissens die Stadt stürmen lassen kann. Es ist gut, nicht daran beteiligt zu sein! Wir werden uns zu einem anderen Zeitpunkt beweisen. Jetzt kümmert Euch bitte um Eure Soldaten.«

Schnaubend salutierte die Hauptmännin und stapfte davon.

Ansou blickte ihr hinterher und dachte: ›Immerhin hat sie offen gesagt, was ihr nicht passt. Sie ist ehrgeizig … Vielleicht würde ich an ihrer Stelle auch so handeln … Dieser von Tarra verschüttete Feldzug!‹

Der Tag zog sich dahin. Je näher der Abend rückte, desto unruhiger wurde das Heer. Aufgestaute Gewalt lag in der Luft und auf den Mienen der Soldaten.

Das alles gefiel Ansou überhaupt nicht und die Unruhe hatte auch sie ergriffen. Aus der Ferne erblickte sie auf der Mauer von Tränenwacht die Verteidiger.

Mit Einbruch der Dämmerung nahm das Heer seine Position ein, um den Sturm auf die Wacht zu beginnen. Rasselnd, drohend und lärmend formierten sich die einzelnen Teile. Ganz vorn stand das Bataillon der rotgoldenen Krieger, das den ganzen Tag weit weg vom Rest gelagert hatte. Sie ließen einen grollenden Singsang ertönen, der Ansou bis zu den Knochen drang.

›Was sind das für Kämpfer? Hat sie überhaupt schon jemand von Nahem gesehen?‹

Ihre eigenen Männer und Frauen standen am Rand des Lagers und starrten auf Tränenwacht.

Auf einer kleinen Erhebung saß Gawald zusammen mit den Obersten und Majoren auf ihren Pferden. Plötzlich hob er die Hand und deutete auf die Stadt. Was und ob er etwas sagte, konnte Ansou nicht hören.

Sofort rannte die unruhige Masse von riesigen Soldaten los und überquerte die Strecke zur Stadt in einer unglaublichen Geschwindigkeit. Alle um Ansou herum gaben ungläubige Laute von sich. Auch sie selbst war verwundert und konnte es nicht glauben.

Das restliche Heer folgte langsam und zögerlich. Kein Wunder. Bevor das Tor nicht geöffnet war, würden sie nicht in die Stadt gelangen. Sie würden vor der Mauer aufgerieben werden. Ansou erwartete eine Katastrophe.

Die Rotgoldenen waren inzwischen an der Mauer angelangt, wurden von oben mit Steinen beworfen und von den feindlichen Schützen beschossen. Einige gingen zu Boden, aber viel weniger, als sie vermutet hatte. Ungläubig erkannte sie, dass viele sich auch sofort wieder aufrappelten und weiterstürmten.

Erneut floss ein Raunen durch ihre Soldaten und sie nahm gezischte Fragen wahr.

Die fremden Kämpfer bildeten eine sich rasend schnell aufbauende Mauer aus Männern und kletterten dadurch auf den Wall hinauf. Ansou meinte Schmerzensschreie, Befehle, Kampfgeräusche und Weiteres von der Stadt herüberwehen zu hören. Der Wind blies jedoch vom Pass herab, daher konnte sie es sich auch einbilden.

Nachdem die Gotteskrieger auf der Mauer angelangt waren, breiteten sie sich wie eine Welle darauf aus und einige verschwanden außer Sicht.

›Wahrscheinlich versuchen sie das Tor zu öffnen‹, vermutete Ansou.

Und dann geschah wirklich, was sie nie für möglich gehalten hätte. Das Stadttor schwang langsam auf. Um sie herum bemerkte sie überraschte Blicke, Soldaten, die sich in die Höhe streckten, und ungläubige Ausrufe.

Gawald gab einen weiteren Befehl und das Heer setzte sich endgültig in Bewegung. Jetzt drangen die Schlachtrufe sogar bis zu ihnen. Der grummelnde Ton der rotgoldenen Krieger verstummte dafür.

Wie eine Flut brandeten die Soldaten auf das inzwischen weit offenstehende Tor zu, um davon verschluckt zu werden. Auch die Kampfgeräusche waren inzwischen so laut, dass sie bis zu ihnen drangen.

Während Ansou und ihre Brigade bezeugten, wie Tangrintanien sich den kleinen Stadtstaat einverleibte, brachen überall in der Stadt Brände aus.

»Wieso zünden sie die Stadt an?« Orkus, der neben ihr stand, blickte starr nach Tränenwacht. »Wir haben sie doch so gut wie eingenommen. Seit wann plündern und zerstören wir?«

Darauf konnte Ansou nichts antworten. Ebenso wenig wie einer ihrer anderen Offiziere.

Während die Armee einige Stunden in der Stadt tobte, standen sie am Lagerrand und beobachteten unbehaglich die Flammen. Still, und jeder in seine Gedanken versunken.

Langsam brannten die Feuer nieder.

Ein Bote brachte Ansou den Befehl, mit ihrer Brigade nachzurücken und in der Stadt für Ordnung zu sorgen. Sie sollten Position in der Stadtmitte beziehen.

Ein paar Soldaten befahl sie, beim Lager zu bleiben, der Rest formierte sich, und langsam marschierten sie auf die rauchumwölkte, glimmende, gefallene Stadt zu. Das ungute Gefühl schlug mit Macht auf sie ein – viel stärker als bisher. Ansou fürchtete von der schimmernden Schwärze des Stadttors verschluckt zu werden und nie mehr die Sonne zu sehen.

Im Gegensatz dazu leuchteten die beiden Monde wohlwollend auf sie herab und die Sterne funkelten fröhlich.

Nichts geschah, als Ansou den Fuß in die Stadt setzte, und sie stieß erleichtert einen Seufzer aus. Wie sie wahrnahm, ging es vielen ihrer Männer und Frauen genauso.

Während sie durch die Hauptstraße Richtung Marktplatz – dem genannten Sammelplatz – vorrückten, erkannte sie das Grauen, das die tangrintanischen Soldaten veranstaltet hatten. Es lagen nicht nur tote und verletzte Soldaten in den Straßen, sondern auch Zivilisten. Männer, Frauen und Kinder! Verkohlt, verstümmelt, in Stücke gehackt, verblutet und anderweitig ermordet. Frauen in Nachtgewändern, Männer mit Besen und anderen Haushaltsgegenständen in der Hand, die sie höchstwahrscheinlich als Waffen hatten benutzen wollen. Kleine Kinder ohne Hände und Beine. Achtlos weggeworfen wie Spielzeug. Bei einem kleinen Jungen – möglicherweise fünf Jahre alt – sah Ansou einen kleinen Holzsoldaten liegen.

Je weiter sie vordrangen, desto schlimmer wurden die Szenen. Als hätten die Angreifer sich anfangs noch zurückgehalten, und nachdem die Verteidiger gefallen waren, hatten sie sich in blutrünstige Bestien verwandelt.

Um sich herum bemerkte Ansou immer mehr entsetzte Mienen und die Schritte wurden schwerer und langsamer. Auch ihr erging es so. Angestrengt und widerwillig setzte sie einen Fuß vor den anderen. Einigen Männern und Frauen standen Tränen in den Augen, während sie an Gestalten vorbeimarschierten, die an Fenster und Türen genagelt waren, um als Zielscheibe zu dienen. Wieder erblickte sie alle Altersstufen und Geschlechter. Auch vor Kindern hatte der Mob keinen Halt gemacht.

Grausig verzerrte Mienen schmückten die Toten am Boden. So, als hätten sie Schreckliches vor ihrem Tod durchlebt.

Inzwischen hing über all dem ein süßlicher, metallischer Geruch – gemischt mit verbranntem Fleisch. Schmerzens-, Hilfe-, und Angstschreie waberten als Fetzen durch die düstere Umgebung und schlugen auf ihre Brigade – und auf sie selbst – ein. Einige ihrer Soldaten übergeben sich würgend. Ansou konnte es ihnen nicht verdenken. Auch ihr stieg saure Galle auf, die sie mühsam zurückhalten musste. So viele Tote, so viel Zerstörung.

Bedrückt, schluchzend, mit hängenden Köpfen und Schultern schlurfte ihre Brigade vorwärts.

Ansou lief inzwischen eine Träne die Wange hinab. Schnell wischte sie diese beiseite. Alles nur wegen den Priestern. Sie war sich sicher, dass sie die Soldaten Tangrintaniens aufgestachelt hatten, die Gräuel zu begehen. Deren Worte waren bei den Günstlingen der Königin auf fruchtbaren Boden gefallen.

Mitten auf der Straße vor ihnen vergewaltigten einige Soldaten eine junge Frau.

Jetzt ist Schluss! Ansou verließ ihre Kolonne trat an die Männer heran und stieß sie brutal von der Frau weg. »Schert euch in die drei Höllen! Seid ihr Soldaten Tangrintaniens oder seid ihr wild gewordene Bastarde, die plündern, brandschatzen, vergewaltigen und morden?«

Die junge Frau sah aus geröteten, geschwollenen Augen zu ihr auf. Hoffnung keimte in ihnen. Blutige Striemen zierte ihren gesamten Körper, der nur noch in Fetzen gekleidet war.

»Das ist unsere Kriegsbeu–«, fing einer der einfachen Soldaten an.

Ansou schlug ihm mit der Faust ins Gesicht. Er stolperte gegen die Wand hinter ihm und rutschte daran entlang zu Boden.

»Es gibt *keine* Kriegsbeute! Das sind lebendige Menschen. Bürger unseres Königreichs! Tränenwacht gehört jetzt zu uns. Sie haben also die gleichen Regeln und Gesetze zu ihrem Schutz wie wir.«

Der Mann spuckte Blut und einen abgebrochenen Zahn aus und versuchte aufzustehen.

Seine Freunde hatten verdutzt zugesehen, jetzt wollten sie gerade ihre Waffen ziehen.

»Das würde ich lassen!« Ansou deutete auf ihr Abzeichen. »Oder, bei Tarras Gerechtigkeit, ich befehle, euch hier und jetzt von meinen Soldaten wegen Kriegsverbrechen hinrichten zu lassen!«

Schnell beugte sie sich zu der Frau hinab und half ihr auf. »Du bist in Sicherheit. Niemand wird dir jetzt noch etwas antun«, murmelte sie ihr beruhigend zu.

Sie winkte eine ihrer Soldatinnen herbei und befahl ihr, sich um die schluchzende Frau zu kümmern.

Die Männer hatten ihren Freund auf die Beine gestellt und starrten Ansou böse an. »Das wird Euch noch leidtun, *Majorin*. Orajon wird davon erfahren. Und der General-Leutnant!«

»Dann bestellt ihm schöne Grüße von mir, Majorin Ansou Sekah! Wir sind tangrintanische Soldaten und keine wilden Barbaren.«

Sie drehte sich um und ging zu ihren Kämpfern zurück. Die empfingen sie jubelnd.

»Neue Befehle, Brigade!«, schrie Ansou ihnen zu. »Wir sammeln auf unserem Weg alle Bürger der Stadt auf und stellen sie unter unseren Schutz. Es wurde heute genug Blut vergossen und Barbarei begangen! Wir befolgen *aufs Wort* die Befehle des General-Leutnants. Die Ordnung wieder herstellen!« An Orkus, Riggit, Emil, Fusch und Karl gewandt befahl sie: »Kümmert Euch darum.«

Selbst reihte sie sich wieder in die Kolonne ein. Stück für Stück rückten sie ihrem Ziel, dem Marktplatz in der Stadtmitte, näher. Mann um Frau um Kind wuchs die Anzahl der geretteten Bürger an. Ihre Soldaten schlossen sie schützend ein und kümmerten sich um Verwundete, um Entsetzte und Verzweifelte. Je mehr sie retteten, desto befreiter, kräftiger und aufgerichteter schritten sie voran.

Als sie auf den Marktplatz marschierten, befanden sich drei Mal so viele Einwohner aus Tränenwacht zwischen ihnen, wie sie Soldaten hatte.

Auch auf dem Platz tobte der Irrsinn und sie befahl, die Menschen in die Mitte zu bringen und den Bereich sowie die Straße zu säubern. Kurz darauf gehörte der Marktplatz ihnen und Ansou postierte ihre Leute an den Zugangsstraßen. Der Major aus Kiefberg tauchte mit seinen Männern und Frauen auf, gesellte sich zu ihr und half mit. Auch die tangrintanischen Soldaten hatten sich ihnen entweder angeschlossen, froh darüber, dass jemand für Ordnung sorgte, oder waren wutentbrannt verschwunden.

Irgendwann erschien Risgar und verlangte lautstark zu wissen, was los war.

»Was soll das, Frau?«, fuhr er sie an. »Warum werden die Einwohner hier beschützt? Das sind Feinde!«

Ansou trat vor ihn, richtete sich zu ihrer vollen Größe auf – trotzdem war sie noch einen halben Kopf kleiner als der kräftige Nordmann – und sagte mit eisiger Stimme: »Zunächst sprecht Ihr mich mit Majorin an und nicht mit Frau, *Priester!* Und zum anderen sehe ich hier keine *Feinde,* sondern Bürger des Königreichs Tangrintanien. Der einzige Feind, der – möglicherweise – auf diesem Platz steht, seid Ihr!«

Überraschtes Raunen erklang von den Soldaten um sie herum und der Unterkiefer des Majors fiel herab.

»Die Menschen stehen unter dem Schutz der tangrintanischen Armee!«

Perplex über ihre Antwort und ihre Courage, stammelte Risgar ein paar Mal wortlos, bevor er rot anlief. »Ich werde Euch für Eure Anmaßung eigenhändig erwürgen!«, spie er ihr entgegen und begann, seine Hände zu heben, um auf sie loszugehen. Mitten in der Bewegung stockte er, als sich ein Geräusch zahlreicher sich spannender Armbrüste und gezogener Waffen über den Platz ausbreitete, das auch der Priester nicht ignorieren konnte.

»Das würde ich lassen«, erklang die raue Stimme von Riggit. »Wenn Ihr Euch bewegt, egal, in welche Richtung, verpasse ich Euch höchstpersönlich einen Bolzen zwischen die Augen. Bitte … erfüllt mir diesen Wunsch.«

Risgar merkte, dass er inmitten von ihm feindlich gesinnten Soldaten und Soldatinnen stand und knurrte: »Ich senke meine Hände. In Ordnung?«

Riggit nickte und winkte auffordernd mit der Armbrust.

Langsam und vorsichtig senkte er seine Hände. »Das wird ein Nachspiel haben …, *Majorin!*«

Er wirbelte herum, stieß unsanft zwei Soldaten beiseite und fluchte lauthals, während er den Marktplatz verließ.

›Wahrscheinlich, um den General-Leutnant zu suchen‹, vermutete Ansou. »Danke für Eure Hilfe, Riggit«, sagte sie und nickte ihr zu.

»Ihr hattet recht, ich wollte meine unbedachten Worte von heute Morgen sühnen«, erwiderte die. »Ich bin froh, dass wir nicht mit in dieses Tollhaus einmarschieren mussten und vor der Stadt das Lager hüten konnten. Ihr habt alles richtig gemacht und Weitsicht bewiesen.«

»Zwar vorgegeben vom General-Leutnant, aber ich bin heilfroh. Und auch, dass wir den Menschen zumindest etwas Schutz gewähren konnten.«

Die Hauptmännin senkte ihre Armbrust und salutierte voller Anerkennung. »Ihr seid eine hervorragende Majorin, Ansou. Und Ihr habt heute sehr viele Leben gerettet.«

Einige der Soldaten, die den weißen Priester ebenfalls mit ihren Waffen bedroht hatten, salutierten gleichermaßen und stimmten ein »Majorin Ansou!« an. Ziemlich schnell hatten die übrigen Mitglieder ihrer Brigade den Ruf aufgenommen und er verbreitete sich rasch über den Marktplatz.

Auch der andere Major fiel ein sowie die restlichen tangrintanischen Soldaten, bis ein lautes Tosen über den Platz und die Straßen tönte.

»Majorin Ansou! Majorin Ansou!«

›Vielleicht ist Tangrintanien doch noch nicht ganz verloren‹, dachte Ansou, überflutet von der Ehrerbietung, die ihr entgegengebracht wurde.

Buchtwächters Bedrängnis

Evomee; Meson; Mipai; Synea

Evomee war auf dem Weg zu den Kirchplätzen. Obwohl der Kampf auf der Ostmauer schon ein paar Tage her war, fühlte sie sich immer noch wie erschlagen. Jeder Schritt, der sie durch die Gänge des Palastes führte, rief ihr schmerzhaft den Muskelkater in ihren Armen und Beinen in Erinnerung.

›Wodasch sei Dank, haben wir eine Verschnaufpause bekommen‹, dachte sie und kraulte Neppo, der auf ihrer Schulter saß und seine kleinen Pfoten in ihr Haar und die blaue Kutte krallte.

»*Du läufst immer noch, als wärst du um Jahrzehnte älter*«, zog er sie auf.

»So fühle ich mich auch. Weshalb Meson uns wohl gebeten hat, ihn zu treffen?«

»*Lassen wir uns überraschen. Vielleicht Neuigkeiten wegen der Kreaturen?*«

»Ich denke nicht. Vorgestern waren wir deshalb bei den Gelehrten. Die Leichen ... und Leichenteile waren sehr aufschlussreich. Immerhin ist jetzt bekannt, wieso sie ihre Rüstung nie ablegen. Es ist ihnen schlicht nicht möglich, da sie mit ihrer Haut verwachsen ist. Glauben kann ich es immer noch nicht.«

»*Jetzt wissen wir, wie sie aussehen, aber woher sie kommen, liegt immer noch in den trüben Tiefen von Wodaschs Reich*«, sagte Neppo, hob seine Schnauze, schnupperte in der Luft herum und setzte sich. Ein kurzer schmerzhafter Ruck an einer Haarsträhne war das Ergebnis.

»Da hast du recht. Aber die weißen Augen und die nadelspitzen Zähne … Brrr.« Erneut zupfte der Wasserigel an ihren Haaren. »Autsch. Möchtest du nicht lieber in der Schlaufe getragen werden?«

»*Tut mir leid. Ich passe besser auf*«, versprach Neppo. Sie spürte seine Verlegenheit. »*Hier oben sehe ich mehr, aber wenn du es lieber hättest, dass ich in der Trage liege, heb mich hinab.*«

»Nein, schon gut. Du meinst es ja nicht böse. Gib einfach ein wenig auf mein Haar Acht«, antwortete Evomee und kraulte ihn am Bauch. Dafür bedankte er sich mit einem Ablecken der Finger.

Erneut wanderten ihre Gedanken zu den Kreaturen. »Niemand hat von diesen Wesen gehört. Nicht einmal in den Archiven der Kirchen oder des Palastes gibt es Aufzeichnungen über sie.«

»*Bedenke, du hast noch nicht alles sichten können …*«

Evomee winkte ab. »Wahrscheinlich werden wir sowieso nichts finden. Außerdem: Durch die Hilfe der Archivare haben wir sehr viel durchgearbeitet. Aber … irgendwann werde ich dem Rätsel auf den Grund gehen.«

»*Als wären die Feinde nicht von diesem Kontinent.*«

»Einer der Gelehrten meinte sogar: ›Vielleicht sind sie aus den drei Höllen gesandt, um uns zu bestrafen‹. Und von einem anderen hörte ich: ›Sie müssen von diesem weißen Gott erschaffen worden sein‹.« Evomee schnaubte. »So ein Quatsch. Am allerbesten fand ich aber – und hier möchte ich den Archivar zitieren: ›Ich bin mir sicher, sie sind nicht von dieser Welt!‹. Es gibt keine anderen Welten! Bis auf das Reich der Götter, und von dort kommen sie *nicht*.«

»*Wir wissen es n–*«

»Stimmt, aber darüber möchte ich nicht einmal nachdenken«, unterbrach sie ihren Begleiter. »Eher noch von einem anderen Kontinent, aus dem Süden hinter der Feuerwüste, oder hinter dem Himmelsgebirge. In den Schriften gab es ein paar Einträge dazu.«

»Sie sind schwer zu erreichen … Denkst du wirklich?«

»Eigentlich nicht, aber gelegentlich werden Schiffbrüchige angeschwemmt. Aber auch aus ihren Berichten ging nicht hervor, ob es diese Wesen dort gibt.«

Sie bog um eine Ecke und erblickt vor sich das kleine Tor zu den Kirchgärten. »Ah, wir sind endlich da. Meine Muskeln danken es mir, wenn sie ausruhen können.«

Nachdem sie die Tür geöffnet hatte und hindurchgeschritten war, befand sie sich in einer anderen Welt. Eine bunt blühende Hecke säumte den Weg zu beiden Seiten. Einige Schritte weiter öffnete der sich zu einem offenen Platz, in dessen Mitte verschieden große Bäume wuchsen und Schatten spendeten. Der Tag war warm, obwohl eine kühle Meeresbrise über die Stadt hinwegstrich, was den Anblick noch eindrücklicher machte.

»Schön, dass der Sommer seine Hände nach uns ausstreckt«, sagte Neppo. Er sog mit seiner kleinen Schnauze die Gerüche in der Luft ein.

»Wenn dieser verwässerte Krieg nicht wäre, könnte man es hier gut aushalten«, stimmte Evomee zu und schlenderte den Weg entlang. »Unglaublich, welch Blütenpracht den Garten beherrscht. Und wie es duftet! Jasmin, Rosen, Lavendel und Holunder rieche ich. Schau dir die bunten Blumen und Kräuter an.« Ihre Finger deuteten auf die einzelnen Gewächse, während sie aufzählte: »Wolfskraut, Eisenblatt, Himmelsgarbe, Thymian, Erdspiere, Eisblatt, Schwarzwurz und Silbernessel.«

Viele davon wurden als Heilkräuter eingesetzt. Manche fanden auch Anwendung bei den Alchemisten.

»Der Garten der Natur in Buchtwächter hat mir schon immer gut gefallen«, fiepte Neppo. *»Auch wenn wir noch nicht oft zu Besuch waren. Irgendwie hat er etwas Besonderes.«*

»Weil er so farbenprächtig ist! In größerem Ausmaß als in anderen Städten. Aber *nichts* geht über die Wasserspiele, Bäche und Weiher im Wassertempel.«

»Manchmal meine ich, du hättest ein Wasserwesen werden sollen.« Neppo kicherte. *»So oft, wie du irgendwo an einem Gewässer bist.«*

»*Am* Wasser, nicht in ihm.« Evomee lachte. »Das Schwimmen überlasse ich anderen. Ich bin zwar gut darin, aber dabei fröstelt mich immer.« Sie schüttelte sich und machte »Brrrr«.

»*Achtung, nicht dass du mich abwirfst.*«

Er klammerte sich in ihr weiches, schwarzblau glänzendes Haar und klang vorwurfsvoll.

»Niemals. Du bist mir so wichtig wie mein eigenes Leben.« Evomee griff zu ihm und kraulte entschuldigend seinen samtfelligen Bauch. Dann entdeckte sie Meson von der Wasserkirche auf sie zueilen. »Schau, da kommt Meson.«

Für einen Moment überraschend in all der besinnlichen Ruhe des Gartens ertönte ein dröhnendes Röhren und Yssyastha landete mit einem lauten Aufschlag neben ihnen in der Wiese. Ein Schlag mit seinem Schwanz entwurzelte einen kleinen Jasminstrauch und schickte eine angenehme Duftwolke in die Luft.

»Und … Yssy«, fügte Evomee mit hochgezogenen Augenbrauen hinzu.

»*Sei nicht verstimmt. Er meint es nicht böse, sondern ist einfach tollpatschig. Als wäre ein kleines Kind in ein großes, mächtiges Wesen geschlüpft*«, erklärte Neppo und kicherte. »*Weißt du noch, als er Meson einmal längere Zeit nicht gesehen hatte und ihn begrüßte?*«

Evomee musste bei der Vorstellung laut lachen. »Ich hatte wirklich Angst, dass er ihn unter sich zerquetscht. Wie er auf ihn zugehopst und auf ihn gesprungen ist. Beide sind in einem Gemenge von Armen, Beinen, Füßen und einem Schwanz zu Boden gegangen. Ich habe Meson noch nie so überrascht quietschen gehört.«

»Hallo, Schwester. Was ist so lustig?« Meson hatte sie erreicht. »Bestimmt Yssy, oder?«

Er trat zu dem Elementar, rubbelte ihm kräftig über die Stirn und zupfte ihn an den fächerförmigen Ohren. Yssy schien es als angenehm zu empfinden. Sein Hinterbein hob sich zuckend, als wollte er sich kratzen, stoppte aber immer wieder und setzte erneut an.

Es sah witzig aus und Evomee lachte erneut. »Ihr beide. Du *und* Yssy!«

»Weißt du noch, als er sich vor langer Zeit einen Spaß erlaubte und uns mit einem Wasserschwall durchtränkte. Er meinte, wir wären zu trocken und müssten Schmerzen leiden. Leider war es Winter und richtig kalt. Als wir endlich in eine Taverne kamen, waren wir total durchgefroren und überall hingen Eisklumpen. Ich dachte, ich würde nie mehr warm werden.« Auch Meson lachte jetzt laut, während er Yssy weiter knuffte.

»Ich erinnere mich daran. Das war, als du meintest, wir müssten uns einige Zeit trennen.« Evomee schmunzelte. »Bis du ein paar Tage später unglücklich zurückkamst, weil du es nicht ohne mich ausgehalten hast.« Sie nahm seine Hand und drückte sie liebevoll.

Ehe er antwortete, erwiderte er die Geste. »Ja. Ab und zu brauche ich weibliche Gesellschaft. Ich will ihnen meine Schönheit … und anderes nicht vorenthalten.« Erneutes Gelächter auf Evomees Seite. »Weißt du noch, als diese eine in Himmelsbogen mich nicht mehr in Ruhe lassen wollte? Bis du dich vor ihr aufgebaut und ihr weisgemacht hast, dass ich dein Ehemann bin.« Tadelnd hob er den Arm und wedelte mit dem Finger in der Luft herum. »Du würdest dich darum kümmern und ich für meine schändliche Tat büßen.«

»Das war nicht nett von dir. Die arme Frau war dir absolut verfallen, aber wir mussten uns um anderes kümmern und hatten keine Zeit.« Evomee funkelte ihn an, zwiegespalten zwischen erzürnt und belustigt. Sie entschied sich fürs Lachen.

Manchmal konnte Meson ein richtiger Idiot sein. Vor allem wenn es um Frauen ging. Das mochte sie nicht an ihm, aber sie konnte es ihm auch nicht abgewöhnen. Und die Frauen standen auf sein Aussehen und sein Auftreten. Oft hatte er deswegen Scherereien. Immerhin hielt er sich von vergebenen Frauen fern. Inzwischen hatte sie es aufgegeben, ihn bekehren zu wollen.

»Bevor wir noch weiter in Sentimentalitäten schwelgen, sag mir, warum du mit mir sprechen wolltest.«

Mesons Gesicht wurde ernst. »Hast du mehr über die Kreaturen herausgefunden?«

Evomee schüttelte den Kopf. »Nein. In keiner Schriftrolle und keinem Buch konnten wir etwas über sie finden. Eine letzte Möglichkeit gäbe es noch: die großen Archive in den Tempeln. Meine Intuition sagt mir aber, dass wir auch dort nichts erreichen werden.«

Meson nickte nachdenklich. »Nachdem ich mir den Kopf zerbrochen habe, ist mir aufgefallen, dass ich die Kreaturen nicht gespürt habe. Kein einziges Gefühl! Als hätten sie keine. Nur bei Tieren und einfacheren Wesen fühle ich genauso wenig. Manchmal sogar mehr als bei ihnen. Ich frage mich, wie sie wissen, was sie tun sollen. Einen Verstand werden sie besitzen. Beim Schmerzempfinden bin ich mir auch nicht sicher.«

Evomee überlegte ebenfalls. »Ich stimme dir zu. Wie sie die Mauer hinaufgeklettert sind, einfach dort standen, verbrannten und keinen Laut von sich gaben, bis auf dieses grummelige Grollen, das einem durch Mark und Bein ging.«

»Sie bereiten mir wirklich Kopfschmerzen. Wenn sich noch mehr von ihnen zeigen, bin ich mir nicht sicher, ob wir Buchtwächter halten können. Zumindest die äußeren Bereiche sollten wir schnellstmöglich evakuieren. Den Norden mit den Handwerkern und so weiter. Und auch den Ostbereich. Die Osnilianer rennen inzwischen schon wieder gegen die Nordmauer an. Sobald sie die Rotgoldenen hinzuziehen, schwant mir Böses.« Steile Falten erschienen auf Mesons Stirn.

»Ich werde mit Wenmar und Terewerd reden. Du hast recht, wir müssen die Bereiche evakuieren und ich werde sie schon dazu bringen, es einzusehen«, versprach Evomee.

»Um Terewerd mache ich mir keine Gedanken, der ist auf unserer Seite. Doch Wenmar ist stolz und stur. Aber wenn ihn jemand überzeugen wird, dann du.« Er lächelte sie an.

»Gegen so einen Feind haben wir noch nie gekämpft. Wenn du sagst, dass sie keine Gefühle haben, beunruhigt mich das sehr. Kannst du einen Boten zum Wassertempel schicken? Er soll dem Rat berichten, was wir wissen, und der soll sich damit befassen.«

»Gute Idee. Ich werde mich gleich darum kümmern und danach unterstütze ich Cynath auf der Nordmauer. Der arme

Junge hat so viel um die Ohren und ich versuche ihm so gut wie möglich zu helfen.«

Evomee hob ihre Hand und strich Meson über die Wange. »Sei vorsichtig. Du weißt, ich könnte nicht ohne dich leben.«

»Wie immer, Evomee. Wie immer.«

Yssy schwang sich brüllend in die Luft, wobei er mit seinem Schwanz ein paar Lavendelpflanzen in den Boden stampfte.

Meson verschwand Richtung Palast.

»Hoffentlich geben die beiden auf sich Acht«, hörte sie Neppo. *»Manchmal weiß ich nicht, wer von beiden stürmischer ist. Meson oder Yssyastha. Und, ob sie nicht dem falschen Element angehören.«*

Evomee blickte ihnen nach und sagte nachdenklich: »Sie sind wie ein aufgewirbeltes, wildes Meer. Nicht nur der Wind hat diese Attribute, Neppo. Ich mache mir wirklich Sorgen wegen dem Ganzen.« Sie schüttelte die düsteren Gedanken ab und murmelte: »Lass uns zurückgehen und mit Wenmar und Terewerd reden.«

Zusammen verließen sie den wunderschönen Naturgarten, um sich erneut um den Krieg zu kümmern.

Am nächsten Tag ritt Meson durch den Hafenbezirk zur nördlichen Hafenzitadelle, um Cynath zu treffen.

»Irgendwie ist die Mauer meine zweite Heimat in der Stadt geworden«, sagte er schnaubend. »Die Hafenzitadelle und das Osniltor …, fehlt nur noch, mein Bett dorthin zu verlegen.«

Während er durch die Straßen preschte, kamen ihm alle paar Augenblicke Karren und andere Gefährte entgegen, denen er ausweichen musste. Die Evakuierung hatte begonnen. Endlich. Seine Schwester hatte den Herzog mit Terewerds Hilfe davon überzeugt, den entwickelten Evakuierungsplan umzusetzen.

Fluchend lenkte Meson sein Pferd durch eine Seitengasse, da direkt vor ihm zwei vollbeladene Wagen die Straße blockierten. Es wirkte, als hätten mehrere Großfamilien ihren kompletten Hausrat aufgeladen, so hoch türmten sich die Möbelstücke darauf.

Kopfschüttelnd folgte Meson der schmalen Gasse. ›Das können sie sowieso nicht mit auf die Galeonen und Fregatten nehmen. Hmmm …, oder fliehen sie über die Straße gegen Süden? Nun, sie wissen, wo sie hingehen können. Terewerd und Evomee haben mit ihrer Planung wirklich gute Arbeit geleistet. Schlau, die Kriegsschiffe kurzerhand abzukommandieren, um die Menschen in Sicherheit zu bringen. Was ein Glück, dass wir vom Meer aus nicht angegriffen werden.‹

Seine Gedanken wanderten weiter und aufgeräumt dachte er an sein Treffen mit Evomee im Garten. ›Das sollten wir öfter tun. Die Erinnerung an früher hat mir gutgetan.‹

Eine großer Pulk Einwohner marschierte die nächste Straße entlang und Meson sah ihnen an, dass sie nicht erfreut waren. ›Immerhin retten sie ihr Leben und wenn die Osnilianer abrücken, können sie zurückkehren.‹

Kurz darauf erreichte er die nördliche Hafenzitadelle und lief zu seinem obligatorischen Platz über dem Osniltor.

Auf der Mauer tauchten inzwischen immer öfter die Uniformen der Marineinfanteristen auf. Wenmar hatte gemeinsam mit Hilde beschlossen, ein Bataillon ihrer Soldaten aus dem Hafen abzuziehen und durch sie die Nordmauer zu verstärken. Cynaths Truppen bluteten langsam aus. In den Osten ans Stadttor waren sogar fast zwei Brigaden entsandt worden.

›Verschlammte Kreaturen. Die haben den Verteidigern stark zugesetzt und riesige Löcher in das Heer gerissen.‹ Bei diesem Gedanken verfinsterte sich Mesons Gesicht und mit zusammengekniffenen Augen starrte er über die Ebene vor der Stadt.

Heute standen die Osnilianer einfach nur außer Schussweite und warteten. Worauf? Hoffentlich nicht auf eine neue Überraschung … Inzwischen bekam er ein mulmiges Gefühl, wenn sie nicht angriffen. Einen altmodischen Angriff konnten sie zumindest abwehren.

Sein Blick schwenkte zur Mauer. Große Löcher klafften in ihrer Verteidigung. Leergefegt von den gegnerischen Katapulten, aber vor allem durch die Venerta. Die Speerwerfer und

Triböcke hätten sie gut gebrauchen können! Jetzt standen nur noch deren Überreste dort – wenn überhaupt.

Irgendwann gegen Mittag tauchte Yssy auf und zusammen warteten sie auf eine Aktion der Gegenseite.

Je länger sie in geordneten Reihen vor dem Wall standen, desto übellauniger wurde Meson.

Cynath tauchte auf und begrüßte Meson herzlich.

»Was gibt's Neues?«, fuhr der Elementarier den Major an und bereute seinen harschen Ton sofort. Die Ungewissheit setzte ihm wirklich zu. »Entschuldige, Cynath.«

Der Soldat winkte ab und lächelte. »Wir sind alle angespannt. Dir behagt so wenig wie mir, wie die Osnilianer vor meiner Mauer stehen und *nichts* unternehmen.«

»Genau darüber habe ich gerade gebrütet«, vertraute Meson ihm an. Er mochte den Sohn des Herzogs, denn er war fleißig, charmant und darauf bedacht, dass seine Soldaten überlebten.

»Siehst du das?« Cynath runzelte die Stirn und zeigte nach Norden. Anschließend zog er ein Fernrohr hervor und blickte hindurch. »Da ist noch einer dieser Weißgewandeten. Was haben sie vor? Wollen sie uns zu Tode starren? Warum greift das Heer nicht an? Und warum setzen sie heute die rotgold gerüsteten Kreaturen nicht ein?«

Meson griff nach dem Fernrohr, das Cynath ihm entgegenhielt, und versuchte zu erkennen, was er entdeckt hatte. Die weiße Gestalt konnte er nur undeutlich sehen. Anscheinend hatte der Herzogssohn bessere Augen.

»Das sind alles gute Fragen. Ich kann dir keine einzige davon beantworten. Ich erkenne nicht einmal, was du siehst. Gehen wir näher heran?«

»Sicher. Lass uns die Mauer entlanggehen. Ich wollte mich sowieso bei meinen Soldaten blicken lassen und ihre Tapferkeit loben.« Er grinste, nahm das Fernrohr und steckte es ein. »Es stärkt die Moral, wenn sie ihren Kommandanten sehen.«

»Dann los, sie brauchen jedes bisschen Hilfe.« Meson suchte Yssy, entdeckte ihn und rief ihm zu: »Kannst du versuchen herauszufinden, was die Osnilianer planen?«

»*Natürlich. Ich wollte sowieso einen Abstecher zum Meer unternehmen.*« Der Elementar ließ sich über die Zinne gleiten und flog auf das Meer zu.

Je weiter sie die Mauer entlang nach Nordosten gingen, desto besser konnte Meson den weißen Mann erkennen.

Etliche Karren standen in seiner Nähe und die Soldaten luden irgendetwas davon ab, brachten es zu ihm und sammelten sich anschließend damit ein paar Schritte vor dem restlichen Heer.

Meson runzelte die Stirn und wartete gemeinsam mit Cynath. Ab und zu beobachteten sie das Geschehen durch das Fernrohr, erkannten aber dadurch auch nicht mehr. Nervös trommelte er mit den Fingern auf der Zinne herum und strich durch seinen geölten Bart.

Yssy kehrte von seinem Flug zurück und berichtete: »*Sie schleppen kleine Töpfe zu dem Mann vor den Karren. Er hält irgendetwas schwarz Schimmerndes in der Hand. Nachdem er seine Hand auf die Gefäße gelegt hat, stellen sich die Männer mit ihnen auf. Ich habe keine Ahnung, was sie vorhaben.*«

»Danke, Yssy«, rief Meson ruhelos in den Himmel hinauf.

Seit Stunden stand Mipai mit seiner Einheit außer Bogenschussweite vor der Mauer von Buchtwächter. Wieso, wusste er nicht. Ja, er wusste nicht einmal, was er eigentlich an der Grenze von Osnil verloren hatte. Weshalb griffen sie die olorische Stadt an? Pflichtbewusst befolgte er die Befehle, die ihnen sein Vorgesetzter gab.

Neben ihm stand Kachi – ein anderer Soldat seiner Einheit und inzwischen sein Freund.

»Was machst du, wenn du wieder zu Hause bist?«, fragte Kachi, während er unruhig die Mauer beäugte.

»Ich schließe meine Frau und meine beiden Söhne in die Arme, sage ihnen, dass ich sie liebe und kümmere mich wieder um meinen Hof. Wir haben jede Menge Hühner und ein paar Schweine. Wie sieht es bei dir aus?«

»Ich nehme an, ich werde wieder irgendwo in einem Hafen arbeiten. Auf mich wartet niemand … und ich weiß nicht, was ich sonst anfangen soll. Deswegen verdinge ich mich als Hilfsarbeiter. Bisher war das Leben gut zu mir.«

Mipai zog die Augenbrauen hoch und warf einen Blick auf den Verband, der unter Kachis Rüstung zu erkennen war. Der Mann hatte einen üblen Schnitt am Rücken davongetragen, als sie die Mauer erstürmt hatten. So viel zu: ›… war das Leben gut zu mir.‹!

Nun, seinen eigenen Kopf zierte ebenfalls ein dicker Verband. Mit Entsetzen dachte Mipai an den Wyvern, der ihm einen Krallenhieb verpasst hatte. Als sie plötzlich in alle Richtungen davongeflogen waren. Das war unheimlich gewesen. Aber was war es nicht bei diesem verfluchten Krieg.

Und erst die Venerta …! Ungläubig und starr vor Schreck hatten er und Kachi das Toben der Kreatur verfolgt. Obwohl die Männer auf der Mauer angeblich ihre Feinde waren, hatten sie für diese zu den fünf Göttern gebetet, dass das Ungeheuer getötet wird. Oder zumindest davonflog, nachdem seine Wut abkühlte. Innerlich hatte er gejubelt, als er bemerkt hatte, wie die Venerta sich von der Mauer abstieß.

Sein Frohlocken war allerdings kurz darauf in Entsetzen umgeschlagen, als die Kreatur auf ihr Heer zuflog. Panisch hatte er seinen Schild und die Waffen beiseite geworfen und war, so schnell ihn seine Beine trugen, aus ihrer Bahn gerannt. Kachi nur eine Handspanne hinter ihm. Der Mann hatte vor Angst gekreischt und es hätte nicht viel gefehlt, und Mipai wäre in sein Geschrei eingefallen. Glücklicherweise waren sie recht weit von der Schneise entfernt gestanden, die die Venerta im Heer hinterlassen hatte.

Andere hatten nicht so viel Glück gehabt, wie er bei den Feldschern erkannt hatte. Dabei hatte er nur einen neuen Verband holen wollen. Schrecklich zugerichtete Soldaten waren auf den Pritschen gelegen und schrien, stöhnten und jammerten. Mit trockenem Mund hatte Mipai warten müssen. Die verätzten, verstümmelten und zerquetschten Leiber würde er nie mehr vergessen.

›Genug gegrübelt‹, schalt er sich und richtete seine Aufmerksamkeit wieder auf seine Umgebung.

Nicht weit von ihnen entfernt tauchte der zweite weiße Priester des Heeres auf. Einige Karren mit Tontöpfen darauf waren schon seit Längerem herangezogen worden und warteten, worauf auch immer.

»Schau, Kachi. Da ist der weiße Mann. Schade, dass *der* nicht dem Ungeheuer zum Opfer gefallen ist. Wir wären sie beide los gewesen … Immerhin wurde der andere von dem Felsbrocken zerquetscht.«

»Schschsch. Nicht! Du weißt, wie schnell jemand verschwindet, wenn schlecht über die Weißen gesprochen wird«, raunte Kachi ihm zu.

»Lutum möge sie alle verbrennen. Ich brauche keine andere Religion. Neues macht nur Probleme. Siehst du doch … Warum glaubst du, stehen wir jetzt hier? Ich weiß es nicht, aber seitdem *die* da durch das ganze Land reisen, ist alles anders geworden. Und es gefällt mir nicht.«

»Schschsch!«, machte Kachi erneut und flüsterte: »Mir auch nicht, aber wir können nichts unternehmen. Wir befolgen nur unsere Befehle.« Er lockerte seinen Schild am Arm und stellte ihn auf die Seite.

Der aufgemalte Eberkopf glänzte in der Sonne. Mipai fand ihn ausgezeichnet gelungen. Diese Kunstfertigkeit hätte er Kachi nicht zugetraut, so wie er immer über seine Hilfsarbeiten sprach, die er verrichten musste.

»Ich bete, dass ich nicht noch einmal auf die Mauer muss. So viel Angst um mein Leben hatte ich noch nie. Tarre sei Dank, konnte ich einen Belagerungsturm hinunterklettern, bevor er angezündet wurde. Andere sind jämmerlich darin verbrannt. Die Schreie werde ich nie vergessen. Nach dem Kampf musste ich mich erst einmal waschen. Die Hose habe ich gleich entsorgt. Ich hätte nie geglaubt, so viel Angst zu haben, dass ich mich ankacke und einnässe.«

»Deswegen haben wir so viel Wechselwäsche dabei.« Mipai kicherte. »Du wirst nicht der Einzige sein, dem es so ging. Ich habe mich mit einigen der Älteren unterhalten. Die, die schon bei einigen Grenzscharmützeln dabei waren. Sie sagen, so etwas haben sie noch nicht erlebt. Und dann noch die fliegenden Kreaturen! Wenn ich den weißen Priester da sehe, läuft es mir kalt den Rücken hinunter. Was der wohl als Nächstes plant?«

Beide blickten zu der Stelle, an der inzwischen Soldaten die kleinen Töpfe nahmen und sich vor die vorderste Linie des Heeres stellten.

Verwundert verfolgte Mipai, wie der Weißgewandete auf jeden Topf seine Hand legte. In der anderen Hand hielt er etwas schwarz Schimmerndes. Es wirkte, als würde er die Gefäße segnen und Mipai stellten sich die Haare bei dem Gedanken daran auf. Er blickte zu Kachi und sah, dessen Knöchel weiß hervorstechen, so fest umklammerte er seinen Speer. Ihm selbst erging es nicht anders und rasch lockerte er seine Hand.

Als alle Gefäße von den Karren in Händen gehalten wurden, gab ein Kommandant einen Befehl und die Männer rannten, so schnell ihre Füße sie trugen, auf die Stadtmauer zu. Jeweils zwei weitere begleiteten sie und beschützten die Topfträger mit ihren Schilden.

›Zum Glück gibt es nicht mehr so viele von diesen verbrannten Speerschleudern‹, dachte Mipai. Er hatte gesehen, wie ein Kamerad dadurch getötet wurde. Der Speer war ihm direkt durch die Brust gedrungen und hatte ihn in den Boden gespießt. Es war unbegreiflich.

Ein paar der stürmenden Gruppen wurden nun getroffen und Männer blieben liegen. Einige Töpfe wurden von anderen aufgehoben und sie rannten weiter.

Mipai erkannte, wie sie die Gefäße letztendlich gegen die Mauer warfen. Dort zersprangen sie in tausend Scherben. Was darin zum Wall geschleppt wurde, konnte er nicht einmal vermuten. Die Gruppen kehrten mehr oder weniger vollständig zum Heer zurück. Eher weniger. Menschenleben waren hier nicht viel wert.

»Irgendetwas geschieht«, rief Cynath. »Die Topfträger rennen los. Jeweils zwei Schildträger schützen sie. Ich weiß nicht, was diese Töpfe beinhalten, aber ich bin mir sicher: Die Mauer sollten sie nicht erreichen!« Er beschleunigte seine Schritte und schrie seinen Soldaten zu: »Haltet sie auf! Erschießt sie, bevor sie den Wall erreichen!«

Meson folgte ihm rasch.

Etwa in der Mitte der Wehranlage blieben sie stehen und beobachteten unruhig, was geschah.

Einige der Träger wurden von den Verteidigern getötet. Doch die Töpfe wurden von den Männern mit Schilden gegriffen und weitergetragen.

»Zu wenig, es sterben zu wenige!«, grummelte Meson halblaut.

Am Wall angekommen schleuderten die Feinde die Gefäße dagegen und rannten hastig, im Zickzacklauf, zurück.

Meson erwartete das Schlimmste. Was sonst würden sie damit bezwecken. Erneut hatten sie irgendeine Kriegslist angewandt. Doch es geschah … nichts! Verblüfft beugte er sich über die Mauer und begutachtete die Lage. Die zersprungenen Krüge lagen am Fuß der Mauer und … das war's.

»Das ist sonderbar«, sagte Cynath und blickte ebenfalls hinab. »Aber dieser ganze verglühte Krieg ist es.«

»Da hast du recht«, stimmte Meson zu. »Lass uns zurückgehen und weiter beobachten.«

»Gut.« Der Major nickte ihm zu.

Eine Zeitlang geschah nichts, dann vernahm Meson ein leises Schaben. Als ob Felsen über Felsen riebe.

Die Männer auf der Mauer wurden unruhig.

Aufgeschreckt sah er hoch. Die Unruhe wurde stärker. Meson erkannte es an ihren Gefühlen. Auch die Geräusche wurden lauter und Knirschen mischte sich darunter. Jetzt vernahm er es deutlich. Es war keine Einbildung.

Mipai wartete erneut. Seine Blase drückte. Sollte er sich wie Kachi einfach am Rand ihrer Gruppe erleichtern? Aber seinem Reinlichkeitsgefühl widerstrebte das. ›Ich halte es noch aus‹, beschloss er tapfer und trat von einem Bein aufs andere.

Irgendwann musste er sich doch überwinden, der Druck war zu groß und fast hätte er in seine Hose gepisst. Das erledigte er nun doch neben seinen Kameraden in den staubigen

Boden. Dabei erkannte er, dass andere auch ihr großes Geschäft dort verrichtet hatten. Angeekelt verzog er den Mund, zog seine Hose hoch und rannte zu Kachi zurück.

Als er irgendwann dachte, er könne nicht länger stehen, drang von der Mauer ein kratzendes Geräusch zu ihnen, als würde Felsen über Felsen schaben. Mit der Zeit wurde es lauter und Knirschen untermauerte das Reiben.

Die Männer in Mipais Einheit blickten sich unruhig und angespannt an.

Kachi raunte: »Als würde Tarre etwas kauen. So stelle ich mir das vor.«

Sie hörten Befehle und Schreie zwischen den Felsgeräuschen von der Mauerkrone schallen. Jedoch nicht lange, dann verschluckte das Kratzen, Schaben und Knirschen alle anderen Geräusche. Es war grausig anzuhören und Mipai linste zu Kachi, der seinen Speer an die Schulter gelehnt hatte und die Hände an die Ohren presste.

Zitterte die Mauer? Mipai kniff die Augen zusammen, um besser zu sehen. Da, tatsächlich! Ein Felsblock des Walls zerbröselte – wie trockener Zwieback, der in der Hand zerrieben wird. Von unten nach oben zur Mauerkrone setzte sich das Zerfallen der Steine fort. An allen Stellen, wo ihre Soldaten die Töpfe zerschmettert hatten. Wie … wie war das möglich?

Inzwischen schwankte die Mauer an einigen Stellen wie ein Trunkenbold hin und her, und plötzlich fielen Teile davon in sich zusammen und rissen alles mit. Riesige Staubwolken hüllten die Abschnitte ein. Ungläubig blinzelnd beobachtete Mipai das Chaos. Aber nicht lange, denn jetzt erschallten Trompeten und hießen die Osnilianer, die Stadt anzugreifen.

Mipai und Kachi sahen einander an, nickten einmal und schon stürmten sie zusammen mit ihrer Kompanie auf Buchtwächter zu.

Schreie hallten über die Steingeräusche und Befehle wurden gerufen.

»Was geht da vor?«, schrie Cynath über den inzwischen tosenden Lärm hinweg. »Will Tarra uns strafen?«

»Ganz bestimmt nicht, der schläft und interessiert sich nicht für uns«, rief Meson zurück. Obwohl sie nicht weit auseinanderstanden, hörte er nur undeutlich, was der Herzogssohn sagte. War das ein Rütteln im Herz der Mauer? Ein Erdbeben? Strafte sie Tarre doch?

Meson trat an die Zinne, sprang hinauf und blickte am Wall entlang. Entsetzt bemerkte er, wie im Norden die Außenmauer zerbröselte. Ein Riss entstand an ihrem Fuß. Unglaublich schnell raste er nach oben zum Wehrgang. Weitere Steine fielen an anderen Abschnitten auseinander. Überall, wo die Töpfe an die Mauer geworfen worden waren!

Meson sprang zurück auf den Wehrgang. Inzwischen schwankte alles und er hatte Angst hinunterzufallen.

›Die Mauer wird einstürzen‹, schoss es ihm wie ein Wasserstrahl durch den Kopf. Er spürte ihr Aufbäumen.

»Cynath! Die Soldaten müssen die Wehranlage verlassen!«, schrie Meson über das ohrenbetäubende Knirschen.

Der hörte ihn nicht und starrte nur ungläubig auf das Geschehen.

Meson fluchte, rannte zu ihm und rief ihm das Gleiche noch einmal zu. Diesmal reagierte der Major. Sofort gab er den Befehl an die Soldaten vor ihm weiter und wollte die Mauer entlangstürmen.

Meson hielt ihn gerade noch am Arm fest. »Lass die Soldaten die Befehle weitergeben. Wir müssen hier weg! Los, renn!« Er stieß den Herzogssohn Richtung Osniltor.

Die anderen Soldaten stürmten los. Hinter ihnen ertönte ein lauter Knall. Ein Blick über die Schultern offenbarte Meson, dass ein Teil der Mauer zusammengefallen war und die Verteidiger darauf mit sich in den Tod gerissen hatte.

Leise Trompetentöne drangen von der Ebene herauf.

›Sie greifen an!‹ Meson fluchte. Sie waren nicht dafür bereit. Aber wie konnten sie auch. Wer rechnete damit, dass Feinde die Mauer pulverisierten.

Ein Stoß traf ihn von unten und schüttelte ihn durch, als würde die Mauer aufstoßen. Inzwischen rannte Meson vor Cynath. Er blickte zurück.

Der Major hielt sich auf den Beinen, allerdings taumelte er. So wie Meson selbst.

»Schneller!«, schrie Meson. »Schneller!«

Ein weiterer Stoß, als würde die Mauer von Schmerzwogen gepeinigt, brachte alle um ihn herum zum Stolpern. Meson wusste, es waren die Vorzeichen des Zusammenbruchs.

›Dem entkomme ich nicht!‹ Seine Lungen pumpten, er lief, wie er noch nie gerannt war. Ein kurzer Blick zurück ließ ihn erschaudern. Die Mauer sackte hinter ihnen weg. Rascher, als sie fliehen konnten! Er versuchte das letzte bisschen Schnelligkeit aus seinem Körper herauszuholen. Sogar seinen Dunkelstahlzweihänder wollte er wegwerfen, hatte aber keine Zeit dafür, nur, um noch ein wenig schneller zu werden. Als er dachte, er bekäme keine Luft mehr, traf ihn etwas wie ein Rammbock im Rücken und schleuderte ihn durch die Luft. Yssy!

Meson kam zwischen fliehenden Soldaten auf und riss sie nieder. Sein Kopf schlug auf einen Stein und er hatte schillernde Wassertropfen im Blickfeld. Sofort rollte er reflexartig herum. Dabei blickte er zurück, blinzelte den Schleier vor seinen Augen weg und sah, wie die Mauer unter Cynath wegbrach und ihn nach unten zog – Panik und Entsetzen spiegelte sich in seinem Blick. Dann war er verschwunden und die stoßartigen Bewegungen des Walls beruhigten sich.

»Du kannst liegen bleiben!«, hörte er Yssy. »Du bist auf einem Teil der Mauer, der sicher ist. Aber ein Großteil von ihr ist weg. Einfach weg … Zerfallen zu Staub. Als hätte die Zeit äonenlang an ihr genagt.«

Meson sprang auf. »Die Verteidigung muss organisiert werden! Die Osnilianer stürmen die Stadt. Und jetzt können sie hinein …«

Den restlichen Tag versuchte er verzweifelt mit den Verteidigern, so viele Menschen aus dem Nordbereich zu retten, wie er konnte. Irgendwann in der Agonie des Nordviertels dämmerte ihm: zu wenige!

Spät in der Nacht hatten sie sich hinter die inneren Mauern zurückgezogen und den Feinden alles bis auf die Nordzitadelle überlassen. Synea – Wenmars Tochter – war mit ihrem Bataillon dort eingeschlossen.

Die Feinde drangen in die nördliche Zitadelle ein und zerstörten einen Tribock und zwei Speerwerfer, ehe die Reiter des Zwillingsbruders Luis sie vertreiben konnten. Zu Fuß rannten sie die schmalen Treppen zur Mauer hinauf und warfen sich todesmutig in den Kampf.

Nicht lange danach überwanden etliche osnilische Trupps die innere Mauer und wüteten in der Stadt dahinter. Nur das beherzte Einschreiten von Syna, dem anderen Herzogssohn, verhinderte einen größeren Durchbruch. Sein Bataillon rückte aus der Kaserne aus und füllte überall dort, wo sie gebraucht wurden, die Lücken.

Meson verstand nicht, warum Wenmar so wenig von dem jüngeren Sohn hielt. Wie Cynath war auch Syna tapfer und opferte sich für seine Männer und Frauen auf, was er eindrücklich unter Beweis stellte.

Es dauerte einen Tag, der Meson wie die Unendlichkeit vorkam, bis die Verteidiger die Kontrolle endgültig übernahmen; die Männer und Frauen von Buchtwächter errangen die Oberhand – unter horrenden Verlusten.

›Bitte keine weiteren unliebsamen Überraschungen mehr‹, betete Meson, als er zum Palast galoppierte.

Evomee hatte ihn über einen Boten informiert, dass auch Seewächter belagert wurde. Die Nachricht war allerdings schon ein paar Tage alt, da sie erst einmal um das ganze Gebirge herum transportiert werden musste. Anscheinend hielt Seewächter sich bisher gut – nun, Buchtwächter hatte sich auch gut gehalten. Bis gestern …

Bei seiner Schwester angekommen, erhielten sie Nachricht aus Estren. Auch deren Grenze wurde von einem Heer aus Osnil und einem aus dem nördlichen Staatenbund überschritten und angegriffen. Ein weiteres Heer, das nur aus rotgoldenen Kämpfern bestand, war ebenfalls gesichtet worden.

»Verdreckte Wasser!«, fluchte Meson und lief unruhig im Raum auf und ab. »Was unternehmen wir?«

»Nichts«, antwortete Evomee mit harter Miene. »Wir konzentrieren uns nur auf Buchtwächter! Seewächter liegt außerhalb unserer Möglichkeiten. Ebenso Estren.«

Wütend fand Meson sich damit ab und fragte: »Wie steht es um Synea in der Nordzitadelle?«

»Sie hält aus. Kommunikation ist jedoch nur noch über Flaggen möglich. Wir hab–«

»Wir müssen eine Bresche schlagen und sie entsetzen!«, unterbrach er seine Schwester.

»Wenn du mich ausreden lassen würdest, wüsstest du jetzt, dass Luis und Luka genau das versucht haben«, wies sie ihn zurecht.

»Und?«

»Die Kreaturen sind eingeschritten. Der Ausfall endete in einem Desaster! Die Hälfte der Reiterkompanien wurden niedergemacht.«

»Bei Wodasch …«

»Luis wurde unter seinem Pferd begraben«, fuhr Evomee fort. »Er starb, als die Rotgoldenen ihn zerfetzten. Ein paar hat er mitgenommen. Sein Bruder ist seitdem gebrochen.«

Mesons Herz stockte einen Moment, als er daran dachte, was er durchmachen würde, wenn Evomee sterben sollte. »Schrecklich …«

»Allerdings.« Seine Schwester griff nach einer anderen Nachricht und sagte: »Die Feinde im Osten stehen vor der Mauer und warten.«

»Was nichts Gutes bedeutet«, knurrte Meson.

Evomee nickte nur. »Die Evakuierung schreitet fort. Inzwischen haben wir den ganzen Osten evakuiert und die Stadt ist leer. Der innere Ring wird gerade geräumt. Ich hoffe, wir sind nicht zu spät.«

»Die Schiffe werden sie außer Gefahr bringen?«

»Sie müssen über Land fliehen. Bis auf das Flaggschiff – die Olo – sind alle Schiffe ausgelaufen. Sie kreuzt noch in der Bucht, falls *wir* fliehen –«

»Ohne mich! Ich gehe erst fort, wenn die Einwohner in Sicherheit sind.«

Erneut nickte Evomee. »Das habe ich auch gesagt.« Sie lächelte ihren Bruder dankbar an.

›Cynath! Wie geht es Wenmar?‹, schoss es Meson durch den Kopf und er fragte seine Schwester danach.

»Der hält sich einigermaßen. Den Tod seines Sohnes hat er mit versteinerter Miene aufgenommen. Ebenso die Belagerung seiner Tochter. Die Herzogin hat es hingegen nicht gut aufgenommen. Sie ist zusammengebrochen und musste von den Heilern der Kirchen behandelt werden. Ann – ihre jüngste Tochter – sitzt bei ihr am Krankenbett.« Sie schwenkte zu einem anderen Thema um. »Möchtest du erfahren, was die Mauer zerbröseln ließ?«

»Spann mich nicht auf die Folter. Natürlich. Was war es?«

»Wahrscheinlich Felsgräber – oder Felsbeißer, wie sie öfter genannt werden. Einige Soldaten haben fingerlange, graue Würmer in den Ruinen gefunden, die sich durch die restlichen Steine beißen. An der nördlichen Hafenzitadelle, die wir immer noch halten. Das Komische ist nur, dass diese Kreaturen nur in kleinen Gruppen vorkommen, und in keinem Buch und keiner Schriftrolle steht, dass sie jemals von Menschen eingesetzt wurden. Wie das Heer aus Osnil das hinbekommen hat, ist weiterhin ein Rätsel.«

»Felsgräber …, sonderbar. Zuerst die Wyvern und die Venerta, jetzt die Würmer. Wo haben sie sie herbekommen?«

»Frag mich nicht, es ist unglaublich. Davon habe ich noch nie gehört.«

»Nun, jetzt werden wir dieses Problem nicht lösen und ich bin so müde. Hast du noch mehr für mich?«, fragte Meson und strich über seine Augen. Er war zu lange auf den Beinen.

»Geh und ruh dich aus. Du hast wirklich Großartiges vollbracht.«

»Zu wenig und zu langsam«, knurrte er, wünschte ihr eine gute Nacht und verschwand.

Am nächsten Tag gaben sie die nördliche Hafenzitadelle auf. Die Felsbeißer gruben sich langsam durch das Osniltor und destabilisierten danach die Zitadellenmauer.

Neugierig war Evomee dorthin geritten und hatte es beobachtet. Für sie als Wissenschaftlerin war es unglaublich, die Kreaturen so nah untersuchen zu können. Ihr Bruder begleitete sie. Um sie zu beschützen … Augenrollend hatte sie zugestimmt, damit er Ruhe gab. Sie konnte sich sehr gut selbst beschützen.

Die Marineinfanteristen traten unterdessen den geordneten Rückzug an und besetzten die weiter innen gelegene Stellungen.

Als sie wieder im Kriegsraum eintrafen, erhielt sie die Nachricht, dass die Kämpfe um den Hafenbezirk heftiger und mit größerem Einsatz des feindlichen Heeres geführt wurden.

Am nächsten Tag hatte Evomee eine hitzige Unterhaltung mit Terewerd und Wenmar. Nach längerer Diskussion beschlossen sie, dass sie den Hafenbezirk mit den überlebenden Verteidigern nicht halten konnten und es schlauer wäre, sich nach Süden zurückzuziehen. Es war ein hartes Stück Arbeit, Wenmar davon zu überzeugen, und Evomee war überaus gereizt von der Sturheit des Herzogs.

Insgesamt nahm sie eine gedämpfte, betrübte Stimmung seit dem Mauerfall unter den Soldaten war. Was sie ihnen nicht verdenken konnte. Aber – bei allen Göttern! – Wenmar trug nicht dazu bei, die Moral zu heben.

Zu allem Überfluss griffen die rotgoldenen Kreaturen am nächsten Tag erneut an. Zeitgleich an der Ostmauer und an der Nordzitadelle, bei der Synea sich noch immer aufhielt.

Die Flaggen übermittelten im Minutentakt neue Nachrichten …

›Bisher haben wir uns hervorragend gegen die Feinde gewehrt‹, fand Synea. Sie stand im Hof beim Brunnen und begutachtete die Wasserversorgung. ›Aber … verfluchte Kreaturen! Der Anschlag auf Luis und Luka war gut geplant, dabei standen wir schon bereit, durch die Bresche in den inneren Ring auszubrechen. Und jetzt sitzen wir immer noch hier fest.‹ Ein kritischer Blick streifte die Fässer. ›Glücklicherweise haben wir genug Nahrungsmittel und Wasser für eine länger Belagerung. Munition ist auch ausreichend vorhanden. Sollen sie kommen!‹

»Gut gemacht, Männer.« Sie klopfte einem Soldaten aufmunternd, aber in Gedanken versunken, auf die Schulter. Anschließend grübelte sie weiter. ›Was treiben die Rotgoldenen nur? Nur bei dem Versuch unserer Entsetzung haben sie sich eingemischt. Wären sie nicht, würde ich mir kein Sorgen machen. Die Männer aus dem Norden halten wir ganz gut auf Abstand. Belagerungstürme gibt es anscheinend keine mehr und mit den Leitern können sie nicht umgehen. Aber die verfluchten Bastar–‹

Plötzlich erschütterten Alarm- und Angstschreie die Luft.

Synea schreckte hoch und blickte sich suchend um. ›Die Mauer! Was?!‹

Erschrocken beobachtete sie, wie ihre Männer und Frauen auf die Ebene zeigten und die Bögen und Armbrüste singen ließen. Sie packte ihre Waffe und den Schild und wies an, Alarm zu schlagen.

»Alle verfügbaren Soldaten auf die Mauer!«, schrie sie und stürmte los. »Sofort!«

Bevor sie oben an der Rampe ankam, erschien schon der erste Kopf einer der Kreaturen hinter den Zinnen. Rasch zog er sich hinauf.

Bestürzt musste sie mit ansehen, wie er zwei ihrer Bogenschützen mit seinem Kampfstab fällte und einen weiteren über die Mauer hebelte. Der Mann flog laut kreischend durch die Luft und verstummte kurz darauf. Wahrscheinlich war er irgendwo tief unten aufgeschlagen.

»Drängt sie zurück!«, brüllte Synea ihren Truppen zu. »Feuert auf sie!« Angst flammte in ihrem Bauch auf.

Immer mehr Kreaturen erklommen die Mauer und trieben ihr Bataillon zurück. Zerfetzten es regelrecht. Die Soldaten waren erschöpft, ausgelaugt und viele von ihnen verwundet. Hilfe von außen konnten sie keine erwarten, und das wussten sie.

Auf dem Wehrgang angekommen scharte Synea ein paar Krieger mit Speeren um sich und half, den Mauerabschnitt zu verteidigen.

Eine große Axt fällte den Mann zu ihrer Linken. Ein Speer durchschlug den Helm des Soldaten vor ihr. Kurz vor ihrem Gesicht hielt er inne. Ein Blutstropfen fiel von der Spitze hinab. Wie in Zeitlupe beobachtete sie es. Ruckartig hielt Synea inne und brach in Schweiß aus. Die Spitze stand etwa eine Handspanne von ihrem Auge entfernt in der Luft. Der Speer wurde zurückgezogen und riss den Schädel des Soldaten mit.

Bärtige Nordmänner standen jetzt zwischen den Rotgoldenen und schossen Pfeile und Bolzen auf die Verteidiger.

Ein Mann neben ihr wurde regelrecht von ihnen gespickt und fiel krächzend zu Boden. Eine Frau vor ihr wurde in zwei Hälften gespalten, als ein einhändig geführter Zweihänder sie traf.

Zitternd packte Synea ihr Schwert und den Schild fester. Angstschweiß rann ihr in die Augen. Ein Pfeil streifte ihren Helm und riss ihren Kopf zurück.

Eine rotgoldene Kreatur taumelte auf sie zu und stürzte. Sofort stieß Synea ihr Schwert in deren Halsbeuge und rotes Blut sprudelte aus der Wunde hervor.

Ein mannslanger Speer pfiff über sie hinweg, traf die Kreatur vor ihr in die Brust und riss sie nach hinten. Zwei weitere wurden von Pfeilen getötet und stürzten stumm von der Mauer.

Über allem lag ein grollender Gesang, der durch Mark und Bein zu dringen schien. Er brachte ihre Ohren zum Klingen und Schmerzen. Sie ignorierte es so gut wie möglich.

Langsam arbeitete sich ihr Trupp den Wall entlang. Weitere Speere flogen über sie hinweg und nagelten Feinde an die Zinnen.

›Wodasch sei Dank können meine Trupps so gut zielen‹, bemerkte Synea und betete, dass das auch so blieb. »Treibt sie zurück! Wir werden siegen!«, munterte sie ihre Soldaten auf. »Für Olorien!«

Einige andere Männer und Frauen nahmen ihren Ruf auf und gemeinsam drängten sie vorwärts.

Unvermittelt rammte etwas ihre Seite und warf sie gegen die Mauerzinnen. Ein reißender Schmerz durchzuckte ihre

Brust. Ihr Schwert entglitt ihren kraftlosen Fingern und segelte ins Nichts der Ebene.

Der Schild hing nutzlos an ihrem Arm. Sie konnte ihn nicht mehr heben. Synea versuchte aufzustehen, doch die Beine versagten ihr den Dienst. Seit dem kurzen Schmerz in der Brust spürte sie … nichts mehr. Keinen Schmerz, und auch sonst hatte sie kein Gefühl mehr. Alles war taub. Bewegungslos musste sie mit ansehen, wie sich ihre Soldaten gegen die übermächtigen Feinde wehrten. Tränen liefen ihr die Wangen entlang. Zunächst vor Wut, dass sie nicht helfen konnte. Nicht einmal Sprechen war möglich. Angst flammte in ihr auf. ›Die Feinde, sie gewinnen‹, bemerkte sie. ›Irgendetwas in mir ist zerbrochen.‹

Irgendwann – Stunden später? Die Verteidiger waren alle besiegt – gingen Nordmänner durch die Gefallenen und töteten die Verwundeten.

Zu Bewegungslosigkeit verdammt, konnte Synea nur zusehen, wie sie langsam näherkamen.

Als einer vor ihr stand, sah sie das Messer aufblitzen.

Ihr letzter Gedanke galt ihrer kleinen Schwester Ann. Was würden die Kreaturen mit ihr anstellen?

Dann kam die Schwärze des Nichts und danach ein warmer, säuselnder Bach, der sie mit sich in ein weites, wunderbar friedliches Meer nahm, in dem sie langsam und wohlig versank.

Gottes Segen

Kabaul

Kabaul lümmelte in einem Sessel und langweilte sich.

›Warum muss ich an der Nordgrenze von Ebras ausharren? Die Elementarierschlampe ist immer noch irgendwo in den Regenlanden unterwegs, und sie hat inzwischen einen zweiten Elementarier dabei. Woher auch immer der aufgetaucht ist.‹

Die Nachricht, die er vom Gott des reinen Lichts bekommen hatte, nannte nur die Feuerelementarierin.

›Kamtharg muss ihn falsch informiert haben‹, grübelte Kabaul weiter. Verärgert schnitt er mit seinem Dolch in die Polsterlehne. ›Immerhin auf meine eigenen Spione ist Verlass. Die sprachen von *zwei* Elementariern. Dem Verhüllten sei Dank, werde ich gleich mehr erfahren …‹

Eigentlich verachtete er alle Religionen, aber er und seine Männer wurden gut von dem vermeintlichen Gott des reinen Lichts für ihre *Ergebenheit* entlohnt.

Kabaul und seine Schlächter beteten nur einen an: den Herrscher des Todes. Er, der alle zu sich nahm. Das Miasma des Lebens, wie der Nordmann ihn selbst gern betitelte. Im allgemeinen Sprachgebrauch hieß er jedoch einfach nur der Verhüllte.

Das Wasser in der Kanne fing an zu zittern.

›Endlich ist es so weit.‹ Aufregung ergriff Kabaul. Er setzte sich auf und rammte die Spitze des Messers in den Tisch.

Zitternd blieb es stecken. ›Ich will losziehen! Meine Männer werden schon fett und bequem.‹

»Kabaul! Du musst deine Instruktionen umsetzen!«, ertönte es aus dem Krug. »Ich brauche die Elementarierin. Lebendig, auf keinen Fall tot! Du weißt, dass ist besonders wichtig. Dafür sollst du fürstlich entlohnt werden.«

»Sehr gut. Lasst Ihr uns endlich von der Leine«, beglückwünschte er den Sprecher. »Es hat lang genug gedauert. Ich dachte schon, Ihr seid wie die anderen Götter in einen Schlaf gefallen. Eintausend Goldlinge für die Frau, wie ausgemacht?«

»Ja, es bleibt alles so wie besprochen.« Kabaul meinte, einen unwirschen Unterton aus der Stimme des Gottes herauszuhören.

»Was ist mit dem zweiten Elementarier? Der, der sie begleitet? Sollen wir ihn auch gefangen nehmen?«

»Welcher zweite Elementarier? Die Feuerelementarierin ist allein unterwegs.«

»Ha! Ihr habt veraltete Nachrichten. Kann es sein, dass Eure Sklaven Euch nicht richtig informieren? Euch nur das mitteilen, was Ihr hören wollt und alles andere unter den Teppich kehren? Es sind *zwei* Elementarier, die sich von Tangrintanien aus auf den Weg in die Regenlande gemacht haben. Was sie dort wollen, ist mir schleierhaft, aber ich werde es noch herausfinden.« Kabaul grinste belustigt. Jetzt hatte er die Trümpfe in der Hand. Das gefiel ihm.

»Bring mir beide, lebend! So schnell wie möglich.«

»Zwei mächtige Feinde, die vor Euch im Staub kriechen, sind sicher mehr als doppelt so viel Wert wie eine einzelne Frau. Zweitausendfünfhundert Goldlinge?«

»Du bekommst, was du verlangst. Aber enttäusche mich nicht. So wie andere … Und überreiz meine Geduld, meine Gunst und mein Wohlwollen nicht.«

Kabaul hörte den gefährlichen Ton heraus. Er entschied, nicht noch mehr Salz in die Wunde zu reiben und sich über das unglaubliche Kopfgeld zu freuen. Er würde reich sein!

»Das würde ich niemals«, antwortete er mit gekünstelter Unterwürfigkeit. »Die Elementarier werden bald in unserer

Hand und kurz darauf in Eurer sein. Dafür verbürge ich mich mit meinem Leben!«

»Ausgezeichnet. Möge mein weißes, reines –«

»Ja, schon gut«, fiel Kabaul genervt dazwischen. »Wir müssen nicht so tun, als wären wir Eure Anhänger, oder dass wir Euren Segen bräuchten. Der Verhüllte wird auch *Euch* irgendwann holen.«

Das Wasser hörte auf zu zittern. Die Stimme war fort.

Kabaul grinste erneut. Es gefiel ihm, so mit einem vermeintlichen Gott zu sprechen.

»Dann los, wir haben einen Batzen Geld zu verdienen.« Enthusiastisch klatschte er in die Hände, zog das Messer aus der Tischplatte und verließ das Zimmer. Seine Männer und Frauen hatten genug gehurt und gefressen. Es gab Arbeit für ihn und seine Schlächter.

Cethon

Eine wassergefüllte Tonne stand vor Cethon. Heute musste er mit dem Gott des reinen, weißen Lichts sprechen und er machte sich fast in die Hose deswegen, solche Angst verspürte er.

Bisher hatte er nur danebengestanden, wenn Krolm von dem Feldzug der Osnilianer berichtet hatte. Aber der ältere Mann war tot, zerquetscht von einem Felsen, der von einem Tribock abgeschossen lange Zeit in der Luft unterwegs gewesen war.

Als er das Geschoss bemerkt hatte, war er losgerannt. Er hatte Krolm auch noch warnen können, indem er sich seine Lunge aus dem Leib geschrien und sich durch die Armee hindurch gekämpft hatte. Aber der Lärm des Heeres war zu groß gewesen und sein Geschrei erregte die Aufmerksamkeit des Alten zu spät. Der hatte gerade noch einen Schritt auf die Seite springen können, als der Stein einschlug und ihn begrub.

Niemand sonst hatte Krolm darauf aufmerksam gemacht. Ob aus Angst, weil die Soldaten ihn loswerden wollten, oder aus anderen Gründen, wusste Cethon nicht. Aber, beim reinen Licht, *er* hatte es zumindest versucht!

Das Geräusch hatte in Cethons Ohren grausig geklungen. Schmatzend und irgendwie knackend. Nur eine verkrampfte Hand hatte unter dem Felsen hervorgeragt, als der Staub verflogen war. Die schwarze Perle – die Gunst ihres Gottes – hatte in ihr gelegen.

Entsetzt hatte Cethon davor abgebremst und gestammelt: »Krolm, geht es Euch gut? Seid Ihr verletzt?«

Natürlich war es ihm nicht gut gegangen, und ob er verletzt war? Nun, zumindest spürte er nichts mehr. Darüber reflektierend kam es Cethon, dass er zwei ausgesprochen dumme Fragen gestellt hatte. Immerhin hatte er die Perle aus der zu einer Klaue geformten Hand genommen und sie verwahrt. Er hatte gewusst, was er zu erledigen hatte. Die Felsbeißer einsetzen, damit die Mauer fiel. Das war geglückt …

Jetzt stand er vor der Tonne und wartete. Und wartete … Hatte er sich in der Zeit geirrt?

Seine Blase drückte und gerade wollte er das Zelt verlassen, um sich zu erleichtern, als er das feine Vibrieren der Wasseroberfläche wahrnahm.

Cethon fluchte, er musste wirklich dringend auf den Abort. Hektisch sah er sich um, aber in sein Zelt wollte er nicht pinkeln und er hatte keine Zeit mehr hinauszugehen.

»Krolm, wie läuft der Kampf um Buchtwächter? Hast du die Stadt inzwischen in die Knie gezwungen? Ich werde langsam ungeduldig!« Die Stimme klang brausend und schäumend, ungeduldig und ärgerlich.

Cethon erschauderte und antwortete leise: »Herr, Gott, Krolm ist tot. Er wurde auf dem Schlachtfeld von einem Stein erschlagen.«

»Wer bist du? Sprich lauter, Wurm!«

Cethon schluckte, zumindest versuchte er es. Sein Mund war staubtrocken. Alle Flüssigkeit des Körpers musste in seine Blase geflossen sein. Er tänzelte von einem Fuß auf den anderen. »Cethon …, Herr, mein Gott. Ich habe Krolm begleitet und ihm bei allem geholfen. Ich war seine rechte Hand.«

»Gut. Berichte mir, Cethon, habt ihr meine Befehle ausgeführt? Lass nichts aus.«

Der junge Priester fing an, hastete von Wort zu Wort und von Satz zu Satz. Er hoffte, wenn er schnell erzählte, konnte er anschließend den Druck auf seine Blase entweichen lassen.

»Haste nicht so! Ich verstehe kaum, was du von dir gibst, Priester. Was ist mit der Venerta geschehen?«, fuhr ihn die Stimme aus dem Fass plätschernd an.

Das Geräusch verstärkte den Druck in seiner Leiste und Cethon keuchte verzweifelt auf. Das mit der Kreatur hatte er schon vor einigen Minuten erklärt. Musste er nun alles wiederholen? Der Druck! Es schmerzte so sehr. Er spürte, dass er es nicht mehr zurückhalten konnte und überlegte fieberhaft.

›Das Fass! Ich lasse es nachher leeren und neu befüllen, es wird niemandem auffallen, wenn etwas mehr Inhalt darin ist.‹ Während er irgendwelche Worte zur Venerta stammelte, riss er seine Hose herunter und entleerte sich seufzend in die Tonne. Es plätscherte und plätscherte, als würde es nicht mehr aufhören wollen. Tränen der Erleichterung traten ihm in die Augen und ein Schauer lief über seinen Rücken.

»Was rauscht so? Ich verstehe noch weniger als vorher! Stehst du an einem Fluss? Meine Macht soll über dich kommen, wenn du nicht gleich verständlich berichtest!« Das Brausen der Stimme wurde mächtiger.

Cethon trat von der Tonne zurück, stieß die Luft aus und antwortete: »Entschuldigung, Herr, es gab ein Problem mit dem Wasser. Jetzt ist es behoben. Wo war ich? Ach ja, die Venerta …«

Alles Weitere berichtete er ausführlich und zur Zufriedenheit seines Gottes.

»Du hast schnell und richtig gehandelt. Behalte die Perle und führe den Auftrag aus. Buchtwächter muss schnellstmöglich fallen! Dass du mit ihrer Kraft Tiere und Kreaturen befehlen kannst, deinen Anweisungen zu gehorchen, wird dir dabei helfen. Möge mein reines, weißes Licht mit dir sein!«

Die Stimme verklang und Cethon war erleichtert. In mehrerlei Hinsicht. Dann traf ihn die Erkenntnis wie ein Schlag. Er hatte gerade seinem Gott ins Gesicht gepinkelt. Woher sollte die Stimme sonst kommen?

›Hoffentlich werde ich nicht dafür gestraft‹, dachte er und sah sich ängstlich um. ›Aber andererseits bin ich jetzt der Laulah des Heeres im südlichen Osnil!‹ Stolz richtete er sich auf. Er hätte nie gedacht – nicht einmal gehofft –, mit seinen neunzehn Jahren schon so weit in der Hierarchie der Religion des weißen Lichts aufzusteigen. Ein Gefühl von Macht und Stärke erfüllte ihn. Nun musste er eine Stadt erobern! … die Geschichte mit der Tonne würde er mit in sein Grab nehmen.

Als er durch den Zelteingang trat, um das Fass entleeren und neu befüllen zu lassen, stolperte er über ein Seil und stürzte mit dem Gesicht voran in den Dreck. Die Füße der Wachen ragten vor ihm auf, als er Staub und Erde ausspuckte.

Haltoe

Haltoe saß in einem seiner Amtszimmer und betrachtete die Wasserschale vor sich. Es war so weit, er musste seinem Gott Bericht erstatten. Als Alakai war es seine Aufgabe, sich darum zu kümmern, dass alles, was das reine Licht forderte, umgesetzt wurde. Er war es auch, der dafür mit seinem Leben bürgte. … das war das Problem … Schweiß rann ihm den Hals entlang.

Heute trat er seinem Gott allein gegenüber. Nicht, weil er das so wollte, sondern weil ihm langsam die Untergebenen ausgingen! Verfluchtes Pech.

Ein Priester war im Handwerksviertel bei den Schmieden gestorben, drei weitere im Glasscherbenviertel. Die meisten verloren ihr Leben durch unglückliche Unfälle. Haltoe war unsicher, aber er schätzte, die angeblichen Unfälle im Armenviertel hatten etwas mit den Arbeitern zu tun, die sie für den Bau der Kirche von dort rekrutierten.

Seinem Mund entfleuchte ein leises Knurren. Eine andere Baustelle, um die er sich kümmern musste. Es dauerte viel zu lang, das Bauwerk zu errichten, denn bisher stand noch nicht einmal eine hüfthohe Mauer an der Stelle, an der später ihre Kirche erstrahlen sollte.

Und Joska … Die Königin widersetzte sich fast allem, was er im Auftrag seines Gottes verlangte. Ausgerechnet den

Königssohn von Pasmotar wollte sie heiraten und nicht einen Prinzen oder König aus dem nördlichen Staatenbund … Sie hatte keinen Finger gerührt, um von Norden aus in die Regenlande einzudringen … Dafür ließ sie Tränenwacht in der Lutbucht erobern. Wütend schlug er mit der Faust auf den Tisch, dass die Wasserschale hüpfte und Tropfen auf der Oberfläche verteilte.

›Was sollen wir mit einem nutzlosen Hafen am Ende der Welt, verdammte Schwärze!‹

Immerhin würde die Eroberung schnell über die Bühne gehen, dafür sorgten Ruk und Risgar. Außerdem würde nicht viel von der Stadt stehen bleiben. Dadurch mussten sie sich nicht um die Befriedung und die Eingliederung ins Königinnenreich kümmern. Risgar würde sich dort austoben. Der Hüne war ein Paradebeispiel an Ergebenheit und opferte sich für ihre Sache auf. Dafür war ihm der Spaß gegönnt!

Seine Gedanken schweiften zurück zur Königin, während er wartete. ›Sie ist unberechenbar. Warum habe ich das vorher nicht bemerkt? Dann würde jetzt Jaka an ihrer Stelle auf dem Thron sitzen.‹

Gelegentlich fragte er sich, ob sie ihn ausnutzte. Vielleicht war sie viel intelligenter, als er sie einschätzte?

›Aber … sie ist eine Frau und gelinde gesagt auch etwas verrückt. Was sie ihren Untergebenen gelegentlich antut. Aus irgendwelchen Gründen, die keiner versteht. Alle in der Küche sind ausgepeitscht worden, weil sie keinen Erdbeerkuchen bekommen hat! Als wäre sie ein kleines Kind …! Und andererseits trifft sie wohlüberlegte Entscheidungen, die eine Gewieftheit vermuten lässt, die uralte Könige nicht besitzen. Ernja zum General-Major zu ernennen …‹ Haltoe schüttelte ungehalten den Kopf. ›Eine ausgesprochen kluge Entscheidung.‹

Der Mann war ihr verfallen und von daher absolut treu ergeben. Dagegen konnte er nichts ausrichten, und Ernja verachtete die weißen Priester. Nun, zumindest ihn. Ob sich das auf alle seine Untergebenen erstreckte, wusste er nicht. Auf jeden Fall behinderte alles zusammen seine Ziele in Tangrintanien.

Wütend schlug er erneut auf den Tisch.

›Verdammtes Land, warum muss mein Gott mich ausgerechnet in das Reich der Bauern, Nichtsnutze und Idioten schicken!‹

Die Flüssigkeit in der Schale fing an sich zu kräuseln und eine säuselnde Stimme erklang: »Haltoe! Bevor wir zu deinem Bericht kommen: Mir ist zu Ohren gekommen, *zwei* Elementarier statt *einer* Elementarierin sind aus Tangrintanien entkommen. Warum habe ich keine Kunde von dir erhalten?«

Haltoe schluckte entmutigt. Er hatte gehofft, dass *das* niemals zur Sprache kommen würde. Kabaul sollte sich darum kümmern.

Stammelnd spuckte er krächzende Laute aus, stockte und setzte erneut an. »Die Machtübernahme der Königin war … chaotisch. Wir haben erst später davon erfahren. Durch die Gerüchte, die in der Stadt aufgetaucht sind. Es musste erst Ruhe einkehren, damit ich wirklich auf das Reich einwirken konnte. Und schon waren sie über den Südpass in die Regenlande entkommen. Außerdem wolltet Ihr, dass Kabaul die Feuerelementarierin gefangennimmt. Soll er gleich den Elementarier an ihrer Seite mit entsorgen! Der Schlächter war bisher sowieso zu nichts nutze. Soll er seine Ergebenheit unter Beweis stellen.«

Die Stimme schwieg eine Zeit lang, bevor sie erneut sprach: »So wird es geschehen. Ich hoffe, du hast mir ansonsten nur gute Neuigkeiten zu berichten. Steht die Armee bereit, um in die Regenlande und dort auf die Stadt am Nordpass vorzurücken? Es wäre besser für dein Leben!«

Haltoe stockte der Atem und er strich mit der Hand durch das licht werdende Haar. Ein Schweißtropfen perlte von seiner Stirn hinab. Er antwortete: »Leider gab es Verzögerungen, Herr. Die Königin bestand darauf, zuerst Tränenwacht einzunehmen, um einen Zugang zum Tränenmeer zu besitzen –«

Die Stimme unterbrach ihn, bevor er zu einer dürftigen Erklärung ansetzen konnte, warum er es nicht hatte verhindern können. »Tangrintanien besitzt einen Zugang zum Tränenmeer?«

»Noch … nicht, aber ich erwarte die Neuigkeiten bald. Vergebt mir, wir sind noch nicht –«

»Erstaunlich. Gut gemacht, Haltoe! Ich dachte, du enttäuschst mich erneut, aber die Idee, einen Zugang zum Meer zu schaffen, ist hervorragend. Dann werden wir die Schiffe aus Skuyle als Transportmittel nutzen. Dadurch brauchen wir die Stadt am Nordpass nicht einzunehmen, sondern können bei Stürmisch anlanden. Das ist wirklich eine großartige Idee!«

Haltoe – erleichtert und skeptisch zugleich – sagte: »Ruk und Risgar leisten – auf meinen Befehl hin! – ausgezeichnete Arbeit für Euch. Ich bin mir sicher, sie verbreiten unser reines Licht bereits in Tränenwacht. Es freut mich, Euch zu gefallen. Dafür lebe ich. Nur eine Kleinigkeit läuft nicht, wie wir uns das vorgestellt haben.«

Er hatte sich entschlossen, alles, was nicht gut lief, einfach unter den Tisch zu kehren. Sein Gott war zufrieden, also baute er einfach darauf auf. Ab sofort würde er darauf achten, dass alles so geschah, wie er es wollte. Auch wenn er Joska und Ernja dabei irgendwie gefügiger machen musste. Es würde sich sicherlich etwas ergeben.

»Was ist es?«, erklang die Stimme. Tiefer und rauschender als zuvor.

»Joska. Die Königin. Sie will keinen Mann aus dem nördlichen Staatenbund heiraten. Selbst das Angebot, einige Eurer rotgoldenen Krieger dafür zu bekommen, konnte sie nicht umstimmen. Jetzt will sie Prinz Brythas von Pasmotar heiraten.«

»Und? Als ob mich interessiert, wen diese Frau ehelicht. Kümmere dich einfach darum, dass die Armee bereit ist, wenn ich sie brauche. Und das wird bald sein! Ruk soll die Kompanie an die Königin übergeben, als mein persönliches Geschenk. Weil sie deinen Befehl ergeben ausgeführt und die Eroberung von Tränenwacht so schnell möglich gemacht hat. Er soll weitere Kämpfer aus Skuyle besorgen, wenn es nötig ist. Ich werde mehr dorthin schicken. Gibt es noch etwas, das nicht meinen Plänen entspricht?«

»Nein«, beeilte sich Haltoe zu versichern. »Alles läuft genau so, wie Ihr es wünscht.«

»Jetzt werde ich mich um die anderen Alakais kümmern. Gut gemacht, Haltoe. Du bist in meiner Gunst gestiegen. Aber bedenke: Wer steigt, kann auch fallen, und je höher, desto tiefer. Möge mein reines, weißes Licht mit dir sein.«

Die Stimme verschwand und ließ Haltoe verdutzt zurück. Er hatte keine Ahnung, wieso das Gespräch so positiv verlaufen war, denn er hatte schon befürchtet, die Macht seines Gottes würde auf ihn herniederkommen und er müsse sterben.

Erleichtert und gut gelaunt stand er auf und dachte: ›Dann kümmere ich mich jetzt darum, Joska und Ernja unter Kontrolle zu bringen. Und anschließend um die Verschiffung der Armee.‹

Zuerst wollte er jedoch sein Leben feiern, ein Besuch im Bordell wäre jetzt genau das Richtige.

Fröhlich pfeifend verließ Haltoe seinen Amtsraum.

Der weiße Gott

Das Gespräch des weißen Gottes mit dem Alakai, der die Heere in Estren befehligte, währte kurz.

»Mein Gott,« murmelte der Mann durch das Wassergefäß. »Die drei Heere bewegen sich langsam, aber sicher auf den Tempel der Luft zu. Eines aus Norden – wie Ihr wisst, besteht es aus Männern des nördlichen Staatenbundes –, und von Westen rückten die Männer aus Osnil ein. Ein weiteres mit Euren Gotteskriegern und dem Laulah folgt in kurzer Entfernung. Es wird noch einige Zeit dauern, bis sie das Herz der Luft erreichen. Das Land zu durchqueren, stellt uns vor Herausforderungen.«

›Immerhin fügt sich in Estren alles so, wie ich es mir wünschte‹, dachte das reine Licht und seufzte lautlos auf. ›Nicht so chaotisch und anders als geplant wie in den restlichen Ländern.‹

»Möge mein weißes, reines Licht dich und deine Aufgabe segnen!«, teilte er dem Alakai mit und unterbrach die Verbindung.

»Bald wird ungeheure Macht mein Eigen sein!«, murmelte er zufrieden und verließ das Turmzimmer.

Himmelsbogen

Toki; Finvara

Toki schwebte durch hellbraunen Dunst.

Wo war er? Verwirrung ergriff ihn. Das hatte er doch schon einmal erlebt, oder nicht? Als er zum Elementarier geworden war. Damals …, oder jetzt?

War seine Erweckung bereits abgeschlossen? Oder würde sie erst noch kommen, und deswegen wirbelte er durch den Nebel? Aber warum leuchtete alles in Brauntönen? Es sollte grau sein …

Was war geschehen?

Die Löwenwürmer! Sie waren vor ihnen davongelaufen. Besser gesagt, über sie hinweg. Fin hatte ihn auf der Wiese unsanft am Arm gepackt und aufgehalten. Und er … er hatte sich unglaublich erschöpft gefühlt und dann … nichts … Schwärze.

›Wie lang schwebe ich schon durch den Dunst?‹

Schließlich wurde er wacher und versuchte seine Gliedmaßen zu bewegen. Letztes Mal war ein Leuchten aufgetaucht, dem er gefolgt war. Dieses Mal sah alles um ihn herum gleich aus.

›Wie komme ich vorwärts? Rückwärts? Oder in irgendeine Richtung! Gibt es überhaupt eine?‹

Toki versuchte es mit Schwimmbewegungen, mit ruckartigen Greifbewegungen und anderem. Vielleicht bewegte er sich, aber spürbar war es nicht.

›Ich ruhe mich einfach aus‹, beschloss er einige Zeit später, und etwas wie ein Lachen stieg in ihm auf, als er über den Begriff Zeit nachdachte. ›Existiert dieser Ort außerhalb von allem? Gibt es das Konstrukt Zeit in diesem leuchtenden Schleier überhaupt?‹ Anschließend schloss er wieder zufrieden die Augen und trieb friedlich durch die wabernden Schwaden. So wollte er für immer dahintreiben. Er fühlte keinen Schmerz, keine Angst und keine Sorge. Es war … perfekt.

Irgendwann öffnete er seine Augen doch. Etwas war anders. Aber was?

Auf einmal fühlte es sich an, als ob er fiel – aus großer Höhe. Der Nebel hatte sich nicht verändert. Das Leuchten war nicht stärker oder schwächer geworden. Es war nur eine Empfindung. Aber er wurde schneller!

›Was soll's‹, dachte Toki ergeben. ›Irgendetwas wird schon geschehen.‹

Beim letzten Besuch in dieser Bewusstseinssphäre hatte er Visionen der Vergangenheit und der Zukunft gehabt. Einer *möglichen* Zukunft, wie ihm Uthr mitgeteilt hatte. Was möglicherweise sein wird …

Uthr! War es möglich, hier mit ihm zu sprechen? Er vermisste den kauzigen, einäugigen Mann. Ihr letztes Gespräch war zu kurz.

Toki versuchte zu sprechen. Es blieb beim Versuch. Kein Ton war zu hören. Auch der Versuch zu schreien, brachte nicht den gewünschten Erfolg. Was hatte der Bärtige letztes Mal gesagt? »Alles findet nur in deinem Kopf statt!« Musste er also nur an ihn denken und er erschien?

Inzwischen fühlte es sich an, als würde er mit unglaublicher Geschwindigkeit durch das Nichts rasen. Sein Herz trommelte in der Brust und der Magen schlug Kapriolen. Komischerweise wurde ihm nicht übel.

Wie schön es wäre, wieder mit Uthr und Yggy auf dem Karren durch Tangrintanien zu reisen. Und das ganze Essen, das der Schicksalsweber dabeihatte. Er konnte fast das Aroma des Honigs auf seiner Zunge schmecken. Klebrig süß und wunderbar cremig.

»Ich sehe, du verbindest mich vor allem mit dem Geschmack meines Honigs. Interessant«, hörte er Uthr.

Von einem Augenblick zum nächsten saß Toki neben dem Schicksalsweber auf dem Kutschbock. Yggy zog den Karren. Unter den Rädern knirschte der Stein der Straße, um sie herum erschienen Wiesen und Wälder.

›Wir könnten irgendwo in Tangrintanien sein‹, bemerkte Toki. ›Oder in einer ganz anderen Gegend von Natlara …‹ Immerhin war das Gefühl zu fallen weg und sein Herzschlag beruhigte sich.

»Schön dich zu sehen, Uthr!« Hocherfreut lächelte er den Bärtigen an. »Was mache ich hier? Was machst *du* hier? Ich wurde doch schon erweckt. … dein Honig war *wirklich* außergewöhnlich. Wo warst du? Ist es möglich, öfter mit dir zu sprechen?«

»Gemach, Junge.« Uthr grinste. »So viele Fragen. Genau wie letztes Mal! Leider kann ich dir nicht alles beantworten. *Sie* und *Es* sind nicht sicher, wie weit wir uns einmischen dürfen. Sie haben Angst, dass wir die Wirklichkeit beschädigen. Aber was ist schon Wirklichkeit, oder?« Eine buschige Braue hob sich.

»Warum bin ich hier?«, wollte Toki wissen. Diese Frage brannte in ihm. Sie war die wichtigste.

»Nun, du erwachst. Wie letztes Mal. Auch wenn du erst ganz am Anfang deiner Reise stehst. Du hast dadurch einen einfacheren Zugang zu deinem Bewusstsein. Und zum Jetzt. Das macht es unkomplizierter für mich, mit dir in Kontakt zu treten. Ich könnte mich zwar materialisieren, das kostet aber viel Kraft. So ist es einfacher. Das Essen und die Getränke genieße ich aber wirklich, wenn ich auf der Welt wandle.« Uthr klopfte dabei auf den wohlgenährten Wanst und lachte fröhlich.

»Warum erwache ich? Erneut? Ich bin doch schon zum Elementarier geworden! Muss ich wieder damit leben zu sterben?« Toki stutzte, überlegte kurz und sagte dann: »Gut, das war schlecht ausgedrückt. Ich muss sowieso irgendwann sterben. Lass es mich anders formulieren. Muss ich schon wieder damit leben, möglicherweise durch das Erwachen zu sterben?«

»Wie mir scheint, hast du gelernt.« Uthr grinste ihn an. »Und ja, du wirst damit leben müssen.«

Toki entfuhr ein Ächzen. »Wie ist das möglich? Liegt es daran, dass ich wie die alten … Elementarier? … erwacht bin? Mussten sie das auch mehrmals durchmachen?«

Uthr schüttelte den Kopf, wobei die zottigen Haare hin und her flogen. »Nein, auch sie hatten nur einmal die Wahl. Du bist … anders. Ich muss gestehen: Wir wissen nicht genau, was geschieht.«

»Wie könnt ihr das nicht wissen? Ihr seid die Schicksalsweber, ihr wisst alles. Vergangenheit, Gegenwart, Zukunft!« Ungläubig starrte Toki ihn an.

»Wenn es nur so einfach wäre.« Uthr seufzte. »Es gibt gelegentlich Lücken in unserem Wissen. Einiges sehen wir nicht – wie das fremde Wesen beispielsweise. Und manches vergessen wir, das Wissen dazu entgleitet uns. Wie das, was vor viertausendsiebenhunderteinundzwanzig Jahren geschah. Auch davor gibt es … Erinnerungslücken. Die reichen aber noch viel weiter zurück.«

»Aber was geschieht jetzt mit mir?« Tokis Stimme wurde lauter. Er wollte endlich Antworten.

»Gedulde dich, Junge.« Uthr klopfte ihm beruhigend auf den Oberschenkel. »Wie du richtig erkannt hast, erwachst du. Erneut. Warum? Nun, das kann ich dir nicht beantworten. Vielleicht noch nicht … Wir versuchen es herauszufinden. Hast du die Prophezeiung schon gelesen?«

»Nein, wir sind in den Regenlanden gestrandet. Fin und Fogo! Ayme! Und Fabian, der erste Maat. Wie es ihnen wohl geht?«

Der Karren, die Straße, die Umgebung, Yggy und Uthr zerflossen und vergingen in hellbraunem Nebel. Toki hörte nur noch leise verklingend: »Lies die Prophezeiung, dadurch wird vielleicht manches klarer. Hoffentlich … Wir sehen uns wieder, Junge.«

Toki schreckte hoch. Er lag auf einem Strohbett, zugedeckt mit einer dünnen Decke in einem kleinen Zimmer. Sein Mund fühlte sich an wie eine Wüste.

»*Na, endlich aufgewacht, Schlafmütze!*« Ayme flatterte vor seinem Gesicht auf und ab und freute sich tierisch.

»Wa–, Wa–, Wasser. Gibt es etwas zu trinken?«, brachte Toki aus verklebten, rissigen Lippen hervor. Sie spannten und schmerzten höllisch bei diesen wenigen Worten.

»*Gleich neben dem Bett steht ein Krug. Darin befindet sich Flüssigkeit*«, verriet ihm Ayme. »*Du hast ziemlich lange geschlafen. Ich wusste nicht, dass Menschen Winterschlaf halten. Und dann auch noch im Sommer.*«

Toki brauchte gefühlte Ewigkeiten, bis er sich einigermaßen aufgesetzt hatte, angelte nach dem Krug, bekam den Henkel zu fassen und trank in großen, durstigen Zügen, nachdem er ihn endlich an seinen Mund gehoben hatte. Er hatte vorher nicht getestet, ob wirklich Wasser im Gefäß war. Es wäre ihm auch egal gewesen. Hauptsache Flüssigkeit, die er trinken konnte!

Nachdem sein Durst fürs Erste gestillt war, fragte er: »Wo bin ich? Und wie lange habe ich geschlafen?«

»*Wir sind in Federach. Fabian und Fin haben dich hierhergeschleppt. Du liegst in einem Bett in der Taverne. Wir sind seit sieben Tagen hier. Vor acht Tagen bist du einfach umgefallen, nachdem du alle gerettet hattest*«, erklärte ihm Ayme. »*Du musst hungrig sein.*«

Nachdem die Goldammer das gesagt hatte, knurrte Tokis Magen. Rasch versuchte er die Beine über die Bettkante zu heben. Sofort wurde ihm schwindelig und er sank zurück in sein Kissen. Beim zweiten Versuch – welchen er vorsichtiger anging – schaffte er es.

Seine Füße berührten den Boden … und unzählige kleine Steine bohrten sich schmerzhaft in seine Sohlen. Sie lagen überall verstreut herum. Verwundert kniff er die Augen zusammen und starrte hinab. »Was machen die ganzen …« Toki unterbrach, was er sagen wollte, und blinzelte irritiert. »… Körner und Samen am Boden?«

Ayme war hinabgeflogen und hüpfte jetzt zwischen ihnen auf und ab.

Toki blickte zu ihm und zog die Augenbrauen hoch.

»*Ich habe dir versprochen: Wenn wir in Sicherheit sind, bekommst du die besten Körner, die ich finde. Wir sind seit Tagen in Federach und im Schutz der Stadt, da sammelt sich einiges an. Außerdem dachte ich, du hast Hunger, wenn du aus deinem Schlaf erwachst.*«

Toki spürte, wie stolz Ayme darauf war, dass er so viele Samen gefunden und zu ihm gebracht hatte. Glücklich hopste der kleine Vogel aufgeplustert auf und ab.

Toki musste lachen, und dann husten. Es fehlte ihm wohl noch Flüssigkeit. »Danke. Du bist ein Goldstück. Ein einzigartiger Schatz. Und du siehst heute besonders flauschig aus.«

Ayme wurde noch ein klein wenig größer und plusterte sich noch mehr auf. »*Das sehe ich auch so. Die Weibchen gleichfalls. Seit wir hier sind, konnte ich schon ein paar mit meiner Balz beeindrucken und sie begatten. Wahrscheinlich werden es besonders schöne Junge.*«

Die Tür öffnete sich und Fin steckte den Kopf herein. »Ah, gut. Du bist wach. Wie geht es dir?«

Fogo lag auf ihrer Schulter und leckte an einer Pfote.

»Schwach, durstig, verwirrt und froh am Leben zu sein«, erklärte Toki gut gelaunt.

»Du warst acht Tage bewusstlos! Kein Wunder, dass du durstig bist und dich schwach fühlst. Sieh zu, dass du ausreichend zu dir nimmst. Deine Verwirrung kann ich möglicherweise auflösen. Fabian und ich haben dich nach Federach geschleppt, nachdem du auf der Wiese zusammengebrochen bist. Du bist ganz schön schwer.« Sie schmunzelte dabei. »Seitdem liegst du in diesem Zimmer. Wir sind in einer Taverne. Besonders komfortabel ist nichts in dieser Stadt, aber das hier ist bestimmt besser als unter freiem Himmel zu nächtigen. Fabian hat uns inzwischen verlassen. Er will nach Rosthaven zurück und sich um die Bergung der Ladung kümmern. Außerdem ist er von Abenteuern geheilt, wie er es ausdrückte. Er lässt dich aber herzlichst grüßen und sein Dank ist dir gewiss. Er steht für immer in deiner Schuld, lässt er dir ausrichten.«

»Gibt es etwas zu essen? Ich bin wirklich hungrig«, fragte er, nachdem Fin geendet hatte.

»Willst du nicht die guten Körner essen? Ayme war fleißig. Jeden Tag ist er ausgeflogen und hat sie gesammelt. Fogo hat mir erzählt, was er dir versprochen hat. Du willst ihn doch nicht enttäuschen, oder?« Eine ihrer Augenbrauen zuckte leicht nach oben.

Toki runzelte die Stirn, merkte, dass Fin einen ihrer Scherze machte und lachte. »Ich werde sie mir später vom Koch anrösten lassen. Ansonsten hat Ayme Wegzehrung.« Die Geschehnisse im Dunst fielen ihm ein. »Ich habe mit Uthr gesprochen. Irgendwas ist schon wieder mit mir los!«

»Du musst mir davon erzählen. Es könnte wichtig sein. Dass erneut sonderbare Dinge mit dir geschehen, wissen wir schon. Dein ganzer Schritt ist grau.« Sie grinste ihn an.

Toki schlug die Decke über seinen Oberschenkeln zurück und starrte auf seinen unteren Körper. Wie Fin sagte, war sein Geschlechtsteil und etwas vom Unterbauch und den Oberschenkeln ergraut. Wie früher. Im nächsten Augenblick wurde ihm bewusst, dass er nackt vor Fin saß und sie ihn recht ungeniert betrachtete. Schnell zog er die Decke zurück über die Beine und fühlte Wärme in sein Gesicht steigen. Mit einem möglichst selbstbewussten Blick suchte er seine Kleidung. Sie lagen auf dem Schränkchen bei der Tür. Verglühte Kohlen! Zu weit entfernt.

»Keine Angst, ich schau dir nichts weg.« Fin lachte ungeniert. »Wir haben dich ausgezogen und die Klamotten gereinigt. Sie standen fast selbstständig, so dreckig waren sie. Die Schlacht auf den Schiffen und das Erlebnis am Strand haben sie aber einigermaßen gut überstanden. Beim Entkleiden ist mir die Graufärbung aufgefallen.« Sie hatte den Stapel Kleidung gegriffen und reichte ihn Toki. »Zieh dich an, dann komm in den Gastraum. Dort gibt es etwas zu essen für dich und für mich hoffentlich eine gute Erklärung, was mit dir geschieht.«

Sie ließ ihn allein und Toki zog sich an. Als er das erste Mal seit langem auf seinen Beinen stand, fühlte er sich immer noch zittrig und schwach.

Ayme landete sanft auf seiner Schulter und piepste in sein Ohr.

Als Toki sicher sein konnte, dass er ohne Schwächeanfall aus dem Zimmer gehen konnte, strich er dem kleinen Vogel noch kurz über den Bauch. »Danke, dass du dich so gut um mich gekümmert hast.«

»*Gern geschehen. Du hast die Körner gar nicht gefressen!*«

»Ich brauche erst etwas anderes, später kümmere ich mich darum«, versuchte Toki abzuwiegeln.

»*Ich verstehe! Du brauchst erst schleimige Insekten und Würmer. Die sind nahrhafter. Die Samen kannst du danach aufpicken. Lass uns zu Fin und Fogo gehen, damit du dich satt fressen kannst.*«

Toki musste bei Aymes Worten schmunzeln und machte sich auf in den Schankraum.

Während er ein herzhaftes Mittagessen genoss, erzählte er Fin alles, was er in seiner Bewusstlosigkeit erlebt hatte.

Nachdem er fertig war, saß sie da und grübelte mit unbewegter Miene über seine Geschichte nach.

»Du weißt also nicht, warum du erneut grau wirst und Uthr hat dir mehr Fragen als Antworten hinterlassen. Nun, vielleicht kannst du durch deine Meditationen jetzt öfter mit ihm sprechen?«, sinnierte sie. »Ob das irgendetwas mit dieser Perle zu tun hat, die wir in Tannberg gefunden haben? Die Cykilas Macht kopierte und sich vor unseren Augen in Funken aufgelöst hat.«

»Meinst du? Vielleicht bekomme ich ja eine zweite Elementarkraft«, scherzte Toki. »Und einen zweiten Begleiter.«

Fin zog die Stirn in Falten und blickte ihn befremdlich an. »Davon habe ich noch nie gehört. Dazu würde es sicher Aufzeichnungen in den Archiven der Tempel geben. Auch bevor es den Rat der Götter gab, hat niemand etwas darüber festgehalten. Aber was weiß ich schon! Es gibt ja auch eine Prophezeiung, die ich nicht kenne. Vielleicht hast du recht und du bekommst eine zweite Kraft. Von der Farbe deines Nebels ausgehend, wäre es Erde.«

»Das war nur ein Scherz!«, beeilte sich Toki zu erwidern. »*Eine* Gabe reicht mir völlig. Genauso *ein* Begleiter.« Er streichelte Ayme, der sich mit seinem Köpfchen in die Hand presste.

»Wir sollten nichts ausschließen.« Nun verzog Fin überlegend die Stirn. »Möglicherweise hast du da etwas Interessantes angesprochen. Frag Uthr das nächste Mal danach. Was wohl vor viertausendsiebenhunderteinundzwanzig Jahren geschehen ist? Mir ist nur bekannt, dass damals die Welt neu erschaffen wurde. Aber was damit gemeint ist, weiß heutzutage niemand mehr. Ich denke, wir werden es jetzt nicht klären können.«

»Nein, aber wir müssen unbedingt diese Prophezeiung lesen.« Toki schob seine leeren Teller von sich. »Uthr hat extra darauf hingewiesen, dass dadurch einiges klarer würde.«

»Da gebe ich dir – und ihm – recht. Ich will sowieso so schnell wie möglich nach Carnis. Diese verbrannten Skuylianer und ihr Überfall. Das hat uns viel Zeit gekostet. In Federach gibt es niemanden, der uns Pferde geben könnte. Wir müssen zunächst zu Fuß weiter nach Himmelsbogen. Fühlst du dich kräftig genug für einen Marsch?«

Toki überlegte, fühlte in sich hinein und antwortete: »Ich denke schon. Lass es uns ausprobieren. Vielleicht noch keine weiten Strecken, aber dann eben Stück für Stück. Ich packe meine Habseligkeiten ein und dann können wir los, wenn du auch so weit bist?« Er sah sie fragend an.

»Ich bin seit Tagen bereit! Wir treffen uns draußen.«

Fin war erleichtert über Tokis rasche Genesung. Das Mittagessen hatte ihm neue Kraft eingehaucht und sie wanderten relativ zügig die Straße entlang. Andererseits wunderte sie sich auch. Schließlich hatte er eine lange Zeit ohnmächtig im Bett gelegen, dafür jedoch erstaunlich wenig Muskeln abgebaut und war schnell wieder auf den Beinen. In seiner Trance hatte er nichts gegessen. Sie hatte ihm nur ein wenig Wasser einflößen können.

›Wahrscheinlich hängt es mit der Elementarkraft zusammen‹, vermutete sie. ›Wir Elementarier sind allgemein sehr robust und hart im Nehmen.‹ Es war ihr recht, denn so konnten sie endlich weiter nach Carane reisen. Hoffentlich ohne weitere Zwischenfälle! Innerlich war sie sehr unruhig. Alles rund um

Toki und die Prophezeiung machte ihr Sorgen. Irgendetwas stimmte ganz und gar nicht, aber sie konnte es nicht richtig greifen.

Die Straße, der sie nach Süden folgten, war gut ausgebaut und zog sich in langgezogenen Kurven am Meer entlang. Links von ihnen rauschte das Meer gegen den Strand und rechts begleitete sie ein großer Wald. Aus ihm flossen unzählige kleine Bäche in den Ozean. Über einige führten sanft geschwungene Brücken hinweg, andere konnten sie auf Steinen oder niedrigen Furten überqueren. Die Sonne schien, Insekten summten und Vögel zwitscherten. Es war ein herrlicher Sommertag. Über dem Meer türmten sich allerdings Wolken auf, die langsam näherkamen und Fin beunruhigten.

›Wahrscheinlich wird es in der Nacht regnen‹, überlegte sie und beschloss, nach einer überdachten Unterkunft für die Nacht Ausschau zu halten.

Fogo und Ayme flogen am Waldrand entlang und jagten Insekten. Gelegentlich spie der Feuerfischdrache eine Stichflamme aus. Fin nahm an, um etwas zu rösten. Wie sie inzwischen wusste, war Tokis Begleiter glücklich über die dadurch entstehenden Leckereien.

»Was waren eigentlich diese Löwenwürmer, die uns am Strand angegriffen haben?«, fragte Toki und durchbrach die angenehme Stille.

»Sehr gefährliche Kreaturen. Sie graben sich im Sand ein und lauern darunter, bis ihre Beute sich über sie beugt. Dann schlagen sie blitzschnell zu, ziehen sie hinab in ihren Bau und fressen sie. Wie du gesehen hast, gibt es sie in unterschiedlichen Größen. Die größten Exemplare, die jemals gesehen wurden, sind bis zu fünf Meter lang. Vorrangig besteht ihre Ernährung aus dem Fleisch von Tieren und Kreaturen, die über ihre Verstecke hinweg laufen. Ihr Körper besteht aus vielen muskulären Gliedern, die sie wie eine Ziehharmonika auseinander- oder zusammenfalten können. Mit diesen katapultieren sie sich aus dem Sand, beißen zu, und bevor die Beute etwas davon mitbekommt, ist sie schwer verwundet – oder tot. Das Gefährliche ist, dass sie in großen Kolonien auftreten«, erklärte ihm Fin. Es war eine ausgezeichnete Gelegenheit, ihm die Kreaturen Natlaras näherzubringen, und das nutzte sie als Lehrstunde.

»Warum nennt man sie Löwenwürmer? Sie sahen nicht unbedingt wie Löwen aus … Ich habe zwar bisher nur Zeichnungen von den großen Katzen gesehen, aber ich finde, die Kreaturen am Strand wirkten eher wie zu groß geratene Regenwürmer mit einem gruseligen Maul.«

»Sie können die um ihr Maul angeordneten Chitinplättchen aufstellen und dadurch sehen die tatsächlich wie eine Mähne aus. Das machen sie, wenn sie mit ihren Artgenossen konkurrieren und eine neue Rangordnung festlegen oder – wie in unserem Fall – sie aus dem Sand herausspringen. Damit können sie sich nämlich ausgezeichnet durch den Sand graben.«

»Stimmt, jetzt wo du es sagst, kann ich es mir besser vorstellen. Die nadelspitzen Zähne waren scheußlich anzusehen und ich hatte das Gefühl, die kleinen Augen blicken mich boshaft an.« Ein Schaudern lief durch seinen Körper und er verzog das Gesicht.

Fin nickte. »Das haben tatsächlich einige Forscher niedergeschrieben. Ihrer Meinung nach sehen die Augen intelligent *und* boshaft aus.«

»Hat man überhaupt eine Chance, ihnen zu entkommen? Ich glaube, ich kann nie wieder über eine Sandfläche gehen, ohne Angst vor diesen Kreaturen zu haben.«

Bevor sie antwortete, überlegte Fin, was sie sonst noch über die Wesen wusste. »Entkommen ist schwierig, das haben wir erlebt, vor allem, wenn du schon mitten in dem Feld bist, in dem sie hausen. Daher hatten die beiden Wächter keine Möglichkeit zu fliehen. Wenn man den Sand ganz genau betrachtet, sieht man jedoch flache, trichterförmige Löcher im Boden. Aber die wirken oft wie die natürliche Umgebung. Wie am Strand. Dort sind sie glücklicherweise selten anzutreffen. Wir hatten Pech, genau dort angetrieben zu werden. In Wüsten sind sie öfter beheimatet. Auch deshalb kann die große Wüste bei den Feuerbergen im Süden – die Feuerwüste – nicht durchquert werden.«

»Woher hast du einen so großen Wissensschatz?« Toki blickte sie staunend an. »Egal, was ich dich frage, du hast eine Antwort darauf.«

Sie lächelte. Ihr Blick schweifte kurzzeitig ab, denn Toki erinnerte sie an eine lang vergangene Zeit.

»Alle, die in den Feuertempel gebracht werden, erhalten eine umfassende Ausbildung über die Welt«, erklärte sie. »Dazu gehört auch die Lehre über sämtliche bekannte Tiere, Kreaturen und Elementare.« Fin hielt kurz inne und fügte hinzu: »Und unzählige weitere Fächer über alles, was für Elementarier wichtig sein kann. Ich habe von früh bis spät gelernt, trainiert, oder wurde unterrichtet. Deshalb unterrichte ich dich, und ich gehe davon aus, im Tempel wird dir Ähnliches angeboten werden. Du solltest es auf jeden Fall annehmen.«

»Solange es nicht so trocken ist wie manche Mathematikstunden in der Dorfschule.« Toki lachte. »Ich muss gestehen, ich bin gelegentlich dabei eingenickt.«

Fin lächelte wissend. »So ging es nicht nur dir. Ich hatte auch ein paar Unterrichtsstunden, die fad waren. Oder ich war müde von einer langen Nacht zuvor. Der Feuertempel ist wunderschön und Carnis – die Stadt rundherum – hat einiges zu bieten.«

Toki wirkte erfreut, als sie ihm etwas von ihrem Leben erzählte, und nutzte die Gelegenheit, sie mit Fragen zu löchern. »Wie bist du zu den Feuerelementarierinnen gekommen? Es gibt nur Frauen, oder?«

»Im Tempel gibt es auch Männer. Den Kardinal der Feuerkirche beispielsweise. Er ist der oberste Geistliche und sitzt im Rat der Götter. Aber du hast in gewisser Weise recht. Es gibt nur weibliche Feuerelementarier. Unsere Kirche kümmert sich um die Armen, die Schwachen und auch um die Waisen der Welt. Wenn ihnen ein besonders begabtes Mädchen ins Auge sticht, schicken sie es zum Tempel. Dort wird es unterrichtet und ausgebildet. Wie bei mir. Zum Glück. Geboren wurde ich in Osnil. Meine Eltern sind angeblich kurz darauf verstorben und so bin ich als Waise von der Feuerkirche aufgezogen worden. In einem kleinen Heim. Mit acht Jahren wurde ich nach

Carane geschickt und studierte siebzehn Jahre, bevor mir die Ehre der Erweckung zuteilwurde. Viele Frauen, die nicht als Elementarierinnen ausgewählt werden, leiten Kirchen in unterschiedlichen Ländern, oder bekommen andere wichtige Aufgaben zugeteilt. Archivarinnen, Gelehrte, Forscherinnen, oder sonstige Funktionen.«

»Wie war das Leben im Tempel?«, hakte Toki nach.

»Anstrengend, aber auch sehr schön. Ich hatte glücklicherweise eine gute Freundin. Die meiste Zeit verbrachte ich mit Senscar. Sie ist ein Jahr jünger als ich und wurde auch erweckt. Allerdings einige Jahre später. Wir haben so manchen Lehrer zur Verzweiflung gebracht.« Fin musste unwillkürlich kichern, als sie daran dachte. »Einmal sind wir auf ein Dach geklettert und haben uns geweigert herunterzukommen. Wir saßen zwei Tage dort oben, bis wir solchen Durst bekamen, dass wir es freiwillig verließen. Unsere Ausbilder und Ausbilderinnen waren nicht begeistert davon. Ich würde sagen, wir waren ihnen zu wild.«

»Lebt sie noch? Ist sie eine der Elementarierinnen?«

»Ja, sie lebt noch. Ich gehe davon aus, dass sie im Moment im Feuertempel weilt. Sie wurde in Carane geboren. Ihre Hautfarbe ist wunderbar. Ein Schwarz, das von der Tiefe seinesgleichen sucht. Sie hat krauses, nach allen Seiten abstehendes Haar in der gleichen Farbe. Ihre Augen leuchteten früher in einem wunderschönen hellen Blau. Seit ihrer Erweckung funkeln sie wie meine. Mit ihrem Aussehen hat sie schon so manchen erschreckt.« Fin musste erneut lachen.

»Du erzählst, als würdet ihr euch sehr nahestehen«, bemerkte Toki. »Wie meine Freunde und ich.«

»Ja, das ist wahr. Wir haben gemeinsam viel durchgemacht.«

»Warst du schon einmal verliebt?«, fragte er weiter. »Du hast in meinem Dorf davon gesprochen, dass Liebe immer ihren Weg findet. Ich musste gerade an Ansou denken. Ich vermisse sie.«

Wie ein Schwertstoß traf seine Frage ihr Herz, und ehe sie die Kontrolle zurückerlangte, huschte Trauer und Schmerz durch ihr Gesicht. Gleich darauf hatte sie ihre steinerne Miene wieder unter Kontrolle.

Toki sah aus, als wünschte er, die Frage nicht gestellt zu haben.

Fin antwortete: »Ja, das war ich. Es war … wunderbar. Leider hatten wir kein Glück. Tut mir leid, ich würde lieber nicht darüber sprechen.«

Den restlichen Weg dieses Tages legten sie schweigend zurück. Gelegentlich brach die Wunde auf und schnell verbarg Fin den Schmerz tief in sich. Sie hatte anderes, um das sie sich kümmern musste! Ablenkung konnte sie nicht gebrauchen.

Bevor sie abends von ihrem Proviant aßen, unterwies Fin Toki im Schwertkampf. Inzwischen hatte er sich gänzlich von seiner Trance erholt und klagte nur gelegentlich über großen Durst. Anschließend saßen sie gemeinsam an dem kleinen Feuer in der Höhle, die Fogo im Wald erspäht hatte.

Der strahlend blaue Himmel des Tages war einer tristen, grauen Masse gewichen. Wie Fin angenommen hatte, waren die Wolken vom Meer herangezogen und lagen nun über dem Land. Über dem Meer zuckten Blitze und Donner grollte über sie hinweg. Eine steife Brise pfiff durch das Land und Funken tanzten herum, wenn sie das Feuer traf.

Froh über den Unterstand lehnte Fin sich gegen die Felswand und grübelte über die Zeit nach, bevor sie Elementarierin geworden war. Und über die schöne Zeit mit Senscar.

Toki meditierte. Dadurch hoffte er, erneut mit Uthr in Kontakt zu treten. Nicht nur er hoffte darauf …

Fogo lag eingerollt auf Fins Kettenhemd und schnüffelte daran.

»Du siehst nachdenklich aus«, bemerkte er, unterbrach seine Inspektion und blickte sie an. »Seit wann grübelst du?«

»Ich erinnere mich an eine lang vergangene Zeit. Was wohl gewesen wäre, wenn ich nicht auserwählt worden wäre?«

»Du hättest mich nicht! Also wärst du ziemlich aufgeschmissen. Und du hättest ganz viele großartige Abenteuer verpasst«, grunzte Fogo.

Sie lächelte leicht. »Wahrscheinlich hast du recht. Ohne dich und deine berauschend lustige Art wäre mein Leben sehr langweilig.«

»*Gut, du siehst es also ein.*« Er hüpfte vom Dunkelstahlkettenhemd, landete in ihrem Schoß und kuschelte sich dort zusammen. Sein kleiner Körper pumpte sich auf und fiel wieder zusammen.

»Wenn nicht, würdest du mich ständig daran erinnern.« Sie kraulte ihn zwischen den Augen. »Hoffentlich sind wir bald in Himmelsbogen. Dort besorgen wir uns Pferde und kommen endlich schneller voran.«

»*Die Prophezeiung wird schon auf uns warten. Oder sich in der Zwischenzeit erfüllen. Ist es nicht so mit Prophezeiungen? Egal, was man unternimmt, es wird sich sowieso so ergeben, wie es überliefert ist? Ansonsten ergibt es keinen Sinn. Ich glaube, wir sollten uns einfach entspannen und die Schicksalsweber machen lassen.*«

»Ich bin mir nicht sicher, ob die wirklich dahinterstecken. Wenn sie nicht wissen, was früher geschehen ist und dieses fremde Wesen nicht sehen können.«

»*Die Welt existiert schon so lange, sie wird auch weiterhin existieren*«, nuschelte Fogo. Er war am Hinüberdösen ins Traumreich.

»Wahrscheinlich«, antworte sie ihm leise. Dann legte sie ihn zurück auf das Kettenhemd und streckte sich aus, um zu schlafen.

Ehe sie die Augen schloss, warf sie einen Blick zu Toki. Der saß stumm wie eine Statue da, wurde von dem flackernden Feuer erhellt und meditierte.

Regen überzog die Lande, als sie am nächsten Morgen aufwachten. Unglücklich darüber zog Fin die Nase hoch und hüllte sich in ihren Umhang. Nach einer kurzen Unterrichtsstunde wies sie an aufzubrechen.

Den ganzen Tag marschierten sie nach Süden durch den Regen. Dabei begegneten sie einigen Reisenden: Händler, die ihnen mit ihren Karren entgegenkamen; Reiter, die an ihnen vorbeipreschten und bald außer Sicht verschwanden –

verschluckt von einer beständigen Flut aus Wasser, das vom Himmel herabrann.

Fogo jammerte beständig über das Wetter und kroch unter ihre Kleidung, um nicht nass zu werden. *»Du brauchst wirklich dringend ein Bad! Du überdeckst sogar den wundervollen Geruch des Stahls«*, murrte er.

»Ich brauche kein Bad mehr, ich nehme gerade eines. Ich brauche eine trockene Unterkunft. Verglühter Regen!«, knurrte Fin zurück.

»Du bist heute aber grantig. Du solltest dich mal wieder begatten lassen. Oder liegt das an deinem Gespräch gestern mit Toki über deine Vergangenheit?« Fogos Stimme wurde sanfter.

Fin seufzte. »Tut mir leid. Möglicherweise … Ich werde nicht gern daran erinnert. Und der Regen tut sein Übriges dazu, dass ich schlecht gelaunt bin.«

»Kein Problem. Vielleicht will dir Toki behilflich sein bei meinem Vorschlag?«

»Er denkt nur an Ansou. Du weißt das, oder? Ach, ich vergesse immer, du hast da ganz andere Vorstellungen. Je mehr Weibchen, desto besser. Richtig?«

»Stimmt. Und desto mehr kräftige Jungdrachen, die mich mit Futter versorgen, wenn ich alt bin!«

Fins Laune besserte sich, als sie daran dachte, wie Fogo alt und schrumpelig in einem Nest lag und sich von einer Schar Feuerfischdrachen betüdeln ließ.

Gegen Mittag ging der stetige Regen endlich in ein sanftes Nieseln über. Wie feiner Nebel umschmiegte die Feuchtigkeit sie. Leider half das wenig, da sie inzwischen komplett durchnässt waren. Immerhin konnte sie jetzt die Kapuze zurückschlagen und sie klebte nicht mehr nass und schwer an ihrem Kopf fest.

Unter einem großen Baum am Waldrand verspeisten sie ihr Mittagsmahl und kurz darauf ordnete sie an, weiterzugehen. Sie wollte endlich aus der Nässe heraus.

Abends erreichten sie eine kleine Scheune die verlassen aussah und Fin schickte Fogo voraus, um sie auszuspähen.

»Sie ist verlassen«, sagte er bei seiner Rückkehr. *»Riecht nicht gerade angenehm darin …«*

Wie sich herausstellte, nur für ihn. Irgendjemand hatte frisches Heu darin gelagert und dessen Duft erfüllte die Luft.

Rasch entzündete Fin ein Feuer vor dem Eingang und hängte ihre Wäsche zum Trocknen darüber.

Toki folgte ihrem Beispiel und im Staub des Gebäudebodens trainierte sie ihn. Ganz bei der Sache war sie nicht, bemerkte aber seine guten Fortschritte.

Als sie später in ihre Decke eingerollt am Boden lag, beschloss sie, sich, wenn es nicht mehr regnete, im Meer zu waschen. Fogo hatte recht, sie roch streng. Wahrscheinlich hatte er auch recht damit, dass sie sich um Geschlechtsverkehr kümmern sollte. Nicht wegen ihrer Unruhe, sondern weil sie schon lang keinen mehr hatte und Lust verspürte. Vielleicht in Himmelsbogen? Dort gab es bestimmt eine Möglichkeit.

Am nächsten Tag regnete es nicht, aber Sonnenstrahlen schafften es genauso wenig, durch die tiefhängende Wolkendecke hindurchzubrechen.

Fin reiste in ihre eigenen Gedanken versunken die Straße entlang. Auch Toki unterbrach die Stille nur, wenn er gelegentlich mit Ayme sprach.

Mittags erreichten sie Ebenut, rasteten in der einzigen Taverne. Vorbei an Weihern, über sanft ansteigende Hügel und durch kleine Senken setzten sie danach ihre Reise fort. Fin hatte bemerkt, wie der Wald sich von einem Baumgemisch zu reinen Eichen wandelte. Wie Riesen standen sie da und reckten ihre knorrigen, kräftigen Äste in den Himmel, als würden sie die Götter um Wasser und Wärme anbeten. Die Blätter wogten leicht im Wind und erzeugten zusammen mit dem Meeresrauschen einen harmonischen Klang.

Da ihr dieses Umfeld so behagte, beschloss sie, direkt unter den mächtigen Holzgestalten zu rasten. Heute fühlte sie sich angenehm wohl und viel besser als die Tage zuvor. Sie schonte Toki nicht und gemeinsam arbeiteten sie weiter daran, aus ihm einen annehmbaren Krieger zu formen. Er beschwerte sich selten und setzte um, was sie ihm beibrachte. Darüber war sie sehr zufrieden. Inzwischen musste sie sogar aufpassen, um nicht von seinem Schwert getroffen zu werden. Zumindest gelegentlich.

Anschließend versuchte Toki erneut, über Meditation in Kontakt mit Uthr zu treten. Bisher hatte es nicht funktioniert, aber sie bestärkte ihn darin. Schließlich brauchten sie Antworten von dem Schicksalsweber.

Am Abend des übernächsten Tages erreichten sie endlich Himmelsbogen – die Hauptstadt der Regenlande. Die Sonne hatte die Wolken verdrängt und sandte jetzt einige letzte Strahlen hinab auf die Stadt.

›Glück für uns, und besonders für Toki, dass wir dieses Schauspiel genießen dürfen‹, freute sich Fin, als sie über den letzten Hügel marschierten und Himmelsbogen unter ihnen lag.

Müde vom Marsch des Tages hielt Toki den Kopf gebeugt, als sie den letzten Hügel vor Himmelsbogen erklommen. Als er aufsah und den ersten Blick auf die Hauptstadt der Regenlande warf, stockte ihm der Atem.

Die letzten Sonnenstrahlen des Tages zogen wie ein goldener Regen über die Landschaft. Die Stadt selbst strahlte, funkelte und sprühte wie von unzähligen Diamanten bedeckt.

Staunend folgte er dem glitzernden Band des Flusses, der sie in der Mitte teilte. Auf der ihm zugewandten Seite erhob sich rechts ein Berg, der aussah, als wäre der Gipfel abgetragen worden. Fünf Gebäude thronten auf dieser Fläche, als seien sie die eigentlichen Höhepunkte.

›Das werden die Kirchen sein‹, schlussfolgerte Toki.

Sie standen wie üblich angeordnet und zeichneten ein Fünfeck auf den Berggipfel. Der Vorplatz der Feuerkirche flammte mit der Sonne um die Wette. Ein Gebäude war fast gänzlich eingewachsen. Soweit Toki erkennen konnte, plätscherte ein Bach in geschlängelten Windungen vom Gipfel hinab und verschwand irgendwo auf seinem Weg aus seiner Sicht. Der Kirchplatz – oder wie auch immer er hieß – war ein Schauspiel, das Toki sich gerne näher ansehen wollte. Ganz bestimmt würde Fin aber gleich weiterreiten wollen. Nun, vielleicht konnte er eines Tages hierher zurückkehren.

Und dann auch gleich den Hafen besuchen, der über die ganze Breite der Stadt reichte. Es musste ein atemberaubender Anblick sein mit all den Schiffen. Wie in Nilmeer ... Und so, wie die zwei Brücken, die den mächtigen Fluss überspannten.

»Wie heißt der Fluss?«

Fin sah zur Stadt und antwortete: »Das ist die Glitzer. Warum sie so genannt wird, erklärt sich gerade von selbst. Drei Brücken führen ans andere Ufer. Die Metallbrücke sehen wir von hier aus nicht. Sie besteht vollständig aus Bronze und gleißt wie ein wunderschöner Stern. In der Mitte liegt die gelbe Brücke. Sie wurde aus sandfarbigem Stein errichtet. Wahrscheinlich Sandstein, aber da bin ich überfragt. Am nächsten am Meer gelegen siehst du die Lichtbrücke.« Sie deutete darauf. »Auch der Name erklärt sich von selbst. An der Brüstung sind unzählige bunte Glasscheiben verbaut, die Szenen der Geschichte der Regenlande darstellen. Der große Berg mit der flachen Spitze beherbergt die Kirchengebäude. Er wird Erhebung der Götter genannt.«

»So sieht er aus. Wie von den Göttern erhoben! Um ihre Anwesenheit zu krönen«, rief Toki aus. »Die Zitadelle dort, auf der anderen Seite der Glitzer, direkt am Meer, ist die Residenz des Königs?«

»Ja, genau. Der große Turm, der in den Himmel ragt und in dem sich das Licht in unzähligen Regenbögen bricht, heißt genau so: Regenbogenturm. Die beiden kleineren – aber nichtsdestotrotz imposanten – nennen die Einwohner Sonne und Regen. In der Ebene unter der Zitadelle siehst du die Kaserne. Sie weist ungefähr eine Hufeisenform auf. Auf unserer Seite der Stadt sind die Wohngebiete und gegenüber die Handwerker und Händler. Ich persönlich finde die Hauptstadt wunderschön. Sie strahlt und glitzert, als möchte sie den Göttern Tribut zollen für ihr Geschenk des Lebens. In der ganzen Stadt sind – wie auf der Brücke – gläserne Fronten, Fenster und Ähnliches eingebaut worden. Du hast besonders Glück, dass die Sonne gerade durch die Wolken fällt.«

»Wie unzählige Diamanten«, murmelte Toki, immer noch überwältigt.

»Ich könnte ewig hier stehen und mir das Farbenspiel ansehen. Aber die Sonne geht gleich unter und wir wollen uns eine angemessene Unterkunft in der Stadt suchen. Bist du bereit? Oder brauchst du noch Zeit?«

Toki bemerkte Fins Ungeduld trotz der gemeinsamen Faszination und beeilte sich, ihr ein Zeichen zum Weitermarschieren zu geben. Die Stadt konnte er schließlich auch beim Gehen ansehen.

»*Glitzer, Glitzer*«, hörte er Ayme. »*Ich bin richtig geblendet.*«

»Da hast du recht. Als ob der Betrachter in ein großes Gleißen blickt«, stimmte ihm Toki zu. »Rechts vor der Stadt liegen die Felder der Bauern. Ich sehe die Bewässerungsgräben. Und dahinter kommt ganz viel Wald.«

Sie brauchten nicht lang, dann durchquerten sie das Himmelstor und betraten die Hauptstadt.

Fin wollte eine Taverne am Hafen aufsuchen. Sie war bei der Reise nach Tangrintanien dort eingekehrt und die Zimmer waren sauber, das Essen gut und der Wirt verlangte einen akzeptablen Preis dafür.

Toki war das recht. Da sie am Meer waren, wollte er das ausnutzen. Er hoffte auf Fisch zum Abendessen.

»Hier ist die Taverne«, sagte Fin und lief auf ein großes Gebäude zu. Eine breite Terrasse aus Holz lud zum Verweilen ein.

Als sie den Vorplatz überquerten, entdeckte Toki einige bärtige Gestalten an einem der großen Tische sitzen. Sie wirkten allesamt gedrungen und sehr breitschultrig. Einige hatten Glatzen, andere struppiges Haar. In allen Bärten waren Federn, Schmuckstücke oder Stoff eingeflochten.

›Ob das Zwerge sind‹, überlegte er. Nach Tangrintanien verirrte sich so gut wie nie einer. Er kannte sie nur von Erzählungen aus seinem Dorf. Aber es würde passen …

Neben ihnen standen viele, mächtig aussehende Hämmer und Äxte. Der Tisch wirkte, als würde ein ganzes Heer verköstigt werden, und der Lärm, den sie veranstalteten, würde auch zu Schwerhörigen durchdringen.

Toki ertappte sich dabei, wie er sie anglotzte, und verschwand schnell hinter Fin im Haus.

Drinnen war alles wunderschön mit Holz und Glas verkleidet und der Kamin verströmte eine angenehme Wärme. Erfreut bemerkte er die Fische, die darüber gebraten wurden.

Ansonsten bestand die Einrichtung aus grobem Holz, die im Gegensatz zu allem Glitzernden stand. Stühle, Bänke und Tische standen dicht an dicht und etliche Menschen saßen im Gastraum.

›Das hätten mein Vater und ich besser geschreinert‹, dachte er und ein kurzer Stich des Heimwehs traf ihn. Rasch schob er ihn beiseite, indem er an das bestimmt leckere Abendessen dachte, und blickte zu Fin.

Die musterte alle eingehend, bevor sie zum Wirt an die Theke trat.

»Wir brauchen zwei Zimmer und etwas zu essen«, verlangte sie, als sie vor dem Mann stand.

»Die Übernachtung kostet jeweils dreißig Watsch oder drei Silberlinge in der Allgemeinwährung«, erklärte der Wirt.

Fin nickte und fragte nach den angebotenen Mahlzeiten. Er wies ihnen einen Tisch zu und ließ sie wissen, dass die Schankmaid alles weitere übernehmen würde.

»Komm, Toki. Lass uns essen. Ich bin hungrig von der Reise.«

Sie gingen zu dem gewiesenen Tisch und Fin legte ihre Schwerter, die Armbrust und den Umhang ab.

Fogo und Ayme würden später zu ihnen stoßen. Die waren vor der Taverne in die Dämmerung verschwunden, um selbst zu fressen.

Die Schankmaid hieß sie willkommen und fragte nach ihren Wünschen.

Fin bestellte Wasser und eine Fischsuppe.

Toki war unentschieden und fragte: »Gibt es etwas Besonderes aus dem Meer?«

»Das kommt darauf an, was Ihr wünscht. Wir haben Muscheln, Krebstiere, Oktopus und alle Arten von Fisch.

Meeresschlange wird zurzeit gern gegessen. In einer feinen Zitronensoße mit kleinen Teigbratlingen.«

»Ich nehme die Meeresschlange und Muscheln«, entschied Toki. Er hatte viel Geld dabei und hielt sich nicht damit auf zu fragen, was es kostete. Da er möglicherweise bald sterben würde – mit zerquetschten Augen, weil er erneut erwachte! – wollte er es so handhaben wie letztes Mal. Sich am Leben freuen!

Während sie auf das Essen warteten, unterhielten Fin und Toki sich über Himmelsbogen, und die Elementarierin erklärte ihm, was sie darüber wusste und wie der Königspalast aussah. Außerdem nutzte sie gleich die Gelegenheit, ihn über die Regenlande und die Gebräuche, die Kultur und das Königshaus zu unterrichten. Natürlich. Wie konnte er auch erwarten, von ihrem Unterricht verschont zu werden.

›Zu viele Informationen für heute‹, entschied Toki später und unterbrach sie. »Hast du die ganzen Männer draußen gesehen?«

»Du meinst die Zwerge?«, fragte Fin und trank von ihrem zweiten Wasser, das die Schankmaid gerade vor ihnen abgestellt hatte.

»Ich nehme es an. Die bärtigen Männer, die einen Höllenlärm veranstaltet haben und deren Tisch wie bei einem Gelage aussah.«

Fin schmunzelte, bevor sie antwortete: »Ja, das sind Zwerge. Aber ich bin mir sicher: Zwei davon sind keine Männer, sondern Frauen. Du erkennst sie an der Art, wie sie den Bart tragen. Das Haar ist viel feiner als bei den männlichen Zwergen. Außerdem haben sie äußerst selten eine Glatze.«

»Oh. Nach Tangrintanien verirrt sich selten jemand von außen. Ich habe noch nie einen Zwerg gesehen. Sie sind in den anderen Ländern vermehrt anzutreffen, oder?«

»Überall, wo es ergiebige Metallvorkommen oder außergewöhnliche Steine gibt. Sie sind ausgezeichnete Bergmänner und -frauen. Und haben einen vortrefflichen Riecher für Geschäfte. Apropos Riecher, da kommt unser Essen. Deines sieht … interessant aus.« Sie lachte fröhlich auf.

Tatsächlich. Auf Tokis Teller schlängelte sich irgendetwas Undefinierbares. Und davon viel. Unzählige kleine Schlangen, herausgebraten in viel Öl, wie er feststellte. Die Teigbratlinge und die Soße kamen in separaten Tellern. Außerdem platzierte die Magd eine große Schüssel mit Muscheln vor ihm sowie ein kleines, gebogenes Messer.

Toki nahm es in die Hand und drehte es hin und her.

›Womöglich für die Schalen? Das wird interessant.‹ Ein Seufzen entfuhr ihm. ›Hätte ich doch wie Fin einfach eine Suppe genommen.‹

»Brauchst du Hilfe«, wollte sie mit einem Schmunzeln wissen. Vor ihr stand eine große Schale sowie einige Brotscheiben auf einem Teller.

»Nein, mit meinem Essen werde ich gerade noch selbst fertig«, erwiderte er ernst und legte das Messer zunächst beiseite. ›Dann los‹, entschied er mutig und versuchte eine der Meeresschlangen. Sie schmeckten ausgezeichnet. Die Haut ließ sich butterweich vom Fleisch trennen und das zerfloss regelrecht im Mund. Die Zitronensoße verpasste dem Ganzen das gewisse Etwas. Auch die Muscheln waren einfacher zu öffnen als gedacht und entfalteten dabei ihr Aroma.

Er war eine ganze Weile beschäftigt, schaffte es aber, alles aufzuessen. Nachdem er fertig war, lehnte er sich zurück und klopfte auf seinen Bauch.

Fin saß griesgrämig vor ihrer leeren Schüssel.

»War es nicht gut?«, fragte er.

Sie verzog den Mund und grummelte: »Es hat geschmeckt, als wäre der Koch zum Hafen gegangen und hätte die Schüssel einfach durch das Meer gezogen. Egal, was er erwischt hat, hat er aufgewärmt. Ich weiß nicht, ob viel Fisch dabei war. Aber alles Mögliche andere. Ich glaube, du hast die bessere Wahl getroffen.« Sie griff nach dem Brot. »Immerhin ist *das* gut.«

»Das tut mir leid.« Er konnte aber nicht anders und musste bei ihrem Gesichtsausdruck auflachen.

»Du kannst ja nichts dafür.« Ihre Miene klärte sich auf und sie fiel in sein Gelächter ein. »Nächstes Mal gibt es einfach Brot, Käse und Wurst. Da kann nichts schiefgehen.«

Kurz darauf stand sie auf, griff ihre Ausrüstung und sagte: »Ich habe noch etwas vor. Wir sehen uns morgen. Halte dich zur siebten Stunde bereit. Als Erstes besuchen wir die Stallungen und besorgen uns Pferde. Mit ihnen erreichen wir die Grenze zu Ebras hoffentlich schnell. Gute Nacht.«

»Gute Nacht.« Er sah ihr nach, wie sie zum Wirt ging, die Zeche zahlte und nach oben verschwand. Überlegend, was sie vorhatte, kratzte er seinen Dreitagebart. Aber warum sollte sie nicht ihre Geheimnisse haben. Also entschied er, noch ein wenig sitzen zu bleiben und den Schankraum und die Einwohner zu beobachten.

Später winkte er die Schankmaid heran, um sein eigenes Essen zu zahlen.

»Es kostet drei Meersch oder zehn Silberlinge, Elementarier«, rechnete sie ihm vor.

»Das ist nicht günstig«, murmelte Toki und holte seine Börse hervor. Rasch zählte er die Silberlinge ab und drückte sie der jungen Schankmaid in die Hand.

Die Frau bückte sich dabei zu ihm und raunte in sein Ohr: »Ich muss nicht mehr lange arbeiten. Wollt Ihr die Nacht mit mir verbringen?«

Sie sah ihn fragend an und er errötete.

»Ähmm, nein. Danke für das Angebot.« Schnell packte er seine Sachen und stand auf.

»Schade. Wir zwei hätten sicher viel Spaß gehabt, Elementarier.« Sie fixierte ihn unverfroren und grinste.

»Vielleicht, aber wir, äh, brechen früh auf.«

»Die Elementarierin hat gerade nach einem Freudenhaus gefragt. Ich dachte, Ihr wollt auch ein wenig Spaß.« Enttäuschung klang inzwischen aus ihrer Stimme heraus.

»Nein, wirklich nicht. Ich habe jemanden …«, versuchte er sich herauszureden.

»Das muss eine wahrhaft königliche Frau sein«, sagte sie schmollend, legte ihre Hand noch einmal auf seinen Arm und drückte ihn.

Toki musste schmunzeln, als er sich vorstellte, was Ansou darauf erwidern würde. »Außergewöhnlich und wunderschön, ja. Bei königlich würde sie dir eine verpassen. Darf ich jetzt vorbei?« Sie hielt ihn immer noch fest.

»Wenn Ihr Euch doch noch anders entscheidet, ich bin noch eine Zeit lang hier.«

Toki ging schnell in sein Zimmer und öffnete das Fenster für Ayme. Danach versuchte er erneut, mit Uthr in Kontakt zu treten. Die letzten Meditationen hatten nicht das gewünschte Ergebnis gebracht. Diese auch nicht, da er zu abgelenkt von der Schankmaid war.

Bevor er einschlief, sann er darüber nach, was sie gesagt hatte. ›Ob sie das nur wollte, weil ich ein Elementarier bin? Und was hat Fin in dem Freudenhaus vor?‹ Bisher war ihm gar nicht in den Sinn gekommen, dass es sie nach körperlicher Nähe verlangt haben könnte. Aber sie war schließlich auch ein Mensch und hatte Bedürfnisse.

Der Schlaf überkam ihn zusammen mit einem schlierigen, hellbraunen Nebel.

König und Vater

Joska

Zufrieden befühlte Joska die Arbeit von Ignatz. Der Perückenmacher hatte ihr gerade die rotgoldene Haarpracht überreicht.

»Ausgezeichnete Arbeit, Meister Ignatz«, sagte sie. »Hier die fünfzehn Goldstücke.« Sie legte die Perücke auf den Tisch, zählte das Geld ab und drückte es ihm in die ausgestreckte Hand. »Bitte fertigt mir eine weitere an. Diesmal möchte ich mich auf ein ganz anderes Terrain begeben! Ich stelle mir hellbraune, statt blonder Locken vor. Liegt das im Bereich Eurer Möglichkeiten?«

»Natürlich, Majestät. Nichts leichter als das. Etliche solcher Perücken warten in meinem Laden. Lasst mich nur die richtige für Euch auswählen. Ich werde sie schnellstmöglich aufbereiten und zu Euch bringen.«

»Danke. Entschuldigt mich nun«, sagte Joska und entließ ihn mit einem Wink ihrer Hand.

Der vornehme Mann verbeugte sich steif, rückte die Krawatte zurecht und verließ ihr Gemach.

Sofort lief Joska in ihr Separee, setzte die meisterhaft gefertigte Perücke auf und bewunderte ihr Bild im Spiegel.

»Kannst du dir das vorstellen, Argane.« Enthusiastisch drückte sie die Haare. »Ich mit hellbraunen Haaren? Keine feinen, goldenen Fäden mehr, sondern dicke, braune Kringel! Ich werde aussehen wie eine Göttin.«

»So siehst du doch jetzt schon aus, Joska. Du brauchst keine Veränderung. Allein in deine Sommersprossen bin ich vernarrt In deine blau strahlenden Augen sowieso.«

»Du Charmeur!« Joska merkte, wie ihr Wärme in die Wangen stieg. Sie drehte sich zu ihm um. »Das hast du schon immer gut gekonnt. Mich mit deinen Worten um den Finger wickeln. Mir den Kopf verdrehen! Aber ich liebe das. So wie dich!«

Argane sah sie hingebungsvoll an, trat zu ihr, blickte ihr tief in die Augen und sagte mit seiner voll klingenden Stimme: »Und ich liebe dich, Joska. Vergiss das niemals. Egal, was geschieht!«

Sie griff seine Hände, hielt sie ganz fest und sagte leise: »Niemals, Argane. Niemals!«

Mit einem letzten, schmachtenden Blick ließ er ihre Hände los und meinte: »Jetzt musst du los. Deine Berater warten. Ich habe gehört, im Glasscherbenviertel sind zwei Priester umgekommen?«

Joska hob amüsiert eine Augenbraue, stand auf und zog die Perücke auf eine Büste.

Sie kicherte, bevor sie ihm ernst erklärte: »Ja. Wie sich herausstellte, haben die Armen keine Lust, von Haltoe zur Arbeit an seiner Kirche gezwungen zu werden. Ich werde heute meinen Spaß mit ihm haben.« Ihre Augen blitzten böse. »Ich hoffe, das ist ihm eine Lehre.«

Wie angekündigt sprach sie die beiden Tode vor ihren Beratern an und erging sich darin, Haltoe Vorwürfe zu machen, dass er sich nicht gut um *ihre* Priester kümmerte. Das sei schließlich schon der dritte innerhalb kürzester Zeit gewesen, der zu Tode kam und sie hätten eine Pflicht ihrem Gott gegenüber zu erfüllen. Wie sollte sie das, wenn er ihr die Prediger nahm.

Haltoe versuchte sich reumütig herauszuwinden und versprach, dass sie ihre Pflicht trotzdem weiterhin erfüllen konnten.

Vor allem Ernja rieb noch etwas Salz in die Wunde, und insgesamt war es keine angenehme Zeit, die Haltoe in der Runde verbrachte. Im Gegensatz zu ihr selbst.

Joska sah ihm direkt an, dass er vor Wut schäumte. Innerlich jauchzte und kicherte sie. Nach außen trug sie natürlich königliche Neutralität zur Schau.

Die nächsten Tage vergingen in gewohnter Langeweile. Ein paar Bittgesuche abschmettern oder bewilligen, einige nervige Gerichtsverhandlungen leiten und Dokumente unterzeichnen.

Ein kurzer Lichtblick durchbrach die Tristigkeit, als Ernja ihr von einem weiteren toten Priester im Glasscherbenviertel berichtete. Ausführlich erzählte er ihr, wie dieser in seiner Kleidung gekocht worden war. Sie amüsierten sich köstlich.

Als der General-Major gegangen war, überlegte Joska, wie es wohl wäre, in einem großen Topf langsam gegart zu werden. Fast hätte sie angewiesen, einen riesigen Kessel mit Wasser zu füllen und es an einem der unfähigen Diener auszuprobieren. Gerade noch konnte Argane einschreiten und sie davon abhalten.

Innerlich fühlte Joska aber einen Druck, der sich durch ihre Haut nach außen drängen wollte. Als ob ihre Sommersprossen sie von innen heraus verbrannten.

Argane versuchte auch hier alles, um sie von der Last zu befreien. Aber egal, wie charmant er sie umschwärmte, sie belustigte oder sie einfach nur festhielt, es gelang ihm nicht besonders gut.

Tags darauf war sie so kribbelig und überreizt, dass niemand ihr etwas recht machen konnte. Ihre neuen Zofen legten ihr die Haare nicht, wie sie wollte, und sie wurden dafür von ihr ausgepeitscht. Larord hatte sie so gut unterwiesen, dass selbst das keinen Spaß machte. Wie sie damals Zita erklärt hatte, hatte sie ihnen verdeutlicht, sie würde so lange mit dem Leder ausholen, bis sie keinen Ton mehr hörte. Sie war gut mit dem Lederriemen, aber den Zofen entkam nicht der kleinste Laut, als er ihnen über den Rücken fuhr. Nicht der leiseste! Wie sollte sie dabei Befriedigung empfinden?

Wie es einer Königin gebührte, hatte sie ihr Versprechen gehalten: Kein Geräusch, keine weiteren Schläge. Leider fühlte es sich weiterhin so an, als würde der Druck in ihr sie bald explodieren lassen.

Am Nachmittag stolperte ein unbeholfener Dienstjunge vor ihr den Gang entlang. Er trug einen Arm voll Wäsche und drückte seinen Rücken schnell an die Mauer, als er die Königin erblickte.

Beim Verbeugen glitt ihm unglücklicherweise eines der Bettlacken aus den Händen und landete vor ihr. Sie musste ausweichen. Die Königin musste einem *Diener* AUSWEICHEN!

Das war zu viel! Sie befahl den Soldaten, den Jungen mitzunehmen. Die beiden packten den verblüfften Jungen unter den Achseln und schleppten ihn hinter Joska her.

Stammelnd versuchte er sich zu entschuldigen.

Sie ignorierte es und ging schnurstracks in ihre Gemächer, durch das Wohnzimmer, ins Schlafzimmer und schloss ihren privaten Raum auf.

Die Wächter legten den Diener auf den Tisch, fesselten Arme und Beine daran und ließen Joska allein. Die Tür fiel hinter ihnen ins Schloss.

So leise, wie der Junge auf dem Weg hierher war, so laut war er jetzt.

Joska ließ ihn schreien. Zunächst wählte sie eine Perücke aus.

»Welche steht mir heute besonders gut?«, fragte sie Argane. »Ich glaube die, bei der sich die Haare erst bei den Ohren anfangen zu locken.«

»Du siehst mit allen bezaubernd aus. Aber ich finde: Diese soll es sein.« Zustimmend nickte er, als sie sie aufzog. Zu dem am Tisch angebundenen Kind sagte er nichts, da er genau wusste: Nichts, absolut nichts, konnte Joska umstimmen. Es musste einfach geschehen. Er hoffte für den Diener, dass es schnell gehen würde und verschloss sich dem alles durchdringenden Brüllen.

Joska betrachtete ihr Spiegelbild mit schief gelegtem Kopf. Ihr gefiel, was sie erblickte. »Probieren wir doch aus, was Larord mir hier eingerichtet hat«, murmelte sie, stand auf und ging an die Wand, an der einige scharfe Klingen in unterschiedlichsten Ausführungen hingen. »Fein und spitz, oder eher die geriffelte?«

Sie sah Argane an, während sie auf die Messer zeigte.

»Nimm die feine spitze, dann kannst du ihm schnell die Pulsader öffnen. Und er muss nicht leiden«, beschwor er sie.

»Papperlapapp. Ich nehme die geriffelte. Ich will mehr als einmal schneiden!«

Der Dienstjunge verfolgte alles mit panischem Blick. Er hatte inzwischen aufgehört zu schreien. Möglicherweise hatte er gemerkt, dass es ihm nichts bringen würde.

»Meine Königin«, stammelte er schluchzend. »Bitte … Bitte lasst mich gehen. Ich werde Euch nie wieder enttäuschen!«

»Da hast du recht, Jaka. Das wirst du nicht. Das hast du zu oft und jetzt darfst *du* schreien anstatt ich.«

»Mein Name ist Lesrik, nicht Jaka!«, brüllte er erneut und zerrte an seinen Fesseln.

Sie stand an der Stirnseite des Tisches, ignorierte ihn und ritzte behände in beide Fußsohlen zwei tiefe Schnitte.

»Ein Einschnitt für jeden Schrei, den ich aus meinen Lungen gepresst habe.«

Sie bohrte das Messer in die Wade des einen und in den Oberschenkel des anderen Beins.

»Ein Stoß für jede Träne, die ich vergossen habe.«

Der Junge schrie fast unmenschlich, jammerte und stöhnte. Nichts drang an Joskas Ohren. Sie fuhr mit ihrer befreienden Arbeit fort.

Irgendwann erlahmten die Bewegungen des Dieners und das Blut pumpte langsamer aus den Wunden.

Argane trat neben sie und legte seine Hand auf die, in der sie das Messer hielt. »Meinst du, der Druck ist weg? Führen wir noch einen letzten Schnitt aus und beenden es?« Seine Augen sahen sie mitfühlend an.

»Gut«, stimmte Joska zu. Sie fühlte sich befreit, als wäre bei jedem Schnitt etwas von dem Druck in ihr über die Messerklinge in den anderen Körper geflossen.

»Lass uns den letzten Stoß zusammen ausführen«, bat sie Argane.

»Natürlich, Joska. Alles, was du willst.« Er lenkte ihre Hand geschickt zur Halsschlagader und ließ das Messer in sie eindringen. Beim Herausziehen pumpte das Herz des Jungen noch einige Male, bald darauf brach sein Blick und das Blut versiegte.

Für Joska wirkte es, als hätte er sein Ende mit Freuden begrüßt.

Sie reinigte die Klinge an einem sauberen Tuch und hängte sie zurück an ihren Platz. Anschließend ging sie zur Tür, befahl den Wächtern, alles zu reinigen und wartete in ihrem Wohnbereich.

Argane hielt sie in den Armen. Sie fühlte sich sicher und geborgen. Erinnerungen blitzten auf …

Jaka, wie er vor dem Zimmer stand, in dem sie auf dem Bett lag. Sie starrte ihn flehend an. Eine Träne rann ihr über die Wange. Als die Tür geschlossen wurde, verschwand sein Gesicht.

… die Erinnerung wurde von einem der Soldaten unterbrochen.

»Wir haben die Ordnung wieder hergestellt, Majestät. Sollen wir noch etwas für Euch erledigen?«

»Nein. Richtet Ernja aus, er soll euch einen Wochenlohn zusätzlich bezahlen. Ihr habt Arbeiten erledigt, für die Mägde zuständig sind und keine Soldaten der Königinnenwache.«

Die beiden Soldaten verbeugten sich tief. »Wir leben, um Euch zu dienen, Majestät. Wir werden mit Freuden alles ausführen, worum Ihr uns bittet.«

Nicht ganz bei der Sache nickte Joska und entließ die Männer mit einem Wink ihrer Hand. Sie wusste, heute würde sie keinen der beiden mehr brauchen.

Ihren Dienern befahl sie, ein Bad herzurichten. Sie war müde. Als ob mit dem Druck auch alle Energie aus ihr gewichen wäre.

Nach dem Bad fiel sie erschöpft ins Bett.

»Halte mich, Argane. Ich will mit dir einschlafen«, bat sie.

»Jederzeit, Joska. Schlaf beruhigt ein, ich werde über dich wachen. Nichts kann dir geschehen.«

Der nächste Tag versprach besser zu werden, ihre Stimmung war ausgezeichnet und sie freute sich darauf, sich um ihr Imperium zu kümmern.

Ungeduldig wartete Joska darauf, dass ihre Pläne aufgingen. Tränenwacht musste inzwischen ihr gehören, und der Kurier, den Larord nach Pasmotar geschickt hatte, sollte auch dort angekommen sein.

›Bei allen Göttern! Wenn Tangrintanien nicht so abgeschnitten von der Welt gelegen wäre‹, fluchte sie. ›Dann müsste ich nicht so lange warten. Vielleicht sollte ich einen Boten nach Blos Prana zu den Zauberern schicken und um einen für meinen Hof bitten. Dann wäre es mir möglich, schneller mit der Welt zu kommunizieren. Haltoe erzählt ständig davon, dass er mit seinem Gott spricht. Gut, er ist ein Gott und hat andere Mittel, aber für *irgend*etwas muss Magie doch nützlich sein.‹

Heute ging es ihr verhältnismäßig gut und befreit tanzte sie durch den Tag. In den Gerichtsverhandlungen überraschte sie einige Gerechtigkeitssuchende. Sie richtete die Verbrecher, entschied Streitigkeiten mit messerscharfem Verstand und war ausgesprochen zuvorkommend.

»Ich habe gehört, du hast heute alle überrascht«, beglückwünschte Argane sie abends, als sie erschöpft ins Bett fiel.

»Meine Gedanken waren nicht so umwölkt wie sonst«, antwortete sie und streichelte zärtlich seine Wange. »Was das wohl ausgelöst hat? Wenn ich das herausfinde, werde ich es öfter praktizieren.«

Argane runzelte leicht die Stirn und verzichtete auf eine Erwiderung.

»Meinst du, es war wegen der Arbeit mit dem Messer? Ach, egal, sag nichts. Wenn sich die Wolken erneut zeigen, versuche ich es einfach wieder. Wenn es hilft, weiß ich, es war das. Wenn nicht, hatte ich wenigstens Spaß.«

»Kuschel dich zu mir, Joska. Ruh dich aus und belaste dich nicht damit. *Jetzt* fühlst du dich gut und so soll es bleiben.«

Bevor sie in ihr Traumland hinüberglitt, erinnerte sie sich spontan an die Zeit, kurz nachdem ihre Mutter verschwunden war …

»Joska, Jaka. Kommt her zu mir.« Die kräftige Stimme ihres Vaters hallte durch das Amtszimmer. »Ich muss euch leider mitteilen, dass wir eure Mutter nicht gefunden haben. Das ganze Königreich ist auf der Suche nach ihr, aber wir wissen nicht, wohin sie verschwunden ist. Noch, wer dahintersteckt.«

Jaka nickte und zuckte mit den Schultern. Er hatte sich in sich zurückgezogen und nicht viel geweint, seit ihre Mutter verschwunden war.

Im Gegensatz zu Joska. Sie hatte tagelang geheult, geschluchzt und zu den Göttern gebettelt, dass ihre Mama gefunden würde. Außerdem war sie selbst durch die Gänge der Zitadelle gerannt und hatte jede noch so kleine Spalte untersucht. Nichts hatte sie gefunden. Nur dummes Zeug, das sie nicht interessierte. Danach versank sie erneut in Trauer und flutete das Bett mit ihren Tränen.

Jetzt stand sie vor ihrem Vater und hatte keine Kraft mehr zu weinen. Ihre Augen fühlten sich leer und trocken an. Als würden nie mehr Tränen aus ihnen fließen können.

»Suchen die Soldaten weiter?«, flüsterte sie flehentlich.

»Sie ruhen sich aus, meine Kleine. Wenn neue Gerüchte auftauchen, werden wir weitersuchen.«

Joska fand nicht, dass ihr Vater besonders betrübt war. Als wäre ihm egal, was mit Mama geschehen und wohin sie verschwunden war. Sein Lachen schallte sogar öfter als früher durch die Burg.

»Mama ist weg! Bist du nicht traurig?«, presste sie zwischen zusammengebissenen Zähnen hervor.

»Natürlich bin ich das!«, stieß der König entrüstet aus. »Warum, glaubst du, lasse ich sie sonst so lange suchen! Das war ungezogen von dir.« Er wedelte mit der Hand. »Geht jetzt. Beide! Ich muss mich um die Amtsgeschäfte kümmern.«

Ein paar Tage später hatte er sie erneut zu sich gerufen. Diesmal sollten sie ihn im Stall treffen. Königlich stand er dort inmitten seines Hofstaats und lachte über irgendetwas.

Joskas Gesicht verfinsterte sich.

»Ah, meine Kinder. Kommt. Ich habe etwas für euch.« Er legte seine Hand auf Jakas Schulter und führte ihn zu einer der

Boxen. »Das ist ab sofort dein Pferd, Jaka! Ein herrliches Tier. Ausdauernd, heißblütig und eines Prinzen würdig. Ich schenke es dir. Ein Knecht wird sich Tag und Nacht darum kümmern. Du kannst jederzeit mit dem Pferd ausreiten.«

Jakas Augen wurden groß. Die anfängliche Verwunderung verschwand schnell und machte tiefer Freude Platz. »Danke, Vater. Womit habe ich das verdient?«

»Wir haben in letzter Zeit so viel durchgemacht und ich bin der Meinung, du bist jetzt alt genug dafür. Deine Mutter war immer dagegen, du zu jung und das Reiten noch zu gefährlich.«

Mit wütender Miene hörte Joska zu, wie ihr Vater ihre Mama nachäffte.

»Aber nachdem sie nicht mehr hier ist, folge ich *meinen* Wünschen.«

Jaka trat in die Pferdebox und streichelte ehrfürchtig über die Flanke des Tieres.

Der König wandte sich zu Joska um und winkte sie heran. »Komm her, meine Kleine. Auch für dich habe ich eine wunderschöne Stute. Blütenweiß, mit hellbraunen Fesseln.«

Er ging auf sie zu und wollte auch ihr die Hand auf den Rücken legen, um sie zur Box zu geleiten.

Joska entwand sich ihm. »Mama hätte uns jederzeit ein Pferd geschenkt, wenn wir sie darum gebeten hätten. Und Reiten hätten wir auch lernen dürfen. Du hast gelogen!«

Eine Zornesfalte erschien zwischen den Augen des Königs. »Du weißt nicht, wovon du sprichst. Und jetzt sehen wir uns dein Pferd an!«

»Nein!« Joska stampfte mit dem Fuß auf. »Ich will kein dummes Pferd. Ich will, dass du Mama suchen lässt.«

»Deine Mutter ist fort!«, schrie ihr Vater. »Und sie wird nicht mehr auftauchen. Wenn du nicht sofort zu deinem Geschenk gehst und dich darüber freust, lasse ich es töten!«

»Nein … nein …, das kannst du nicht! Es ist ein Lebewesen! Mama hätte das nie erlaubt.«

Der König winkte einen der Soldaten heran, befahl ihm, sein Schwert zu ziehen und das Tier zu töten. Dabei starrte er Joska in die Augen.

»Nicht …, ich gehe«, flüsterte sie. Mit aufgerichtetem Kopf schritt sie auf die Box zu und betrat diese. Es war wirklich ein wunderschönes Pferd. Sie legte ihm die Hand auf den Bauch und flüsterte: »Du sollst Hoffnung heißen. Damit meine Mama bald wieder bei mir ist.«

»Siehst du, Joska. Ein wahrhaft königliches Geschenk«, hörte sie ihren Vater, der zu ihr getreten war. »Findest du nicht auch?«

»Ein schönes Pferd«, stimmte sie ihm zu, stieß ihn auf die Seite und brüllte: »Und ich hasse dich!«

Bevor jemand etwas unternehmen konnte, stürmte sie aus dem Stall und in ihre Gemächer.

Die nächsten Tage durfte sie sie nicht verlassen und bekam nichts zu essen. Nur gelegentlich Wasser.

… die Schwärze des Schlafes umfing Joska. Im Traum flog sie auf Hoffnung, dem Flügel gewachsen waren, davon.

Argane begleitete sie.

Joska erwachte aus ihrem Traum, blinzelte und rollte auf die Seite. Argane schlief noch. Wie *gut* er in dem Dämmerlicht aussah. Sanft strich sie über seine Stirn, stand auf und ließ die Morgenroutine über sich ergehen.

Beim Mittagessen erhielt sie eine wundervolle Nachricht. Ignatz wartete auf sie. Endlich! Schnell beendete sie ihr Mahl und traf den Perückenmacher in ihren Gemächern.

»Meine Königin«, begrüßte er sie mit einer galanten Verbeugung.

Joska bemerkte eine geöffnete Kiste auf dem Tisch und die hellbraune Perücke in seinen Händen. Ein freudiger Schauer lief ihr über den Rücken. »Ignatz, ich sehe, Ihr habt meinen Auftrag ausgeführt?« Ungeduldig wartete sie, bis er ihr die Perücke überreichte. Es kostete sie einiges an Überwindung, sie ihm nicht aus der Hand zu reißen.

Nachdem sie das Prachtstück in der Hand hielt, wies er auf die vorzügliche Farbe und die exquisite Form der Locken hin. Das Geld, das sie ihm abwesend in die Hand drückte, verschwand schnell in seiner Börse.

»Wünscht Ihr eine weitere Perücke?«, fragte er, während er sich gierig mit der Zunge über die Lippen leckte. »Ich habe die Möglichkeit, eine mit ein paar Nuancen dunklerem Braun anzufertigen. Seid Ihr interessiert?«

»Ja, bitte!« Fast hätte Joska in die Hände geklatscht, so begeistert war sie von der Vorstellung einer weiteren Perücke. Diesmal musste sie nicht einmal erklären, was sie wollte. Der Künstler wusste es schon … »Stellt eine weitere her. Meine Sammlung hat noch Platz für *einige* neue.«

Sie entließ ihn und begutachtete zusammen mit Argane das Meisterstück. Bis zum Abendessen verbrachten sie eine schöne Zeit mit den Perücken. Gemeinsam bestimmten sie, welche die schönste war, welche am besten zu ihren Augen passte und welche Reihenfolge sie auf den Büsten einzunehmen hatten. Außerdem kämmte sie jede einzelne, zog sie auf und betrachtete sich im Spiegel.

Als Joska sich zum Essen setzte, tischten die Diener ihr zuerst eine Fenchelsuppe auf. Sie fand sie wunderbar cremig und ausgesprochen lecker. Als Hauptgang gab es Hasenbraten mit Kartoffeln. Auch der schmeckte ihr.

›Die Köche haben gute Arbeit geleistet‹, bemerkte sie erstaunt. ›Ob Larord seine Finger im Spiel hat? Wie bei den Zofen. Sicher hat er genau das richtige Personal für die Küche ausgewählt. Der Mann ist ein Genie!‹

Auf den Nachtisch freute sie sich besonders. Dann war Joska mit ihren Gedanken bei ihrem Imperium, und als er vor ihr abgesetzt wurde, stockte ihr Atem. Gebäck, dick mit Quarkcreme bestrichen und mit Obst garniert lag auf einem hübschen Porzellanteller …

Wutentbrannt schnappte sie ihre Gabel, rammte sie dem Mann in den Arm, packte das Essen und warf es Richtung Tür.

»Hinaus!«, schrie sie wie eine Furie. Kurzzeitig wurde ihr schwarz vor Augen. Das Nächste, was sie wahrnahm, war der Diener, der seinen Arm hielt, sie anstarrte und dessen Blut auf den Boden tropfte.

Er widerte sie an.

Wut brodelte erneut in ihr hoch und sie brüllte: »Wachen!«

Die Soldaten streckten den Kopf zur Tür herein.

Joska riss sich zusammen, deutete auf den blutenden Diener und sagte mit Eis in der Stimme: »Werft ihn in den Kerker! In den hintersten, dunkelsten. Schmeißt die Bäckerin oder den Bäcker gleich dazu.«

Sie stand auf, kümmerte sich nicht darum, wer Ordnung schaffte – die Diener würden das schon erledigen – und stürmte aufgebracht in ihr Schlafzimmer.

»Hast du an deine Mutter gedacht?«, fragte Argane und drückte besänftigend ihren Arm.

»An meinen Vater!« Wütend setzte Joska sich zu ihm aufs Bett. »Wie *können* sie es wagen, mir dieses Dessert aufzutischen.«

»Sie wussten es nicht, oder sie dachten an deine Mutter«, versuchte Argane, sie zu beruhigen.

Mama …

Joska saß zusammen mit ihrer Mutter und einigen ihrer Freundinnen auf einem Balkon des Palastes. Es war ein schöner Spätsommertag und die Küche hatte Quarkschnitten für den Nachmittag gebacken.

Die kleine Prinzessin freute sich, dass sie mit am Tisch sitzen und den Gesprächen der älteren, wohlwollenden Damen lauschen durfte.

›Mama sieht so wunderschön und elegant aus. So will ich auch werden‹, beschloss Joska. ›Sie liebt Gebäck mit Quark und Früchten. Hoffentlich schmecken ihr die Schnitten.‹

Das taten sie. Nicht nur ihr, sondern allen Anwesenden. Es war ein wundervoller Tag und gelegentlich lobte die Königin ihre Tochter. Wie wohlerzogen und fleißig sie wäre. Und wie gut sie sich entwickelte.

Joska fühlte sich geliebt und war glücklich.

… ihr Vater …

Es war etwa zwei Jahre, nachdem ihre Mutter verschwunden war. Die Zeit nach dem Verschwinden war die Hölle für Joska.

Inzwischen musste sie oft mit ihrem Vater zu Abend essen. Die Zofen frisierten ihr die Haare so wie ihrer Mutter früher.

Sie bekam auch ähnliche Kleidung und musste diese tragen. Der König bestand ausdrücklich darauf.

»Du siehst gut aus, Joska. Genau wie deine Mutter«, sagte er, als sie eines Tages im Speisezimmer erschien. »Du hast ihre feinen, goldenen Haare und ihre Augen. Und die bezaubernden Sommersprossen.«

»Ja, Vater«, antwortete sie ergeben. Sie wollte ihn nicht herausfordern und beschloss, das Essen über sich ergehen zu lassen. Es gab Suppe, Hauptspeise und Nachtisch. Als Dessert wurden Quarkschnitten serviert. Das Lieblingsessen ihrer Mama.

Joska konnte nicht länger an sich halten und räumte die ganze Platte vom Tisch, bevor jemand davon essen konnte.

»Joska! Was soll das?«, schrie ihr Vater wütend. »Ich habe mich darauf gefreut. Du bist wirklich launisch und boshaft. Kein Wunder, dass deine Mutter weggelaufen ist. Sie hat dich nicht mehr ertragen. Wegen dir hat sie uns verlassen! Gäbe es dich nicht, säße sie mit am Tisch!«

Tränen schossen ihr in die Augen und sie wollte sich erheben, um aus dem Raum zu flüchten.

»Bleib sitzen!«, knurrte ihr Vater. »Du gehst, wenn ich es dir erlaube, und nicht eher.«

Die Diener warfen sich unbehagliche Blicke zu und wollten anfangen, den Boden zu reinigen.

»Lasst das liegen!«, rief der König. Seine Augen funkelten boshaft. Er sah Joska an und sagte zu ihr: »Ich denke, die Prinzessin macht das sauber. Wer Unfrieden stiftet und aus unerfindlichen Gründen den Boden verschmutzt, soll ihn auch reinigen. Los!«

Joska wusste: Sie hatte keine Chance ihm zu entkommen. Also sank sie auf die Knie hinab, griff das Tablett, das auf den Steinfliesen lag und fing an, die zermatschten Dessertstücke darauf zu räumen. Ihre Tränen tropften auf den Boden.

Kurz bevor sie alles aufgesammelt hatte, stand der König auf, trat zu ihr und stieß das Tablett erneut um. »Noch einmal! Und diesmal: Säuber ihn richtig.« Er hatte einen Lederriemen in der Hand. »Du wirst mir noch gehorchen.«

Er holte aus und Joska spürte einen feurigen Schmerz ihren Rücken hinauf- und hinabkriechen. »Ohne dich wäre mein Leben so viel schöner. Und deine Mutter noch bei mir!«

Erneut pflügte ein Schmerz ihre Rückseite entlang.

Sie beeilte sich, den Boden zu reinigen. Zwei Schläge später, die sie stoisch ertrug, hatte sie alles auf das Tablett gehäuft und es auf den Tisch gestellt.

Einer der Berater des Königs stand inzwischen neben ihm und hatte seinen Jähzorn besänftigt.

»Sie soll gehen!«, stimmte er zu.

Joska wusste nicht, was sie besprochen hatten. Sie fühlte nur die Schmerzen am Rücken und – viel schlimmer – die Pein im Herzen, weil sie für das Verschwinden ihrer Mutter verantwortlich war.

… »Sie wussten nicht, dass du zweierlei Erinnerungen mit diesem Gebäck verknüpfst.« Arganes Stimme drang durch ihren Nebel. »Ich denke vielmehr, sie haben von beidem keine Ahnung.«

»Es ist mir egal! Sie werden dafür bezahlen.« Ihre Stimme wurde eisig. »Morgen wird sich Larord darum kümmern. So etwas darf nie mehr geschehen. Beim nächsten Mal landet *er* auf meinem Tisch.«

»Morgen, Joska. Morgen. Jetzt lass uns schlafen. Die Welt wird danach ganz anders aussehen.«

Das tat sie nicht.

Ihr Schmerz verfolgte sie ein paar Tage.

Die Diener hatten die nächsten Tage kein gutes Leben und versuchten, ihr so gut wie möglich aus dem Weg zu gehen. Ihre Stimmung besserte sich nur einmal, als sie mit Argane auf einer Bank im Hof saß und in Erinnerungen schwelgte …

Wie ausgemacht hatte der Sohn des Gewürzhändlers die Lavendelbüschel in die Zitadelle gebracht. Wächter begleiteten ihn mit der Ware zu ihren Gemächern.

Dort angekommen verbeugte er sich tief und sagte: »Hoheit. Wie Ihr gewünscht habt, bringe ich Euch den Lavendel. Wo möchtet Ihr ihn aufbewahren?«

»Oh, das ist eine gute Frage. Darüber habe ich gar nicht nachgedacht. Wo bewahrt man ihn auf? Ich kenne ihn nur draußen am Strauch.« Sie wollte nur den Duft riechen, der sie an ihre Mutter erinnerte.

»Ihr könnt ihn als Bündel aufhängen, in ein Kissen stopfen – um darauf zu schlafen –, oder ihn in eine Vase stellen. Wenn Ihr den Duft intensiv mögt, würde ich Euch alles gleichzeitig empfehlen. Ich habe Euch gebracht, was wir hatten. Es ist wirklich *viel* Lavendel.« Er lachte leise und angenehm.

»Vielleicht hast du recht.«

Sie wies die Soldaten an, Diener zu holen. Die sollten sich darum kümmern. Dafür waren sie schließlich da und sie hatten ganz gewiss mehr Ahnung davon als sie selbst.

»Während wir warten, begleite mich in den Hofgarten. Ich will sicher sein, dass alles so gemacht wird, wie du es vorgeschlagen hast. Wenn alles erledigt ist, wirst du es dir ansehen.«

Überraschung erschien im Gesicht des jungen Mannes. »Aber Hoheit. Ich bin nur ein Gewürzhändler. Eure Diener wissen es bestimmt besser als ich.«

»Nein. Ich wünsche deine Begutachtung. Du willst deiner Prinzessin doch keinen Wunsch ausschlagen, oder?« Sie grinste ihn an.

»Natürlich nicht.« Er überlegte kurz und fügte hinzu: »Ich fühle mich geehrt, den königlichen Garten zu sehen. Zusammen mit Euch … Er ist sicherlich so schön wie Ihr.«

»Das darfst du gleich selbst beurteilen.« Joska fühlte sich in der Nähe des jungen Mannes sonderbar beruhigt, friedlich und glücklich. »Wenn er nicht so schön ist wie ich, wirst du dafür sorgen, dass er es wird.«

»Das ist unmöglich, Prinzessin«, rief er aus und rang mit den Händen. »Nichts wird dem gerecht werden. Ihr seid die schönste Frau, die ich jemals gesehen habe.«

»Wahrscheinlich waren das nicht viele.« Joska lachte, hakte ihren Arm bei ihm unter und zog ihn die Flure entlang nach draußen. Die Wachen hasteten unsicher hinterher.

Im Garten angekommen fragte sie: »Und, Herr Gewürzhändler. Was sagst du nun?«

»Die paar Sträucher und Blumen spiegeln in keinster Weise Eure Schönheit wider. Wie ich es mir gedacht habe. Aber ich habe ein paar Ideen, wie sie diese noch unterstreichen. Wenn Ihr erlaubt, würde ich den Garten umgestalten und einiges Neue anpflanzen.«

»Denkst du, du kannst das bewerkstelligen? Ist der Gewürzhändler nicht eher auf getrocknete Pflanzen spezialisiert?« Sie blickte ihn zweifelnd an.

»Um Eure wunderschönen Augen zum Leuchten zu bringen, würde ich alles in Bewegung setzen. Aber Ihr habt unrecht … verzeiht …« Er sah sie unbehaglich an und presste die Lippen fest zusammen.

»Es gibt nichts zu verzeihen. Wenn ich falsch lag, darfst du mich korrigieren.« Joska lächelte.

»Wir kaufen die Gewürze entweder direkt bei den Bauern ein, oder wir kümmern uns selbst darum. Mein Vater ist der Meinung: Ein guter Händler muss seine Gewürze kennen. Dass er sie sähen und aufziehen soll. Und das machen wir. Deswegen kenne ich mich ein wenig damit aus. Aber erwartet keine Genialität von mir. Einen angenehm riechenden Garten werde ich allerdings hinbekommen.«

»Prinzessin.« Eine der Wachen unterbrach das Gespräch. »Ihr müsst zum König kommen. Er erwartet Euch.«

Angst sauste über ihre Miene. Kurzzeitig, aber der junge Mann hatte sie erkannt.

Bevor er etwas sagen konnte, befahl sie: »Soldaten, kümmert euch um den Zugang zum Palast für den Gewürzhändler. Er darf den Garten so gestalten, wie er will. Dazu hat er meine uneingeschränkte Erlaubnis!« Sie drückte ihm den Arm und raunte: »Ich wünschte, ich hätte mehr Zeit. Wenn du fertig bist, treffen wir uns wieder hier.«

Erstaunt, aber auch besorgt, blickte er sie an.

… ein Klopfen unterbrach ihre und Arganes Zweisamkeit.

Ein Diener erschien und richtete ihr aus, dass Haltoe sie zu sprechen wünschte.

»Er soll in meinen Amtszimmern warten. Ich bin bald bei ihm«, trug sie dem Mann auf.

Kurz darauf betrat sie das Zimmer, in dem der weiße Priester in einem Sessel saß.

›Haltoe sitzt sehr selbstzufrieden in dem Sessel‹, bemerkte Joska verärgert, als sie den Tisch umrundete und sich gleichfalls setzte.

Er war inzwischen aufgestanden, hatte sich verneigt und war sofort zurück auf seinen Platz gesunken.

»Weswegen wollt Ihr mich sprechen? Weil erneut einer meiner Priester ums Leben gekommen ist? Oder weil endlich der Bau der Kirche Fortschritte macht?«, versuchte sie ihn aus der Reserve zu locken.

Diesmal erreichte sie nichts damit. Er strich nur über seinen gepflegten Kinnbart und starrte sie gut gelaunt mit seinen hellbraunen wachen Augen an.

»Ich hatte vor Kurzem ein Gespräch mit unserem Gott. Ich konnte ihn glücklicherweise davon überzeugen, dass die Entscheidung, gegen Tränenwacht zu ziehen, auch seinen Plänen zugutekommt. Wir werden von ihm gesegnet und als Dreingabe für die hervorragenden Leistungen erhaltet Ihr eine Kompanie … Moment, ein Bataillon – ich komme immer mit den Truppenstärken in Tangrintanien durcheinander – seiner auserwählten Kämpfer. Ihr verdient sein Geschenk!«

»Wie komme ich zu der Ehre? Weshalb verbürgt Ihr Euch so bei unserem Gott?« Joska war das Ganze nicht geheuer. Was wollte Haltoe von ihr?

»Wir müssen unsere kleinlichen Zankereien und die Intrigen hinter uns lassen und uns ganz auf die Wünsche unseres Herrn einlassen«, säuselte der Priester. »Ohne Euch und die Armee werde ich nicht viel ausrichten können. Wir brauchen uns gegenseitig.«

Sie kniff die Augen zusammen. »Das stimmt, wir brauchen uns. Aber bedenkt: *Ich* bin die Königin und *Ihr* seid hier nur geduldet. Ich erwarte mehr Loyalität von Euch. Als Beispiel möchte ich die Heiratspläne anbringen. Was Ihr vorgeschlagen habt, passt nicht zu Tangrintanien, nicht zu mir und nicht zu dem zukünftigen Imperium!«

»Ihr habt vollkommen recht und ich möchte mich dafür entschuldigen.« Ergeben senkte Haltoe den Kopf. »Ich habe mich hinreißen lassen von den Gaben, die unser Gott für uns bereitgehalten hätte. Ich habe meinen Fehler eingesehen und möchte vielmals um Vergebung bitten. Auch in dieser Angelegenheit konnte ich unser aller Herr besänftigen, und er blickt wohlwollend auf die Ehe mit dem Prinzen von Pasmotar. Wenn sie zustande kommen sollte.«

Joska nickte. »Danke, Haltoe. Für Euer Engagement, das Ihr plötzlich zeigt. Ganz glaube ich Euch nicht, dass Ihr das aus reiner Loyalität mir gegenüber gemacht habt. Irgendetwas wollt Ihr doch trotzdem, oder?«

»Ihr habt es erkannt. Scharfsinnig, wie Ihr seid. Aber es ist nur ein ganz kleiner Gefallen im Gegensatz zu der Gunst Unseres Gottes. Dürfte ich – Euer Einverständnis vorausgesetzt – auf die Armee zurückgreifen? Wenn ich immer zu Ernja gehen und mit ihm besprechen muss, was das Beste für uns ist, vergeht zu viel Zeit.«

»Ich werde es mir durch den Kopf gehen lassen.« Joska hielt ihn an der langen Leine. Sie hatte schon beschlossen, dass sie definitiv nicht darauf hereinfallen würde. Er wollte nur mehr von der Macht im Reich an sich reißen. »Lasst mich ein paar Nächte darüber schlafen, danach werde ich Euch meinen Entschluss mitteilen.« Sie würde es einfach ignorieren und nicht darauf eingehen. Fertig, aus!

»Habt Dank, Majestät. Mehr habe ich nicht zu hoffen gewagt. Ich nehme an, wir werden in den nächsten Tagen Nachrichten aus Tränenwacht und Pasmotar erhalten?«

»Ich hoffe es. Da Ihr in meinem Rat sitzt, werdet Ihr es mit als Erstes erfahren. Wie steht es um meine Untertanen und unsere Priester?«

»Wir haben gute Fortschritte erzielt. Die alten Kirchen haben weniger Einfluss auf die Menschen und diese kommen in Scharen zu unseren Gottesdiensten«, palaverte Haltoe.

Joska glaubte ihm kein Wort. »Freiwillig, oder kommen sie unter Druck? Wir brauchen Untertanen, die uns aus Pflichtbewusstsein dienen und nicht durch Zwang.«

Haltoe zuckte vor ihrem Blick zurück.

›Sieh an, ich habe wohl einen Nerv getroffen.‹

»Durch die Berichte schließe ich auf Freiwilligkeit. Aber ich werde mich mit meinen Untergebenen kurzschließen und Genaueres in Erfahrung bringen«, versuchte er abzuwiegeln. »Hauptsache ist doch, dass sie das reine, weiße Licht anbeten.«

»Da habt Ihr möglicherweise recht«, pflichtete ihm Joska bei, nur, um ihm ein gutes Gefühl zu geben. »Wenn Ihr nichts weiter habt: Danke für den Bericht, Haltoe. Ich muss mich um meine Amtsgeschäfte kümmern.«

Der Priester stand auf, bedankte sich, verbeugte sich anständig und verließ den Raum.

›Ob er wirklich auf Versöhnung aus ist?‹, grübelte Joska und sank in ihren Sessel. ›Anscheinend hat er den Gott gewogen gestimmt. Das hätte ich nicht von ihm erwartet, so wie er auf diese Heirat und auf den Überfall der Regenlande bestanden hat. Nun, ich werde es früh genug erfahren.‹

Haltoe behielt recht. Die Nachrichten aus Tränenwacht und Pasmotar trudelten in den nächsten Tagen ein. Zunächst kam ein verstaubter, verschwitzter Soldat aus der Lutbucht an. Er war scharf geritten und hatte die Strecke in kürzester Zeit zurückgelegt. So wirkte er auch, als er vor Joska stand und berichtete. Seine Kleidung war zerknittert, er selbst verschwitzt und sein Geruch nicht angenehm. Da sie aber unbedingt hören wollte, was er zu überbringen hatte, ließ sie ihn gewähren und bestrafte ihn nicht.

»Tränenwacht gehört Euch, Majestät. Wir hatten wenig Verluste. Gawald lässt Euch ausrichten, dass er die Stadt befriedet, dort eine Garnison stationiert und sich auf den Rückweg macht. Wahrscheinlich ist er inzwischen losmarschiert. Die weißen Priester haben gute Arbeit geleistet. Allerdings ... wenn Ihr mir erlauben würdet, meine Meinung darzulegen?« Er wartete ergeben auf ihre Zustimmung.

Joska war neugierig, was der Mann über die Priester zu sagen hatte und vollführte eine kurze Handbewegung, damit er fortfuhr.

»Die Weißen haben mit einem Teil unserer Soldaten in Tränenwacht grausam unter den Bewohnern gewütet. Sie werden uns nicht freundlich aufnehmen, sondern uns fürchten, verachten, wenn nicht sogar hassen. Gawald muss viel mehr Soldaten dort stationieren, als er dachte, um für Frieden zu sorgen. Hätte eine Majorin die Menschen nicht beschützt … Ich bin mir nicht sicher, ob Ihr die Stadt überhaupt Euer Eigen nennen könntet, oder, ob wir nur auf einem großen Haufen Asche sitzen würden.«

Joska hatte aufmerksam zugehört. Alles, was die Priester betraf, interessierte sie.

»Ein Teil des Heeres hat auf die Priester gehört und der Rest stand hinter der Majorin?«, wiederholte sie.

»Das ist richtig, Majestät. Ohne die Offizierin hätte die ganze Eroberung in einem Desaster geendet.«

»Wie ist ihr Name? Es klingt, als hätte sie klug und besonnen gehandelt. Wie es sich für tangrintanische Soldaten und Soldatinnen gehört. Vor allem ist sie nicht auf diese Priester hereingefallen.«

»Ihr Name ist Ansou Sekah. Sie dient als Majorin unter Reben Greigen in Irani.«

»Reben Greigen, sagt Ihr.« Ein Bild von einem Mann mit riesigem Schnauzer tauchte vor ihren Augen auf. »Ich erinnere mich an ihn. Ein loyaler Diener der Krone. Ich möchte mit der Majorin sprechen. Bitte reitet so schnell wie möglich zurück und beordert sie zu mir. Lasst Euch ein frisches Pferd geben«, befahl sie. »Ich denke, sie hat eine Belohnung verdient, da sie sich gegen die Priester behauptet hat.«

Der Soldat verbeugte sich und sagte: »Ich werde bald aufbr–«

»Nein! Ihr brecht *sofort* auf. Ich wünsche keine Verzögerung«, knurrte Joska.

Der Mann stockte kurz. Er wirkte sehr müde, merkte aber, dass es besser gewesen wäre, nichts einzuwenden. »Wie Eure Majestät befohlen.« Er drehte auf der Stelle um und stapfte hinaus.

Ein paar Tage, nachdem Joska die Nachricht aus der Lutbucht erhalten hatte, suchte Larord sie auf. Er hielt ein Schreiben in der Hand und wedelte erfreut mit ihm herum.

»Meine Königin. Ich habe Neuigkeiten aus Pasmotar. Soll ich sie Euch vortragen?«

»Natürlich, Larord. Was haben der König und der Prinz auf unseren Vorschlag geantwortet?«

Der oberste Kammerherr räusperte sich und las:

An ihre königliche Majestät, Joska Parberg von Tangrintanien

Wir fühlen uns geehrt, dass Ihr eine Vereinigung mit dem Königshaus Beymunt von Pasmotar anstrebt.
Prinz Brythas wird sich auf die Reise nach Tangrintanien begeben. Begleiten werden ihn meine Berater und eine große Handelsgesellschaft.
Er wird alle weiteren Formalitäten persönlich besprechen und anschließend die Hochzeit mit Euch planen, wenn die Verträge zu beidseitigem Einvernehmen geschlossen werden können.

Hochachtungsvoll
Bafert Beymunt, König von Pasmotar

Nachdem Larord geendet hatte, herrschte einige Momente angespannte Stille.

Dann erwachte Joska aus ihrer Starre. »Es scheint, als sollten wir die Zitadelle und am besten die ganze Stadt von ihrer schönsten Seite präsentieren, nicht wahr? Der Prinz wird bald eintreffen und ich möchte die Hochzeit schnellstmöglich vollziehen. Bitte kümmert Euch zusammen mit Danath um alles weitere.«

Larord verbeugte sich und versprach: »Alles wird zu Eurer Zufriedenheit arrangiert werden.«

»Gut gemacht. Ich bin mit Eurer Arbeit ausgesprochen zufrieden.«

Der oberste Kammerherr verneigte sich erneut. »Danke für Euer Vertrauen, Majestät.« Hoch erhobenen Hauptes verließ er ihre Räume.

Joska lächelte freudlos in sich hinein und grübelte über die Heirat nach. ›Ich weiß zwar, dass es das Richtige für unser Reich ist, aber ist das wirklich das Richtige für mich und Argane?‹ Rasch wischte sie die Zweifel beiseite. ›Nun, alles für unser Imperium!‹

Mitte Jurar war es endlich so weit und Ignatz brachte ihr die nächste Perücke.

»Meine Königin«, sagte er. »Mir ist ein weiteres Meisterwerk gelungen. Es wird Euren Teint und Eure wunderschönen Augen besonders zur Geltung bringen.« Er drückte Joska die wundervollen, lehmbraunen Locken in die Hand, die er wiederum einer Kiste entnommen hatte, und wartete geduldig auf seine Entlohnung.

»Außergewöhnlich, Meister Ignatz. Wirklich außergewöhnlich«, murmelte Joska und fühlte die weichen Haare der Perücke. Nachdem sie sie ganz genau betrachtete hatte, reichte sie dem Handwerker seine fünfzehn Goldstücke.

Rasch steckte er diese ein und fragte: »Wünscht Ihr eine weitere?«

»Unbedingt!«, rief Joska aus. »Walnussbraun sollen die Locken sein! Ist das möglich?«

»Natürlich, Majestät. Sobald sie angefertigt ist, werde ich sie Euch bringen«, versprach er und zog sich ergeben zurück.

Ganz aus dem Häuschen rannte Joska in ihre Kammer, warf sich vor den Spiegel, zog die Perücke auf und blickte fragend zu Argane.

»Sie steht dir ausgezeichnet. Deine blauen Augen sind umwerfend, umrahmt von den braunen Locken. Ich würde mich auf der Stelle in dich verlieben, wenn ich es nicht schon wäre.« Seine Augen leuchteten bei diesen Worten und ein schmachtender Ausdruck lag in ihnen.

Joska wurde warm, als er das sagte. Rasch hob sie die Hand vors Gesicht und bedeckte ihre Röte. Zwischen den Fingern blinzelte sie zu ihm. Er trug immer noch diesen Ausdruck in den Augen, den sie so liebte. Mit einem kleinen Aufschrei sprang sie auf. Die Perücke hatte sie vergessen, als sie zu ihm lief und ihn in den Arm schloss. Sanft umfingen seine Arme sie und Joska fühlte sich absolut geborgen und sicher.

»Die Farbe erinnert mich ein wenig an eine Freundin deiner Mutter. Aber sie hatte nicht so schöne gewellte Haare wie du jetzt«, murmelte er.

»Das war, bevor Mama verschwunden ist?«, fragte Joska und löste ihre Wange von seiner Schulter.

»Genau. Als ihr zusammen einen Ausflug nach Jannesse gemacht habt …

Joska saß zusammen mit ihrer Mutter und der Gräfin Donnya – der Gattin von Oberst Stanro – in der Kutsche und freute sich auf die Reise nach Jannesse, genauer an den Jannsee. Die Gräfin und der Graf waren die Lehnsherren des Bezirks um Jannesse und sie besuchten sie in ihrer Sommerresidenz. Es war Anfang Aurar und Hochsommer bebrütete das Land.

Die Kutschfahrt dauerte zwei Tage, und eine Nacht verbrachten sie in einem Gasthaus in einer kleinen Gemeinde nordwestlich des Bezirks. Auch das war unglaublich aufregend und spannend für sie als Prinzessin. Sie durfte zusammen mit ihrer Mutter und ihrer Begleitung im Gastraum sitzen, und sie wurden von allen Seiten bewundernd beobachtet.

›Mama erlaubt mir sogar, einen kleinen Schluck Wein zu kosten.‹

Er hatte einen kräftigen und süßen Geschmack und Joska beschloss, nur noch Wein zu trinken. Sie erntete fröhliches Gelächter, als sie das lauthals verkündete.

Eine Woche blieben sie in der Residenz der Gräfin und des Grafen, die direkt am See lag, und gingen jeden Tag schwimmen. Abends saßen sie im Garten des Anwesens und ließen sich Leckereien anreichen.

Ihre Mutter und Donnya erzählten Geschichten von ihrer Jugend und Joska hörte gespannt zu. Die Haare der Gräfin waren immer perfekt frisiert und umschmeichelten ihr hübsches Gesicht.

… Jahre nach dem wundervollen Ausflug …

Donnya und ihr Mann hatten eine Audienz beim König und Joska wurde an die Reise nach Jannesse erinnert. Die Haare der Gräfin saßen immer noch so perfekt wie damals.

Inzwischen hasste Joska die blonden, feinen Fäden, die sie tragen musste. Aus Trotz beschloss sie, sie zu färben und Locken anstelle der Spinnweben zu tragen.

Am nächsten Tag ließ sie sich in die Stadt zu einem Friseur fahren, der fürs Färben berühmt war.

Als sie nach einer stundenlangen Prozedur den Laden verließ, war sie einigermaßen zufrieden. Dauerhafte Locken hatte er keine hinbekommen, aber dafür trug sie ihre Haare nun in einer schönen Hochsteckfrisur. Außerdem hatte er seinem Ruf alle Ehre gemacht. Ein Absud aus Zwiebelschalen und Kastanienblättern hatten aus dem Hellblond ein schönes Braun gezaubert. Sie war zufrieden.

Bis ihr Vater sie zum Abendessen rief und sie erblickte. Zunächst erbleichte er, ehe Zornesflecken in seinem Gesicht erschienen. Wütend brüllte er: »Wie kannst du es wagen, das Antlitz deiner Mutter zu entweihen! Sie hatte nie eine andere Farbe als Hellblond. Und das wirst du auch nicht haben! Du musst aussehen wie sie und nicht anders!«

Er ließ sie von den Wachen ergreifen und in einen Stuhl pressen. Unsanft wurde sie dort festgehalten, bis ein Diener mit einer scharfen Klinge erschien. Der Mann musste Joska die Haare abrasieren und sie ins Feuer werfen. Zischend und knisternd verbrannten sie in der Glut und ihr ekelhafter Geruch waberte durchs Zimmer.

»Wenn du noch einmal ohne meine Zustimmung dein Aussehen veränderst, wirst du – wie die Haare – brennen!«, schwor ihr Vater.

Sie glaubte ihm aufs Wort. Mit schreckgeweiteten Augen starrte sie ihn an.

»Dein Bruder würde mich niemals so enttäuschen, wie du es jeden Tag, ach was, *jede Minute*, vollbringst!«

Anschließend wurde sie zum Tisch gezerrt und musste glatzköpfig mit ihm zu Abend essen. Außerdem, um ihre

Scham noch zu steigern, die nächsten Tage und Wochen ohne eine Kopfbedeckung an allen Verhandlungen, Audienzen und Zusammenkünften teilnehmen. Sie fühlte sich hilflos, unbehaglich und erniedrigt. Als ihre Haare langsam nachwuchsen …

… »Ich darf meine Haare nicht ändern!« Joska riss panisch die Perücke vom Haupt und warf sie von sich.

Sanft hielt Argane sie fest und langsam beruhigte sie sich.

Nachdem ihr Herz nicht mehr wie wild trommelte, trat Joska zurück zum Spiegeltisch. Sie griff den Kamm und begann, die feinen Fäden ihres Haares zu richten. Durch das Herunterreißen der Perücke hingen sie wirr durcheinander von ihrem Kopf.

»Doch, das darfst du. Du darfst jetzt alles. Du bist die Königin!«

»Ooooh …, Argane … Was haben wir getan?« Ein Schluchzen entfuhr ihr.

Stahlhart dröhnte seine Stimme durch den Raum: »Das Richtige, Joska. Das Einzige, was wir tun konnten.«

In dieser Nacht weinte sie sich in den Schlaf. Argane hielt sie im Arm und wachte über sie.

Ansous Brigade

Ansou

In den frühen Morgenstunden beruhigte sich die Lage in Tränenwacht und es kehrte Ruhe ein. Ansou hatte ein paar Kompanien ausgesandt, die sie über die Geschehnisse in der Stadt in Kenntnis setzten. Niemand hatte sie daran gehindert.

Auf dem Marktplatz, den sie als ihr zwischenzeitliches Hauptquartier auserkoren hatte, herrschte ein reges Kommen und Gehen. Der Brunnen in der Mitte des Platzes war ihr Kommandostand. Irgendjemand hatte einen Tisch angeschleppt und ihre Offiziere standen davor und sondierten die Nachrichten.

Inzwischen wurde klar: Nicht nur die Stimmung auf dem Marktplatz schlug um, sondern in der ganzen Stadt.

Ansou atmete erleichtert auf. Es waren so viele Einwohner zu ihnen geströmt, dass sie bald nicht mehr wusste, wo sie diese unterbringen sollte.

›Entweder ist Gawald unterrichtet worden, was das Heer durch die weißen Priester angerichtet hat, und hat es zur Ordnung gerufen, oder er ist zur Besinnung gekommen‹, sinnierte sie, während sie einen Bericht las … Zumindest hielt sie ihn in der Hand. ›Wahrscheinlich will er der Königin keine zerstörte, entvölkerte Stadt übergeben. Wenn wir den Hafen nutzen wollen, brauchen wir die Menschen aus Tränenwacht.‹ Wut überkam sie und ihre Finger knüllten den Zettel zusammen. ›Egal, welche Überlegung die richtige ist. Beide sind eines General-Leutnants unwürdig! Wenn er jetzt erst Meldung bekommen hat, wie seine Soldaten gewütet haben, hat er keine Kontrolle über seine Kämpfer. Wenn ihm das Leid der Bevölkerung egal ist, haben wir einen Schlächter als Kommandanten.‹ Sie bemerkte das Papier in ihrer Hand, seufzte und strich es glatt. ›Hoffentlich gibt es einen anderen Grund für die späte Reaktion …‹

Ein Bote mit Gawalds Siegel erschien und teilte ihr nach einem Salut mit: »Der General-Leutnant übermittelt folgenden Befehl: Quartiert Eure Soldaten in die Häuser der Einwohner ein oder kehrt ins Lager zurück. Wie es Euch beliebt.«

Natürlich befahl sie, die Stadt zu verlassen, nachdem sie sich darum gekümmert hatte, dass die Einwohner nicht mehr als Beute angesehen wurden.

Niemand aus der Brigade war enttäuscht darüber abzurücken. Die Gesichter drückten eindeutig Erleichterung aus.

›Der Boden von Tränenwacht hat zu viele neue Tränen aufgesogen‹, fand Ansou, während sie durch die Straßen schritt. Viele Einwohner, an denen sie vorbeimarschierten, klagten, trauerten und weinten.

Im Lager angekommen, ließ sie die Männer und Frauen Aufstellung nehmen. Es war Zeit für eine Ansprache. Bei Tarra, sie war nicht gut darin, aber es war bitter nötig.

›Wo stelle ich mich hin?‹ Ein Karren stand neben ihr, und ohne lang darüber nachzudenken, kletterte sie hinauf. Ihr Blick schweifte über die versammelte Brigade. Sie erkannte nur angespannte, traurige, ängstliche, müde, ausgelaugte und erschütterte Mienen.

»Dann los«, murmelte sie halblaut und rief: »Ich bin stolz auf euch alle!«

Die vor ihr Aufgereihten blickten sie nur an, ohne Reaktion.

»Dass ihr euch diesem Ausbruch der Gewalt, der Wut und des Hasses nicht hingegeben habt, den die weißen Priester verbreitet haben. Ihr könnt stolz auf euch sein. Wir haben heute unzählige Menschenleben gerettet. *Ihr* habt dem Morden, den Schändungen und anderen Gräueln Einhalt geboten!«

Einige Gesichter hellten sich auf und Soldaten stießen ihre Nachbarn an.

»Wir konnten nicht alles verhindern, aber – bei den fünf Göttern – jedes Quäntchen zählt. Das ist es, was Soldaten ausmacht. Nicht das Kämpfen, das Töten und die Gewalt, sondern, dabei die Menschlichkeit nicht zu verlieren! Wenn der Feind sich ergibt, wird er verschont. Kinder, Frauen, Alte, Gebrechliche und Kranke sind keine Feinde für uns. Dafür werde ich kämpfen, und niemals schweigen. Ab sofort treten wir diesen weißen Gräuelbringern so entgegen, wie sie es verdienen. Mit Verachtung und Courage … aber auch mit Vorsicht. Wo wir können, werden wir ihre Gewalttaten unterbinden und die Menschen beschützen!«

Sie ließ die Worte in die Köpfe der Brigade einsickern, ehe sie brüllte: »Werdet ihr mich dabei unterstützen?«

Sie sah den Männern und Frauen immer noch die Schrecken der Nacht an, bemerkte aber jetzt auch Stolz in ihren Augen. Und Hoffnung.

»Ansou! Ansou!«, stimmten erst einzelne ihrer Brigade an, dann gesellten sich immer mehr Stimmen dazu. Irgendwann trommelten sie auf ihre Schilde und ein begeisterter Lärm unterdrückte alle anderen Geräusche.

Sie ließ den Soldaten Zeit, ehe sie abwinkte.

Ihre Hauptmänner und Riggit salutierten. Kurz darauf taten es ihnen ihre Bataillone nach. Ein gewaltiger Knall des Saluts hallte durch die Bucht.

Die Sonne flammte in diesem Moment hinter dem Horizont auf und hüllte Ansou wie zur Unterstützung in Feuer.

»Weggetreten!«, rief Ansou, stieg vom Karren und sagte zu ihren Offizieren: »Lasst das Lager gut bewachen. Ich habe immer noch ein unbehagliches Gefühl. Informiert mich sofort, wenn Gawald nach mir schicken lässt …, oder Risgar. Jetzt muss ich mir den Dreck und den Gestank vom Leib waschen.«

Die Hauptmänner nickten und stapften davon.

Riggit blieb stehen, winkte zwei Hünen von Soldatinnen heran und wies sie an: »Begleitet Ansou auf Schritt und Tritt. Ihr seid ab sofort für ihre Sicherheit verantwortlich!«

Die beiden salutierten und stellten sich mit entschlossener Miene hinter ihre Kommandantin.

»Ich teile Euer Gefühl«, sagte Riggit. »Als Mann aus den Nordlanden wird Risgar nicht vergeben und auf keinen Fall vergessen, wie Ihr ihn am Marktplatz zurechtgewiesen habt. Allein, dass Ihr eine Frau seid und einen hohen Rang in der Armee habt, stößt ihm auf. Und dann wart Ihr so unverschämt und wagtet, Euch zu widersetzen.« Sie schüttelte leicht den Kopf. »Er wird diesen Kampf austragen, offen oder verdeckt. Das kommt darauf an, wie sein Stand bei Gawald und dem restlichen Heer ist.«

»Wahrscheinlich habt Ihr recht.« Sie überlegte kurz, ehe sie anfügte: »Bitte sagt ab sofort Ansou und du zu mir. Richte das auch den anderen Hauptmännern aus. Eine Freundin hat mir gesagt: Ehrerbietungen braucht sie nicht. Ich denke, ich brauche sie auch nicht. Ab sofort nur noch das Nötigste.« Sie sah die Hauptmännin an. »Ist das annehmbar für dich?«

»Ich fühle mich geehrt, Ansou.« Riggit senkte ihr Haupt. »Und jetzt halte ich dich nicht länger von einem Bad ab. Wir alle sollten uns den Dreck und den Gestank abwaschen.«

»Danke.«

Ansou organisierte sich eine frische Soldatenuniform und ging ans Meer. Das salzige, kalte Wasser war genau das, was sie jetzt brauchte.

Erfrischt und sauber zog sie anschließend ihre Kleidung an und überlegte, ob sie sich hinlegen sollte, während ihr die beiden Soldatinnen tatsächlich die ganze Zeit folgten wie zwei Säulen.

Sie beschloss, zuerst eine Runde durchs Lager zu gehen. Für Ruhe war später Zeit.

Bevor sie dazu kam, ihren Plan in die Tat umzusetzen, erschien ein Bote von Gawald. Der befahl Ansou, ihn aufzusuchen.

›Der Gedanke an Schlaf war gut.‹ Sie lachte lautlos. ›Aber ich wusste ja, dass der General-Leutnant mich früher oder später herbeizitiert.‹

Sie legte ihre Plattenrüstung an, klemmte den Helm unter den Arm und marschierte mit ihrer Begleitung zum Zelt von Gawald. Anscheinend hatte er sein Quartier auch außerhalb der Stadt bezogen. Eher hätte sie an das schönste Haus in Tränenwacht gedacht. Vielleicht irrte sie sich in ihm? … oder die Stadt stank zu sehr.

Beim Zelt angekommen öffneten die Wächter die Klappe und sie trat ein. Die beiden Soldatinnen mussten draußen warten, was sie nur widerwillig akzeptierten und die beiden Männer böse anfunkelten.

Drinnen lagen Teppiche am Boden, Stühle standen um einen kleinen Tisch und zwei Kohlepfannen erwärmten den Raum. Die Temperatur war angenehm. Eine kleine Pritsche war das Einzige, was Ansou vermuten ließ, wo sie waren: in einem Heerlager.

Gawald stand an einem der gusseisernen Gestelle und rieb seine Hände darüber.

»General-Leutnant«, machte sie ihn auf sich aufmerksam und salutierte, als er sich umdrehte.

»Majorin.« Er erwiderte den Salut und sagte, für Ansou überraschend: »Bitte nehmt Platz und macht es Euch bequem.«

Sie nahm Platz – so gut es in der Rüstung eben ging – und legte den Helm auf dem Tisch ab. »Weswegen habt Ihr mich rufen lassen?«

»Ihr kommt gleich zur Sache, das gefällt mir. Bitte schildert mir, was Ihr in Tränenwacht erlebt habt.«

Ansou zog leicht die Stirn zusammen. Was wollte er wissen? Wie sie sich dem Priester widersetzt hatte, der mit den Worten der Königin sprach? Oder weshalb sie die Menschen gerettet und beschützt hatte? Oder wie sie den Befehl, für Ordnung zu sorgen, genauestens umgesetzt hatte? Sie witterte eine Falle, erzählte aber, was vorgefallen war.

»… im Anschluss hat sich die Lage in der Stadt beruhigt und wir bekamen den Befehl, uns auszuruhen. Ich entschied, ins Lager zurückzukehren und den Bürgern von Tangrintanien nicht noch mehr zuzumuten.«

»Danke, Majorin. Für Eure offenen Worte. Bevor wir fortfahren, warten wir noch auf jemanden. Wollt Ihr etwas zu trinken? Ich habe einen guten Rotwein hier.« Er blickte sie fragend an.

›Vergiften wird er mich nicht, es gibt einfachere Möglichkeiten, mich unschädlich zu machen‹, überlegte Ansou und nickte. »Ein Schluck wird nicht schaden.«

Während er aufstand, zwei Kelche nahm und Wein einschenkte, ertönte Lärm von draußen.

»Lasst mich durch! Gawald hat mich rufen lassen. Wie könnt ihr es wagen, mir den Weg zu versperren!«

Risgar. Natürlich hatte der General-Leutnant auch den Priester hergeholt. Ansou war gespannt, welche Strafe ihr drohte. Zuwiderhandeln eines Befehls? Widerstand gegenüber einem höheren Rang? ›Immerhin konnten wir viele Menschenleben retten‹, dachte sie und wartete angespannt ab.

Einer der Wächter streckte den Kopf herein und fragte: »Sollen wir den Priester einlassen, General-Leutnant?«

»Er soll noch einen Augenblick warten. Wir wollen zuerst den Wein kosten.« Er schob einen Kelch zu Ansou und bat: »Bitte, Majorin, probiert, wie er schmeckt.«

Verwundert starrte sie den Weinkelch und anschließend Gawald an. Der deutete auffordernd auf das Gefäß. Warum musste der Priester draußen warten? Waren die beiden doch nicht so gute Freunde, wie Gawald zuerst überzeugend vermittelt hatte?

Sie griff nach dem Kelch, nahm einen Schluck, ließ ihn im Mund herumwandern und danach die Kehle hinabrinnen.

»Süß und schwer. Entschuldigt, nicht mein Geschmack. Ich … trinke lieber Bier«, teilte sie ihm mit.

»So hätte ich Euch auch eingeschätzt.« Gawald grinste und trank, ehe er sagte: »Einem guten Gelage nicht abgeneigt. Mir ist Wein lieber. Sollen wir Risgar hereinbitten?«

Ansou kam nicht umhin, die Augenbrauen hochzuziehen. »Das fragt Ihr mich? Ihr seid der General-Leutnant.«

Gawald lachte. »Ja, das bin ich wohl.« Er blickte zum Eingang und rief: »Schickt den Priester herein.«

Sofort flog die Zeltplane auf und Risgar trat ein. Seine Augen funkelten wütend. Er trug sein Kettenhemd und war in seinen weißen Umhang gehüllt.

»Gawald, wie könnt Ihr es wagen, mich draußen stehen zu lassen!« Er bemerkte Ansou, die am Tisch saß. »Aaah, ich verstehe. Ihr habt der Schlampe erklärt, was mit ihr geschieht. Das hätte *ich* ihr gern mitgeteilt.«

Ansou strafte sich und wollte aufstehen, um Risgar gegenüberzutreten.

Gawald war schneller und sagte frostig: »Nicht wirklich, Risgar. Und Ihr werdet Euch *sofort* bei meiner Majorin entschuldigen. Außerdem sprecht Ihr sie mit ihrem Rang an.«

Ansou konnte nicht sagen, wem schneller die Gesichtszüge entglitten. Ihr oder dem Priester.

»Sie ist eine *Frau,* Gawald. Unnütz und keiner Beachtung würdig!« Risgar hatte sich relativ schnell gefangen und seine Stimme glühte förmlich vor Zorn. »Ich werde sie auf keinen Fall anders ansprechen als das, was sie ist. Eine Hu–«

»Wachen!«, unterbrach Gawald Risgars Tirade.

Drei Wächter betraten das Zelt. Sie waren fast so groß wie der Priester und genauso stämmig.

Ansou kam aus dem Staunen nicht heraus. Die Szene im Raum war wie ein Bühnenstück, dem man folgen musste.

»Helft Risgar, sein Gemüt zu beruhigen und sich zu setzen«, befahl der General-Leutnant barsch.

Die Männer wollten den Priester gerade packen, da riss er sich zusammen und fiel auf einen der Stühle. So weit weg von Ansou wie möglich.

»Ich kann mich selbst beruhigen und mich setzen. Verdammt! Mein Gott wird Euch richten«, grunzte er.

»Möglicherweise. Aber nicht jetzt. Entschuldigt Euch!«

Die Augen des Priesters sprühten Funken und er zögerte einen Moment, ehe er knurrte: »Bitte entschuldigt, Majorin.«

Gawald nickte, war jedoch nicht ganz zufrieden. »Ich würde nun gern von *Euch* wissen, was in der Stadt geschehen ist. Warum die Einwohner so malträtiert wurden, warum die halbe Stadt in Schutt und Asche liegt und – das ist mir eigentlich am wichtigsten – kein Bote zu mir gelassen wurde – wegen Euch! Ich hätte diesen Wahnsinn sofort beendet. Bis ich merkte, was los ist, war es schon zu spät.«

»Unser Gott brauchte Opfer! Und Ihr habt Euch um den Stadthalter und die Kapitulation gekümmert. Da solltet Ihr nicht gestört werden. Die Menschen vermehren sich schon wieder.« Der Priester führte eine abwertende Handbewegung aus. »Die paar, die dabei gestor–«

Gawald schlug auf den Tisch. »Wir sollten die Stadt einnehmen! Die Königin wollte sie *unversehrt* und in *gutem Zustand*. Wie glaubt Ihr, stehe ich jetzt da? Als General-Leutnant, der die Befehle der Königin nicht richtig umzusetzen vermag. Bestenfalls! Schlimmstenfalls geht sie davon aus, ich hätte ihr zuwidergehandelt. Verdammt, Risgar!«

›Daher weht der Wind‹, kam es Ansou.

Gawald fuhr fort. »Ohne das Eingreifen der mutigen Majorin wäre das Ganze noch viel schlimmer gekommen. Ab sofort behandelt Ihr sie mit gebührendem Respekt. Ist das klar? Sie hat uns den Tag gerettet. Ich bin mir sicher, dass Haltoe mir zustimmen wird, wenn ich ihm davon berichte.«

»Das werden wir sehen«, antwortete Risgar gefährlich leise. »Ich werde mich im Moment zurückhalten.«

»Gut. Ich hoffe, der Zwist ist jetzt behoben?« Er blickte Ansou an, dann Risgar und erneut Ansou.

›Da ich im Moment nicht mehr gewinnen kann, werde ich ihm zustimmen‹, beschloss Ansou. ›Aber das ist noch nicht vorbei. *Das* lässt er nicht auf sich sitzen.‹ »Gut. Von meiner Seite, ja.« ›Irgendwann werde ich mich um den Priester kümmern‹, schwor sie sich.

»Risgar?«, fragte Gawald.

»Ja. Sie soll mir aus dem Weg gehen!«, knurrte der erneut, sah sie dabei allerdings nicht einmal an.

»Gut, damit seid Ihr entlassen, Priester. Ansou, auf ein Wort noch.« Er winkte den Wächtern und Risgar, dass sie sich entfernen sollten.

Nach einem mordlüsternen Blick, den er Ansou zuwarf, verschwand der mit schnellem Schritt. Die Wachen folgten ihm.

»Es tut mir leid, was in der Stadt geschehen ist. Dass die Untertanen der Königin nicht zu ihrer Verfügung stehen und ihre Stadt beschädigt wurde. Ich habe gehört, Ihr habt Eindruck auf Eure Brigade und auch andere Soldaten und Soldatinnen gemacht. Erneut: Ausgezeichnete Arbeit, Majorin. Das erwarte ich von meinen Offizieren. Bitte lasst mich jetzt allein, ich muss einen Bericht aufsetzen und ihn unserer Königin zukommen lassen.«

»Danke, General-Leutnant.« Ansou nahm ihren Helm, stand auf, salutierte und verließ das Zelt.

Auf dem Rückweg zum Lager kam ihr in den Sinn, dass er dennoch keine Sekunde in Sorge um die Menschen in der Stadt war. Nur um die Befehle der Königin, und dass Tränenwacht unversehrt blieb. Ihr Bild von Gawald hatte sich nicht gebessert. Eher sah sie ihn jetzt als empathielosen, machtgierigen Speichellecker. Und er hatte ihr heute einen Todfeind beschert, der sicher nicht ruhen würde, bis sie für die Schmach bezahlt hatte.

Zurück im Lager gab Ansou den Befehl, den Bereich, in dem ihr Regiment sich aufhielt, zu befestigen und mehr in ein Verteidigungsbollwerk zu verwandeln. Nach ihrer Begegnung mit Risgar wähnte sie sich in Gefahr. Außerdem – und das machte ihr mehr zu schaffen – sorgte sie sich um ihre Brigade.

›Es ist so, als ob wir inmitten eines feindlichen Heeres lagern‹, fluchte sie. ›Und nicht von Tangrintaniern – unseren Brüdern und Schwestern – umgeben sind.‹

Die Offiziere hatten nichts einzuwenden, sondern billigten den Schritt. Vor allem Riggit war zufrieden.

Danach fiel Ansou müde auf ihre Pritsche, schickte die beiden Wächterinnen hinaus – natürlich vergeblich – und schlief ein.

Einigermaßen ausgeruht erwachte sie ein paar Stunden später.

Nachmittags nahm sie ein einfaches Mahl ein und überlegte, wie sie den Rückweg nach Obertaft am sichersten überstehen konnten.

In der Nacht schlief sie schlecht. Träume von weißen Priestern, Meuchelmördern und die Geschehnisse in Tränenwacht hielten sie im unbarmherzigen Griff.

Vor der Morgendämmerung stand sie auf, ging zum Meer und wartete auf den Sonnenaufgang. Dabei dachte sie an Toki und Fin, die vermutlich immer noch unterwegs nach Carane waren. ›Wahrscheinlich reiten sie gerade durch die felsigen Berge von Tadrium‹, überlegte sie. ›Von der Zeit her würde das hinkommen.‹

Während sie am Wasser stand, schob die Sonne ihre glühende Scheibe über den Horizont und tauchte den Ozean in flammende Farben. Das Tränenmeer war relativ ruhig und nur ein paar vereinzelte Wolken streiften über den Himmel. Der feurige Ball stieg höher und tauchte den groben Kiesstrand in ein sattes Orange. Leise brachen die Wellen sich sanft an den Felsbrocken im Meer und am Kies vor ihren Füßen.

›Für immer hier stehen und dem Lauf der Sonne zusehen. Keine Gräuel mehr erleben. Das wäre fantastisch‹, grübelte Ansou. ›Aber ich habe eine Aufgabe zu erfüllen und meine Brigade zu beschützen. Außerdem die Einwohner von Tangrintanien!‹ Sie straffte sich, schüttelte die Gedanken ab und ging zurück ins Lager.

Inzwischen hatten sie den Befehl erhalten, nach Obertaft abzurücken. Die Majore aus Kiefberg und Jannesse würden mit ihren Soldaten in Tränenwacht bleiben, sie sollten sich um die Einwohner kümmern. Außerdem darum, die Stadt in neuem Glanz erstrahlen zu lassen. Zusätzlich hatten sie den Auftrag, aus den kleinen Piers und der mickrigen Werft einen Hafen zu errichten, der eines Königinnenreichs würdig war.

Während ihre Männer und Frauen das Lager abbrachen, sah Ansou zu, wie die zurückbleibenden Soldaten ausschwärmten und anfingen, Holz im Wald zu schlagen. Steinmetze aus Tränenwacht zogen aus, um Baumaterial für den Hafen und die Reparaturen aus den Felsen zu brechen. Im Hirschenschneid – dem großen Bergrücken – gab es von beidem reichlich. Die Bauarbeiten würden die Soldaten eine Weile an diesen Ort binden.

Ihre Brigade packte zusätzlich auch die kleinen Barrieren ein, die sie angefertigt hatten. Sie bestanden aus jeweils drei spitzen Holzstangen, die zusammengebunden in einer Reihe aufgestellt wurden. Die Soldaten nannten sie Holzspinnen. Dieses Provisorium war nicht perfekt, aber würde etwaige Angreifer doch einige Zeit und Blut kosten.

Gegen Abend erreichten sie das immer noch verlassene Holzfällerlager und die Taverne. Die Gruttsteinberge ragten im Süden dahinter auf und wirkten durch ihre eisige Beständigkeit unbeeindruckt von den Machenschaften der Menschen.

›Wahrscheinlich werden sie noch genauso beeindruckend aufragen, wenn wir längst nicht mehr sind‹, überlegte Ansou. ›Wenn unsere Kriege uns aufgerieben haben …‹ Wehmütig wandte sie sich ihren Aufgaben zu und ließ das Lager abseits des Haupttheeres aufschlagen und befestigen. So weit weg wie möglich vom Bataillon der rotgoldenen Krieger, das sie anscheinend nach Tangrintanien begleitete. Sie war nicht erfreut darüber, genauso wie ein Großteil der Soldaten.

Durch ihren selbsterdachten Wall lag wenigstens ein großer Abstand zwischen dem wirren Haufen der Kämpfer von Ruk und den ersten Abteilungen ihrer Brigade.

Bei ihrer Visite des Lagers hörte Ansou ihre Männer und Frauen über die Fremden und deren Leistungen sprechen. Als sie an einem der Feuer vorbeilief, hörte sie gerade: »Sie sind einfach über die Mauer hinweggeklettert. Als würden sie sich wie ein einzelnes Wesen bewegen und nicht individuell.«

Am nächsten sagte ein Soldat: »Sie legen ihre Rüstungen nie ab. Als wären sie mit ihnen verwachsen, oder damit geboren. Das ist doch merkwürdig! Mich würde schon allein interessieren, aus welchem Material diese Rüstung besteht. Es glänzt nicht wie Metall …«

Eine Soldatin flüsterte: »Sie sind alle größer als zwei Meter und haben unfassbare Muskeln. Wie sie wohl ohne ihre Metallplatten aussehen? Ob ihr Penis so groß ist wie der von Kratt?«

Sie lachte lauthals. »… so wie er uns immer weismachen will …«

Eine andere fiel der ersten ins Wort: »Er lügt! Er ist winzig. Ich habe mit ihm geschlafen. Leider … Tut euch das nicht an! Er war richtig mies.« Ausgelassenes Gelächter erfasste die Gruppe.

Auch Soldaten, die über einer Partie »Wirf die Drölf« gebeugt saßen, beschrieben die fremden Soldaten. »Das sind Kreaturen und keine Menschen. Ich habe gehört, sie haben eine flache Nase, die eigentlich gar nicht vorhanden ist.«

»Außerdem sollen ihre Augen keine Iris haben, sondern komplett weiß leuchten! Gruselig, das sind sie. Ich würde mir wünschen, sie wären irgendwo anders.«

»Der Mund ist voll nadelspitzer Zähne, mit denen sie das Fleisch einfach vom Knochen reißen. Und die Fingernägel sind dicker und spitzer als unsere. Fast wie Griffinklauen!«

»Du denkst dir doch nur Geschichten aus, Karl. Niemand hat solche Hände. Wie sollen sie denn ihre Stäbe, Äxte und Schwerter halten.«

»Geh doch hin und sieh sie dir an, bevor du mich einen Lügner …«

»… Angst vor den Fremden! Es geht bergab mit unserem schönen kleinen Tangrintanien. Wäre doch der König noch am Leben und die Elementarierin nie aufgetaucht …«

»… Majorin einfach dazwischen gegangen und hat dem Kerl eine verpasst, dass er nach hinten gekippt ist. Das war genial! Ich möchte ihr nicht begegnen, wenn sie wütend ist. Aber dafür sieht sie nackt bestimmt ganz – Was soll das? Wieso trittst du mich, Astre!«

»… noch nie unter jemand gedient, der sich so um seine Soldaten sorgt. Also meine Meinung ist ja: Sogar Reben kann sich eine Scheibe von ihr abschneiden …«

»Du hast mich mit dem Messer geritzt! Du solltest doch nur den Spieß entfernen und nicht die ganze Hand, verschlammte Wasser!«

»… gestern Nacht, nach der Schlacht, haben sie fast das Zelt abgerissen, so wild haben sie es getrieben. Wahrscheinlich wollten sie das Leben auskosten. Aber ich konnte überhaupt nicht schlafen …«

Wenn die Soldaten Ansou erkannten, grüßten sie sie ehrfürchtig, standen auf und salutierten, oder boten ihr an, Platz zu nehmen und mit ihnen zu sprechen.

Ab und an tauschte sie ein paar Worte mit ihnen, hielt sich aber ansonsten fern und begutachtete ihre Brigade im Vorübergehen. ›Ich bin äußerst beeindruckt vom Verhalten meiner Soldatinnen und Soldaten.‹ Stolz auf diese, ihre Offiziere und sich, lief sie zurück zu ihrem Zelt.

Als sie später versuchte zu schlafen, funktionierte es nur mäßig. Wie die Nacht zuvor. Erneut plagten sie unruhige, beklemmende Träume. Sie umklammerten Ansou, wie ein Ertrinkender ein Holzstück festhält und zogen sie in unwirkliche Schwärze.

Unausgeschlafen setzten sie am nächsten Morgen die Reise fort. In ihrem Schatten folgten ihr die zwei Soldatinnen. Ständig und ohne Pause. Schliefen sie denn nie?

Der Rückweg selbst verlief ereignislos. Sie passierten den Weißkopfkamm und das Griffinbichl, überquerten das Ostmassiv, und dann lag Tangrintanien ausgebreitet vor ihnen. Fels wich und Felder, Wiesen und Wälder erhoben sich. Allerlei Tiere und Kreaturen flogen durch die Luft. Im Norden zog ein Regenschauer vorbei und benetzte das Land. Ein Regenbogen erschien und die Soldaten spekulierten, ob Regenbogendrachen zu sehen waren, oder ob ihre Augen ihnen einen Streich spielten. Weit oben zogen Griffins ihre Kreise.

Ansou war überglücklich, als sie die Älze überquerten und in Obertaft angelangten. Die letzte Nacht außerhalb einer Kaserne, umgeben von ihrer Brigade.

›Wenn Risgar zuschlägt, wird das heute Nacht geschehen‹, überlegte Ansou.

Riggit stimmte ihr nach einem Gespräch zu und sie verdoppelten die Wachen. Seitdem sie die Lutbucht verlassen hatten, hatte das ungute Gefühl sie keinen Augenblick verlassen.

Die Nacht verstrich langsam, fast mühsam und unruhig. Ansou hatte angeordnet, dass die beiden Soldatinnen vor ihrem Zelt Wache hielten.

Nach einem besonders unerfreulichen Traum schreckte Ansou hoch. Sie musste im Schlaf geschrien haben, denn die beiden zäh aussehenden Frauen standen kurz darauf im Zelt, beruhigten sie und durchsuchten jeden Winkel. Als sie nichts fanden, ließen sie sich Tarra sei Dank dazu überreden, erneut *draußen* zu wachen.

Der Morgen dämmerte und Risgar hatte nichts unternommen …

Kurz nachdem die Sonne ganz über dem Ostmassiv erschien, rief Gawald sie zu seiner Residenz.

Ansou, die sich gefreut hatte, endlich wieder nach Irani zu kommen und jetzt nicht wusste, was sie erwartete, beauftragte ihre Offiziere, das Lager abzubrechen und ging mit ihren beiden Schatten zum General-Leutnant.

Als sie eintrat, begrüßte er sie mit »Guten Morgen, Majorin. Bitte setzt Euch.«

Die Tür schwang auf und ein verdreckter, müde aussehender Soldat betrat das Zimmer. Er nickte ihr zu, schnappte sich einen Stuhl und fiel mehr darauf, als dass er sich setzte.

Ansou hatte noch keine Ahnung, wer dieser Mann war, aber so, wie es aussah, hatte er eine mindestens so anstrengende Nacht hinter sich wie sie selbst. Sie stand auf, holte eine Kanne mit Wasser und stellte sie mit einem Glas vor ihm ab.

»Ihr seht durstig aus. Außerdem sehr erschöpft. Dagegen kann ich nichts unternehmen, aber bitte trinkt.«

Der Soldat nickte ihr dankbar zu, goss sein Glas voll und trank es in einem Zug aus. Gleich danach füllte er es erneut bis zum Rand.

»Danke, Majorin … Darf ich sprechen, General-Leutnant?« Als dieser nickte, fuhr er fort. »Seid Ihr Ansou Sekah?«

»Die bin ich. Ihr seht aus, als wärt Ihr eine Woche nur auf dem Pferd gesessen und hättet Tangrintanien zwei Mal durchquert«, versuchte sie zu scherzen. »Wer seid Ihr?«

Gawald hatte sich inzwischen zu ihnen gesellt. »Ihr liegt richtig, Majorin. Der Leutnant war tatsächlich mehr als die von Euch genannte Zeit unterwegs. Er hat meinen Bericht über die Einnahme von Tränenwacht an die Königin und den General-Major überbracht. Ihre Majestät hat ihn sofort zurückgeschickt. Das war eine beeindruckende Leistung.« Das Letzte sagte er zu dem Mann. »Bitte berichtet Ansou, was die Königin Euch aufgetragen hat.«

Der sah die Majorin an und sagte: »Joska Parberg, also, ich meine, unsere Königin wünscht Euch zu sprechen. Ihr ist zu Ohren gekommen, dass Ihr Großartiges in Tränenwacht geleistet habt, um ihr Eigentum und ihre Untertanen zu beschützen. Sie möchte einen Bericht aus erster Hand. Ich soll Euch so schnell wie möglich benachrichtigen und Ihr sollt gleichfalls so schnell wie möglich nach Tannberg reisen.« Er blickte Gawald an und fügte an ihn gerichtet hinzu: »Wenn Ihr erlaubt, würde ich jetzt gern etwas Warmes essen, mich waschen und danach eine Woche schlafen. Der verdorrte Ritt war die Hölle.«

»Bitte. Eine Woche wird Euch jedoch nicht gegönnt sein. Das Heer bricht bald auf. Doch ruht Euch aus, solange es möglich ist. Ich werde alles Weitere mit Ansou besprechen. Ihr seid entlassen.«

Der Kurier stand auf, salutierte und verließ das Haus.

Ansou saß auf ihrem Stuhl und wusste nicht, was sie sagen sollte. Die Königin hatte sie zu sich zitiert, um von den Vorkommnissen in Tränenwacht zu erfahren. Etwas, dass sie selbst gern vergessen würde und nicht konnte.

»Bereitet alles für die Abreise vor, Majorin«, wies Gawald sie an. »Risgar und Ruk werden uns begleiten. Genauso das Bataillon Gotteskrieger. Stellt eine Kompanie zusammen, die Euch begleitet. Die restliche Brigade kann langsamer nach Irani reisen.« Er musterte sie, ehe er wissen wollte: »Habt Ihr noch Fragen?«

Ansou stand auf, salutierte und antwortete: »Nichts, was Ihr mir beantworten könnt. Das kann nur die Königin.« Sie nickte. »General-Leutnant.« Dann machte sie auf dem Absatz kehrt und ging rasch zurück in ihr Lager.

Ansou wusste nicht, wie sie sich fühlen sollte. Geehrt, dass die Königin auf sie aufmerksam geworden war. Furchtsam, weil sie zu ihr nach Tannberg zitiert wurde. Was würde passieren, wenn nicht alles zur Zufriedenheit der Krone geschah. Außerdem musste sie mit den weißen Priestern durch Tannberg ziehen. Und den – wie Gawald sie nannte – Gotteskriegern! Diesen unseligen, grausigen Gestalten. Immerhin hielten sie eine Nacht in Irani, dort konnte sie mit Reben sprechen. Der erfahrene Oberst hatte hoffentlich einen Rat für sie. Idealerweise mehrere!

Inzwischen war sie in ihrem Lager angekommen und suchte Riggit auf, um ihr mitzuteilen, was sie gerade erfahren hatte.

»Ich werde persönlich die besten zehn Kämpfer der Brigade aussuchen und mit dir nach Tannberg reiten«, beruhigte sie Ansou. »Du brauchst loyale Kämpfer an deiner Seite. Wer weiß, was Risgar und Ruk planen. Ich lasse dich nicht allein mit den beiden Schlächtern!«

»Danke für das Angebot. Ich nehme es gerne an. Stell so schnell wie möglich die Kompanie zusammen. Ich gehe davon aus, dass meine beiden Schatten dazustoßen?« Sie zeigte auf die beiden Soldatinnen, die sie begleiteten.

Die Hauptmännin grinste. »Darauf kannst du Gift nehmen. Sie sind meine beiden Besten! Ich werde sofort mit den anderen Hauptmännern reden.« Damit lief sie davon, um die Aufgabe auszuführen.

Ansou packte ihre Habseligkeiten ein, die sie mit auf die Reise nach Tannberg nehmen würde und ließ ihr Pferd satteln.

Eine Stunde später waren sie und Riggit mit der Kompanie zum Aufbruch bereit.

Die Gotteskämpfer standen schon in eher wilder Formation auf der Straße nach Irani. Nichtsdestotrotz sahen sie fertig zum Abmarsch aus. Ruk, der weiße Priester, saß in der Nähe auf seinem Pferd und betrachtete Ansous Gefolge.

Gawald und Risgar tauchten etwas später auf. Der Priester in seiner Kampfmontur. Gawald in Prunkrüstung. Er wurde gleichfalls von einer Kompanie begleitet.

»Seid Ihr bereit?«, fragte er Ansou, als er zu ihr ritt.

»Jawohl, General-Leutnant.«

»Lasst uns nach Irani reiten. Ich möchte heute dort ankommen und in fünf Tagen in Tannberg sein.« Er gab das Zeichen zum Aufbruch.

Die Reiter preschten an dem rotgoldenen Gewusel vorbei und galoppierten über die Straße. Ein Blick zurück zeigte ihr, dass die großen Krieger zu Fuß mit den Pferden mithalten konnten.

Alle Reiter und Pferde erreichten erschöpft abends die Stadt am Iranisee. Die Gotteskrieger direkt hinter ihnen, nicht merklich langsamer als den Tag über.

Erstaunte Blicke begleiteten den Tross, als sie durch Irani zur Kaserne ritten und dort abstiegen.

Reben erwartete sie und begrüßte alle mehr oder weniger freundlich. Für die beiden Priester hatte er nur ein kaum wahrnehmbares Nicken übrig. Ein Stirnrunzeln zeugte als einzig sichtbares Merkmal, was er über die rotgoldenen Krieger dachte.

Als allen ihre Unterkunft zugewiesen war, trat er zu Ansou und sagte leise: »Bitte such mich nachher in meinen Amtsräumen auf. Ich denke, wir haben einiges zu besprechen. Du musst mir außerdem erklären, was die Priester und ihre Teufelsbrut hier wollen.« Dann wurde er sanfter. »Es freut mich, dass du zurück bist, Ansou.«

»Ich auch, Reben. Ich würde mich allerdings mehr freuen, wenn es ohne die Männer und diese Kreaturen wäre. Bis gleich.«

Opfer für den Verhüllten

Toki; Finvara; Aleidis

Als Toki mit Ayme am nächsten Morgen den Gastraum betrat, saß Fin schon an einem Tisch. Gerade schob sie sich den letzten Bissen in den Mund.

Sie bemerkte ihn und sagte, nachdem er neben ihr Platz genommen hatte: »Bevor wir abreisen, werde ich einen Zauberer aufsuchen. In Himmelsbogen residieren ein paar Abgesandte aus Blos Prana. Ich sende eine Nachricht an Aleidis – eine meiner Schwestern. Sie soll sich in den Archiven auf die Suche nach der Prophezeiung machen und mich schnellstmöglich kontaktieren.«

»Klingt nach einem guten Plan«, stimmte Toki zu. »Soll ich dich begleiten?«

»Nicht nötig. Du kannst dich inzwischen in der Stadt umsehen. In Himmelsbogen gibt es einiges Wunderbares zu bestaunen. Ich empfehle dir die Erhebung der Götter. Mittags treffen wir uns hier, besorgen uns Pferde und brechen nach Süden auf.«

»Hervorragend.« Toki war begeistert. »Gestern habe ich daran gedacht, *irgendwann* den Platz der Kirchen zu begutachten, aber wenn du mir einen Besuch empfiehlst, freue ich mich, ihn jetzt schon zu sehen.«

Fin stand auf und griff ihre Ausrüstung. »Bis später.« Schon war sie auf dem Weg zur Tür.

Toki orderte Schwarzbrot mit Käse und für Ayme ein paar Körner. Nachdem er alles gegessen hatte, brachen er und die Goldammer auf.

»Danke für das köstliche Fressen. So muss ich mich keiner Gefahr aussetzen. Es gibt einfach zu viele Katzen auf dieser Welt und alle haben es auf mich abgesehen«, schimpfte der kleine Vogel. *»Erst gestern stürzte sich eine auf mich! Fast wäre mein Herz aus der Brust gehüpft, so schnell schlug es. Glücklicherweise war Fogo bei mir. Der hat dem Krallenvieh eingeheizt! Ich wünschte, ich könnte auch Feuer speien.«*

»Du musst auf dich Acht geben.« Sorge trübte Tokis gute Laune nach der Geschichte. Schließlich hatte er in seinem Dorf schon oft gesehen, wie ein Räuber niedrig fliegende oder unachtsame Vögel als Beute ansah und sie fing. »Ich wäre todtraurig, wenn du umkommen würdest.«

»Und ich erst! Das kannst du mir glauben. Aber mach dir keine Sorgen. Ich bin flink und klug.« Ayme hopste dabei auf Tokis Schulter auf und ab und plusterte sich auf. *»So ein dummes Fellknäuel wird mich nicht erwischen. Aber eines sage ich dir: Katzen sind alle Psychopathen!«*

Seine nächsten Worte flüsterte Ayme, auch wenn das gar nicht nötig gewesen wäre. *»Sie sind nur auf ihren eigenen Vorteil bedacht, und wenn sie etwas haben wollen, setzen sie das durch, egal, was es jemanden anderen kostet. Hüte dich vor ihnen! Bist du einmal in ihren Fängen, lassen sie dich nicht mehr los! Und sie können sich so gut verstellen. Sieh dir ihre Blicke an.«* Ayme hatte sich in Rage geredet und flüsterte nicht mehr. Jetzt zwitscherte er richtig laut vor sich hin. *»Als könnten sie kein Wässerchen trüben und als wären sie die ärmsten Geschöpfe der Welt. Und dann … PENG … töten sie etwas. Mäuse, Raupen, Regenwürmer, Schmetterlinge, Maulwürfe … Vögel! Am besten finden sie es, wenn das arme Geschöpf noch stundenlang hin und her gejagt wird. Zu Tode gequält!«*

»Ich merke, du bist … beunruhigt. Keine Angst. Ich habe nicht vor, mir eine Katze zuzulegen«, beruhigte Toki den kleinen Vogel, dessen Herz noch schneller als sonst in seiner Brust pumpte. »Wir verlassen bald die Stadt, dort ist es vielleicht sicherer.«

»Na ja, ganz so schlecht ist es hier nicht. Es gibt leckere Körner und ich muss nichts dafür tun. Diese Häuser, in denen ihr euer Fressen sammelt, sind wirklich großartig. Ich könnte meine Nahrung nicht einfach mit Worten finden. Und du tauschst nur wertloses Glitzerzeug dafür ein. Das ist Magie!«

»So einfach ist es leider nicht.« Toki lachte. »Irgendjemand muss das Essen anbauen, ernten, in die Gasthäuser liefern und zubereiten. Und ich muss dieses ›Glitzerzeug‹ auch zuerst einmal erarbeiten.«

»Niemand tut irgendetwas! Es erscheint einfach und wird von einer Frau an den Tisch gebracht. Warum sind das immer Weibchen, die das Essen bringen? Weil sie geschickter sind als die Männer? Damit nichts hinunterfällt?«

»Du stellst immer interessante Fragen.« Toki musste erneut lachen. »Ich kann dir keine davon beantworten. Fliegst du bitte mal hoch und teilst mir mit, welche Straße wir nehmen müssen, um den Anstieg zum Plateau zu erreichen?«

»Sicher. Ich bin der beste Späher!« Ayme plusterte sein Federkleid auf, stieß sich ab und flog über die Dächer. »Die nächste Gasse links, danach zwei geradeaus, und anschließend bieg nach rechts ab. Danach musst du nur noch deinen Füßen folgen. Die Straße führt direkt zu den Serpentinen.«

»Danke«, rief Toki hinauf und folgte der Anweisung.

Kurz darauf erreichte er einen kleinen Weg, der gewunden den Berg hinaufführte. Links und rechts standen blühende Sträucher und Bäume, die den Anstieg beschatteten.

An der letzten Kurve blickte er zurück auf Himmelsbogen. Die Glitzer glänzte mit der Stadt um die Wette. Toki konnte nicht sagen, wer sich mehr ins Zeug legte. Am Regenbogenturm liefen regenbogenfarbige Schlieren auf und ab. Das Meer im Hintergrund hatte eine wundervolle Türkisfärbung und die Wellen trugen weiße, samtig aussehende Häubchen.

Nachdem er den Ausblick ausreichend genossen hatte, umrundete Toki gut gelaunt den letzten Felsen und stand auf dem Plateau, der Erhebung der Götter. Rechter Hand ragten die unzähligen spitzen Türme der Luftkirche in den Himmel. Eine sanfte Symphonie erklang vom Altar, der vor dem Bauwerk stand – löchrig wie immer, um Musik zu erzeugen. Zu Tokis Linken funkelten und glitzerten bunte Steine in allen Größen mit der Sonne um die Wette.

Der Altar der Erde bestand aus einem großen schwarzen Block Obsidian und war von unregelmäßigen weißen Streifen durchzogen. Nur an ausgewählten Positionen hatte der Steinmetz farbige Akzente gesetzt. Es wirkte, als wären diese durch die weißen Linien verbunden. Im Gegensatz dazu war das Gebäude schlicht aus grauem Felsen errichtet worden.

Toki ging an den beiden Kirchen vorbei und erreichte die Plateaumitte. Die Wege liefen hier strahlenförmig zusammen. Geradeaus gepflegte Gärten, links davon brannten unzählige Feuer und rechts sprudelte eine Quelle aus dem Berg und füllte einen See. Der abfließende Bach wand sich um die Wasserkirche herum und plätscherte melodisch über Stufen und große Kieselsteine.

An allen Gebäuden waren die Zeichen der jeweiligen Elemente angebracht. Staunend begutachtete er die Symbole. Natürlich kannte er sie, aber bisher waren sie ihm noch nie in dieser Größe begegnet.

Das Zeichen der Erde bestand aus zwei hintereinander aufgereihten Bergreihen mit einem großen Gipfel in der Mitte und seitlich jeweils einem kleineren. Erdtöne beherrschten es.

Das Feuer wurde mit fünf Flammen eines Lagerfeuers dargestellt. Das Zeichen Lutums, das ihm immer am besten gefiel. Unten beginnend mit einem tiefen Rot und aufsteigend zu Orange und schließlich Gelb.

Ein geädertes Blatt – möglicherweise auch ein Baum, das hatten die Priester von Elgaria ihm früher nie eindeutig beantworten können – stand aufrecht in Grüntönen über dem Eingang der Kirche der Natur.

Ein einfacher Tropfen stellte die ganze Pracht der Wasserkirche dar. Das dunkle Blau ging von unten nach oben in ein helleres über.

›Das ist neu‹, überlegte Toki. ›Bisher kannte ich nur die drei schlichten Wellen als Zeichen der Wasserkirche.‹

Als Letztes begutachtete er das Symbol der Luft – seiner Elementarkraft. Ein kleiner Punkt ließ fließende Linien aufsteigen, die gegen Ende – wie durch einen Hauch von Odem – zerfaserten. Grautöne beherrschten das Emblem.

›Hübsch‹, dachte er. ›Aber Wasser, Feuer, Natur und Erde gefallen mir besser als das Erkennungszeichen der Kirche von Odem. Vor allem Feuer!‹

Ayme pickte mittlerweile zwischen den Steinen des Sees herum. Wahrscheinlich hatte er etwas Leckeres zu fressen entdeckt.

Der Stand der Sonne brachte Toki die Erkenntnis: Er musste zur Taverne zurück. Deshalb rief er Ayme zu: »Wir müssen zurück. Friss, was auch immer dort liegt, und dann los.«

»*Geh schon vor, es dauert noch. Der Wurm ziert sich. Aber ich bekomme ihn!*«

Belustigt verließ Toki das Plateau und erreichte zur Mittagszeit das Gasthaus.

Er musste auf Fin warten. Dafür ließ er sich auf den Bänken davor nieder und blickte über den Hafen.

Fin verließ die Taverne, lief durch die Straßen am Hafen, durchquerte einen Markt, an dem der Fang von heute angeboten wurde – es roch nicht besonders angenehm – und überquerte die Lichtbrücke. Direkt danach hielt sie sich rechts, ging an den Läden der Schnitzer, Künstler und Bildhauer vorbei und erreichte schließlich das Viertel der Reichen und Adligen. Natürlich hatten die Zauberer sich im besten Teil der Stadt einquartiert und sie wusste genau, welchen Zauberer sie aufsuchen wollte. Wahrscheinlich erinnerte sich Minsca nicht mehr an sie, aber sie hatten schon einmal das Vergnügen gehabt. Das war allerdings schon ewig her.

Kurz darauf erreichte sie das Haus und klopfte. Eine ältere Dame in Haushälterkleidung öffnete ihr.

»Ihr wünscht?«, fragte sie, um gleich ein »Heilige«, hinterherzuschieben.

Fogo prustete eine kleine Stichflamme heraus, welche die Dame dazu brachte, einen Schritt nach hinten zu machen.

Jetzt musste Fin ein Grinsen unterdrücken. »Ich muss mit Minsca sprechen. Es geht um eine wichtige Nachricht, die zum Feuertempel gesandt werden muss. Darf ich eintreten?« Auf eine Antwort wartete sie nicht, schob die Haushälterin vor sich her in das Haus und stand gleich darauf in einem geräumigen Flur. »Wo ist sein Arbeitszimmer?«

»Die zweite Tür auf der rechten Seite. Ich melde Euch –«, versuchte die Frau Fin aufzuhalten.

»Nicht nötig, je schneller er die Nachricht sendet, desto eher kann ich weiterreisen«, sagte Fin, ging zur Tür, klopfte und trat ein.

Drinnen saß ein kleiner, sehniger Mann in einem Sessel hinter einem riesigen Tisch.

›Er muss wohl immer noch seine Größe kompensieren‹, vermutete sie und grüßte laut: »Guten Morgen, Minsca. Ich bin Finvara, Feuerelementarierin, und brauche Eure Zauberkunst. Erinnert Ihr Euch an mich?«

»Elementarierin«, grüßte er zurück. Dann zog er die Stirn kraus und sagte: »Normal meldet Frau Igsta meine Kunden an.«

»Sie ist einfach an mir vorbei ins Haus gelaufen«, meldete sich die Dame vom Eingang.

Der Zauberer trommelte mit den Fingern auf die Tischplatte und gab gleich darauf der Haushälterin ein Zeichen, woraufhin sie das Zimmer verließ. »Wir hatten schon das zweifelhafte Vergnügen?«

»Ich kann leider nicht darauf warten, bis Ihr Euch dafür entscheidet, mich zu empfangen. Ich habe eine wichtige Botschaft für Aleidis im Feuertempel. Die muss sofort überbracht werden. Und ja, wir hatten schon einmal das Vergnügen.«

»Ganz dunkel … erinnere ich mich. Aber … verschwenden wir doch keine weitere Minute für eine gepflegte Unterhaltung. Ihr seid ungestüm wie eine brennende Feuerwalze und ungefähr so charmant.« Er überlegte, dann grinste er. »Aber das ist erfrischender als die vor der Magie Kriechenden. Ihr seid mir sympathisch. Außerdem finde ich Euren Feuerfischdrachen bezaubernd. Aleidis, sagtet Ihr, ist der Name? Eine andere Elementarierin? Wie soll die Nachricht lauten?«

»Ja, eine meiner Schwestern. Sie soll in den Archiven des Feuertempels nach der Prophezeiung der sechs Elemente suchen. Und sich nicht von den Archivaren abwimmeln lassen, die ihr weismachen, dass es diese nicht gibt! Außerdem soll sie mich schnellstmöglich kontaktieren.«

»Kein Problem. Soll es schriftlich festgehalten werden? An einer Wand, einem Spiegel oder einer sonstigen Oberfläche? Oder reicht eine gedankliche Nachricht?«

Fin überlegte. »Eine Holzoberfläche in ihrem Zimmer erscheint mir sinnvoll, dann vergisst sie es nicht.«

»Gut. Ich bekomme fünf Goldlinge für die Nachricht und weitere zwei für die Gravur. Oder zahlt Ihr in Goldsch? Dann zwei Goldsch und vierzig Meersch, bitte.« Er streckte ihr die sehnige Hand entgegen.

»Ihr Magier werdet immer unverschämter mit euren Preisen«, schnaubte Fin, zählte aber sieben Goldlinge aus ihrer Börse ab und reichte sie dem Zauberer.

»Magiestaub wächst nicht auf den Bäumen.« Er grinste, steckte das Geld ein, stand auf und ging zu einem großen Schrank.

Fin verfolgte, wie er ein kleines Fläschchen griff sowie eine Waage. Er gab etwas von dem Pulver in eine Schale und wog es. Als er zufrieden aussah, schluckte er den Inhalt und rezitierte ein paar Worte, die sich nicht nach ihrer in Auftrag gegebenen Nachricht anhörten, aber sie hatte Vertrauen in seine Fähigkeiten. Anschließend wiederholte er, was Fin ihm aufgetragen hatte und setzte sich zurück an den Tisch.

»Erledigt. Sie hat die Nachricht bekommen. Außerdem ziert sie ihr Bett. Eingebrannt ins Kopfende, so dass sie jede Nacht daran erinnert wird. Mich würde interessieren, ob sie davon begeistert ist.« Minsca lachte leise in sich hinein.

»Danke für die schnelle Übermittlung«, sagte Fin und wollte den Raum verlassen, als sie der Zauberer zurückhielt.

»Was ist das für eine Prophezeiung? Ich habe noch nie von einem sechsten kirchlichen Element gehört. Dass es etwas mit den Kirchen zu tun hat, schließe ich daraus, dass Ihr danach in den Archiven suchen lasst.« Er blickte sie neugierig an.

Fin hatte sich zu ihm umgedreht. »Fünf Goldlinge für die Antwort zur Prophezeiung und zwei für die zweite Frage. Wie wär's?«

Minsca lachte glucksend. »Leider muss ich das Geld für neuen Zauberstaub verwenden. Nicht nur für Euch wird Zauberei teurer. Und so sehr interessiert es mich auch nicht. Außerdem glaube ich, dass Ihr ohnehin nicht viel darüber wisst. Sonst wäre die Nachricht nicht so wichtig. Einen schönen Tag, Elementarierin. Bitte sucht mich auf, wenn Ihr erneut die magischen Dienste in Anspruch nehmen wollt.«

»Möge Euer Kaminfeuer immer hell und warm brennen.«

Auf dem Rückweg hörte sie Fogo: »*Das war interessant. Der Magier war gar nicht so überheblich und von sich eingenommen wie andere. Fast war er mir sympathisch. Früher war er anders.*«

»Das stimmt. Er hatte eine gute Art von Humor. Aber bald können sich nur noch Reiche Magie leisten. Ich hoffe, jemand bricht in der Zukunft ihr Monopol. Was man alles Gutes damit anfangen könnte …«

»*Oder Böses. Also, wahrscheinlich mehr Böses. Wir kennen die Menschen, Zwerge und alle anderen doch*«, knurrte Fogo.

Fin zuckte mit den Schultern. »Da hast du recht. Komm, lass uns gleich zwei Pferde holen und dann zu Toki zurückreiten. Er wird schon auf uns warten.«

Etwas später ritt sie mit zwei ausdauernd anmutenden Pferden auf das Gasthaus und den Wartenden zu.

Aleidis ging gerade im Tempel des Feuers durch einen langgezogenen Flur. Ihr Phönix Shyko saß auf ihrem angewinkelten Arm. Plötzlich stach ein scharfer Schmerz in ihre Schläfen und sie taumelte.

Sie hörte eine Stimme in ihrem Kopf: »**Aleidis, ich bin Zauberer Minsca aus Himmelsbogen. Deine Schwester Finvara lässt dir ausrichten, du sollst in den Archiven des Feuertempels nach der Prophezeiung der sechs Elemente suchen. Lass dich nicht von den Archivaren abwimmeln, die dir** weismachen wollen, dass es diese nicht gibt. Außerdem sollst du Finvara so schnell wie möglich kontaktieren. Möge Lutums Feuer hell für dich leuchten.«

»*Was ist los, Aleidis?*«, fragte Shyko besorgt. Sie erkannte seine Besorgnis durch den Klang der Stimme und an den dunkelgrünen Sprenkel, die durch das hellgrüne Leuchten seines Feuers zogen.

Mit der freien Hand griff sie sich an die Schläfe und murmelte: »Eine magische Botschaft. Wir sollen nach der Prophezeiung der sechs Elemente in den Archiven suchen. Was ist das für ein Blödsinn?! Es gibt nur fünf! Was hat sich Fin jetzt wieder ausgedacht. Seit Voleria verschwunden ist, muss ich alle Laufarbeit erledigen. Nur weil ich jetzt mit fünfundsechzig die Jüngste bin.«

»*Wenn Fin sich deswegen an dich wendet, ist es wichtig. Wir sollten ihrer Bitte nachkommen.*«

»Natürlich ist es wichtig. So wie im Moment alles. Seit Elementarier verschwinden, geht es drunter und drüber. Mit den Elementen, mit den Kirchen, im Rat und mit der Welt insgesamt!«, grummelte sie. »Früher war alles besser.«

»*Es war* anders. *Und ich weiß, es kommen wieder schönere Zeiten.*«

»Du musst dich ja nur einige Zeit in ein Ei verkriechen, und wenn du schlüpfst, sieht sowieso alles besser aus. Ja, sag nichts. Ich soll nicht ängstlich sein. Aber es macht mir Angst!« Um nicht weiter mit Shyko diskutieren zu müssen, entschied sie kurzerhand: »Lass uns die Archivare sofort besuchen.« Manchmal fand sie ihn anstrengend.

»*Eine gute Entscheidung. Ich bin gespannt, ob sie uns gleich Antworten für Fin geben können.*«

»Ich tippe darauf, dass wir erst in den nächsten Tagen welche bekommen. Sie vertrösten mich immer, wenn ich etwas Wichtiges brauche. Ich hoffe, wir müssen nicht selbst danach suchen. Ohne die Erfahrung der Archivare werden wir uns sonst Monate damit beschäftigen. Bei all den gesammelten Werken, die dort lagern.«

In den Archiven angekommen, erhielt sie nur verwirrte Blicke von den Mönchen zu ihrer Frage nach der Prophezeiung.

»Wir konsultieren den obersten Archivar und senden Euch danach Antworten«, versprach ein Mönch mit runzeliger Haut. »Bitte lasst uns jetzt unsere Arbeit erledigen.«

»Es ist wichtig, so schnell wie möglich diese Informationen zu erhalten …«

»Natürlich, Heilige.« Der Mann war schon wieder mit seinem Buch beschäftigt, welches er zuvor beiseitegelegt hatte.

»Danke.« ›Hoffentlich wird es schnell gehen‹, dachte sie.

Dann fiel ihr der Rest der Botschaft ein und sie rief aus: »Fin hat mich ja gebeten, mich mit ihr in Verbindung zu setzen. Wenn wir eine Antwort vom obersten Archivar erhalten, suche ich nach ihr.«

»Elementarierin. Bitte Ruhe, wir sind im Archiv!«, zischte der Mönch.

Ertappt zuckte Aleidis zusammen und verließ hastig das Vorzimmer.

»Vielleicht solltest du sie schon eher kontaktieren? So kannst du sie nach ihrer Aufgabe und Yeban befragen und diese Information an den Rat weitergeben«, schlug Shyko vor. *»Es ist gut, dass sie um ein Gespräch gebeten hat.«*

»Neugierig bin ich schon, was sie erlebt hat. Ein wenig fällt mir die Tempeldecke auf den Kopf. Ich mochte es, durch die Lande zu reisen … aber nur, wenn es nicht so gefährlich ist wie jetzt gerade. Außerdem würde ich Enanra gern wiedersehen. Die Gespräche mit ihr fehlen mir.«

»Belindin und der Naturtempel sind wirklich ein wunderschöner Platz, um zu verweilen«, stimmte Shyko ihr zu.

Aleidis beschloss, in ihr Zimmer zu gehen und dort auf eine Antwort der Archivare zu warten. Sie konnte zwischenzeitlich ebenso gut ihre Aufmerksamkeit auf die dort wartenden mathematischen Rätsel richten. Fin würde sie später kontaktieren.

Angekommen zog sie ihre Stiefel aus und setzte sich aufs Bett. Sie stutzte und musste zweimal ans Kopfende blicken und blinzeln. Dann glaubte sie, was sie sah.

»Fin! Sie hat mir ihre Nachricht ins Bett brennen lassen! Ist das die Möglichkeit!«

Sie fühlte, wie der Phönix schmunzelte. *»Sieht so aus, als wäre es wirklich wichtig. Die kahle Holzwand an deinem Kopf war doch auch langweilig.«* Nach einigen Momenten des Schweigens fügte er hinzu: *»Vielleicht hat sich auch der Magier einen Scherz erlaubt mit der Platzierung. Gelegentlich haben sie einen seltsamen Humor.«*

»Alle, die ich bisher getroffen habe, waren seltsam und hatten ein Ego, das so groß wie ihre Akademie war. Wie viele haben sie mich zunächst ignoriert und es hat ewig gedauert, bis ich zu ihnen durchgedrungen bin. Hoffentlich sind diese Archivare schneller«, brachte sie verdrossen hervor.

Anschließend schlug sie ihre Bücher auf und wartete mit Shyko auf deren Antwort.

Fin ritt auf einem braunen Schlachtross um die Ecke. Ein weiteres Pferd in der gleichen Farbe lief angebunden hinter ihr her.

»Bist du bereit zum Aufbruch?«, kam sie gleich zur Sache. Wie immer eben.

»Wir warten nur auf dich.« Toki lachte und zeigte auf Ayme, der auf dem Boden herumhopste und Krumen pickte. »Wo hast du die prächtigen Tiere her?«

»Bei den Stallungen der Armee ausgeborgt. Manchmal hat es Vorteile, eine Elementarierin zu sein. Sie begleiten uns bis an die Grenze zu Ebras. Dort übergeben wir sie an die Soldaten der Regenlande. Voraussichtlich … Ich denke, ich kann sie überreden, sie uns darüber hinaus anzuvertrauen.«

Schnell packte Toki seine Habseligkeiten auf den Pferderücken, schwang sich hinauf und blickte Fin fragend an.

Die nickte nur, wendete ihr Pferd und trabte an.

Einige Zeit später verließen sie die Stadt über das Bergtor. Es lag direkt unterhalb der Zitadelle und ein Schild mit dem Namen darauf zierte den Durchgang.

Gemütlich, aber doch in schnellem Tempo – anders hätte er es gar nicht erwartet –, ritten sie gegen Süden. Weite Sandstrände zogen sich am Meer entlang. Unterbrochen von Abschnitten, in denen die Wiesen bis zum Wasser reichten. Oft endeten sie abrupt an niedrigen Klippen. Auf der meerabgewandten Seite der Straße begleiteten die beiden Reiter tiefe Wälder.

Die Landschaft gefiel Toki und er hoffte, Tiere oder Kreaturen zu sehen, die es in Tangrintanien nicht gab. Irgendetwas Außergewöhnliches! Nichts Gefährliches allerdings … Darüber hätte er sich jedoch keine Sorgen machen müssen. Er entdeckte keine Kreatur und nur gelegentlich einen Hasen oder Rotwild. All das, was es bei ihm zu Hause auch gab.

Ayme und Fogo wechselten sich mit Fliegen und Auf-den-Schultern-Schlafen ab.

Abends erreichten sie die kleine Siedlung Sanddorf, wie ihnen der Wirt der Taverne, in der sie abstiegen, redselig erzählte. Das Essen war lecker, es gab gebratenen Fisch mit Kartoffeln, sowie einen glibberigen Seetang, der viel besser schmeckte, als er aussah.

Später löcherte der Wirt Fin und ihn mit vielen Fragen, und auch die Fischer und Handwerker des Dorfes wollten ihnen ein Gespräch aufdrücken.

Fin verabschiedete sich bald und Toki versuchte den Einwohnern einige ihrer Fragen zu beantworten, fühlte sich aber nach nicht allzu langer Zeit überfordert und bedrängt. Er beschloss, ebenfalls sein Zimmer aufzusuchen und zu meditieren.

Nachdem er auf dem Bett Platz genommen hatte, begutachtete er zunächst die neue Graufärbung. Bislang hatte sie sich nicht auf andere Körperregionen ausgebreitet und verharrte in seinem Schritt. So war es immer noch.

›Zumindest muss ich mich noch nicht vorsehen, ob sie jemand entdeckt.‹ Er wollte den Menschen keine Angst einjagen, da er noch zu gut wusste, was dabei herauskommen konnte. Die Geschichte in seinem Dorf war noch nicht *so* lange her. Sie war gefühlt nur in einem ganz anderen Leben geschehen …

Er zog die Handschuhe von Uthr aus, die er inzwischen immer trug. Sie fühlten sich fast wie eine zweite Haut an. Als würden sie nicht nur wärmen, sondern auch kühlen, seine Hände schützen und sie gleichzeitig stabilisieren. Ein Mysterium! Er war überglücklich, sie zu besitzen. Mit einem letzten Streicheln über die feine Lederhaut legte er sie auf den Nachttisch und fiel ins Bett.

›Ob ich wirklich erneut erweckt werde?‹, fragte er sich. Konnte das sein? Was wäre, wenn er auch eine Erdkraft besitzen würde? Er kam mit seiner jetzigen noch nicht so gut zurecht. Auch wenn er übte und ihm einiges leichter fiel, wusste er: Es würde noch lange dauern, bis er sie wirklich beherrschte. Welche Gefährten hatten Erdelementarier überhaupt? Mäuse, Würmer, Maulwürfe, Steinelementare und Erdkreaturen fielen ihm ein. Würde er mit einer zweiten Kraft auch einen zweiten Begleiter bekommen? Mit diesen Gedanken trudelte er langsam in die Traumwelt hinüber.

Früh am nächsten Morgen brachen sie auf.

Für Toki zog sich der Tag endlos in die Länge. Die Landschaft veränderte ihr Aussehen in keinster Weise und Fin bevorzugte es zu schweigen. Auf seine Fragen antwortete sie nur mit einem oder zwei Worten und bald gab er es auf, eine Unterhaltung beginnen zu wollen.

Nachmittags passierten sie ein kleines Dorf. Möglicherweise hieß es Waldig. Ein schief stehendes Holzschild stand vor den Häusern am Dorfrand. Die Schrift darauf sah sehr krakelig aus. Das W der Schrift hing schief und die restlichen Buchstaben tanzten über das Holz. Vielleicht wollte aber auch jemand den Reisenden mitteilen, dass die Gegend bald waldig werden würde? Achselzuckend ritt Toki daran vorbei.

Fin entschied, an einem kleinen Unterstand die Nacht zu verbringen. Wie am Anfang ihrer Reise verschwand sie mit der Armbrust, um frisches Wild zu besorgen. Fogo folgte ihr keckernd. Wahrscheinlich hoffte er auf einen Leckerbissen.

Unterdessen entzündete Toki das Lagerfeuer, schnappte sich eines seiner Messer sowie ein Holzstück und versuchte, eine Schlange hervorzuzaubern. Einige Zeit saß er in seine Arbeit vertieft am Feuer, als er plötzlich eine sanfte, zögerliche Stimme hörte.

»Fin? Bist du das? Wie geht es dir und Fogo?«

Toki fuhr erschrocken zusammen, schnitt sich in den Finger, fluchte und saugte daran, um nicht alles voll Blut zu machen.

»Du bist nicht Fin! Wer bist du? Wo ist sie?«

»Das ist Toki, Aleidis.« Seine Begleiterin trat aus dem Wald. In der einen Hand hielt sie die Armbrust, in der anderen einen stattlichen Fasan. »Gut, dass du mich gefunden hast. Wie steht es um die Prophezeiung, nach der ich dich gebeten habe zu forschen?«

»Hallo, Fin.« Die Stimme zögerte, bevor sie fortfuhr. »Die Archivare haben mir noch keine Antwort gegeben. Sie ignorieren mich *schon* wieder. Zuerst müssen sie mit dem Kardinal sprechen, ehe sie mir antworten, hieß es.«

»Du sollst dich nicht abwimmeln lassen! Geh direkt noch mal zu ihnen und nerve sie so lange, bis sie dir helfen. Sei nicht so zurückhaltend wie sonst. Ich weiß nicht, ob Senscar sich im Feuertempel aufhält, aber du kannst ihr alles erzählen und sie soll dir helfen.«

»Sie ist gerade auf dem Weg nach Belindin. Deinuora ist hier. Kann ich sie fragen?«

»Natürlich. Wen immer du brauchst, um etwas über die Prophezeiung herauszufinden. Und das möglichst schnell und möglichst viel!«, erläuterte Fin.

»Dann werde ich *sie* bitten, mir zu helfen. Ihre Worte haben mehr Gewicht als meine. Wer ist dein Begleiter?«

»Ein Luftelementarier. Er begleitet mich nach Carane zum Tempel. Es ist einiges vorgefallen. Pass auf, ich erzähle dir alles.« An Toki gewandt fügte sie hinzu: »Kümmerst du dich um den Fasan?«

Bisher hatte Toki nur verwundert dem Gespräch gelauscht – eine Stimme, die aus dem Feuer drang. Das musste Aleidis Gabe sein. Jetzt machte er sich daran, Fins Anweisung umzusetzen. Keine Bitte, eine Anweisung. Währenddessen verfolgte er aufmerksam die Erzählung und das Gespräch.

»Jetzt weißt du alles«, schloss Fin ihre Ausführung irgendwann ab. »Du kannst das auch Deinuora und dem Rat mitteilen. Sie sollen sich darüber Gedanken machen. Und findet die Prophezeiung!«

»Das ist ja unglaublich! Es tut mir sehr leid um Yeban. Er war ein hinreißender Mann. Das mit der Prophezeiung werde ich bestimmt nicht vergessen. Keine Sorge … Der Magier hat es mir in mein Bettgestell eingebrannt! Hast du ihm das aufgetragen?«

Fin musste lachen. »Nein, ich sagte ihm, er soll es in eine Holzoberfläche einbrennen. Ich dachte eher an etwas weniger Schweres und Unhandliches, aber wenn es seinen Zweck erfüllt …« Sie hielt kurz inne. »Stell auch wegen der schwarzen Perle Nachforschungen an.« Anschließend fragte sie: »Was gibt es für Neuigkeiten aus der Welt?«

»Ich berichte dir, was ich weiß.«

Toki fand, dass Aleidis sich inzwischen nicht mehr ganz so zurückhaltend anhörte wie zu Beginn. Als hätte sie zuerst Mut für das Gespräch fassen müssen.

Aleidis erzählte alles, was sich zugetragen hatte, seit Fin den Tempel verlassen hatte. Es war nicht wirklich Neues darunter, bis auf den kriegerischen Aufmarsch von Osnil und den Nördlichen Königreichen. Das sich die weißen Priester und ihre neue Religion in anderen Ländern ausbreiteten, wussten sie schließlich aus erster Hand.

»Verbrannte Priester und ihr neuer Gott!«, fluchte Fin. »Tangrintanien wollten sie mit Heimtücke in ihre Hände bekommen, im Norden versuchen sie es mit Gewalt.«

Toki hatte die Erzählung unbehaglich verfolgt. Es klang nicht gut, was Aleidis über den Aufmarsch von Kriegern und Heeren erzählte. Zwischendurch drehte er den Vogel, der über dem Feuer brutzelte, aus dem auch die Stimme klang. Das war einigermaßen bizarr.

»Wenn alles gut geht, erreichen wir in etwa einem Monat den Tempel«, sagte Fin gerade. »Versucht über alles, was wir besprochen haben, viel in Erfahrung zu bringen. Wir müssen das dem Rat vortragen und darüber debattieren. Vor allem, wenn wir diese Prophezeiung kennen. Die ist das Wichtigste! Hast du alles verstanden?«

»Ja, Fin. Ich werde es so machen, wie du gesagt hast. Wenn wir etwas entdecken, versuche ich dich – oder Toki – zu kontaktieren. Bis bald.« Die Stimme aus dem Feuer verstummte.

»Bis bald«, verabschiedete sich Fin.

»Das sind beunruhigende Neuigkeiten, oder?«, versuchte Toki etwas aus Fin herauszubekommen.

»Da hast du recht. Ich muss zuerst darüber nachdenken, wir können später darüber sprechen.« Sie sah den Vogel an, der über dem Feuer briet und sagte: »Es dauert noch ein wenig, bis das Essen fertig ist. Zeit für dein Training.«

Toki hatte nicht mehr daran gedacht, sondern mehr dem Gespräch gelauscht und den Fasan gedreht. Jetzt stöhnte er leise auf. Aber Fin hatte recht, sie sollten die Ausbildung nicht schleifen lassen.

Die Übungen dauerten nicht so lange wie sonst. Zwischendurch mussten sie den Braten wenden, damit der nicht verkohlte. Voller Appetit verspeisten sie danach den Vogel. Er schmeckte leider nicht so gut wie gedacht. Anscheinend war es ein altes, zähes Tier. Dabei hatte er so gut ausgesehen und ebenso gut gerochen.

Im Anschluss wusch er in einem kleinen Bach in der Nähe den Dreck und Schweiß ab und legte sich zum Schlafen zurecht.

Direkt nach dem Aufstehen am nächsten Morgen musste Toki erneut mit Fin trainieren.

Ayme beobachtete sie und feuerte Toki an.

»Links, schlag links zu. Uuuh, die Abwehr nicht vergessen! Rechts, rechts, dann links. Nochmal rechts und wieder rechts. Und jetzt … oooh, das sah schmerzhaft aus …«

Dabei hüpfte der kleine Vogel wie ein preisgekrönter Boxer auf einem Ast hin und her und vollführte mit dem Kopf die Bewegungen, die er vorsagte.

Toki konnte sich nicht wirklich konzentrieren, es sah einfach zu lustig aus.

Nachdem er erneut schmerzhaft von Fin an der Seite getroffen wurde, weil Ayme ihn mit seinen Kommentaren ablenkte, stützte er sich auf seine Waffe und sagte keuchend:

»Hören wir für heute auf? Ayme irritiert mich die ganze Zeit. Außerdem wollen wir eine lange Strecke zurücklegen. Du willst doch so schnell wie möglich nach Carane?«

»Korrekt«, stimmte Fin ihm zu. »Das heißt aber nicht, dass wir deine Ausbildung vernachlässigen sollten oder werden. Wir reiten los und bringen sie heute Abend zu Ende.«

»Gut«, gab Toki sich geschlagen. Hoffentlich war Ayme später nicht mehr so störend und er konnte sich besser auf seinen Unterricht konzentrieren.

»*Also ich könnte noch ein paar Runden!*«, warf die Goldammer von ihrem Platz aus ein. »*Einer links und dann rechts von unten …*«

Toki stieß ein Schnauben aus und ignorierte ihn.

Während sie heute dem Weg folgten, entfernte dieser sich vom Meer und führte sie durch lauschige Wälder, über kleine Hügel, durch Lichtungen und an unzähligen Bächen, Weihern und Tümpeln vorbei.

»Woher hast du deine Dunkelstahlwaffen und das Kettenhemd?«, versuchte Toki später, Fin Informationen zu entlocken.

»Sie wurden in Carane gefertigt. Nur den Schmiedemeistern in den Feuerbergen ist es möglich, Stahl so zu bearbeiten. Er ist hart wie Diamant und dabei biegsam wie Holz. Wie sie es schaffen, dass er schärfer als die Sichel des Verhüllten schneidet, hätten so manche Spione gerne herausbekommen. Aber die Meister hüten ihre Geheimnisse so, wie sie ihren Dunkelstahl schmieden: meisterlich. Keinem ist es bisher gelungen, sie zu kopieren.«

»Du klingst, als wärst du ehrfürchtig. So kenne ich dich gar nicht«, sagte Toki.

»Bei gewissen Gelegenheiten und wenn es angebracht ist, überkommt sie mich.« Fin lachte. »So geht es mir auch bei allen Städten, in denen die Tempel der Elemente stehen. Nichts geht über ihre kunstvolle Schönheit.«

Toki versuchte die Unterhaltung erneut auf den Dunkelstahl zurückzuführen. »Darf jeder Ausrüstung von den

Schmiedemeistern kaufen? Ich hätte gern ein solches Kettenhemd wie du.«

»Prinzipiell spricht nichts dagegen. Es ist ihnen nicht verboten, ihre Waren anzubieten. Aber du musst sehr tief in die Taschen greifen. Es dauert sehr lange, Waffen und Rüstungen aus Dunkelstahl zu schmieden. Mein Kettenhemd hat etwa zweitausend Goldlinge gekostet – vierhundert Goldstücke in tangrintanischer Währung. Eines meiner Schwerter eintausendfünfhundert Goldlinge.«

Toki stand bei den Preisen der Mund offen. »So viel?« Er nahm eines seiner Messer zur Hand und sah es mit ganz anderem Blick an. »Wie viel sind diese Messer wohl wert?«

Fin trabte mit ihrem Pferd zu ihm und streckte die Hand aus. Nachdem er es ihr gereicht hatte, betrachtete sie es genau. »Meisterhaft gefertigt, das kleine Symbol hier weist auf die Schmiede von Rastor hin. Er ist nicht der beste, aber auch nicht der schlechteste Handwerker. Ich schätze, dass du dafür achthundert Goldlinge bekommst. Oder mehr, je nachdem, wer es gerne haben will. Reiche zahlen gelegentlich viel mehr, als etwas wert ist, nur um es zu besitzen. Aber ich würde dir empfehlen, sie zu behalten.« Sie hielt ihm das Messer hin.

Toki nahm die Waffe und steckte sie zurück in den Gürtel. »Das werde ich. Aber es ist gut zu wissen, was man bei sich trägt. Wer weiß, was in der Zukunft geschieht.«

Schweigend setzten sie die Reise fort und passierten nachmittags die kleine Stadt Guki.

Der restliche Tag verstrich in monotoner Langeweile, der gleichen Umgebung und vertieft in Gedanken. In Waldstein – der nächsten größeren Siedlung – rasteten sie in einem Gasthaus. Toki freute sich auf ein gutes Essen und Fin auf ein warmes Bad.

Fin schwitzte in ihrer Montur. Sonnenlicht begleitete sie seit den Morgenstunden und die Luft war warm. Langsam, aber stetig erhitzte sie sich weiter.

Während sie Schweiß von der Stirn wischte, warf sie einen kurzen Blick zu Toki. Der übte angestrengt mit seiner Gabe und

Fin war froh darüber. An Fleiß war schließlich nichts auszusetzen.

»Nicht mehr weit und wir sind an der Grenze«, sagte Fogo. Er schwebte über ihnen in der Luft und hielt Ausschau.

»Möglicherweise erreichen wir sie heute Abend«, rief sie zu ihm hinauf. »Dort vorn muss das nächste Dorf sein. Ich sehe Rauch über dem Wald aufsteigen. Bestimmt Köhler.«

»Du könntest Recht haben. Holz gibt es hier genug. Ich fliege voraus und sehe es mir an. Ich liebe den Geruch der Köhlereien.« Schon zischte der kleine Drache über den Wald davon und verschwand in Richtung des Rauches. Eine kleine, flauschige Kugel schoss hinterher.

Einige Zeit später kehrten beide zurück. Sofort schrak Fin hoch und blickte sich um. Sie merkte an Fogos Flug, dass etwas nicht stimmte. Es war jedoch nichts Ungewöhnliches zu sehen.

»Fin!«, schrie der Drache aufgeregt. *»Das sind keine Köhlereien, das ist ein abgebranntes Dorf. Sehr viele Leichen liegen herum. Es sieht aus wie auf einem Schlachtfeld. Ein paar Soldaten der Regenlande sind dort und begutachten es.«*

»Danke, Fogo.« Dann rief sie Toki zu: »Vor uns liegt ein abgebranntes Dorf. Lass uns dorthin galoppieren. Ich will wissen, was geschehen ist.« Leise und mehr zu sich selbst murmelte sie: »Ebras wird doch nicht die Regenlande angreifen?«

Die Schlachtrösser preschten los und kurz darauf erreichten die beiden Kastrall. Wenigstens das Schild war nicht zu übersehen. Alles andere …

Inzwischen konnte sie den brandigen Geruch riechen – brennendes Holz, Stoff und … Fleisch. Angewidert verzog sie die Nase.

Nachdem sie die ersten Häuser passiert hatten, erkannte Fin das ganze Ausmaß der Zerstörung. Eine ganze Kompanie musste im Dorf gewütet haben. Häuser waren angezündet worden und verkohlte Skelette zierten den vormaligen Standort. Leichen lagen überall verstreut – von Bolzen und Pfeilen gespickt. Mit Schwert, Axt oder Lanze zu Fall und zu Tode gebracht. Einige Häuser mussten verschlossen worden sein und die Bewohner darin verbrannt. Das erklärte den ekelerregenden Geruch nach verbranntem Fleisch. Neben einer Veranda lagen einige nackte Frauen. Fin wollte nicht darüber nachdenken, was sie vor ihrem Tod hatten durchmachen müssen.

Krähen und andere Aasfresser hatten sich an einigen der Leichen gelabt. Das erkannte sie an Fraßspuren – und an den Vögeln, die krächzend davonflatterten, schimpfend, weil sie bei ihrem Mahl gestört wurden.

Ein kleiner Bereich für die fünf Elemente war von den Schlächtern zerstört und geschändet worden. Die Altäre hatten sie umgestoßen, oder herausgerissen und mit Blut beschmiert. Und anderem, dem Geruch nach zu schließen, der ihr entgegenwehte. Auf jedem Altar lagen in unnatürlichen Posen kleine Gestalten. Kinder! Bei Lutums erloschenen Feuern, wer hatte das getan?

Wie durch ein Wunder – oder wie gewollt? – stand unversehrt in der Dorfmitte ein großes Haus. Das des Dorfvorstehers?

Soldaten der Regenlande schritten umher, bargen Leichen und suchten augenscheinlich nach Hinweisen. Wahrscheinlich wollten sie ergründen, was geschehen war.

Fin blickte zu Toki und merkte ihm an, dass er mit Übelkeit rang. Sein Gesicht war kreideweiß, fast grünlich und er versuchte, nicht zu viel von den Gräueln anzusehen.

Vor dem verschonten Haus registrierte sie einen Soldaten, der, im Gegensatz zu den restlichen, einen Tropfen als Rangabzeichen trug.

›Ah, ein Offizier. Sehr gut.‹ Auf ihn hielt sie jetzt zu.

»Auf ein Wort, Leutnant«, bat sie, als sie ihr Pferd vor ihm anhielt. Seine Kompanie hatte ihn schon auf sie aufmerksam gemacht und er starrte sie aus geröteten Augen an.

»Heilige! Wie kann ich Euch helfen? Ihr seht, wir sind mitten in einer Untersuchung.« Fins Augen zogen sich bei dem Wort Heilige zusammen. Aber darauf hinzuweisen, würde sowieso nichts bringen, also ignorierte sie es einfach.

»Genau deswegen würde ich gern mit Euch sprechen. Was ist hier geschehen? Habt Ihr schon Antworten? Waren das

Soldaten aus Ebras? Ich sehe keine Leichen außer den Einwohnern.«

Der Leutnant seufzte, fuhr mit seiner Hand übers Gesicht und brummte: »Es gibt keine. Alle Toten stammen höchstwahrscheinlich aus diesem Dorf. Die Angreifer haben jeden Einzelnen niedergemacht. Falls sie selbst Gefallene zu beklagen haben, wurden sie mitgenommen. Wir haben nicht einmal Ausrüstungsgegenstände oder Ähnliches gefunden. Nur eines haben sie uns hinterlassen … Wenn Ihr absteigt und mit mir ins Haus kommt, zeige ich es Euch.«

Fin stieg ab, zeigte Toki an, es ihr gleich zu tun, und drückte die Zügel einem Soldaten in die Hand. »Bindet die Pferde an«, befahl sie ihm.

Der Mann blickte verlegen seinen Leutnant an, der nickte, und auch Tokis Pferd wurde am Zügel gegriffen und weggeführt.

»Dieses Gebäude ist aus einem einzigen Grund nicht abgebrannt: damit wir das hier finden.« Der Offizier zeigte auf den Boden des Eingangsbereichs. »Das Zeichen des Verhüllten. Woher die Schlächter kamen, wissen wir nicht. Aber sie huldigen dem Gott des Todes. Davon gehe ich zumindest aus … Opfer für den Verhüllten haben sie schließlich haufenweise hinterlassen.«

Das Zeichen – die Sichel der Totenernte und das in ihr aufgespannte Spinnennetz, welches anzeigt, dass dem Gott des Todes niemand entkommt – war mit Blut auf den Boden geschmiert. Ansonsten gab es keine anderen Hinweise.

»Das ist alles? Es gibt nichts weiter?«, fragte Fin.

»Nichts, was wir bisher gefunden hätten.« Der Leutnant schüttelte bedauernd den Kopf.

»*Fin, komm schnell!*«, hörte sie Fogo rufen.

Ohne auf die anderen zu achten, ging sie zügig nach draußen und sah sich um.

»Wo bist du!«, rief sie in den Himmel hinauf, da sie ihn nicht ausmachen konnte.

»*Hier, an der Zimmerei. Ein kleiner Junge versteckt sich hier*«, klärte Fogo sie auf. »*Er sieht unverletzt, aber sehr verstört aus.*«

Fin erblickte das Gebäude, rannte dorthin und trat vorsichtig ein. Das Haus war einigermaßen unversehrt geblieben. »Wo ist er?«, fragte sie.

»Gleich unter den Tischen im Eck. Ich habe ihn nur zufällig entdeckt.«

Fin trat an die Tischgruppe, ging in die Hocke und fand sich Auge in Auge mit einem Jungen von etwa sieben Jahren. »Es ist alles gut. Die Angreifer sind fort und du bist in Sicherheit.«

Er wirkte nicht so, als würde er ihr glauben, denn er krabbelte von ihr weg, kauerte sich ins Eck und umklammerte seine Beine.

Toki, der hinter ihr stand, ging gleichfalls in die Knie und sprach dem kleinen Kerl sanft zu. Viel besser, als sie es gekonnt hätte. Sie ließ ihn reden und ging nach draußen.

Einige Zeit später trat Toki aus der Werkstatt. Den Jungen führte er an der Hand und der drückte sich eng an seine Beine.

»Er hatte Angst vor dir«, informierte er Fin. »Er hat mir erklärt, deine Augen glühten wie die der Dämonen aus den drei Höllen. Aber er hat eine Nachricht für dich. An die Frau mit den feurigen Augen, sagt er. Von einem Mann namens Kabaul.«

Fin war überrascht. Wer war das? Was hatte er mit dem Dorf zu schaffen? Sie zog die Stirn in Falten und fragte: »Und? Wie lautet sie?«

»Die rote Frau mit den feurigen Augen soll sich Kabaul in den Bergen stellen. Ansonsten wird der Verhüllte weitere Opfer erhalten«, trug der kleine Junge vor. Seine Stimme zitterte schrecklich und es war schwer, ihn zu verstehen. »Er sagte, er … er … verschont mich, damit ich für ihn spreche.« Tränen liefen über seine Wangen. »Was ist mit meinen Eltern und mit meinem Bruder?«

Toki ergriff sanft seine Hand und führte ihn weg. Wahrscheinlich, um ihm einfühlsam zu erklären, was geschehen war.

Der Leutnant stand wartend neben Fin und starrte sie an.

»Ich gehe davon aus, dass Ihr diesen Kabaul ohne meine Hilfe aufspüren und zur Rechenschaft ziehen könnt?« Sie musterte ihn fragend.

»Äh … der Mann verlangte nach Euch …«, versuchte der Soldat es zunächst.

»Wir haben keine Zeit. Wir reiten nach Carane. Ich nehme an, die Soldaten der Regenlande werden ihr Hoheitsgebiet verteidigen können?« Sie fixierte ihn mit grimmiger Miene.

»Wahrscheinlich …, wenn wir ihn finden.« Er klang nicht, als würde er daran glauben, oder es überhaupt *wollen*.

Fin seufzte, aber sie konnte sich nicht um alles auf der Welt kümmern und sie mussten weiter. »Dann solltet Ihr schnellstmöglich Eure Soldaten sammeln und Euch auf die Suche begeben.« Sie verließ den verdutzten Mann und ging zu Toki.

»Wir reiten weiter. Der Leutnant kümmert sich um diesen Kabaul«, klärte sie ihn auf.

Toki blickte sie entgeistert an, während der kleine Junge an seiner Hand hing. »Wir können doch nicht einfach weiterreiten. Wir müssen den Menschen helfen! Ansonsten wird noch ein Dorf aussehen wie das hier.«

»Schlimme Dinge geschehen. Wir haben einen Auftrag zu erledigen. Und der ist: Nach Carane reiten und die Prophezeiung finden«, sie starrte ihn mit ihren feurigen Augen an.

Wut blitzte in den wirbelnden Farben von Tokis Augen auf. Das helle Grau wechselte zu einem dunklen, düsteren. Es wirkte, als würden Blitze durch die Iris zucken.

»Wie kannst du so gefühllos sein! Berührt es dich nicht, was hier geschehen ist? Dass Fex seine Eltern verloren hat! Dass dieser Kabaul ein ganzes Dorf ausgelöscht hat, nur um dir eine Nachricht zu übermitteln?«

Fin ließ die Tirade über sich ergehen. Anschließend wies sie auf ein Detail hin, dass ihr die ganze Zeit durch den Kopf spukte. »Das klingt nach einer Falle, Toki. Irgendjemand weiß, wer wir sind und wohin wir wollen. Und schon wieder werden wir aufgehalten. Wir müssen endlich zum Feuertempel.«

Tokis Wut war noch nicht verflogen. »Dann geh! Ich werde den Regenländern helfen, Kabaul seiner gerechten Strafe zuzuführen. Odems Gabe soll nicht dafür eingesetzt werden, um uns vor Regen zu schützen, sondern um den Menschen zu helfen. Wahrscheinlich haben auch die weißen Priester ihre Finger im

Spiel. Sie machen mich so wütend, dass ich gar keine Worte mehr dafür finde!«

Er würde auf keinen Fall weiterreiten, ohne einen Versuch unternommen zu haben, diesen Mann zu finden. Das erkannte Fin sofort. Erneut seufzte sie. »Lass uns einen Kompromiss schließen. Wir suchen vier Tage nach ihm. Wenn wir bis dahin nichts gefunden haben, reitest du mit mir weiter. Ich würde gern allen helfen. Aber wir haben einen Auftrag und den müssen wir ausführen.«

Toki überlegte. Sie merkte ihm an, dass er nicht glücklich über ihre Entscheidung war. Sie auch nicht, aber das hatten Kompromisse so an sich.

»Gut«, grummelte er. »Vier Tage. Ab morgen. Dieser Tag ist schon fast vorbei.«

Fin musste schmunzeln, weil er sich so für seine Sache einsetzte. »Gut. Ab morgen. Ich spreche mit dem Leutnant. Er und seine Männer sollen uns begleiten. Wir wissen nicht, wie viele Gegner uns erwarten. Und von einer Falle bin ich überzeugt.«

»Danke. Es … es tut mir leid. Ich wollte dich nicht so anfahren.«

Fin nickte als Zeichen, dass sie akzeptierte und ging zum Leutnant.

Eine Stunde später brachen fünfundzwanzig Soldaten, Toki, Fin und ihre Begleiter zu den Bergen auf, die im Westen am Horizont hervorspitzten, um die Mörder der Dorfbewohner zur Strecke zu bringen.

Buchtwächters Glück

Cethon; Evomee; Kromrarg; Wenmao

Der Nordteil von Buchtwächter war gefallen, dafür hatte Cethon gesorgt. Die Felsbeißer hatten die Mauer zerstört und seine Kämpfer eroberten sie. Zufrieden saß er auf einem Stuhl im Zelt und wartete darauf, dass die Heerführer wie befohlen zu ihm kamen. Sie sollten inzwischen längst hier sein. Währenddessen dachte er entspannt über seine Erfolge nach.

Erst gestern hatte er die nördliche Zitadelle dem Erdboden gleichmachen lassen, in der die olorischen Soldaten immer noch ausharrten.

Jetzt hatte er befohlen, die eingenommenen Stadtteile zu sichern. Für einen erneuten Angriff auf die Stadt wollte er sich erst mit seinen Heerführern beraten und dann überlegen, wie er am besten vorging. Da Krolm tot war, hatte er dessen Zelt als seines erklärt und es bezogen. Sein eigenes war um einiges kleiner gewesen. Nun war er seiner Stellung angemessen untergebracht. Immerhin war *er* der Laulah der Heere, die Buchtwächter angriffen.

Ungeduldig ließ er die schwarze Perle – die ihm Befehlsgewalt über Tiere und Kreaturen verlieh – durch seine Hand kreisen. Welche Macht er in seinen Fingern hielt und was er alles damit anstellen konnte! Cethon musste nur in der Nähe von Lebewesen sein, um sie zu spüren – und das war nahezu andauernd der Fall.

Im Boden unter dem Zelt tummelten sich einige Regenwürmer und Mäuse. Er hatte ihnen befohlen, dass sie nachts nicht in sein Zelt und sein Bett klettern sollten. Nager erinnerten ihn an seine Kindheit. Damals hatte er sie regelmäßig aus seinem winzigen Zimmer werfen müssen und oft nisteten sie in seinem Strohsack, der als Bett diente.

›Ich könnte auf einem Hirsch reitend das Heer anführen‹, fiel ihm plötzlich ein, runzelte die Stirn und verwarf den Gedanken. ›Nein, das ist so abgedroschen.‹ Elben ritten auf Rotwild, zumindest hatte er davon gehört. ›Ein Bär! Das wäre besser, oder? Aber auch das gibt es sicher bereits. Mit einem Greif könnte ich fliegen, doch auch die Zwerge aus Tadrium richten sie ab, und sie sind ausgezeichnete Greifenreiter. Ich brauche etwas, was mich von anderen abhebt. Sehr schade, dass die Venerta nach Süden verschwunden ist! Das wäre ein würdiges Reittier für mich!‹

Cethon wollte wirklich etwas ganz Besonderes, um seine Macht zu demonstrieren. Ärgerlich stand er auf und lief im Raum auf und ab. Die Perle hing an einer Kette von seiner Hand herab.

›Hauerlöwen, Horntiger und andere große Katzen habe ich keine zur Verfügung‹, überlegte er weiter. ›Wyvern? Hmmm, schlecht zu reiten. Es muss doch möglich sein, eine Kreatur für mich zu finden …‹

»Priester, die Heerführer sind eingetroffen. Sollen wir sie einlassen?« Einer der Wächter stand im Eingang.

Erschrocken quietschte Cethon auf. Er hatte den Mann nicht eintreten gehört. Sein Herzschlag beruhigte sich, als er wahrnahm, was der Wächter sagte. Was? Ach ja, er wollte die nächsten Schritte besprechen.

»Sie sollen eintreten.«

Ihm kam eine Idee. Eine unglaublich geniale!

Nachdem die beiden Männer im Zelt standen und ihn entsprechend seines Rangs begrüßt hatten – sie erfüllten ihre Pflicht immer genau so, dass er sie nicht zurechtweisen konnte –, fragte er: »Welche Kreatur lebt in Osnil und wurde noch von keinem Mann geritten?«

Die beiden blickten einander verwirrt an, ehe der General-Leutnant des Heeres aus dem nördlichen Staatenbund mit seinem starken Nordmannakzent antwortete: »Wozu wollt Ihr das wissen? Hat die Frage mit der Belagerung zu tun?«

»Natürlich! Ich brauche ein Reittier, das meine Macht repräsentiert! Mit dem ich vor unseren Heeren stehen kann und das unsere Feinde das Fürchten lehrt, wenn sie mich darauf sitzen sehen. Die Venerta ist leider entkommen«, erklärte Cethon.

Erneut tauschten die beiden Blicke aus. Weniger verwirrt, mehr verzweifelt. Ärger flammte in Cethon auf.

»Sollten wir uns nicht nur um die Einnahme von Buchtwächter kümmern? Wir sind schon in der Stadt und könnten die Verteidiger bald zermalmen. Die nächsten, gut befestigten Städte sind weit entfernt und ein großer Teil des nördlichen Oloriens würde sich in unserer Hand befinden«, versuchte der General-Leutnant aus Osnil den Priester von seiner Idee abzubringen.

»Das kommt noch! Aber zuerst brauche ich eine Kreatur! Und kommt mir nicht mit einem Hirsch, Bär oder Ähnlichem! Sonst hetze ich die Würmer auf euch, die unter dem Zelt leben!«

Cethon bemerkte zufrieden, wie die beiden Männer erbleichten, und seine Wut flaute ab. ›Gut so! Sie sollen mich fürchten und meine Befehle befolgen.‹

Der Mann aus Osnil schluckte und sagte: »Ein Basilisk würde mir einfallen. Nicht weit von hier entfernt in den Bergen gibt es Höhlen, in denen sie hausen. Aber wie wollt Ihr einen zähmen? Sie sind dort und Ihr hier.«

»Richtig erkannt.«

Cethon überlegte, dann kam ihm ein erneuter Geistesblitz. »Wir haben draußen so viele Männer stehen, wir ziehen ein paar davon ab und schicken sie los, um eine dieser Kreaturen zu fangen. Das ist perfekt. Bitte kümmert Euch darum, General-Leutnant.«

»Wir brauchen die Soldaten, um Buchtwächter einzunehmen. Die Stadt ist noch nicht vollständig in unserer Hand«, war der abgehackte Nordmannakzent zu vernehmen. »Gebt Befehl, die innere Mauer anzugreifen. Die Verteidiger wanken, ihre

Moral ist vielleicht gebrochen. Sind wir nicht deswegen hier? Um die endgültige Erstürmung auszuarbeiten?«

»Auch, aber zunächst kümmern wir uns um das Reittier! Mein. Befehl. Lautet: Schickt so viele Männer aus, wie ihr für nötig befindet, um einen Basilisken zu fangen und herzubringen.« Er ließ die Worte einsickern, bevor er sagte: »*Jetzt* kümmern wir uns um die Stadt. Welche Vorschläge habt ihr?«

Die beiden hatten sich erneut angesehen. Diesmal mit rollenden Augen. Cethon beschloss, es zu ignorieren.

Der Osnilianer seufzte und murrte: »Wir schicken eine Kompanie los. Es wird aber dauern, bis die zurückkehrt. Wie Kromrarg ausgeführt hat, sollten wir die innere Mauer stürmen. Am besten lasst Ihr alle rotgoldenen Kämpfer an einer Stelle im Norden angreifen, und dem Rest ihres Heeres befehlt Ihr, das Osttor einzunehmen. Unsere Soldaten stürmen an anderer Stelle und springen in die Bresche, die die Kreaturen schlagen. Innerhalb ein paar Tagen gehört Buchtwächter uns. Möglicherweise geht es schneller, wenn Ihr ihnen von Kamiten die Kapitulationsaufforderung überbringen lasst. Herzog Wenmar ist stur und wird nicht aufgeben, aber Terewerd ist ein realistisch denkender Mann. Er wird wissen, dass sie zu wenig Soldaten haben und Unterstützung nicht in Sicht ist.« Er hob seinen Arm und ballte die Faust. »Jetzt ist die Zeit, sie zu zerquetschen!«

Kromrarg nickte zustimmend.

Cethon überlegte und ging dabei erneut im Zelt auf und ab. Die Perle ließ er unbewusst in seiner Hand kreisen.

»Schickt Kamiten, das ist ein guter Einfall. Am besten sofort. Angreifen werden wir noch nicht, wir festigen zuerst unsere Stellungen. Ich denke, es ist eine gute Idee, die Katapulte und Speerschleudern auf den eroberten Mauern zu reparieren und diese gegen die Feinde einzusetzen. So schonen wir das Leben unserer Männer.« Der Priester stoppte vor den Männern, starrte sie an und fügte hinzu: »Ich weiß, dass ein guter Anführer wenig Soldaten in den Tod führt und wohl überlegt, wann er die Mauern stürmen lässt und wann er abwarten muss.« Er war absolut überzeugt von seiner Wahrheit und runzelte die

Stirn, als er ihre Blicke auffing. »Die restlichen Männer sollen sich ausruhen und Kräfte sammeln.«

»Aber, Priester. Wenn wir jetzt warten, werden sie sich erholen, neuen Mut fassen, und es wird ungleich schwerer für uns, sie zu überwältigen. Es werden mehr Männer sterben, als wenn wir jetzt angreifen.«

Cethon wischte die Worte einfach beiseite. Wie kamen sie dazu, ihm zu widersprechen? Ihrem Laulah! »Wenn sie sehen, wie wir die Katapulte reparieren und wie wir uns auf den Sturm vorbereiten, wird ihre Moral noch weiter sinken. Vielleicht türmen sie und überlassen uns die Stadt einfach. Ich werde die rotgoldenen Krieger aufstellen, damit sie sie jeden Tag vor Augen haben.«

Mengshi – der osnilische General-Leutnant – stieß verzweifelt aus: »Nur weil sie uns sehen, werden sie uns nicht fürchten. Auch wir haben viele Soldaten verloren. Und sie wissen das. Außerdem wird die Moral unserer Männer durch das Warten nicht besser. Wir sollten *jetzt* angreifen!« Er rang seine Hände. »Jeder Tag, der verstreicht gibt unserem Feind Zuversicht und uns größere Herausforderungen.«

»Wollt Ihr sagen, Ihr wisst besser, was gut für unseren Auftrag ist, als ich?« Cethon blickte die beiden Männer ärgerlich an. »Ich wurde vom reinen, weißen Licht erhoben. *Er* hat mit mir gesprochen und mich gesegnet. Er hat mich angewiesen, den Auftrag auszuführen! Und das werde ich. Zu seiner Zufriedenheit! Ihr werdet mir dienen und meine Befehle ausführen. Erinnert euch an die Würmer!«

Noch mehr Verzweiflung zog über die Gesichter der General-Leutnants. Dann ergaben sie sich ihrem Schicksal.

»Wir werden Kamiten aussenden und anweisen, die Verteidigungswaffen auf den Mauern zu reparieren. Außerdem die Männer bereithalten, wenn Ihr Euch entscheidet anzugreifen.«

»Vergesst nicht den Basilisken!«, erinnerte Cethon sie. Das war schließlich der wichtigste Befehl.

»Natürlich nicht«, sagte Kromrarg. »Es soll geschehen, wie das reine Licht befiehlt.«

Zufrieden spielte Cethon mit der schwarzen Perle in seinen Händen und warf sie von der einen in die andere. »Wir sind fertig. Ich habe keine weiteren Befehle mehr für euch.«

»Natürlich, Herr.« Die beiden Heerführer verabschiedeten sich.

Nachdem sie das Zelt verlassen hatten, ging Cethon das Gespräch noch einmal durch. Er war sehr zufrieden, wie er die Belagerung geplant hatte.

›Buchtwächter wird vor meinen Heeren erzittern, die Belagerungswaffen werden bald Löcher in die Mauern reißen und dadurch wird es ein Leichtes sein, die Stadt zu überrennen. Wahrscheinlich werden sie sich schon vorher ergeben. Aus Angst vor meiner Macht! Spätestens, wenn ich auf dem Basilisken auf sie zureite. Sie werden erzittern! Vor Angst gelähmt die Mauern einfach aufgeben.‹ Cethon war begeistert.

Da er großen Hunger hatte, ließ er sich ein Mahl bringen. Der Braten war wunderbar saftig und hob seine Laune noch weiter. Zufrieden speiste er und ging anschließend durch das Lager, um die Soldaten zu segnen. Die von den Soldaten durchaus erkennbaren Soßenflecke auf dem weißen Gewand bemerkte er nicht.

Zusammen mit ihrem Bruder stand Evomee auf der inneren Mauer und begutachtete den Aufmarsch der Osnilianer.

»Warum greifen sie nicht an?«, grummelte Meson. »Ich verstehe die Heerführer nicht. Erwartet hätte ich, dass sie Tag und Nacht anrennen, um die innere Mauer zu überwinden und uns in eine planlose Flucht zu schlagen. Und jetzt sehen sie aus, als würden sie einen lustigen Picknickausflug machen und darauf warten, dass wir uns aus Furcht ergeben.«

»Wer weiß, was sie aushecken«, antwortete Evomee. »Lass dich nicht täuschen. Die Venerta und die Felsbeißer waren geschickte Manöver. Vielleicht bereiten sie schon das nächste vor«.

Seit Längerem überlegte auch sie, was der Feind vorhatte und was sie an dessen Stelle für Pläne verfolgen würde. Nichts von dem, was sie sah, ergab Sinn.

»Immerhin haben wir Zeit gewonnen und unsere Soldaten erholen sich vom Verlust der Nordmauer«, murrte Meson.

Abwesend nickte Evomee, verschränkte die Arme und lehnte sich auf die Zinne. »Ja. Wir sollten froh darüber sein. Wir haben die Wälle verstärkt, unsere Wunden – körperliche wie seelische – versorgt, und jetzt bleibt uns nichts anders übrig, als das Treiben dort unten zu beobachten.«

»Ob sie wirklich gedacht haben, ihr Unterhändler würde mit ihren haltlosen Kapitulationsbedingungen offene Türen einrennen?« Meson schnaubte und trat neben sie. »Natürlich haben Wenmar und Terewerd abgelehnt. Als ob der Herzog seine Stadt einfach aufgeben würde … Und der Oberst glaubt tatsächlich noch daran, Buchtwächter halten zu können.«

Seufzend antwortete Evomee: »Die Evakuierung geht gut voran. Wir könnten …, nein, wir *sollten* … die Stadt aufgeben.«

»Je eher, desto besser! Was denkst du über diese anderen sonderbaren Handlungen?«

»Die Reparatur der zerstörten Katapulte und Speerwerfer auf der Nordmauer?«

»Genau die.«

»Sie ergeben überhaupt keinen Sinn. Sobald sie zu zwei Drittel repariert sind, schießen wir sie erneut zu Kleinholz. Die Soldaten fegen wir gleich mit von der Mauer. Aber: Möglicherweise dient es einer größeren Strategie. Bisher waren sie sehr erfinderisch, wenn es darum ging, die Mauern einzureißen.« Sie deutete auf die großen Löcher in der Nordmauer. An einer Stelle war der Wall bis auf die Grundmauern weg. Durch die Felsbeißer – Würmer …!

»Es erscheint mir auch vollkommen hirnverbrannt, die rotgoldenen Kreaturen nicht einzusetzen. Aber genau das geschieht. Sie stehen nur da unten und starren uns an. Als ob sie uns in Angst versetzen wollten.« Meson schnaubte erneut. »Da wissen wir wenigstens, wo sie sind.«

»Ja«, stimmte Evomee zu. »Teer und Pech stehen bereit, sie zu empfangen.« Sie stieß sich von der Zinne ab und wandte sich Meson zu. »Ich gehe zurück in den Palast. Ich habe Ann versprochen, sie zu besuchen. Der Herzog hätte seine jüngste

Tochter auch auf den Weg nach Süden schicken sollen. Aber er besteht darauf, dass sie in der Zitadelle bleibt.«

»Er ist sich so sicher, dass Buchtwächter standhält. Ich habe ihm auch empfohlen, seine Familie aus der Stadt zu schaffen. Aber er will nicht auf mich hören, scheint mir«, brummte Meson ungehalten. »Immerhin hat er endlich Nachricht nach Süden geschickt, um von unserer misslichen Lage zu berichten. Vielleicht lassen die anderen Herzöge uns von dort Unterstützung zukommen. Oder der König … Wenn die Osnilianer weiterhin vor der Mauer warten, dann wage ich tatsächlich zu hoffen.«

»Es wird lange dauern, bis Soldaten zu uns gelangen. Wir hätten gleich zu Beginn nach Beistand schicken sollen. Leider ist man hinterher immer schlauer. Wodasch sei Dank, hat Wenmar sich jetzt darum gekümmert. Bis später, Bruder«, verabschiedete sich Evomee, lief zu ihrem Pferd und ritt zurück zur Burg.

Dort holte sie Neppo, der in ihrem Zimmer auf sie wartete, und suchte die Residenz des Herzogs auf.

Ann wohnte in einer eigenen Zimmerflucht, die in deren unmittelbarer Nähe lag.

»Ich bin gespannt, was die Herzogstochter von uns will. In ihrem Brief stand nur, dass sie mich und dich heute gern sprechen würde«, sagte sie zu Neppo.

»*Vielleicht möchte sie einfach die mysteriöse Elementarierin kennenlernen, von der in der Stadt gesprochen wird. Du und Meson seid zu Galionsfiguren von Buchtwächter geworden*«, erwiderte der Wasserigel. »*Als ihr die Kreaturen am Osttor zurückgeschlagen habt, haben die Menschen euch übermenschliche Kräfte zugeschrieben.*«

»Wo hast du das denn gehört? Wir sind doch nur zwei normale Sterbliche. Gut, wir leben länger und sind sehr gesund, aber wir sterben genauso schnell wie alle anderen.«

»*Auf mich wird nicht so sehr geachtet und die Bediensteten reden gern bei ihrer Arbeit. Oder die Wachen und Soldaten, wenn sie nichts Wichtiges erledigen müssen.*« Neppo kicherte. »*Du willst gar nicht wissen, was ich noch alles erfahren habe. Allerlei Klatsch und Tratsch und intime Details.«*

»Ich sehe, du bist der beste Spion, den man sich wünschen kann.« Evomee lachte und bog um die Ecke eines Gangs. »Wir sind da. Lass uns herausfinden, was Ann auf dem Herzen hat.«

Sie klopfte an der Tür zu Anns Gemächern und wartete, bis sie hereingebeten wurde.

Eine feine Stimme sagte: »Tretet bitte ein.«

Evomee öffnete die Tür und stand in einem hübsch eingerichteten Zimmer. Ein kleiner Kamin würde im Winter angenehme Wärme spenden. Große Sessel und ein Sofa luden dazu ein, Platz zu nehmen. Überall auf ihnen lagen Kissen und Decken verteilt. Ann schien eine besondere Freude an Orange und Gelb zu haben, sie waren die beherrschenden Farben im Raum.

Die Herzogstochter saß an einem Tisch und schob schnell ein paar Teller in eine andere Position, als Evomee eintrat, und sprang auf.

Evomee bemerkte sofort, wie nervös die junge Dame war.

»Wasserelementarierin.« Sie knickste vor ihr und hielt den Blick gesenkt. »Ihr ehrt mich, dass Ihr meiner Bitte entsprochen habt.«

Evomee war über die tadellose und förmliche Ansprache überrascht und erfreut. Sie verbeugte sich ebenfalls vor der Tochter des Herzogs und sagte: »Ich danke Euch, Ann, dass Ihr mich zu sprechen wünscht. Womit kann ich Euch helfen?«

Das Mädchen setzte ein paar Mal an, bevor sie nervös herausbrachte: »Heute ist mein Geburtstag und ich habe mir gewünscht, etwas Zeit mit Evomee, der Retterin von Buchtwächter, zu verbringen. Würdest du …«, sie unterbrach sich und wurde rot, »… würdet Ihr mir ein wenig Gesellschaft leisten?«

Evomee fühlte sich überrumpelt. Jedoch auf angenehme Art. »Ihr wollt Euren Geburtstag mit *mir* feiern?«

»Mit Euch und Neppo, so heißt doch Euer Begleiter? Ja, darum würde ich bitten. Ich muss in der Stadt bleiben und fürchte mich vor dem, was draußen vorgeht. Vielleicht könnt Ihr mir erklären, was geschieht? Mein Vater spricht nicht mit mir darüber.« Sie zeigte auf den Tisch. »Ich habe Kuchen, Gebäck und

Obst für uns anrichten lassen. Außerdem frischen Fisch für den Wasserigel.«

»*Der Fisch sieht wirklich lecker aus*«, fiepte Neppo, der aus der Schlinge herauslugte.

»Eine außergewöhnliche Bitte. Ich glaube, so wurde ich noch nie zu einem Geburtstag eingeladen.« Evomee lächelte. Die Geste der Herzogstochter rührte sie.

Die sah jedoch enttäuscht aus. »Ich habe mir zu viel herausgenommen. Verzeiht, Wasserelementarierin. Ihr habt sicher Besseres zu tun, als Euch mit der kleinen Tochter des Herzogs zu unterhalten.«

»Nein, Ann. Ihr habt mich falsch verstanden. Ich würde gern Zeit mit Euch verbringen. Es rührt mich, dass Ihr Euren Geburtstag mit uns verbringen wollt. Und Abstand von dem, was draußen vorgeht, zu nehmen, wird mir guttun. Aber eine Bedingung hätte ich.«

Hoffnung und Freude blitzte in den grauen Augen auf, die genau wie die von Wenmar aussahen. »Ich werde alle Eure Bedingungen mit Freude erfüllen«, beeilte Ann sich zu versichern.

»Bitte nenn mich Evomee und lass das Euch weg. Und ich werde du zu dir sagen. Das macht die Unterhaltung viel angenehmer. Neppo freut sich über den Fisch, den du ihm servierst.«

Ann strahlte jetzt regelrecht. »Oooh, gerne, Evomee. Bitte setz dich. Ich habe auch verschiedene Säfte. Was willst du trinken? Kirschsaft, Himbeersaft oder lieber Einzigartiges aus Olorien? Salzwasserbirnsaft, ein erlesenes Getränk aus Wasserbirnen und einem speziell aufbereiteten Meerwasser?«

Evomee wusste natürlich, was in Olorien an Speis und Trank angeboten wurde, aber sie wollte das Mädchen nicht unterbrechen. »Ich entscheide mich für die olorische Spezialität«, sagte sie. Sie mochte den feinen, süßlichen Geschmack der Wasserbirnen. Das aufbereitete Meerwasser brachte eine gewisse Spritzigkeit ins Getränk sowie einen sanften Hauch von Salz, der perfekt zur Frucht passte.

Ann schenkte die Flüssigkeit in einen Kelch und reichte ihn ihr. »Was will dein Begleiter? Ich habe frisches Wasser. Ich wusste nicht, was ein Wasserigel gerne trinkt«, fügte sie verlegen hinzu.

»Wasser ist vollkommen ausreichend. Neppo dankt dir von Herzen«, gab Evomee seine Antwort weiter. »Und der gedeckte Tisch sieht wirklich herrlich aus.«

»Also … das hier sind Küchlein mit einem Mus aus Wasserbeeren und Quackswurzeln, daneben stehen Törtchen, gefüllt mit Himbeergelee und einem Klecks Sahne. Und dort – meine Lieblingsspeise! – süße Fladen mit Physapfelsoße. Was soll ich dir anreichen?«

»Die Küchlein hören sich köstlich an, gern eines davon«, bat Evomee. »Ich habe noch nie solch ein Mus gegessen. Nur Wasserbeeren und Quackswurzeln. Ich bin gespannt, ob die bittere Note der Wurzel vorherrscht.«

»Sehr gern.« Ann lud ein Stück auf einen Teller und reichte ihn Evomee galant. Die Lehrer hatten sie anscheinend perfekten höfischen Umgang gelehrt. »Bitte.«

Während sie die süßen Köstlichkeiten aßen, erzählte Evomee der Herzogstochter, wie es um die Belagerung stand. Sie fand, sie hatte ein Recht darauf, wenn sie schon in der Gefahr der Stadt bleiben musste.

Ann nahm die Erklärung gut auf. Ängstlich wirkte sie nicht.

Neppo tat das, was er besonders gut konnte. Niedlich sein. Er tippelte über den Tisch, setzte sich vor Ann und leckte ihr mit der rauen Zunge über die Hand. Dann führte er ihr vor, wie er seine Stacheln aufstellen konnte und rollte sich zu einem kleinen Ball zusammen.

»Die Haut am Bauch ist so glatt«, staunte die Herzogstochter. »Wie ein Otterfell. Und der Schwanz ist so erstaunlich fleischig; der hat bestimmt viel Kraft! Das süßeste Tier, das ich bisher gesehen habe.«

Neppo freute sich über die Schmeicheleien, das merkte Evomee.

Später erkannte sie, dass Ann noch etwas auf dem Herzen hatte, denn sie rutschte unruhig auf ihrem Sitz hin und her und wirkte abwesend.

»Möchtest du noch etwas wissen, Ann?«, fragte sie einfühlsam, dem Mädchen Gelegenheit gebend, ihre Sorgen auszudrücken, die sie vermutete.

»Bin ich so leicht zu durchschauen?«, antwortete diese und schlug die Augen nieder. »Ich habe mir alles, was du für uns in Buchtwächter getan hast, erzählen lassen, aber niemand konnte mir sagen, was du für eine Gabe hast. Hast du sie nicht eingesetzt?«

Evomee musste lachen. »Es überrascht mich, dass du das wissen willst. Wurdest du nichts über die Elementarier und deren Kräfte gelehrt?«

»Nur, dass es euch gibt, ihr Natlara im Gleichgewicht haltet und anderes Belangloses. Vielleicht habe ich auch nicht richtig aufgepasst«, gestand Ann.

Evomee nippte an ihrem Getränk, um ihr Lächeln zu verbergen. Ganz sicher hatte die kleine Tochter des Herzogs nicht aufgepasst, denn überall wurde über die Elementarier gelehrt. Vor allem so wichtige Persönlichkeiten wie Ann erhielten eine gute Bildung.

»Meine Gabe besteht darin, kleinen Mengen Wasser eine neue Form zu geben. Solang es sich außerhalb eines geschlossenen Gefäßes befindet. In einer Schüssel, einer Pfütze, in einem See oder Fluss. Pass auf, ich zeige es dir.« Sie konzentrierte sich auf Neppos Wasserschale und formte die Flüssigkeit darin zu einem kleinen Wasserigel, der tanzte. Anschließend wiederholte sie es mit den Säften. Kleine Tiere erschienen und zerflossen.

»Das ist ja wunderbar.« Ann war begeistert und klatschte in die Hände. »Bezaubernd!«

»Ja, hübsch anzusehen, aber nicht für einen Kampf geeignet. Die Elementarier früher waren viel mächtiger. Sie konnten ganze Seen über ihre Feinde entleeren oder Schiffe versenken. Das ist mir nicht möglich. Deswegen muss ich mich auf meine physische Kraft und meine Ausbildung verlassen«, gestand ihr Evomee.

Sie blickte aus dem Fenster und bemerkte, dass die Sonne schon sehr tief stand. »Ich muss mich leider verabschieden,

Ann. Ich treffe mich mit deinem Vater und Terewerd.« Sie stand auf und verbeugte sich galant. »Hab vielen Dank für die nette Abwechslung. Du bist ausgesprochen zuvorkommend und hast mir und Neppo ein paar schöne Stunden beschert. Ich hoffe, du hattest einen schönen Geburtstag?«

Glücklich strahlte die junge Dame und zeigte dabei eine kleine Lücke in der Mitte der Schneidezähne. »Ja, es war mir eine Freude! Du bist eine wirklich gute Erzählerin.« Auch sie stand auf und knickste formvollendet. »Ich hoffe, wir können uns bald wieder unterhalten. Hab Dank für alles.«

Neppo und Evomee verabschiedeten sich und verließen die Residenz des Herzogs.

»*Das kleine Mädchen ist eine richtige Perle inmitten der ganzen Krieger*«, sagte Neppo. »*Das hat viel Spaß gemacht. Hoffentlich wird die Anweisung des Herzogs, sie im Palast zu lassen, nicht zu ihrem Verhängnis.*«

»Das werde ich nicht zulassen. Und wenn ich sie selbst in eine Kutsche nach Süden verfrachte, bevor die Mauern gestürmt werden«, beruhigte Evomee ihn. »Du hast recht, sie ist eine wirklich intelligente und zuvorkommende junge Frau.«

Beide machten sich auf, um erneut ins Kriegshandwerk einzutauchen.

Die nächsten Tage zogen dahin und Cethon wartete ungeduldig darauf, dass die Kompanie auftauchte und sein Basilisk zu ihm gebracht wurde.

Manchmal ging er durchs Lager, um die Soldaten zu segnen. Dabei nahm er immer die Route, bei der er den Horizont im Blick hatte. Von dort würde sein Reittier gebracht werden.

Leider verpasste er die glorreiche Ankunft.

Als es endlich so weit war und der ausgesandte Trupp – stark dezimiert – zurückkehrte, lag er gerade auf seinem Feldbett. Jubelnd sprang er bei der Nachricht auf und sofort befahl er den Heeren, Aufstellung zu nehmen, um die Stadt zu erstürmen. Dabei ärgerte er sich maßlos. Die Soldaten hatten bei seinem Auftrag versagt, mit den reparierten Katapulten die inneren Mauern einzureißen.

Dann würden sie die Stadt eben so in die Knie zwingen – mit ihm vorweg auf seinem furchteinflößenden Reittier!

Der Käfig mit dem Basilisken stand vor den angriffsbereiten Soldaten und Cethon umklammerte die Perle fester. Seine Hände schwitzten ein wenig und er befürchtete, das kleine Ding zu verlieren.

Die Kreatur sah gefährlich aus. Ein Echsenkörper, der an ein Krokodil erinnerte, nur viel, viel größer. Ein kräftiger Schwanz schwang unruhig hin und her und die kleinen Augen musterten ihn unaufhörlich. Spitze Zähne ragten aus dem Maul und gelegentlich züngelte eine gespaltene Zunge daraus hervor. Anstatt sichtbarer Ohren hatte der Basilisk nur Löcher, die diese Funktion wahrnahmen. Die Klauen an den Füßen scharrten über das harte Holz.

Cethon ging auf den Käfig zu und hielt direkt davor an. Ein Blick in die schwarzen Augen der Kreatur ließ ihn schaudern und er schluckte. Doch er musste sie bezwingen, denn jetzt starrten ihn alle an! Er griff mit seinen Gedanken nach ihrem Verstand, zwang ihn, ihn als Meister anzuerkennen, drängte ihn zurück, ja presste ihn regelrecht zu einem Staubkorn zusammen und … brachte die Kreatur unter seine Kontrolle.

»Lasst es frei!«

Die Soldaten, die dazu abgestellt worden waren, traten vorsichtig und ängstlich heran, öffneten das Gitter und rannten schnell aus der vermeintlichen Reichweite des Basilisken.

Über ihre Angst konnte Cethon nur lachen.

Die Kreatur stapfte langsam aus dem Käfig und stoppte direkt vor ihm. Aus den Augenwinkeln bemerkte er die beiden Heerführer und wie sie dem ganzen Treiben aus einiger Entfernung zusahen.

»Ergötzt euch an meiner Macht!«, murmelte er halblaut.

Er hatte angewiesen, dass der Sturm beginnen sollte, sobald er auf dem Basilisken saß und den Befehl zum Angriff gab. Freudig erregt fuhr er über den schuppigen Kopf und zwang die Kreatur auf den Boden. Ganz flach lag sie vor ihm. Anschließend ließ er den Basilisken sich zu seiner vollen Größe aufrichten. Allein durch seine Gedanken! Er war begeistert. Erneut zwang er ihn zu einer gebeugten Haltung. Diesmal strich er über die Schnauze und begutachtete die Zähne.

›Wie scharf die wohl sind? Wahrscheinlich töten sie einen Kämpfer mit Leichtigkeit!‹ Er fasste an die Spitze einer der Zähne, um die Schärfe zu testen. Ein Schmerz fuhr ihm durch die Hand. Er hatte sich an dem Zahn gestochen.

»Verdammt!«, fluchte er und saugte an der kleinen Verletzung. »Sie werden mich alle fürchten. Das Basilisk wird sie alle töten!«

Ihm wurde leicht schummrig und er musste sich anstrengen, nicht zu schwanken. ›Was ist los? Ist das alles zu aufregend für mich? Das kann nicht sein, ich bin die absolute Macht!‹

Er bekam schlecht Luft und Schweiß trat auf seine Stirn. Beine und Arme wurden kraftlos und er musste sich anstrengen, um über seine Stirn zu wischen. Aus kleinen, bösen Augen verfolgte der Basilisk seine Bewegungen. Cethon versuchte, etwas zu sagen, aber es kamen nur noch stammelnde, undeutliche Laute aus seinem Mund. Ein überwältigendes Brennen rollte von seiner Hand über seinen Körper.

Er taumelte und bemerkte, wie die beiden Heerführer ihn anstarrten. Seinen Arm brachte er nicht mehr nach oben und sein Blick wurde unstet. Ein Bein kippte weg und er stürzte zu Boden. Die schwarze Perle hielt er noch immer fest umklammert.

›Ich darf sie nicht verlieren!‹, dachte er und erschauderte unter den Schmerzen. Schaum kroch seinen Hals hinauf, trat aus seinen Mundwinkeln und er bekam nun fast keine Luft mehr. Röchelnd wand er sich im Staub. Seine Bewegungen gehorchten ihm nicht mehr und Feuer durchflutete ihn.

Der Speichel! Er war giftig und ein kleiner Kratzer ihrer Zähne oder Klauen reichten aus, Großwild zu erlegen. Entsetzen ergriff ihn.

Wo war sein Gott, warum hatte er ihn nicht beschützt?

›Verdammtes … Lichtwesen …!‹

Mit diesen letzten Gedanken starb Cethon, Laulah und oberster Priester der Heere des reinen, weißen Lichts.

Das Basilisk bemerkte, dass sich dessen Griff löste. Und fing an zu knurren.

Kromrarg und Mengshi sahen mit starrer Miene zu, wie Cethon den Basilisken aus dem Käfig entließ und ihm über den Kopf fuhr.

Mengshi grummelte: »Wie konnte das reine Licht nur solch einen Idioten zum Anführer der Heere benennen. Mir wird immer klarer, dass wir uns von ihm blenden ließen, was seine Allwissenheit betrifft.«

»Krolm hatte alles unter Kontrolle und seine Ideen mit den Kreaturen waren unglaublich. Ohne ihn hätten wir Buchtwächter noch nicht an den Rand des Falls gebracht. Warum er ihn hat sterben lassen, erschließt sich mir nicht«, erwiderte Kromrarg. »Warum wir danach dieses flackernde Bürschchen bekamen, ebenso wenig.«

»Oh, beim reinen Licht!«, rief Mengshi ungläubig aus und deutete auf den Priester. »Siehst du, wie er dem Basilisken über die Schnauze reibt? Hat er noch nie davon gehört, dass die Zähne und Krallen unglaublich giftig sind? Wenn er sich auch nur leicht daran ritzt, stirbt er qualvoll! Er muss doch nur aufsitzen und den Befehl zum Angriff geben. Bitte, Gott, bei den drei Höllen, dem Verhüllten und allen anderen Göttern, die zusehen: Lasst ihn ein einziges Mal eine vernünftige Entscheidung treffen!« Er hob flehend die Hände zum Himmel.

»Siehst du das?« Kromrarg stieß den anderen General-Leutnant an. »Der Priester taumelt und schwankt. Jetzt versucht er, etwas zu sagen. Kannst du verstehen, was es ist?«

»Er sieht uns an. Aber ich weiß nicht, was er von uns will. Und ich geh da bestimmt nicht hin!«, fluchte Mengshi skeptisch. »Er stürzt. Ich glaube er bekommt keine Luft mehr. Dieser Idiot hat sich wirklich vergiftet!«

»Was passiert mit dem Basilisken, wenn er die Kontrolle darüber verliert?« Kromrarg wurde flau. »Wir müssen die Soldaten warnen!«

Bevor er etwas unternehmen konnte, starb Cethon und die Kreatur fing an zu toben.

Mengshi schrie: »Schützen, schießt auf den Basilisken. Tötet ihn!«

Soldaten flogen buchstäblich umher. Andere wurden vom Schwanz des Basilisken zermalmt. Sein Biss zerfetzte Männer, als wären ihre Rüstungen aus Blattwerk, und die Krallen schlitzten alles auf. Das Gift tötete noch einmal so viele wie seine natürlichen Waffen. Etliche ihrer Kameraden wurden zu Tode getrampelt, als Panik einsetzte und alle vor der Kreatur flüchten wollten.

Pfeile hagelten auf den Basilisken hinab, blieben jedoch nur im Echsenkörper stecken und richteten wenig Schaden an.

»Speere! Schnappt euch, verflucht noch mal, Speere und spießt diese Bestie auf!«, brüllte Kromrarg seine Ehrenwache an.

Die riesigen Nordmänner schnappten ihre Waffen, rannten auf den Platz des Gemetzels zu und warfen sich todesmutig auf die Kreatur.

Entsetzt verfolgte Kromrarg den Kampf. Zwei seiner besten Männer wurden getötet, aber dann schaffte es ein anderer, seinen Speer in eines der Augen zu treiben und dem Basilisken den Todesstoß zu versetzen.

Die General-Leutnants sahen sich an und nickten.

Gemeinsam befahlen sie den Angriff auf Buchtwächter.

Mit zitternden Beinen stand Wenmao auf. Wie durch ein Wunder hatte er das Wüten des Basilisken überlebt. Na gut, er war auch ein bisschen feige gewesen und hatte sich auf dem Boden zusammengerollt und gebetet. Zu allen fünf Göttern gleichzeitig. Nicht zum weißen Gott, denn der hatte gerade seinen Priester sterben lassen. Wenn der das zuließ, konnte er nicht allmächtig sein.

Kurz darauf war die Kreatur über die Soldaten neben ihm hergefallen und so war er in Panik, die Augen geschlossen, am Boden entlang nach vorn gerobbt. Allerdings kam er nicht weit, bevor er auf ein Hindernis stieß. Als er ängstlich die Lider öffnete, blickte er in das schaumverschmierte Gesicht des weißen Priesters. Die Augen standen unnatürlich weit offen. Die

Gliedmaßen waren unnatürlich verrenkt, als hätten die Muskeln und Knochen sich in Richtungen bewegt, für die sie nicht vorgesehen waren. Eine Hand des Jungen ragte in einer krallenden, erstarrten Bewegung zu ihm.

›Was ist das?‹ Wenmao konnte es nicht genau erkennen. Langsam schob er sich weiter auf die Hand zu.

›Eine schwarze Perle! Sie muss einiges wert sein, so wie sie glänzt‹, kam ihm in den Sinn. Rasch entwand er das Kleinod den toten Fingern, stopfte sie in seine Tasche und robbte eilig weiter. Staub vermischte sich mit dem Schweiß auf seinem Gesicht. Das Kampfgeschehen kam näher. Und dann tat es einen Schlag und aller Lärm war zu Ende. Der Basilisk war zu Boden gefallen, erstarrt wie der Priester. Ein mächtiger Speer ragte aus seiner Augenhöhle.

Der Angriffsbefehl ertönte und er wurde von den Männern des Heeres mitgeschoben.

›Meine Waffen! Ich habe sie fallen gelassen‹, dachte Wenmao entgeistert. ›Jetzt stürme ich dem Tod entgegen. Ohne Schutz!‹

Die Schlinge zieht sich enger

Ikk

Einige Tage vergingen, ohne dass sich irgendetwas ergeben hätte, was Ikk dem Mörder näherbrachte, falls eine einzelne Person dafür verantwortlich war. Bisher war Faun, der Barde, die Ausnahme in der Serie. Ein Mann statt einer Frau! War das gleiche Monster für seinen Tod verantwortlich? … schließlich war auch er skalpiert worden! Wie wahrscheinlich war es, dass noch jemand seine Opfer so bestialisch verstümmelte?

Es war zum Verrücktwerden!

Um den Kopf freizubekommen, wollte Ikk sich um andere Dinge kümmern. Er beschloss Saarol aufzusuchen.

Vor dessen Zimmer zögerte er einen Moment und klopfte dann an.

»Saarol. Hast du Zeit für mich?«

»Ikk? Komm herein«, drang es gedämpft durch die schwere Tür.

Rasch stieß Ikk sie auf und schlüpfte hinein. Der hochgewachsene Mann saß hinter seinem Tisch und schrieb offenbar einen Brief. Jetzt steckte er die Feder in die Halterung und blickte Ikk an. Mit der Hand zwirbelte er ein Ende seines dünnen Schnauzers. »Wie ist es mir möglich, dir zu helfen?«

Ehe Ikk seine Frage formulierte, zog er einen Stuhl heran und nahm Saarol gegenüber Platz. »Weißt du, woher die Begriffe Amsithoir und Nadoir kommen?«

Verblüfft starrte die rechte Hälfte ihn an. »Ich hatte erwartet, dass du mir von deiner Suche nach dem Mörder berichtest oder bezüglich dieses Themas um Hilfe bittest. Die Frage überrascht mich.«

»Ich muss mich ablenken«, gestand Ikk. »Sonst werde ich noch wahnsinnig.«

»Nun. Woher die Bezeichnungen kommen, weiß niemand mehr. Wenn es dich wirklich interessiert, werde ich dir erläutern, was die Begriffe für uns bedeuten. Wieso möchtest du das wissen?« Neugierig starrte Saarol ihn an.

»Es scheint mir eine gute Idee zu sein, mehr über unsere Organisation zu erfahren. Dadurch erhoffe ich mir schneller Nachrichten zu bekommen. Vielleicht kann ich auch die Strukturen besser ausnutzen. Außerdem muss ich mich ablenken.«

»Löblich«, sagte Saarol. »Scheint mir tatsächlich eine gute Idee zu sein. Pass auf: Amsithoir sind all jene Männer und Frauen, die – auf welche Weise auch immer – Auskünfte beschaffen. Keine speziellen, sondern alles, was in der Gilde als wichtig erachtet werden könnte. Bettler, Huren, Arbeiter, Diebe, Tavernenwirte und weitere versorgen uns damit. Ein Großteil ihrer Informationen stellt sich vielleicht als uninteressant heraus, aber manches hilft uns.«

»Es wird also einfach alles gesammelt und danach ausgesiebt?«

»So könnte man es ausdrücken. Jetzt zu den Nadoir: Sie beobachten ganz speziell ein vorgegebenes Objekt, eine Person oder eine Sache. Beispielsweise die Menschen, die damals die Häuser der Nordmänner bespitzelten.«

»Also, wenn ihr schon wisst, welche Information ihr braucht und von wem?«

»Richtig.«

In Ikks Kopf tauchten unglaublich viele Ideen auf, die umgesetzt werden wollten. Rasch schob er den Stuhl zurück, stand auf und murmelte abwesend: »Danke für deine Hilfe, Saarol. Jetzt muss ich mich um … Informationen kümmern.«

»Gern geschehen. Eine kleine Pause ist gelegentlich erfrischend. Bis bald.«

Schnell verließ Ikk das Zimmer und warf mit all seiner Energie die Tür ins Schloss. Das Geräusch hallte wie ein Hammerschlag durch den Gang und er zuckte zusammen.

›Ups. Das wollte ich nicht‹, dachte Ikk und stürmte weiter. ›Jetzt weiß ich, wie ich Informationen über die Naht, das Barett und die Morde zusammentragen kann! Ich brauche – Nadoir und Amsithoir. Die einen können explizit danach suchen und die anderen allgemein die Augen und Ohren offen halten.‹

Die nächsten Tage sprach er mit allen Amsithoir und Nadoir die er kannte, und trug ihnen auf, so schnell wie möglich Meldung zu geben, wenn sie etwas entdeckten. Einige bezahlte er sogar dafür, in andere Stadtviertel zu gehen und sich dort umzusehen. Fast wollte er behaupten, dass er ein kleines Informantennetzwerk innerhalb der Gilde errichtete.

Als er wieder bei Saarol auftauchte und ihm erklärte, was er auf die Beine gestellt hatte, war der mächtig stolz auf ihn.

»Du machst dich, Ikk«, lobte er den Jungen. »Dein Vater freut sich sicherlich. Möglicherweise entwickelst du dich in eine Richtung, die ihm zusagt. Vielleicht kannst du ihn irgendwann als Nachfolger ablösen, wenn er es wünscht. Unter uns: Du bist der einzige seiner Söhne und Töchter, dem er das wirklich zutraut. Er hat uns bereits wissen lassen, dass Lyrrol und ich dir alle Unterstützung geben sollen, die du brauchst.«

»Richte ihm Grüße von mir aus.« Ikk glühte vor Stolz. »Im Moment brauche ich nichts. Ich versuche alles, was wir haben, so zu nutzen, wie es mir am sinnvollsten erscheint für diese Morde. Die Berichte laufen alle bei Annrich zusammen. Der weiß genau, worauf er für mich achten muss.«

»Ich fand es besonders einfallsreich, wie du diesen Wächter zu deinem Amsithoir gemacht hast. Einfach, im Vorbeigehen, ohne dass er wirklich weiß, für wen er arbeitet. Informanten in der Armee, der Wache oder der Zitadelle zu platzieren ist immer besonders schwierig. Nicht, dass wir nicht etliche beschäftigen würden, aber es dauert normalerweise sehr lange.« Saarol klang aufrichtig begeistert. »Mir scheint, du hast ein Händchen dafür.«

»Danke.« Ikk freute sich. »Apropos Wache. Genau dorthin werde ich mich jetzt begeben. Dieser Benny hat heute Dienst im Wachhaus am Händlertor. Ich hoffe, sie haben schon etwas über die Morde herausgefunden. Seit der Barde und die Frau getötet wurden, versuchen sie *die* tatsächlich aufzuklären. Es ist sicher sinnvoll, ihnen nun auch von dem Barett und der Naht zu erzählen. Vielleicht finden sie den dazugehörigen Handwerker – oder wer auch immer den Stich benutzt.«

»Gut. Wenn du Hilfe von uns brauchst, gib Bescheid, wie immer. Bis dahin wünsche ich dir viel Erfolg bei deiner Aufgabe.«

Ikk verabschiedete sich und verließ den Unterschlupf.

Am Wachhäuschen angekommen zupfte er seine neuen Kleider und das azurblaue Halstuch zurecht und betrat das kleine Haus.

»Meine Herren«, grüßte er die Wächter. »Ich möchte mit Benny sprechen. Ich weiß, dass er heute Dienst hat.«

Einer der Männer sah auf, stutzte, als er Ikk erblickte und sagte schnell: »Junger Herr, wartet bitte kurz. Ich werde ihn für Euch holen.« Er verschwand in einem angrenzenden Raum und nicht lange drauf erschien er mit Benny.

»Hallo, junger Mann. Was wünscht Ihr von mir? Geht es um … einen Finderlohn?« Der Wächter wusste anscheinend genau, weswegen Ikk hier war. Oder er hoffte auf einen erneuten Zuverdienst. Auf jeden Fall hatte er sich an die Gabe von Ikk erinnert. Das war gut.

»Gibt es ein Zimmer, in dem wir ungestört sprechen können?«, fragte Ikk. »Es geht um die Morde, die ihr hoffentlich immer noch untersucht.«

»Natürlich, junger Herr. Bitte folgt mir.«

Er führte den Jungen in einen anderen Raum und schloss die Tür. Einige Stühle und ein Tisch standen darin. Er sah aus, als würden in ihm die Pausenzeiten verbracht.

»Was wollt Ihr über die Untersuchung wissen? Wir haben leider nicht viel herausgefunden. Der Mörder ist wie ein Geist. Niemand hat ihn gesehen.«

»Vielleicht habe ich etwas, dass euch voranbringt.«

Ikk zog das Barett aus seiner Kleidung hervor und reichte es dem Mann.

»Diese Kopfbedeckung hat der Mörder bei der dritten Tat verloren. Seht Ihr die Naht? Kein Schneider in Tannberg verwendet sie. Ich habe auch ein Muster davon mitgebracht. Finden wir denjenigen, der den Stich benutzt, finden wir auch den Mörder.« Er drückte Benny das Nahtmuster in die Hand. »Ein Goldstück, wenn Ihr mir Informationen liefert, die mir helfen den Verbrecher zu finden.«

Als der Wächter die Summe hörte, wurden seine Augen groß und er zögerte nicht zu sagen: »Natürlich. Ich werde mich so schnell wie möglich daran machen, mit meinen Vorgesetzten über die neuen Beweise zu sprechen. Vielleicht haben wir andere Möglichkeiten als Ihr, um denjenigen aufzuspüren, der diesen Stich benutzt. Ich gehe davon aus, die Schneider habt Ihr alle besucht?«

Ikk nickte. »Kein Schneider hier verwendet sie. In ein paar Tagen werde ich Euch erneut besuchen. Wenn sich inzwischen etwas ergibt, schickt eine Nachricht an die Bäckerei ›Schlemmerstücke‹. Die Bäckerin wird mich informieren.«

Benny fragte bei der sonderbaren Bitte nicht nach, sondern nickte nur und versprach, alles genau so auszuführen, wie Ikk angewiesen hatte.

Zufrieden verabschiedete Ikk sich und verließ die Wache. Er suchte die besagte Bäckerei auf, erklärte der Frau, die schon länger für die Gauner arbeitete, dass sie alles, was sie erhielt, sofort an die »Scherbenschwalben« zu Annrich schicken sollte und drückte ihr ein paar Fils in die Hand.

Zufrieden mit dem heutigen Tag besuchte er den Wirt und ließ sich ein wässriges Bier schmecken.

Zwei Tage später betrat Ikk erneut gut gelaunt die »Scherbenschwalben«. Noch ehe die Tür ins Schloss gefallen war, winkte Annrich ihn aufgeregt herbei.

Rasch schlüpfte er zwischen den Gästen hindurch und stand kurz darauf an der Theke. »Gibt's was Neues?«

»Ja. Ich habe gerade Nachricht von deinem kleinen Netzwerk erhalten – wirklich meisterhaft umgesetzt.«

»Danke«, antwortete Ikk stolz, um gleich ungeduldig hinzuzufügen: »Was wurde übermittelt?«

»Leider ist ein weiterer Mord, der Ähnlichkeiten zu den vorherigen aufweist, geschehen. Im nördlichen Wohnviertel; zweiter Ring – wie hast du es geschafft, deine Spitzel dort zu platzieren?«

»Das bleibt mein Geheimnis.« Ikk grinste in sich hinein.

Annrich zuckte mit den Achseln und fuhr fort: »Du erreichst die Stelle, indem du den Tannengrund unterhalb der Serpentinen zum Tor der Elemente aufsuchst. Anschließend nimmst du die Tangrintelstraße bis zur Nadelgasse. Dort musst du hin.«

»Dann gibt es mein Bier wohl später. Bis bald, Annrich.«

»Mach's gut, Ikk. Und viel Erfolg«, rief der Wirt ihm hinterher.

Einige Zeit später erreichte Ikk die Nadelgasse. Zunächst hielt er sich im Hintergrund und begutachtete die Umgebung. Zweistöckige Häuser säumten die Straße die gut gepflegt aussahen. Sogar einige Blumenkübel hingen von den Fenstern herab. Das Pflaster unter seinen Füßen war von Dreck befreit und es roch hier … nach Seife und gebratenem Fleisch. Sofort lief Ikk das Wasser im Mund zusammen. Viel gegessen hatte er heute noch nicht. ›Egal‹, dachte er. ›Zuerst der Mord!‹

Etliche Schaulustige standen zu einer dicht gedrängten Menge versammelt vor einem Haus. Die Wache hielt sie auf Abstand. Er erkannte auch Benny, der in der Nähe des Hauses eingeteilt war.

›Ah, möglicherweise kommt die Nachricht von ihm.‹ Ikk überlegte nicht lange und pfiff ihm zu.

Als der Mann Ikk erblickte, lächelte er freundlich und kam auf ihn zu.

»Hallo, junger Herr. Wundervoll, dass Ihr so bald von der Tat gehört habt und hier erscheint. Braucht Ihr Antworten auf ein paar Fragen?«

»Weshalb wäre ich wohl sonst hier?« Ohne auf eine Antwort zu warten erklärte Ikk: »Wir werden es so wie letztes Mal machen.« Im Weggehen ließ er unauffällig einen kleinen Beutel fallen und setzte beschwingt seinen Weg fort. Ein Haus weiter klopfte er auf seine Taschen und tat irritiert, drehte sich um und rannte zum Wächter zurück.

»Habt Ihr einen kleinen Lederbeutel gefunden? Ich muss ihn hier verloren haben. Meine ganzen Ersparnisse sind darin«, stieß er atemlos hervor.

»Ihr habt Glück, mein Herr. Gerade habe ich diesen hier gefunden und wollte ihn in Sicherheit bringen. Man weiß nie, in wessen Hände er fällt. Ist das Eurer?«, fragte Benny lächelnd.

»Die Wache ist einfach hervorragend. Das ist er. Ihr habt Euch einen Finderlohn verdient«, lobte Ikk und deutete dem Wächter an, ihm auf die Seite eines Hauses zu folgen, um nicht von den Schaulustigen beobachtet zu werden. Dort angekommen zählte er zehn Fils ab und drückte sie dem Mann in die Hand. »Warum steht Ihr hier? Was ist in dem Haus geschehen?«

»Ein schrecklicher Mord. Deshalb warten die Gaffer. Um einen kurzen Blick auf die Leiche zu erhaschen oder auf die arme Familie. Der Mann hat die Frau und die Kinder die Mutter verloren. Jemand muss ins Haus eingedrungen sein, als die Dame allein war und hat ihr mit einem spitzen Gegenstand die Halsschlagader durchbohrt. Kein schöner Anblick. Außerdem ist sie skalpiert worden. Der Einbrecher und Mörder hat sich jedoch an der Scheibe, durch die er ins Haus gelangt ist, geschnitten. Wir haben Blut am Fenster gefunden. Die Frau weist keine weitere Verletzung auf. Vielleicht hilft Euch das weiter?«

»Danke, Benny. Gibt es Informationen über die Naht?«

»Leider nicht.«

Ikk war enttäuscht, er hatte auf Neuigkeiten gehofft.

»Aber die anderen Wächter halten die Augen offen und auch die Offiziere habe ich informiert. Sie wollen es weitergeben. Möglicherweise kümmern sich dann noch mehr Wächter der Stadtwache darum. Die Bevölkerung wird langsam unruhig und Gerüchte von einem bösen Geist gehen in der Stadt um.

Das muss unterdrückt werden, sagen meine Vorgesetzen«, teilte Benny redselig mit. »Es ist nicht gut, wenn in den Wohngebieten gemordet wird.«

Der junge Gauner stimmte ihm zu. Allerdings war es nicht gut, wenn überhaupt irgendwo ein Mord geschah. Abgesehen von notwendigen Liquidierungen der Gaunergilde natürlich.

Benny wurde zum Haus gerufen, um die Leiche wegzuschaffen, und verabschiedete sich.

Ikk ging langsam zurück in die Scherben. Diesmal nahm er den Weg durchs Scherbentor. Auf dem Weg überlegte er, was er noch unternehmen konnte.

Fast eine Woche verging, in der nichts geschah. Kein weiterer Mord, keine Informationen über die Naht, das Barett oder die Tötungen. So euphorisch er nach dem Gespräch mit Benny in der Nadelgasse gewesen war, so dysphorisch fühlte er sich jetzt. Es war zum Haare raufen. Seine Suche ging ein paar winzige Schritte vorwärts, um kurz darauf an einer himmelhohen Mauer zu stoppen. Dann versuchte er links oder rechts davon, einen neuen Weg zu finden. Dabei konnte er feststellen, dass eine kleine, verborgene Tür im Wall diesen zwar schnell überwindbar machte, aber trotzdem nichts wirklich Zielführendes hinzukam. Und anschließend ging das ganze Spiel von Neuem los. Ikk wollte einfach durch alles hindurchstürmen und die Mauern einreißen. So unruhig und gereizt war er mittlerweile.

»Es ist zum Wiezel melken«, grummelte er Annrich an. Es war abends und er saß am Tresen und stocherte in einem Teller voll kaltem Braten. »Ich habe das Gefühl, als hätte ich den Mörder von Anphia schon fast, und immer wieder entschlüpft er mir. Wie kann er so viel Glück haben und nie gesehen werden?«

»So wie du dich in die Sache reinhängst, wirst du ihn schnappen. Vielleicht erwartest du zu viel? Hast du dir überlegt, was du unternehmen wirst, wenn du weißt, wer es ist? Ihn der Stadtwache übergeben? Oder dich an Lyrrol und Saarol wenden?«, fragte Annrich, während er ein paar Gläser putzte.

›Eine gute Frage‹, dachte Ikk. Was würde er tun? Er war immer noch traurig und wütend wegen Anphia und Marlen, aber er würde den Mörder nicht mehr sofort töten. Er wollte wissen, warum der das alles auf sich nahm. Was bewog ihn zu den Taten? Was wollte er mit den Haaren? Und warum war er so verdammt gut, dass man ihn nicht schnappen konnte!

Die Tür ging auf, ein dreckiger Bettler stapfte in den Raum und auf den Tresen zu. Dort angekommen steckte er Annrich einen schmierigen Zettel zu, nuschelte irgendetwas Unverständliches und verschwand so schnell, wie er gekommen war.

Annrich las das Papier, zog die Augenbrauen hoch, drehte sich zu Ikk um und reichte es ihm.

Mord an Geldsack. Oberstweg – Ecke Parbergstraße!, stand auf dem Zettel in schlampiger Schrift.

»Schon wieder einer?« Ikk seufzte. »Diesmal in einem ziemlich guten Viertel. Wenn der Mörder so weitermacht, tötet er bald in der Zitadelle.« Er überlegte. »Vielleicht … Ich weiß schließlich noch nicht, was ich dort vorfinden werde. Möglicherweise passt es gar nicht. Es liest sich so, als wäre erneut ein Mann getötet worden. Bis später, Annrich.«

»Viel Erfolg bei deiner Jagd. Ich wünsche dir, dass du endlich Antworten erhältst.«

Ikk stürmte durch die Scherben, durchquerte den Wohnbereich im zweiten Ring, lief die Serpentinen zum Tor der Elemente hinauf und kam bald darauf in der Parbergstraße an. Wunderschöne Häuser säumten hier die Straßen und die beiden Monde beschienen die Szenerie. Mehrstöckig ragten die Gebäude in den Himmel. Bestimmt hatten sie am Tag alle bunte Fassaden. Ikk war die Dunkelheit recht, in ihr fühlte er sich wohl und die Schattierungen waren seine Freunde.

Das Haus, in dem der Mord geschehen sein musste, war ein kleines Anwesen. Ein hoher Zaun grenzte es zur Straße hin ab und hinter ihm erspähte Ikk einen großen, hübsch angelegten Garten. Am Eingang standen zwei Wachen. Ansonsten konnte er niemanden entdecken.

»Guten Abend«, grüßte er die Wächter. »Ich suche Benny. Hat er heute Dienst?«

»Guten Abend, junger Herr. Ja, aber er ist für andere Aufgaben eingeteilt. Ihr findet ihn in der Wache.«

Ikk fluchte lautlos. Wie kam er jetzt an die Informationen über den Mord? Die List mit dem Finderlohn würde bei zwei Wächtern nicht funktionieren. Deshalb versuchte er eine andere Finte.

»Ich wurde beauftragt, die Morde aufzuklären. Dazu habe ich schon einige Beweise zusammengetragen und habe gehört, dass erneut ein Mann zu Schaden gekommen ist. Kann ich mit dem befehlshabenden Offizier sprechen?«

Die beiden Männer sahen sich zweifelnd an und Ikk betete zu Odem um seinen Beistand.

»Wer hat Euch beauftragt?«, wollte einer wissen.

Natürlich blies ihm Odem kräftig ins Gesicht. Verdammt, was sollte er jetzt antworten? »Ich wurde vom Königshof gesandt. Von Joska Parberg, unserer Königin«, setzte er alles auf eine Karte.

Die beiden Wächter sahen sich unbehaglich an und nach einem Achselzucken ging schließlich einer der beiden los, wahrscheinlich um den Vorgesetzten zu holen.

Ikk fiel ein Stein vom Herzen. ›Das hätte auch schiefgehen können. Anscheinend haben sie Furcht vor der Königin. Vielleicht nutzt mir diese Erkenntnis irgendwann einmal …‹

»Bitte wartet hier. Der Leutnant wird gleich bei Euch sein«, versprach der andere Wächter.

»Natürlich«, sagte Ikk gönnerhaft.

Einige Zeit geschah nichts. Ikk lief unruhig vor dem Tor auf und ab und ignorierte die Blicke des Soldaten, dann kehrte der zweite Wächter mit einem Offizier zurück.

»Wer will mich sprechen?«, grummelte der Leutnant – das Rangabzeichen zeigte einen Baumstamm. »Ich habe keine Zeit für Streiche.«

»Guten Abend«, grüßte Ikk ihn freundlich. »Ich habe der Wache Informationen über den Serienmörder zur Verfügung gestellt. Das Barett und die Naht. Möglicherweise habt Ihr davon Kenntnis?« Er hoffte es, ansonsten musste er sich erneut eine andere List ausdenken.

»Du warst das? Ich dachte jemand Älteres hat uns damit geholfen. Du bist doch gerade einmal zwölf!«

»Sechzehn, bitte schön«, flunkerte Ikk und atmete erleichtert aus. »Und ist das Alter nicht egal, wenn wir einen Mörder fangen können? Wenn Ihr mir Auskunft über das aktuelle Tötungsdelikt zukommen lasst, teile ich meine neuen Hinweise mit Euch.«

Der Leutnant besann sich und fragte: »Ihr habt Neuigkeiten? Was ist es? Ein anderes Kleidungsstück?«

»Ist es möglich, drinnen zu sprechen? Während ich mir ein genaueres Bild der Tat mache?«, versuchte es Ikk. Er war unsicher, ob der Leutnant darauf eingehen würde. Informationen hatte er keine, aber das wusste der Mann ja nicht.

»Ich kann keine Zivilisten –«, setzte der Wächter an.

Ikk unterbrach ihn: »Ich bin kein normaler Bürger. Meinem Vater gehören einige Häuser und Betriebe.«

Erneut brachte ihm die Auskunft zweifelnde Blicke ein.

»Wir verlieren nichts, wenn er einen Blick auf den Mord werfen darf«, half Ikk einer der Wächter vom Tor. »Aber wir gewinnen einiges, wenn es stimmt, was er sagt.«

Der Leutnant kratzte über seinen Stoppelbart, musterte Ikk noch einmal intensiv und nickte schließlich. »Gut, folgt mir. Vielleicht fällt Euch etwas auf, dass wir übersehen haben.«

Er begleitete Ikk ins Haus. Es war nobel und ausgesprochen exklusiv eingerichtet. Eingeölte Holzmöbel setzten einen dunklen Akzent in die ansonsten sehr hell eingerichteten Innenräume. Überall blitzte Marmor und andere Natursteine.

Sie gingen eine große Treppe hinauf, die sich über den ganzen Eingangsbereich wand. Oben trafen sie auf weitere Wächter.

»Wen hat der Mörder erwischt?«, versuchte er den Leutnant zum Reden zu bewegen. »War es tatsächlich ein Mann?«

»Nicht nur *irgendein* Mann«, erwiderte er. »Der Gildemeister der Steinmetze residiert hier mit seiner Frau Hanna. Residierte, sollte ich wohl sagen. Wir sind da. Er liegt hier, im Schlafzimmer. Der Mörder muss sich Zutritt über die Haustüre verschafft haben. Einbruchspuren gibt es diesmal keine. Bei den vorherigen Opfern musste er sich mit Gewalt Zugang verschaffen.«

›Das ist ein großes Wagnis, dass der Täter eingegangen ist, um den Mann zu töten. Warum? Warum konnte er das?‹, überlegte Ikk.

Sie hatten einen großen Raum betreten. Ein Wächter kümmerte sich um eine Frau mit tränengeröteten Augen. Am Boden sah er den Gildemeister liegen.

›Natürlich ist er skalpiert und die Haare sind weg.‹

Ikk sank neben dem Toten zu Boden und begutachtete die ganze Misere. Erneut ein Einstich in die linke Halsseite. »Gibt es sonstige Auffälligkeiten? Oder Sonderbares? Hat die Frau etwas mitbekommen?«

»Nein«, antwortete der Leutnant. »Sie saß im hinteren Teil des Gartens, an dem kleinen Weiher. Ihr Mann war im Haus, um eine Rede für die Steinmetze vorzubereiten. Sie fand ihn so, wie er hier liegt vor, und hat uns sofort benachrichtigt. Wie sieht es mit Euren Neuigkeiten aus?«

Ikk überlegte fieberhaft, was er sagen sollte. »Ihr wisst ja bereits, dass die Naht des Baretts das ausschlaggebende Kriterium ist, um den Mörder zu fassen«, versuchte er Zeit zu schinden. »Wir müssen jemanden finden, der diesen Stich zuordnen −«

»Welche Naht?« Die schwarzhaarige Frau blickte aus ihrem Schock auf und Ikk an. »Meinem Vater gehörte eine Schneiderei. Ich kenne mich mit Nähten aus. Spüren wir so das Monster auf, das meinen Ehemann getötet hat?«

Ikk ergriff die Gelegenheit, um von sich abzulenken. »Das ist unsere größte Hoffnung, Dame Hanna. Ich habe ein Barett, das mit einem speziellen Stich genäht wurde. Hier, Ihr könnt es Euch ansehen.« Glücklicherweise nahm er das Barett immer mit und konnte es ihr jetzt reichen.

Die Frau nahm es vorsichtig entgegen.

»Aber ich habe alle Schneider in Tannberg befragt und keiner konnte mir weiterhelfen.«

Alle Augen ruhten jetzt auf der Frau.

Die ließ das Barett durch ihre Hand gleiten und befühlte den Stoff und die Naht. »Das ist kein Stich, den ein Schneider verwenden würde. Da habt Ihr recht. Die einzelnen Einstiche sind viel zu weit auseinander und verlaufen zu ungleichmäßig.« Sie kniff die geröteten Augen überlegend zusammen. »Aber ich kenne diesen Stich. Ich weiß, ich habe ihn schon einmal gesehen oder zumindest gefühlt.« Dann vergingen einige Momente, in denen sie nur das Barett betrachtete. Schließlich schniefte sie und Tränen traten ihr erneut in die Augen. »Ich erinnere mich nicht. Ich könnte den Mörder überführen, und es fällt mir nicht ein!«

Ikk trat zu ihr und sagte einfühlsam: »Lasst Euch Zeit. Ihr seid in Trauer. Ihr habt gerade auf grausame Art Euren Ehemann verloren. Hier, ich überlasse Euch ein Muster und Ihr könnt überlegen.« Er zog eine Stichprobe hervor und reichte es ihr. »Wenn Euch etwas einfällt, benachrichtigt mich … oder die Wache. Ihr könnt mich über die Bäckerei ›Schlemmerstücke‹ erreichen.«

Der Leutnant zog bei der Beschreibung die Augenbrauen nach oben.

»Das Muster fühlt sich anders an als das Original.« Die Frau hatte sich wieder gefangen. »Und ich meine, dass ich es gefühlt habe und nicht gesehen. Darf ich das Barett behalten, junger Herr?«

Ikk behagte es nicht, aber endlich stand jemand vor ihm, der ihm Antworten geben konnte, und das wollte er nicht vermasseln. »Gut. Aber bitte behandelt es sorgsam und unterrichtet mich sogleich, wenn Ihr nur die kleinste Idee habt, wo Ihr die Naht gefühlt habt.«

Die Frau nickte und schluchzte erneut auf. Ein Wächter führte sie weg, damit sie sich ausruhen konnte und nicht immer auf ihren toten Mann starren musste.

»Wie sieht es nun mit den Neuigkeiten aus?« Der Leutnant hatte nicht vergessen, warum Ikk mit ins Anwesen hatte kommen dürfen.

»Das, was die Dame gesagt hat.« Ikk entschied, das Gespräch zuvor auszunutzen. »Die spezielle Stichfolge der Naht ist einer Schneiderin aufgefallen. Aber sie hatte nichts mehr hinzuzufügen. Glücklicherweise haben wir jetzt sogar mehr erfahren.«

Zweifelnd blickte ihn der Leutnant an, verkniff sich aber einen Kommentar. »Wenn Ihr nichts mehr beisteuern könnt, lassen wir die Frau des Gildemeisters nun in Ruhe und wir machen unsere Arbeit«, ließ er ihn wissen.

Ikk nickte und verschwand. Er wollte die Gunst von Odem nicht länger strapazieren. Wer wusste schon, wann die sanfte Brise, die einen in die richtige Richtung trug, zu einem Sturm wurde, der einen am Ziel vorbeitrudeln ließ.

Auf dem Rückweg in die Scherben war er sich sicher, dass der Mörder bald gefunden wurde. Er hatte ein gutes Gefühl. Die Frau würde sich irgendwann erinnern und dann hatte er das Monster!

Reisegesellschaft

Ansou

Als Ansou Rebens Amtszimmer betrat, blickte sie sich erst einmal verwundert um. Keine Bücher lagen auf dem Tisch, den Stühlen oder dem Boden. Der Raum war blitzblank aufgeräumt.

»Ich glaube, ich habe mich im Zimmer geirrt«, begrüßte sie den grauhaarigen Oberst und lachte fröhlich. »O Tarra, tut das gut, wieder zu lachen. Seit letzter Woche war es mir vergangen.«

Reben blitzte sie an und erwiderte: »Gelegentlich muss Ordnung geschaffen werden. Ich habe nichts mehr gefunden. Außerdem: Wozu ist man Oberst, wenn nicht, um sich beim Aufräumen helfen zu lassen.« Er zwinkerte ihr zu. Dann wurde er ernst. »Bitte setz dich und erzähl mir alles, was du und deine Brigade seit eurem Aufbruch erlebt habt.«

Ansou sank in einen der Sessel und berichtete von Tränenwacht. Sie schloss mit: »Und jetzt bin ich mit diesen Kreaturen, den Priestern und meiner Kompanie auf dem Weg nach Tannberg zur Königin.«

Reben sah aus, als musste er alles, was sie ihm erzählt hatte, innerlich einsortieren oder analysieren. Dabei wurde seine Miene immer ernster. Nachdem er sich mit der Hand über die Haare und den Nacken gestrichen hatte, stand er auf, ging zum Fenster und blickte hinaus in die Dämmerung.

Es dauerte, bis er unwirsch grummelte: »Das gefällt mir alles so sehr wie ein Furunkel am Hintern. Nämlich gar nicht! Nicht, dass die Königin beschlossen hat, ihre Ländereien zu erweitern. Das kommt immer wieder vor, und unter anderem deshalb gibt es uns Soldaten. Dafür, dass sie denkt, einen Zugang zum Meer brauchen zu können, zolle ich ihr sogar Respekt. Aber die Art und Weise stößt mir übel auf. Warum muss sie sich mit diesen weißen Mördern einlassen! Dreckige Wasser! Riggit hat schlau gehandelt, als sie dir die beiden Wachen zugeteilt hat. Und du, weil du dich vor den Priestern in Acht nimmst. Ich werde eine Nachricht an die Königin aufsetzen, die du ihr überreichen kannst. Dann weiß ich, dass sie wirklich ankommt und nicht irgendwo abgefangen und von jemand gelesen wird, den es nichts angeht, was ich zu sagen habe. Leider kann ich dir keine weiteren Ratschläge mit auf den Weg geben.«

»Willst du nicht mit nach Tannberg reisen und mit der Königin persönlich sprechen? Du kannst ihr den Brief selbst überreichen.« Ansou hoffte, er würde sie begleiten. Er hatte eine Stellung inne, die seiner Stimme ein gewisses Gewicht verlieh. Aber das hatte der ehemalige General-Major auch gehabt, bis er an der Königin angeeckt war.

Reben stutzte, um gleich danach aufzulachen. »Darauf wäre ich gar nicht gekommen. Ich habe mir so viele Gedanken gemacht, was ich schreiben werde, um die Situation zu erklären. Mit Paul haben wir noch darüber gesprochen, ob ich nach Tannberg reisen sollte.« Er schüttelte den Kopf. »Ich werde wohl doch alt. Früher wäre mir das nicht passiert.«

»Du hast – so wie ich – zu viel, an das du denken musst. Auch, um den Priestern Paroli zu bieten«, beruhigte Ansou ihn. »Du bist auf keinen Fall alt. Höchstens in den besten Jahren!« In seinem Profil sah sie sein leichtes Lächeln. »Heißt das, du begleitest mich?«

»Ja, das heißt es«, bekräftigte er und ballte die Faust. »Ich kann nicht ignorieren, was das tangrintanische Militär und die Prediger des finsteren Gottes in Buchtwächter getan haben. Ich hoffe, Joska Parberg hört mich an. Vielleicht spreche ich auch mit Ernja.« Er drehte sich zu ihr um und fügte hinzu:

»Immerhin muss ich jetzt keinen Brief schreiben. Gelegentlich fällt es mir schwer, die Feder richtig zu greifen. Ich werde ihr mein Anliegen mit meinen eigenen Worten vortragen.«

»Wir brechen im Morgengrauen auf«, informierte sie ihn über die Absichten von Gawald. »In fünf Tagen sollen wir in Tannberg eintreffen.«

»Ein straffer Reiseplan. Lass mich alles für morgen vorbereiten, anschließend speisen wir zusammen und bereden, was die Königin aus unserer Sicht wissen muss. Was hältst du davon?«

Ansou nickte, stand auf und antwortete: »Eine gute Idee. Ich kümmere mich inzwischen um meine Kompanie. Brauchen wir weitere Kämpfer, die mit uns reiten?«

»Nein, wir reisen schnell. Mehr halten uns nur auf. Ich werde allerdings meine beiden besten Soldaten mitnehmen. Aber darum kümmere ich mich selbst. Bis später, Ansou. Danke für deinen Bericht.« Damit entließ er sie.

Ansou kümmerte sich um alles, was sie erledigen wollte und musste.

Anschließend verbrachten Reben und sie einen angenehmen Abend in seinen Amtsräumen. Beide waren äußerst zufrieden mit ihrer Ausarbeitung, was sie der Königin darlegen wollten.

In dieser Nacht schlief Ansou zum ersten Mal, seit sie vor Tränenwacht angekommen war, tief und fühlte sich nach dem Erwachen frisch und ausgeruht. Nur die innere Unruhe begleitete sie weiterhin.

Ansou, Riggit, ihre Kompanie sowie Reben und seine beiden Soldaten standen gerüstet neben ihren Pferden, als die weißen Priester und Gawald erschienen.

Die iraniischen Soldaten und ihre Offiziere salutierten Gawald, dann schwangen sie sich auf ihre Reittiere und warteten. Ansou war stolz darauf und blickte den kommenden Tagen zuversichtlicher entgegen.

»Guten Morgen«, rief der General-Leutnant über den Hof. Er sah gut gelaunt aus. »Wie immer Perfektion, Reben. Ich hätte nichts anderes von Euch erwartet. Ansou hat von einem der Besten gelernt.«

Ruk und Risgar zogen säuerliche Mienen, bemerkte Ansou leicht amüsiert.

Gawald ließ sein Pferd bringen, saß auf und wartete ungeduldig, bis auch die beiden Priester endlich auf ihren Tieren saßen.

Die rotgoldenen Kämpfer standen auf der Seite, um zusammen mit der kleinen Gruppe aufzubrechen.

»Nehmt Euch ein Beispiel an den Soldaten aus Irani, Risgar.« Der General-Leutnant blickte den weißen Priester an. »Das macht die tangrintanische Armee aus.«

»Die Gotteskrieger würden sie im Zweifelsfall zermalmen«, grummelte Risgar halblaut. »Keiner kann sich mit den Soldaten unseres Gottes messen.«

»Sie bluten und sterben. Da bin ich mir sicher. Aber wir wollen es nicht testen. Wir stehen auf derselben Seite.«

Gawald wirkte unwirsch über die Antwort des Priesters. Er hob seinen Arm und befahl aufzubrechen.

Die Gruppe verließ die Kommandantur, galoppierte über die Hauptstraße von Irani und durch das Älzetor den Fluss entlang.

Mittags passierten sie die Taverne »Zum Steinkopf«, hielten jedoch nicht an, sondern rasteten später am Straßenrand.

Als sie Tokis Heimatdorf durchquerten, verspürte Ansou eine Sehnsucht in ihrem Herzen, die sie noch nie empfunden hatte. Wahnsinnig gern würde sie bei seiner Familie anhalten, sich mit Elle, seinen Eltern und den kleinen Nichten unterhalten. Geschichten von Toki lauschen und mit ihnen lachen. Wie bei dem Fest, welches das Dorf zu seinen Ehren veranstaltet hatte.

Bevor sie jemanden Bekannten erkennen konnte, waren sie schon durch die kleine Siedlung hindurch und folgten dem Straßenverlauf an der Ruta entlang. Gegen Abend nutzten sie eine verlassene Scheune als Nachtlager. Die Kreaturen richteten sich abseits ein.

Gawald wirkte nicht begeistert. Er hätte bestimmt mehr Annehmlichkeiten gewünscht, schlussfolgerte Ansou.

Reben und die Priester nahmen den Rastplatz hin, ohne eine Miene zu verziehen.

»Nicht das, was Ihr Euch gewünscht habt, Gawald?«, fragte Reben, als sie abstiegen und sich den Reisestaub vom Gewand klopften.

Ansou wies drei ihrer Soldaten an, jagen zu gehen, damit später frisches Wild über dem Feuer braten würde.

»Ein richtiges Bett wäre willkommen«, antwortete der General-Leutnant. »Die Reisetage von und nach Buchtwächter haben eindeutig ausgereicht. Was ist mit Euch, Risgar? Und Euch, Ruk?«

Risgar grummelte unverständlich in seinen geflochtenen Bart.

Ruk zog es vor, nichts zu antworten.

Beide hatten den ganzen Tag mit niemandem aus der Gruppe ein Wort gewechselt, waren nicht einmal in ihrer Nähe. Nur gelegentlich sprachen sie miteinander.

Ansou verstand nicht, was sie redeten, da sie die Sprache des nördlichen Staatenbunds benutzten. Das zu hören, gefiel ihr nicht. Sie musste dabei sofort an den Kampf auf dem Bauernhof denken.

Die Priester hielten den Abend und die Nacht über Abstand und lagerten abseits der restlichen Gruppe. Sie erzeugten mit ihrer Absonderung eine unheimliche Atmosphäre.

Reben raunte Ansou später zu, dass sie sich innerhalb ihrer Soldaten ablegen sollte. Außerdem wies er an, dass immer paarweise gewacht und alle zwei Stunden gewechselt wurde. Er übernahm die erste Wache, Ansou die letzte im Morgengrauen.

Während ihrer Wache beobachtete sie die Außenseiter ganz genau. Aber Risgar und Ruk schliefen offenbar die Nacht durch und die rotgoldenen Kämpfer kümmerten sich um ihre eigenen Angelegenheiten. Was auch immer das war … Letztendlich war Ansou froh, als sie nach einem kargen Frühstück weiterritten.

Die Reise am Mittelgebirge entlang entpuppte sich als zäh. Obwohl die Sonne ihre ganze Pracht und Wärme über sie ergoss, fröstelte Ansou. Erinnerungen an die fröhliche Zeit, die sie genau auf dieser Straße mit Toki und Fin verbracht hatte, tauchten auf. Damals hatten sie gelacht und gescherzt, erfreut über die Natur und über die Gesellschaft. Jetzt drängte sich ihre Kompanie um sie und Reben und schirmten sie von allen anderen ab.

Gawald versuchte gelegentlich, ein Gespräch zu beginnen, bemerkte aber die angespannte Atmosphäre und reduzierte seine Worte auf ein Minimum.

Die Priester ritten mit steinerner Miene hinter ihnen her.

Die Stimmung wurde noch drückender, je näher sie Xanthsik kamen. Die Pferde schienen sie gleichfalls zu spüren. Ansou beobachtete, dass Muskeln einzelner Pferde unruhig zitterten und etliche Male mussten die Soldaten sie beruhigen, bevor sie durchgingen.

Sie war heilfroh, als sie die Stadt erreichten. Die rotgoldenen Kreaturen blieben mit Ruk außerhalb. Am nächsten Morgen würde sie auf der anderen Seite von Xanthsik auf sie warten. Die Pferde brachten sie im Stall einer Taverne unter und bezogen Quartier in den Zimmern des Gasthauses.

»Ich werde im hiesigen Tempel des reinen Lichts zu unserem Gott beten«, tat Risgar kund, ehe sie das Gebäude betreten konnten. »Wartet nicht auf mich, Gawald. Morgen früh stoße ich zu Euch. Möglicherweise werde ich auch mit Ruk auf Euch warten.« Ohne zurückzublicken, preschte er den Weg entlang und verschwand um die Ecke des Hauses.

Nachdem der Priester sie verlassen hatte, hellte sich die Stimmung merklich auf. Reben gab einige Geschichten von früher zum Besten. Sogar Gawald taute auf und unterhielt sich auf eine angenehme Art mit ihnen. Ansou traute ihm dennoch nicht.

›Er kann sich gut verstellen, oder zumindest anpassen‹, grübelte sie.

Die Monde waren noch nicht lange aufgegangen, da entschied sie, schlafen zu gehen. Die anderen folgten ihr bald.

Wieder ergriff Unruhe Ansou, als sie im Bett lag. Sie konnte nicht richtig einschlafen und erwachte gelegentlich, weil sie meinte, ungewöhnliche Geräusche zu hören. Als lange nach Mitternacht jemand vorsichtig die Tür öffnete und eintrat, war sie sofort hellwach.

Ansou wusste, dass etwas nicht stimmte, bevor sie das leise Scharren von Metall auf Metall wahrnahm. Stahl blitzte in der Nähe der Tür auf, durch welche Schatten ins Zimmer schwebten.

Sie griff langsam tastend neben sich, wo ihre Äxte lagen. Ob die anderen im Raum wach waren, konnte sie nicht beurteilen. Sie hörte keinen Laut. Die Wache im Gang war bestenfalls bewusstlos und schlimmstenfalls tot, sonst wären sie gewarnt worden.

›Risgar und Ruk‹, schoss es ihr durch den Kopf. Die Frauenverächter und Schlächter hatten den Entschluss gefasst, sie zu beseitigen. Riggit und ihre Soldaten gleich mit.

Durch das schmale Fenster fiel Mondlicht. Gerade genug, dass sie die eindringenden Schatten erkennen konnte. Rasch breiteten sie sich im Raum aus. Sechs großgewachsene Männer vermutete Ansou zu erkennen.

Zwei traten an ihr Bett, zwei an das von Riggit und zwei verharrten in der Nähe der Tür. Ob draußen noch mehr warteten, war ihr egal, sie musste zunächst diesen Hinterhalt überleben.

Sie versuchte normal zu atmen, als ob sie schlafen würde. Die Augen halb geschlossen, um kein verräterisches Aufblitzen zuzulassen. Eine Axt hielt sie inzwischen in der Hand, die andere lehnte noch am Bettgestell.

Das war nah genug! Sie holte aus, schlug ihre Waffe in die Hüfte des Schattens vor ihr und wurde von einem schmerzerfüllten Kreischen belohnt.

Chaos brach im Raum aus.

Riggit war, Tarra sei Dank, ebenfalls wach und hatte ein Messer gegriffen. Das steckte inzwischen als dunkler Schemen im Oberschenkel einer der Schatten. Ansous Gegner und der Mann mit dem Messer im Bein fielen zu Boden und brachten die hinter ihnen Schleichenden ins Wanken. Ansou hielt ihre Axt fest in der Hand, und als der dunkle Schemen zu Boden ging, glitt sie aus seiner Hüfte. Gleich darauf hieb sie auf den Brocken am Boden ein. Sie hoffte, den Gegner so zu treffen, dass er sich nicht mehr erheben würde.

An der Tür war gleichfalls ein Handgemenge ausgebrochen. Die beiden Frauen, die sie immer begleiteten, hatten links und rechts des Eingangs im Schatten gewartet. Riggit hatte darauf bestanden. Sie wollte kein Risiko eingehen, solange sie mit den Priestern unterwegs waren.

›Segnet sie, Götter!‹, stieß Ansou aus. ›Und lasst sie diese Nacht überleben.‹

Aus den Augenwinkeln registrierte sie einen silbrigen Schemen, der auf sie zusauste. Ansou duckte sich, stieß mit der Axt vor und traf mit deren Kopf etwas Hartes. Metall! Wahrscheinlich die Rüstung. Links von ihr hatte Riggit sich mit ihrem ganzen Kampfgewicht auf den zweiten Angreifer gestürzt. Sie lagen halb auf dem Bett, halb auf dem Boden und rangelten miteinander. Zwischendurch hörte Ansou ein dumpfes Geräusch, als ob Fleisch auf Fleisch traf.

Ein dumpfes Röcheln ertönte an der Tür. Auch darum konnte sie sich nicht kümmern. Denn gleich darauf traf sie ein Faustschlag am Kiefer und schickte sie zu Boden. Mit dem Ellbogen landete sie auf einem Toten. Feuchtigkeit tränkte den Ärmel ihrer Tunika und benetzte ihre Haut.

›Die zweite Axt! Bitte, Tarra, lass sie noch dort stehen, wo ich sie abgelegt habe!‹

Reflexartig hatte sie ihre Waffe fester umklammert und nicht losgelassen. Jetzt schlug sie mit ihr einen Bogen, als sie aufsprang. Sie traf auf Metall, dann auf Fleisch. Als Resultat erklang ein unterdrücktes Stöhnen. Ansou ging in die Hocke, um nach der zweiten Axt zu tasten. Ein Lufthauch strich über sie hinweg und ein Klirren erklang. Der Angreifer musste genau in diesem Augenblick über sie hinweggeschlagen und die Wand getroffen haben.

›Zerbröselte Felsen, dann eben ohne die zweite Axt!‹, fluchte sie und sprang auf den Schatten vor ihr zu.

Von links, wo Riggit mit dem anderen Schemen rang, erklang ein langgezogenes, schrilles Kreischen. Es ging ihr durch Mark und Bein.

Mit der Schulter traf sie erneut auf Metall und Leder und sie stürzte in einem Knäuel aus Armen und Beinen zu Boden. Ein dumpfer Schlag gleich darauf zeugte davon, dass die Waffe des Kämpfers irgendwo anders gelandet war. Ansou tastete mit der rechten Hand über den Körper vor ihr. In der linken hielt sie krampfhaft die Axt fest. Sie ertastete irgendetwas Weiches, Fleischiges zwischen dem ganzen Stoff, den Metallplättchen und dem Leder.

›Egal, was es ist, drück einfach zu!‹

Und das tat sie. Der Mann unter ihr wurde steif und versuchte sie wie ein wilder Stier abzuwerfen und zusammen knallten sie gegen ihr Bett. Ansous Rücken schlug gegen Holz. Tränen stiegen ihr in die Augen und die Luft pfiff aus ihrer Lunge.

Sie klammerte sich mit aller Gewalt fest.

Die Axt hatte sie jetzt doch verloren. Mit der Hand ertastete sie ein Bein und drückte es von sich weg. Das Weiche in ihrer anderen Hand verlor irgendwie die Form, als sie noch stärker zudrückte, und ein durchdringendes Quietschen schallte durch die Dunkelheit. Gleich darauf dröhnte ein dumpfer Schlag durch den ganzen Körper, den sie hielt und er wurde schlaff.

Ansou versuchte aufzustehen, indem sie sich mit links vom Boden hochdrückte. Ein scharfer Schmerz schoss durch ihre Hand und sie musste aufstöhnen. Trotzdem schaffte sie es auf die Beine.

Plötzlich nahm sie die Stille wahr. Keine Bewegung war zu erahnen. War das ein gutes oder ein schlechtes Zeichen? Waren Riggit und ihre beiden Wachen tot?

An der Tür bewegten sich zwei Schemen. Ansou wich zur Wand zurück. Feucht und warm lief Blut ihre Hand entlang. Ihr Rücken schmerzte höllisch. Dann erhellte Feuerschein aus einer Laterne den Eingang. Kurz darauf trat einer von Rebens Soldaten und er selbst ins Zimmer. Ein übel aussehender Riss zierte seine Stirn. Blut lief über seine Schläfe, die Wange und tränkte den Schnauzer in einem dunklen Rot. Eine weitere Laterne erschien und spendete mehr Licht. Einer ihrer Soldaten hielt sie.

»Ansou? Riggit? Seid ihr wohlauf?«

Ansou konnte einen Blick auf das Chaos im Zimmer erhaschen. Eine ihrer Wächterinnen lag regungslos am Boden. Neben ihr ein großer Mann, der aussah, als wäre er aus dem nördlichen Staatenbund. Ein Messer ragte aus seinem Rücken. Die andere Wächterin stand über einem weiteren Nordling und hielt einen Arm an ihre Brust gepresst. Der Kopf des Mannes am Boden ragte in einem extremen Winkel, fast komplett abgetrennt, weg vom Körper. Eine große Blutlache breitete sich um ihn aus.

Vor Ansou selbst lagen fünf Personen in einem Gewirr von Gliedmaßen. Riggit zuoberst auf. Die vier Feinde reglos. Ob tot oder bewusstlos konnte Ansou auf die Schnelle nicht feststellen. Sie blickte an sich herunter. Am Boden zu ihren Füßen lag ein blutiges Schwert. Sie musste beim Aufstehen in die Waffe gegriffen haben. Ihr kleiner Finger lag daneben und ihre Hand blutete stark aus der Wunde.

»Einigermaßen«, krächzte sie als Antwort auf Rebens Frage.

Riggit hörte sich besser an, fand Ansou, als diese sich vom Menschenberg vernehmen ließ. »Alles geregelt! Gut gemacht, Mädels. Ich wusste, dass wir Wachen aufstellen müssen, solange die Priester mit uns reisen. Mein Fuß fühlt sich allerdings komisch an.«

Ansou sah, wie die Hauptmännin versuchte aufzustehen. Als sie das rechte Bein belastete, stürzte sie zurück. Schnell trat sie vor, streckte Riggit die unverletzte Hand hin und half ihr auf. Dabei erblickte sie den Fuß. Der vordere Teil fehlte.

»Setzt dich aufs Bett. Dein Fuß muss verarztet werden!« Sie rief zur Tür: »Wir brauchen Verbandszeug! Schnell! Lebt Fritz noch? Wenn ja, soll er sofort hier erscheinen! Wir brauchen jemanden, der sich mit Wunden auskennt.«

»Such ihn!«, befahl Reben dem Soldaten von Ansous Kompanie. Der stellte die Laterne ab und rannte aus dem Raum.

Im Gasthaus waren jetzt mehr Geräusche zu vernehmen. Das Handgemenge musste alle aus ihrem wohlverdienten Schlaf gerissen haben. Dann wurde ihr schwindelig und sie setzte sich auf ihr Bett, gegenüber von Riggit.

Die beobachtete sie.

Plötzlich fingen beide zu lachen an. Es war das Lachen des Wahnsinns, der Freude über ihr Überleben und das Abfallen der Spannung.

Reben konnte die beiden nur verdutzt ansehen.

Fritz versorgte die Majorin, die Hauptmännin sowie die anderen Verwundeten im Gastraum. Vier Soldaten der Kompanie waren gestorben. Eine der Schatten von Ansou, der Wächter im Gang, einer im Stall und ein Soldat im Gemeinschaftsraum. Rebens Elitekrieger hatten den Oberst verteidigt und einer hatte dafür mit dem Leben bezahlt. Die Bestandsaufnahme brachte außerdem die Erkenntnis, dass eine Magd, ein Stallknecht, der Wirt und zwei Gäste ermordet worden waren. Fünfzehn Männer aus dem nördlichen Staatenbund hatten die Taverne überfallen. Alle waren getötet worden und lagen inzwischen im Hof auf einem Haufen. Gawald war, wie durch ein Wunder, nicht behelligt worden.

»Das hätte viel schlimmer ausgehen können«, sagte Reben. Dabei fuhr er müde über seine Augen. »Trotzdem ist jeder Gefallene einer zu viel. Das habt ihr gut gemacht. Woher wusstet ihr, dass wir überfallen werden?«

»Ich habe schon seit Obertaft, ach was!, seit Tränenwacht die Gewissheit, dass Risgar die Schmach, die Ansou ihm zugefügt hat, nicht auf sich sitzen lässt«, lallte Riggit. Sie hatte Schlafmohnsaft gegen die Schmerzen im Fuß erhalten und dadurch trübe Sinne. Ihre Bewegungen waren gleichfalls unstet und fahrig. »Deswegen habe ich die beiden Soldatinnen dazu abkommandiert, Ansou überall hin zu folgen. Ich hätte allerdings damit gerechnet, schon viel früher überfallen zu werden.«

Ansou hatte sich gegen das Schmerzmittel entschieden. Ihre Hand war dick bandagiert und fühlte sich komisch an. Als würde ihr kleiner Finger in dem Verband stecken und die ganze Zeit jucken. Und sie konnte nicht daran kratzen. »Risgar hat das geschickt eingefädelt. Ruk ist vor der Stadt, er in der Kirche und keiner kann ihm diesen Überfall anlasten. Zerbröselte Felsen!«

»Ich bin mir sicher, dass die Priester ihre Finger im Spiel haben!« Rebens Stimme klang hart wie Stahl. »Was sagt Ihr dazu, Gawald?«

»Dass eine gewisse … Spannung zwischen den Priestern und Ansou herrscht, da stimme ich zu. Aber wir können, wie Ihr sagt, nichts beweisen. Wenn wir die beiden vor der Stadt treffen, fragen wir sie. Aber wir müssen geschickt vorgehen.« Der General-Leutnant hörte sich an, als interessiere er sich nicht besonders dafür, wer woran schuld war.

Reben platzte der Kragen. »Spannung?! Rauschende Flut, Mann! Das war ein Anschlag auf Soldaten der Königin. Auf die Majorin, die sie persönlich zu sprechen wünscht. In unserem eigenen Königreich von Nordlingen überfallen. Merkt Ihr nicht langsam, dass die Weißen und ihr Gott nur Unruhe stiften?«

»Beherrscht Euch, Reben!«, wies Gawald ihn zurecht. »Vielleicht waren es auch einfach nur Halsabschneider, die auf Geld aus waren. Wir können keinen befragen, da alle tot sind. Ich werde mit Risgar und Ruk sprechen und der Königin Bericht erstatten. Es tut mir leid um die Männer und Frauen, die gestorben sind, aber so ist das Soldatenleben nun einmal. Es kann jederzeit vorbei sein. Auch durch einen Hinterhalt. Ich lege mich noch ein paar Stunden hin. Weckt mich, wenn wir aufbrechen.«

Die Runde um den Tisch wartete, bis er verschwunden war, dann sahen sie einander finster an.

»Unser General-Leutnant ist ein richtiger Sonnenschein«, nuschelte Riggit. »Und so besorgt um seine Untergebenen.«

Rebens Gesichtsausdruck spiegelte ein starkes Unwetter wider. Ansou legte dem Oberst die Hand auf den Arm und sagte: »Es bringt nichts, sich aufzuregen. Das macht uns nur angreifbar. Lass uns die Königin sprechen und ihr unseren Fall vortragen. Hoffentlich hat sie ein offenes Ohr dafür. Mehr können wir im Moment nicht unternehmen.«

»Mitten in Xanthsik, von Nordmännern angegriffen! Und Gawald tut es ab, als wäre es nur ein Dummejungenstreich.« Das Gewitter in Rebens Gesicht klärte sich etwas auf. Er sah wohl ein, dass der Anschlag geschickt eingefädelt worden war und sie jetzt nichts unternehmen konnten. »Ich werde das nicht vergessen und die Verantwortlichen zur Rechenschaft ziehen. Und wenn ich sie selbst aufhängen muss!«

»Danke, Reben. Sobald wir den Sachverhalt geklärt haben. Ich weiß, du wirst nicht anders handeln, als es das Gesetz vorsieht.« Ansou kannte die Treue des Obersts.

Der seufzte tief auf. »Du hast recht. Ohne Gewissheit keine Strafe. Ansonsten sind wir nicht besser als die gesetzlosen Könige und Menschen in den nördlichen Königreichen. Es macht mich so wütend, dass wir nichts unternehmen können!«

»Wir können! Wir berichten der Königin und erbitten ihre Hilfe. Wenn wir kein Gehör finden oder unverrichteter Dinge abziehen müssen, können wir uns immer noch überlegen, was wir unternehmen wollen. Ich bin genauso wütend wie du und ich habe Angst, was die Priester und ihr Gott noch mit unserem schönen Land anstellen.«

»Wir töten sie alle!«, meldete Riggit sich zu Wort. Sie versuchte aufzustehen, sank aber gleich zurück in den Stuhl.

»Ruh dich aus«, wies Ansou die Hauptmännin an und befahl einem Soldaten, sie nach oben zu bringen. »Wir bereiten den Abmarsch vor.«

Kurz nach Sonnenaufgang standen sie draußen bereit, auf den General-Major wartend, der sich ein Frühstück schmecken ließ. Die restlichen Soldaten und die Offiziere brachten keinen Bissen hinunter.

Als Gawald endlich fertig war, stiegen sie auf und verließen Xanthsik, um sich mit Ruk und Risgar vor der Stadt zu treffen. Beide warteten in der Nähe der Gotteskrieger neben ihren Pferden. Risgar in voller Kampfmontur, den Helm auf dem Kopf, seine zweihändige, doppelflüglige Axt locker in der Hand.

»Wo wart Ihr heute Nacht?« Reben hielt sich nicht mit Freundlichkeiten auf, sondern konfrontierte die beiden Priester direkt. »Einen Hinterhalt organisieren und das Gasthaus angreifen, habe ich recht?«

Risgar zog die Augenbrauen nach oben. Ein leichtes Lächeln umspielte seine Mundwinkel. »Ich habe die ganze Nacht in der Kirche des reinen Lichts verbracht. Reitet zurück und fragt die Messdiener, wenn Ihr wollt. Was ist geschehen? Ihr seht mitgenommen aus. Außerdem … dezimiert.«

»Möglicherweise hätten wir die Krieger unseres Herrn doch in die Stadt mitnehmen sollen. Niemand kommt an ihnen vorbei!« Ruk sprach nicht oft, aber diesmal hielt er sich nicht zurück. »Die Ungläubigen, die es wagen die tangrintanische Armee anzugreifen, würden im Staub vor Euch kriechen.«

Ansou hatte Reben noch nie so unbeherrscht erlebt. Sie bemerkte, wie der Oberst zum Schwert griff und dabei war, es zu ziehen. Höchstwahrscheinlich um Risgars Lächeln mit einem zweiten zu schmücken, einem quer über den Hals.

Schnell gab sie ihrem Pferd die Sporen. Neben ihm raunte sie: »Das bringt nichts. Sie werden weder gestehen noch etwas zugeben und alles, was wir sagen, wird sie nur glücklich machen. Lass es uns ertragen, wir haben nur noch zwei Tage bis Tannberg.«

Reben besann sich, reckte das Kinn vor und ließ seine Stimme knallen: »Die Königin wird erfahren, was Ihr treibt. Ich bin sicher, sie ist nicht begeistert, dass ihre Soldaten innerhalb ihres Königreichs angegriffen werden.«

»Das Einzige, was ich hier sehe, sind Weiber, die anscheinend eine nächtliche Vergnügung hatten. Vielleicht ist die Orgie ausgeartet?« Risgar machte aus seiner Verachtung für Frauen wieder einmal keinen Hehl. »Oder hat ein Knecht sich einen Besen geschnappt und ist in ihr Zimmer eingedrungen, um etwas Spaß zu haben?«

Ansou sah, wie Rebens Gesicht weiß wurde. Ein Blick zum General-Leutnant zeigte ihr, dass der das Gespräch aufmerksam verfolgte. Er machte jedoch keine Anstalten, sich einzumischen.

»Lasst uns nach Tannberg reiten, die Königin verlangt nach uns!« Ansou drängte an Rebens Pferd vorbei und zog es mit sich die Straße entlang. Leise raunte sie: »Später. Wir werden uns darum kümmern. Diese beiden Priester werden kein schönes und vor allem kein langes Leben mehr haben.« Sie rief Riggit und Gawald zu: »Wollen wir?«

Nicken zeigte ihr an, dass sie reiten sollten.

Riggit warf noch einen Blick auf die Priester, zwang ihr Pferd nach vorn, auf sie zu und an ihnen vorbei. Ihr massiges Schlachtross trat dabei auf den Fuß von Risgar, da er vom Starren auf Ansou abgelenkt nicht mitbekam, was hinter ihm geschah. Ein spitzer Schmerzschrei zeugte, dass der Huf den Fuß in die gepflasterte Straße presste.

»Ups«, säuselte Riggit. »Das Weib ist noch nicht ganz munter von der Nacht. Zu viel gefeiert.« Sie grinste Risgar an, dessen Fuß immer noch unter dem Huf klemmte.

»Reitet weiter!«

Es war dem Priester anzusehen, dass er sich sehr zusammenriss, um nicht zu quietschen wie das Schwein, das er war. Eine Schweißperle trat auf seine Stirn und er versuchte, mit seiner massigen Gestalt das Pferd weiterzuschieben.

Als würde das Tier den Charakter des Mannes erkennen, legte es sein Gewicht nach hinten – Ansou hörte ein ekelhaftes Knacken – und trabte dann los.

Tränen standen in Risgars Augen.

Ansou bemerkte, dass Gawald Riggit hinterhersah, seine Lippen und Augen zollten ihr Anerkennung. Auch er ließ sein Pferd antraben.

»Können wir?«, fragte er, als er die Priester passierte. »Oder brauchen wir einen Heiler?«

Schmerz, Hass und Mordlust zogen abwechselnd durch das schweinsäugige Gesicht des Manns aus Hubrug. Seine Stimme zitterte nur minimal, als er schließlich antwortete: »Reiten wir!«

Ansou verfolgte, wie er sich aufs Pferd schwang. Seinen Fuß belastete er so gut wie nicht und dessen Form sah unnatürlich aus. Außerdem benetzte Blut den Stiefel.

Riggit ritt an ihr vorbei, warf ihr einen Blick zu und lächelte süffisant.

»Das Bier heute geht auf mich«, flüsterte Ansou ihr zu.

»Ein Fuß für einen Fuß«, raunte Riggit zurück.

Reben saß daneben auf seinem Tier und blickte die beiden an. »Das hat meinen Tag gerettet.« Jetzt musste auch er grinsen. »Lasst uns nach Tannberg reiten. Ich bezahle Essen und Getränke in der nächsten Taverne.«

Sie schlossen zu den restlichen Soldaten auf, die vor ihnen auf der Straße warteten. Dann galoppierten sie los.

Gawald folgte, hinter ihm kamen die beiden Priester. Die Nachhut bildeten die Gotteskrieger, die wild über die Straße fegten.

Die Reise führte sie über Illkreit nach Bruchfelsen. Überall starrten die Menschen die Soldatengruppe an und ihr nach. Nicht unbedingt wegen der Krieger, wie Ansou vermutete, sondern wegen des Bataillons rotgoldener Kämpfer, die hinterherrannten. Waffen und Schilde in der Hand haltend. Die Rüstung am Körper befestigt, oder verwachsen. Ansou wusste es immer noch nicht. Zusätzliches Kriegsgerät baumelte an den Gürteln. Ein einzelner Krieger stach aus der Masse hervor. Er war noch ein wenig größer als der Rest, und die Form seines Helmes war ausladender, ebenso die Rüstung, die seine massige Brust umschloss.

Ansou schätzte, dass dies der Anführer des Bataillons war.

Hinter Bruchfelsen rasteten sie am Waldrand. Die Reste der Kompanie lagerten nah beieinander und schliefen wenig. Zum einen, weil jeweils die Hälfte wachte, zum anderen, da die Ereignisse in Xanthsik noch nachhallten und keiner Ruhe fand.

Früh morgens brachen sie erneut auf, um die restliche Strecke nach Tannberg hinter sich zu bringen und die Reisegefährten endlich los zu werden, Begleiter, die sie inzwischen als Feinde betrachteten.

Jannesse tauchte auf, zog vorbei und lag hinter ihnen. Die Straße nach Parsfels – das letzte größere Dorf vor der Hauptstadt – zehrte Stunden auf.

Nachmittags blickten verdutzte Einwohner von ihren Arbeiten auf, schüttelten den Kopf über die wilde Jagd, die ihre Aufmerksamkeit auf sich zog, und widmeten sich anschließend erneut ihren Gewerken, sichtlich unruhig murmelnd über weiße Priester, ihre religionsfremden Machenschaften und böse Geister, die dadurch geweckt würden.

An diesem Abend berichteten Männer in der Taverne erschrocken über Sichtungen des Verhüllten. Außerdem beteten Frauen zu Hause zu den Göttern oder heimlich zur Alten Mutter, um ihre Kinder zu beschützen.

Ansou fielen mehrere Steine vom Herzen, als der Schatten von Tannbergs Stadttor sie berührte, sie es durchquerten und die Gerüche und der Trubel der Stadt über ihnen zusammenschlugen. Reben und sie hatten beschlossen, zunächst im »Lachenden Pegasus« abzusteigen. Schließlich kannte Ansou das Gasthaus und hatte gute Erfahrungen damit gemacht.

Am nächsten Morgen würden sie in der Zitadelle vorstellig werden und sich beim Haushofmeister ankündigen, dass Ansou Sekah und Reben Greigen eine Audienz erbaten. Sie selbst, weil sie auf persönlichen Wunsch von Joska Parberg herbeigeeilt war, und der Oberst mit dem Wunsch, mit der Königin über das Reich, seine Bürger und ihre Belange zu sprechen.

Magische Momente

Joska

Danath und Larord organisierten die Ankunft von Brythas und legten Joska zwischendurch dar, was sie sich vorstellten.

Es gefiel ihr, was die beiden ausarbeiteten.

Danath wusste, dass der Sohn von König Bafert eitel und affektiert war. Außerdem liebte er es, hofiert zu werden. Genau das wollten sie seinem Gefolge – und explizit ihm – bieten.

Die breiten Straßen, die vom Stadttor zur Zitadelle führten, würden feierlich geschmückt werden, um das Haus Beymunt und besonders Brythas willkommen zu heißen. Auf der einen Wegseite sollten die Farben Grün, Grau und Weiß von Tangrintanien vorherrschen und auf der anderen Blau, Rot und Weiß für Pasmotar. Mädchen und junge Frauen würden vor dem Tross des Prinzen herlaufen, Blumenblätter streuen, tanzen und ihn fröhlich ankündigen. Eine ganze Division Soldaten sollte ihn vor der Stadt in Empfang nehmen und den Weg über begleiten.

Außerdem war Larord sicher, dass Brythas von Tränenwacht mit dem Pferd heranritt. Er empfahl eine offene Kutsche, um ihn durch Tannberg zu befördern. Von dort konnte er den jubelnden Massen zuwinken und sich feiern lassen.

Die beiden hatten noch einiges mehr in petto und Joska war zuversichtlich, dass Brythas Beymunt der Heirat viel offener gegenüberstehen würde, wenn er bei ihr ankam.

Sie selbst und Argane hatten sich Gedanken darüber gemacht, wie sie ihm begegnen würde, um ihn um den Finger zu
wickeln. Argane hatte ihr bisher ausgeredet, eine ihrer Perücken zu tragen. Das letzte Wort war in der Sache jedoch noch
nicht gesprochen.

Auch ohne Locken würde sie sich für ihn so zurechtmachen
lassen, wie es seinem Sinn von Fraulichkeit entsprach. Larord
wusste genau, was Brythas mochte, und das würde sie ihm bieten. Natürlich nur so lange, bis die Verträge unterschrieben waren und er in ihrem Netz zappelte. Da er der einzig anerkannte
Sohn von Bafert Beymunt war, würde er Pasmotar eines Tages
erben und somit würde ihr das Land gleichfalls gehören. Ein
ganzes Reich, erobert, ohne einen einzigen Soldaten dafür zu
opfern!

Ihre Berater waren instruiert worden, was sie sich erwartete
und wie die Verträge aussehen sollten. Sicherlich würden
Brythas und die Berater von König Bafert nicht sofort darauf
eingehen, aber Joska war überzeugt, dass sie sie dazu bringen
konnte.

›Der Prinz wird mir irgendwann die Stiefel lecken, wenn
ich es ihm befehle. Alles für mein Imperium!‹

Ein paar Tage vergingen mit geschäftiger Planung und dem
Ausarbeiten ihrer Wünsche. Zwischenzeitlich war sie dabei, die
Blumengestecke für das Bankett auszuwählen.

Danath hatte rote und weiße Rosen sowie blaue Kornblu-
men vorgeschlagen, um erneut die Farben von Pasmotar ins
Spiel zu bringen und hatte ihr ein Gesteck als Beispiel in ihre
Gemächer liefern lassen.

Als Joska davor stand, fühlte sie tief in sich eine sanfte
Freude erblühen. Gleichzeitig stieg eine Erinnerung an die
Oberfläche …

Diener überbrachten ihr die Nachricht, dass der Gewürzhändlersohn den Auftrag, den sie ihm erteilt hatte, vollendet
hatte. Er wartete im Garten auf sie und die Diener berichteten
ihr ebenfalls, er wolle nicht nach Hause gehen, bis sie ihn dort
traf. Schließlich hatte sie ihm aufgetragen, den Garten neu an-
zupflanzen und das Ergebnis wollte er ihr zeigen.

Joskas Herz schlug schneller, als sie die Nachricht erhielt, und sie beeilte sich, zu ihm zu gelangen.

Soldaten folgten ihr in gebührendem Abstand. Wie immer in letzter Zeit. Damit sie die Befehle ihres Vaters nicht missachten konnte.

Angekommen, trommelte ihr Herz wie wahnsinnig vor Freude, was sie sehen würde. Die Blumen, Kräuter und … den jungen Mann. Außerdem war sie durch das Schloss gerannt, um keine Zeit zu verschwenden. Atemlos musste Joska erst ein paar Mal tief Luft holen und ihre Aufregung beruhigen. Nachdem sie so lange gewartet hatte, wie sie es aushielt, betrat sie die Grünfläche. Die Luft blieb ihr erneut weg, als sie die Pracht erblickte – ein Wunder!

Lavendelsträucher standen zwischen Büschen mit Rosen. Sanftes Violett umspielte Rot und Weiß. Kornblumen gaben Tupfen von Blau hinzu. Salbei, Thymian, Eisblatt, Silbernessel und Goldmiere bedeckten den Boden. Vom fleckigen Gras, welches vorher vorgeherrscht hatte, bemerkte sie nichts mehr. Ein kleiner Kiesweg führte zu einem Platz mit einer Bank, die zum Verweilen einlud. Abgeschirmt vor neugierigen Augen durch Büsche.

Der junge Mann wartete dort auf sie. Unruhig schritt er auf und ab.

»Hallo!«, machte die Prinzessin sich bemerkbar. »Du hast den trostlosen Garten in ein Paradies verwandelt.« Ihre Wangen glühten vor Freude und Atemlosigkeit.

Der Gewürzhändler zuckte überrascht zusammen, hatte sich aber sofort wieder unter Kontrolle. Lächelnd verbeugte er sich galant vor ihr und sagte: »Prinzessin. Es freut mich, dass Ihr meine Arbeit zu schätzen wisst. Es hat mir viel Spaß gemacht. Darf ich Euch erklären, warum ich dieses Paradies so gestaltet habe?« Dabei fixierte er sie mit seinen eisblauen Augen.

»Natürlich. Können wir uns auf die Bank setzen?« Ihre Beine waren bei seinem Blick weich geworden. Er traf sie mitten ins Herz.

»Dafür habe ich sie aufgestellt.«

Sanftes Lachen plätscherte durch den Garten. Er trat zu ihr, hielt den Arm ausgestreckt, damit sie ihn ergreifen konnte, und wartete.

Joska griff seine Hand – er hatte lange, feine Finger – und fühlte die Kraft, die in ihr steckte. Dann ließ sie sich von ihm zur Bank geleiten. Dort angekommen, löste sie widerwillig ihre Hand aus seiner und nahm darauf Platz.

Der junge Mann blieb stehen.

»Warum setzt du dich nicht zu mir?« Panik flammte in ihr auf. War sie nicht hübsch genug? Hatte er etwas an ihr auszusetzen? Wie ihr Vater und ihr Bruder? Gerade wollte sie aufspringen und weglaufen, als seine melodische Stimme sie umschmeichelte.

»Wenn ich darf? Ihr seid die Prinzessin! Erlaubt Ihr mir, neben Euch Platz zu nehmen?«

Die Augen hielten sie gefangen und sie fühlte sich so wohl dabei. Angesammelter Schmerz und Angst von Jahren fielen von ihr ab. Schmetterlinge tanzten in ihrem Bauch. Zitternd klopfte sie mit der Hand auf das Holz neben sich. »Bitte setz dich zu mir und erzähl mir endlich, was du dir gedacht hast. Ich bin sehr neugierig.«

Nachdem er sich neben ihr niedergelassen hatte, zeigte er auf die Rosen.

»Die roten sollen Eure vollen und lieblichen Lippen darstellen und die weißen Eure Alabasterhaut. Entschuldigt, dass ich keine gute Farbe für die liebreizenden Sommersprossen gefunden habe. Deswegen habe ich die Silbernesseln eingesetzt. Sie soll die Tupfen in Eurem Gesicht widerspiegeln. Kornblumenblau deutet an, wie ich Eure Augen wahrnehme und die Goldmiere strahlt in der Sonne wie dein …, entschuldigt, Prinzessin – Euer wunderbares Haar.«

Joska hatte der Erklärung gelauscht und bei jedem Wort tobten die Schmetterlinge mehr in ihr. Als würden sie ausbrechen wollen, um sie beide in eine Wolke von Farbe, Glück und Zweisamkeit zu hüllen.

»Sag du zu mir«, bat sie ihn spontan.

Ihre Augen versanken in seinen und seine in ihren.

Joska hob die Hand und bewegte sie ihm sacht entgegen. Mit trommelndem Herzen bemerkte sie, wie er ihr seine entgegenstreckte, und wollte die zarten Finger auf ihrer Haut spüren. So, wie er sie gegriffen hatte, als er sie zum Platz begleitet hatte. In einem Augenblick würden sie sich berühren. Ihre Lippen standen leicht offen, sein Blick zeugte von den gleichen, stillen, liebenden Wünschen.

»Prinzessin?«, knallte die schwere Stimme einer Wache durch den Garten. »Euer Vater befiehlt Euch, bei einer Audienz zu erscheinen.«

Der innige Moment war vorüber und Joska spürte die Schwere, die Angst und die Hoffnungslosigkeit wie ein Joch auf ihren Schultern. Kurz zuvor war sie frei gewesen, nun erneut gefangen.

»Wir treffen uns in zwei Tagen hier. Die gleiche Uhrzeit«, raunte sie dem jungen Mann zu, blickte ihm bittend in die Augen und stand auf.

Er erhob sich ebenfalls und sagte während einer formvollendeten Verbeugung: »Wie du wünschst, Prinzessin. Ich werde auf dich warten.«

Die Diener wies sie an, ihn königlich für die Arbeit zu entlohnen. So schnell wie möglich rannte sie zu der Audienz.

… der Garten hatte sie damals vor dem Wahnsinn gerettet, überlegte Joska. Genau diese Farben sollten das Gesteck schmücken. Danath war ein Genie!

Eine zweite Erinnerung überkam sie …

Ein Soldat hielt die Prinzessin unsanft am Arm und zwang sie anzusehen, was Jaka dem wunderschönen Garten antat.

Der König stand ein kleines Stück entfernt und sah mit steinerner Miene zu.

Jaka tobte sich aus. Sein Schwert köpfte zuerst die Blütenstengel des Lavendels und zerkleinerte anschließend das ganze Gehölz bis zum Stamm. Kornblumen verloren bei jedem Zischen des Stahls Blätter und Blüten. Er trampelte auf dem Salbei, Thymian, Eisblatt und der Goldmiere herum und zermatschte ihre Körper. Für die kleinen, gedrungenen Sträucher von Silbernesseln holte er sich eine Axt und hackte wie im

Wahn auf ihnen herum, dass die feinen silbrigen Blätter und glänzenden Blüten nach allen Seiten davonflogen.

Joska sah nicht die Blätter, sondern Blutstropfen, und keine Blüten, sondern Fleischfetzen herumfliegen. Die des Gewürzhändlersohnes, der das Paradies für sie gepflanzt hatte. Sie fürchtete sich. Vor ihrem Vater, vor Jaka, aber vor allem hatte sie Angst um den charmanten Jungen, den sie liebte. Panik flutete über sie hinweg, als sie daran dachte, was ihr Vater mit ihm anstellen würde.

»Vater, bitte«, flehte sie halblaut. »Er konnte nichts dafür. Ich bin schuld.«

Der König blickte sie an. Bevor er ihr antwortete, winkte er Jaka aus dem geschundenen Garten fort, verlangte nach einer Axt, trat zu den Rosensträuchern und fing an, sie zu fällen. Erneut flogen Blüten, Blätter und kleine Äste nach allen Seiten davon.

Der Prinz feuerte seinen Vater mit glühenden Augen an.

Als letzte Überlebende stand inmitten des Gemetzels die kleine Bank, auf der Joska und der Gewürzhändlersohn zahlreiche schöne Stunde mit Gesprächen verbracht hatten.

Ihr Vater stellte sich davor, starrte Joska mit wutverzerrtem Gesicht an und fragte: »Hier? Habt ihr es hier getrieben? Meine Frau und der schamlose, kraftlose Bengel!«

Die Axt sauste nieder und spaltete die Bretter der Bank. Lautes Splittern erklang und drang Joska bis ins Gebein. Sie fürchtete, dass Holz bald wirklichen Knochen weichen würde. Tränen rannen wie Bäche ihre Wangen hinab. Schluchzer erschütterten sie.

»Du hast recht, du bist schuld. So, wie du es immer bist! Dass das Reich verarmt, dass die Menschen an Krankheiten leiden, dass der Winter lang andauert und es wenig zu essen gibt. Vor allem aber bist du schuld daran, dass …« Er starrte sie an, bevor er fortfuhr.

Joska kam sein Gesicht wie eine Fratze aus den drei Höllen vor.

»… deine Mutter verschwunden ist. Hätte sie dich doch nie geboren!«

Die Worte halten in dem kleinen zerstörten Garten nach und hinterließen anschließend eine Stille, die bis in Joskas Seele drang.

Augenblicke später pflanzten diese ein, was langsam reifte. Dünger und Erde fügte ihr Vater hinzu, als er mit grollender Stimme ausstieß: »Als Nächstes töte ich Hoffnung und anschließend kümmern wir uns um …«

… Joska fühlte, wie die abgrundtiefe Leere zurückkehrte. Schwärze übermannte sie und sie fiel vornübergebeugt auf den Tisch.

Als endlich wieder Luft in ihre Lungen strömte, stand Argane neben ihr und legte seine Hand mitfühlend auf ihre Schulter.

»Du musst diese Farben nicht akzeptieren, du bist die Herrscherin. Wähle Grün, Grau und Weiß!«

Wut kroch aus Joskas Bauch nach oben und bahnte sich einen Weg durch ihre Atemwege. Sie schrie gequält auf, griff das Gesteck, sprang auf und warf es zornentbrannt gegen die Wand.

Porzellansplitter flogen in alle Richtungen davon. Blüten und Blätter verteilten sich und lagen einzeln und in kleinen Haufen herum. Joska stampfte sie alle in den Boden. Danach fühlte sie sich nicht viel besser.

»Du hast recht. Ich muss mir nichts mehr gefallen lassen.« Gewalt sprach aus ihr und Speicheltropfen trafen Argane. »Danath wird dafür ausgepeitscht, dass er es gewagt hat, mir diese Farben vorzulegen.«

Irres Glühen loderte in ihren blauen Augen auf. »Möglicherweise gibt es auch einen Platz auf meinem Tisch für ihn! Meine Messer warten.«

Argane trat an sie heran, ergriff ihre Schultern und sah ihr ins Gesicht. »Du brauchst deinen Haushofmeister noch. Ein Peitschenhieb reicht aus!« Er zog sie heran, umarmte sie und drückte sie fest und liebevoll. Herz auf Herz, Leib an Leib, Gedanken in Gedanken vereint. Er raunte in ihr Ohr: »Du bist in Sicherheit. Du musst das nie mehr durchmachen. Jaka und dein Vater haben bezahlt. Mit ihrem Leben!«

»Das haben sie!«, flüsterte Joska zurück. Ihre Wut kühlte langsam ab. »Aber sie haben nicht gelitten wie ich. Wenn ich könnte, würde ich sie zurückholen und erneut töten. Und wieder, und wieder, und wieder …«

Aneinandergeklammert standen sie eine Zeit lang und spendeten sich gegenseitig Trost.

Danach befahl Joska ihrer Wache, Danath herbeizuschaffen.

Er erhielt einen Peitschenhieb, wie Argane vorgeschlagen hatte. Der Haushofmeister nahm es ohne einen Laut hin und befriedete sie damit.

Danach verbrachte Joska ein paar angenehme Tage. Sie ließ sich die Ergebnisse ihrer Pläne bezüglich ihres Imperiums darlegen. Dafür hatte sie eine Ratssitzung einberufen.

Alliente berichtete als Erstes: »Einige Holzlieferungen habe ich inzwischen Richtung Tränenwacht umgeleitet. Schiffe sollten inzwischen in dem kleinen Hafen ankern. Möglicherweise sind auch schon provisorische Piers für die größere Koggen aus Skuyle errichtet worden.« Aufgeregt rotierte seine Mütze durch seine dicken, ringbesetzten Hände. »Die Tanngauschlucht ist nicht mehr der einzige Weg für unser Holz. Bei den Göttern! Was wir dadurch einsparen. Hunderte Goldstücke allein wegen des neuen Transportwegs. Unsere Rendite wird gigantisch sein.«

Joska musste sich das Lachen verkneifen, als er den Hut weglegte, und anfing, seine Worte mit kräftigen Gesten zu untermauern.

»Wir können Waren aus Skuyle, den Regenlanden und den Träneninseln leichter importieren. Vor allem der Skuylemarmor wird uns eine wahre Flut aus Goldstücken bescheren.«

›Die hellrosa Farbe des Steins ist wirklich ausgesprochen hübsch anzusehen‹, überlegte Joska. ›Es gibt ihn sogar gänzlich durchsichtig. Vielleicht passt eine der unterschiedlichen Marmorierungen zu meinen Räumen? Vielleicht der gänzlich durchsichtige? Herausragende Idee – ich lasse mir meine Gemächer damit verschönern.‹

»Die Steinmetze werden sich darum schlagen, den Marmor in die Hand zu bekommen. Allein dafür werden sie uns mit Goldstücken überhäufen. Obwohl er sehr hart ist, ist es möglich, ihn gut zu bearbeiten. Die Schiffe, die ihn –«

»Ehe wir weiter über den Marmor sprechen: Habt Ihr noch etwas Wichtiges anzufügen?«, wollte Joska wissen. Alliente war in seinem Element und es war immer schwer, ihn zu bremsen. Vor allem erging er sich in zu vielen Details, die sie nicht interessierten.

»Nein«, antwortete er atemlos. »Ich notiere alles für Euch, so könnt Ihr nachlesen, wenn Ihr Informationen wünscht.« Rasch fiel er in seinen Stuhl zurück.

Joska nickte zufrieden. »Haltoe?«

»Majestät.« Der Priester verbeugte sich, nachdem er aufgestanden war. »Der Bau unserer Kirche geht langsam, aber stetig voran.«

Joska merkte ihm an, dass er nicht glücklich war.

»Die Bürger und Bürgerinnen im Königinnenreich beten weiterhin die fünf Elemente an. Wolltet Ihr die Religionen nicht verbieten lassen?«

»Nur, weil ich dachte, sie seien nutzlos, schwach und illoyal. Aber inzwischen habe ich mich näher mit ihnen befasst und bin aufgeschlossener ihnen gegenüber. Sie übernehmen so viele Aufgaben, um die sich sonst die Krone kümmern müsste. Nicht wahr, Haltoe?«

»Meine Priester wären auch dazu ber–«

»Ihr habt so viel um die Ohren«, unterbrach Joska. »Ladet Euch diese Arbeit nicht auch noch auf. Die Strukturen der Kirche bestehen schon sehr lange und sie erscheinen mir als ausreichend. Bitte fahrt fort.«

Die fünf Elemente sollten ruhig als Gegenpol zu Haltoes Gott fungieren. ›Natürlich lasse ich die weißen Priester weiterhin ihre Botschaften verbreiten. Das Treffen mit den Bischöfen der fünf Elemente war allerdings äußerst informativ. Meine Idee, sie als Gegenpol zu der gestreuten Furcht einzusetzen, ist genial. Eine Mischung von beidem erscheint mir am sinnvollsten. Aber das muss Haltoe ja nicht wissen.‹ Glücklich starrte sie den weißen Priester an. ›So kann ich auf Haltoe und seinen Gott bauen und gleichzeitig auf die Kirchen. Alles, um meine Imperiumspläne voranzutreiben!‹

Die restliche Ratssitzung verging und Joska unterbrach schließlich, denn sie wollte Hof halten.

Dabei versuchte sie sich einen Überblick über die Sorgen und Nöte der Menschen zu machen. Glücklicherweise war auf Danath verlass. Er hatte für jedes Problem, jede Bitte und jedes Anliegen die richtige Antwort, damit ihre Untertanen guter Dinge den Thronsaal verließen.

Joska war heilfroh, dass Argane sie davon abgebracht hatte, ihren Haushofmeister zu töten. Gelegentlich verstand sie selbst, was die Menschen bewegte, oft kam es ihr jedoch sinnlos und unlogisch vor. Deswegen hatte sie entschieden, Danath freie Hand zu lassen, nur zuzuhören und ganz gelegentlich etwas einzuwerfen. So funktionierten die Gerichtsverhandlungen und Anhörungen der Bittsteller hervorragend.

Bei einer dieser Veranstaltungen summte plötzlich die Luft vor Energie und der Klang von Glocken erschallte durch den Thronsaal. Nach einem letzten, lauten Gong erschien eine Rauchwolke in einer Ecke und ein Windstoß wirbelte Hüte von Köpfen und bauschte die Banner auf.

Alle starrten die Gestalt an, die sich aus dem Qualm schälte, mit einer Hand wedelnd, um freie Sicht zu erlangen. Ein blauer Mantel schmückte den Mann. Gelbe Hosen, ein rotes Leinenhemd und ein Hut mit einer Feder gaben ein wunderliches Gesamtbild ab.

Er sah sich um, bemerkte Joska auf dem Thron und trat heran. Für die Bittsteller hatte er keinen Blick übrig. Er schritt einfach an allen vorbei und stoppte vor den Stufen zur Empore.

Joska beobachtete ihn gespannt. Sie wollte wissen, wer der Mann war und was er begehrte. Ein sauber gepflegter, grauer Bart rahmte seine untere Gesichtshälfte ein. Ockerfarbene Augen blitzten sie voller Intelligenz an. Die Statur konnte sie unter den Gewändern nicht erahnen, schloss aber auf eine unscheinbare, durchschnittliche. So wie seine Größe.

»Verzeiht mein Auftreten, Majestät.« Melodisch, als würde er jedem Wort einen eigenen Klang verleihen, sprach er weiter. »Mein Name ist Orand Leywerd und ich komme direkt aus der Magieakademie in Blos Prana. Wir hatten keine genauen Pläne des Thronsaals und ich musste mich vergewissern, dass niemand im Weg steht, wenn ich mich zu Euch teleportiere. Euer oberster Kammerherr hat eine Nachricht an unseren Rat geschickt. Ihr wünscht einen Zauberer am Hof, der Euch in magischen Fragen unterstützt?«

Joska war kurz überfordert. Panisch suchte sie nach Argane, beruhigte sich aber gleich wieder. Dieser freundliche Alte würde bestimmt keine Gefahr für sie darstellen, jedoch würde sie ein ernstes Wort mit Larord wechseln. Sie mochte es nicht, in so eine Lage gebracht zu werden. Überhaupt nicht! Und anschließend würde sie ein weiteres mit ihm wechseln, in dem sie ihm dankte, dass er sich eigenständig darum gekümmert hatte, dass sie einen Zauberer erhielt.

Sie erhob sich und verkündete: »Seid willkommen am Königinnenhof in Tannberg, Zauberer Orand Leywerd. Eure Ankunft hat mich kurzzeitig überrascht. Angenehm, möchte ich hinzufügen. Ich hätte nicht gedacht, dass jemand so schnell zu uns nach Tangrintanien reisen könnte. Wenn Ihr erlaubt, werden meine Diener ein Zimmer vorbereiten, in dem Ihr Euch erfrischen könnt. Ich und meine Berater werden bald mit Euch sprechen.«

Der Zauberer verbeugte sich galant und antwortete: »Das wäre ausgesprochen zuvorkommend. Ein Teleport fordert Körper und Geist heraus. Wenn Ihr gestattet, werde ich mich ausruhen.«

Joska winkte einen ihrer Diener herbei und befahl, dem Magier alles zu erfüllen, was er sich wünschte.

Lächelnd folgte dieser dem Mann in Livree zur Tür hinaus.

Die restlichen Bittgesuche zogen an Joska vorüber, ohne dass sie etwas davon mitbekam …

Der Garten, den der Sohn des Gewürzhändlers ihr angelegt hatte, war zu einer stillen Oase der Magie für Joska geworden. Sie hatte sich schon einige Male mit dem jungen Mann getroffen und mit ihm geschäkert, ernste Gespräche geführt und viel gelacht. Natürlich waren immer Diener oder Soldaten zugegen. Immerhin waren sie einigermaßen außer Hörweite, wenn sie leise sprachen.

Heute humpelte sie über den kleinen Kiesweg zur Bank.

Er wartete bereits auf sie und erhob sich, um sie zu begrüßen. Nachdem er ihre Hand in seine genommen, sich verbeugt und ihre Finger geküsst hatte, wie er es immer tat, fragte er besorgt: »Fühlst du dich nicht wohl, Prinzessin? Du bewegst dich, als hättest du Schmerzen. Bitte setz dich.«

»Du sollst doch Joska zu mir sagen.« Sie lachte, die Schläge vergessend, die ihr die Pein bereiteten.

»Ich kann du zu dir sagen, aber du wirst immer meine Prinzessin sein, Prinzessin.« Er grinste sie an. Dann betrachtete er sie genauer. Die Stirn zog sich zu einem Runzeln zusammen. »Wer hat dir das angetan?«

Er fuhr mit seinen feinen Fingern über ihre Wange, die unter der Schminke eine große Schürfwunde aufwies. Außerdem ertastete er die große Beule an ihrer Stirn. Als Letztes fuhr sein Daumen sanft über die Risswunde an der Lippe.

Joska zuckte zurück und drehte sich von ihm weg. »Frag nicht. Ich kann es nicht sagen. Lass uns über schöne Dinge sprechen. Wie geht es eurem Geschäft?«

Sanft umfasste er ihr Kinn und drehte sie zu sich. Als sie ihre Augen aufschlug, versank sie in seinen.

»Erzähl mir, wer dir das angetan hat. Anschließend überlegen wir, was wir unternehmen können, damit das nie mehr vorkommt.«

Joska musste lautlos auflachen. Dann flossen Tränen ihre Wange hinab, zogen Schlieren durch die Schminke und zeugten von den Schmerzen, die sie so oft erleiden musste. »Wenn du darauf bestehst.«

… Joska schüttelte sich leicht. Wie kam sie auf diese Erinnerung. Die Stimme von Orand Leywerd klang ähnlich wie die des Gewürzhändlersohns. Kam es daher?

Sie stand auf und lief mit gemessenem Schritt aus dem Thronsaal. Danath würde alles Weitere ohne ihre Hilfe erledigen. Draußen rannte sie unruhig in ihre Gemächer. Sie musste mit Argane sprechen.

»Bist du hier?«, rief sie, als sie ins Schlafzimmer stürmte.

»Natürlich. Du nimmst mich ja nicht zu deinen Amtsgeschäften mit. Ich habe mich ausgeruht.« Arganes Stimme flog vom Bett zu ihr. »Was ist los?« Er stand auf und beeilte sich, zu ihr zu gelangen.

»Ich habe mich daran erinnert, wie ich … von den Schlägen erzählt habe, die ich so oft ertragen musste.«

»Im Garten, den …

Ihr Vater hatte einen schlechten Tag, das merkte Joska sofort, als sie sich am Tisch niederließ.

›Wodasch sei Dank habe ich das Lieblingskleid meiner Mutter an und mich genauso wie sie schminken lassen.‹ Sie schickte ein Stoßgebet zur Wassergöttin. Das Kleid beruhigt den König möglicherweise. ›Sogar die Haare habe ich mir so stecken lassen, wie es ihm am besten gefällt.‹

Ihr Vater griff zum Wein und nahm einen tiefen Schluck.

Nicht der erste, wie ihr einige Flecke am Tisch und seinem Hemd zeigten.

»Komm her zu mir«, befahl er, nachdem er den Kelch abgesetzt hatte.

Joska stand zitternd auf und umrundete den Tisch.

»Schneller, Weib! Trödel nicht so!«

Als sie neben ihm stand, sah er aus geröteten Augen auf. Sein Blick ruhte kurz in ihrem Gesicht, folgte den Linien ihres Halses und blieb auf ihren Brüsten hängen. Seine Zunge leckte über seine Lippen. Der Blick war inzwischen abwesend und in einer anderen Welt – oder Zeit.

Joskas Zittern wurde stärker. Sie wollte weg, flüchten vor dem, was möglicherweise gleich geschehen würde. Etwas, dass in den letzten Tagen vermehrt vorkam, wenn sie hergerichtet wie ihre Mutter bei ihm erscheinen musste.

Als ob seine Hände sich ohne sein Zutun bewegen würden, griff er ihr an die Hüfte und den Hintern.

Sie konnte nur stockstreif dastehen und hoffen, er würde – wie die letzten Tage – zur Besinnung kommen.

Doch als seine Hand an ihrem Po kräftiger zupackte, stöhnte sie entsetzt laut auf.

Das riss den König aus seiner Traumwelt. Er bemerkte seine Tochter, die neben ihm stand und wo seine Hände lagen. Blitzschnell stieß er sie weg.

Joska taumelte zurück und stürzte hart zu Boden. Sie erhob sich nicht, sondern rollte sich zu einem kleinen Paket zusammen. Die ersten Male hatte sie versucht aufzustehen. Ein Fehler … Der Lederriemen hatte nicht nur den Rücken, sondern auch ihren Bauch, die Brüste und das Gesicht getroffen. Jetzt schützte sie den Kopf mit den Armen und den Bauch mit den Beinen.

Der erste Schlag traf sie schmerzhaft an der Schulter und der Hand.

»Du bist schuld, dass ich an deine Mutter denken muss. Weil du genauso aussiehst wie sie!«, keifte der König wutentbrannt. »Wegen dir habe ich meine Frau verloren und jetzt verhöhnst du mich mit ihrem Gesicht!«

Der nächste Schlag schrammte ihr Schulterblatt und die Seite entlang. Ein Fuß traf ihren Oberschenkel.

… der junge, gutaussehende, charmante Mann dir angelegt hat?«, fragte Argane. Er sah, wie Joska zusammenbrach.

Sofort ließ er sich auf den Boden gleiten und nahm ihren Kopf in seinen Schoß und streichelte ihr Gesicht. »Es kann dir niemand mehr etwas antun«, flüsterte er ihr mit anderem Beruhigendem und letztendlich Zärtlichkeiten zu.

Es dauerte Stunden, bis sie sich so weit von ihrer Erinnerung erholt hatte, dass sie aufstehen und ins Bett fallen konnte. Dort weinte sie weiter.

Argane wachte erneut über sie.

Gerüchte schwirrten durch Tannberg. Insbesondere durch den dritten Ring und weiter hinauf zur Zitadelle. Einige Tage zuvor war der Meister der Steinmetzgilde von einem Unbekannten brutal in seinem eigenen Haus ermordet worden. Es war das Gesprächsthema, über das sich alle den Mund zerrissen. Diener, Zofen, Soldaten und jeder andere.

Sieben Tote – oder mehr –, bei denen der Mörder die Opfer skalpiert hatte. Der Verhüllte erhielt reichlich Ernte in der Hauptstadt.

In den Geschichten waren manchmal die weißen Priester schuld, dann die grundsätzliche Situation in Tangrintanien, oder ein Fluch der Götter. Es wurde zu den fünf Elementen gebetet, damit die Liebsten vom Verhüllten verschont wurden. Manche riefen auch das reine Licht an, oder die Naturgeister, wenn sie daran glaubten.

All diese Gerüchte gingen Joska im Kopf herum, als sie beim Frühstück saß und sich ihre Wachteleier schmecken ließ. Frisches Brot und eine große Auswahl an unterschiedlichen Käsesorten hatte ihr die Küche dazu aufgetragen. Zu trinken gab es Kirschsaft, weil sie diesen so sehr mochte.

Argane saß mit ihr am Tisch, vor sich ein Gedeck.

»Wie hast du geschlafen?«, fragte sie ihr Gegenüber. »Ich fühle mich heute nicht gut, die Nacht war anstrengend, wie du ja weißt. Später muss ich mich mit Ernja treffen und habe wenig bis keine Lust dazu.«

»Ich kann nachvollziehen, wie du dich fühlst. Der Abend war unangenehm und die Nacht nicht besser. Du musst ausgelaugt sein. Wenn du dich nicht mit Ernja treffen willst, weise ihn an, es zu verschieben«, riet ihr Argane.

»Aber ich habe nach der Majorin aus Tränenwacht geschickt. Sie ist seit ein paar Tagen in der Stadt. Ich bin neugierig auf sie und wollte sie zusammen mit Ernja treffen. Vielleicht hast du jedoch recht. Das kann noch warten. Ich möchte mich gut fühlen, wenn ich sie empfange und für ihren Mut auszeichne. Sie soll eine Königin sehen, die anerkennt, was sie für das Reich getan hat. Nicht eine heulende, kraftlose und überforderte Monarchin.«

»Schick ihr eine Nachricht, die dich entschuldigt und sage ihr fest zu, dass du sie in …« Er überlegte. »… zwei Tagen empfängst.«

»Wie immer hast du die besten Ideen! Genau das werde ich tun.« Joska nickte erfreut. Dann rief sie einen Diener, damit der Larord zu ihr schickte.

Larord tauchte auf, nachdem das Frühstück bis auf den letzten Krümel verspeist war. Als er eintrat, verbeugte er sich.

»Was wünscht Ihr, Majestät?«, fragte er.

»Ihr wisst, dass Ansou Sekah, die Majorin aus Tränenwacht, in der Stadt im ›Lachenden Pegasus‹ weilt und auf ihre Audienz mit mir wartet?«, forschte sie nach.

Ihr Haushofmeister nickte und hielt dabei den Blickkontakt.

»Gut. Argane hatte den Gedanken, dass wir einen festen Termin für ihren Empfang festlegen und ihr eine kurze Entschuldigung schicken sollten hinsichtlich der Verzögerung. Lasst Euch etwas einfallen. Die Audienz soll in zwei Tagen stattfinden.«

»Euer Begleiter hat absolut recht«, stimmte Larord Argane zu. »Ich werde mich sofort daran machen, die Nachricht aufzusetzen.«

Er verbeugte sich, auch in Arganes Richtung, der immer noch vor seinem Gedeck saß.

»Ihr seid zu gütig. Wie Ihr die Königin umsorgt und ihr in allen Belangen zu Seite steht.«

Joska nahm wahr, wie Argane den obersten Kammerherrn wohlwollend anblickte.

»Ich bin Joskas bessere Hälfte und jederzeit für sie da. Sie kann sich immer auf mich verlassen.«

Bei diesen Worten ging ihr Herz auf, sie griff über den Tisch nach Arganes Hand und drückte sie liebevoll. Larord räusperte sich.

Joska merkte ihm an, dass er noch etwas sagen wollte. »Bitte?«

»Habt Ihr von den Morden in der Stadt gehört, Euer Hoheit? Der Meister der Steinmetzgilde wurde getötet und dabei brutal skalpiert. Ich empfehle zu kondolieren. Soll ich ein Schreiben aufsetzen?«

»Bitte kümmert Euch darum. War das nicht dieser dickliche Schnösel mit seinen dunkelbraunen, gelockten Haaren? Der diese öde und langweilige Rede geschwungen hat, als er eine Audienz erschlichen hatte?«

Sie sah Larord an, dass er ernst bleiben musste, als er erwiderte: »Ich hätte es anders ausgedrückt, aber im Prinzip habt Ihr recht. Wenn Ihr mich jetzt entschuldigt.«

Joska nickte abwesend.

»Lord Argane. Eure Majestät«, verabschiedete sich Larord.

Nachmittags suchte Ignatz sie auf und überreichte ihr eine walnussbraune Perücke. Die Haare ringelten sich zwei Handspannen vom Scheitel hinab.

Begeistert nahm sie das Stück entgegen und überreichte fünfzehn Goldstücke an den Perückenmacher.

»Wie immer habt Ihr Euch selbst übertroffen, Meister Ignatz«, lobte sie. »Meint Ihr, dass mir eine Perücke in Schwarz stehen würde? Ach, sagt nichts. Sie wird es ganz sicher hervorragend. Bitte fertigt mir eine weitere an. Kohlschwarz diesmal!«

»Natürlich, Eure Majestät. Alles, wie Ihr befehlt. Gebt mir ein paar Tage Zeit. Ich werde mich melden, wenn sie angefertigt ist. Danke für die großzügige Entlohnung. Die Götter mögen Euch segnen und eine lange Herrschaft bescheren.«

Sie entließ ihn und ging mit Argane in ihr Separee.

Dort angekommen setzte sie die Perücke auf und frage ihn nach seiner Meinung. Wie gewöhnlich stimmte er in ihre Begeisterung ein.

Ihr kam ein Gedanke. »Sag mal … erinnert die Haarpracht nicht an die des Gildemeisters?« Sie hob die Hand, nahm sie jedoch wieder zurück, ehe sie die Perücke berührt hatte. »Hat er sich vielleicht von Ignatz dazu überreden lassen, ihm seine … seine Haare zu überlassen für meine Perücke?« Bedenken schoben sich mit zunehmender Vehemenz dazwischen und sie schlug die Hand vor den Mund. »Oder hat der Mörder die Haare an den Perückenmacher verschachert, um Geld zu verdienen? Hat Larord nicht etwas von Skalpieren erzählt? Trage ich etwa die Haare eines Toten?«

»Würde es dich stören, wenn es so wäre?«, fragte Argane. »Teuer genug sind sie allemal, dass dafür getötet werden würde.«

»Oh, du hast recht. Ob von einer lebenden Person oder einer toten ist mir ehrlich gesagt egal, solange ich das bekomme, was ich will. Ein anderes Aussehen! Müssen die Menschen einfach besser auf sich Acht geben. Ich muss unbedingt mit Ignatz reden, wenn er das nächste Mal eine Perücke bringt.« Joska überlegte fieberhaft. »Wenn wir wissen, wer ihm die Haare verkauft hat, können wir uns an die Person wenden. Stell dir das vor, Argane.« Joska war jetzt ganz aus dem Häuschen. »Wir können in Auftrag geben, welche Haare wir wollen. Ich muss nicht mehr sagen: Ungefähr goldgelb, oder hellbraun, oder schwarz. Dann bestimme *ich*, wessen Haarpracht ich will!«

»Du willst für deine Perücken morden lassen?« Argane sah sie traurig an.

»Natürlich nur, wenn sowieso schon dafür getötet wird. Warum denn nicht? Ich nutze das nur aus. Welche prächtigen Perücken ich bekommen könnte!«

»Töten ist niemals gut, erinnere dich an …

Joska heulte, tobte und flehte im eisernen Griff des Soldaten. Der König hatte befohlen, dass sie in den Stall gebracht wurde. Dort sollte sie zusehen, wie er ihr Pferd tötete.

Zusammen mit dem Gewürzhändlersohn hatte sie aus der Zitadelle und aus Tannberg fliehen wollen. Sie waren nicht weit gekommen, ehe Soldaten sie aufgegriffen hatten. Woher diese wussten, dass sie versuchte, in die Freiheit zu flüchten, konnte sie nicht einmal ahnen. Sie hatten alles bedacht, sehr vorsichtig gehandelt und ausgiebig geplant.

Brutal zogen sie den jungen Mann von seinem Pferd, verprügelten ihn und schleppten ihn in die Burg. Seitdem hatte sie ihn nicht mehr gesehen.

Joska war nicht angerührt worden. Hoffnung musste jedoch umkehren und sie zurück zum Schloss tragen.

Jetzt befand sie sich im Stall und blickte auf das Bild des Grauens.

Ihr Pferd stand in der Mitte. Der König mit einer großen, zweihändigen Axt daneben. Hasserfüllt starrte er sie an.

Die Prinzessin hatte keine Kraft mehr und sich in ihr Schicksal ergeben. Ein Soldat musste ihr helfen, aufrecht zu stehen, sonst wäre sie einfach zusammengebrochen und in den Staub gefallen. Zitternd hing sie in seinem Griff.

»Sieh her, zu was du mich zwingst!«, brüllte ihr Vater. »Diese wunderschöne Stute muss ich abschlachten. Sie hätte noch so viele starke Hengste gebären können. Du bist schuld an ihrem Tod!«

Entsetzt sah Joska, wie er neben Hoffnung trat, mit der Axt ausholte und sie auf den Hals des Tiers niedersausen ließ. Das Geräusch, mit dem die Waffe in Fleisch eindrang, würde sie nie mehr vergessen. Genauso wenig den letzten Blick, den ihr Hoffnung zuwarf.

Als ihr Pferd am Boden aufschlug, brach auch die Prinzessin im Griff des Soldaten zusammen.

Nachdem sie wieder zu sich gekommen war, hörte sie, wie der König befahl, Argane, den Gewürzhändlersohn, herzubringen.

… Hoffnung.«

»Wir hatten es fast geschafft«, flüsterte Joska tonlos. Die Perücke hing ihr schief auf dem Kopf. »Fast wären wir beide entkommen.«

Argane nickte, blickte sie traurig an, trat zu ihr und nahm sie in den Arm. »Jetzt sind wir zusammen. Meine Freundin, meine Königin, meine Liebe!«

Buchtwächters Schicksal

Meson; Evomee

Seit vier Tagen stürmten die Heere aus Osnil wieder gegen die Mauern von Buchtwächter.

Meson hatte alle Hände voll zu tun, die Verteidiger auf dem Wall zu unterstützen. Die Moral war zwar durch die Kampfpause wieder gestiegen, aber noch lange nicht gut. Wo er konnte, schwächte er die Sorgen und unterstützte die Zuversicht mit seiner Gabe. Er fühlte sich inzwischen geistig und körperlich erschöpft und ausgelaugt. Das ständige Anrennen der Osnilianer zehrte an allen. Sogar in der Nacht mussten sie nun kämpfen.

Zusammen mit Terewerd und Wenmar hatten Evomee und er eine Verteidigungsstrategie ausgetüftelt, um wenigstens die innere Mauer zu halten.

Bisher funktionierte es. Meson konnte aber nicht sagen, wie lange noch. Wäre er der Befehlshaber, würde er Buchtwächter aufgeben und sich zurückziehen. Zunächst in den Südteil der Stadt, um den restlichen Bewohnern Zeit zu verschaffen, sich in Sicherheit zu bringen und anschließend würde er langsam über die Straße zur nächsten Stadt – Perov – abrücken.

Evomee hatte seinen Überlegungen zugestimmt. Der Oberst ebenso … Nur derjenige, auf den es ankam, den Befehl zu geben, stellte sich wieder einmal stur. Wie ein Ochse, der in seinem Stall wütet und versucht, durch die Wand zu brechen, um ihn zu verlassen, ohne zu sehen, dass eine Hintertür weit offen steht.

Meson war wütend und er hatte sich überlegt, ob er und Evomee die Stadt verlassen sollten. Sie konnten zum Wassertempel reiten, mit dem Rat sprechen, eine ausreichend große Streitmacht zusammenstellen und den Norden zurückerobern. Vielleicht konnten sie dadurch auch Seewächter helfen. Die Stadt hielt hoffentlich immer noch stand.

Evomee wollte jedoch die Menschen in der Stadt nicht ihrem Schicksal überlassen und war überzeugt davon, dass sie den Herzog umstimmen konnten. Deswegen hatte er den Plan verworfen. In der Zwischenzeit starben Soldatinnen und Soldaten auf der Mauer.

Gerade war Meson auf dem Weg zum Kriegsrat, um Wenmar erneut darauf hinzuweisen, dass sie in Bedrängnis waren – *eindrücklich* darauf hinzuweisen! An jeder Mauer, an jeder Ecke und an jedem Turm wurden sie bedrängt! Die rotgoldenen Kreaturen hatten sich nicht erneut in den Kampf eingemischt. Warum, das wussten nur die Götter. Aber sobald sie ihre Zurückhaltung aufgaben, konnte nichts Buchtwächters Untergang aufhalten – absolut NICHTS. Davon war Meson überzeugt.

Als er im Zimmer ankam, sah er Terewerd und Evomee über den Karten gebeugt debattieren.

Luka saß gebeugt und mit regungsloser Miene auf einem Stuhl. Mitgefühl flutete über Meson hinweg, als er den Mann erblickte. Der Hauptmann trauerte noch um Luis, seinen Bruder. Der Elementarier glaubte nicht, dass er sich jemals davon erholen würde, so eng wie die beiden Brüder zusammengestanden hatten.

Kurz nachdem Meson ein Glas Wasser gegriffen hatte, betraten Wenmar und Hilde das Zimmer.

Der Herzog wirkte um Jahre gealtert. Sein Blick war trüb.

Er trat an den Tisch und fragte Terewerd: »Wie steht es um unsere Verteidigung?«

Der Oberst blickte auf, blinzelte ein paar Mal, als müsse er sich erst aus dem Gespräch mit Evomee lösen und antwortete: »Wir haben fast zwei Drittel unserer Streitkräfte verloren und der Rest ist in keiner besonders guten Verfassung.« Er zögerte kurz, dann flehte er: »Befehlt, Buchtwächter aufzugeben, Wenmar. Wir können nicht gewinnen. Nur noch verlieren.«

Meson bemerkte, dass die Worte nicht zum Herzog durchdrangen. Seine Gefühle bestanden zu einem Großteil aus Schmerz und zu einem kleinen Teil aus Trotz.

Evomee sprang Terewerd bei. »Es sind noch zu viele unbeteiligte Bürger in der Stadt. Weist an, die Stadt komplett zu räumen. Wir können uns in den Süden zurückziehen!« Sie zögerte, bevor sie sanft hinzufügte: »Lasst zumindest Eure jüngste Tochter und Eure Frau nach Perov aufbrechen. Dort sind sie in Sicherheit. Die Verluste, die Eure Familie erleiden musste, reichen für mehr als ein Leben.«

Auch ihre Worte drangen nicht durch Wenmars Trauer. »Nein! Wir halten die Stadt. Ich bin nicht derjenige, der Buchtwächter nach Jahrhunderten an den Feind fallen lässt und den Norden Oloriens preisgibt!«

Plötzlich flog die große Tür mit einem Knall auf und Syna stapfte in den Raum. Er war blutbesudelt, seine Rüstung unvollständig und sein Blick entschlossen.

»Vater! Wir *müssen* die Stadt aufgeben!« Herausfordernd baute er sich vor Wenmar auf, die Hände in die Seiten gestemmt. »Jedes Stück Mauer, das wir zurückerobern, wenn die Osnilianer es überrennen, kostet uns tapfere Männer und Frauen. Sobald wir eine Lücke geschlossen haben, reißen sie zwei neue auf. Und die schlimmsten Feinde haben sie noch nicht einmal in die Schlacht geschickt. Wir verlieren, bei Tarres tiefsten Gruben! Wir müssen uns zurückziehen, sonst werden wir alle hier sterben!«

Meson bemerkte einen kleinen Riss in Wenmars innerem Bollwerk. Zweifel, ob er wirklich das Richtige angewiesen hatte, oder ob sie die Stadt aufgeben sollten. Schnell nutzte Meson seine Gabe und verbreiterte den kleinen Spalt. Dabei betete er zu Wodasch, dass Syna weiter auf seinen Vater einredete, was glücklicherweise eintraf.

»Willst du, dass Ann und Mutter sterben? Cynath und Synea sollen nicht umsonst gefallen sein. Damit meine ich nicht, dass wir die Stadt in ihrem Namen um jeden Preis halten, sondern dass wir alle Übrigen in Sicherheit bringen. Gib den verdammten Befehl!«

Trauer und Schmerz fluteten über Wenmar hinweg, als Syna von seinen Geschwistern sprach. Das innere Bollwerk hielt noch, wankte aber merklich.

Meson bemerkte den Trotz des Herzogs aufflammen. Nein … Nein! … Schweiß trat ihm auf die Stirn, als er sich dagegen auflehnte und ihn unterdrückte. Weiterhin holte er Mitgefühl, Vernunft und Einsicht aus den tiefen Kerkern der inneren Festung hervor.

Auch Syna merkte, dass sein Vater trotzig antworten wollte. Möglicherweise kannte er ihn einfach gut genug. Er ließ ihn nicht zu Wort kommen. »Bitte, Vater«, sagte er flehentlich. »Lass uns die innere Mauer aufgeben und nach Süden abrücken. Wir können den Palast und den Hafenbereich noch einige Zeit halten, ebenso die Wohnbereiche. Gib den Befehl, die restlichen Soldaten vom Osttor abzuziehen. Du wirst dadurch unzählige Leben retten!«

Meson spürte, wie die Verteidigung des Herzogs brach. Sein Sohn hatte das zuwege gebracht, woran er selbst, seine Schwester und alle Offiziere gescheitert waren.

Der Herzog seufzte tief auf, trat zu seinem Sohn und umarmte ihn.

Der wirkte überrascht, erwiderte die innige Umarmung seines Vaters aber sofort. Stolz leuchtete in seinen hellgrauen Augen auf.

Vor Erleichterung atmete Meson auf. Endlich traf der Herzog die richtige Entscheidung. Er fühlte deutlich: Auch die anderen im Raum entspannten sich merklich.

Wenmar trat einen Schritt zurück und sagte: »Du hast recht, Sohn. Ich war trotzig und stur, wie ein Kind, dem seine Spielsachen weggenommen werden und die es sich zurückholen will. Mit Geplärre und gegen Wände kämpfend. Sammel deine Truppen und ziehe dich geordnet in den Palast und die umliegende Mauer zurück.« Er wandte sich an den Oberst. »Terewerd, gebt Befehl, den Ostbereich von Buchtwächter zu räumen. Wir ziehen uns nach innen und Süden zurück. Alle Bewohner sollen so schnell wie möglich die Stadt verlassen und sich in Sicherheit bringen.«

Terewerd nickte, salutierte, winkte Luka und Hilde zu, mit ihm zu kommen, und rannte schnurstracks durch die offene Tür hinaus.

Die Offiziere folgten ihm auf dem Fuß.

»Ich bin stolz auf dich«, lobte Wenmar seinen Sohn. »Du hast mir die Augen geöffnet und die Bewohner der Stadt und die Soldaten gerettet. Nicht alle, aber hoffentlich viele. Ich werde auch Wyna und Ann schnellstmöglich nach Perov bringen lassen. Sie sollen ihre Habseligkeiten packen und morgen aufbrechen.«

»Danke, Vater. Wenn du erlaubst, kümmere ich mich um den Rückzug.« Die Erleichterung stand Syna deutlich ins Gesicht geschrieben.

Nachdem sein Vater ihm die Schulter drückte und seine Erlaubnis gab, verschwand er. Die Tür warf er so laut ins Schloss, wie sie geöffnet wurde.

Evomee hatte nichts gesagt, sondern die ganze Zeit gewartet. Wahrscheinlich, ob sie gefühlvoll eingreifen konnte. Es war nicht nötig gewesen. Jetzt trat sie zu Wenmar und sagte: »Ihr tut das Richtige. Zukünftige Generationen werden nicht von Euch als demjenigen sprechen, der vielleicht – oder vielleicht auch nicht – Buchtwächter verloren hat, sondern von demjenigen, der die Bevölkerung gerettet hat.«

Der Herzog nickte nur abwesend. In Gedanken verloren verabschiedete er sich von ihnen und ging zur Tür hinaus. Höchstwahrscheinlich zu seiner Tochter und seiner Frau, mutmaßte Meson.

Evomee stellte sich neben ihn und fragte: »Du siehst erschöpft aus. Du hast deine Gabe angewandt?«

Meson nickte. »Wenmar ist unglaublich stur und die Trauer hatte ihn fest im Griff. Ich habe Syna unterstützt. Wodasch sei Dank konnte er seinen Vater umstimmen. Ich habe nur sporadisch an den richtigen Saiten gezupft. Diesen Verdienst würde ich mir nicht anrechnen.«

»Du bist heute richtig bescheiden.« Evomee lachte. »Wie kommt das? Bist du zu erschöpft?«

Meson musste grinsen. »Ehre, wem Ehre gebührt, und die gebührt Syna. Ich nehme mir heraus, den Frauen in Zukunft zu erzählen, dass ich die Mauer gehalten habe.«

Liebevoll knuffte Evomee ihren Bruder in die Seite. »Wir sollten uns um die Evakuierung kümmern. Damit du vor deinen Liebsten angeben kannst. Du musst doch schon Qualen leiden, weil du niemanden zum Schäkern hast.«

»Es ist definitiv zu lange her, da hast du recht. Lass uns den Offizieren helfen und Buchtwächter verlassen.«

Zusammen verließen sie das Zimmer, erleichtert lachend und scherzend.

Nachdem sie das Ratszimmer verlassen hatten, wandten sich Evomee und Meson in unterschiedliche Richtungen. Meson wollte Syna auf der Mauer unterstützen, um einen reibungslosen Rückzug zu gewährleisten.

Evomee hatte Neppo geholt und sich zusammen mit Terewerd um die Boten gekümmert, die Aufgaben an alle Heeresteile verteilten. Es funktionierte alles gut und die Bereiche nördlich des Palastes und östlich der inneren Mauer waren in den frühen Morgenstunden geräumt. Syna stand mit einem Bataillon in der Burg und ein weiteres zog sich nach Süden in die Wohnviertel zurück. Hilde hielt mit einem den Hafen, ein zweites marschierte ab und das letzte half dem Herzogssohn.

Durch die ganze Arbeit und die vielfältigen Aufgaben hatte Evomee nicht viel geschlafen.

»Das habt ihr, du und Meson, gut gemacht«, hörte sie Neppo. *»Der Rat wird froh darüber sein, dass er euch hierhergeschickt hat. Ohne euch wäre die Stadt schon gefallen und Wenmar würde immer noch inmitten von Staub und Asche stehen und sie verteidigen.«*

Evomee hatte dem Wasserigel erzählt, was gestern geschehen war.

Bescheiden wehrte sie das Lob ab. »Wir haben nicht viel geleistet. Mit dem Herzog hast du allerdings recht. Ich bin wirklich erleichtert, dass sein Sohn ihn zur Vernunft gebracht hat.«

»Jetzt müssen nur noch Ann und die Herzogin endlich aufbrechen. Ich mag die kleine Tochter von Wenmar. Sie ist lieb und wirklich zuvorkommend.«

»Genau darum kümmere ich mich jetzt«, stimmte Evomee ihm zu. »Sie sollten schon längst weg sein. Eigentlich schon vor Tagen.«

Sie machte sich auf den Weg zu dem Flügel des Palastes, in dem der Herzog residierte. Sie kam nur ein paar Gänge weit, bevor ihnen Soldaten entgegenrannten und vorbeihasteten. Boten und Diener folgten ihnen. Kurz darauf stürmten aus der entgegengesetzten Seite weitere heran.

Evomee schnappte sich einen Kurier, hielt ihn an und fragte beunruhigt: »Was ist los? Wieso herrscht hier so eine Aufregung?«

»Die rotgoldenen Kreaturen greifen die Mauern an, Heilige«, stammelte der Mann. »Ich muss zum Herzog und zum Oberst und ihnen berichten. Unsere Soldaten stehen unter großem Druck.«

»Schnell!« Sie schickte ihn weiter. Fluchend rannte sie zurück in ihre Gemächer und rüstete sich aus. Dunkelstahlkettenhemd, Kettenhandschuhe, lederne Beinkleider mit Dunkelstahlplatten und ihr Helm waren schnell übergestreift. Dann griff sie ihren Kampfstab und ließ Neppo in die Tragetasche gleiten.

»Bleib da drin. Ich hoffe, die Soldaten von Buchtwächter können die Kreaturen stoppen. Wir kümmern uns um die Familie des Herzogs.«

»Rasch! Ich habe ein ungutes Gefühl.«

»Nicht nur du«, raunte sie und rannte los.

›Ich habe zu viel Zeit verloren, weil ich meine Rüstung nicht getragen habe‹, fluchte sie.

Noch mehr Soldaten rannten durch die Gänge. Hoffentlich, um zur Mauer zu gelangen und den Feind aufzuhalten.

Fern vernahm Evomee schon den Schlachtlärm und erneut diesen grollenden Gesang. Vielleicht bildete sie es sich auch nur ein. Ein Schaudern lief über ihren Rücken, als sie an den Kampf auf der Ostmauer dachte.

Im Palastflügel des Herzogs angekommen, entdeckte sie etliche Wächter und Ann neben zahlreichen Kisten stehen.

»Warum wartet ihr noch hier?«, rief sie ihnen zu. »Die Feinde greifen den Palast an. Ihr müsst los! Sofort! Lasst die Kisten stehen und bringt die Herzogstochter aus der Gefahrenzone!«

»Sie weigert sich, Elementarierin«, erklärte ihr ein Soldat unbehaglich. »Ohne ihre Mutter will sie die Festung nicht verlassen und die ist noch in ihren Gemächern. Seit längerer Zeit, möchte ich hinzufügen.«

»Was macht sie dort? Warum holt sie keiner?« Evomee war ungehalten.

»Wir haben ihr den Ernst der Lage klargemacht«, sagte der Anführer der Soldaten. »Sie antwortete uns, dass sie noch packen muss.«

»*Dich respektiert sie mehr als die Soldaten*«, raunte Neppo. »*Mach ihr klar, was auf dem Spiel steht.*«

»Ja, genau das werde ich.« Evomee war wütend über die Herzogin.

»Öffnet die Tür!«, befahl sie den Soldaten ungehalten.

Die sahen sich an und wussten nicht, was sie machen sollten.

»Los, tut was die Heilige befiehlt!«, half Ann ihr mutig.

Die Wächter zögerten nicht länger und stießen die stabile Tür auf.

Evomee betrat den Raum und erblickte Wyna, die Klamotten in Kisten stopfte.

»Herzogin, Ihr müsst fliehen. Jetzt! Die rotgoldenen Kreaturen greifen den Palast an und ich bin mir nicht sicher, ob die Soldaten sie aufhalten werden. Lasst die Kleidung und bringt Euch in Sicherheit!«

»Welche Kreaturen? Die Osnilianer werden von unseren Männern und Frauen bestimmt aufgehalten, bis ich alles verpackt habe«, rief sie zurück und fuhr fort.

»Hat Euch Euer Gemahl nicht über die Feinde aufgeklärt?« Bestürzung ergriff Evomee. »Das sind keine einfachen Kämpfer.«

»Wenmar erzählt mir nie etwas. Ich soll mich um den Haushalt und die Kinder kümmern, alles andere regelt er. Habt Ihr das graue Sommerkleid gesehen?«

Evomee lehnte ihren Stab an die Wand neben der Tür, trat zur Herzogin, riss ihr den Mantel aus der Hand, warf ihn auf einen Koffer und schüttelte sie leicht. »Ihr müsst los! Sofort! Lasst alles hier. Bitte … Eurer Tochter zuliebe!«

»Was ist mit Ann?«, stieß Wyna erschrocken aus.

»Sie steht mit Eurer Eskorte vor der Tür und will nicht ohne Euch los.« Sanft schob sie die Herzogin dorthin. »Sie warten nur noch auf Euch.«

An der Tür angekommen, übergab sie Wyna an die Soldaten, griff ihren Stab und befahl, dass sie Wenmars Frau und seine Tochter zur Kutsche bringen sollten. Sie würde sie noch ein Stück begleiten, um sicherzugehen.

Den Wächtern war anzumerken, dass sie erleichtert waren.

Einige Gänge weit kamen sie, ohne auf andere Soldaten zu treffen. Dann bemerkte Evomee, dass der Schlachtlärm lauter wurde. Gleichfalls der grollende Gesang.

Anns Gesicht hatte einen ängstlichen Ausdruck angenommen.

»Keine Sorge, die Soldaten werden die Angreifer aufhalten«, versuchte sie die Jugendliche zu beruhigen. »Neppo lässt dir außerdem ausrichten, dass du in meinen Händen sicher bist. Ich bin gewillt, ihm zuzustimmen.« Evomee lächelte sie an.

»Wenn dein Begleiter sagt, dass ich bei dir geschützt bin, dann habe ich keine Angst.« Ann versuchte, tapfer zu sein. »Können wir schnell zur Kutsche? Ich will Mama in Sicherheit bringen.«

»Natürlich.« An den Leutnant gewandt fragte sie: »Wo steht die Kutsche? Am Kirchtor?«

»Ja, Heilige. Sie wartet dort auf uns. Meine restlichen Soldaten stehen bereit, sie zu begleiten.«

Je weiter sie liefen, desto lauter wurde der Lärm und desto unruhiger wurden alle.

Ann und Wyna sagten keinen Ton mehr.

Als sie um eine Ecke bogen, stoppten die Wächter abrupt.

Evomee konnte gerade noch ausweichen, sonst wäre sie in sie hineingelaufen. Um sie herumtänzelnd, sah sie, was sie dazu bewogen hatte, stehen zu bleiben. In dem Gang vor ihnen standen zwei rotgoldene Kämpfer. Woher sie gekommen waren, wusste sie nicht, aber sie waren da und sie griffen an.

»Schießt sie nieder!«, schrie der Leutnant.

Armbrustbolzen flogen an ihr vorbei.

Sie packte ihren Stab und rannte den beiden Gestalten entgegen.

Die Bolzen töteten einen. Bevor der andere irgendetwas mit seinem Schild oder der großen Axt anfangen konnte, hieb Evomee ihm den Stab zwischen die Beine, brachte ihn zu Fall und zertrümmerte mit einem weiteren Schlag den Helm und das Gesicht. Blut spritzte an die Wand. Einige krampfhafte Zuckungen später war die Kreatur tot.

Evomee winkte die Soldaten weiter. »Vorsichtig! Die Feinde sind schon in der Festung.«

Der Leutnant befahl nachzuladen. Anschließend bewegte sich die Gruppe den Gang entlang. Besonnener und angespannter als zuvor. Sie begegneten niemandem mehr. Die Kampfgeräusche dröhnten lauter.

Letztendlich erreichten sie den kleinen Zugang zum Kirchplatz, welchen Evomee schon einmal genommen hatte, als sie mit Meson im Garten gesprochen hatte.

Der Leutnant schickte vier Soldaten vor, um den Bereich zu sichern. Als sie ihnen winkten, betrat der Rest den Garten der Naturkirche.

Sie schlugen den Weg an der Kirche des Feuers vorbei ein.

Entsetzt bemerkte Evomee kurz darauf etliche Kreaturen, die die Mauer hinter dem Gebäude erklommen, und sich zu ihnen in die Gärten fallen ließen.

Der Leutnant hatte sie ebenfalls gesehen und befahl seinen Soldaten brüllend, Aufstellung zu nehmen.

Zehn Kreaturen gegen gleich viele Verteidiger bedeutete trotzdem einen ungleichen Kampf.

Unglaublich schnell rannten die Rotgoldenen an den im Boden steckenden Fackeln vorbei und erreichten die Soldaten.

Einen Angreifer konnten diese zu Boden schicken. Bolzen ragten aus seinem Gesicht. Der Rest prallte auf die Schützen und Schwertkämpfer.

Evomee überlegte nicht lang, ließ Neppo zu Boden gleiten und warf sich dazwischen. Ihr Stab schoss nach vorn, traf eine Kreatur in der Brust und zermalmte sie. Nach Luft röchelnd stolperte sie noch ein paar Schritte und brach zusammen.

Der Leutnant köpfte sie am Boden.

Einen zweiten Feind erwischte Evomee an der Schulter, warf ihn nach hinten und mit dem gleichen Schwung zerschmetterte sie einem weiteren die Waffenhand. Der Kampfstab glitt aus dessen Fingern.

Zwei Soldaten stürzten sich todesmutig auf den Rotgoldenen und brachten ihn zu Fall. Einer bezahlte dafür mit dem Leben, als die Axt eines anderen ihn spaltete.

Evomee wirbelte ihren Stab über dem Kopf und stieß ein Schwert beiseite, das einen Soldaten getroffen hätte. Die Kreatur wandte sich ihr zu und wurde dafür von dem Mann in der Seite erwischt. Dessen Schwert blieb zwischen der Rüstung stecken und Blut rann daran herab.

Als die Kreatur herumwirbelte, um den Stachel in ihrer Seite zu greifen, schmetterte Evomee ihr die Spitze des Stabes in den Nacken. Er trat auf der Vorderseite aus und riss ihn ihr dabei fast aus der Hand. Ein Ruck an der Waffe zog sie zurück und brachte sie selbst ins Gleichgewicht. Evomee tötete eine weitere Kreatur, die gerade einen Verteidiger mit ihrem Schild gegen die Wand der Kirche schleuderte. Metall schepperte und Knochen brachen. Beim Vorbeirennen brachte sie einen weiteren Feind zu Fall und rammte dann einem anderen ihre Waffe in die Seite. Als die Kreatur sich umdrehte, hämmerte sie ihr die Stabspitze genau zwischen die Augen.

Ruhe kehrte ein.

Evomee sah sich um. Ann stand kreidebleich beim Leutnant. Der keuchte laut. Wyna lag daneben am Boden. Nur zwei Soldaten standen noch auf den Beinen. Einem hing jedoch der Arm bewegungslos herab. Der Rest war tot oder schwer verwundet. Die Kreaturen waren alle gestorben. Es war ein kurzer, harter Kampf gewesen, aber mit immensen Verlusten. Zu viele waren gestorben, sie hätte besser aufpassen müssen.

»Leutnant, ist Wyna tot?«, rief Evomee ihm zu.

Er schüttelte den Kopf und stieß atemlos aus: »Bewusstlos. Sie ist umgekippt, als der Kampf begann. Vielleicht war das ihr Glück. Ich hebe sie auf und trage sie zur Kutsche.«

Er keuchte ein letztes Mal, warf sie sich über die Schulter und ging los.

Ann stolperte hinterher.

Evomee suchte Neppo.

»*Ich bin am Kircheingang*«, hörte sie ihn rufen und rannte zu ihm. Als sie ihn erblickte, hob sie ihn hoch, setzte ihn in die Schlaufe und spurtete dem Leutnant hinterher. Ein rascher Blick zurück ließ ihr Angst wie eisiges Wasser über den Rücken rinnen.

Weitere Kreaturen erscheinen auf der Mauer und sprangen herab. Inzwischen waren der Leutnant und die beiden Soldaten an der Erdkirche vorbei. Evomee rief ihnen zu: »Schneller! Rennt!«

Der mit dem nutzlosen Arm drehte sich um, gewahrte die Rotgoldenen und geriet ins Stolpern.

Evomee konnte ihm nicht helfen und hetzte weiter. Fast hatten sie das Kirchtor erreicht.

Dann strauchelte Ann und fiel.

Der Leutnant öffnete das Tor und durchquerte es.

Der andere Soldat drehte sich zu ihnen um, erfasste die Situation und hastete ihnen entgegen. Evomee half Ann auf die Beine, blickte zurück und erkannte weitere Kreaturen heranhasten. Keiner, weder Ann noch der Soldat noch sie oder Neppo, würden den Kirchplatz verlassen, wenn sie ihnen nicht rigoros entgegentrat.

Sie zupfte ihr Diadem aus dem Haar, drückte es Ann in die Hand und sagte: »Versprich mir, dass du das meinem Bruder bringst. Richte ihm aus: Ich liebe ihn. Über alles!« An den Soldaten gewandt sagte sie: »Pack sie, schaff sie durchs Tor und schließe es.« Als Letztes griff sie in die Schlinge, nahm Neppo heraus, drückte ihn ans Gesicht, gab ihm einen Kuss, ließ ihn zu Boden sinken und raunte: »Bring dich in Sicherheit. Am besten bei der Erdkirche. Ich hole dich nachher.«

Der Soldat hatte Ann gepackt und trug sie davon.

Neppo rannte zum Gebäude und die Kreaturen auf sie zu.

Evomee richtete sich zu ihrer vollen Größe auf, hielt den Stab vor sich und wappnete sich für den Angriff. Der erste rotgoldene Feind hielt ebenfalls einen Stab, der ihr entgegenschnalzte. Sie wich aus, stieß ihm ihren zwischen die Beine und brachte ihn zum Stolpern.

Ein Schwert schwang auf sie zu. Sie lenkte es ab, trat dem Feind ans Knie und brach es. Während er zu Boden stürzte, wehrte sie eine Axt ab, stieß danach ihren Stab senkrecht nach unten auf die Brust des zuvor gefällten Feindes und zertrümmerte seine knochige Rüstung, die Rippen und durchbohrte die Lunge. Beim Herausziehen drehte sie sich um sich selbst und schmetterte dem nächsten Rotgoldenen ihre Waffe gegen den Kopf, dass der Helm aufplatzte und Blut und Gehirnmasse hervorquollen.

Eine ganze Drehung brachte sie zurück in die ursprüngliche Position. Gerade rechtzeitig, um einem Axthieb und einem Schildstoß auszuweichen.

Sie sprang über die am Boden Liegenden hinweg und hastete auf die Seite.

Einem anderen Stab konnte sie nicht mehr ausweichen. Er traf sie an der Schulter und riss sie herum. Sie fühlte, wie ihr Schlüsselbein brach und der Arm höllisch schmerzte. Den Stab mit der anderen Hand greifend, fand sie ihre Balance wieder und duckte sich unter einem Axthieb hinweg.

Ihre Waffe traf das Gesicht des Angreifers von unten und schleuderte seinen Kopf nach hinten. Ein Knacken ertönte und die Kreatur brach leblos zusammen.

Einen Schwerthieb lenkte Evomee zu Boden, trat auf die Waffe und rammte den Angreifer, der sie hielt. Zusammen taumelten sie gegen einen weiteren und gingen zu Boden. Evomee versuchte, sich schnell aufzurichten, ihre Schulter hielt ihr Gewicht jedoch nicht aus, als sie versuchte sich abzustützen, und sie landete im Staub. Schmerzen durchfuhren ihren Körper.

Durch ihren Zusammenstoß mit den Feinden und das anschließende Gerangel hatte sie ein wenig Luft, da sich alle wieder aufrichten mussten. Sie drängte die Pein beiseite und war schneller, holte mit dem Stab aus und traf ein Gesicht. Spitze Zähne flogen davon. Sie zerschmetterte ein anderes Knie.

Plötzlich traf sie ein Schild im Rücken, warf sie nach vorn gegen einen Feind und schickte sie beide zu Boden. Ihre Ohren summten von dem rüden Stoß.

Schnell rollte Evomee sich auf die Seite und entging dadurch der Axt, welche funkensprühend neben ihr aufschlug. Sie verlor ihren Stab.

Dem zweiten Axthieb konnte sie nicht ausweichen und er traf ihre Seite. Er konnte den Dunkelstahl nicht durchdringen, brach aber einige Rippen. Schmerzblüten trieben ihre Brust entlang, das Bein hinab und ließen sie aufstöhnen. Rote Flecken waberten durch ihr Sichtfeld.

Sie musste aufstehen, sonst war sie tot!

Den Schmerz ignorierend fuhr sie hoch und taumelte zurück. Der nächste Axthieb, dem sie dadurch gerade noch entwich, hätte sie in zwei Teile gespalten. Verzweifelt blickte sie sich um und entdeckte ein Schwert neben sich. Sie bückte sich, griff es und hieb um sich. Schmerz trübte ihren Blick und so sah sie den Speer nicht, der auf sie zuflog und ihr den Helm vom Kopf riss.

Schwarzes Haar floss um ihren Hals und ihre Schultern. Die Sonne zeichnete blaue Wellen, die vom Schopf hinabflossen, darauf. Ein weiterer Schlag traf sie von hinten und zwang sie auf die Knie. Das Schwert fiel ihr aus den tauben Fingern.

Als Evomee aufblickte, erkannte sie am Himmel eine Wolke, die das Zeichen des Wasserelements bildete. Vielleicht war es auch nur ein Wunschgedanke. Genau wie Neppos Abschiedsgruß, dass er sie liebte und sie sich in den Tiefen des blauen Meeres wiedersehen würden, oder an den ruhigen Wassern eines großen Sees.

›Hoffentlich ist Ann in Sicherheit‹, dachte Evomee noch, als die Axt, der sie so oft ausgewichen war, ihren Kopf zerschmetterte und sie tötete.

Ein neuer Spieler

Toki; Finvara

Einer der Soldaten, die Toki und Fin Richtung Berge begleiteten, hatte gute Kenntnisse beim Fährtenlesen. Das machte es leichter, Kabaul zu folgen.

Dessen Reitergruppe schien jedoch ohnehin nicht besonders darauf zu achten, ihre Spur zu verwischen. Als ob sie es darauf anlegten, gefunden zu werden. Fin ging von einer Falle aus und Toki stimmte ihr inzwischen zu.

Die Feinde verließen Kastrall westlich und folgten der Straße, die gewunden durch dichte Wälder führte. Tokis Gruppe ritt ihnen hinterher. Fogo und Ayme flogen voraus und hielten Ausschau nach Ungewöhnlichem.

Unruhig saß Toki auf seinem Pferd und behielt den Waldrand im Blick. Das Tier spürte die Anspannung seines Reiters und verhielt sich dementsprechend. Er musste oft lenkend eingreifen oder es beruhigen. Einige Zeit trabte das Pferd weiter, dann kehrte die Unruhe zurück. Alle fühlten sich angespannt, als erwarteten sie hinter dem nächsten Baum oder der nächsten Wegkurve, dass Kämpfer sie angriffen.

Es war keine angenehme Reise und gänzlich anders als von Federach bis Kastrall.

Den Soldaten erging es nicht besser. Nur Fin wirkte, als hätte sie alles unter Kontrolle, und saß elegant und aufmerksam im Sattel. Ein wenig beneidete Toki sie.

Nachmittags mussten sie den Weg verlassen, da die Spur direkt in den Wald führte. Der Anspannung half es wenig, dass sie nun noch näher am Unterholz vorbeiritten und weniger erkannten. Immerhin erspähten Fogo und Ayme nichts Gefährliches.

Toki, der sich nicht besonders gut mit Fährtenlesen auskannte, hätte Kabaul folgen können, so klar war zu erkennen, wo dessen Gruppe durch den Wald brach. Der Soldat hatte ihnen zwischendurch erklärt, dass sie etwa dreißig Reitern folgten. Zusätzlich führte der Trupp von Kabaul zehn Pferde mit sich, die leichtes Gepäck trugen. All das erkannte er an der Hufabdrucktiefe. So überzeugend, wie er es darlegte, zweifelte niemand daran. Ändern konnten sie es im Moment sowieso nicht und Toki dachte, dass die fünfundzwanzig Soldaten und sie selbst es mit den Feinden aufnehmen konnten. Vor allem, da sie Elementarier waren und ihre Gabe zu nutzen wussten.

Abends ließ Fin anhalten und ein Lager aufschlagen.

»Es bringt nichts, überhastet durch den – inzwischen sowieso dunklen – Wald zu reiten und in einen Hinterhalt zu laufen«, äußerte sie.

Sichtlich heilfroh stimmte der Leutnant zu und gab ihren Befehl weiter, das Lager zu errichten. Drei Wachen wechselten sich zweistündlich ab.

Toki schlief unruhig und wachte oft auf. Obwohl er die Atemtechnik von Uthr anwendete, konnte er danach schlecht wieder einschlafen.

Bei Sonnenaufgang waren alle auf den Beinen, aßen ein kaltes, karges Frühstück und folgten danach weiter der Spur.

»*Eine kurze Flugstrecke voraus kommt ein Fluss*«, berichtete Ayme und landete auf Tokis Schulter. »*Es sieht so aus, als könntet ihr hinüberreiten. Die Spuren führen auf der einen Seite hinein und auf der anderen hinaus.*«

»Das nennt man Furt«, erklärte Toki. »Wir werden ganz sicher den gleichen Weg nehmen wie die Mörder. Kannst du wieder vorausfliegen und spähen?«

Der kleine Vogel plusterte sich auf. »*Natürlich. Darin bin ich inzwischen richtig gut, sagt Fogo. Er ist auch nicht schlecht. Aber ich*

bin nicht so auffällig wie er. Wen kümmert es schon, wenn eine Gold-
ammer anfliegt, sich in der Nähe aufhält und fröhlich pfeift.« Er
machte es vor: »*Wie-wie-wie-wie-Ihhhh, wie-wie-wie-wie-Ihhhh*«,
sah Toki schief an und fragte: »*Würdest du dir dabei etwas den-*
ken?«

»Nur, dass die Melodie wunderschön ist.« Er schmunzelte.
»Du bist nicht nur ein guter Späher, sondern auch ein begnade-
ter Sänger. Fogo würde höchstens einen Feuerstrahl auspusten
und etwas in Brand setzen.« Bei dem Gedanken daran musste
er kichern.

Stolz hüpfte Ayme auf Tokis Schulter hin und her, stieß sich
ab, flog drei Runden um das Pferd und stürzte sich in seine
Aufgabe. »*Bis später. Ich suche ihn. Vielleicht fällt beim Spähen auch*
noch das eine oder andere gebratene Insekt ab.«

Toki fiel zurück, bis er neben Fin ankam. »Ayme hat mir
berichtet, dass wir gleich über eine Furt reiten. Wir erreichen
einen Fluss. Weißt du, wie er heißt?«

Sie schüttelte verneinend den Kopf, sagte nichts mehr und
konzentrierte sich auf den Wald ringsum. Seit sie gestern aufgebrochen waren, war sie noch schweigsamer als sonst und redete nur das Allernötigste. Toki hatte beschlossen, es hinzunehmen. Wahrscheinlich war das ihre Art, mit der unbekannten Be-
drohung umzugehen.

Er schloss zum Leutnant auf, der – wie er inzwischen
wusste – Martin hieß. »Vor uns führt eine Furt durch einen
Fluss. Wo sind wir jetzt?«

Martin sah zu ihm, überlegte kurz und antwortete: »Das ist
die große Zippe. Die kleine Zippe fließt in den Karngastsee und
die große verlässt ihn. Weiter nördlich liegt Karngast, das ist
eine Stadt am gleichnamigen See.«

Toki dankte ihm und ritt schweigend weiter. Er wollte allzu
viel Lärm vermeiden.

Wie Ayme es ausgespäht und ihnen berichtet hatte, erreichten sie den Fluss. Die Verfolgten waren durch die Furt geritten
und hatten sich anschließend nach Südwesten gewandt. Der
Fährtenleser nahm an, dass sie weiter durch den Wald wollten
und die offenen Ebenen mieden. Er behielt recht.

Die Unruhe und die Anspannung wurden stärker, je näher sie den Bergen kamen. Erneut mussten sie im dichten Wald nächtigen, durch den die Spur sie leitete. Toki hatte von einem Soldaten erfahren, dass sie im Wächwald waren. Die Grenze zwischen Ebras und den Regenlanden verlief im Süden quer durch ihn hindurch.

Die Soldaten errichteten das Lager, wobei Fin verbot, ein Feuer anzuzünden. Bei ihrer Rast vermieden sie laute Geräusche und flüsterten nur. Man merkte ihnen an, dass ihnen dieser Ort nicht behagte.

Toki fragte sie nach dem Essen über das Symbol in Kastrall aus. »Gehören die Mörder wirklich dem Verhüllten an? Ich habe noch nie von seiner Religion gehört.«

Fin blickte ihn an. Er merkte, dass sie mit sich rang, ob sie antworten sollte. Letztendlich erhielt er eine Auskunft.

»Es ist keine wirkliche Religion, damit hast du recht. Es gibt keine zugehörige Kirche, keine Priester und niemanden, der die Menschen dazu anhält, ihn anzubeten. Ihn Gott zu nennen, wie es einige tun, stimmt auch nicht. Er ist mehr eine grundlegende Kraft. Wie die Schicksalsweber. Der Verhüllte war schon immer da. Er erntet die Seelen-, beziehungsweise Lebensfunken – beide Begriffe bedeuten aber das gleiche – und führt sie … weiter. Wohin, dazu hat jede Religion ihre eigene Anschauung. Die fünf Religionen der Elemente glauben an die Wiedergeburt oder an ein ewiges Paradies. Die Seele darf selbst entscheiden, ob sie aus der Asche ein neues Leben beginnt oder bei den Göttern bleibt. Ob es stimmt, was die Kirchen lehren, das wissen nur die Götter selbst.«

»Beten die Mörder den Verhüllten an? Was meinst du?«

»Möglicherweise. Sie erhalten dafür jedoch nichts zurück. Soweit bekannt, verleiht er keine Macht wie die anderen Götter gelegentlich mehr oder weniger stark. Unsere Kräfte als Beispiel, oder gewisse Heilkräfte die unsere Priester, Vikare und Bischöfe durch spezielle Rituale erlangen«, erklärte Fin.

»Wieso morden sie in seinem Namen?«

»Tja, das ist eine ausgezeichnete Frage. Warum morden Lebewesen überhaupt? Egal in welchem Namen. Warum leben sie nicht in Frieden miteinander und helfen sich gegenseitig? Wenn du das beantworten kannst, bist du der weiseste Mensch der Welt.«

Toki überlegte, konnte aber nicht ansatzweise eine überzeugende Antwort geben. Dann fiel ihm ein, dass er wegen des Symbols auf den Verhüllten zu sprechen gekommen war.

»Wer verwendete das Symbol des Todes? Ich meine nicht, es in Tangrintanien schon einmal gesehen zu haben.«

»Viele, die Naturgeister, lokale Gottheiten, oder einfach andere Religionen, als die fünf Elemente anbeten, verwenden es zur Kennzeichnung bei Bestattungen oder auf Gräbern. Nur die Kirchen verwenden ihre eigenen Zeichen.«

Toki bemerkte Fins Zögern. Als wäre ihr etwas eingefallen. Ihre Stirn runzelte sich leicht.

»An was denkst du?«, versuchte er ihr mehr zu entlocken.

»Bei meinem ersten Auftrag, als ich gegen die Nomadenstämme in Carane kämpfte, haben einige von ihnen unter dem Banner des Verhüllten gekämpft«, erklärte sie. »Er spielt dort eine größere Rolle als im restlichen Natlara. Vielleicht wurden sie dort rekrutiert. Hoffentlich haben die weißen Priester die Stämme im Süden nicht aufgestachelt. Sie sind brutale und gefährliche Feinde.«

»Wenn wir diesen Kabaul aufspüren, befragen wir ihn«, schlug Toki vor.

»Dazu müssen wir ihn aber zunächst finden und ihn anschließend besiegen«, erinnerte Fin ihn. »Aber ich würde auch gern mit ihm sprechen. Wer sein Auftraggeber ist, interessiert mich. Und woher sie wissen, wo wir sind und wohin wir wollen.«

»Am besten wäre es, wenn wir ihn gefangennehmen«, entschied Toki. »Ich schließe ihn in einen Käfig aus Luft ein, dann kann er uns nicht gefährlich werden. Inzwischen beherrsche ich meine Gabe schon recht gut.«

»Das ist eine fabelhafte Idee. Wenn du so die restlichen Feinde auch außer Gefecht setzen kannst, können die Soldaten sie in Gewahrsam nehmen und nach Himmelsbogen bringen. Ohne, dass wir kämpfen müssen.«

Toki fühlte Stolz in sich aufsteigen. Sie hieß seinen Einfall gut. Er war nicht gänzlich unnütz …, anders als er sich manchmal fühlte.

»Wenn wir sie überhaupt in den nächsten drei Tagen finden. Erinnere dich daran, was wir ausgemacht haben. Vier Tage, danach reiten wir nach Carane zum Feuertempel.«

»Ja, wie versprochen.« Toki nickte. Er hatte vor, sich an ihre Absprache zu halten. »Ich werde jetzt meditieren und hoffe, dadurch endlich mit Uthr zu sprechen.«

»Wenn du ihn triffst, frage ihn explizit nach der Prophezeiung. Er soll dir Antworten geben und diesmal keine Ausflüchte!«

»Als ob das so einfach ist.« Er seufzte. »Aber ich werde ihn darauf ansprechen. Gute Nacht.«

»Bis morgen früh. Ich wecke dich vor den Soldaten, dann halten wir eine Übungsstunde ab.« Fin klang nicht, als hätte Toki ein Mitspracherecht, und er ergab sich in sein Schicksal. Insgeheim freute er sich darauf. Er wollte besser werden! Seine Muskeln fühlten sich inzwischen anders an. Er war drahtiger geworden und hatte mehr Kraft.

Fogo flog an ihm vorbei, landete auf Fin und kuschelte sich an sie.

Die Meditation brachte keine neuen Erkenntnisse, aber Toki einen überraschend angenehmen Schlaf.

Wie versprochen weckte Fin ihn. Ein sanfter Stoß in die Seite machte ihm klar, dass es Zeit für seine Übung war.

Der Tag danach zog sich wie der gestrige dahin. Der Wächwald war ihr ständiger Begleiter, genauso wie die Unruhe und die Anspannung. Nachmittags änderte die Umgebung ihr Aussehen. Auch das Wetter wurde anders. Statt Sonnenschein zogen leichte und starke Schauer über sie hinweg.

Der Fährtenleser führte sie über eine große Ebene mit weiten Wiesen und ein paar Weiden. Kühe und Schafe sahen der Gruppe kauend nach, als sie vorübereilten. Später überquerten sie eine Straße. Nur Wagenspuren und weniger Gras zeugten von ihr.

Martin erklärte Toki, dass südlich die Burg Wäch auf einer kleinen Hügelformation stand und die Grenze nach Ebras bewachte. Um sie herum läge ein kleines Dorf. Er und seine Kompanie wären gelegentlich dort stationiert. Der unbefestigte Weg führte von ihr nach Blaufurt an der Bläu. Kabauls Truppe hatte die unscheinbare Straße überquert und sich weiter nach Westen bewegt. Sie folgten ihnen. Erneut erreichten sie einen Ausläufer des Wächwalds und rasteten darin.

Toki rasierte seinen Bart, schnitt seine Haare und vertrieb sich die Wartezeit mit Schnitzen.

Ayme verfolgte zwar, was er machte, war aber nicht gesprächig. Als hätte ihn gleichfalls die allgemeine Anspannung erfasst.

Fin weckte Toki am nächsten Tag vor der Dämmerung zum Kampftraining, danach aßen sie und zogen weiter. Es war der dritte Tag ihrer Suche. Toki war sich inzwischen nicht sicher, ob sie Kabaul noch einholen würden. Morgen würde Fin darauf beharren, dass sie nach Süden und Carane aufbrachen.

»Morgen reisen wir endlich weiter zum Feuertempel und lassen die Nässe hinter uns«, raunte Fin Fogo zu, der vor dem Regen Schutz unter ihrem Umhang gesucht hatte.

»Langsam reicht's mir auch. Ich will trockene und heiße Luft in meine Lungen saugen!«, prustete der Drache zurück. Er war von seinem kurzen Ausflug noch nicht ganz trocken. Ayme und er wechselten sich mit dem Spähen ab. Gerade war die kleine Goldammer an der Reihe.

Inzwischen war die Gruppe im Vorgebirge angekommen. Ein kleiner Gebirgsbogen zog sich aus den Majeffbergen weit in die Regenlande hinein. Wald wechselte sich mit baumlosem Untergrund ab. Sträucher, Büsche und niedrig wachsende Farne und Flechten überzogen diesen. Die Fährte führte querfeldein tiefer ins Gebirge hinein.

Mittags verzogen sich die Regenwolken und die Sonne blitzte hervor.

Fin weckte Fogo und schickte ihn voraus, um ihr den Weg zu beschreiben.

Als er zurückkehrte und sich auf ihren Schultern niederließ, berichtete er: »Es geht noch ein wenig weiter wie bisher, dann führen schmale Wege in die Hügel hinein. Die Sträucher werden mehr und der Boden unübersichtlich. Es sieht nicht so aus, als würde oft jemand hier entlangreiten. Oder sich überhaupt in diese entlegene Gegend verirren.«

»Hast du die Gejagten gesehen? So eine große Pferdegruppe muss doch auffallen.« Fin fluchte. Inzwischen war auch sie angespannt und unruhig. Wenn sie einen Hinterhalt planen müsste, würde sie den bald durchführen. Inzwischen waren sie lang unterwegs und hatten wenig und schlecht geschlafen. Die Konzentration ließ stark nach und Unmut machte sich breit. Auf was wartete Kabaul?

»Nichts. Nur die uns bekannten Spuren der Pferde, die uns genau wissen lassen, wo sie langgeritten sind. Ich glaube nicht, dass wir sie heute einholen«, antwortete Fogo.

»Was wollen sie erreichen? Wohin sollen wir sie verfolgen«, grübelte Fin.

»Möglicherweise wollen sie einfach tiefer ins Gebirge und uns dort auflauern. Bald erreichen wir einige tiefe Schluchten und Felsabbrüche.«

»Wir werden es bald wissen. Oder auch nicht, wenn wir umkehren. Dann muss der Leutnant mit seinen Soldaten allein weiterreiten. Er ist jedoch nicht der hellste und auch nicht der mutigste Soldat, dem ich jemals begegnet bin.«

»Das hast du aber nett ausgedrückt. Ich würde ihn eher als jemanden beschreiben, der vor seinem eigenen Schatten Angst hat«, feixte Fogo. »Ich wette mit dir, dass er wartet, bis wir um die nächste Kurve verschwunden sind, dann lässt er anhalten und warten. Anschließend reitet er zurück und überlasst alles andere irgendjemandem. Hauptsache, er ist weg von hier.«

»Er wollte schon in Kastrall nicht die Verfolgung aufnehmen. Aber möglicherweise behandeln wir ihn ungerecht und jetzt würde er auch ohne uns weiterjagen.«

»Ich fliege eine weitere Runde, denn ich habe gesehen, in den Bergen gibt es einige kleine Seen. Köstlichkeiten warten auf mich. Soll ich dir etwas davon mitbringen?«

Fin kraulte ihn kurz, schüttelte den Kopf und sagte: »Deine Köstlichkeiten sind für mich schleimige und unappetitliche Ekligkeiten. Ich halte mich an das alte, trockene Brot, das wir haben. Immerhin einer von uns bekommt, was er gern hätte.« Sie lächelte, als sie dem Feuerfischdrachen hinterherblickte.

Der Weg wurde unebener, enger und unübersichtlicher. Die Soldaten konnten nur noch zu zweit nebeneinander reiten und die Gruppe zog sich weit auseinander.

Toki ritt vor ihr. Ayme saß auf seiner Schulter und zwitscherte leise. Wurzeln, Grünzeug und andere Naturmaterialien bedeckten den Boden, über den sie sich bewegten.

Plötzlich scheute eines der Pferde vor ihnen, stieg hoch, warf seinen Reiter ab und rannte panisch den Weg zurück. Dabei rempelte es ein weiteres an sowie das von Toki. Der Soldat vor ihm brachte seines schnell wieder unter Kontrolle. Toki nicht.

Entsetzt sah Fin zu, wie sich das Drama abspielte, ohne dass sie eingreifen konnte.

Toki erkannte entsetzt, dass einer der Soldaten vor ihm vom Pferd geworfen wurde.

Es schepperte laut, als er am Boden aufschlug. Ein lautes Knacken hallte durch den Pfad und er blieb regungslos liegen.

Sein Pferd rannte panisch zurück, rempelte das Tier vor Toki an, schrammte danach an seinem entlang und drängte es auf die Seite. Sein Schecke war vorher schon unruhig gewesen und die Panik gab ihm den Rest. Er tänzelte hin und her und Toki hatte alle Mühe, ihn wieder unter Kontrolle zu bringen. Der bedeckte Boden spielte ihm dabei nicht in die Hände.

»Ruhig, Junge!«, versuchte er ihn zu beruhigen und ihm gut zuzureden.

Ayme flatterte über ihm und machte die Situation nicht besser.

Das Pferd trampelte mit den Vorderhufen auf und scharrte dabei Äste und Grünzeug weg.

Toki bemerkte, dass sich irgendetwas in dem freien Bereich schlängelte. Angst keimte in ihm auf, als er die Schlange erblickte, die den Schecken anzischelte. Gerade hatte er ihn einigermaßen beruhigt. Ein Stoßgebet zu Elgaria, dass sie die beiden Tiere besänftigen solle, brachte keinen Erfolg. Sein Pferd hatte die Schlange bemerkt und versuchte, nach hinten auszuweichen, dort befand sich jedoch nur Fels. Panik ergriff es und Toki spürte, wie das Tier seine Kraft sammelte, um zu steigen. Er konnte nichts dagegen unternehmen.

Rasch packte er die Zügel fester.

Die Schlange schoss vor, der Schecke bäumte sich auf und Toki rutschte im Sattel nach hinten. Gerade noch konnte er sich festklammern.

Als das Pferd auf seinen Hufen aufkam, wurde er durch den Schlag nach vorn geworfen, dann stieg es erneut und er merkte, wie er den Halt verlor.

Beim nächsten Stampfen flog er Kopf voraus über die Schulter des Pferdes. Der Boden stürzte ihm entgegen, oder er dem Boden. Er wusste nicht, wo oben und unten war. Die ausgestreckten Arme, um seinen Sturz abzufangen brachten ihm einen reißenden Schmerz im Handgelenk ein. Dann knallte sein Gesicht auf den Boden, seine Stirn auf Stein und in einer feurigen Explosion wurde alles dunkel.

Eine, in viele zerrissene Stoffstücke, verhüllte Gestalt erhob sich aus waberndem Nebel, streckte ihm den unter Fetzen verborgenen Arm entgegen und hauchte mit einer Stimme, die wie Knochenknachen und Felsknirschen klang: »Hallo, Elementarier. Niemand entkommt meiner Sichel, der Vergängnis und dem absoluten ENDE …«

Charaktere:

Götter:

Lutum – Gott des Feuers
Odem – Gott der Luft
Wodasch – Göttin des Wassers
Elgaria – Göttin der Natur
Tarre/Tarra – Gott/Göttin der Erde

Elementarier und Elementarierinnen:

Yeban Lufthärter – Luftelementarier
Toki – Luftelementarier
Nyelene Conrin – Luftelementarierin
Molaon – Luftelementarier
Aldmat – Luftelementarier
Delione – Luftelementarierin

Finvara Schnellfeuer – Feuerelementarierin
Voleria – Feuerelementarierin
Deinuora – Feuerelementarierin
Senscar – Feuerelementarierin
Aleidis – Feuerelementarierin

Enanra – Naturelementarierin

Cykila – Erdelementarierin

Evomee – Wasserelementarierin
Meson Dux – Wasserelementarier

Begleiter:

Fogo – Finvaras Begleiter; Feuerfischdrache
Shyko – Aleidis Begleiter; Phönix
Ayme – Tokis Begleiter; Goldammer
Neppo – Evomees Begleiter; Wasserigel
Yssyastha – Mesons Begleiter; Wasserelementar

Tangrintanien - Tannberg:

Jaka Parberg – Prinz von Tangrintanien; Gestorben

Joska Parberg – Königin von Tangrintanien
Alliente Anvof – Händler; Königinnenrat
Haltoe Kamtharg – Weißer Priester; Königinnenrat
Ernja – General-Major; Königinnenrat
Danath – Haushofmeister; Königinnenrat
Larord – Oberster Kammerherr; Königinnenrat
Orand Leywerd – Zauberer; Königinnenrat

Eleni – Zofe von Joska
Zita – Zofe von Joska

Delyma – Oberster Archivar der Feuerkirche

Saarol – Anführer der Gaunergilde
Lyrrol – Anführer der Gaunergilde
Ikk – Ein Junge; Mitglied der Gaunergilde
Iskal – Mitglied der Gaunergilde

Annrich – Wirt der »Scherbenschwalben«
Anphia – Hure; Ikks Freundin
Marlen – Hure

Benny – Wächter

Gawald – General-Leutnant
Orajon – Oberst

Ignatz – Perückenmacher

Tangrintanien - Irani:

Reben Greigen – Oberst und Statthalter

Ansou Sekah – Eine Majorin
Riggit – Hauptmännin; Armbrustschützen
Emil – Hauptmann; Schwertkämpfer
Fusch – Hauptmann; Morgensternkämpfer
Felit – Hauptmann; Reiterei
Orkus – Hauptmann; Bogenschützen
Karl – Hauptmann; Schwertkämpfer

Paul – Ehemaliger General-Major

Olorien - Buchtwächter:

Wenmar – Herzog
Wyna – Herzogin; Wenmars Frau
Cynath – Ältester Sohn von Wenmar und Wyna
Syna – Sohn von Wenmar und Wyna
Synea – Älteste Tochter von Wenmar und Wyna
Ann – Tochter von Wenmar und Wyna

Terewerd – Oberst
Kurra – Leutnant; Sappeure
Hilde – Fähnrichin; Marine
Luka – Hauptmann; Reiterei
Luis – Hauptmann; Reiterei

Osnil:

Seyaoa Katzenauge – König

Kamiten – Unterhändler
Kromrarg – General-Leutnant; Aus Naskuria
Mengshi – General-Leutnant
Krolm – Laulah des Heeres
Cethon – Helfer von Krolm

Die Regenlande - Himmelsbogen:

Minsca – Zauberer
Frau Igsta – Minscas Haushälterin

Pasmotar:

Bafert Beymunt – König
Brythas Beymunt – Prinz; Baferts Sohn

Weiße Priester:

Ruk – Untergebener von Haltoe Kamtharg
Risgar – Untergebener von Haltoe Kamtharg

Weitere Charaktere:

Uthr Edrolt – Der Schicksalsweber der Gegenwart
Yggy – Uthrs Ochse
Murmel – Hutmacher
Kabaul – Krieger; der Schlächter
Argane – Mysteriöser Mann
Eliza – Zauberin; Tokis Cousine; verstorben

Übersetzung in die Allgemeinsprache:

Skuyle:

Wud är döt där? Släcku öldön! = Was war das? Löscht das Feuer!

Dedu drukön. Blet söglön! = Tötet den Drachen. Benetzt die Segel!

Danksagung

Interessanterweise fällt es mir sehr viel leichter über Toki, Fin, Ansou, Ikk, Meson, Evomee und deren Geschichte zu schreiben als eine Danksagung.

Trotzdem möchte ich einige Worte des Dankes anbringen.

Als erstes für meine Frau Monika, der ich dieses Buch widme. Sie hatte einen wahnsinnig großen Anteil daran, dass die Geschichte von Tangrintanien mit der neuen Königin Joska Parberg und dem kleinen Gauner Ikk viele Seiten dieses Buches füllen sowie noch viele weitere Bände füllen werden. Aus einer fantastischen Diskussion, nachdem sie als erste Leserin den Epilog von Luft und Feuer korrigierte, hat sich der Charakter von Joska entwickelt. Ich verspreche, dass es irgendwann ein Buch geben wird, das im Stil eines Tagebuchs oder Briefwechsels geschrieben ist. Im Moment habe ich es mir noch nicht zugetraut, auch wenn es – wie immer – eine wundervolle Idee war.

Des Weiteren bedanke ich mich herzlich bei meiner Mutter, deren Kommentare beim Testlesen mir immer zeigten, dass ich mich, beziehungsweise das Buch sich, auf einem guten Weg befinde. So gut wie alle Leseproben hat sie auf einen Rutsch gelesen, und ich durfte mich kurz darauf auf einen Besuch oder eine Sendung im Briefkasten freuen.

Auch der lieben Evi, deren gewissenhafte Anmerkungen mich immer freuten, mich gelegentlich überraschten und mir zeigten, wie unterschiedlich Gedankengänge aufgefasst werden können, möchte ich hiermit von ganzem Herzen danken.

Vor allem die Rückmeldungen über die anschaulichen Beschreibungen von Charakteren – besonders Ikk, Joska und Argane, Orte – bei denen ein handschriftliches »Schön«, »Kann ich mir genau vorstellen« und Kämpfen – »Bäääh«, »Eklig« – gaben mir das Gefühl, dass der Leser mit den Charakteren mitfiebern kann und dass er ganz in die Geschichte eintaucht.

Und natürlich gilt mein Dank auch Uschi, die mir mit ihren treffenden Worten zu Joska Parberg gezeigt hat, dass ich es wirklich geschafft habe, den Charakter so auszuarbeiten, dass er ankommt, wie er soll.

Meine Lektorin Sabine Hofbauer hat das Buch anschließend so aufbereitet, dass ihr, liebe Leserinnen und Leser, ein hoffentlich vollendetes Werk vorfindet. Ein ganz großes Lob dafür.

Vielen Dank auch an alle, die mir helfen, meine Bücher zu bewerben. Ich freue mich sehr, wenn ihr auf Facebook oder Instagram Werbung dafür macht. Auch von jedem eurer Kommentare bin ich begeistert.

Mehr Worte möchte ich nicht verlieren und das Buch für sich sprechen lassen.